BASTEI
LÜBBE

Aus der Taschenbuchreihe SCIENCE FICTION SPECIAL sind nachstehende Romane erhältlich. Fragen Sie im Buch- oder Zeitschriftenhandel nach diesen Titeln:

Anne McCaffrey

Die Kristall-Sängerin

BASTEI LÜBBE

SCIENCE FICTION

BASTEI-LÜBBE-TASCHENBUCH
Science Fiction Special
Band 24 057

Deutsche Lizenzausgabe 1984
Bastei-Verlag Gustav H. Lübbe GmbH & Co., Bergisch Gladbach
Originaltitel: CRYSTAL SINGER
Ins Deutsche übertragen von Barbara Heidkamp
Titelillustration: Oliviero Berni
Umschlaggestaltung: Quadro-Grafik, Bensberg
Druck und Verarbeitung:
Elsnerdruck GmbH, Berlin
Printed in Western Germany
ISBN 3-404-24057-X

Der Preis dieses Bandes versteht sich einschließlich
der gesetzlichen Mehrwertsteuer.

Für Kate und Alec und ihre Kinder

I

Killashandra lauschte erstarrt den Worten, die mit bleierner Schicksalhaftigkeit in sie einsanken. Sie starrte auf des Maestros berühmtes Profil, dessen Lippen sich um die Worte öffneten und schlossen, die das Ende all ihrer Hoffnungen und Erwartungen bedeuteten und zehn Jahre harten Arbeitens und Studierens zu vertaner Zeit machten.

Schließlich wandte sich der Maestro ihr zu. Das echte Bedauern in seinen ausdrucksvollen Augen ließ ihn älter erscheinen. Die ausgeprägten Sängermuskeln an den Kiefern ließen die Wangen sorgenvoll erschlaffen.

Eines Tages würde sich Killashandra vielleicht an diese Details erinnern, in diesem Augenblick aber war sie zu niedergeschmettert von der ungeheuren Niederlage, um mehr als ihr schreckliches persönliches Versagen wahrzunehmen.

»Aber … aber … wie *konnten* Sie?«

»Wie konnte ich was?« fragte der Maestro überrascht.

»Wie *konnten* Sie mir nur falsche Hoffnungen machen?«

»Ihnen falsche Hoffnungen machen? Aber mein liebes Kind, das habe ich doch nicht.«

»Doch! Sie haben gesagt … Sie haben gesagt, ich müßte nur hart arbeiten. Habe ich denn nicht hart genug gearbeitet?«

»Natürlich haben Sie das.« Valdi war beleidigt. »Das setze ich bei meinen Studien voraus. Es kostet Jahre harter Arbeit, die Stimme zu entwickeln und sich nur einen Bruchteil des Außenweltrepertoires anzueignen, das dargeboten werden muß.«

»Aber ich beherrsche das Repertoire! Ich habe hart gearbeitet, und jetzt … *jetzt* sagen Sie mir, ich hätte keine Stimme?«

Maestro Valdi seufzte schwer, eine Manieriertheit, die Killashandra schon immer gereizt hatte und die ihr nun unerträglich wurde. Sie öffnete den Mund, um zu protestieren, doch er hob abwehrend die Hand. Die Gewohnheit von vier Jahren ließ sie schweigen.

»Sie haben nicht die Stimme zu einer *erst*klassigen Sängerin, meine liebe Killashandra. Aber das schließt ja nicht aus, daß Sie nicht eine der anderen verantwortungsvollen und für Sie befriedigenden ...«

»Ich will nicht zweitklassig sein. Ich will – ich *wollte* ...« Killashandra sah mit Befriedigung, wie er angesichts der Bitterkeit in ihrer Stimme zusammenzuckte. »... ich wollte eine erstklassige Konzertsängerin sein. Sie haben gesagt, ich hätte ...«

Wieder hob er die Hand. »Sie besitzen das absolute Gehör, Ihre Musikalität ist fehlerlos, Ihr Gedächnis hervorragend, und an Ihrem dramatischen Potential gibt es nichts auszusetzen. Aber da ist dieses Schnarren in Ihrer Stimme, das bei höheren Tönen einfach unerträglich wird. Ich *dachte*, es würde sich durch Üben herausbringen oder jedenfalls abschwächen lassen ...«, er zuckte hilflos die Achseln und musterte sie dann streng. »Aber Ihr heutiges Vorsingen vor völlig objektiven Experten hat eindeutig gezeigt, daß der Fehler in der Stimme selbst liegt und sich nicht beheben läßt. Dieser Augenblick ist schrecklich für Sie und auch nicht besonders erfreulich für mich.« Er begegnete ihrer rebellischen Haltung mit einem erneuten strengen Blick. »Ich irre mich selten in meinem Urteil bezüglich der Stimme, und ich habe wirklich gedacht, daß ich Ihnen helfen könnte. Ich kann es nicht, und es wäre doppelt grausam von mir, Sie weiterhin zu einer Karriere als Solistin zu ermutigen. Nein. Sie würden sich besser auf einen anderen Aspekt Ihrer Fähigkeiten konzentrieren.«

»Und der wäre, falls ich mich diesmal auf Ihr Urteil verlassen kann?«

Er blinzelte pflichtschuldigst angesichts ihrer sarkastischen Bemerkung und sah sie dann direkt an. »Zum Unterrichten mangelt es Ihnen an Geduld, aber vielleicht wäre eine der anderen Theaterwissenschaften etwas für Sie, bei der Ihnen Ihr Wissen um die Probleme eines Sängers zugute kommen würde. Nein? Sie sind eine ausgebildete Synthetikerin? Hmmm. Schade. Ihre musikalische Ausbildung würde dort wirklich von Vorteil sein.« Er schwieg. »Nun, in diesem Fall würde ich Ihnen raten, die Theaterwissenschaften ganz zu verlassen. Mit Ihrem Gehör könnten Sie als Kristalltuner oder als Flug- und Shuttleleiterin arbeiten, oder Sie ...«

»Vielen Dank, Maestro«, unterbrach sie ihn, eher aus Macht der Gewohnheit als aus echter Dankbarkeit. Sie verneigte sich leicht vor ihm, wie es ihm in seiner Position zustand, und zog sich dann zurück.

Killashandra knallte die Tür hinter sich zu. Sie war zu stolz gewesen, ihre Tränen in der Gegenwart des Maestros zu zeigen, doch als sie jetzt den Korridor hinunterstakte, füllten sich ihre Augen mit Tränen. Obwohl sie halb wünschte und halb fürchtete, einem Ihrer Kommilitonen zu begegnen, der sich nach dem Grund für ihre Tränen erkundigen und sie in ihrem Unglück bedauern würde, war sie überaus erleichtert, als sie endlich ihr Zimmer erreicht hatte, ohne jemandem über den Weg gelaufen zu sein. Dort angekommen, überließ sie sich ihrem Elend, ihr Schluchzen steigerte sich in Hysterie, bis sie schließlich, halb erstickt, nur noch erschöpft nach Atem ringen konnte.

Wenn ihr Körper auch gegen den Gefühlsausbruch protestierte, so weidete sich ihr Geist doch daran. Denn sie war getäuscht und irregeführt worden – und wer wußte, wieviele ihrer Komilitonen insgeheim über ihre Träume von ruhmreichen Triumphen auf der Konzert- und Opernbühne gelacht hatten. Killashandra besaß ein ausgeprägtes Maß an jener Selbstgefälligkeit und jenem Selbstbewußtsein, das man für den von ihr erwählten Beruf haben mußte und bei dem es keine Bescheidenheit gab; sie war überzeugt gewesen, daß Erfolg und Ruhm nur eine Frage der Zeit seien.

Jetzt hätte sie sich vor Scham verkriechen können bei der lebhaften Erinnerung an ihre Selbstsicherheit und Arroganz. Sie war mit einer solchen Zuversicht an das Vorsingen an diesem Morgen herangegangen und hatte die zur Fortsetzung ihres Studiums als Sängeraspirantin notwendige Empfehlung als selbstverständlich vorausgesetzt. Killashandra sah noch die freundlichen Gesichter der Prüfer vor sich; einer von ihnen hatte sogar geistesabwesend zum Takt ihrer Probearien und -lieder genickt. Sie war fehlerlos in den Tempi gewesen; darin hatte sie eine sehr gute Bewertung bekommen. Wieso hatten sie nur so – so beeindruckt ausgesehen? So ermutigend?

»Die Stimme ist für die Dynamik der Oper ungeeignet. Das unangenehme Schnarren ist allzu deutlich hörbar.«

»Ein gutes Instrument, wenn von Orchester und Chor begleitet, wo der kratzende Unterton nicht auffällt.«

»Ausgeprägte Chorleiterqualität: der Studentin sollte auf alle Fälle von Soloarbeit abgeraten werden.»

Unfair! Es war einfach unfair! Wie hatte man sie nur so weit kommen lassen können, wie hatte man zulassen können, daß sie sich einer Selbsttäuschung hingab, nur um jetzt die Niederlage präsentiert zu bekommen? Und als Trost bot man ihr eine Chorleitung an! Wie erniedrigend und schmählich!

In ihrer gequälten Erinnerung tauchten die Gesichter ihrer Geschwister auf, die sie mit ihrem, wie sie es nannten »Kreischen was das Zeug hält« gehänselt hatten. Sie hatten sie aufgezogen, weil sie so viel Zeit mit Fingerübungen und mit dem Bestreben verbrachte, die Harmonien der seltsamen Außenweltmusik zu »begreifen«. Ihre Eltern hatten sich mit Killashandras Berufswahl einverstanden erklärt, weil ihre Ausbildung erstens von Fuertes planetarischem Schulsystem finanziert wurde, dieser Beruf zweitens ihr eigenes Ansehen in der Gesellschaft erhöhen würde und ihre Tochter drittens von ihren früheren Musiklehrern zu dieser Wahl ermutigt worden war. Ihre Musiklehrer! Hatte sie den Fehler in ihrer Stimme möglicherweise der Ungeschicktheit einem dieser Dummköpfe zu verdanken? Killashandra wälzte sich in einem Anfall von Selbstmitleid auf ihrem Bett herum.

Was hatte sich Valdi noch erdreistet, ihr vorzuschlagen? Eine verwandte Kunstrichtung? Eine Synthetikerin? Pah! Ihr Leben in Nervenkliniken zu verbringen und Leute mit einem geistigen Knacks zu befriedigen, nur weil ihre Stimme einen hatte? Oder Kristalle mit einem Knacks in Ordnung zu bringen, damit interplanetarischer Verkehr oder das Kraftwerk von irgend jemandem reibungslos weiterlaufen konnte?

Mit einemmal wurde ihr bewußt, daß ihre Verzweiflung reines Selbstmitleid war; sie richtete sich auf und starrte in den Spiegel an der gegenüberliegenden Wand, der Spiegel, der diese ganzen langen Stunden des Studiums und der Selbstperfektion reflektiert hatte. Und alles war nur eine Selbsttäuschung gewesen!

Abrupt machte sich Killashandra von ihrem Schwelgen in Selbstmitleid frei und sah sich in ihrem Zimmer um. Der Raum wurde vom Vidifax mit der vollen Adresstastatur beherrscht, die an das Musikarchiv angeschlossen war und ihr Zugang zu den musikalischen Daten einer ganzen Galaxis erlaubte. Ihr Blick glitt über die Reproduktionen von Probeaufführungen, bei denen sie immer eine Hauptrolle gehabt hatte, und sie begriff, daß es am besten für sie war, die ganze verdammte Sache einfach zu vergessen! Wenn sie schon nicht ganz oben sein konnte, dann zum Teufel mit Theaterwissenschaften! Sie würde hervorragend sein in dem, was sie tat, oder bei dem Versuch sterben.

Killashandra stand auf. Sie hatte jetzt nichts mehr in diesem Raum verloren, der noch vor drei Stunden der Mittelpunkt jeder wachen Minute und all ihrer Energien gewesen war. Ihre persönlichen Dinge in den Schubladen oder den Regalen, die Auszeichnungen an den Wänden, die Hologramme mit den Autogrammen der Sänger, die sie zu erreichen oder noch zu übertreffen gehofft hatte, das alles ging sie jetzt nichts mehr an; sie hatte nichts mehr damit zu tun.

Sie griff nach ihrem Mantel, riß das Studentenabzeichen ab und warf ihn sich über eine Schulter. Als sie sich umdrehte, entdeckte sie einen Zettel, der an die Tür geheftet war.

Party bei Roare!

Killashandra schnaubte verächtlich. Sie würden es alle wissen. Sollten sie doch über ihre Niederlage frohlocken. Sie würde jedenfalls nicht die Rolle der im Unglück tapfer Lächelnden spielen. Heute abend nicht und auch sonst niemals.

Killashandra tritt lautlos ab, dachte sie, als sie die flachen Stufen zum Promenadenweg vor dem Kulturzentrum hinunterlief. Wieder verspürte sie sowohl Befriedigung wie auch Bedauern angesichts der Tatsache, daß niemand ihren Abgang sah.

Genau genommen hätte er nicht dramatischer sein können. Am Abend würden sie sich fragen, was passiert war. Vielleicht würde es jemand wissen. Sie wußte, daß Valdi nie ein Wort über ihre Unterredung verlieren würde, denn er haßte Mißerfolge, besonders eigene, und so würde von ihm niemand etwas erfahren. Was das Urteil ihrer Prüfer betraf, würde zumindest der genaue Wortlaut, wie er ihr mitgeteilt worden war, im Computer versiegelt sein. Aber irgend jemand würde wissen, daß Killashandra Ree bei ihrer Vokalabschlußprüfung durchgefallen war und warum.

Bis dahin würde sie jedoch von der Bildfläche verschwunden sein. Sie konnten Vermutungen anstellen, solange sie wollten – nichts würde sie davon abhalten –, und man würde sich wieder an sie erinnern, wenn sie auf einem anderen Gebiet berühmt wurde. Dann würden sie darüber staunen, daß sie sich von etwas so Unwichtigem wie Mißerfolg in ihrem Aufstieg nicht hatte stoppen lassen.

Solche Gedanken trösteten Killashandra den ganzen Weg zu ihrer Unterkunft. Studenten mit Stipendien bekamen eine Unterkunft gestellt – nicht mehr die deprimierend ungepflegten und überfüllten Quartiere wie früher –, aber ihr Zimmer war auch nicht gerade luxuriös. Wenn sie sich am Musikzentrum nicht neu einschrieb, würde ihre Wirtin benachrichtigt und das Zimmer für sie gekündigt. Von der Beihilfe zu leben, war ein Gedanken, der Killashandra verhaßt war; er hatte so einen Beigeschmack von Unvermögen. Aber auch in dieser Beziehung würde sie sofort handeln und das Zimmer jetzt aufgeben. Mitsamt den Erinnerungen, die es barg. Außerdem wäre an ihrem Verschwinden nichts mehr geheimnisvoll, wenn man sie auf ihrer Bude entdeckte. So stieg Killashandra, nachdem sie der Wirtin, die immer kontrollierte, wer kam und ging, kurz zugenickt hatte, die Stufen zu ihrer Etage hinauf, schloß ihr Zimmer auf und sah sich um. Außer ihren Kleidern gab es nichts, was sich mitzunehmen lohnte.

Trotz dieser Feststellung packte sie dann doch die Laute ein, die sie selbst als Teil ihrer Ausbildung angefertigt hatte. Vielleicht würde sie nie darauf spielen wollen, aber sie brachte es nicht übers Herz, das Instrument zurückzulassen. Sie verstaute es zusammen mit den Kleidern in ihrem Reisesack, den sie sich über den Rücken warf. Dann schloß sie die Tür hinter sich, schlüpfte die Treppe hinunter, nickte der Wirtin genauso zu, wie sie es immer tat, und verließ unauffällig das Gebäude.

Nachdem sie so den dramatischen Ansprüchen ihrer neuen Rolle Genüge getan hatte, wußte sie immer noch nicht, was sie jetzt mit sich anfangen sollte. Sie wechselte von ihrer Statistenrolle auf das Transportband des Gehwegs, das in Richtung Innenstadt lief. Eigentlich sollte sie sich bei einem Arbeitsamt melden; sie sollte einen Antrag auf Unterstützung stellen. Eigentlich sollte sie eine ganze Menge Dinge tun, aber auf einmal entdeckte Killashandra, daß dieses »sollte« ihr Leben nicht länger dominierte. Keine langweiligen Studienplanverpflichtungen mehr – Proben, Unterricht, Studium. Sie war frei, ganz und gar frei! Mit einem Leben vor sich, das ausgefüllt werden sollte. Sollte? Womit?

Das Band brachte sie rasch in die geschäftigeren Teile der Stadt. An Kreuzungspunkten blinkten Richtungsweiser für die Fußgänger auf: das rote Handelsdreieck überschnitt sich mit dem orangefarbenen Kreis der Sozialdienste; das grüne Viereck für Fabriken und das blau Schraffierte für die Wohngebäude, die grünen und roten Streifen für die medizinischen Einrichtungen und dann der rote Pfeil für den Flughafen und das Blau mit den Sternen für den Raumhafen. Killashandra, von Unentschlossenheit gelähmt, überlegte, was sie alles tun sollte, und wurde an den Kreuzungspunkten vorbeigetragen, die sie dorthin gebracht hätten, wo sie hätte hingehen sollen.

Wieder sollen, dachte sie und blieb auf dem Transportband. Halb amüsierte es sie, daß sie, die einst so zielbewußte Killashandra, auf einmal so unentschlossen war. In diesem Augenblick begriff sie noch nicht, daß sie unter einem tiefen, traumatischen Schock stand, beziehungsweise daß sie auf diesen Schock reagierte – zuerst auf eine etwas unreife Art und Weise durch das abrupte Verlassen des Musikinstituts und dann auf eine reifere, als sie sich von ihrem Selbstmitleid befreit und auf eine positive Suche nach einem anderen Leben gemacht hatte.

Sie konnte nicht wissen, welche Sorgen sich Esmond Valdi genau zu diesem Zeitpunkt machte, da ihm klar war, daß das Mädchen auf irgendeine Art und Weise auf das Aus seiner Ambitionen reagieren würde. Hätte sie es gewußt, hätte sie vielleicht netter von ihm gedacht, auch wenn er sie nicht weiter als in ihrem Studienraum gesucht und nicht mehr getan hatte, als die Personalabteilung anzurufen, um seiner Sorge Ausdruck zu geben. Er war zu dem beruhigenden Schluß gekommen, daß sie wahrscheinlich bei irgendeiner Kommilitonin Trost gesucht hatte und sich dort erst einmal ausweinte. Da er ihre Liebe zur Musik kannte, hatte er irrtümlicherweise angenommen, daß sie ihr Musikstudium fortsetzen und zu gegebener Zeit eine Chorleitung übernehmen würde. Genau dort wollte er sie nämlich haben, und Valdi kam ganz einfach nicht auf die Idee, daß Killashandra zehn Jahre ihres Lebens in einer Sekunde ad acta legen würde.

II

Killashandra war bereits auf halbem Weg zum Raumhafen, als sich sich bewußt entschied, daß sie dorthin gehen sollte – »sollte« diesmal nicht in obligatorischem, sondern in investigierendem Sinn. Fuerte bedeutete nur noch traurige Erinnerungen für sie. Sie würde den Planeten verlassen und die schmerzlichen Assoziationen auslöschen. Gut, daß sie die Laute mitgenommen hatte. Sie hatte die nötigen Referenzen, um bestenfalls als Aushilfsunterhalterin auf einem Kreuzer und schlimmstenfalls als Schiffsbedienung angenommen werden zu können. Es war vielleicht ganz gut, wenn sie ein bißchen herumkam, um zu sehen, was sie mit ihrem Leben anfangen *sollte*.

Als das Band langsamer wurde, bevor es in den Bogen zum Raumhafen überging, nahm Killashandra zum erstenmal, seit sie Maestro Valdis Studio verlassen hatte, ihre Umgebung – Menschen und Dinge – wieder wahr. Sie war noch nie vorher auf einem Raumhafen oder bei einem der Begrüßungskomitees für außerplanetarische Künstlerstars gewesen. Gerade startete ein Shuttle, und die starken Maschinen ließen das Hafengebäude erzittern. Gleichzeitig war allerdings ein sehr beunruhigendes Heulen zu hören, das sie fast unterbewußt wahrnahm und vom Warzenfortsatz ihres Schläfenbeins bis hinunter zu den Fersen spürte. Sie schüttelte den Kopf. Das Heulen wurde intensiver – es mußte von dem Shuttle kommen –, bis sie sich die Ohren zuhalten mußte. Die Schallwellen ließen nach, und sie vergaß den Zwischenfall, als sie durch den gewaltigen Dom der Empfangshalle der Hafenanlage schlenderte.

Entlang des inneren Segments reihten sich Vidifaxe aneinander, jedes mit dem Namen einer bestimmten Fracht- oder Passagiergesellschaft, jedes mit seinem eigenen Bildschirm. Weit entfernte Orte mit fremd klingenden Namen – ein Stück aus einem alten Lied kam ihr in den Sinn, doch sie unterdrückte es sofort. Keine Musik mehr.

An einem Tor blieb sie stehen und sah zu, wie ein Shuttle ausgeladen wurde: die Löscharbeiter benutzten pneumatische Laderoste für übergroße Pakete, die nicht auf die automatische Frachtrampe paßten. Dazwischen lief ein Frachtaufseher herum, der mit gewichtiger Miene Ladungsstreifen kontrollierte, mit Gewichten jonglierte und mit den Schiffsbeladern herumstritt. Killashandra schnaubte verächtlich. Sie würde ihre Energie bald auf etwas anderes als auf solche Bagatellen verwenden. Plötzlich stiegen ihr appetitanregende Düfte in die Nase.

Sie merkte, daß sie Hunger hatte! Hunger? Wo ihr ganzes *Leben* in Trümmern lag? Wie banal! Aber die Gerüche ließen ihr das Wasser im Mund zusammenlaufen. Nun, eigentlich mußte sie noch genug Kredits haben, aber besser, sie überprüfte erst ihr Konto, als daß es nachher im Restaurant peinlich für sie werden würde. An einem öffentlichen Anschluß steckte sie das Digitalgerät, das sie um ihr Handgelenk trug, ein und legte den rechten Daumen auf die Druckplatte. Sie war angenehm überrascht, als sie feststellte, daß an diesem Tag ein Kredit hinzugekommen war – ein Studentenkredit, las sie. Ihr letzter. Nur störte es sie, daß es sich bei dem Betrag um einen Bonus handelte. Einen Bonus, um ihr die Tatsache zu versüßen, daß sie nie eine Solistin sein würde?

Rasch ging sie hinüber zum nächsten Restaurant, ohne sich daran zu stören, daß es zu der gehobeneren Preisklasse gehörte. Die alte, pflichtbewußte Killashandra hätte jetzt hastig kehrtgemacht, die neue aber ging mit arroganter Haltung hinein. So früh am Tag waren die Speisesäle noch verhältnismäßig leer, und so suchte sie sich eine Nische auf der oberen Ebene, weil sie von hier aus einen ungehinderten Blick auf den Strom von Shuttles und kleinen Raumschiffen hatte. Es war ihr nie bewußt geworden, was für ein reger Raumverkehr auf ihrem nicht gerade wichtigen Planeten herrschte, obwohl sie vage wußte, daß Fuerte ein Transferpunkt war. Die Vidifaxspeisekarte war lang und reichhaltig, und mehr als einmal war sie versucht, sich eins der exotischen Gerichte zu erlauben, die so verführerisch beschrieben wurden. Doch letztendlich begnügte sie sich mit einer Kasserolle, die laut Speisekarte aus importiertem Fisch bestand, der für den unverbildeten Gaumen eines Studenten ungewöhnlich, aber nicht zu stark gewürzt war. Der Importwein, der zu dem Gericht gehörte, schmeckte ihr so gut, daß sie sich eine zweite Karaffe bestellte, gerade als die Dämmerung anbrach.

Zuerst dachte sie, der ungewohnte Wein sei schuld daran, daß ihre Nerven zu vibrieren begannen, doch als das Gefühl des Unbehagens schnell immer stärker wurde, merkte sie, daß es nicht allein die Wirkung des Alkohols sein konnte. Killashandra rieb sich den Nacken und sah sich dann stirnrunzelnd nach der Reizquelle um. Schließlich entdeckte sie die Rückstrahlen eines langen Shuttles und begriff, daß die Ursache für ihr Unbehagen auf die Schallgeräusche des Raumschiffs zurückzuführen sein mußten, auch wenn sie nicht verstand, wie sie durch das abgeschirmte Restaurant dringen konnten. Sie hielt sich so fest es ging die Ohren zu, um jenen durchdringenden Schmerz zu lindern, und plötzlich hörte er auf.

»Ich sage Ihnen, der Antrieb dieses Shuttles wird gleich explodieren. Und jetzt verbinden Sie mich mit dem Kontrollaufsichtsbeamten«, rief eine Baritonstimme in die folgende Stille hinein.

Erschrocken drehte sich Killashandra um.

»Woher ich das weiß? Ich weiß es eben!« Der große Mann, der vor dem Bildschirm des Servicepults des Restaurants stand, fuhr fort: »Verbinden Sie mich mit dem Kontrollturm. Sind da oben denn alle taub? Sie *wollen* wohl, daß hier ein Shuttle explodiert, was? Haben Sie es denn nicht gehört?«

»Ich habe es auch gehört.« Killashandra kam herbeigeeilt und stellte sich ebenfalls vor die Konsole.

»Sie haben es auch gehört?« Der Raumhafenbeamte schien ehrlich überrascht.

»Natürlich. Ich dachte, mir wäre der Kopf geplatzt. Mir tun jetzt noch die Ohren weh. Was war es denn?« fragte sie den großen Mann, von dem etwas Herrisches ausging, auch wenn er im Augenblick angesichts der Begriffsstutzigkeit des Beamten eher verzweifelt aussah. Seine arrogante

Haltung paßte zu seiner teuren Kleidung, die offensichtlich nicht von diesem Planeten stammte.

»Sie hat es auch gehört, Mann. Jetzt geben Sie mir endlich den Kontrollturm.«

»Wirklich, Sir ...«

»Mein Gott, hat der Mensch eine lange Leitung«, fauchte Killashandra.

Die Tatsache, daß sie offensichtlich wie er von Fuerte war, regte den Beamten mehr auf als die Beleidigung. Dann klappte der Fremde, nachdem er einen genauso farbigen wie anschaulichen Fluch über Idiotie losgelassen hatte, ein Mäppchen auf, das er aus seinem Gürtel gezogen hatte. Die Augen des Beamten wurden groß, als er den Ausweis sah.

»Entschuldigen Sie, Sir. Das konnte ich nicht wissen, Sir.«

Killashandra sah zu, wie der Mann einen Code drückte, worauf sein Bild vom Schirm verschwand und von dem des Kontrollturms abgelöst wurde. Der Fremde stellte sich mitten vor die Konsole und Killashandra trat höflich zurück.

»Kontrollturm? Das Shuttle, das eben gelandet ist, darf auf keinen Fall Starterlaubnis bekommen: es verursacht so starke Resonanzen, daß die Hälfte der Kristalle im Antrieb überhitzt sein müssen. Hat denn niemand da oben die Schwebungsfrequenz gehört? Sie sendet Nebenschwingungen aus. Nein, ich bin nicht betrunken und das ist auch keine Drohung. Es ist eine Tatsache. Ist denn Ihr ganzes Kontrollteam ohne musikalisches Gehör?

Nehmen Sie denn keine Leistungsmessungen bei Ihren Shuttles vor? Sehen Sie es denn nicht auf dem Ejektionsgeschwindigkeitsmonitor? Was kostet schon eine Antriebskontrolle im Verhältnis zu einer neuen Hafenanlage? Ist dieser Planet zu arm, um einen Kristalltuner oder einen Heizer einzustellen?«

»Na, das klingt doch schon vernünftiger«, meinte der Fremde nach einem Moment. »Was meine Legitimation betrifft: ich bin Carrik von der Heptitengilde, Ballybran. Ja, genau das habe ich gesagt. Ich konnte die Nebenschwingungen durch die Wände hören, also weiß ich verdammt genau, daß bei dem Shuttle etwas heißläuft. Ich bin froh, daß Ihre Monitore den ungleichmäßigen Antriebschub registriert haben, also lassen Sie das Shuttle entkoken und neu stimmen.« Es folgte wieder eine Pause. »Danke, aber ich habe meine Rechnung schon bezahlt. Nein, schon in Ordnung. Ja ...«, und Killashandra bemerkte, daß die Dankbarkeit Carrik ärgerte. »Wenn Sie wollen.« Er warf einen Blick auf das Mädchen. »Für zwei, ja?« fügte er hinzu und grinste ihr zu, als er sich vom Pult abwandte. »Schließlich haben Sie es ja auch gehört.« Er legte Killashandra die Hand unter den Ellbogen und steuerte sie auf eine abgesonderte Nische zu.

»Ich habe noch eine Flasche Wein da drüben stehen«, erklärte sie, halb protestierend und halb amüsiert über seine bestimmte Führung.

»Sie werden gleich besseres bekommen. Ich heiße übrigens Carrik. Und Sie ...?«

»Killashandra Ree.«

Er lächelte, und in seinen grauen Augen blitzte es überrascht auf. »Ein hübscher Name.«

»Na, kommen Sie. Etwas anderes fällt Ihnen nicht ein?«

Er lachte und wischte sich abwesend den Schweiß von Stirn und Oberlippe, während er auf seinen Platz rutschte.

»Doch, aber es ist *wirklich* ein hübscher Name. Er klingt so musikalisch.«

Sie zuckte zusammen.

»Habe ich etwas Verkehrtes gesagt?«

»Nein. Schon gut.«

Er musterte sie skeptisch. In diesem Augenblick glitt eine gekühlte Flasche aus dem Servicefeld.

Carrik warf einen Blick auf das Etikett. »Ein '72er – erstaunlich.« Er ging das Menüvidifax durch. »Ob sie auch forellanische Biskuits und aldebranische Pastete haben? – Tatsächlich, haben sie. Na, es könnte sein, daß ich meine Meinung über Fuerte doch noch revidiere.«

»Hören Sie, ich bin gerade fertig mit ...«

»Im Gegenteil, meine liebe Killashandra Ree, Sie haben gerade erst angefangen.«

»So?« Jeder, der Killashandra näher kannte, wäre bei diesem Ton in ihrer Stimme sofort vorsichtiger geworden.

»Ja«, fuhr Carrik munter fort, und seine Augen funkelten herausfordernd, »denn heute abend wollen wir mal richtig feiern – auf Kosten des Hauses, natürlich. Da wir immerhin gerade den Raumhafen vor der Zerstörung bewahrt haben, ist ihnen mein und Ihr Wunsch Befehl. Sie werden uns noch dankbarer sein, wenn sie den Antrieb untersuchen und die Risse in den Wandlerkristallen sehen. Sie sind mindestens hundert Schwingungen neben dem exakten Wert.«

Sie gab ihre schon halb gefaßte Absicht, einen würdevollen Abgang zu machen, wieder auf und starrte Carrik an. Man mußte schon ein äußerst geschultes Gehör besitzen, um eine so feine Abweichung in der Tonhöhe hören zu können.

»Um hundert Schwingungen daneben? Was meinen Sie? Sind Sie Musiker?«

Carrik sah sie an, als ob sie wissen müßte, wer oder was er war. Er blickte sich um, vergewisserte sich, daß der Kellner weg war, lehnte sich dann lässig zurück und lächelte sie rätselhaft an.

»Ja, ich bin so eine Art Musiker. Sie auch?«

»Nicht mehr«, gab Killashandra ätzend zurück, und sofort war der Wunsch, dem Planeten den Rücken zu kehren, wieder da. Für kurze Zeit hatte sie vergessen können, warum sie hier auf dem Raumhafen war. Jetzt aber hatte er sie wieder daran erinnert, und sie hatte von solchen Erinnerungen genug.

Als sie Anstalten machte, aufzustehen, schlossen sich seine Finger fest um ihren Arm und drückten sie auf ihren Platz. In diesem Augenblick platzte ein Beamter in das Restaurant, der sich suchend nach Carrik umsah. Seine Miene drückte Erleichterung und Freude aus, als er an ihren Tisch eilte. Das Lächeln, das Carrik Killashandra zuwarf, war eine reine Herausforderung, sich ihm hier vor einem Zeugen zu widersetzen, aber obwohl sie es gerne getan hätte, war ihr klar, daß sie jetzt unmöglich eine Szene machen konnte. Außerdem hatte sie noch keinen triftigen Grund, ihn des Eingriffs in ihre persönliche Freiheit zu beschuldigen. Carrik, der sich voll und ganz bewußt war, in welchem Dilemma sie sich befand, besaß die Frechheit, ihr zuzuprosten, als er den Wein probierte, wie es üblich war.

»Ja, Sir, der '72er. Eine sehr gute Wahl. Sicher werden Sie ...«

Das Servicefeld öffnete sich und enthüllte einen Teller mit leicht dampfenden Biskuits und eine Platte mit einem rötlichbraunen Gericht.

»Ah ja, forellanische Biskuits und aldebranische Pastete. Serviert mit warmen Biskuits. Ich sehe, Ihre Köche verstehen ihr Handwerk«, bemerkte Carrik mit gespielter Überraschung.

»Wir sind hier auf Fuerte vielleicht klein im Gegensatz zu anderen Raumhäfen, die Sie kennen«, begann der Beamte unterwürfig.

»Ja, ja, danke.« Carrik winkte den Mann brüsk fort.

Killashandra starrte ihm nach und fragte sich, warum er sich angesichts einer so unhöflichen Abfuhr nicht beleidigt gezeigt hatte.

»Wie kommen Sie dazu, sich ein solches Benehmen zu erlauben?«

Carrik lächelte. »Versuchen Sie mal den Wein, Killashandra.« Sein Lächeln schien anzudeuten, daß der Abend noch lang und ein Vorspiel zu einer intimeren Beziehung werden würde.

»Wer sind Sie?« wollte sie wütend wissen.

»Ich bin Carrik von der Heptitengilde«, wiederholte er geheimnisvoll.

»Und das gibt Ihnen das Recht, in meine persönliche Freiheit einzugreifen?«

»Das gibt es, wenn Sie dieses Kristallheulen auch gehört haben.«

»Und wie kommen Sie bitte zu diesem Schluß?«

»Na, was sagen Sie zu dem Wein, Killashandra Ree? Ihre Kehle ist bestimmt trocken, und ich kann mir vorstellen, daß Sie Kopfschmerzen von den schmerzhaften Schwingungen haben, was Ihre schlechte Laune erklären würde.«

Sie hatte tatsächlich Schmerzen im Nacken. Und er hatte auch recht mit seiner Vermutung über ihre trockene Kehle

– und ihre schlechte Laune. Er hatte allerdings seine Kritik abgeschwächt, indem er ihre Hand streichelte.

»Ich muß mich für mein schlechtes Benehmen entschuldigen«, begann er mit einem charmanten Lächeln, ohne daß seine Miene echte Reue ausgedrückt hätte. »Diese Obertöne bei einem Shuttleantrieb können wirklich entnervend sein. Sie bringen unsere schlechtesten Seiten ans Licht.«

Sie nickte, während sie den Wein probierte. Es war eine ausgezeichnete Rebe, und Killashandra sah mit Entzücken und Freude auf. Er tätschelte ihren Arm und bedeutete ihr, auszutrinken.

»Wer sind Sie, Carrik von der Heptitengilde, daß Hafenbehörden auf Sie hören und Kontrolltürme aus Dankbarkeit exorbitante Delikatessen für Sie bestellen?«

»Wissen Sie das wirklich nicht?«

»Wenn ich es wüßte, würde ich nicht fragen!«

»Wo haben Sie denn Ihr bisheriges Leben verbracht, daß Sie noch nie von der Heptitengilde gehört haben?«

»Ich bin Musikstudentin auf Fuerte gewesen.« Sie spuckte die Worte regelrecht aus.

»Sie haben nicht zufällig das *absolute* Gehör?« Die unerwartete und beiläufig vorgebrachte Frage überraschte sie auf dem besten Weg, wieder in schlechte Laune zu verfallen.

»Doch, das habe ich, aber ich ...«

»Was für ein unglaubliches Glück!« Sein nicht unattraktives Gesicht begann zu strahlen. »Ich muß dem Agenten, der mir das Ticket hierher verkauft hat, ein Trinkgeld geben! Es ist wirklich ein unglaubliches Glück, daß wir uns hier begegnet sind ...«

»Glück? Wenn Sie wüßten, warum ich hier bin ...«

»Es interessiert mich nicht, *warum*. Sie sind hier, und ich bin hier.« Er nahm ihre Hände und schien ihr Gesicht mit den Augen verschlingen zu wollen, wobei er mit einer so tiefen Freude lächelte, daß Killashandra unwillkürlich verlegen zurücklächelte.

»Ja, mein Liebes, es ist wirklich Glück. Bestimmung. Schicksal. Karma. Lequoal. Fidalkoram. Wie immer Sie auch das Zusammentreffen unserer Lebenslinien bezeichnen wollen, ich sollte Fässer von diesem ausgezeichneten Wein für jenen lausigen Shuttlepiloten bestellen, daß er den Raumhafen allgemein und uns speziell gefährdet hat.«

»Ich verstehe nicht, was dieses Gefasel soll, Carrik von Heptite.« Trotzdem war Killashandra nicht immun gegen seine Komplimente und den Charme, den er ausstrahlte. Sie wußte, daß ihr selbstbewußtes Auftreten die Männer im allgemeinen eher zurückstieß, aber hier hatte sie einen weit herumgekommenen Außenweltler von Rand und Einfluß vor sich, der auf unerklärliche Weise von ihr beeindruckt war.

»Nein?« Er neckte sie wegen der Banalität ihres Protestes, und sie schluckte den Rest ihrer Abfuhr hinunter. »Im Ernst«, fuhr er fort, wobei er mit den Fingerspitzen über ihre Handflächen fuhr, als wollte er sie besänftigen, »haben Sie noch nie von den Kristallsängern gehört?«

»Kristallsänger? Nein. Nur von Kristalltunern.«

Er kommentierte ihre Erwähnung der Kristalltuner mit einem verächtlichen Fingerschnippen. »Stellen Sie sich vor, Sie singen eine Note, ein reines, klares eingestrichenes C und hören es über eine ganze Bergkette beantwortet?«

Sie starrte ihn wortlos an.

»Gehen Sie eine Terz hinauf oder hinunter; es macht keinen Unterschied. Sie singen den Ton und hören, wie die Harmonie zu Ihnen zurückkommt. Eine ganze Bergkette auf ein C gestimmt, und von einer Wand aus reinem Rosenquarz hallt in einer Dominante zurück. Die Nacht bringt dann die Mollakkorde hervor, wie ein Schmerz in der Brust, aber es sind die wundervollsten Schmerzen in der Welt, denn die Musik der Kristalle steckt Ihnen im Körper, im Blut ...«

»Sie sind verrückt!« Killashandra grub ihre Finger in seine Hände, um seinen Wortschwall zu unterbrechen, denn was er sagte, rief zu viele schmerzliche Erinnerungen in ihr wach. Sie mußte das alles vergessen. »Ich hasse Musik. Ich hasse alles, was mit Musik zu tun hat.«

Er musterte sie einen Augenblick ungläubig, dann legte er ihr mit einem Ausdruck unerwarteter Zärtlichkeit und

Sorge den Arm um die Schultern und zog sie ungeachtet ihres anfänglichen Widerstands an sich.

»Erzähl mir, was heute passiert ist, Liebes.«

Noch einen Moment zuvor hätte sie eher Glasscherben verschluckt, statt sich jemandem anzuvertrauen, aber die Wärme in seiner Stimme und seine Besorgtheit kamen so unerwartet und genau zum richtigen Zeitpunkt, daß ihr ganzes Elend und Unglück aus ihr herausbrach.

Er lauschte jedem ihrer Worte und drückte ihr hin und wieder mitfühlend die Hand, und sie war erstaunt, als sie am Ende ihres Berichts sah, wieviel tiefes Verständnis in seinen Augen lag.

»Meine liebe Killashandra, was kann ich dazu sagen? Es gibt keinen Trost bei einer solchen persönlichen Katastrophe! Und da hast du« – seine Augen leuchteten vor Bewunderung, wie Killashandra es zu deuten vorzog – »kühl wie eine Königin vor einer Flasche Wein gesessen. Oder« – und dabei beugte er sich über sie und grinste boshaft – »wolltest du nur genug Mut sammeln, um dich unter ein Shuttle zu stellen?« Angesichts dieser ungeheuren Bemerkung versuchte sie, ihm ihre Hand zu entziehen, doch er hielt sie fest. »Nein, ich sehe, daß *du* ganz bestimmt nicht an Selbstmord gedacht hast.« Das versteckte Kompliment besänftigte sie. »Obwohl«, fuhr er fort, wobei sein Ausdruck nachdenklich wurde, »es, wenn auch unbeabsichtigt, dazu hätte kommen können, wenn man dem Shuttle wieder Starterlaubnis gegeben hätte. Wenn ich nicht hier gewesen wäre, um es aufzuhalten ...« Er warf ihr ein charmant tadelndes Lächeln zu.

»Du bist ganz schön von dir eingenommen, was?« warf sie ihm mehr im Spaß vor, denn seine selbstherrliche Art war für sie ein unwiderstehlicher Gegensatz zu allen ihren früheren Bekannten.

Er grinste reuelos und deutete mit dem Kopf auf die Überreste ihres exotischen Imbisses. »Nicht ganz zu Unrecht, mein liebes Mädchen. Sag mal, du hast doch jetzt keine Verpflichtungen mehr, oder?« Sie schüttelte zögernd den Kopf. »Oder gibt es da jemanden, mit dem du zusammen bist?« Die Frage kam fast agressiv, als wollte er jeden Rivalen ausschalten.

Später würde sich Killashandra vielleicht erinnern, wie geschickt Carrik sie zu nehmen gewußt hatte, wie er auf ihre aufgewühlte Verfassung, auf ihre innere Weiblichkeit gesetzt hatte, aber diese Spur von Eifersucht schmeichelte ihr sehr, und die Begierde in seinen Augen und seinen Händen war nicht vorgetäuscht.

»Niemand von Bedeutung oder der mich vermissen würde.«

Auf Carriks skeptischen Blick erinnerte sie ihn daran, daß sie ihre ganzen Energien auf ihre Sängerkarriere konzentriert hatte.

»Doch bestimmt nicht alle?« machte er sich über ihren Ehrgeiz lustig.

»Es gibt niemanden von Bedeutung«, wiederholte sie fest.

»Dann laß mich dir einen ehrbaren Vorschlag machen. Ich möchte dich einladen. Ich verbringe hier meinen Urlaub und muß erst wieder zur Heptitengilde zurück, wenn – nun« – er zuckte gleichgültig die Achseln – »wenn ich es will. Ich habe genug Kredits, und du kannst mir helfen, sie auszugeben. Auf diese Weise kannst du dein Musikstudium vergessen.«

Sie musterte ihn direkt, denn ihre Bekanntschaft war so kurz und hektisch, daß sie einfach noch nicht die Zeit gehabt hatte, ihn als möglichen Begleiter zu sehen. Außerdem traute sie ihm nicht unbedingt. Sie fühlte sich von seiner herrischen, selbstherrlichen Art gleichzeitig angezogen und abgestoßen, und doch bedeutete er eine Herausforderung für sie. Auf jeden Fall war er das genaue Gegenteil der jungen Männer, die sie bisher auf Fuerte kennengelernt hatte.

»Wir müssen auch nicht unbedingt auf diesem langweiligen Planeten bleiben.«

»Warum bist du dann überhaupt hergekommen?«

Er lachte. »Weil ich noch nie auf Fuerte gewesen bin. Ich kann allerdings nicht behaupten, daß es hält, was sein Name verspricht, oder übernimmst du das? Na komm, Killashandra«, fügte er hinzu, als sie den Kopf zurückwarf, »ich bin doch sicher nicht der erste Mann, der mit dir flirtet. Oder haben sich die Musikstudenten seit meinen Tagen so geändert?«

»Hast du auch Musik studiert?«

Ein merkwürdiger Schatten huschte über seine Augen. »Wahrscheinlich. Ich kann mich nicht mehr genau erinnern. Eine andere Zeit, vielleicht ein anderes Leben.« Sein charmantes Lächeln vertiefte sich, und eine Wärme trat in seinen Ausdruck, die sie recht beunruhigend fand. »Sag mal, was kann man denn auf diesem Planeten unternehmen?«

Killashandra dachte einen Moment nach und zwinkerte dann: »Ob du's glaubst oder nicht, ich habe keine Ahnung.«

»Dann werden wir es gemeinsam herausfinden.«

In Anbetracht des Weins, seiner erfahrenen Schmeicheleien und ihrer eigenen Verwegenheit konnte Killashandra der Versuchung nicht widerstehen. Sie wußte, daß sie eigentlich viele Dinge tun sollte, aber »sollte« war irgendwann im Laufe der zweiten Flasche dieses ausgezeichneten Weins verbannt worden. Nachdem sie den Rest der Nacht in Carriks Arme geschmiegt im teuersten Apartment des Raumhafenhotels verbracht hatte, beschloß Killashandra, für ein paar Tage alle Pflicht zu vergessen und zu dem charmanten Besucher nett zu sein.

Der Vidifaxdrucker klapperte, als er Dutzende von Karten mit Erholungszentren auf Fuerte ausspuckte, mehr als sie je vermutet hätte. Da sie noch nie Wasserski gefahren war, entschied Carrik, daß sie es beide einmal versuchen müßten. Er bestellte einen privaten Gleiter, der in einer Stunde bereitstehen sollte. Während er vergnügt mit seinem tiefen, vollen Baß in der eleganten, in den Boden eingelassenen Badewanne der Suite vor sich hinsang, erinnerte sich Killashandra eines Rests von Initiative zur Selbsterhaltung und ließ sich vom Computerpult ein paar diskrete Informationen geben.

1234/AZ ...
KRISTALLSÄNGER ... EIN UMGANGSSPRACHLICHER GALAKTISCHER EUPHEMISMUS, DER SICH AUF DIE ANGEHÖRIGEN DER HEPTITENGILDE, BALLYBRAHN, BEZIEHT, DIE FÜR DIESEN PLANETEN EINMALIGE KRISTALLKETTEN ABBAUEN. SIEHE: BALLYBRAN, REGULUSSYSTEM, A-S-F/128/4. AUCH KRISTALLABBAU, KRISTALLTECHNOLOGIE, »SCHWARZKRISTALL« – KOMMUNIKATION. ACHTUNG: UNERLAUBTE LANDUNG AUF BALLYBRAN IST VON DEN FÖDERIERTEN SENTIENT-PLANETEN VERBOTEN, SEKTION 907, CODE 4, PARAGRAPHEN 78-90

Das Landeverbot überraschte Killashandra. Sie versuchte sich Details aus ihren Pflichtkursen in der Schule über Rechte und Verantwortlichkeiten der FSP ins Gedächtnis zurückzurufen. Die 900er Sektion hatte mit Lebensformen zu tun, überlegte sie, und der Code 4 wies auf beträchtliche Gefahr hin.

Sie tippte Sektion, Code und Paragraphen ein und erhielt eine Aufforderung *Grund für Anfrage?* Da ihr auf Anhieb keiner einfallen wollte, versuchte sie es mit dem planetarischen Hinweis, und das Display lief über den Bildschirm.

BALLYBRAN: FÜNFTER PLANET DER SONNE SCORIA IM REGULUSSEKTOR; DREI SATELLITEN; AUTORISIERTER LANDEPUNKT ERSTER MOND, SHANKILL; STANDARD LEBENSVERSORGUNGSBASIS, KOMMERZIELLE UND TRANSITORISCHE UNTERKÜNFTE. KEINE UNERLAUBTE LANDUNG AUF DEM PLANETEN: SEKTION 907, CODE 4, PARAGRAPHEN 78-90. ALLEINIGE AUTORITÄT: HEPTITENGILDE, MONDBASIS SHANKILL.

Dann las sie die dicht gedruckten Zeilen mit Daten über die Spektralanalyse von Scoria und seinen Satelliten, wobei Ballybran der einzige war, über den es umfangreichere Informationen gab, die Killashandra teilweise interpretieren konnte. Ballybrans Schwerkraft lag etwas niedriger als die galaktische Norm für menschliches Anpassungsvermögen, der Planet besaß eine atembare Atmosphäre, mehr Ozeane als Landmassen, komplizierte Gezeiten aufgrund der Einwirkung von drei Monden wie eine exotische Meteorologie, die durch Sonnenfleckenaktivität auf dem Hauptplaneten angeregt wurde.

WICHTIGSTE INDUSTRIEFORMEN: (1) BALLYBRANISCHE KRISTALLE (2) HEILQUELLEN.
1) DER BALLYBRANISCHE LEBENDE KRISTALL VARIIERT IN DICHTE, FARBE UND LANGLEBIGKEIT UND IST FÜR DEN PLANETEN EINMALIG. HAUPTBESTANDTEIL BEI DER PRODUKTION VON STEUERELEMENTEN IN LASERN; ALS MATERIAL FÜR GRUNDLAGEN FÜR INTEGRIERTE SCHALTKREISE; POSITRONENROBOTS; ALS WANDLER FÜR ELEKTROMAGNETISCHE STRAHLUNG (GRUNDFREQUENZEN VON 20 KHZ UND 500 KHZ MIT AUDIO-NEBENSCHWINGUNGEN UND OBERTÖNEN IN DEN NIEDEREN FREQUENZBEREICHEN) UND WÄRMELEITERN; ALS OPTHERIANISCHE TONRELAIS UND MUSIKINSTRUMENTE; BLAUE TETRAEDER SIND EIN ENTSCHEIDENDER BESTANDTEIL BEI TACHYONISCHEN ANTRIEBSSYSTEMEN.
»SCHWARZER« QUARZ, EIN AUF BALLYBRAN BEGRENZTES PHÄNOMEN, SPIELT EINE ENTSCHEIDENDE ROLLE BEI DER SIMULTANEN INTERSTELLARKOMMUNIKATION, DA ER DIE EIGENSCHAFT BESITZT, DEN RAUM ÜBER JEDE DISTANZ ZU FALTEN, SO DASS ES MAGNETISCH, ELEKTRISCH UND, SO WEIT BEKANNT, AUCH OPTISCH KEINE EFFEKTIVE VERZÖGERUNG ZWISCHEN ZWEI GEKOPPELTEN RESONIERENDEN SEGMENTEN GIBT, UNGEACHTET DER TATSÄCHLICHEN DISTANZ ZWISCHEN IHNEN.
ZEITLICHE GENAUIGKEIT ÜBER EINE DISTANZ VON 500 LICHTJAHREN LIEGT BEI EINER KONSISTENTEN GENAUIGKEIT VON 1×10^{-6} NACH DER STANDARDZEIT DES CAESIUM-ATOMS.
DER SCHWARZE QUARZ BESITZT DIE FÄHIGKEIT ZUR SIMULTANSYNCHRONISATION MIT ZWEI ANDEREN SEGMENTEN UND ERMÖGLICHT SO EIN RINGVER-

BINDUNGS-SAMMELSYSTEM. BEISPIEL: BEI SECHS QUARZ-SEGMENTEN A BIS F IST A MIT C, D & E VERBUNDEN; B MIT C, E & F ...

Das war mehr, als sie im Leben über Schwarzquarzkommunikation wissen wollte, dachte Killashandra, als Diagramme und Berechnungen über den Schirm abrollten, also beschleunigte sie das Display und ließ es erst wieder langsamer laufen, als sie die Überschrift »Mitgliederschaft« las, um zum Anfang des Kapitels zurückzugehen.

DIE GEGENWÄRTIGE MITGLIEDERZAHL DER HEPTITENGILDE AUF BALLYBRAN BETRÄGT 4425, EINSCHLIESSLICH INAKTIVER MITGLIEDER, ABER DIESE ZAHL FLUKTUIERT BETRÄCHTLICH AUFGRUND DES BERUFSRISIKOS. DIE ZAHL DES HILFSPERSONALS UND DER TECHNIKER BELÄUFT SICH GEGENWÄRTIG AUF 20007. BEWERBER UM MITGLIEDSCHAFT BEI DER GILDE WERDEN DARAUF HINGEWIESEN, DASS ES SICH UM EINE ÄUSSERST GEFÄHRLICHE TÄTIGKEIT HANDELT, UND DIE HEPTITENGILDE IST LAUT FÖDERATIONSGESETZ VERPFLICHTET, AUFSCHLUSS ÜBER SÄMTLICHE EINZELHEITEN ALLER EINBEGRIFFENEN GEFAHREN ZU GEBEN, BEVOR SIE NEUE MITGLIEDER UNTER VERTRAG NIMMT.

Viertausendvierhundertfünfundzwanzig schien eine lächerlich kleine Zahl für eine galaxisweite Gilde, die so viele Industriebereiche mit wesentlichen Elementen versorgte. Die meisten galaxisweiten Gilden hatten Hunderte Millionen von Mitgliedern. Was waren das Hilfspersonal und die Techniker? Die Bemerkung »sämtliche Einzelheiten aller einbegriffenen Gefahren« konnte Killashandra nicht abschrecken, denn Gefahr war relativ.

DAS SCHNEIDEN VON BALLYBRANISCHEN KRISTALLEN IST EINE ÄUSSERST KOMPLIZIERTE UND NUR WENIGEN VORBEHALTENE KUNST, DIE UNTER ANDEREN ANSPRUCHSVOLLEN ANFORDERUNGEN VON

DEN PRAKTIZIERENDEN PERFEKTES UND ABSOLUTES GEHÖR SOWOHL IN DER WAHRNEHMUNG WIE AUCH IN DER REPRODUKTION VON TONQUALITÄT UND TIMBRE VERLANGT, EINE EIGENSCHAFT, WIE SIE NUR VON TYP IV BIS VIII DER ZWEIFÜSSIGEN HUMANOIDEN VORKOMMT – URSPRUNG: SOL III: KRISTALLSCHNEIDER MÜSSEN DER HEPTITENGILDE ANGEHÖREN, DIE SIE AUSBILDET, AUSRÜSTET UND MIT DEN ENTSPRECHENDEN MEDIZINISCHEN LEISTUNGEN DER GILDE VERSORGT, WOFÜR SIE DREISSIG PROZENT DES GEWINNS ALLER AKTIVEN MITGLIDER BEANSPRUCHT.

Killashandra stieß einen leisen Pfiff aus – 30 Prozent war ziemlich happig. Trotzdem schien es Carrik nicht an Kredits zu mangeln, also mußten 70 Prozent seines Verdienstes als Schneider eine sehr ansehnliche Summe sein.

Bei dem Gedanken an Carrik gab sie eine Rückfrage ein. Jeder konnte sich als Mitglied der Gilde ausgeben; Hochstapler konnten oft mit ausgezeichnet gefälschten Dokumenten aufwarten und wußten eine ganze Menge über ihren angeblichen Beruf, aber der Computer ließ sich nicht manipulieren. Die Überprüfung gab ihr die Bestätigung, daß Carrik tatsächlich ein angesehenes Mitglied der Heptitengilde und im Augenblick abwesend war. Ein Hologramm von Carrik, das aufgenommen worden war, als er vor fünf Tagen seine Kreditscheibe für den Raumflug nach Fuerte benutzt hatte, rollte über den Schirm.

Ja, der Mann war zweifellos der, für den er sich ausgab und ging der Beschäftigung nach, die er angegeben hatte. Die Tatsache, daß er ein über Kreditkarte bezahlendes Mitglied der Gilde war, bedeutete eine Sicherheit für sie, so daß sie sein Angebot einer »ehrbaren« Einladung, mit ihm seinen Urlaub zu verbringen, ohne Bedenken annehmen konnte. Er würde es ihr nicht überlassen, die Rechnungen zu bezahlen, wenn er plötzlich auf die Idee kommen sollte, den Planeten vorzeitig zu verlassen.

Sie lächelte vor sich hin, und ein Gefühl der Sinnlichkeit überkam sie. Carrik hielt sich für einen Glücksvogel, oder?

Nun, sie sich auch. Der letzte Rest von »sollte« war der flüchtige Gedanke, daß sie sich eigentlich im Zentralcomputer von Fuerte als Durchreisende eintragen »sollte«, aber da sie dazu nicht verpflichtet war, solange sie keine Unterstützung beanspruchte, tat sie es nicht.

Während sie anfing, ihre neugefundene Freiheit zu genießen, stellte sich bei mehreren ihrer Komilitonen Sorge um Killashandra ein. Jedem war klar, daß das Urteil der Prüfer sie schrecklich aus der Fassung gebracht haben mußte. Obwohl einige fanden, daß sie eine Lektion für ihre Arroganz und Selbstgefälligkeit verdient hatte, waren die Gutmütigeren doch angesichts ihres Verschwindens beunruhigt. Dazu gehörte auch Maestro Esmond Valdi.

Sie hätten wahrscheinlich die Killashandra nicht wiedererkannt, die in den südlichen Gewässern der Westlichen Hemisphäre Wasserski fuhr oder in eleganten Kleidern umherging, begleitet von einem großen, vornehm aussehenden Mann, den selbst die hochmütigsten Hoteliers mit Hochachtung und Ehrerbietung behandelten.

Es war ein phantastisches Gefühl, über unbegrenzte Mittel zu verfügen. Carrik ermunterte Killashandra dazu, nach Herzenslust Geld auszugeben, und die Praxis ließ sie die paar Skrupel vergessen, die aus den Jahren übriggeblieben waren, in denen sie sich das Notwendigste von ihren Studentenzuschüssen absparen mußte. Sie hatte allerdings den Anstand, gegen seine Verschwendungssucht zu protestieren, zumindest am Anfang.

»Mach dir keine Sorgen, Schätzchen. Ich habe genug Kredit«, versicherte ihr Carrik. »Ich hatte Glück mit Dominantterzen in den Blauen Bergen, genau zu der Zeit, als irgendwelche verrückten Revolutionäre die Kommunikation eines halben Planeten in die Luft gejagt haben.« Er brach ab, und seine Augen verengten sich, als er sich an etwas nicht gerade Erfreuliches erinnerte. »Ich hatte auch Glück mit der Form. Weißt du, es genügt nämlich nicht, die Resonanzen der Kristalle, die man schneidet, zu hören. Du mußt auch hoffen, daß du dich erinnern kannst, welche Form du schneiden mußt, und das ist der Punkt, der entscheidet, ob du als Kristallsänger erfolgreich oder ruiniert bist. Du *mußt* dich daran erinnern können, was auf dem Markt gefragt ist oder an solche Dinge wie diese Revolution auf Hardesty.« Er klopfte zum Nachdruck auf den Tisch, und diese letzte Erinnerung schien ihn zu erfreuen. »Ich habe mich genau daran erinnert, als es darauf ankam.«

»Ich verstehe nicht, was du meinst.«

Er warf ihr einen flüchtigen Blick zu. »Mach dir keine Sorgen, Schätzchen.« Es war seine Standardausrede. »Komm, gib mir einen Kuß und vertreib mir die Kristalle aus dem Blut.«

Sein Lieben und das Vergnügen, das er an ihrem Körper hatte, war bestimmt nicht kristallen, und so zog es Killashandra vor, zu vergessen, wie oft er sich um eine Antwort auf ihre Fragen über das Kristallsingen drückte. Zuerst dachte sie, daß er wahrscheinlich deshalb nicht über seine Arbeit sprechen wollte, weil er hier auf Urlaub war. Dann merkte sie, daß ihn ihre Fragen störten, als ob sie ihm unangenehm wären und daß er vor allem das Kristallsingen vergessen wollte, was ihren Plan nicht gerade begünstigte. Aber Carrik war kein manipulierbarer Jüngling, der um ihr Wohlwollen und ihre Gunst bettelte. Also half sie ihm, das Kristallsingen zu vergessen, was ihm auch offenkundig gelang, bis er sie eines Nachts mit seinem Stöhnen aufweckte.

»Carrik, was ist los? Ist es der Fisch, den wir heute abend gegessen haben? Soll ich einen Arzt holen?«

»Nein, nein!« Er drehte sich krampfhaft um. »Laß mich nicht allein. Es geht wieder vorbei.«

Sie hielt ihn in ihren Armen, als er zu schreien begann und die Zähne vor einem inneren Schmerz zusammenbiß. Schweiß drang aus seinen Poren, aber er wollte nicht, daß sie Hilfe holte. Die Krämpfe schüttelten ihn fast eine Stunde lang, bevor sie endlich wieder aufhörten und er erschöpft und schwach dalag. In dieser Stunde wurde ihr klar, wieviel er ihr inzwischen bedeutete, wie schön es mit ihm war und was sie dadurch nicht alles verpaßt hatte, daß sie bisher nie eine intime Beziehung gewollt hatte. Nachdem er geschlafen und sich ausgeruht hatte, fragte sie ihn, was ihn in der Nacht so gequält hätte.

»Kristalle, Killashandra, Kristalle.« Seine mürrische Art und der verstörte Ausdruck auf seinem Gesicht veranlaßten sie, das Thema fallenzulassen.

Am Nachmittag war er wieder fast der alte, aber ein Teil seiner Ungezwungenheit war fort. Es wirkte mechanisch, als er etwas mit ihr unternahm, sie zu kühneren Übungen auf den Wasserskiern ermunterte, während er selbst nur im flachen Wasser herumplanschte.

Sie saßen in einem Restaurant am Wasser und waren gerade mit einem gemütlichen Essen fertig, als er schließlich davon sprach, daß er wieder an seine Arbeit zurück müßte.

»Ich kann wohl nicht sagen, so schnell?« bemerkte Killashandra mit einem leichten Lächeln. »Aber kommt der Entschluß nicht ziemlich plötzlich?«

Er warf ihr ein merkwürdiges Lächeln zu. »Doch, aber das ist doch bei den meisten meiner Entschlüsse so, nicht? Wie zum Beispiel, dir eine andere Seite dieses langweiligen und verstaubten Planeten zu zeigen.«

»Und jetzt ist unsere Idylle vorbei?« Sie bemühte sich, gleichgültig zu klingen, aber in ihre Stimme schlich sich ein scharfer Unterton.

»Ich muß zurück nach Ballybran. Ha! Das klingt wie eine Zeile aus einem Fischerlied, nicht?« Er summte eine einfache Melodie, die sich so leicht voraussagen ließ, daß Killashandra miteinfiel.

»Wir machen wirklich phantastische Musik zusammen«, sagte er mit einem spöttischen Blick. »Ich nehme an, du wirst jetzt mit deinem Studium weitermachen, oder?«

»Studieren? Wozu noch? Um erster Sopran in einem von Orchester begleiteten Chor aus Grunzern und Stöhnern zu werden, den irgendein Fifififidipi vom Planeten Grnch geschrieben hat?«

»Du könntest Kristalltuner werden. Offensichtlich braucht der Raumhafen von Fuerte dringend einen.«

Sie schnaubte verächtlich und sah ihn erwartungsvoll an.

Er lächelte zurück und drehte höflich den Kopf in Erwartung einer verbalen Antwort.

»Oder«, begann sie langsam, wobei sie versteckt beobachtete, »ich könnte mich als Kristallsängerin bei der Heptitengilde bewerben.«

Seine Miene wurde ausdruckslos. »Kristallsingen ist nichts für dich.«

Die Heftigkeit seiner Worte machten sie einen Augenblick sprachlos.

»Woher weißt du, daß es nichts für mich ist?« blitzte sie ihn gegen ihren Willen und trotz einer nagenden Unsicherheit über seine Gefühle für sie an. Sie war vielleicht der ideale Partner, wenn es darum ging, sich faul an irgendeinem Sandstrand zu räkeln, aber als ständiger Begleiter bei einem gefährlichen Beruf – das war etwas anderes.

Er lächelte traurig. »Weil es nichts für dich ist.«

»Du meinst wegen dieses Blödsinns von wegen ›äußerst gefährlich‹.«

»Es ist wahr.«

»Ich habe das absolute Gehör, also kann ich mich bewerben.«

»Du hast ja keine Ahnung, worauf du dich da einläßt«, gab er tonlos zurück. Seine Miene war gleichzeitig wachsam und abschreckend. »Kristallsingen ist ein schreckliches, einsames Leben. Du kannst nicht immer jemanden finden, der mit dir singt; die Töne treffen nicht immer die richtigen Schwingungen für die Kristallflächen, die du findest. Natürlich kann man wahnsinnige Schnitte machen, wenn man zu zweit singt.« Er schien zu schwanken.

»Und wie kann man das herausfinden?« erkundigte sie sich mit Unschuldsmiene.

Er brummte amüsiert. »Indem du Lehrgeld zahlst, natürlich. Aber Kristallsingen ist trotzdem nichts für dich.« Eine fast erschreckende Traurigkeit schwang in seiner Stimme mit. »Wenn du einmal angefangen hast, kristallzusingen, hörst du nicht mehr auf. Deshalb sage ich dir, vergiß es.«

»Schön ... jetzt hast du es mir gesagt.«

Er nahm ihre Hand und blickte ihr fest in die Augen. »Du hast noch nie einen Machsturm in den Milikeys mitgemacht.« Die Erinnerung an durchgestandene Ängste machte seine Stimme rauh. »Sie sind plötzlich aus dem Nichts da und brechen über einen herein, als ob die Hölle los wäre. Deshalb auch der Ausdruck über Unglücksfälle, ›die Gilde sorgt für ihre Angehörigen‹. Ein Machsturm kann in einem einzigen Schallcrescendo aus einem Menschen ein dahinvegetierendes Etwas machen.«

»Dazu ist nicht unbedingt ein Schallcrescendo nötig«, erwiderte sie. Killashandra dachte dabei an den Frachtaufseher auf dem Raumhafen, dessen Lebensinhalt aus dem Kontrollieren des Schiffsgewichts bestand – an Lehrer, die apathisch die Listen mit den Namen der neuen Studenten durchgingen. »Es gibt doch bestimmt Instrumente, die einen vor einem nahenden Sturm in einer Kristallkette warnen.«

Er nickte abwesend, den Blick auf einen Punkt über ihrem Kopf gerichtet. »Wenn du erst mal am Kristallschneiden bist, vergißt du alles andere. Du weißt, daß sich die Tonhöhen nach dem Sturm verändert haben werden, und du weißt, daß du deinen Sicherheitsspielraum verlierst, wenn du eine Minute länger bleibst, aber ein letzter Kristall könnte bedeuten, daß du endlich einmal wieder von dem Planeten wegkommst ...«

»Kannst du das denn nicht nach jeder Tour in die Bergketten?«

Er schüttelte den Kopf und runzelte ärgerlich die Stirn, weil sie ihn unterbrochen hatte. »Man deckt nicht immer die Kosten für die Tour oder für frühere Schäden, oder man hat nicht die richtige Form oder den richtigen Ton geschnitten. Manchmal ist der Ton wichtiger als die Form, mußt du wissen.«

»Und du mußt dich erinnern können, was gefragt ist, nicht?« Wenn sie das absolute Gehör hatte, und sie wußte, daß sie ein ausgezeichnetes Gedächnis hatte, schien Kristallsingen der ideale Beruf für sie zu sein.

»Du mußt dich an die Neuigkeiten *erinnern* können«, entgegnete er, wobei er merkwürdigerweise das Verb betonte.

Killashandra ließ sich davon nicht beeindrucken. Gedächnis war nur eine Sache der Gewohnheit, der

Übung, von Eselsbrücken, die einem wichtige Informationen wieder in Erinnerung riefen. Sie besaß eine ganze Menge Erfahrung, was Gedächtnis betraf.

»Wäre es vielleicht möglich, daß ich dich nach Ballybran begleite und mich bei der Gilde bewerbe …«

Er hielt ihre Hände wie in einem Schraubstock fest; selbst sein Atem schien für einen Augenblick zu stocken. Seine Augen musterten sie forschend. »Du hast gefragt. Vergiß das nie!«

»Also, wenn dir meine Begleitung …«

»Küß mich und sag nichts, das dir hinterher leid tut.« Er zog sie abrupt in die Arme und nahm ihr so völlig den Atem, daß sie nichts mehr sagen konnte.

Der zweite Krampf befiel ihn so kurz nachdem sie sich geliebt hatten, daß sie schuldbewußt dachte, Übererregung sei der Grund dafür. Diesmal war der Anfall schlimmer als beim erstenmal, und als er schließlich vorbei war, fiel Carrik in einen fiebrigen, erschöpften Schlaf. Er sah alt und mitgenommen aus, als er vierzehn Stunden später wieder aufwachte. Und er bewegte sich wie ein schwer rheumakranker Mann.

»Ich muß nach Ballybran zurück, Killa.« Seine Stimme war unsicher, und er hatte seine stolze Selbstsicherheit verloren.

»Zur Behandlung?«

Er zögerte und nickte dann. »Zum Kräfte tanken, genau genommen. Ruf den Raumhafen an und buch zwei Flüge.«

»Zwei?«

»Du kannst mitkommen«, erklärte er mit ernster Freundlichkeit, obwohl sie etwas beleidigt über die Art und Weise war, wie er eine Einladung ausdrückte, die eher eine Bitte als eine Erlaubnis war. »Es ist mir egal, wie oft wir umsteigen müssen. Ich will nur so schnell wie möglich zurück.«

Sie setzte sich mit dem Raumhafen und dem Flugbüro in Verbindung, und nach einer Ewigkeit bekam sie von dem, wie ihr schien, reichlich unfähigen Angestellten am Ticketschalter die Bestätigung, daß zwei Plätze für einen Shuttleflug für sie gebucht waren, der in vier Stunden von Fuerte ging, mit einem vierstündigen Satellitenaufenthalt vor dem ersten Linienschiff in ihre Richtung.

Carrik hatte eine Reihe persönlicher Dinge einzupacken, doch Killashandra schlug vor, einfach alles zurückzulassen.

»Solche Sachen bekommt man auf Ballybran nicht«, erklärte er ihr, während er sich langsam daran machte, die auffallenden Hemden aus Gralliefaser zusammenzufalten. Der Ansporn des bestätigten Fluges hatte ihm neue Energie verliehen. Killashandra dagegen war eher entnervt durch die plötzliche Verwandlung eines charmanten, vitalen Mannes in einen zitternden Invaliden. »Manchmal hilft einem sogar etwas so Unwichtiges wie ein Hemd, sich an so viel zu erinnern.«

Sie war gerührt von seinem Lächeln und der Sentimentalität, die in seinen Worten mitschwang, und sie schwor sich, Geduld mit dem Kranken zu haben.

»Jeder Beruf birgt Gefahren. Und die Gefahren beim Kristallsingen ...«

»Es hängt davon ab, was man als Gefahr betrachtet«, erwiderte Killashandra beschwichtigend. Sie mochte die duftigen, leuchtenden Kleider, die so etwas ganz anderes als die derben, haltbaren Sachen waren, die sie als Studentin getragen hatte. Jedes Risiko schien ein fairer Preis für ein so luxuriöses Leben. Und die Gilde hatte nur 4435 Mitglieder. Sie war zuversichtlich, daß sie es hier schaffen konnte, ganz nach oben zu kommen.

»Hast du überhaupt einen Begriff davon, was du aufgeben würdest, Killashandra?« Er klang ein bißchen schuldbewußt.

Als sie in sein zerfurchtes, alterndes Gesicht sah, spürte sie einen Stich von Unbehagen. Jeder mußte erschreckend aussehen nach den Krämpfen, die Carrik ausgestanden hatte. Sie mochte seine nachdenkliche Stimmung nicht und hoffte, daß er nicht die ganze Strecke bis Ballybran so trübselig bleiben würde. War es das, was er meinte? Daß jemand im Urlaub oft ganz anderes als in seinem Beruf war?

»Was hält mich denn noch hier auf Fuerte?« erwiderte sie achselzuckend. Sie mußte ja nicht unbedingt mit Carrik zusammenarbeiten, wenn sie nach Ballybran kam. »Die Aussicht, es zu versuchen, ist jedenfalls weitaus erfreulicher als der Gedanke, mein Leben hier auf Fuerte zu vertrödeln.«

Er strich ihr mit dem Daumen über die Handfläche, und zum erstenmal reagierte ihr Körper nicht auf seine Zärtlichkeit. Aber er war auch kaum in der Verfassung, mit ihr zu schlafen, und seine Gebärde reflektierte es.

»Du kennst bisher nur die schönen Seiten des Kristallsingens ...«

»Du hast getan, was von dir erwartet wird, und mich darauf hingewiesen, daß es gefährlich ist. Es ist meine eigene Entscheidung, und ich hoffe, daß du bei deinem Angebot bleibst.«

Er hielt ihre Hand ganz fest, und die Freude in seinen Augen war eine deutlichere Bestätigung für sie als irgendein schlagfertiger Protest.

»Außerdem ist es eine der kleinsten Gilden in der Galaxis«, fuhr sie fort. Sie machte sich frei, um die restlichen Sachen einzupacken. »Also stehen die Chancen besser für mich.«

Er runzelte die Stirn und warf ihr einen spöttischen Blick zu, der wieder an den alten Carrik erinnerte. »Ein Zweizeller in einem Einzeller-Teich?«

»Wenn du willst. Ich will jedenfalls nie Mittelmaß sein.«

»Also lieber ein toter Held als ein lebendiger Feigling?« spottete er.

»So könnte man es ausdrücken. So! Das wär's. Wir fahren jetzt besser zum Raumflughafen. Ich muß dem Computer melden, wenn ich den Planeten verlasse. Vielleicht steht mir sogar noch Kredit zu.«

Sie übernahm das Steuer des Gleiters, während sich Carrik mit dem Passagierplatz begnügte und eindöste. Entweder tat ihm die Ruhe gut, oder er dachte an sein öffentliches Image, wie auch immer, jedenfalls verschwanden Killashandras Zweifel an seiner Verläßlichkeit als Partner, als er die Hafenbeamten herrisch herumkommandierte und dem Buchungsangestellten zusetzte, sich zu vergewissern, daß der Mann keinen direkteren Flug oder eine günstigere Verbindung übersehen hatte.

Killashandra überließ es Carrik, die letzten Vorbereitungen zu treffen, um sich beim Zentralcomputer von Fuerte abzumelden. Im selben Augenblick, als sie ihr Digitalarmband einsteckte und den Daumen an die entsprechende Stelle legte, begann die Konsole zu rattern und leuchtete rot auf. Sie erschrak, denn sie hatte nur eine Kreditüberprüfung programmiert, die Tatsache eingegeben, daß sie den Planeten verließ und angefragt, welche Immunisierung sie für die Systeme brauchte, durch die sie kommen würden. Der Aufseher sprang hinter seiner Konsole hervor und die Rampe hinunter, zwei Hafenbeamte stürzten auf sie zu, und die Eingänge der Empfangshalle leuchteten rot auf und schlossen sich zur Überraschung der Passanten. Killashandra war zu durcheinander, um zu reagieren und starrte nur ausdruckslos die beiden Männer an, die sie an den Armen festhielten.

»Killashandra Ree?« wollte der Aufseher wissen. Er keuchte noch von der ungewohnten Anstrengung.

»Ja?«

»Sie sind festzuhalten.«

»Warum?« Jetzt war sie böse. Sie hatte kein Verbrechen begangen und niemanden in seiner persönlichen Freiheit verletzt. Das Versäumnis, eine Veränderung der Verhältnisse zu melden, war kein Vergehen, solange sie nicht die planetarischen Einrichtungen ohne den nötigen Kredit benutzte.

»Bitte kommen Sie mit«, sagten die Hafenbeamten im Chor.

»Warum?«

»Eh, hmmm«, murmelte der Aufseher, als sich die beiden Männer zu ihm wandten. »Also, Sie sollen festgehalten werden.«

»Aber ich habe nichts getan.«

»Hey, was geht hier vor?« Carrik war wieder ganz der alte, als er die Männer zur Seite drängte und beschützend den Arm um Killashandra legte. »Diese junge Dame steht unter meinem Schutz.«

Auf seine Bermerkung hin tauschten der Aufseher und die beiden Beamten strenge und entschlossene Blicke aus.

»Diese junge Dame steht unter dem Schutz ihres Heimatplaneten«, erklärte der Aufseher. »Es bestehen Zweifel an ihrer geistigen Stabilität.«

»Wieso? Weil sie eine ehrbare Einladung von einem Besucher angenommen hat? Wissen Sie, wer ich bin?«

Der Aufseher wurde rot. »Das weiß ich, Sir.« Auch wenn der Mann jetzt mehr Respekt zeigte, ließ er keinen Zweifel daran, daß es sein unmittelbares Ziel war, Killashandra Carriks Protektion zu entziehen.

»Schön, dann lassen Sie sich von mir versichert sein, daß sich Miß Ree sowohl psychisch wie auch physisch ausgezeichneter Gesundheit erfreut.« Carrik deutete mit einer auffordernden Geste auf Killashandras schlanke und gebräunte Gestalt.

Der Aufseher blieb unerbittlich. »Wenn Sie dann bitte *beide* hier entlang mitkommen würden.« Seine Beamten warfen sich resolut in die Brust.

Es blieb ihnen nichts anderes übrig, als zu tun, was man von ihnen verlangte, doch Carrik versäumte es nicht, ihre unerwartete Begleitung darauf hinzuweisen, daß sie zwei Plätze auf einem Shuttle gebucht hatten, das in einer Stunde abflog. Er habe die volle Absicht, diesen Zeitplan einzuhalten – und zwar mit Killashandra Ree. Statt Grund zu weiteren Spekulationen über ihren Geisteszustand zu geben, blieb Killashandra ungewöhnlich still.

»Ich habe das Gefühl«, flüsterte sie Carrik zu, nachdem man sie in ein kleines Büro gebracht hatte, »daß die Musikschule gedacht hat, ich könnte Selbstmord begehen.« Sie kicherte und nahm dann die Hand vor den Mund, als der Aufseher sie nervös ansah. »Ich bin einfach aus dem Institut spaziert und verschwunden, und auf dem Weg hierher habe ich niemanden gesehen, der mich kennt. Sie haben mich also doch vermißt! Das freut mich aber.« Carrik war offensichtlich nicht so erfreut wie sie, aber sie mußte ja nur die Behörden beruhigen, und sie war sicher, daß sie das konnte. »Ich halte ihre Reaktion eigentlich eher für schmeichelhaft, und ich werde trotz allem meinen dramatischen Abgang von Fuerte haben.«

Carrik bedachte sie mit einem äußerst entrüsteten Blick und verschränkte die Arme vor der Brust, während sein Gesicht einen gelangweilten Ausdruck annahm. Er starrte unbewegt auf den Bildschirm, auf dem die Abflüge abrollten.

Killashandra erwartete halb, ihren Vater zu sehen, auch wenn sie sich nur schwer vorstellen konnte, daß er ihretwegen einen solchen Aufruhr machte. Aber nie im Leben hätte sie mit Maestro Esmond Valdi gerechnet, der jetzt in der Rolle des aufgebrachten Mentors das Büro betrat, und genauso wenig war sie auf den Angriff vorbereitet, den er sofort gegen Carrik startete.

»Sie! Sie! Ich weiß, was Sie sind! Eine Silikatspinne, die ihre Beute paralysiert, ein Kristallkuckuck, der den hoffnungsvollen Nachwuchs aus seinen Nestern stößt.«

Killashandra, die so überrascht wie alle anderen war, starrte den für gewöhnlich würdevollen und unerschütterlichen Maestro an und fragte sich, welche Rolle er zu spielen glaubte. Er mußte schauspielern. Seine Wortwahl war so – so übertrieben. »Silikatspinne!« »Kristallkuckuck!« Seine Vergleiche waren auf jeden Fall unzutreffend und fehl am Platze.

»Nutzt die Gefühle eines unschuldigen jungen Mädchens aus. Überschüttet sie mit ungewohntem Luxus und pervertiert sie, bis sie als anständiger, nützlicher Bürger verdorben ist. Unterzieht sie einer Gehirnwäsche, so daß sie völlig verdreht und verwirrt ist!«

Carrik machte keinen Versuch, die Schimpfkanonade zu unterbrechen oder sich zu verteidigen. Er stand ruhig und mt erhobenem Kopf da und bedachte den wild gestikulierenden Valdi mit einem herablassenden Lächeln.

»Welche Lügen hat er Ihnen über das Kristallsingen erzählt? Mit welchen phantastischen Märchen hat er Sie dazu gebracht, mitzukommen?« Er wirbelte zu Killashandra herum, und seine untersetzte Gestalt zitterte vor Empörung.

»Ich habe selbst darum gebeten, mitkommen zu dürfen.«

Valdis wütende Miene verhärtete sich angesichts ihrer ruhigen Antwort zu Ungläubigkeit.

»Sie haben darum *gebeten*, mitkommen zu dürfen?«

»Ja. *Er* ist *nicht* mit dem Vorschlag gekommen.« Sie sah, daß Carrik lächelte.

»Sie haben es gehört, Valdi.« Carrik warf einen Blick auf die Beamten, die Zeugen ihrer Aussage waren.

Die Schultern des Maestros sackten herunter. »Er scheint es meisterhaft zu verstehen, Nachwuchs anzuwerben.« In seinem Ton schwang Resignation mit, und es gelang ihm sogar, daß seine Stimme ein bißchen brüchig klang.

»Sie irren sich«, widersprach Killashandra.

Maestro Valdi holte tief Luft, um zu einem letzten Versuch anzusetzen, das irregeleitete Mädchen wieder auf den richtigen Weg zurückzubringen. »Hat er Ihnen von ... den Machstürmen erzählt?«

Sie nickte, bemüht, sich ihre Belustigung über seine theatralische Gebärde nicht anmerken zu lassen.

»Jene Stürme, die das Gehirn verwirren und aus einem Menschen ein dahinvegetierendes Etwas machen?«

Sie nickte gehorsam.

»Hat er Ihnen nicht den Kopf vollgestopft mit diesem Unsinn über Gebirge, die Klangsymphonien wiedergeben? Über Kristallchöre? Täler, die Arpeggios zurückwerfen?« Sein Körper kräuselte sich aufwärts in dem Bemühen, den gewünschten Effekt des Lächerlichen auszudrücken.

»Nein«, antwortete sie gelangweilt. »Und er ist mir auch nicht mit diesem Geschwafel gekommen, daß ich nur kurze Zeit und hart zu arbeiten brauchte.«

Der Maestro Esmond Valdi warf sich in einer übertriebenen klassischen Opernpose in die Brust.

»Hat er Ihnen auch gesagt, daß Sie nicht mehr aufhören können, wenn Sie einmal angefangen haben, Kristalle zu schneiden? Und daß eine zu lange Abwesenheit von Ballybran schreckliche Krämpfe zur Folge hat?«

»Das weiß ich.«

»*Wissen* Sie auch« – Valdi wippte auf den Fersen – »daß etwas im Wasser von Ballybran, in der Erde, in diesen Kristallen Ihren Geist in Mitleidenschaft zieht? Daß Sie sich nicht mehr er-in-nern können?« Er betonte jede Silbe des Verbs.

»Das wäre bestimmt nicht das Schlechteste«, gab Killashandra zurück und sah den kleinen Mann unverwandt an, bis er den Blick abwandte.

Sie war die erste der drei, die ein merkwürdiges Stechen im Warzenfortsatz hinter den Ohren spürte; ein Stechen, das sich rasch in einen quälenden Schmerz steigerte. Gerade, als sie Carrik am Arm faßte, erreichten die Schallgeräusche auch ihn, und Esmond Valdi hielt sich jetzt ebenfalls die Ohren zu.

»Diese Idioten!« brüllte Carrik, während sich seine Züge in Panik verzerrten. Er riß die Tür auf und lief so schnell er konnte zum Eingang des Kontrollturms hin. Killashandra stürzte ihm nach.

Carrik setzte über die als Dekoration gedachte Barriere und landete in einer Sperrzone, wo er von einem schnell ausgelösten Energievorhang aufgehalten wurde. »Stoppt es! Stoppt es!« schrie er, vor Schmerzen taumelnd, während sich seine Finger ungeachtet der Funken, die von ihnen sprühten, in den Vorhang krallten.

Obwohl Killashandra den Schmerz genauso stark empfand, besaß sie doch noch genug Geistesgegenwart, zum nächsten Kommgerät zu laufen, um den Feueralarm und die Reihe von Notknöpfen zu drücken. »Das landende Shuttle – da stimmt etwas nicht – es ist gefährlich!« schrie sie, was ihre gesangstrainierten Lungen hergaben. Sie nahm nur am Rande wahr, welche Panik ihre nur allzu deutlich hörbare Warnung in der weiten Empfangshalle auslöste.

Das Personal im Kontrollturm erkannte sofort die Gefahr einer Massenpanik, und jemand hieb in einer Reflexhandlung auf den Knopf für das Stoppsignal, das alle ankommenden Schiffe aufhielt. Augenblicke später, während das Kommgerät eine Erklärung von Killashandra oder irgend jemandem, der sich über den Tumult in der Empfangshalle verständlich machen konnte, verlangte, leuchtete eine Nova am Himmel auf, und auf dem Raumhafen unter ihr regnete es geschmolzene Raumschiffteile. Der Kontrollturm war nicht in der Lage, die Verwüstung auf das Landefeld zu beschränken, und bald lagen überall in einem Umkreis von mehreren Kilometern um den Hafen und im dicht besiedelten Geschäftsdistrikt Teile des Shuttles herum.

Außer Schrammen, Schnittwunden und einem gebrochenen Arm gab es nur zwei Opfer zu beklagen. Einmal ein Techniker, der zur Zeit der Katastrophe auf dem Landefeld gewesen war, und zum zweiten Carrik, für den es besser gewesen wäre, wenn er ebenfalls tot gewesen wäre. Der letzte Schallstoß raubte ihm das Bewußtsein, und er kam nicht wieder richtig zur Besinnung. Nachdem die Ärzte der Heptitengilde über Subraum konsultiert worden waren, beschloß man, ihn zur Behandlung und Pflege nach Ballybran zu bringen.

»Er wird sich nicht mehr erholen«, erklärte der Arzt Killashandra, worauf Maestro Valdi auf der Stelle die Rolle ihres Trösters übernahm. Sein Verhalten lieferte Killashandra einen hilfreichen Gegenreiz gegen den Schock über Carriks Zustand.

Sie zog es vor, der Diagnose des Arztes nicht zu glauben. Sicher würde Carrik geistig wieder ganz gesund werden, wenn er erst wieder auf Ballybran war. Er war zu lange von den Kristallen weg gewesen, und die Krämpfe hatten ihn geschwächt. Sein Geist war schließlich nicht durch Machstürme verwirrt worden. Sie würde ihn zurück nach Ballybran begleiten, das war sie ihm schuldig, denn er hatte ihr gezeigt, was leben hieß.

Sie sah sich den posierenden Valdi eingehend an und dankte ihrem Schicksal, daß sie Carrik begegnet war, der ihr die Augen geöffnet hatte. Wie hatte sie nur annehmen können, daß ein so gekünsteltes Leben wie in der Theaterwelt das richtige für sie war? Man brauchte sich nur Valdi anzusehen! Man gab ihm eine Situation, das Stichwort, und schon legte er in der entsprechenden Rolle los. Da es für diese Situation keine gab, bemühte sich Valdi, eine zu finden.

»Was werden Sie nun tun, Killashandra?« erkundigte er sich ernst; offensichtlich hatte er sich für die Rolle »Ehrenwerter älterer Gentleman tröstet arme Hinterbliebene« entschieden.

»Ich werde ihn natürlich nach Ballybran bringen.«

Valdi nickte feierlich. »Ich meine, nach Ihrer Rückkehr.«

»Ich habe nicht die Absicht, zurückzukommen.«

Valdi vergaß seine Rolle und starrte sie an, dann deutete er theatralisch auf die Luftkissentrage mit dem darauf festgeschnallten Carrik, die gerade an ihnen vorbei zum Shuttleausgang schwebte.

»Nach dem?« rief Valdi voll dramatischer Pflicht aus.

»Das wird mir nicht passieren«, erwiderte sie zuversichtlich.

»Wer kann das schon wissen! Auch Sie könnten in ein Etwas ohne Geist und Erinnerung verwandelt werden.«

»Ich glaube«, antwortete Killashandra langsam, wobei sie den posierenden kleinen Mann mit kaum verhohlener Verachtung ansah, »daß das Gehirn jedes Menschen auf die eine oder andere Weise verwirrt wird.«

»Sie werden diesen Tag noch bereuen –« begann Valdi und hob in der klassischen Geste der Verwerfung den linken Arm mit elegant gespreizten Fingern.

»Das heißt, wenn ich mich daran *erinnere*!« Ihr spöttisches Lachen ließ ihn mitten im Satz verstummen.

Noch immer lachend trat Killashandra durch den Shuttleausgang ab.

III

Captain Andurs ließ Killashandra rufen, als das Schiff aus dem Hyperraum auftauchte und man Ballybran sehen konnte.

»Gute Sicht«, meinte er zu ihr und deutete auf die beiden inneren Monde, die auf 10 und 5 lagen, doch Killashandra hatte nur Augen für den geheimnisvollen Planeten.

Sie hatte soviel gehört, daß sie sich von ihrem ersten Blick einiges versprochen hatte, und so erlebte sie natürlich zuerst eine Enttäuschung – bis sie das erste Aufblitzen der Kristalle sah: ein greller Lichtstrahl, als die Strahlen der Sonne von einer freiliegenden Kristallfläche auf einem der drei sichtbaren Kontinente reflektiert wurde. Eine Wolkendecke lag über dem größten Teil des Ozeangebiets und zwei Subkontinenten auf der Südlichen Hemisphäre, doch wo die Sonne schien, waren hin und wieder blendend helle Lichtpunkte zu sehen – Licht, das alle Farben hatte und doch weiß und klar war.

»Wie können sie da unten dieses grelle Licht nur aushalten?« wollte sie wissen, wobei sie die Augen zusammenkniff, weil die Helligkeit sie blendete.

»Ich habe mir sagen lassen, daß man es auf dem Planeten selbst gar nicht merkt.«

»Ich habe mir sagen lassen« war fast allen Aussagen des Captains über Ballybran vorausgegangen, ein bitterer Kommentar zu dem Landeverbot seines Schiffs auf einem der reichsten Planeten der Galaxis.

Von anderen Passagieren und geschwätzigen Besatzungsmitgliedern hatte Killashandra einiges mehr über Kristallsänger und Ballybran erfahren, allerdings glaubte sie vieles davon nur mit Vorbehalt, da es nichts weiter als Paraphrasen der Bemerkungen von Maestro Valdi waren. Andurs hatte sich trotz seines begrenzten Wissens aus erster Hand als beste Informationsquelle erwiesen. Er machte die Tour von Regulus nach Ballybran jetzt seit neun Standardjahren und hielt immer die Ohren offen, deshalb wußte er mehr als alle anderen – auf jeden Fall mehr, als sie vom geheimnisvollen Vidifax der drei Schiffe hatte erfahren können, auf denen sie während der Reise gewesen war. Irgend etwas Mysteriöses umgab Ballybran, die Heptitengilde und ihre Mitglieder – ein Geheimnis, das sie aus dem schloß, was über diese drei Themen *nicht* gesagt wurde. Der einzelne hatte Recht auf seine Intimsphäre, und das galt auch für gewisse Aspekte jeder interstellaren Handelsgesellschaft, und es war bekannt, daß Informationen über bestimmte planetarische Ressourcen bewußt untertrieben oder ganz ausgelassen wurden. Doch die Tatsache, daß auch die üblicherweise verfügbaren Angaben über Ballybran, die Gilde und ihre ausgewählten Mitglieder fehlten, verstärkte ihr Mißtrauen.

Umgekehrt war sie ungeheuer beeindruckt gewesen von der stillschweigenden Macht der Gilde: angesehene Ärzte hatten Carrik an den drei Zwischenhäfen in Empfang genommen, und sie selbst war mit größtem Respekt behandelt worden. Sie hatte nicht viel mehr zu tun gehabt, als die Lebenserhaltungswiege zu überprüfen, in der Carrik lag. Sie war auf intravenöse Ernährung, Therapie, Baden und die nötigen Medikamente programmiert, und an jedem Hafen wurde das Gerät von Technikern kontrolliert. Nichts schien zu gut für ein Mitglied der Heptitengilde. Oder seine Begleitung. Killashandra hatte freien Kredit in den Schiffsshops und hatte auf allen drei Schiffen freien Zutritt zur privaten Messe des Captains. Abgesehen von der Tatsache, daß sie völlig allein gelassen wurde, genoß sie die Aufregung ihrer ersten interstellaren Reise.

Vielleicht weil diese jetzt fast zu Ende war, hatte sie am vergangenen Abend von Andurs die meisten ihrer Informationen erhalten, während er bedächtig einem Glas sarvonianischem Brandy zugesprochen hatte.

»Ich habe es so oft gehört, daß ich es langsam für möglich halte ... es heißt nämlich, daß die Kristalle einem ins Blut gehen.«

»Dann müßte man sterben«, entgegnete Killashandra, obwohl Carrik den gleichen Ausdruck gebraucht hatte.

»Ich kann nicht sagen, ob sie damit meinen, daß die Kredits so gut sind«, fuhr Andurs fort, ohne auf ihre Bemerkung einzugehen. »Kristallsänger können wirklich so richtig Leben in die Bude bringen – schmeißen mit dem Geld nur so rum und hauen auf die Pauke – bis sie dieses komische Zittern kriegen. Eigentlich seltsam, denn Kristallsänger werden angeblich schneller wieder gesund als normale Menschen, und sie sollen auch nicht so anfällig für die planetarischen Krankheiten und Infektionen sein, die einen trotz aller Immunisierungen erwischen. Und sie bleiben länger jung.« Diese Eigenschaft schien Andurs zu ärgern. »Ich hab' mal einen von ihnen danach gefragt. Er war betrunken, und er sagte, es gehört einfach zum Kristallsingen.«

»Dann müßte es doch eine ganze Menge Leute geben, die kristallsingen wollen ...«

»Schon, aber man riskiert dabei auch, diese Anfälle zu bekommen oder ...« Andurs zeigte mit dem Daumen über seine Schulter, um auf Carrik in seiner Kabine anzuspielen. »Dann werde ich doch lieber alt.«

»Das kommt doch nicht oft vor, oder?« wollte Killashandra überrascht wissen. Sie hatte den Eindruck gehabt, daß Carriks Zusammenbruch ungewöhnlich war.

»Er ist der erste, den ich in einem so schlimmen Zustand gesehen habe«, gab Andurs zu. »Sicher, sie kriegen diese Fieberanfälle, und manchmal ist es sogar so schlimm, daß man sie in Eisbeutel packen muß, aber nicht ...« Er tippte sich mit einem Finger an die Stirn. »Es geht mich ja nichts an, aber wie ist es dazu gekommen?«

Die Frage überraschte Killashandra, obwohl sie auf der Hand lag, weil sie auf der ganzen Reise niemand gestellt hatte, als ob alle Angst vor der Antwort hätten.

»Er war völlig in Ordnung, bis wir zum Raumhafen von Fuerte kamen. Dann traf ein Shuttle mit einem gräßlich resonierenden Antrieb ein. Es explodierte, und er geriet in die Schallwellen.«

»Nett von Ihnen, daß Sie ihn zurückgebracht haben.«

»Das war ich ihm schuldig.« Killashandra meinte es ehrlich. »Sie sagten, daß die Gilde Büros auf dem Mond hat? Bewirbt man sich dort auch um die Mitgliedschaft?«

Er betrachtete sie erstaunt. »Sie wollen doch nicht im Ernst ein Sänger werden?«

»Warum nicht?«

Andurs beugte sich vor und sah ihr scharf in die Augen. »Sie wurden doch nicht gezwungen, mit ihm zu kommen, oder? Ich meine, er hat Ihnen doch nichts getan?«

Killashandra wußte nicht, ob sie lachen oder böse werden sollte. »Ich weiß nicht, woher Sie kommen, Captain Andurs, aber auf Fuerte wird das Privatleben des einzelnen respektiert.«

»Es sollte wirklich keine Anspielung sein ...«, erwiderte Andurs hastig und hob die Hand, um sie zu besänftigen.

»Mache ich den Eindruck, als ob ich irgendwie beeinflußt worden wäre?«

»Nein, eigentlich nicht. Es ist nur, daß Sie doch wie eine vernünftige Frau aussehen, und Kristallsingen ist nicht vernünftig. Oh, ich weiß. ich kenne diese ganzen Gerüchte, aber das ist totaler Unsinn, denn alle Sänger, die ich bisher gesehen habe – und in den neun jahren, die ich diese Tour jetzt schon mache, habe ich eine ganze Menge gesehen –, belästigen nie andere. Sie bleiben immer ziemlich für sich. Trotzdem ist irgend etwas Merkwürdiges an Ballybran und dem Kristallsingen. Ich weiß mit Sicherheit« – wobei er sich flüchtig umsah, eine überflüssige Vorsichtsmaßnahme, da sie allein in der Messe waren – »daß nicht jeder, der sich bewirbt und angenommen wird, auch ein Kristallsänger wird. Wer auf diesen Planeten runtergeht« – er deutete auf den Boden – »bleibt dort. Nur Sänger verlassen ihn. Und *die* kommen immer zurück.«

»Wieviele Leute bewerben sich wohl insgesamt um Eintritt in die Gilde?« Killashandra dachte an die 20007 Techniker und an die 4425 Sänger und überlegte, wie hoch die Gesamtzahl sein mochte, wenn die Endzahl so klein war.

»Das kann ich nicht genau sagen.« Andurs schien verwirrt, als er sich am Kopf kratzte. »Ich habe mir nie Gedanken darüber gemacht. Auf fast jeder Tour habe ich ein paar Bewerber. Ich glaube, diesmal sind es acht oder neun. Mit der Zeit lernt man, zu unterscheiden, wer geschäftlich unterwegs ist und wer Erwartungen hegt.« Andurs grinste sie an. »Außer Ihnen haben wir noch vier andere Passagiere, deren Flug von der Gilde bezahlt wurde. Das heißt, daß diese Leute schon irgendwo in einem Gildezentrum überprüft worden sind. Kennen Sie diesen großen, dürren Burschen mit den schwarzen Haaren?«

Killashandra nickte. Der Mann war am letzten Transferpunkt an Bord gekommen. Er hatte sie forschend angestarrt, und einmal hatte sie ihn vor ihrer Kabine überrascht, wo er mit einem merkwürdig wilden Ausdruck auf dem Gesicht gestanden hatte.

»Er ist auf eigene Kosten gekommen. Ich glaube kaum, daß er angenommen wird.«

»So?«

Andurs schwenkte sein Brandyglas einen langen Augenblick herum, bevor er antwortete. »Ja, ich glaube nicht, daß er der Typ ist, den sie wollen.«

»Was für einen Typ wollen sie denn?«

»Das weiß ich nicht«, erwiderte der Captain nach einem Moment, »aber er ist es jedenfalls nicht. Die Gilde bezahlt Ihnen den Rückflug zum nächsten Transferpunkt«, fügte er hinzu, als sei dies eine ausreichende Wiedergutmachung für eine Ablehnung. »Ich werden Ihnen Bescheid sagen, wenn wir auftauchen, Killa. Es lohnt sich wirklich, sich Ballybran mit bloßem Auge anzusehen – besonders wenn ein Sturm im Anmarsch ist.«

Killashandra blieb vor dem Sichtschirm, bis sich der größte seiner Monde, Shankill, vor Ballybran schob. Wenn man eine Mondstation gesehen hat, hat man sie alle gesehen, dachte sie, als sie die Kuppeln und geschwärzten Landeflächen vorbeiziehen sah. Ihre Aufmerksamkeit wurde kurz von einem zweiten Schiff abgelenkt, das am Horizont auftauchte, der Größe nach ein Shuttle und klein genug, daß die Landung mühelos ablief. Sie glaubte, für einen flüchtigen Augenblick das Dodekaeder der Heptitengilde auf seiner Nase erkennen zu können, aber es war so schnell wieder verschwunden, daß sie sich nicht vergewissern konnte.

Der Empfang, den sie sich vielleicht im Unterbewußtsein erhofft hatte, unterschied sich völlig von dem, der sie tatsächlich erwartete. Von Lanzecki, dem Meisterresidenten der Heptitengilde. Er stand vor dem Eingang, als das Schiff seine Luftschleuse öffnete: ein streng aussehender, dunkelhäutiger Mann von untersetzter Gestalt, der in dunkle Farben gekleidet war. Das einzig Rege und Lebhafte an ihm waren die weit auseinanderstehenden; durchbohrend blikkenden braunen Augen, die ständig in Bewegung waren und mit einem flüchtigen Blick mehr zu erfassen schienen, als sie sollten.

Er winkte den beiden Männern in seiner Begleitung, die genauso dunkel gekleidet waren wie er. Schweigend betraten sie das Schiff und schritten den Korridor hinunter, mit Killashandra an der Spitze, die sich noch nie so überflüssig vorgekommen war. In Carriks Kabine nutzte Lanzecki das kurze Zögern, um auf den Türöffner zu drücken. Er warf einen Blick auf die reglose Gestalt auf der Bahre, das Gesicht ausdruckslos. Dann machte er den anderen ein Zeichen, hereinzukommen und sich der Bahre anzunehmen.

»Danke, Killashandra Ree. Sie bekommen ein Freiticket zu einem Zielort Ihrer Wahl und einen Kredit von eintausend galaktischen Einheiten.« Er brachte zwei Gutscheine zum Vorschein, die das Zeichen der Gilde, den zwölfeckigen Schwarzquarzkristall, trugen, bedachte Killashandra mit einer respektvollen Verbeugung und folgte dann den Männen, die Carrik hinausbrachten, den Korridor hinunter.

Killashandra starrte dem Trio einen Augenblick nach, wobei die beiden metallenen Gutscheinabschnitte aufgrund der statischen Anziehungskraft an ihren Fingern hafteten. »Gildemeister? Lanzecki? Sir? Warten Sie ...« Doch die drei schritten würdevoll weiter, ohne sich um sie zu kümmern. »Hat man denn so etwas von undankbar ...«

»Ich würde sie nicht als undankbar bezeichnen«, unterbrach sie Captain Andurs, der vom anderen Ende des Korridors herangekommen war. Er verrenkte sich den Hals, um einen Blick auf die Gutscheine zu werfen. »Ganz im Gegenteil.«

»Ich habe ja gar kein Lob erwartet«, rief Killashandra, obwohl es genau das war, womit sie gerechnet hatte. »Nur ein paar Worte.«

»Das wichtigste haben Sie doch bekommen«, bemerkte Andurs mit einem schiefen Grinsen. »Eintausend. Sie sind wirklich ein komischer Haufen«, fuhr er fort, als sich die Gildemänner zum faltbaren Eingang wandten. »Wie gesagt, ich habe schon alle möglichen Gerüchte über diese Gilde gehört. Ich habe schon die merkwürdigsten Dinge auf diesem Kahn auf dem Weg von einem System zum anderen gesehen, und die halbe Zeit tue ich so, als würde ich sie nicht sehen.« Plötzlich legte er ihr den Arm um die Schulter. »Was halten Sie davon, wenn Sie und ich, nachdem der Halbtote endlich weg ist ...«

»Jetzt nicht.« Killashandra drückte seinen Arm gereizt von sich. »Ich möchte zuerst mit diesem Gildemeister sprechen.« Sie ging rasch den Korridor hinunter auf den Eingang zu.

Killashandra sah Carrik nie wieder, obwohl er noch eine Reihe von Jahren auf der Liste der inaktiven Mitglieder geführt wurde. Allerdings interessierten sie auch sowohl die Liste der aktiven wie die der inaktiven Mitglieder kaum mehr, nachdem einmal der Reiz, ihren eigenen Namen darauf zu sehen, abgeklungen war.

Vor dem durchsichtigen Kraftfeld des Ausschiffungsbogens mußte sie stehenbleiben. Es blinkte, um ihren Ausweis und den Grund auf ihren Aufenthalt auf Shankill zu kontrollieren. Sie ignorierte die Aufforderung und sah in hilfloser Verzweiflung zu, wie die Gestalt des Gildemeisters durch einen der fünf irisierenden Ausgänge der kleinen Halle hinter dem Bogen verschwand. Sie rannte zurück in ihre Kabine und stopfte hastig ihre Sachen in den Reisesack, aber als sie dann endlich wieder vor dem Ausschiffungsbogen stand, mußte sie sich zu ihrem großen Ärger in die Schlange der Passagiere einreihen. Während sie dort wartete, bemüht, ihre Ungeduld zu bezähmen, tauchte Captain Andurs aus dem vorderen Teil des Schiffs auf und steuerte auf den zweiten Eingang neben dem Ausschiffungsbogen zu. Als er sie sah, drehte er sich mit einem spöttischen Lächeln auf dem Gesicht zu ihr um.

»Bleiben Sie dabei, Killa?« fragte er. Er hob die Hand und faßte sie am Ellbogen. In seinen Augen lag jene Intensität, die sie als Begehren zu identifizieren gelernt hatte, eine erfreuliche Reaktion, wenn man bedachte, wie knapp sie ihn vorher abgefertigt hatte.

»Warum nicht? Ich habe noch immer keinen Grund, es mir anders zu überlegen, und einen sehr guten, es zu versuchen.«

Andurs grinste. »Sie werden feststellen, daß das Ganze einige Zeit dauert. Ich bin für sicher fünf Tage im Durchgangshotel.«

Er schnitt eine Grimasse resignierten Widerwillens und zuckte die Achseln. »Wir sehen uns noch«, fügte er halb fragend hinzu, obwohl sein Lächeln einer Einladung gleichkam.

Es ärgerte Killashandra, wie forsch er sein Handgelenk vor die Platte des kleineren Bogens hielt, und mitansehen zu müssen, wie sich der Eingang augenblicklich öffnete. Als sie endlich ihr Armband der Identitätsplatte an der Ausschiffungskontrolle präsentieren konnte, hatte sie sich mit der Verzögerung halbwegs abgefunden.

Sie wurde nach dem Grund für ihren Aufenthalt auf Shankill gefragt.

»Ich möchte mich um Aufnahme in die Heptitengilde bewerben. Ich habe das absolute Gehör«, setzte sie hinzu.

Das Display bat um ihr Kreditguthaben, worauf sie geringschätzig den Gutschein der Gilde eingab. Er wurde sofort akzeptiert, und ihr beträchtliches Plus erschien. Das Gerät brummte und klickte, und dann, als das Faxblatt ausgeworfen wurde, öffnete sich der Bogen und gewährte ihr den Zugang auf die Mondbasis von Shankill. Sie wurde aufgefordert, die Regeln und Vorschriften der Behörden von Shankill zu lesen und zu beachten, die neben Hinweisen auf Durchgangsunterkünfte, Versorgungseinrichtungen und für die Allgemeinheit zugelassenen Bereiche auf dem Faxblatt ausgedruckt waren.

Sie ging durch den Bogen und betrat die Halle mit den

fünf Ausgängen. Der dritte Regenbogen glitt auf, und Killashandra verstand den Wink und folgte dem dahinterliegenden Korridor zum Hotel. Sie war überrascht, als sie auf einem großen, freien Platz mit hoher Decke herauskam, der von Hologrammen von Bäumen gesäumt war, die sich sanft in einer imaginären Brise wiegten. Ein Leuchten am Plexiglashimmel simulierte Sonnenlicht. Während sie zur Rezeption hinüberging, überlegte sie, ob sich das künstliche Licht auch Ballybrans Rotationszeit anpaßte.

Die zweite Überraschung war die Tatsache, daß sie ein Mensch hinter dem Rezeptionstisch erwartete. »Killashandra Ree?« fragte der Mann höflich. Er lächelte nicht.

Sie unterdrückte den Wunsch, zu fragen »Wer sonst?« und nickte.

»Sie werden noch nicht die Zeit gehabt haben, die Regeln und Vorschriften für die Mondbasis Shankill zu lesen, deshalb ist es meine Pflicht, Sie aufzufordern, dies sofort zu tun, wenn Sie Ihre Unterkunft bezogen haben. Eine Unterlassung führt zur Einschränkung Ihrer persönlichen Freiheit, um zu verhindern, daß Sie das Leben anderer durch Ignoranz gefährden. Bitte stellen Sie Ihr Digitalgerät auf Ballybrans Rotation ein, auf die alle Basiszeiten synchronisiert sind. Sollten sie irgend etwas in den Anweisungen nicht verstehen, stehe ich zu Diensten, es Ihnen zu erklären. Halten Sie Ihr Digitalband auf die Platte. Danke.«

Killashandra, die mehr an die monotonen Anweisungen von Computerstimmen gewohnt war, konnte den Mann nur anstarren und fragte sich, ob er vielleicht ein Androide war. Allerdings hatte sie noch nie von so lebensgetreuen menschlichen Nachbildungen gehört. Dann lächelte er leise und tippte auf die Platte.

»Sind Sie schon mal auf einer Mondbasis gewesen?« wollte der Mann in einem Ton wissen, der nach seiner mechanischen Rede auffallend zwanglos war.

»Nein«, antwortete sie, während sie ihr Handgelenk auf die Platte und den Daumen in die Vertiefung legte.

»Das hier ist meine zehnte. Ich mache eine Ausbildung in Satellitensicherheit. Wir müssen die Routinearbeit machen. Nicht daß hier jemals etwas passieren würde« – er deutete mit dem Zeigefinger überzeugt auf den Boden, womit er die gesamte Basis meinte – »obwohl es immer ein erstes Mal gibt. Wie unser Ausbildungsleiter sagt, es gibt immer ein erstes Mal, und wir sollen aufpassen, daß es nicht zu diesem ersten Mal kommt. Deshalb finden Sie menschliche Spezialisten wie mich auf Mondbasen. Die Leute sind so an Computer und Displays und automatische Warnsignale gewöhnt, daß sie einfach nicht mehr darauf achten, und so können dann Unfälle passieren.«

»Scheint eine gute Philosophie«, pflichtete ihm Killashandra abwesend bei, denn sie bemerkte gerade mit Freude das aufblinkende grüne Kreditguthaben. Dann reichte ihr der Mann einen Schlüssel, der sich aus der glatten Tischoberfläche herausschob.

»Ich heiße Ford. Sie werden sehen, daß Ihr Raum über ein eigenes Lebenserhaltungssystem verfügt, das im Fall eines Versagens des Hauptsystems automatisch einspringt. Bloß sehen Sie, bei Brennans linkem Ohr, zu, daß Sie während eines Lecks oder Bruchs nicht gerade in Ihrem Hotelzimmer sind, denn das ist der beste Weg, um durchzudrehen.«

Killashandra wollte ihm sagen, daß seine Psychologie eine Schwachstelle hatte, wenn er sie auf diese Weise beruhigen sollte, doch sie ließ es sein, lächelte und versprach, daß sie die Instruktionen lesen würde. Dann sah sie sich um.

»Ihr Schlüssel ist auf Ihr Zimmer eingestimmt. Er zeigt Ihnen von jedem Punkt der Basis aus den Weg zurück dorthin«, meinte Ford aufgeräumt. »Gehen Sie einfach durch die Tür da«, fügte er hinzu, wobei er sich über die Rezeption beugte und nach links zeigte.

Killashandra fühlte, wie der Schlüssel sanft in diese Richtung zog und machte sich auf den Weg, nachdem sie Ford noch einmal zugelächelt hatte.

Die Schlüsselplatte des Türrahmens leuchtete ihr einladend entgegen, als sie zu dem ihr zugeteilten Zimmer kam. Sie steckte den Schlüssel ein, und die Tür glitt mit einem Zischen zur Seite. Als sie hineinging, verstand sie, warum Ford von einem längeren Aufenthalt hier abriet; auf diesem engen Raum mußte jeder Platzangst bekommen. Alles, was für die Bequemlichkeit des Gastes nötig war, war auf einem Raum von dreieinhalb Metern Länge, zwei Metern Breite und drei Metern Höhe untergebracht. Den größten Teil ihrer Unterkunft nahm ein Kastenbett mit drei Schubladen ein, darüber waren Regale angebracht, von denen das unterste die eckige Bildschirmanlage trug, die offensichtlich nur vom Bett aus zu bedienen war. Aus Gründen der Sicherheit und des Überlebens war auf jede Ästhetik von Raum oder Dekor verzichtet worden. Natürlich war man nicht gezwungen, in diesem Raum zu bleiben, und aus der Sicht der Obrigkeit war es wahrscheinlich sogar ratsam, ihn nur zum Schlafen aufzusuchen.

Killashandra warf den Reisesack vor das Bettende und ließ sich aufs Bett fallen. Erst jetzt bemerkte sie die Reihe von beschrifteten Schaltern und Knöpfen entlang der Wand und die Wandschlitze, aus denen laut Beschriftung Tisch, Leselampe und eine individuelle Verpflegungsanlage auftauchen würde. Sie verzog das Gesicht. Alles auf Fingerdruck. Sie fragte sich, ob Fords Anwesenheit die Reisenden lediglich überzeugen sollte, daß sie wirklich Menschen und nicht einfach Verlängerungen eines Computers waren. Ford legte jedenfalls eine ganze Menge Mensch an den Tag.

Seufzend zog sie gehorsam die Regeln und Vorschriften zu sich heran. Sie hatte es versprochen. Außerdem schien es klug, sich im voraus zu informieren, auch wenn, wie Ford behauptet hatte, bisher noch nie etwas auf der Shankill-Station passiert war.

Laut Aussage des Faxblattes hatte er recht. Die Mondbasis Shankill war jetzt seit 334 Jahren standardgalaktischer Zeit in Betrieb, ohne daß es je zu einem Zwischenfall gekommen war. Die ursprüngliche Anlage war beträchtlich erweitert worden, als die Föderierten Sentient-Planeten den Aufenthalt auf Ballybran aufgrund der Gefahren des Planeten einschränkte.

Killashandra mußte diesen Teil zweimal lesen. Also war der Planet selbst gefährlich, obwohl diese Gefahr inzwischen offensichtlich gebannt worden war, da ja heute Menschen auf seiner Oberfläche lebten und arbeiteten.

Die folgenden Paragraphen wechselten das Thema und zählten Sicherheitsrisiken, Regeln und Verpflichtungen des Einzelnen auf. Killashandra las sich alles pflichtbewußt durch, das Echo von Fords Warnung noch im Ohr: »Es kann immer ein erstes Mal geben.« Als Reisender bestanden ihre Hauptverpflichtungen darin, sofort die rot schraffierten Zonen des Korridors oder der öffentlichen Einrichtung aufzusuchen, in denen sie sich gerade aufhielt, wenn sie entweder schnelle Hupsignale (Sauerstoffleck) oder scharfe, kurze Pfeiftöne (Durchbruch) oder ein unterbrochenes Sirenensignal (Feuer in der Anlage oder ein Notfall) hörte und dann möglichst niemanden zu behindern. Anhaltende Hup-, Pfeif- oder Sirenensignale bedeuteten Entwarnung. Wenn sie sich in ihrer Unterkunft befand, sollte sie sich auf das Bett legen – abgesehen davon gab es auch gar keine andere Stelle in dem Raum, wo sie den Zwangsaufenthalt halbwegs bequem hinter sich bringen konnte. In allen Krisensituationen waren Leute mit Helmen autorisiert, Leuten ohne Helme jede Aufgabe zuzuweisen, die zu einer Beendigung des Notfalls erforderlich war.

Sie drehte die Seite um und studierte die Karte der Basis, die, verglichen mit dem kleinen Teil, den sie bisher gesehen hatte, in ihrem Gesamtumfang riesig sein mußte. Zum Teil bestanden die Anlagen aus neun weitläufigen Ebenen, die meistens unter der Planetenoberfläche lagen: jede konnte hermetisch abgeschlossen werden, denn alle waren mit unabhängigen Lebenserhaltungssystemen für den Notfall ausgerüstet. Die größten Bereiche umfaßten die Fracht- und Wartungsanlagen, die Gilde und die Verwaltung. Unten auf der Seite fanden sich zwei Diagramme der kleineren Basen auf den Monden Shilmore und Shanganagh. Es waren beides Wetterstationen, und Shanganagh schien völlig automatisiert.

Die Meteorologie schien eine wichtige Stelle bei Ballybran einzunehmen, dachte Killashandra – war dies die Gefahr auf dem Planeten? Sein Wetter? Carrik hatte die unvorstellbaren Machstürme erwähnt. Daß die Winde auf

Ballybran wütend genug waren, um einen solchen Spitznamen zu verdienen, war ziemlich erschreckend.

Als sie noch einmal die Karte überflog, fiel ihr auf, wie nahe der Gildekomplex an den Quartieren der Reisenden angesiedelt war. Zwei Tunnel/Korridore/Straßen oder was auch immer darüber war, und die kleine Anlage dazwischen stellte den Ausschiffungsbereich dar. Sie grinste angesichts der günstigen Lage. Konnte es bloßer Zufall sein? Konnte sie einfach hinmarschieren und sich als neuer Bewerber vorstellen?

Unvermittelt überkam Killashandra eine unerwartete Schüchternheit, und sie blickte auf ihre Uhr. Um diese Zeit waren die Büros normalerweise noch offen. Sie hatte sich die wichtigen Sicherheitsvorschriften durchgelesen, und sie würde in jedem Korridor oder auf jedem öffentlichen Platz, den sie betrat, nach der rot schraffierten Zone suchen. Mit einem Achselzucken bekräftigte sie sich in ihrem Entschluß und drückte den Wandknopf, der das Spracherkennungssystem aktivierte.

»Erbitte Einzelheiten zur Bewerbung um Aufnahme in die Heptitengilde.«

Das Display rollte ab.

VORAUSSETZUNG FÜR DIE BEWERBUNG UM MITGLIEDSCHAFT BEI DER HEPTITENGILDE: PHYSISCHER KONDITIONSTEST SG-1, PSYCHOLOGISCHES DIAGRAMM SG-1, AUSBILDUNGSSTUFE 3 ERWÜNSCHT, ABER AUSNAHMEN SIND MÖGLICH, PERFEKTES UND ABSOLUTES GEHÖR SOWOHL IN DER AUFNAHME WIE DER WIEDERGABE VON KLANGFARBE UND TIMBRE, DAS NUR BEI TYP IV BIS VIII DER ZWEIFÜSSIGEN HUMANOIDEN, URSPRUNG SOL III, VORKOMMT. BEI MUTANTEN ERÜBRIGT SICH EINE BEWERBUNG.

BEWERBUNGEN NUR ÜBER DIE BÜROS DER HEPTITENGILDE: MONDBASIS SHANKILL, HAUPTEMPFANG.

DIE FÖDERIERTEN SENTIENT-PLANETEN VERLANGEN VOLLE AUFKLÄRUNG DER POTENTIELLEN KAN-

DIDATEN ÜBER DIE MIT DEM BERUF ZUSAMMENHÄNGENDEN GEFAHREN, SOBALD DIE PHYSISCHEN, PSYCHOLOGISCHEN UND EIGNUNGSTESTS ZUR ZUFRIEDENHEIT DES PRÜFUNGSAUSSCHUSSES DER GILDE AUSGEFALLEN SIND.

BALLYBRAN IST EIN GESPERRTER PLANET, SEKTION 907, CODE 4, PARAGRAPHEN 78-90. WEGEN DETAILS WENDEN SIE SICH AN DIE HEPTITENGILDE.

»Wie aufschlußreich«, murmelte Killashandra. »Die Heptitengilde, bitte.«

Auf dem Schirm erschien das Gesicht einer Frau.

»Heptitengilde, Mondbasis Shankill. Kann ich Ihnen helfen?«

»Killashandra Ree«, brachte sie eingedenk der Höflichkeit heraus, denn sie hatte nicht mit einer persönlichen Antwort gerechnet. »Ich würde gern wissen, wie es Ihrem Mitglied, Carrik, geht.«

»Er ist sicher auf der Oberfläche eingetroffen.«

»Ich meine, wird er wieder gesund werden?«

»Das ist möglich, aber nicht vorherzusagen.«

Das Gesicht der Frau drückte Gelassenheit und offensichtlich Erwartung aus.

»Was muß ich tun, um ein Mitglied der Gilde zu werden?« platzte Killashandra heraus. »Ich habe mich bereits über den Computer erkundigt.«

Die Frau lächelte höflich. »Ich bin autorisiert, interessierten Personen Zugang zu weiteren Details zu ermöglichen. Ihr Zimmercode?« Killashandra gab ihr die Angabe. »Sie können bis morgen um 8.00 Uhr die relevanten Informationen abrufen. Wenn Sie sich den Vortests unterziehen wollen, können Sie sich während der normalen Bürostunden bei der Gilde vorstellen.«

Das Gesicht verschwand, was Killashandra nur recht war, da sie vor Neugier brannte, welche weiteren Geheimnisse über Ballybran die versprochenen Zusatzinformationen enthüllen würden. Jedenfalls nicht alle, dessen war sie sicher.

Das Display begann mit einer Zusammenfassung der

Geschichte des Planeten. Wütend wollte sie gerade das Programm löschen, als ihr einfiel, daß der kluge Vortragende vor einer Hörprobe die Rolle und ihren Verfasser studierte, um seine Absicht zu verstehen. Wenn die Gilde ihr diese Angaben zur Verfügung stellte, würde man auch wissen, ob sie von dieser Gefälligkeit Gebrauch machte. Die Aufnahme in die Heptitengilde hing möglicherweise nicht nur vom absoluten Gehör, guter physischer Verfassung und der richtigen psychologischen Anpassung ab – oder warum sonst waren es nur so wenig Mitglieder?

Sie machte sich also daran, das Material zu studieren, obwohl das Einleitungskapitel über den »nie aufhörenden Bedarf des Menschen an Rohstoffen auf seiner Erforschung der Galaxien« sie in depremierender Weise an die Orientierungspropaganda in der Oberschule erinnerte. Sie mußte sich allerdings nicht lange durch dieses Thema durcharbeiten, sondern kam schon bald an das Kapitel über Spican-Quarz.

Im Zuge einer routinemäßigen Erforschung und taxierenden Untersuchung wurden auch Scorias Planeten erkundet. Ballybran, der einzige mit annehmbarer Atmosphäre und Schwerkraft, zeugte glücklicherweise von Kristall- und Quarzformationen in seinen Bergketten. Ein Team unter der Leitung von Barry Milekey von Trance wurde losgeschickt, und die ersten Befunde der Geologen ließen auf einen Planeten mit ungeheuren Reserven schließen. Eilig wurden Proben zurück zur Sektorforschungsabteilung geschickt. Ballbran stellte sich als Glückstreffer heraus. Die erste Kristallprobe, die genau analysiert wurde, ein blauer Porphyrtyp, erwies sich aufgrund Besonderheiten in der Zusammensetzung dieses Kristalls als phantastische optische Speicherzelle, die Computern praktisch augenblicklichen Zugang zu unvorstellbaren Mengen an Informationen ermöglichte, die in Matrizen von außergewöhnlich kleinen Dimensionen gespeichert waren. Die feinkörnige Synapsenstruktur des Kristalls machte selbst aus einem kleinen (1 cm^3) Splitter ein ungeheuren Wortspeicher.

Aber es war Milekeys Entdeckung des sogenannten schwarzen Quarzes – unter normalen Bedingungen weder schwarz noch ein Quarz –, die zu der totalen Revolution der interstellaren Kommunikation führte. Infolge seiner thermalen Charakteristika ist der Schwarze Ballybran ein pigmentierter Bergkristall, der unter natürlichem Licht durchsichtig ist.

Unter bestimmten Formen magnetischer Spannung absorbiert – mangels einer besseren Beschreibung – der Schwarze Ballybran alles Licht und scheint *matt* schwarz zu werden. Milekey hatte dieses Phänomen bemerkt, als er den ersten Brocken von der Schwarzkristallwand abgeschlagen hatte.

Wieder durch Zufall, während er von den Kristallographen untersucht wurde, entdeckte man die wahren Eigenschaften des Stoffs. Wenn man zwei identische Stücke von Schwarzquarz unter synchronisierte magnetische Induktion setzte, wurde zwischen den Kristallstücken eine Zweiweg-Kommunikationsverbindung hergestellt. Als die Wissenschaftler die Distanz zwischen den Proben vergrößerten, stellte man fest, daß der Schwarzquarz, im Gegensatz zu anderen elektromagnetischen Phänomenen, die Zeitvergrößerung ausschaltet.

Gleichzeitig mit den Laborentdeckungen und den vorgeschlagenen Verwendungsmöglichkeiten der neuen Kristalle trat das erste von mehreren Problemen im Abbau dieser reichen Rohstoffquelle auf. Das erste Untersuchungsteam hatte nur lose Splitter der verschiedenen Kristallarten eingesammelt, beziehungsweise größere Stücke, die bereits von der Hauptader abgesplittert waren. Bei Versuchen, mit gewöhnlichen Kohlenstoff-10 Blättern zu schneiden, war der Kristall zersplittert. Man versuchte es dann mit Laserschneidern, doch sie zerstörten, schmolzen oder beschädigten den Kristall.

Die Angewohnheit eines der Kristallographen, bei der Arbeit zu singen, brachte eine unerwartete Lösung. Dem Mann fiel auf, daß einige Kristallflächen auf seine Stimme resonierten, und er schlug vor, einen Unterschallschneider zu nehmen. Obwohl nicht ganz erfolgreich, brachten Experimente in dieser Richtung die Wissenschaftler schließlich auf den komplizierten Audio-Pickup, der die zur Regulierung des Blatts nötige Note resonierte, verstärkte und umsetzte.

Sobald das Problem, wie man der Ader makellose Kristalle abringen konnte, einmal gelöst war, wurde Ballybran für private Schürfer freigegeben. Während des nächsten Sturmunwetters blieben die Schürfer, die den Warnungen sofort gefolgt waren und das schützende Tal erreicht hatten, unverletzt, die Leichtsinnigen aber fand man nach dem Sturm tot oder wahnsinnig.

Die Stürme, die über die resonanten Kristallketten bliesen, entlockten dem sensitiven Gestein so viele Schallwellen, daß ein ungeschützter Geist zerbrach.

In Anbetracht des unerklärlichen Todes der neun Schürfer klagten plötzlich alle über vorher nicht beachtete körperliche Beschwerden. Die Meditechs sammelten Berichte über Desorientierung, Hitze- und Kälteanfälle, Wahrnehmungsstörungen, Muskelkrämpfe und Schwäche. Niemand in den verschiedenen Basiscamps entkam den mehr oder weniger leichten Unpäßlichkeiten. Die meisten Symptome gingen vorbei, aber einige der Betroffenen stellten im nachhinein fest, daß einer der Sinne – in den meisten Fällen das Gehör – in Mitleidenschaft gezogen worden war. Das Ärzteteam wurde eilends verstärkt, und man unterzog alle strapaziösen Tests. Zuerst wurden die Kristalle als Auslöser der Symptome verdächtigt. Dagegen sprach, daß diejenigen, die mit den Kristallen anderswo als auf dem Planeten in Berührung kamen, keine Beschwerden hatten, während die Meterologen und Hilfstechniker auf Ballybran, die überhaupt keinen Kontakt mit den Kristallen hatten, ebenfalls betroffen waren. Es konnte also nicht am Kristall liegen. Dann wurde die Ökologie des Planeten zum Hauptansatzpunkt für intensive Untersuchungen, und dies erwies sich als Treffer. Sehr schnell hatte man die Spore, die die Symptome verursachte, isoliert, und Ballybran wurde aus Vorsichtsgründen auf Code 4 gesetzt.

Killashandra schaltete das Display aus, weil sie nachdenken wollte. Alles unter Code 15 war ein striktes Landeverbot. Ballybrans Spore rief komplizierte Reaktionen – die manchmal sogar tödlich waren – im menschlichen Körper hervor. Man hatte die Ursache gefunden, *trotzdem* war der Planet immer noch auf Code 4!

Ausflüchte! dachte Killashandra ärgerlich. Sie schaltete das Display wieder ein, doch der weitere Text handelte von der Gründung der Heptitengilde, und sie hielt ihn an.

Was hatte Andurs doch noch gesagt? »Nur Sänger verlassen den Planeten« Offensichtlich blieben die Behinderten auf Ballybran. Rund zwanzigtausend Leute an Personal und Technikern gegenüber den Sängern. Killashandra schnaubte verächtlich. Diesen Zahlen nach standen hier die Chancen für sie jedenfalls besser, als in der Musik stellare Bedeutung zu erlangen. Sie zog diese Alternative vor. Schön, aber was passierte, wenn man nun nicht einer der Erfolgreichen war? Was für technische Arbeiter wurden gebraucht?

Sie befragte das Vidifax.

»Techniker: Kristallarbeiter auf Ballybran, Tuner, Handwerker zur Herstellung von Kristallantriebs- und interstellaren Resonanzteilen, Meditechs, Programmierer, Mechaniker, Therapeuten, Agronomen, Köche ...«, die Liste reichte bis hinunter zu Dienstarbeiten.

Von denjenigen, denen einmal auf Ballybran Zutritt gewährt wurde, verließen also nur Sänger den Planeten wieder. Killashandra schob die Konsole beiseite, verschränkte die Finger hinter dem Kopf und lehnte sich zurück auf das schmale Kissen.

Was machte jenen feinen Unterschied zwischen einem Sänger und einem Techniker aus? Insbesondere, wenn das absolute Gehör eine Vorbedingung zum Verlassen des Planeten war? Wenn Infraschallschneider eingesetzt wurden, um die Kristalle von der Gesteinsfläche zu lösen, konnte reine Kraft nicht die zweite Bedingung sein. Begabung? Eine besondere Fähigkeit?

Die Sporenkrankheit? Killashandra zog die Konsole wieder zu sich heran und ließ diesen Abschnitt noch einmal abrollen.

»Dies erwies sich als Treffer, und die Spore, die die Krankheit verursachte, wurde isoliert ...«

»Isoliert«, murmelte Killashandra leise. »Isoliert, aber

nicht unschädlich gemacht oder kuriert, und der Planet hat Code 4.«

War es also Immunität gegen die Spore selbst, die darüber entschied, wer Kristallsänger wurde?

Wer nicht wagt, gewinnt nicht, dachte sie und tippte eine Frage nach der Spore ein. Sie kicherte, als das Display dies als einen der Geheimhaltung unterliegenden Punkt ausgab. Mehr Informationen darüber waren einem Aspiranten also nicht zugänglich. Eigentlich nur fair, denn die Gilde hatte genauso viel Recht auf Persönlichkeit wie der einzelne, und außerdem verlangten die FSP ja, daß der Bewerber über alles aufgeklärt wurde, bevor er den entscheidenden Schritt wagte.

Sie schob die Konsole zurück und schwang sich vom Bett. Nachdem sie sich flüchtig über das Haar gebürstet und den Fall ihrer Tunika überprüft hatte, drückte sie auf den Türöffner. Die Tür glitt zurück und schloß sich hinter ihr wieder geräuschlos.

Als sie an die Rampe kam, die die Ebenen verband, blieb sie stehen und studierte die Wandkarte, die hier hing. Sie befand sich zwei Ebenen unter und seitlich von der Gilde, und zu diesem Teil der Basis gab es nur einen Zugang. Mit energischem Schritt eilte sie die Rampe hinauf. Es tat gut, sich zu bewegen. Nachdem sie neun Tage auf Shuttles und Raumschiffen eingeschlossen gewesen war, wirkte sogar eine Mondbasis geräumig. Die Annehmlichkeiten von Shankill reflektierten ihren Nutzen sowohl als kommerzielle wie auch als wissenschaftliche Einrichtung. Man hatte viele Gedanken und große Mühe auf eine annähernd gleiche planetarische Umgebung verwandt, um die hier Lebenden wie auch die Durchreisenden die feindlichen Bedingungen draußen vergessen zu lassen. Hologramme an der Außenseite der Rampe stellten eine prächtige Berglandschaft dar, deren Lichtverhältnisse sich wahrscheinlich dem Tagesrhythmus der Basis anpaßten. »Draußen« war es ungefähr Mittag, aber sie ignorierte ihr Magenknurren.

Auf der anderen Seite einer Schleuse, hinter der rot schraffierten Zone, nach der sie sich selbst Ausschau zu halten versprochen hatte, öffnete sich der Korridor in ein großes Foyer.

Entlang der Wand waren Hologramme von Bäumen und Blumen, die zwischen den Reihen von Sträuchern mit leuchtenden Blättern nickten und tanzten. Der Dekorateur hatte hier die Flora von verschiedenen Planeten vermischt, dachte sie, aber mit Hologrammen, die kaum botanische Probleme mit sich brachten. Abgesehen davon war der Effekt farbenprächtig.

Die Verpflegungseinrichtung unter ihr erstreckte sich über mehrere Ebenen, die erste ein breiter Korridor zwischen zwei Bereichen für Getränke, von denen in einem ein menschlicher Angestellter bediente. Sie wandte sich nach links und betrat einen anderen kurzen Korridor, der den Verpflegungs- und den Gildebereich verband.

Flüchtig kam ihr in den Sinn, daß die Gildebüros über Mittag möglicherweise geschlossen waren, und sie war überrascht, daß sie ohne weiteres in das Empfangsfoyer eingelassen wurde. Hier blieb sie erstaunt stehen.

Mondbasis oder nicht, die zwölfeckige Halle war gewaltig, die Decke sicher fünf, wenn nicht sechs Meter hoch. Von der Mitte der Bögen, die die Decke trugen, hing ein riesiges, buntes Kristallgebilde herab, das schwach leuchtete. Das einzige Mobiliar in dem offenen Raum war eine geschwungene Konsole, aber Killashandra bemerkte die Lichter von Auslagenischen, die in verschiedenen Höhen in die Wände eingelassen waren.

»Oh«, stieß sie in leisem Erstaunen aus und hörte, wie der Kristallüster klirrend antwortete. Er war nicht bloß, wie sie anfänglich vermutet hatte, ein Beleuchtungskörper, sondern schien aus vielen Kristallen von verschiedener Farbe und Form zu bestehen: Meisterwerke der Kristallkunst. Was für eine Verschwendung. Plötzlich sah sie, daß sich das Gebilde langsam drehte, wobei seine leuchtenden Spitzen Lichtpunkte in den Raum warfen, die sich zu einem immer neuen Muster zusammenfügten, ständig begleitet von jenem leisen, fast unwirklichen Klingen.

Wenn einen dieser Ton nicht verwirrte, dann wurde man vom Licht gefangen, dachte Killashandra. Sie schüttelte die kaum merkbare hypnotische Wirkung ab und begann, in der gewaltigen Halle herumzustöbern. In der ersten Nische lag ein Fächer aus winzigen Splittern eines blaßrosa Kristalls, wie sie wahrscheinlich als Computerchips oder —wandler verwendet wurden. Sie fragte sich, wie scharf ihre Kanten wohl sein mochten. Die nächste Auslage zeigte vergrößernd kristalline Adern von verschiedener Färbung und verschiedenem Durchmesser. Das konnte man bestimmt nicht »schneiden«. Vielleicht zersplitterte der gelbliche Kristall in solche Fäden.

Den dritten Schaukasten beherrschte die Igelform einer Kristallantriebseinheit, doch der meiste Platz war dem schwarzen Kristall gewidmet, der tatsächlich weder schwarz noch, wie es schien, ein Kristall war. Als sie zur nächsten Wand des Zwölfecks ging und durch eins der Gucklöcher spähte, konnte sie einen anderen sehen, der unter der Spezialbeleuchtung eindeutig schwarz war.

Plötzlich begann der Leuchter zu klingen, und als sich Killashandra erschrocken umdrehte, entdeckte sie im Eingang den großen, schmalen und nervösen Mann aus dem Raumschiff. Er hatte sich geräuschvoll geräuspert, und der Lüster reagierte auf diesen harten Laut. Der Mann sah aus, als wollte er eben entsetzt wieder aus der Halle stürmen.

»Ja?« fragte sie, um seiner Flucht zuvorzukommen. Warum sollte sie nicht versuchen, herauszufinden, was ihn so verfolgte.

»Ich möchte mich nicht in Ihr Privatleben einmischen«, platzte er in heiserem Flüstern heraus. Offensichtlich hatte er sich die seltsame Reaktion des Leuchters von vorher gemerkt. »Aber dieser Mann, der bei Ihnen auf dem Schiff war? War er ein Sänger?«

»Ja.«

»Was ist mit ihm passiert? War es diese Spore?«

»Nein.« Die Augen des Ärmsten drohten ihm vor Angst aus ihren Höhlen zu treten. »Er ist in die Schallwellen eines explodierenden Shuttles geraten. Sensorische Überbelastung.«

Sein Gesicht hellte sich vor Erleichterung auf, und er wischte sich mit einem Tuch über Stirn und Wangen.

»Man erfährt nur einen Teil und nicht alles. Als ich ihn deshalb sah ...«

»Wollen Sie ein Kristallsänger werden?«

Er schluckte, und sein Adamsapfel hüpfte nervös auf und ab.

»Sind Sie eine Sängerin?« In seiner Stimme schwang Ehrfurcht mit. »Ich dachte, Sie müßten eine sein, so, wie der Captain Sie behandelt hat.« Offensichtlich war er sich jetzt seiner Sache nicht mehr so sicher.

»Nein.«

Sofort änderte sich sein Verhalten; er richtete sich auf und nahm die Schultern zurück.

»Nun, ich werde einer werden«, erklärte er zuversichtlich, und der Lüster warf das Echo zurück. Er sah sich nervös um und schien den Kopf schützend einzuziehen.

»Tun Sie, was Sie nicht lassen können«, gab Killashandra gleichgültig zurück und wandte sich ab. Sie hatte alles in der Halle gesehen, was sie sehen wollte und konnte jetzt etwas zu essen vertragen.

»Sie meinen, Sie versuchen nicht, es mir auszureden?« Er folgte ihr hinaus.

»Warum sollte ich?«

»Weil es jeder andere tut.«

»Ich bin nicht jeder andere.«

»Es soll sehr gefährlich sein.«

»Das beunruhigt mich nicht.«

»Wollen Sie sich auch bewerben?«

Sie blieb stehen und drehte sich so abrupt um, daß er fast in sie hineingelaufen wäre.

»Sie verletzen mein Privatleben ...«

»Oh, nein, nein.« Er wehrte ihre Beschuldigung mit erhobenen Armen und einem erschrockenen Ausdruck ab. »Aber warum sonst sollten Sie in der Heptitenhalle sein?«

»Um Kristalle einzukaufen.«

»Sie sind kein Käufer ...«

»Sie verletzen mein Privatleben!« So schnell sie konnte schritt sie davon, halb versucht, den Schließknopf für die Tür im Verbindungskorridor zum Verpflegungsbereich zu drücken.

»Ich wollte mich doch nur mit Ihnen unterhalten ...« Seine Stimme folgte ihr, aber wenigstens blieb er selbst zurück.

Die durch ihren Ärger entstandene Energie brachte sie an dem Büfettbereich vorbei zu einer T-Kreuzung von Gängen, die zu Geschäftskabinen und -zellen führten, von denen einige mit Trennschirmen abgeschlossen waren. Pflanzen mit breiten Blättern säumten die wenigen Stufen hinauf zum Speisebereich. Bedienungsschlitze und leuchtend orange Menütafeln waren an den Wänden angebracht, und sie steuerte gerade auf die nächste zu, als sie hörte, wie jemand ihren Namen rief.

»Hier, Killashandra Ree.« Captain Andurs erhob sich aus einer Gruppe von Raumfahrern und winkte sie heran. »Kommen Sie. Setzen Sie sich zu uns.«

Nun, wenigstens konnte er sie vor diesem Idioten schützen, falls er ihr folgte, also winkte sie zurück und ging dann zum Menüfax hinüber. Sie war überwältigt von der Auswahl an Speisen, die auf dem Display abrollten. Als sie unter ihnen die Meeresfrüchtekasserolle entdeckte, die sie an jenem denkwürdigen Abend auf Fuerte gegessen hatte, entschied sie sich für dieses Gericht.

»Das Bier ist auch gut.« Andurs war herangekommen, um ihr zu helfen. Er tippte einen Code ein, wartete und tippte erneut. »Damit rutscht es besser.«

Sie wollte schon protestieren angesichts seiner Voreiligkeit, da sie die Launen überprogrammierter und unzuverlässiger Mensaverpflegungssysteme nur zu gut kannte, als die Servieröffnung aufglitt und die drei Bestellungen erschienen. Die prompte Bedienung war wirklich erfreulich.

»Hier, probieren Sie das Bier mal und sagen Sie mir, ob es Ihnen schmeckt.« Andurs hielt ihr das Literglas hin. »Warum so oft hin und her laufen. Das stört nur die Unterhaltung. Sehen Sie, ich habe Ihnen ja gesagt, daß es schmeckt. Es ist nicht chemisch behandelt worden, sondern konnte normal reifen, und das sagt schon aus, daß es ein gutes Bier ist. Sie wissen hier, wie man es macht.« Dann bestellte er nicht nur ein Literglas für sie, sondern auch einen großen Krug. »Ich würde hier bei Bier oder bei den

Destillaten Ihres Heimatplaneten bleiben, wenn sie hier zu bekommen sind – und es würde mich überraschen, wenn das nicht der Fall wäre. Einige Getränke können Sie nämlich ganz schön umhauen, wenn Sie nicht den entsprechenden Stoffwechsel haben.«

»Ich weiß Ihren Rat zu schätzen«, antwortete sie, als sie zu den anderen zurückgingen.

»Wirklich?« Andurs klang ironisch. »Unser Zeitplan hat sich geändert. Wir werden schon morgen, um 1000 Basiszeit, starten. Eilfracht. Nach Regulus. Sie können mit Ihrem Gildegutschein über die Milchstraße, wenn Sie Lust haben.«

»Ich habe Lust, hierzubleiben und abzuwarten, wie es läuft.«

»Haben Sie sich schon informiert?« wollte er mit gesenkter Stimme wissen, denn sie waren jetzt fast am Tisch angekommen.

»Ja.«

»Ganz egal, welche Informationen Sie bekommen haben, sie sind entweder nicht vollständig oder entsprechen nicht der Wahrheit.« Andurs ließ nicht locker.

»Nach dem FSP-Gesetz müssen sie einen über sämtliche Gefahren aufklären.«

Andurs schnaubte verächtlich, aber sie hatten jetzt den Tisch erreicht, und er hatte offensichtlich keine Lust, das Thema weiter zu erörtern.

Sie war gerade dem Bordmechaniker vorgestellt worden, den sie während der Reise noch nicht kennengelernt hatte, als sie die Spannung auf den Gesichtern des Frachtaufsehers und des zweiten Offiziers bemerkte. Neugierig suchte sie nach dem Grund für ihre abweisenden Mienen, und dann drehte sie sich auf ihrem Stuhl halb herum, um besser sehen zu können.

Nicht weit von ihnen standen zwei Männer und eine Frau, die die Gäste musterten. Es war nicht ihre grobe, schmutzige Kleidung, nicht die verschlissenen Stiefel und auch nicht das ungekämmte Haar, die Killashandras Aufmerksamkeit auf sie lenkten – obwohl solche Dinge in einer Gesellschaft, die auf Sauberkeit achtete, schon ungewöhnlich genug waren –, sondern die anmaßende Haltung des Trios, eine Art hochmütiger Arroganz, die jeden anderen ausschloß, und das Leuchten in ihren Augen. Das Tableau, das für kurze Zeit entstanden war, während sich das Trio umgesehen hatte, zerbrach, als die drei zielstrebig auf einen Ecktisch zusteuerten, wo, wie Killashandra sah, bereits zwei ähnlich gekleidete Leute saßen.

»Für wen halten die drei sich eigentlich?« meine Killashandra, die sich an ihrem Verhalten ebenso störte wie der zweite Offizier und der Frachtaufseher. Noch während sie das sagte, wußte sie plötzlich, wer die Neuankömmlinge waren, denn sie hatte diese Hochmütigkeit und dieses innere Leuchten schon einmal erlebt – bei Carrik. »Das sind Sänger, oder?«

»Ja«, antwortete der Frachtaufseher tonlos.

»Sind sie immer so?«

»War Ihr Freund Carrik denn anders?« konterte Andurs.

»Ja, irgendwie schon.«

»Dann war er ganz untypisch«, erklärte der Frachtaufseher gedämpft. »Am schlimmsten sind sie, wenn sie gerade aus den Bergen zurückkommen – wie die da. Ein Glück für uns, Andurs, daß noch zwei monasterianische Schiffe hier sind. Die werden sie mitnehmen.«

Andurs nickte knapp und ließ dann, als ob er sichergehen wollte, daß Killashandra nicht weiter das leidige Thema Sänger verfolgte, eine Flut von Fragen über Proviant und Frachtbriefe los.

Killashandra verstand den Wink und widmete sich ihrem Essen, sah aber wiederholt zu der faszinierenden Gruppe Sänger hinüber. Sie war äußerst überrascht, feststellen zu müssen, daß sich die drei offensichtlich nicht viel zu sagen hatten, obwohl das Trio ganz bewußt den Tisch mit den beiden anderen aufgesucht hatte. Sie verließen ihre Plätze auch nur gerade so lange, um sich ein paar Becher Wein auf einmal zu bestellen und mit zurück zu nehmen, wobei sie sich überhaupt nicht um die übrigen Gäste in dem mittlerweile vollen Speiseraum kümmerten.

Da reger Betrieb herrschte, Freunde begrüßt wurden und gutmütige Sticheleien von Tisch zu Tisch ausgetauscht wurden, konnte Killashandra ein paar diskrete Beobachtungen machen. Es schien ein gutes Verhältnis zwischen den Basisbewohnern – ob Gildemitglieder oder nicht – und den Durchreisenden zu herrschen. Anhand der unterscheidenden Uniformfarben und der Gewerbe- oder Rangstreifen konnte sie die verschiedenen Berufe erkennen. Die Reisenden trugen alles, was ihnen gefiel, und es mischten sich Stil und Mode von zwei oder drei Dutzend Kulturen und Disziplinen. Das Schiffspersonal war dagegen immer in dunkle Uniformen gekleidet, die einen düsteren Kontrast zu der Farbenpracht der Zivilsachen bildeten. Hin und wieder tauchten fremde Wesen, die mit Versorgungsgeräten ausgerüstet waren, in der Haupthalle auf, zogen sich aber immer schnell auf die jeweiligen Verpflegungsebenen zurück, die auf ihre exotischen Bedürfnisse eingestellt waren.

Nachdem sie in Ruhe ihre Mahlzeit beendet hatten, entschuldigten sich der Frachtaufseher und der Bordmechaniker, daß sie noch einiges vor dem Start zu tun hätten. Andurs bedeutete ihnen mit einer jovialen Geste, sich nur nicht davon abhalten zu lassen, und wandte sich dann an Killashandra.

»Haben Sie gesehen, was passieren würde, wenn Sie eine Sängerin würden?«

»Was?« fragte sie unschuldig.

Andurs schnippte ungeduldig mit den Fingern in Richtung des abseits setzenden Quintetts. »Sie wären allein. Wo immer Sie auch hingingen.«

»Mit Carrik war ich aber nicht allein. Es war sehr nett mit ihm.«

»Ich bin überzeugt, daß das seinen guten Grund hatte, und jetzt blitzen Sie mich nicht wieder gleich mit dem Hinweis auf Ihr Privatleben an.«

Killashandra mußte über seine verdrießliche Bemerkung lachen. »Der Grund beruhte auf Gegenseitigkeit, mein Freund. Und ich verstehe immer noch nicht, was es an den Kristallsängern auszusetzen gibt.«

»›Für wen halten Sie sich eigentlich?‹« ahmte er ihre spontane Reaktion auf die Sänger nach.

»Aber ich habe auch nicht gesehen, daß irgend jemand sie so wie die anderen begrüßt hat …«

»Das werden Sie auch nie erleben. Unangenehme Typen, das sind sie. Und immer tun sie so überheblich.«

»Carrik …«, begann sie und dachte daran, wie schön es mit ihm gewesen war.

»Er war vielleicht schon halb erledigt, als Sie ihn kennengelernt haben. Sie verändern sich – und nicht zu ihrem Vorteil.«

»Das ist doch kein Wunder, oder?« erwiderte sie ein bißchen kurz angebunden, denn es ärgerte sie, daß Andurs so irrational auf Verallgemeinerungen beharrte. »Das Fax sagte, daß sie sich harten physischen, psychologischen sowie Eignungstests unterziehen müssen. Nur die Besten werden angenommen, also müssen sie schon etwas ganz anderes sein als die normalen Leute, die man überall sonst in der Galaxis antrifft.«

»Sie verstehen nicht. Sie sind *völlig* anders!« Andurs wurde zusehends erregter in seinem Bemühen, es ihr zu erklären.

»Und ich werde es auch nie verstehen, wenn Sie nicht ein bißchen deutlicher werden können.«

»Das kann ich.« Andurs stürzte sich fast auf ihre Aufforderung. »Der Sänger da in der braunen Tunika – wie alt würden Sie ihn schätzen? Und starren Sie sie nicht zu aufdringlich an. Sie können unangenehm werden, wenn man sie verärgert. Besonders dann, wenn sie gerade aus den Bergen zurück sind, wie diese fünf da.«

Killashandra hatte den braungekleideten Mann bemerkt; er war der größte der fünf und besaß etwas von der gleichen magnetischen Ausstrahlung, die auch Carrik ausgezeichnet hatte.

»Ich würde sagen, er ist etwa in der zweiten Hälfte seines dritten Jahrzehnts, vielleicht auch am Anfang seines vierten.«

»Ich bin in meinem vierten, und ich mache diese Tour jetzt seit neun Standardjahren. Ich weiß, daß er schon seit mindestens neun Jahrzehnten Sänger ist, denn so lange taucht sein Name schon auf der Passagierliste meines Schiffs auf.«

Killashandra blickte verstohlen zu der fraglichen Person hinüber. Es fiel schwer zu glauben, daß der Mann schon über hundert Jahre sein sollte. Die moderne Wissenschaft konnte die schlimmsten Auswirkungen der physischen Degeneration hinauszögern, aber ...

»Es ist also ihre ewige Jugend, worüber Sie sich ärgern?«

»Nein, ich nicht. Ehrlich gesagt möchte ich gar nicht älter als zehn oder zwölf Jahrzehnte werden. Es liegt nicht nur daran, daß Sänger länger jung aussehen, obwohl das eine ganze Menge Leute stört, es – es sind andere Unterschiede ...«

»Psychologische? Berufsmäßige? Physische? Oder finanzielle?«

»Sehen Sie, Tatsache ist, daß es Unterschiede gibt, die wir anderen an den Sängern merken, spüren und die uns an ihnen stören!« Andurs wurde jetzt hitzig und schlug sich mit der Faust in die Hand, um seinen Standpunkt Nachdruck zu verleihen. »Was immer es auch ist, es trennt Sie für immer von der übrigen Menschheit. Wollen Sie das wirklich?«

Killashandra überlegte sich die Frage reiflich, bevor sie Andurs in die Augen sah. »Ja. Kristallsänger sind eine nach strengen Kriterien ausgewählte, sorgfältig geschulte Berufsminorität, und ich will zu einer solchen Gruppe gehören. Ich habe schon eine Ausbildung in dieser Richtung«, fügte sie mit einem gequälten Lächeln hinzu.

»Dann haben Sie Carrik nur hierher zurückbegleitet ...« Andurs Nasenflügel blähten sich argwöhnisch auf, und er lehnte sich von ihr weg.

»Weil ich es ihm schuldig war«, beendete sie hastig den Satz, denn sie mochte nicht, daß dieser Ausdruck schon jetzt und ohne Grund auf Andurs Gesicht erschien. Ihr Motiv war tatsächlich Mitleid mit Carriks Zustand gewesen. »Wer weiß? Vielleicht entspreche ich ja gar nicht den Anforderungen. Aber ein Versuch kann doch nicht schaden, oder?« Sie schenkte Andurs ein liebes, etwas ängstliches Lächeln. »Wissen Sie, ich hatte überhaupt kein bestimmtes Ziel, als ich Carrik begegnete ...«

»Dann fliegen Sie doch mit mir wieder ab – oder mit einem anderen Schiff. Das hier« – Andurs deutete mit dem Zeigefinger auf den Boden – »ist eine Sackgasse.«

Killashandra warf noch einmal einen heimlichen Blick auf die Kristallsänger – stolz, hochmütig und mit einer seltsamen Ausstrahlung. Andurs zuliebe brachte sie ein nachdenkliches Stirnrunzeln zustande, aber die distanzierte und unzugängliche Gruppe wirkte tatsächlich isoliert, Leute, an denen deutlich ein feiner Unterschied festzustellen war, der sie unter anderen Menschen, die ansonsten nicht weniger physisch attraktiv oder intelligent waren, herausragen ließ. Dieses Merkmal würde einen Sänger überall isolieren, ganz gleich, wo er war. Für immer, dachte Killashandra, wie Stellarkünstler, die sich im Applaus des bewundernden Puplikums sonnten. Da sie das eine nie erreichen würde, wollte sie es mit dem anderen versuchen.

»Sie haben irgend etwas an sich ...«, sagte sie laut, wobei sie unsicher die Schultern hob und gequält lächelte. »Wissen Sie, Sie haben recht mit dem Bier ...«, wandte sie sich mit einem gewinnenden Lächeln an Andurs.

»Ich hole Nachschub.«

Sie verbrachte einen angenehmen Abend mit dem Captain, obwohl sie froh war, daß es nur ein Abend war, denn seine Grenzen wurden sehr bald sichtbar. Carrik hatte viele Offenbarungen für sie gehabt. Erst nachdem er seinem Bedauern Ausdruck verliehen und sie nochmals gedrängt hatte, daß es doch besser für sie sei, mit ihm zu kommen, brach Andurs schließlich um Mitternacht zu seinem Schiff auf. Er flöge zwar nur bis Regulus, aber mit ihrem Gildegutschein könne Killashandra von dort ein Schiff zu jedem Zielort in der Galaxis nehmen.

Sie bedankte sich, wobei sie sich müder gab, als sie wirklich war, und verließ ihn dann mit der Erklärung, daß seine Argumente und seine Person sie tatsächlich unschlüssig hätten werden lassen.

Erst viel später erfuhr sie, daß sein Schiff, die *Rag Blue*

Swan Delta, den Abflug so lange hinausgezögert hatte, bis es schließlich von einem erbosten Landeoffizier zum Start gezwungen worden war. Zu diesem Zeitpunkt befand sie sich bereits im Gildeblock der Basis.

IV

Pünktlich zu Beginn der Geschäftsstunden erschien Killashandra in der Gildehalle. Sie war nicht die einzige, die so zeitig da war. Ein paar der etwa ein Dutzend Leute, die sich in dem großen Empfangsfoyer aufhielten, waren ganz offensichtlich Einkäufer, die die Schaukästen betrachteten und sich Notizen auf ihren Armbandcomputern machten. Der große schmale Mann war auch da. Gerade, als Killashandra sah, wie zwei Männer und eine Frau aus einer Türöffnung in der gegenüberliegenden Wand des Zwölfecks auftauchten, kam jemand durch den Basiseingang hereingestürmt. Killashandra bekam einen flüchtigen Eindruck von einem entschlossenen, harten und zornigen Gesicht und dem kurzgeschnittenen Haar eines Raumarbeiters, als die dürre Gestalt einer Frau an ihr vorbeirauschte.

Der Lüster reagierte auf die Vibrationen ihrer Schritte und nahm den Ton ihrer Stimme auf. Die Resonanz des klingenden Gebildes sagte Killashandra, daß die Frau Forderungen stellte. Was sie aber mehr überraschte, war die Tatsache, daß die Gildeangestellte sie überhaupt nicht beachtete, sondern den Kopf weiter über den Computer gebeugt hielt. Die aufgebrachte Raumarbeiterin wiederholte ihre Frage, und zwar so laut, daß Killashandra hören konnte, daß die Frau verlangte, auf der Stelle dem Test zur Aufnahme in die Gilde unterzogen zu werden.

Dann berührte einer der Gildeleute, nachdem er sich bei dem Käufer, mit dem er sich gerade unterhalten hatte, entschuldigt hatte, die Programmiererin am Arm und lenkte ihre Aufmerksamkeit auf die mittlerweile zornentbrannte Raumarbeiterin. Ein erneuter wütender Wortschwall brachte die Kristalltropfen zum Klirren, obwohl sich die Gildeprogrammiererin offensichtlich nicht im geringsten durch die Unhöflichkeit und den Zorn der Raumarbeiterin aus der Ruhe bringen ließ. Im nächsten Augenblick öffnete sich die Tür am anderen Ende des Raums wieder, worauf die Raumarbeiterin mit hartem Schritt, der ihre schlanke Gestalt erzittern ließ und mit aggressiv geneigtem Kopf auf sie zuging. Hinter ihr glitt die Tür wieder zu.

Ein Seufzer lenkte Killashandras Aufmerksamkeit ab, und als sie sich umdrehte, sah sie einen jungen Mann neben sich stehen.

Er wäre auf jeden Fall einen zweiten Blick wert gewesen, denn er hatte dichtgelocktes rotes Haar, eine Farbe, die heute noch seltener vorkam als Naturblond. Offensichtlich hatte er die Szene zwischen der Raumarbeiterin und der Programmiererin verfolgt, als ob er mit einer solchen Auseinandersetzung gerechnet hätte. Sein Seufzen hatte seine Erleichterung ausdrücken sollen.

»Sie hat es geschafft«, murmelte er leise. Dann bemerkte er Killashandra und lächelte. Seine ungewöhnlich hellgrünen Augen blitzten schadenfroh. Die Antipathie, die Killashandra spontan gegen die Raumarbeiterin gespürt hatte, machte einer spontanen Sympathie für den jungen Mann Platz. »Die ist schon den ganzen Flug hierher so aufgebracht gewesen. Ich dachte, sie würde wie ein Projektil durch den Ausschiffungsbogen schießen, als die Formalitäten anfingen. Und dann ...« Er breitete die Hände auseinander, um seinem Erstaunen über die Mühelosigkeit, mit der sie sich durchgesetzt hatte, Ausdruck zu verleihen.

»Es gehört mehr dazu, als durch eine Tür zu gehen«, bemerkte Killashandra.

»Mir brauchen Sie das nicht zu sagen, aber Carigana wollte nichts davon wissen. Sie war sowieso wütend, daß ich die Vorprüfung schon in Yarro auf Beta VI gemacht habe. Als ob es ein persönlicher Affront gegen sie wäre, daß sie den ganzen Weg bis hierher kommen mußte.« Er trat näher an Killashandra heran, als eine Gruppe von Leuten, die ihrer unterschiedlichen Kleidung nach Käufer sein mußten, die Halle betraten. »Haben Sie es denn schon gewagt?« Als sich Killashandra angesichts eines so flagranten Einbruchs in ihr Privatleben versteifte, hielt er die Hand hoch und grinste so gewinnend, daß sie es ihm einfach nicht übel nehmen konnte. »Wissen Sie, ich bin von Scartine, und ich vergesse einfach ständig, was sich gehört. Außerdem sehen Sie nicht wie ein Käufer aus ...« Seine Bemerkung war als Kompliment gemeint, denn er zeigte mit gutmütiger Verachtung auf die aufgeputzten Leute in der Halle. »Und Durchreisende würden sich nie weiter als bis zu den Verpflegungsräumen vorwagen, also müssen Sie sich fürs Kristallsingen interessieren ...« Gleichzeitig mit seiner Braue hob er fragend die Stimme.

Es hätte schon eine weitaus förmlichere Person als Killashandra da stehen müssen, um seine offene Art zu bremsen, doch sie antwortete nur mit einem knappen Lächeln und nickte.

»Also, da ich meine Vorprüfung schon hinter mir habe, muß ich nur melden, daß ich da bin, aber wenn ich Sie wäre, obwohl ich das nicht bin, und ich will mich ganz bestimmt nicht in Ihre Intimsphäre einmischen, würde ich Carigana da drinnen erst mal etwas Zeit lassen, bevor ich ihr folgte.« Dann legte er den Kopf zur Seite und grinste mit einem Blitzen in den Augen, das nicht zu seinem unschuldigen Ausdruck paßte. »Es sei denn, Sie sind sich Ihrer Sache noch nicht sicher.«

»Doch, bin ich. Sie haben also die Vorprüfung auf Yarro gemacht?«

»Ja, Sie kennen die Tests.«

»SG-1, soviel ich gehört habe.«

Er zuckte unsicher die Schultern. »Die Meditests sind eigentlich immer gleich, und wenn Sie darauf eingestellt sind, ist die Psychoanalyse halb so wild. Außerdem ein kurzer Eignungstest, aber Sie sehen aus, als ob Sie Student gewesen sind, also was macht Ihnen da Kopfzerbrechen.« Sein Ausdruck war durchdringend, als sein Blick zu der Wand hinüberhuschte, durch die Carigana verschwunden war.

»Diese Tests – sie sind doch nicht schwer, oder schmerzhaft oder so etwas? ...« Der große, nervöse Mann war herangekommen, ohne daß sie es bemerkt hatten.

Killashandra runzelte ungehalten die Stirn, doch der andere junge Mann grinste ermutigend.

»Kein Schweiß, kein Streß, keine Anstrengung. Ein

Klacks.« Er öffnete die Hand, um anzudeuten, wie einfach es war. »Jetzt brauche ich nur noch da zur Tür zu gehen, anzuklopfen, und schon bin ich drin.« Er nahm den Schulterriemen seines Reisesacks und ließ ihn zurückschnappen.

»Sind Sie über alles aufgeklärt worden?« wollte der dunkelhaarige Mann wissen.

»Noch nicht.« Der Rotschopf grinste wieder. »Das ist der nächste Schritt, und das wird nur hier gemacht.«

»Shillawn Agus Vartry«, stellte sich der andere förmlich vor. Er hob die rechte Hand und spreizte die Finger in der galaktischen Geste für friedliche Absicht.

»Rimbol C-hen-stal-az«, erwiderte der Rothaarige.

Killashandra war nicht in der Stimmung, in eine weitere Diskussion über Bewerbung um Eintritt in die Gilde hineingezogen zu werden, nicht bei diesem Shillawn, der sich schluckend und stotternd zu einer Entscheidung durchzuringen versuchte. Sie bedachte Rimbol mit einem Lächeln und einem Gruß, als sie sich höflich zurückzog, bevor sie dann selbstsicherer, als sie sich wirklich fühlte, auf die Programmiererin hinter der Konsole zusteuerte. Dort breitete sie die Finger so aus, daß die andere die Bewegung sehen mußte.

»Ich möchte mich um Aufnahme in die Heptitengilde bewerben«, begann sie, als die Frau den Kopf hob. Killashandra hatte eigentlich sagen wollen, daß sie Kristallsängerin werden wollte, aber die Worte hatten sich mit ungewohnter Zurückhaltung in ihrem Kopf und Mund ausgetauscht. Möglicherweise war Cariganas sehr schlechtes Beispiel daran schuld, daß sie jetzt so vorsichtig war.

Die Programmiererin neigte den Kopf zum Zeichen, daß sie verstanden hatte, und ihre Finger glitten über die Terminaltasten. »Wenn Sie bitte durch diese Tür dort gehen.« Sie deutete auf eine Öffnung, die in der Wand erschien.

Killashandra konnte sich vorstellen, wie enttäuschend dieser ruhige Satz für die wütende Carigana gewesen sein mußte. Sie lächelte, als sich die Tür lautlos hinter ihr schloß. Abgang Killashandra ruhig und ohne Fanfare.

Sie fand sich in einem kurzen Korridor wieder mit einer Reihe von Türen, die durch Farben und Muster gekennzeichnet waren, und hielt auf eine zu, die geräuschlos aufglitt. Gerade, als sie den Raum durch diese Tür betrat, kam ein Mann mit seltsam krummer Schulter durch eine andere herein. Der rasche und forschende Blick, den er ihr zuwarf, ließ sie zu der Überzeugung kommen, daß er es vorher mit Carigana zu tun gehabt haben mußte.

»Erklären Sie sich bereit, sich den physischen und psychologischen Tests und der Eignungsprüfung SG-1 zu unterziehen? Bitte geben Sie Ihren Namen, Heimatplaneten und Beruf an. Diese Informationen werden gemäß der Bestimmungen der Föderierten Sentient-Planeten zur Aufnahme in die Heptitengilde von Ballybran verarbeitet.« Er spulte seine Rede in zwei Atemzügen ab und starrte sie erwartungsvoll an, während ihr Verstand seinen heruntergeleierten Erklärungen folgte.

»Ja, ich, Killashandra Ree von Fuerte, will mich den Tests unterziehen. Beruf: Studentin der Theaterwissenschaften, ausgetreten.«

»Hier entlang bitte, Killashandra Ree.« Sie folgte ihm in einen Vorraum, die üblichen Prüfungsräumlichkeiten. An einer Tür leuchtete eine rote Tafel auf, und Killashandra nahm an, daß sich dahinter Carigana befand und gerade den gleichen Tests unterzogen wurde, die sie erwarteten.

Sie wurde in den nächsten Raum geführt, der mit der Couch und der Haube ausgestattet war, die zu der üblichen physischen Diagnoseausrüstung für ihre Rasse gehörte. Wortlos machte sie es sich auf der Couch so bequem wie möglich, von klein auf an die Prozedur gewöhnt, an das etwas beängstigende Gefühl der Enge, als sich die obere Hälfte des Diagnosegeräts über sie legte. Der fast beruhigende Druck des Torsoteils störte sie ebenso wenig wie der feste Griff um einen Schenkel und das schwere Gewicht auf ihrem Schienbein, aber sie würde sich nie an das einengende Kopfstück und den Druck auf Augen, Schläfe und Kinn gewöhnen können. Das Abtasten von Gehirn und Netzhaut ging schmerzlos vor sich, und man spürte auch nicht die Akupunktur, die das Bein für die Blut-, Knochenmarks- und Gewebeproben betäubte. Der Druck, den sie bei der Untersuchung der Organe, der Muskelkraft, Hitze-

und Kälteempfindlichkeit sowie Geräuschsensitivität spürte, war nichts gegen den anschließenden Schmerzschwelletest. Sie hatte zwar schon davon gehört, aber es selbst noch nie mitgemacht – und hoffte, es auch nie wieder zu müssen.

Gerade, als sie unter dem Reiz, der auf ihr Nervenzentrum ausgeübt wurde, schreien wollte, zog sich der Apparat unvermittelt zurück. Ihr ganzes Nervensystem vibrierte unter der Nachwirkung, und sie stöhnte und massierte sich den Nacken, um die Muskeln zu entspannen, die sich in jenem Sekundenbruchteil meßbaren Schmerzes verkrampft hatten.

»Nehmen Sie jetzt bitte dieses Stärkungsmittel.« Der Meditech war in den Raum gekommen und reichte ihr ein Glas mit einer sprudelnden grünen Flüssigkeit. »Richten Sie sich auf. Und dann setzen Sie sich bitte hier hinein«, fügte er hinzu, als ein bequemer Polstersessel in die Mitte des Raumes gerollt kam, während das Diagnosegerät nach links schwenkte. »Wenn Sie sich erholt haben, drücken Sie den Knopf auf der rechten Sessellehne, dann beginnen die psychologischen Tests. Wir benutzen das verbale Anredesystem. Die Antworten werden natürlich aufgezeichnet, aber ich bin sicher, daß Sie mit dem Vorgang vertraut sind.«

Das Getränk vertrieb das letzte Unbehagen nach dem Schmerztest aus ihrem Körper und machte ihre Sinne unglaublich wach. Die besten Vorbedingungen für den psychologischen Test.

Killashandra betrachtete diese Art von Test immer mit etwas gemischten Gefühlen – es konnte so viel von der geistigen Verfassung abhängen, in der man sich zu genau jener Stunde, an jenem Tag und in jenem Jahr befand. Wie üblich verspürte sie auch diesmal wieder den vagen Wunsch, einfach die falschen Antworten zu geben, aber dagegen stand das Bewußtsein des Existenzkampfs. Zu viel hing von diesen Tests ab. In dieser Situation waren die Spielchen, die sie vielleicht unter anderen Umständen riskiert hätte, fehl am Platz. Sie wurde mit Fragen konfrontiert, deren Sinn sie nicht verstand und die ihr bisher noch bei keiner psychologischen Beurteilung gestellt worden waren. Aber sie hatte sich ja auch noch nie bei der Heptitengilde beworben, und deren Auswahlkriterien waren mit Sicherheit andere. Es war auch das erstemal, daß sie einen verbalen Psychotest mitmachte, bei dem die Fragen über Computer gestellt wurde, denn normalerweise saß man einem menschlichen Prüfer gegenüber.

Am Ende der Sitzung steigerte sich das Tempo der Befragung so, daß sie vor Anstrengung, mit ihren Antworten auf die Fragen, die vor ihr abrollten, mithalten zu können, zu schwitzen begann.

Sie konnte noch immer fühlen, wie ihr Herz raste, als der Gildemann wieder hereinkam. Diesmal brachte er ein Tablett mit dampfenden Essensbehältern mit.

»Der Eignungstest beginnt, wenn Sie gegessen und sich ausgeruht haben. Sie können etwas zu Ihrer Unterhaltung über das Fax abrufen oder schlafen.« Auf seine Worte tauchte aus einem Speicher eine Konturcouch auf. »Wenn Sie soweit sind, geben Sie dem Computer Bescheid, dann fangen wir mit dem letzten Teil der Tests an.«

Killashandra hatte einen Bärenhunger, und die nahrhafte Mahlzeit schmeckte ihr ausgezeichnet. Sie nippte an dem heißen Getränk und ließ sich beruhigend ophterianische »Harmonien« vorspielen, um sich nach dem anstrengenden letzten Teil des Psychotests geistig zu entspannen.

Bei früheren Beurteilungssitzungen hatte sie oft am Verhalten ihrer menschlichen Prüfer ablesen können, wie gut sie gewesen war – und sie war an sehr gute Ergebnisse gewöhnt. Der Gildetech dagegen war so unpersönlich gewesen, daß sie nicht sagen konnte, wie sie bis jetzt gewesen war.

Nachdem sie ihre Mahlzeit beendet hatte, entschied sie sich, mit den Tests weiterzumachen und gab zu verstehen, daß sie bereit war. Als erstes wurde sie auf ihr Gehör getestet, die härteste Prüfung auf diesem Gebiet, die sie je mitgemacht hatte und die Schätzungen von Schwingungsabweichungen und entnervender unterbewußter Geräusche unter 50 Hertz und über 18 Kilohertz einschlossen. Nachdem diese Ergebnisse aufgezeichnet worden waren, gingen die Tests zu irreführend komplexen Hand-Auge Koordinationen über, nach denen sie wieder in Schweiß gebadet war. Es folgten einen Reihe von Tiefenwahrnehmungstests und Raumbeziehungen. Das letztere Prüfungsgebiet war immer eine ihrer Stärken gewesen, aber als die Sitzung endlich vorbei war, fühlte sie sich völlig erschöpft und zitterte.

Vielleicht war der Wunsch nur der Vater des Gedanken, aber als der Meditech zurückkam, glaubte sie so etwas wie Achtung in seinem Blick zu erkennen.

»Killashandra Ree, da Sie die Prüfungen des ersten Tages den Anforderungen entsprechend abgeschlossen haben, sind Sie ab jetzt Gast der Gilde. Wir haben uns erlaubt, Ihre persönlichen Dinge in ein bequemeres Quartier im Gildeblock zu bringen. Wenn Sie mir bitte folgen würden ...«

Unter normalen Umständen hätte sie eine solche, ohne ihre Einwilligung vorgenommene Maßnahme als Eingriff in ihr Privatleben betrachtet, aber sie war zu erschöpft, um einen Protest zustande zu bringen. Sie wurde tiefer in den Gildeblock geführt, drei Ebenen unter dem Haupteingang und gleichzeitig einzigen Eingang, oder Ausgang, zu dem übrigen Teil der Basis Shankill. Die Leichtigkeit, mit der sie in die heilige Zone vorstieß, belustigte sie eher, als daß sie sich darüber Gedanken gemacht hätte. Nach diesen wirklich nicht ungewöhnlichen Tests gab es keinen Grund, sie von den anderen Bewohnern der Basis zu isolieren. Abgesehen von jenem Schmerzschwelletest gab es nichts, wovor sie einen möglichen Bewerber warnen konnte. Gefährlicher für die Gilde mußten die durchgefallenen Bewerber sein, weil sie enttäuscht waren. Was passierte wohl mit ihnen, überlegte sie. Was mochte zum Beispiel aus der aufgebrachten Carigana geworden sein? Wenn sie durchgefallen war, konnte man sich nur wünschen, dann nicht gerade in ihrer Nähe zu sein. Und wo waren Rimbol und dieser lästige, nervöse Mann, dieser Shillawn und wie er noch hieß?

Wie weit mußte sie denn noch in den Gildekomplex hinein, um zu ihrer freien Kost und Logis zu kommen, dachte sie müde und gereizt. Ihr einziger Wunsch war, sich hinlegen und schlafen zu können. Sie fühlte sich genauso erschöpft wie an jenem Abend des letzten Studentenkonzerts. Wie lange war das jetzt her? Nach Distanz oder Zeit? Sie hatte im Augenblick nichts übrig für ihre eigenen Rätsel. Wie weit noch?

Der Gildemann war vor einer Tür stehengeblieben, die aufglitt.

»Wenn Sie Ihren Abdruck registrieren ... Sie finden dann Ihre Sachen hier drinnen. Am Ende des Korridors gibt es einen Gemeinschaftsspeiseraum, aber Ihr Quartier verfügt auch über ein eigenes Verpflegungssystem. Morgen werden Sie dann zu letzten Phase aufgerufen werden.«

Ein Piepton aus dem Armgerät des Mannes schnitt alle Fragen ab, die sie vielleicht noch an ihn gehabt hätte, denn auf das Signal hin neigte er höflich den Kopf vor ihr und zog sich zurück.

Sie legte den Daumen in die Vertiefung für das Abdruckschloß und betrat dann ihre neue Unterkunft. Der Raum war nicht nur größer – geräumig im Gegensatz zu ihrem Hotelzimmer – sondern auch komfortabler eingerichtet. Ein Stuhl erwartete sie schon vor einem kleinen Tisch, auf dem ein Becher Bier aus der Verpflegungsöffnung stand. Killashandra trank dankbar einen Schluck und bemerkte, daß das Menüfax auf Fischgerichte eingestellt war. Was mochte die Gilde schon alles an Daten über sie gespeichert haben, dachte sie, seit sie ihren Namen, Heimatplaneten und Beruf angegeben hatte? Bewußt wechselte sie das Display zu anderen Proteinen und bestellte sich eine laut Speiseplan »herzhafte Kasserolle aus verschiedenen Gemüsesorten« und einen leichten Wein.

Sie hatte gerade ihre Mahlzeit beendet, als die Tür einen Besucher meldete. Killashandra zögerte einen langen Moment, weil sie sich nicht vorstellen konnte, wer sie besuchen sollte;, dann setzte die Tür hinzu, daß der Name des Besuchers Rimbol sei und er sie sprechen wollte. Sie drückte auf den Türöffner.

Rimbol steckte den Kopf ins Zimmer und grinste ihr entgegen. »Kommen Sie doch auf einen Sprung mit raus. Nur für einen Drink. Es ist schließlich umsonst.« Dann zwinkerte er ihr zu. »Carigana und Shillawn sind auch beide nicht da. Nur ein paar andere, die ihre Vorprüfung schon bestanden haben. Na, kommen Sie schon.«

Der lustige Ton in seiner schmeichelnden Stimme gab den Ausschlag. Killashandra kannte sich gut genug, um zu wissen, daß sie, auch wenn sie versuchte, zu schlafen, letzten Endes doch nur die Tests noch einmal abspielen und so niedergeschlagen werden würde, wenn sie etwas vergessen oder verkehrt beantwortet hatte, daß sie doch nicht richtig schlafen konnte. Besser für sie war, wenn sie sich bei ein paar Gläsern in Rimbols ansteckender Gesellschaft ein bißchen entspannte, vor allem, da weder Carigana noch dieser nervöse Shillawn da waren.

Sie war allerdings doch etwas überrascht, als sich die »nur ein paar andere« als insgesamt neunundzwanzig herausstellten. Rimbol, der ihr Erstaunen bemerkte, grinste und zeigte auf die Verpflegungsanlage.

»Sie brauchen jetzt erst mal ein Bier. Das ist Killashandra«, verkündete er mit leicht erhobener Stimme ganz allgemein in den Raum hinein. Ihre Anwesenheit wurde mit knappem Nicken, Lächeln oder einem kurzen Wink zur Kenntnis genommen. Sie bemerkte, daß unter den anderen schon eine gewisse Zwanglosigkeit herrschte.

Die Gruppe, in der irgendein Kartenspiel mit vier Spielern gespielt wurde, sah noch nicht einmal auf, als sie und Rimbol sich ihre Getränke holten.

»Mit Ihnen sind es dreißig«, begann Rimbol, als er sie zu einem Platz auf dem einzigen noch freien Sofa führte. »Shillawn und Carigana machen zweiunddreißig, und dann soll noch jemand heute die Vorprüfung machen. Wenn er es auch schafft, heißt das, daß wir morgen alle runter nach Ballybran kommen.«

»Das heißt, wenn es nach der berühmten Aufklärung niemand mit der Angst zu tun bekommt«, warf ein Mädchen ein, das sich jetzt zu ihnen gesellte. »Ich bin übrigens Jezerey von Salonika in der Antaresgruppe.«

»Ich kann mir nicht vorstellen, daß sie das Ganze noch abblasen würden, wenn sie uns erst mal aufgeklärt haben.«

»Vielleicht haben Sie recht, aber ich weiß mit Sicherheit,

daß dreißig die kleinste Gruppe ist, die sie ausbilden«, fuhr Jezerey fort und machte es sich mit einem ausgiebigen Seufzer auf der Couch bequem. »Ich habe sieben Wochen Standardzeit warten müssen.« Sie klang entrüstet. »Aber Borton« – sie deutete auf die Kartenspieler – »ist schon neun hier. Er ist ganz knapp für den vorigen Kurs zu spät gekommen. Nichts könnte ihn dazu bringen, es sich anders zu überlegen. Bei ein oder zwei von den anderen bin ich mir da nicht so sicher – und wir brauchen eigentlich jeden. Rimbol meint, daß Carigana auf jeden Fall bei ihrem Entschluß bleibt. Wenn ich mir überlege, was für ein Gesicht sie gemacht hat, als der alte Buckel sie hereinbrachte, bin ich richtig froh, daß sie uns offensichtlich auch nicht mag und in ihrem Zimmer geblieben ist. Raumarbeiter sind schon ein komischer Haufen, aber sie – sie ist ...«

»Sie steht einfach unter Spannung«, beendete Rimbol den Satz, als Jezerey nichts mehr einfiel. »Ich glaube, daß sie Raumstationen genauso wenig traut wie Raumschiffen. Sie war den ganzen Flug hierher mit Beruhigungsmitteln vollgepumpt. Shillawn« – dabei bedachte Rimbol Killashandra mit einem spöttischen Ausdruck – »war völlig mit den Nerven runter, also habe *ich* mich an seinem Privatleben vergriffen und ihm ein Beruhigungsmittel in sein Bier geschüttet. Er schläft jetzt.«

»Aus welchem Grund sollte jemand wie er Kristallsänger werden wollen?« fragte Killashandra.

»Warum wollen *wir* es werden?» erwiderte Rimbol amüsiert.

»Also, schießen Sie los!« konterte Killashandra blitzschnell.

»Weil ich als Instrumentalist nicht weitermachen durfte. Es gab da, wo ich herkomme, nicht genug Möglichkeiten für einen Streicher. Kristallsingen ist die nächstbeste Alternative.«

Killashandra nickte und blickte zu Jezerey hinüber.

»Merkwürdig«, meinte diese mit einem nachdenklichen Ausdruck, »auch ich war in meinem Beruf überflüssig. Ich war Prothesen-Therapeutin. Und der Himmel weiß, daß genug Unfälle auf Salonika passieren.« Sie rümpfte die

Nase und bemerkte dann den verwirrten Ausdruck auf den Gesichtern von Rimbol und Killashandra. »Es ist ein Bergbauplanet, mit Asteroidengürteln um uns und den nächsten Planeten. Neben dem Bergbau waren Prothesen unser größter Industriezweig, könnte man sagen.«

»Raumarbeiter werden doch eigentlich auch immer gebraucht«, stellte Killashandra mit einem Blick auf Rimbol fest.

»Das war auch nicht der Grund bei Carigana. Sie bekam einen Schock, als ihre Sicherheitsleine zerriß – ich glaube, sie muß eine ganze Zeit im Raum getrieben sein, bevor man sie endlich fand. Sie hat es zwar nicht gesagt« – Rimbol legte besonderen Nachdruck auf das letzte Wort – »aber sie ist wahrscheinlich zu labil für einen solchen Beruf.«

Jezerey nickte mitfühlend.

»Und Shillawn?«

»Er hat mir erzählt, er sei Chemotechniker gewesen«, antwortete Rimbol. »Nachdem sein Projekt beendet war, bekam er eine Aufgabe, die ihm nicht gefiel. Unter der Erde. Der Junge leidet an Klaustrophobie. Ich glaube, deshalb ist er auch so nervös.«

»Und wir alle haben das absolute Gehör«, sagte Killashandra mehr zu sich als zu den anderen, denn sie mußte gerade an die Bemerkungen denken, die Maestro Valdi Carrik anklagend entgegengeschleudert hatte, vor allem an die über eine »Silikatspinne«. Sie schüttelte das spitzfindige Mißtrauen als unbegründet ab.

In diesem Augenblick stieß einer der Kartenspieler einen heftigen Fluch aus, und seine inständige Bitte an alle im Raum, als Schiedsrichter einzutreten, unterbrach ihr Gespräch.

Obwohl sich Killashandra an der leidenschaftlichen Diskussion, die folgte, nicht beteiligte, hielt sie es für angebracht, noch etwas bei dieser Gruppe zu bleiben, in der sie vielleicht beträchtliche Zeit verbringen würde. Sie sah sie im übrigen als Gruppe mit keinem anderen gemeinsamen Faktor – abgesehen von der nicht sichtbaren Voraussetzung des absoluten Gehörs – als dem Alter. Sie befanden sich offensichtlich alle in ihrem dritten Jahrzehnt, die meisten schienen gerade irgendein Studium beendet zu haben, und nicht zwei stammten aus demselben System oder vom selben Planeten.

Killashandra hielt sich am Rande der gutmütigen, aber heftigen Diskussion über das Spiel, bis sie ein zweites Glas des ausgezeichneten Biers geleert hatte. Dann zog sie sich unauffällig zurück, und während sie sich für die Nacht zurechtmachte, fragte sie sich, wie über dreißig Leute von so vielen verschiedenen Planeten nur alle von den Kristallsängern gehört hatten.

Sie hatte gerade ihr Frühstück beendet, als ein leises, tiefes Summen ihre Aufmerksamkeit auf den Schirm lenkte. Sie wurde gebeten, in den Aufenthaltsraum zu kommen.

»Sie haben sich ja ganz schön leise und früh davongemacht«, tönte ein fröhlicher Tenor hinter ihr. Als sie sich umdrehte, entdeckte sie Rimbol, der auf sie zukam, unmittelbar gefolgt von der linkischen Gestalt Shillawns. »Sie haben sich selbst um den Spaß gebracht.«

»Wer hat denn bei dem Streit am Ende gewonnen?« wollte sie wissen, nachdem sie Shillawn mit einem knappen Nicken begrüßt hatte.

»Keiner und alle. Es ging doch nur um den Spaß, sich zu streiten!« Der Rotschopf grinste.

Sie hatten jetzt den Aufenthaltsraum erreicht, und aus den anderen Korridoren strömten die anderen herein, die die Tests bestanden hatten. Sie fanden sich zum Teil wieder zu den Grüppchen zusammen, die Killashandra schon am Abend vorher bemerkt hatte. Nur Carigana schien nicht dazuzugehören; sie saß abseits auf einem der Sofas und bedachte alle mit finsteren Blicken. Irgend etwas an der zornigen Frau kam Killashandra vertraut vor, aber sie konnte es nicht einordnen.

In diesem Moment kam aus dem vierten Eingang eine große Frau hereingehinkt, die die linke Seite ihres langen Kleides leicht von ihrem Oberschenkel weghielt. Ihr Blick glitt rasch über den Raum – sie zählte, dachte Killashandra und begann ebenfalls zu zählen. Dreiunddreißig. Von welcher Gesamtzahl an Bewerbern, fragte sie sich wieder, in den neun Wochen, die Borton laut Jezereys Aussage gewartet hatte?

»Ich bin Borella Seal«, stellte sich die Frau mit der klaren, vollen Stimme eines geschulten Kontraalts vor. Killashandra betrachtete sie mit wachsendem Interesse. »Ich bin eine Kristallschürferin, oder Kristallsängerin. Da ich mich gerade von einer Verletzung erhole, die ich mir in den Bergen zugezogen habe, hat man mich gebeten, Sie über die Gefahren dieses Berufs aufzuklären.« Sie nahm das lange Gewand zur Seite, unter dem so gräßliche Wunden und Quetschungen zum Vorschein kamen, daß einige Leute zurückwichen. Borella lächelte leise, als sei dies genau die Reaktion, die sie beabsichtigt hatte. »Ich möchte Ihnen die Verletzung noch einmal zeigen, und zwar aus einem anderen Grund, als Mitgefühl oder Übelkeit bei Ihnen zu wekken. Sehen Sie sie sich genau an.«

Shillawn stieß Killashandra mit dem Ellbogen an, und sie wollte ihm gerade einen strengen Tadel wegen einer solchen heimlichen Frechheit erteilen, als ihr klar wurde, daß er ihre Aufmerksamkeit auf Carigana lenken wollte. Die Frau war die einzige, die an Borella Seal herantrat und sich vorbeugte, um sich die langen Rißwunden, die den Oberschenkel verunstalteten, genau anzusehen.

»Sie scheinen gut zu verheilen, obwohl Sie sie eigentlich besser verbinden ließen. Wie ist das passiert?« Carigana war kühl und unpersönlich.

»Ich bin vor zwei Tagen auf einem Kristallschiefer ausgerutscht und fünfzehn Meter tief auf eine abgebaute Fläche gefallen.«

»Vor *zwei* Tagen?« Zorn färbte Cariganas Stimme. »Das glaube ich Ihnen nicht. Ich habe schon genug Verletzungen gesehen, um zu wissen, daß so tiefe Wunden nicht in zwei Tagen schon so weit verheilt sind. Der Färbung der Prellungen und dem schon regenerierten Gewebe nach zu schließen haben Sie sich vor zwei Wochen verletzt.«

»Vor zwei Tagen. Sänger werden schneller wieder gesund.«

»Aber nicht so schnell.« Carigana wollte noch mehr

sagen, doch Borella Seal winkte ab und wandte sich an die anderen.

»Auf Beschluß der Föderierten Sentient-Planeten hin müssen alle Bewerber, die die Vorprüfungen bestanden haben, in allen Einzelheiten über die für diesen Beruf typischen und mit ihm verbundenen Gefahren aufgeklärt werden.« Sie nickte ihnen beifällig zu. »Es ist allerdings laut FSP-Gesetz auch erlaubt, berufliche – Probleme – durch Löschen zu schützen. Für wen diese Praktik untragbar ist, der mag sich zurückziehen.«

»Wieviel wird gelöscht?« wollte Carigana wissen.

»Genau eine Stunde und zwanzig Minuten, die durch eine Erinnerung an Verschlafen und ein ausgiebiges Frühstück ersetzt werden.«

»Schriftlich belegt?«

»Wenn es gewünscht wird, erklärt die Gilde, daß ein unbedeutender, aber unzulässiger physischer Mangel entdeckt worden ist. Nur wenige stellen die Heptitengilde in Zweifel.« Killashandra hatte irgendwie den Eindruck, daß diese Tatsache Borella amüsierte. Die Falten auf Cariganas Stirn waren noch steiler geworden. »Irgendwelche Einwände?« fragte Borella und sah die Raumarbeiterin geradeheraus an.

Als sich niemand meldete, bat sie alle, sich hintereinander vor dem Schirm aufzustellen, den sie darauf aktivierte, ihre Namen zu nennen und ihr Einverständnis mit der Löschprozedur zu erklären. Das Ganze dauerte nicht lange, aber Killashandra hatte das Gefühl, daß es jetzt kein Zurück mehr gab, als ihre Einwilligung offiziell und unwiderruflich aufgezeichnet wurde.

Borella führte sie durch einen kurzen Gang zu einer Tür, mit Carigana als erster im Gefolge. Die anderen wurden zwar dadurch vorgewarnt, daß sie einen erschrockenen Laut ausstieß und fast stehenblieb, aber was sie in diesem kurzen Korridor erwartete, traf sie trotzdem völlig unvorbereitet. Auf beiden Seiten trieben hinter Scheiben Körper in einer durchsichtigen Flüssigkeit – mit Ausnahme von einem glitzerten alle, als seien sie mit einer Silikonschicht überzogen. Die Gesichter sahen wie versteinert aus, Glieder, Finger und Zehen waren ausgestreckt, als seien sie erstarrt, aber nicht durch die Starre des Todes. Der Kristallglanz konnte nicht durch die Beleuchtung verursacht werden, denn ihre eigene Haut zeigte keine Veränderung. Was ihren Magen aber am schlimmsten aufwühlte, war der Ausdruck auf den Gesichtern: drei sahen aus, als hätte sie der Tod im Wahnsinn überrascht, zwei schienen leicht erstaunt und die sechste wütend, die Hände nach irgendeinem Objekt in die Höhe gestreckt, das sie zu greifen versucht hatte. Der letzte Tote bot den gräßlichsten Anblick: ein verkohlter Körper, für immer erstarrt in der Position eines Flüchtenden, verzehrt von einem Feuer, das das Fleisch vom Skelett geschmolzen hatte.

»Das passiert den Ungeschützten auf Ballybran. Es kann auch Ihnen passieren, obwohl alles getan wird, um solche Risiken auf ein Minimum zu reduzieren. Es steht Ihnen völlig frei, wenn Sie sich jetzt zurückziehen möchten.«

»Gefahren von außen sind kein Grund für eine Code-4-Klassifizierung«, meinte Carigana anklagend.

»Nein, das ist richtig. Aber dies hier sind Beispiele für zwei Gefahren auf Ballybran, über die Sie die Heptitengilde auf Forderung der Föderierten Sentient-Planeten aufklären muß.«

»Ist das das schlimmste, was einem passieren kann?« fragte Carigana spöttisch.

»Ist es denn nicht genug, tot zu sein?« entgegnete jemand aus der Gruppe.

»Tot ist tot – Kristall, Kohle oder Aas«, gab Carigana mit einem Achselzucken zurück, und ihr Ton war so hintergründig unverschämt, daß Killashandra nicht die einzige war, die ärgerlich die Stirn runzelte.

»Das stimmt, aber es ist die Todesart, die am schlimmsten sein kann«, sagte Borella so nachdenklich, daß sich die Aufmerksamkeit aller wieder auf sie richtete. Sie lächelte kaum merklich. »Folgen Sie mir.«

Der schreckliche Korridor öffnete sich in einen kleinen, halbkreisförmigen Hörsaal. Borella stieg auf ein kleines Podest und bedeutete der Gruppe, auf den Stühlen Platz zu nehmen, die für die dreifache Zahl von Zuhörern ausgereicht hätten. Als sie sich zu ihnen umdrehte, erschien hinter ihr ein großes Hologramm, das zuerst das Scoria-System zeigte und sich sofort anschließend auf Ballybran und seine drei Monde konzentrierte. Der Planet und seine Satelliten bewegten sich schnell genug, um den eigentümlichen Passover der Monde zu demonstrieren, wenn die Umlaufbahnen von allen dreien für kurze Zeit synchron liefen – eine Synchronisierung, die augenscheinlich über verschiedenen Teilen des Mutterplaneten stattfand.

»Die im Korridor gezeigte Kristallisierung stellt die größte Gefahr auf Ballybran dar. Sie tritt dann ein, wenn der Sporensymbiont, ein Karbonsilikat, das in einer unorthodoxen, Ballybran eigenen Umgebung auftritt, nicht die richtige Brücke zwischen unserem eigenen biologischen System auf Kohlenstoffbasis und der Ökologie dieses Planeten auf Silikonbasis baut. Diese Brücke ist unerläßlich, wenn man auf Ballybran arbeiten will. Wenn sich der menschliche Wirt richtig an den Sporensymbiont anpaßt, und glauben Sie mir, es ist nicht umgekehrt, erfährt der Mensch eine entscheidende Verbesserung in Sehschärfe, Testsinn, Reizübertragung und Zelladaptation. Die ersten Adaptationen sind von immenser Bedeutung für diejenigen, die Kristallschürfer werden, die Kristallsänger. Ja, Carigana?«

»In welchen Teil des Körpers dringt der Symbiont ein? Ist er kristallin oder biologisch?«

»Weder noch, und der Symbiont dringt bei erfolgreichen Adaptationen in die Zellkerne ein ...«

»Und was passiert mit denen, die sich nicht anpassen?«

»Darauf komme ich gleich, wenn Sie noch einen Augenblick Geduld haben. Als Teil des Zellkerns beeinflußt der Symbiont die DNS/RNS-Struktur des Körpers und verlängert die Lebenserwartung um ein Beträchtliches. Die Gerüchte, daß Kristallsänger unsterblich sind, sind übertrieben, aber die funktionale Langlebigkeit geht um fünfzig oder mehr *Jahrzehnte* über die statistische Norm hinaus. Die Adaptation bewirkt eine Immunisierung gegen normale biologische Krankheiten und steigert die Erholungsfähigkeit enorm. Ich möchte Sie warnen: Knochenbrüche und

Verletzungen wie meine hier gehören zur täglichen Arbeit eines Kristallsängers. Übrigens wird auch die Unempfindlichkeit gegen Wärme und Kälte gesteigert.«

Und zweifellos auch die gegen Schmerzen, dachte Killashandra, die nicht nur an den Test denken mußte, sondern auch daran, daß Borellas Wunden ihr offensichtlich keinerlei Beschwerden verursachten.

Hinter der Sängerin zeigten die Hologramme jetzt Aufnahmen von Ballybrans zerklüfteter Oberfläche, die unmittelbar darauf von einem Überblick im Zeitraffer von einem der Monde abgelöst wurden, so daß die zwölf Kontinente des Planeten in Sekunden zu sehen waren.

»Auf der negativen Seite wäre zu bemerken, daß der Sänger, wenn er sich einmal an Ballybran akklimatisiert und an den Symbionten adaptiert hat, unwiderruflich steril ist. Durch das Eindringen des Symbionten in den Zellkern wird der genetische Kode verändert, und jene Teile der DNS-Spirale, die an Vererbung und Fortpflanzung beteiligt sind, werden chemisch verändert, wodurch das Überleben des einzelnen im Gegensatz zu dem der Rasse gesteigert wird – eine chemische Instinktänderung, wenn Sie so wollen.«

Carigana gab einen erfreuten Laut von sich, der wie ein katzenhafter Ausdruck des Wohlbehagens klang.

»Der zweite und im Grunde wichtigste negative Faktor ist die Tatsache, daß ein Sänger nicht zu lange von Ballybrans eigener Ökologie fernbleiben kann. Der Symbiont muß sich an seinem Ursprungsort wieder aufladen. *Sein* Tod bedeutet den Tod des Wirts – ein recht unangenehmer, denn der Tod aus Altersschwäche tritt innerhalb eines Zeitraums ein, der in umgekehrter Relation zu der verlängerten Lebensspanne des Wirts steht.«

»Wie lange kann ein Sänger von Ballybran fortbleiben, ohne daß es zu negativen Auswirkungen kommt?« wollte Killashandra wissen, die an Carrik und seine Abneigung, zurückzukehren, denken mußte.

»Je nach Stärke der Anfangsadaptation, und die ist unterschiedlich, bis zu einer Dauer von vierhundert Tagen. Bei Einsätzen außerhalb des Planeten bleibt ein Sänger nicht länger als zweihundert Tage fort. Zweihundertfünfzig Tage sind die Norm für Urlaub. Das genügt für die meisten Zwecke, glauben Sie mir.«

Killashandra, die hinter Carigana saß, sah, wie die Raumarbeiterin zu einer neuen Frage ansetzte, doch Borella zeigte nun ein anderes Hologramm, auf dem ein Mensch zu sehen war, der sich in einem Anfall von Schüttelfrost wand, einen Anblick, der sie nur zu gut an die Hypothermie erinnerte, unter der Carrik gelitten hatte. Während sich die Einstellung zuerst auf seine Hände, dann auf Brust und Gesicht konzentrierte, alterte er im Zeitraum eines Atemzuges der Zuschauer von einem athletischen Mann in seinem dritten, vielleicht vierten Jahrzehnt zu einem verrunzelten und ausgetrockneten, haarlosen, eingefallenen Skelett.

»Er war einer der ersten Sänger mit einer erfolgreichen symbiotischen Adaptation. Leider starb er auf Weasust, wo er eine Schwarzquarz-Relaisstaion für jenen Sektor der FSP errichtete. Es war das erstemal, daß ein Sänger für längere Zeit abwesend war, aber damals hatte man jene spezielle Gefahr noch nicht erkannt.«

»Haben Sie ihn gekannt?« wollte Shillawn wissen. Seine Frage überraschte Killashandra, denn sie hatte sich das gleiche überlegt.

»Ja. Er hat mich im Feld ausgebildet«, antwortete Borella ruhig.

Killashandra begann in Gedanken zu rechnen und betrachtete erstaunt die glatte Haut und die aufrechte Gestalt ihrer Lehrmeisterin.

»Lebt dieser Milekey noch?« erkundigte sich Carigana.

»Nein. Er starb bei einem Unglück in jenen Bergen, die seinen Namen tragen.«

»Ich dachte, dieser Symbiont bewahrt einen vor Knochenbrüchen und Verletzungen?«

»Der Symbiont bewirkt zwar eine gesteigerte Erholungsfähigkeit, kann aber nicht einen abgetrennten Kopf auf einem Körper ersetzen, dessen Verletzungen zu totalem Blutverlust geführt haben. Bei weniger schlimmen Verletzungen ...« Bei diesen Worten enthüllten sie ihr linkes Bein.

Rimbols leiser, überraschter Pfiff drückte genau das aus, was auch Killashandra empfand. Sie hatte alle die bläulich roten Prellungen und Wunden gesehen: jetzt waren die Quetschungen nur noch leicht gelblich verfärbt, und die Wunden schlossen sich sichtbar.

»Was ist mit denjenigen, die nicht auf den Symbionten ansprechen?« fragte Carigana, die durch nichts zu erschüttern war.

»Der Hauptzweck der genauen physischen Untersuchung liegt darin, Abwehr- und Blutfaktoren, Gewebegesundheit und Chromosomenstrukturen mit denen der bekannten erfolgreichen Adaptationen zu vergleichen.« Auf dem Schirm erschien ein Diagramm, dessen Linie der erfolgreichen Adaptationen in den letzten drei Jahrzehnten triumphierend angestiegen war, während sie vorher über eine Spanne von dreihundert oder mehr Jahren waagerecht verlaufen war, unterbrochen von kleineren Spitzen. »Ihre Tests zeigen keine unerwünschten Faktoren in der Auswertung mit Aufzeichnungen, die jetzt über dreihundertsiebenundzwanzig Standardjahre zurückreichen. Für alle von Ihnen stehen die Chancen für eine erfolgreiche Adaptation so günstig wie möglich ...«

»Genau fünf zu eins dagegen.«

Killashandra fragte sich, ob Carigana selbst die Tageszeit in diesem feindseligen Ton sagte.

»Inzwischen nicht mehr«, erwiderte Borella, und auf dem Aufwärtsbogen der Diagrammkurve erschien ein Licht. »Sie stehen jetzt besser als drei zu eins. Es gibt immer noch nicht einkalkulierte Faktoren, die zu einer nur teilweisen Adaptation führen. Das FSP-Gesetz verlangt, daß ich Sie ausdrücklich auf diese Tatsache hinweise.«

»Und dann?«

»Der Betreffende wird offensichtlich einer der 20007 Techniker«, mischte sich Shillawn ein.

»Ich habe *sie* gefragt.« Carigana warf Shillawn einen vernichtenden Blick zu.

»Der junge Mann hat trotzdem recht.«

»Und Techniker verlassen Ballybran nie.« Cariganas

Blick glitt von Borella auf Shillawn, und es war nicht zu übersehen, wie sie dessen Chancen einschätzte.

»Nicht, ohne ernsthaft Gefahr zu laufen, sich weitere Schäden zuzuziehen. Die Anlagen auf Ballybran sind aber so umfassend wie ...«

»Nur, daß man nie da weg kann.«

»Da Sie noch nicht dort sind«, fuhr Borella fort, ohne sich aus der Ruhe bringen zu lassen, obwohl Killashandra den Eindruck hatte, daß der Sängerin das Wortgefecht mit der Raumarbeiterin Spaß machte, »ist dieses Problem rein akademisch, und dabei können wir es belassen.« Sie wandte sich an die anderen. »Wie ich Ihnen gerade sagen wollte, hat man die Chancen auf fünf zu drei verbessern können. Und sie verbessern sich ständig weiter. Bei der letzten Klasse konnten von fünfunddreißig Kandidaten dreiunddreißig Sänger werden.

Außer dem Problem der Symbiontadaptation, die für das Leben auf Ballybran unumgänglich ist, gibt es noch eine weitere, weniger ungewöhnliche Gefahr.« Sie sprach jetzt etwas langsamer, um ihren Zuhörern Zeit zu geben, ihre Bemerkungen zu den Chancen der Adaptation zu verdauen. »Und das ist Ballybrans Wetter.« Die Aufnahmen auf dem Schirm wechselten zu Szenen von Ozeanen über, zu gigantischen Wellen aufgepeitscht, und Landschaften, die völlig verwüstet und dem Erdboden gleichgemacht waren. »Auf jedem der drei Monde befinden sich Wetterstationen, und sechzehn permanente Satelliten sondieren ständig die Oberfläche.

Bei Scoria, unserem Hauptplaneten, kommt es sehr häufig zu Sonnenfleckenaktivitäten.« Ein Aufnahme von der Sonne bei Sonnenfinsternis bestätigte ihre Aussage, als hinter der Scheibe des verdeckenden Mondes grelle Lichtstrahlen hervorsprangen.

Ein zweites okkludiertes Bild zeigte die dunklen Flecken des Hauptplaneten. »Diese hohe Aktivität, zu der noch die häufige Überschneidung der Mondumlaufbahnen hinzukommt, wobei eine dreifache Überschneidung logischerweise am gefährlichsten ist, garantiert ein interessantes Wetter auf Ballybran.«

Borellas Ausführungen wurden für einen Augenblick von dem angesichts dieser Untertreibung ausbrechenden Gelächter unterbrochen, doch ihr geduldiges Lächeln ließ darauf schließen, daß sie eine ähnliche Reaktion erwartet hatte. Dann zeigte der Schirm eine atemberaubende Konjunktion der Mondumlaufbahnen.

»Wenn die meteorologische Situation selbst für Ballybrans Verhältnisse instabil wird, wird der Planet von Stürmen heimgesucht, die sich den Euphemismus ›Machstürme‹ verdient haben. Da sich die Kristallketten mehr in die Tiefe als in die Höhe erstrecken« – der Schirm brachte jetzt einen Blick aus einem Gleiter, der mit hoher Geschwindigkeit die tief gelegenen Ketten überquerte – »könnte man annehmen, daß man nur tief genug unter die Planetenoberfläche steigen muß, um der vollen Wucht der Stürme und des Wetters zu entkommen. Eine fatale Annahme, denn die Ketten stellen die größte Gefahr dar.« Auf dem Schirm wechselten in rascher Folge Aufnahmen von Leuten, deren Ausdrücke von passiver Idiotie bis wildäugiger Gewalttätigkeit reichten. »Die Winde des Machsturms erzeugen derart heftige Schallwellen in den Kristallen, daß ein Mensch, auch wenn er ganz an seinen Symbionten adaptiert ist, durch das Geräusch in den Wahnsinn getrieben werden kann.«

»Die Transporter, die den Sängern von der Gilde zur Verfügung gestellt werden, sind mit jedem bekannten Warnsystem ausgestattet. Das beste befindet sich allerdings im Körper eines Sängers selbst; der Symbiont, der sensitiver für die meteorologischen Veränderungen ist als jedes Instrument, das der Mensch bauen kann. Aber manchmal überdeckt das menschliche Element die scharfen Sinne des Symbionten, und der Sänger ist unzugänglich für jede Warnung.

Solche Verletzungen sind der Hauptgrund für den Anteil, den die Gilde von allen aktiven Mitgliedern verlangt. Sie können sicher sein, daß Ihnen im Falle eines solchen Unfalls die bestmögliche Pflege und Betreuung zuteil wird.«

»Sie sagten, daß der Symbiont die Erholungsfähigkeit bei

strukturellen Schäden verbessern würde«, begann Carigana unbeirrt.

»Ein gestörter Geist ist kaum ein physiologisches Problem. Innerhalb seines Wirkungskreises ist der Symbiont ein starker Schutz. Er ist aber nicht in sich selbst empfindungsfähig, also hat er, auch wenn er beschädigtes Gehirngewebe erneuern könnte, keinen Einfluß auf das, was der Mensch als ›Seele‹ bezeichnet.«

Irgendwie schaffte es Borellas Ton, den Eindruck zu vermitteln, daß Carigana dieser Teil des Menschen wohl fehlte. Killashandra war nicht die einzige, die die Andeutung verstand, obwohl sie augenscheinlich der, für die sie gedacht gewesen war, entging.

»Auf welche Weise wurde der Symbiont überhaupt entdeckt?« fragte Killashandra, entschlossen, Carigana nicht allein das Wort zu überlassen.

»Vom ersten Schürfer, Milekey. Er adaptierte sich erfolgreich an die Spore, wobei er die Übergangsunpäßlichkeiten lediglich für eine lästige Infektion hielt.«

»Laut Fax war er doch nicht der einzige auf dieser Expedition«, warf Shillawn ein.

»Nein, das war er nicht, allerdings wurde der Tod der übrigen Mitglieder seines Geologenteams zuerst nicht mit Ballybran in Verbindung gebracht. Milekey unternahm mehrere Exkursionen in die Ketten, um Kristallflächen zu untersuchen und neue Typen zur Taxierung zu schneiden. Er half auch, den ersten brauchbaren Schneider zu entwikkeln. Seine persönlichen Bänder lassen darauf schließen, daß er einen starken Drang verspürte, immer wieder nach Ballybran zurückzukehren, was damals einfach auf sein Interesse an den Kristallen und die wachsenden Verwendungszwecke, für die man sie einsetzen konnte, zurückgeführt wurde. Es war ihm auch nicht bewußt, daß seine Fähigkeit, sich vor den Stürmen rechtzeitig in Sicherheit zu bringen, mit der Anwesenheit des Symbionten in seinem Körper zu tun hatte.

Dieser Aspekt kam erst ans Tageslicht, als die Transitionskrankheit einen Schneider nach dem anderen befiel und kristallisierte Tote wie die im Gang hinter Ihnen zurückblieben.«

»Da war doch einer dabei, der verkohlt war«, bemerkte Rimbol. Er schluckte, um das aufsteigende Gefühl der Übelkeit zu unterdrücken.

»Das ist die dritte Gefahr auf Ballybran, die aber heute glücklicherweise nicht mehr so akut ist, da gesunder Menschenverstand und Ausbildung im Gebrauch der Ausrüstung die Wahrscheinlichkeit verringern. Die Kristallketten können lokale Hochspannungs- und Schalladungen aufbauen, in deren Nähe gewöhnliche Kommgeräte und auch andere elektrische Systeme, die zum Teil zum Betrieb der Schlitten etc. nötig sind, nicht richtig funktionieren. Meteore können auftreten. Und ein Sänger kann, trotz aller Vorsichtsmaßnahmen, verdampfen. Es ist eine Gefahr, die wir erwähnen müssen.«

»Sie sagen, daß diejenigen, die sich dem Symbionten nicht richtig anpassen, sich auf eine technische Arbeit spezialisieren – wie drückt sich denn diese ›nicht richtige‹ Anpassung aus?« fragte Jezerey und beugte sich vor, die Ellenbogen auf die Knie gestützt.

»In einer Beeinträchtigung der normalen physischen Sinne. Das geht allerdings oft einher mit einer Schärfung der anderen, nicht in Mitleidenschaft gezogenen Sinne.«

»Welche Sinne?« wollte Shillawn wissen. Seine dünnen Halsmuskeln zuckten, als ob er Mühe hätte, die Worte herauszubringen.

»Im allgemeinen wird der Gehörsinn beeinträchtigt.« Borella lächelte leicht. »Aber das wird eher als Segen betrachtet, denn bisher hat man noch keine Schallisolierung gefunden, die einen vor der vollen Wut eines Machsturms schützen könnte. Oft wird das Sehvermögen bis in den Ultraviolett- oder Infrarotbereich ausgedehnt, und manche sind sogar fähig, Magnetfelder zu sehen. Eine erhöhte Sensitivität der Tastsinne hat es künstlerisch begabten Gildeleuten ermöglicht, einige der geschätztesten Kunstwerke der modernen Zeit zu schaffen. Es gibt allerdings keine Möglichkeit, vorauszusagen, in welcher Form die Beeinträchtigung der Sinne auftritt, noch, welche der Sinne geschärft werden.«

»Haben Sie nicht ein paar hübsche Fotos von den Opfern?«

»Die Beeinträchtigungen sind selten sichtbar, Carigana.«

»Beeinträchtigung der Sinne plus Sterilität plus Opferung auf einem sturmgepeitschten Planeten für eine beträchtlich erhöhte Lebenserwartung? Das bedeutet Code 4?«

»Ja. Damit sind Sie ordnungsgemäß über die Risiken und die permanenten Veränderungen Ihrer chemischen und physikalischen Eigenschaften aufgeklärt worden. Noch irgendwelche Fragen zur Sache?«

»Ja. Wenn Sie sagen, daß es heute mehr Sänger gibt, inwiefern wirkt sich diese Tatsache auf den Gewinn des einzelnen aus, wenn jetzt so viele in den Ketten schürfen?« fragte Carigana.

»Gar nicht«, gab Borella zurück, »nicht bei dem steigenden galaktischen Bedarf an Kommunikationsverbindungen, wie sie nur der schwarze Quarz von Ballybran ermöglicht; nicht, wenn Sänger tüchtig, schnell und vorsichtig sind; nicht, wenn es Leute gibt, so wie Sie, die daran interessiert sind, sich unserem ausgewählten Kreis erfolgreich anzuschließen.«

Killashandra, deren Ohr geschult war für stimmliche Nuancen, konnte nicht recht begreifen, wie Borella einen so vernichtenden Tadel aussprechen konnte, ohne dabei die Lage oder das Timbre ihrer Stimme zu verändern. Dennoch rötete sich Cariganas raumgebräuntes Gesicht angesichts der Demütigung.

»Wie oft kommt es zu solchen Verletzungen wie Ihrer?« fragte eine Frau aus einer der hinteren Reihen.

»Sehr oft«, erwiderte Borella mit fröhlicher Unbekümmertheit. »Aber in ein oder zwei Tagen werde ich wieder in den Ketten sein.« Killashandra entging nicht der Ausdruck der Sehnsucht, der in ihrem Ton mitschwang – es war das erstemal, daß sich eine Gefühlsregung in der sonst so beherrschten Stimme der Sängerin gezeigt hatte.

»Ist Kristallsingen dann solche Risiken wert?« hörte sich Killashandra fragen.

Borellas Blick suchte ihren und hielt ihn fest, während ein langsames Lächeln ihre Lippen umspielte.

»Ja, Kristallsingen ist jedes Risiko wert.« Der Nachdruck dieser ruhigen Feststellung ließ Stille eintreten. »Ich werde Sie jetzt allein lassen, damit Sie die Angelegenheit unter sich diskutieren können. Wenn Sie sich entschieden haben, folgen Sie mir einfach.« Sie ging auf eine Tür neben dem Podest zu, die aufglitt und sich mit einem leisen Zischen wieder hinter ihr schloß.

Als Killashandra zu Rimbol und Shillawn hinübersah, bemerkte sie, daß die anderen emotionale Unterstützung bei ihren nächsten Nachbarn suchten. Carigana, die in mürrisches Schweigen verfallen war, wurde deutlich übergangen. Killashandra erhob sich mit solchem Nachdruck, daß sie alle Augen auf sich zog.

»Ich hatte mich schon entschieden, bevor ich hier ankam«, erklärte sie. »Und ich lasse mir nicht so leicht Angst machen!«

Sie schritt die Stufen hinunter auf den Ausgang zu und hörte die Bewegung der anderen hinter sich, drehte sich aber nicht um. Ein eigenartiges Gefühl freudiger Erregung, gemischt mit Besorgnis und einer Spur von Furcht, ergriff von ihr Besitz, als sie durch die Tür ging. Dann war es zu spät.

Killashandra konnte nicht genau sagen, was sie auf der anderen Seite erwartet hatte. Fast hatte sie damit gerechnet, daß Borella dort wäre, um zu sehen, wieviele sich nicht hatten abschrecken lassen. Zu ihrer Überraschung sah sie sich uniformierten Angehörigen des FSP-Verwaltungsdienstes gegenüber, deren Mienen und Verhalten so ernst und feierlich war, als befänden sie sich auf einer Desintegration oder Beisetzung. Der rangälteste Beamte bedeutete ihr, der ersten Person in der Reihe, einem Mann, zu folgen, der Killashandra wiederum zu einer der Zellen winkte, von denen es auf allen Ebenen der Mondbasis nur so zu wimmeln schien. Hinter sich hörte sie, wie der nächste Kandidat, der ihr unmittelbar gefolgt war, überrascht Luft holte.

Ein flacher Tisch und zwei Stühle standen in dem kleinen Raum. Killashandra ging auf einen der beiden zu, blieb aber auf einen Wink des Beamten hin stehen.

»Bontel Aba Gray, Rang 10, FSP-Verwaltungsdienst, Mondbasis Shankill, Ballybran, Datum 23.4.3308: Zum Zwecke der Identifizierung wird der Bewerber laut und deutlich Namen, Rang und Ursprungsplaneten nennen.«

Erst, nachdem sich Killashandra verärgert den Formalitäten gebeugt hatte, durfte sie Bontel gegenüber Platz nehmen.

»Ist es richtig, daß Sie physischen, psychologischen und Eignungstests unter der Obhut der Heptitengilde unterzogen worden sind?«

»Ja.«

»Und Sie sind auch über die Gefahren informiert worden, die mit der Code-4-Klassifizierung des Planeten Ballybran zusammenhängen?«

»Ja.« Sie fragte sich, wie Carigana wohl diese ärgerliche Prozedur aufnehmen würde, daß hieß, falls sie ebenfalls durch die Tür gegangen war.

Gray befragte sie anschließend ausführlich zu Borellas Vortrag. Alle Antworten von Killashandra wurden aufgezeichnet – aber zu *wessen* Schutz, überlegte Killashandra. Sie war nahe daran, die Geduld zu verlieren, als er aufhörte.

»Schwören und bestätigen Sie, daß Sie aus freiem Willen und völlig ungehindert hier sind, ohne von einer oder mehreren Personen, die der Heptitengilde angehören, dazu in irgendeiner Weise durch Beeinflussung oder Bestechung gebracht worden zu sein?«

»Das schwöre und bestätige ich.«

Er warf einen Blick auf den Identitätsschlitz, der plötzlich grün aufleuchtete. Beide Hände auf den Tisch gestützt, als hätte ihn seine Pflicht ermüdet, drückte sich Gray vom Stuhl hoch. »Damit wären die Formalitäten abgeschlossen«, sagte er mit einem gezwungenen Lächeln. »Mögen Sie gut und einträglich singen.«

Er blieb stehen, als sie ebenfalls aufstand und hinausging. Ein Blick aus den Augenwinkeln zeigte ihr noch, daß er den Kragen seiner Tunika öffnete, und sie glaubte, auf seinem Gesicht einen Ausdruck des Bedauerns sehen zu können, als er ihr nachsah.

Borella wartete im Hauptraum, die Augen auf jede Zellentür gerichtet, die sich nacheinander öffneten und die Rekruten hinausließen. Killashandra bemerkte, daß ein leiser Ausdruck von Befriedigung auf dem Gesicht der Frau erschien, als ihre gesamte »Klasse« wieder vor ihr stand.

»Ein Shuttle wartet«, erklärte sie und ging ihnen voran.

»Und wann passiert diese Sache mit der Spore?« wollte Carigana wissen, die an zwei anderen vorbeiging, um Borella einzuholen.

»Auf Ballybran. Wir haben es einmal mit künstlichem Kontakt versucht, aber die Resultate waren genauso erfolgreich wie der natürliche Prozeß. Im allgemeinen tritt die Infizierung innerhalb von zehn Tagen nach Betreten der Planetenoberfläche auf«, fügte sie hinzu, bevor Carigana danach fragen konnte. »Der Adaptationsprozeß kann sich auf verschiedene Weise äußern – von nur leichtem Unwohlsein bis hin zu gefährlichem Fiebern. Natürlich werden Sie alle überwacht.«

»Aber bisher haben Sie noch nicht herausfinden können, welche physischen Typen empfindlicher reagieren?« Carigana schien verärgert.

»Nein«, erwiderte Borella nachsichtig.

Ihr Eintreffen an der Shuttleschleuse verhinderte weitere Fragen von Cariganas Seite. Sie waren nicht die einzigen Passagiere – es schien sogar, daß die Bewerber die unwichtigsten waren, eine Tatsache, die Carigana offensichtlich zum Kochen brachte. Borella winkte ihnen gleichgültig, im hinteren Teil des Schiffes Platz zu nehmen und setzte sich dann neben einen auffallenden Mann, dessen Kleidung aus lebhaft bunten, lose aneinandergenähten Flicken darauf schließen ließ, daß es sich um einen Sänger handeln konnte, der aus seinem Urlaub zurückkehrte.

»Ein guter Fang?« hörte ihn Killashandra gelangweilt fragen, als sie an ihm vorbeikam. Es war fast eine genauso ernsthafte Beleidigung wie der Ausdruck in seinem Blick, mit dem er die Rekruten betrachtete, als sie zu ihren Plätzen gingen.

»Wie üblich«, gab Borella zurück. »In dieser Phase kann man das nie so genau sagen.«

Der Ton in Borellas Stimme veranlaßte Killashandra, sich umzudrehen und die Sängerin anzusehen. Der tiefe und volltönende Klang war verschwunden und hatte einem schärferen und boshafteren, aber dabei selbstsicheren Platz gemacht. Also war die beeindruckende und wirkungsvolle Objektivität der erfolgreichen Sängerin, die sich dazu herabließ, den Eifrigen, aber Ahnungslosen die Gefahren ihres Berufes auseinanderzulegen, nur eine Rolle, die Borella sehr gut gespielt hatte. Killashandra schüttelte den Kopf. Die schrecklichen Verletzungen an Borellas Bein waren sicher nicht vorgetäuscht.

»Kristallkuckuck?« »Silikatspinne?« Hatte Maestro Valdi mit seinen Anschuldigungen vielleicht doch in gewisser Weise recht gehabt?

Nun, jetzt war es zu spät – nachdem sie geschworen und bestätigt hatte, war es nicht mehr möglich, es sich doch noch anders zu überlegen. Killashandra legte vor dem schwerelosen Ablegen des Shuttles von der Mondschleuse ihren Sitzgurt an.

V

Während des Flugs, der nicht lange dauerte und ohne Zwischenfälle verlief, hatte Killashandra Zeit zum Nachdenken. Wer der Shuttlepilot ein durchgefallener Sängerrekrut? Wie gut mußte die Adaptation sein, daß man immer noch zu Rang und Status in der Gilde kommen konnte? Sie unterdrückte die nagende Angst, versagen zu können, indem sie sich die Kurve ins Gedächtnis zurückrief, deren Anstieg in den zurückliegenden Jahren den wachsenden Erfolg bei der Symbiose bewies. Killashandra lenkte sich von ihren düsteren Gedanken ab, indem sie die Reihe der anderen Kandidaten durchging, schon jetzt entschlossen, Carigana aus dem Weg zu gehen, als ob diese reizbare Frau Wert auf eine freundliche Annäherung legen würde. Rimbol dagegen erinnerte sie auf erfreuliche Weise an einen der Tenöre auf ihrer Musikschule, ein netter Kerl, der von Anfang an die Tatsache akzeptiert hatte, daß er mit seinen physischen und stimmlichen Fähigkeiten immer nur ein zweitklassiger Sänger und Spieler bleiben würde. Eine Zeitlang hatte Killashandra ihn dieser Einstellung wegen verachtet: Jetzt wünschte sie sich, daß sie sich die Mühe gemacht hätte, zu ergründen, wie er sich diese Einstellung angeeignet hatte, da sie möglicherweise auch dazu gezwungen werden würde. Sie überlegte, ob der Tenor nicht besser versucht hätte, Kristallsänger zu werden. Warum war auf der Musikschule kaum ein Wort über diese andere Verwendbarkeit des perfekten und absoluten Gehörs verloren worden?

Maestro Valdi mußte diese Alternative gekannt haben, trotzdem hatte er ihr nur vorgeschlagen, Kristalle zu tunen, aber nicht zu singen.

Sie wünschte, sie hätte sich durch einen Blick auf Ballybran ablenken können, aber im Passagierraum gab es keine Fenster, und der Sichtschirm über dem vorderen Schanzkleid blieb dunkel. Sie merkte, wie sie in die Atmosphäre eintraten. Das vertraute Beben schüttelte alle Passagiere, und Killashandra spürte die durch den Luftwiderstand hervorgerufene Übelkeit, die Disorientierung und den Eindruck äußerer Geräusche. Sie versuchte, sich an die Aufnahme des Planeten zu erinnern, wie sie ihn auf dem Bildschirm gesehen hatte, doch das Bild, das am deutlichsten in ihrem Gedächtnis haftengeblieben war, war das der Konjunktion der drei Monde, nicht die Kontinentalmassen von Ballybran und die Lage der Kristallketten.

Konzentrier dich, konzentrier dich, sagte sie sich energisch, um die Nebenwirkungen des Eintritts in die Atmosphäre zu überwinden. Sie hatte sich komplizierte Partituren gemerkt, die jetzt brav in ihren Gedanken abrollten, aber nicht die Geographie ihrer neuen Heimat.

In diesem Augenblick spürte sie die Rückstöße, als das Shuttle mit dem Bremsmanöver begann. Die Schwerkraft stieg an und drückte ihr Fleisch gegen Knochen, Gesicht, Brust, Bauch und Schenkel, aber es war eher ein angenehmer Druck, wie ein Heilanzug. Das Shuttle setzte das Manöver fort und wurde langsamer.

Der letzte Teil einer Reise kam einem immer am längsten vor, dachte Killashandra, als sie mit wachsender Ungeduld darauf wartete, daß das Shuttle aufhörte zu vibrieren und sie wußte, daß sie am Ziel waren. Plötzlich begriff sie, daß ihre Reise schon vor einer ganzen Weile begonnen hatte, mit ihrer Fahrt auf dem Transportband zum Raumhafen von Fuerte. Oder war es in jenem Moment gewesen, als Maestro Valdi sie über das Urteil ihrer Prüfer und ihre Zukunftschancen aufgeklärt hatte?

Die Vorwärtsbewegung hörte auf, und sie spürte den Druck in ihren Ohren, als der Eingang geöffnet wurde. Dankbar atmete sie tief die frischere Luft des Planeten ein.

»Halten Sie das für klug?« fragte Shillawn, der auf der anderen Seite des Gangs saß. Er hielt sich die Hand vor die Nase.

»Wieso? Ich bin jetzt so lange auf Raumschiffen und Raumstationen gewesen, daß ich mich richtig freue, einmal wieder die frische Luft eines Planeten einatmen zu können.«

»Er meint, wegen des Symbionten«, erklärte Rimbol und stieß sie mit dem Ellbogen in die Seite. Dabei grinste er boshaft.

Killashandra zuckte die Achseln. »Früher oder später bekommen wir ihn doch. Also kann ich ruhig tief einatmen.« Und das tat sie, wie ein Sänger, tief aus ihrem Bauch heraus – ihre Rückenmuskeln spannten sich, ihr Zwerchfell dehnte sich, bis auch ihre Kehle die Ausdehnung des tiefen Einatmens zeigte.

»Sängerin?« fragte Rimbol mit großen Augen.

Killashandra nickte und atmete langsam aus.

»Also fehlte es auch bei Ihnen an den Möglichkeiten.« Er schnaufte entrüstet. Killashandra machte sich nicht die Mühe, ihm zu widersprechen. »Man sollte eigentlich meinen«, fuhr Rimbol fort, »daß sie es einem mit ihren ganzen Computeranalysen und Vorhersagen schon im voraus sagen könnten, statt einen soviel Zeit vergeuden zu lassen. Wenn ich mir überlege, was ...«

»Wir können aussteigen«, unterbrach sie Shillawn, wobei sein Kehlkopf wie immer, wenn er etwas sagte, auf- und abhüpfte.

»Ich frage mich, wieviele Musiker wegen Versagen den Weg in diese Gilde finden«, murmelte Killashandra über ihre Schulter zu Rimbol, als sie hinausgingen.

»Wegen Versagen? Oder wohlüberlegt?« fragte er und schob sie vorwärts, als sie stehenbleiben wollte.

Sie hatte keine Zeit mehr, über dieses »wohlüberlegt« nachzudenken, denn sie hatte jetzt die Ausschiffungsrampe erreicht und bekam einen ersten Eindruck von Ballybran, grün-rote Hügel auf einer Seite und die kompromißlosen Würfel von Gebäuden auf der anderen. Dann war sie auch schon in der Wartehalle, wo persönliche Habe auf einer Nullschwerkraft-Säule heraufschwebten.

»Nachdem die Rekruten ihr Gepäck geholt haben, sollen sie dem – eh – dunkelgrauen Streifen folgen«, ertönte eine Stimme aus den Lautsprechergittern. »Ihre Räume werden Ihnen in der Empfangshalle zugewiesen. Sie tragen jetzt die Kennzeichnung Klasse 895 und antworten auf alle Durchsagen, denen diese Zahl vorausgeht. Ich wiederhole,

»Damit man in Ruhe vergewaltigt werden kann, was?« flüsterte Rimbol, der immer eine Antwort parat hatte, in Killashandras Ohr.

In der Zwischenzeit würde die Klasse 895 Orientierungskurse in der Geschichte und Geographie von Ballybran bekommen, Instruktionen im Fliegen von Gleitern, und es würden Vorträge über Meteorologie und Überlebenstechniken abgehalten. Die Klasse würde darüberhinaus auch zu Arbeiten in der Gilde herangezogen werden, die die Verpackung der geschnittenen Kristalle und Reparaturen der Anlagen nach jedem Sturm betrafen. Die normalen Arbeitsstunden und -tage waren so eingeteilt, daß genug Zeit zur Erholung blieb. Die Mitglieder wurden ermuntert, alte Hobbys oder Zeitvertreibe weiter zu verfolgen. Sobald sie die Erlaubnis zur Benutzung der Gleiter hatten, konnten sie Ausflüge machen, soviel sie wollten, solange sie registriert waren und das Okay für den Flugplan vom Kontrollzentrum hatten. Für die Benutzung von Wasserfahrzeugen waren eine Sondererlaubnis und ein Befähigungstest nötig.

So abrupt, wie er mit seinem Vortrag begonnen hatte, hörte Tukolom auch wieder auf. Er sah sich erwartungsvoll um.

»Ist das hier die Hauptanlage der Gilde?« wollte Carigana wissen, überrascht über die plötzliche Pause.

»Ja, der Hauptausbildungsbereich ist das hier. Gelegen auf der größten Kontinentalmasse, auf der sich die größten der produktiven Kristallketten befinden, Milekey und Brererton. Die Anlage ist auf dem Joslin-Plateau errichtet, geschützt durch den Mansord-Horst im Norden, den Joslin-Paß im Süden, im Westen durch das Weiße Meer und im Osten durch die Lange Ebene. Dank ihrer glücklichen Lage ist die Anlage also im allgemeinen vor den schlimmsten Machstürmen geschützt.«

Tukolom hatte ein perfektes Gedächtnis, fand Killashandra. Ein wandelnder Datencomputer. Rimbol mußten ähnliche Gedanken durch den Kopf gehen, denn sie sah, daß sich in seinen Augen Belustigung spiegelte. Shillawn dagegen schien immer noch beeindruckt von der enzyklopädischen Art des Mannes.

»Wieviele weitere Niederlassungen gibt es hier?« wollte Borton wissen.

»Den Stoff des Unterrichts von morgen heute zu lernen, ist keine gute Idee«, verkündete Tukolom feierlich. Dann entzog er sich geschickt weiteren Fragen, indem er den Aufenthaltsraum verließ.

»Auriganer sind unmöglich«, erklärte Carigana, die der davoneilenden Gestalt mit finster gerunzelter Stirn nachblickte. »Immer sind sie so dogmatisch und autoritär. Konnten sie denn keinen anderen vernünftigen Berater finden?«

»Er ist am besten geeignet«, erwiderte Rimbol. Er legte den Kopf zur Seite, als er Carigana ansah. »Er hat das perfekte Gedächtnis. Was könnte man von einem Lehrer noch mehr erwarten?«

»Ich frage mich ...«, begann Shillawn mit leichtem Stottern, »ob er es schon hatte, bevor er ... hierher kam.«

»Haben Sie denn nicht gehört, was diese Borella gesagt hat?« gab Carigana zurück. »Die meisten Beeinträchtigungen liegen auf sensorischem Gebiet ...«

»Immerhin verbessert sich seine Syntax, wenn er seine Informationen abruft.«

»Jede andere menschliche Spezies in der Galaxis, und auch einige weniger menschliche«, fuhr Carigana unbeirrt fort, »können Interlingual lernen, nur die Auriganer nicht. Und dabei ist es nur Einbildung. *Jeder* kann Interlingual richtig lernen.« Sie schaukelte heftig mit einem Bein; die ganze Zeit zuckte es gereizt um ihren Mund, und ihre Augen blitzten unablässig.

»Woher kommen Sie?« fragte Rimbol unschuldig.

»Privatleben«, fauchte sie zurück.

»Wie Sie wollen, Bürgerin«, erwiderte Rimbol und drehte ihr den Rücken zu.

Da dies auch eine Beleidigung, aber kein Eingriff in ihr Privatleben war, mußte sich Carigana damit zufriedengeben, wilde Blicke um sich zu werfen. Klasse 895 sah sie nicht an, und mit einem entrüsteten Zischen verließ Carigana die Gruppe. Die Raumarbeiterin hatte eine dämpfende Wirkung auf die gesamte Gruppe gehabt, denn

Mitglied. Jetzt verstand sie auch die FSP-Beamten und ihre endlosen Ausführungen. Auf der anderen Seite war es ihr ja *gesagt* worden; nach der vollen Aufklärung hätte sie es sich immer noch anders überlegen können, wenn sie nicht so erpicht darauf gewesen wäre, es Maestro Valdi zu zeigen und Andurs zu beweisen, daß sie es als Kristallsängerin schaffen würde. Der Abschnitt über die Verantwortlichkeiten der Gilde gegenüber dem einzelnen Mitglied war klar. Killashandra konnte eindeutige Vorteile feststellen, einschließlich der, die sie nach Ballybran gelockt hatten. Wenn sie eine Kristallsängerin wurde ... Sie zog »Sänger« der phantasielosen Berufsbezeichnung »Schneider« der Gilde vor.

»Na, noch immer so optimistisch, Killa?« fragte Rimbol. Er mußte schon eine ganze Weile hinter ihr gestanden haben.

»Jedenfalls lieber so als wie das da.« Sie ruckte mit dem Kopf scharf in Cariganas Richtung. »Redet sich den Mund fusselig, wie man einen Vertrag brechen kann, der unwiderruflich ist, was man uns ausdrücklich vorher gesagt hat.«

»Glauben Sie, sie rechnen damit, daß wir von Natur aus dickköpfig sind?«

»Offensichtlich haben sie Psychologen unter ihren Mitgliedern.« Killashandra lachte. »Man will immer das haben, was man nicht haben kann oder darf oder nicht bekommt. Das liegt in der Natur des Menschen.«

»Ob wir auch nach der Symbiose noch Menschen sind?« überlegte Rimbol laut. Er legte den Kopf auf eine Seite, und seine Augen verengten sich zweifelnd.

»Keine Ahnung. Jedenfalls möchte ich jemanden wie Borella nicht unbedingt als Freundin haben«, begann Killashandra.

»Ich auch nicht.« Rimbols Lachen wirkte ansteckend.

»Ich habe gehört, wie sie im Shuttle eine ziemlich menschliche und gemeine Bemerkung losließ.«

»Über uns?«

»Allgemein. Aber ich habe Carrik sehr gemocht. Er

wußte, wie man Spaß haben konnte, selbst mit verrückten Dingen, und ...«

Rimbol berührte sie am Arm, und der funkelnde Blick in seinen blauen Augen erinnerte sie an den Ausdruck bei Carrik, als sie sich zum erstenmal begegnet waren.

»Vergleiche sind häßlich, aber ... versuch es doch mal mit mir.«

Killashandra bedachte ihn mit einem längeren, nachdenklichen Blick. Seine fröhliche und gesellige Art bildeten ein bewußt eingesetztes Gegengewicht zu seiner ungewöhnlichen Hautfarbe. Der Ausdruck in seinem Gesicht, die Wärme in seinen Augen, das Lächeln und die Art, wie er sanft über ihren Arm strich, bewirkten eine deutliche Veränderung in ihrer Einstellung ihm gegenüber.

»Für Ungestörtheit zwischen Angehörigen gleichen Rangs wird garantiert.« Seine Stimme klang neckend, und sie verspürte nicht den Wunsch, seiner Versuchung zu widerstehen.

Mit Cariganas schneidender Stimme im Ohr verschwanden sie den Korridor hinunter in ihr Zimmer, wo sie völlige Ungestörtheit genossen.

Am nächsten Morgen teilte Tukolom die Klasse 895 ein, von der einige unübersehbar an den Folgen einer durchzechten Nacht litten.

»Borton, Jezerey, ebenfalls Falanog, Sie schon qualifiziert sind für Gleiter und Shuttle. Für Ihre Pilotenscheine zur Flugkontrolle auf erster Ebene. Folgen dem grauen Streifen hinunter, zweimal nach rechts, zu Gildemitglied Danin. Alle anderen dieser Klasse mit mir kommen.«

Tukolom setzte sich in Bewegung, ohne sich davon zu überzeugen, daß die Angesprochenen ihm folgten, aber mürrisch, oder auch einfach resigniert, gehorchte die Klasse. Shillawn schloß sich Killashandra und Rimbol an.

»Ich habe es mal ausgerechnet«, sagte er mit seinem charakteristischen Schlucken. Sein Eifer, ihnen zu gefallen, war so intensiv, daß Killashandra ihn fragte, was er ausgerechnet hätte. »Wieviel es alles kosten wird, bis wir endlich anfangen, selbst zu verdienen. Und ... und wie hoch das niedrigste Gehalt ist. Es ist eigentlich gar nicht so übel. Die Gilde berechnet nur die Unterhaltskosten und nimmt nichts für Transport oder Sonderbestellungen.«

»Nachdem sie uns einmal betrogen haben, um uns hierher zu bekommen, sind sie nicht drauf aus, uns weiter zu betrügen, was?«

»Also« – Shillawn mußte sich beeilen, mit ihnen Schritt zu halten, damit nur Rimbol und Killashandra hören konnten, was er sagte – »es ist wirklich fair.«

Rimbol zuckte die Achseln. »Also, wie hoch ist der niedrigste Gildelohn? Und wie lange dauert es, bis wir unser Schuldenkonto beglichen haben, das schon durchs Atmen wächst?«

»Also« – Shillawn hielt sein Memo hoch – »das niedrigste Gehalt hat ein Verpflegungsgehilfe, und der bekommt dreitausendfünfhundert Kredite plus Unterkunft Klasse drei, einen Zuschuß für Kleidung und zweihundert Luxuseinheiten pro Standardjahr. Wir bezahlen nur für Unterkunft auf der Grundebene, dazu kommt der Shuttletransfer, der aber nur fünfzehn Kr beträgt. Allerdings werden alle Extras bei der Verpflegung – ausgenommen zwei Becher mit einem Getränk bis vier – zusätzlich berechnet. Wenn man also nichts Ausgefallenes ißt oder übermäßig trinkt, kann man seine Anfangsschulden mit dem Gehalt eines VGs in sieben Monaten, zwei Wochen und fünf Tagen Standardzeit abbezahlt haben.«

Rimbol blickte Killashandra an, und sie konnte sehen, daß sich der junge Yarraner nur mit Mühe das Lachen verbiß.

»Warum hast du nur das niedrigst bezahlte Mitglied berücksichtigt, Shillawn?« fragte Killashandra, der es tatsächlich gelang, ihre Stimme ruhig klingen zu lassen.

»Nun, weil das praktisch war.«

»Du meinst, du hast keine der höheren Ränge berechnet?«

»Die bestbezahlte Position ist die des Gildemeisters, und diese Angaben kann man nicht bekommen.«

»Du hast es tatsächlich versucht?« Jetzt mußte Killashandra einen Satz vorwärts machen, wenn sie nicht von Shillawns langen Beinen überrannt werden wollte.

»Ich wollte sehen, welche Bereiche dem normalen Mitglied offenstehen …«

»Und bis zu welcher Position konntest du Daten bekommen?«

»Das ist die erfreuliche Seite«, strahlte Shillawn auf sie herunter. »Der nächste Rang nach dem Gildemeister ist Kristallschneider, ich meine -sänger. Allerdings ist hier das Einkommen zu unterschiedlich und richtet sich danach, wieviel brauchbare Kristalle ein Schneider einbringt.«

»Wenn die Kristallsänger in der Rangfolge an zweiter Stelle stehen, wer kommt dann an dritter?«

»Forschungsleiter, Kontrolleiter und Marketingleiter. Alle mit gleichem Tarif.«

»Kredit pro Jahr?«

»Ihr Grundgehalt beträgt 300000 pro Jahr, plus Unterhaltszuschüsse, Aufwandentschädigungen, Reisespesen etc. ›je nach Festsetzung‹.«

»Und Sie werden natürlich Kontrolleiter, nehme ich an«, mischte sich eine neue Stimme ein, und die drei Freunde merkten, daß Carigana ihnen zugehört hatte.

Shillawn wurde rot angesichts ihrer sarkastischen Bemerkung.

»Und Sie die erste Quasselstrippe am Platz«, gab Rimbol unerwartet bissig zurück, und in seinen blauen Augen spiegelte sich seine Abneigung gegen sie wieder.

Carigana schnippte mit dem Daumennagel und marschierte hoch erhobenen Hauptes und mit zurückgenommenen Schultern an ihnen vorbei.

»Jede Sympathie, die ich für diese Frau noch hatte, verwandelt sich immer deutlicher in Antipathie«, erklärte Rimbol und schickte der Raumarbeiterin eine noch beleidigendere Geste nach.

Mit ihrem Vorsprung vor dem Rest der Klasse 895 erreichte Carigana als erste das Depot für Bodenfahrzeuge, aber sie mußte warten, bis der Flugtechniker alle dreißig abgehakt hatte. Sie wurden zu einer großen Sektion innerhalb eines riesigen Hangars geführt, in der drei Fahrzeug-

tenfalten aus, deren Progressionen jeweils durch eine Spalte hervorsahen oder ein paar Meter höher als die vorige lagen. Sie hielt die Hand über die Augen und versuchte, eine Spur jener funkelnden Kristalle zu sehen, die den verborgenen und einzigartigen Reichtum eines so unwirtlichen Planeten ausmachten.

Es war nicht vollkommen still, denn da war ein Flüstern, das nicht vom Wind herrührte und auch nicht durch die Atmosphäre übertragen wurde, sondern durch den Felsen unter ihren Füßen. Ein Geräusch, das sie auf eine seltsame Art wahrnahm, als ob ihre Fersen auf eine Vibration reagierten, auf die ihre aufmerksam lauschenden Ohren nicht eingestellt waren. Obwohl sie den Drang, diese merkwürdige Nichtstille zu testen, nicht begriff, holte Killashandra tief Luft und stieß sie auf einem glatten, klaren E aus.

Der einzelne Ton echote zurück an ihr Ohr und durch ihre Fersen, und die Resonanz durchlief ihre Nerven bis an deren Ende, wobei mit dem Verklingen des Tons eine angenehme Empfindung zurückblieb, die ihrem Nervensystem schmeichelte. Sie stand überwältigt da, zögerte aber, dieses Erlebnis zu wiederholen und musterte statt dessen die nichtssagenden Erderhebungen. Jetzt konnte sie glauben, was Carrik gesagt hatte, und genauso überzeugt war sie jetzt auch von den damit verbundenen Gefahren. Die beiden Seiten des Kristallsingens waren miteinander verknüpft: die gute und schlechte, die schwierige, die ekstatische.

Sie widerstand der Versuchung, tiefer in die Kette hineinzufliegen. Ihr Verstand sagte ihr, daß alle Kristalle in unmittelbarer Nähe schon längst abgebaut sein mußten. Ein zweiter, praktischerer Grund war der, daß man sich jenseits der seltsam beruhigenden Ebenheit des Flachlands und dem Blick auf das Weiße Meer leicht verirren konnte. Was sie aber tat, war, mit ihrem Gleiter über die ersten Hügel zu fliegen, wobei sie immer in Sichtweite der Ebene und am Rand ihrer Flugkarte blieb. Im Gegensatz zu den scharfen, jüngeren Horsten und Antiklinalen von Fuerte war sie von diesen gewellten Bergen fasziniert. Ballybrans Ketten reizten und lockten durch ihren verborgenen Reichtum, der durch Urgewalten entstanden war, die aus dem flüssigen Kern des Planeten vorgebrochen waren: ein Reichtum, der durch die technischen Bedürfnisse einer ständig expandierenden galaktischen Bevölkerung geweckt und auf einer alten Welt ohne andere Bodenschätze, die sie empfahlen, gefunden worden war. So machte es die Technologie immer: das Wertlose zu nehmen und es in Reichtum zu verwandeln.

Schließlich lenkte Killashandra den Gleiter zurück in Richtung des Gildekomplexes. Sie hatte ihren Entschluß erneuert, eine Sängerin zu werden, ein Entschluß, der durch Tukolom und eine Art der Ausbildung, die auf subtile Weise das Hauptziel der Rekruten – Kristallsänger zu werden – umging, etwas gedämpft worden war. Sie konnte verstehen, warum ihre Einführung in dieser Form verlief – bis zum Auftreten der Symbiose konnte man ihnen keine festen Aufgaben zuteilen, aber man konnte andere nützliche Fähigkeiten herausfinden. Sie seufzte und fragte sich, ob sie einen weiteren Fehlschlag würde ertragen können. Dann lachte sie, als sie daran dachte, wie leicht sie zehn Jahre harter Arbeit abgeschüttelt hatte, als Carrik sie geködert hatte. Nein, wenn sie ganz ehrlich sein wollte, hatte er sie nicht geködert: er hatte sogar versucht, ihr diesen Schritt auszureden, und zwar sehr heftig.

Was hatte Rimbol doch darüber gesagt, daß ein Ziel erstrebenswerter wurde, wenn es einem versagt wurde? Es stimmte, daß Maestro Valdis theatralische Verwerfung Carriks und der Kristallsänger das ihre dazu beigetragen hatte, sie in ihrem Wunsch zu bestärken. Natürlich hatte die Episode mit Carrik sie in eine solche Stimmung versetzt, daß die luxuriöse Art des Lebens – und Spielens – mit der er sie bekannt gemacht hatte, eine Verlockung für jemanden gewesen war, der sich mit seinem Studentenkredit begnügen mußte. Carriks faszinierende Persönlichkeit hatte sie verwirrt und verwegen genug gemacht, die Zwänge von zehn Jahren unbelohnter Ausbildung abzuwerfen.

Jetzt, nachdem sie so nahe an den Kristallen gestanden und jenes phantastische Vibrieren in jedem Knochen und Muskel gespürt hatte, ein Ruf an ihr Innerstes, an das auch

klopfte sich den Staub von ihrer Hose und setzte ihre Wanderung um die große Gildeanlage fort.

Als sie an die Frontseite des Gebäudes kam, wäre sie fast gestolpert, denn der Rasen, der hier wuchs, war so dicht, daß er sich wie gewebter Stoff anfühlte. Die imposante Eingangshalle zeigte das Zeichen der Heptitengilde in einem funkelnden Kristall. Aus den hohen, schmalen Fenstern nach Süden fiel kein Licht im Erdgeschoß, und auch in den darüberliegenden Stockwerken waren die meisten dunkel. Sie überlegte, welche Ränge so niedrig waren, daß man über der Oberfläche lebte. Der eines Verpflegungsgehilfen zum Beispiel?

Killashandra begann, ihren spontanen nächtlichen Ausflug zu bereuen, als sie an der Längsseite des Gebäudes, die sehr lang war, vorbeiging. Die flache Wand öffnete sich in Abständen auf- und abführenden Rampen, aber da sie von Tukoloms Vorträgen wußte, daß diese in die Lagerräume führten und keinen Zugang zu den Wohnbereichen boten, schlenderte sie weiter, bis sie wieder vor dem großen Hangarschlund stand.

Sie war sehr müde, als sie endlich die Rampe zu den Quartieren ihrer Klasse erreichte. Alles war ruhig, und der Aufenthaltsraum lag leer und im Dunkeln da. Obwohl das Licht von Rimbols Tür grün war, eilte sie an seinem Zimmer vorbei zu ihrem eigenen. Morgen war immer noch früh genug für Gesellschaft. Mit dem beruhigenden Gefühl des unwiderruflichen Vorteils der Ungestörtheit, der einem Mitglied der Heptitengilde zur Verfügung stand, legte sie sich schlafen.

Killashandra war sich dessen am nächsten Nachmittag nicht mehr so sicher, als sie mühsam versuchte, ihr Gleichgewicht in den Windböen zu halten und, was noch wichtiger war, nicht die wertvolle Kristallkiste fallenzulassen. Die Rekruten waren bei Anbruch einer trügerischen Morgendämmerung, die sie als solche einfach akzeptieren mußten, vom Computer geweckt worden. Der Himmel war düster und tiefgrau und von Sturmwolken überzogen, die so tief hingen, daß sie die obere Ebene des Komplexes einzuhüllen drohten. Die Rekruten waren instruiert worden, ein schnelles, aber herzhaftes Frühstück zu sich zu nehmen und sich dann bei der Frachtaufseherin auf der Hangarebene zu melden. Sie würden so lange ihrer Leitung unterstellt sein, bis sie sie entließ. Es waren bereits Vorkehrungen gegen den Sturm getroffen worden; die zwölf-Meterhohe Wand vor dem Hangareingang wurde nur gesenkt, um herankommende Luftschlitten hereinzulassen. Offensichtlich sollte auf diese Weise verhindert werden, daß Arbeiter von starken Gegenströmungen aus dem Hangar gezogen wurden.

Frachtaufseherin Malaine ging kein Risiko ein, daß ihre Instruktionen nicht gehört oder mißverstanden würden. Sie hatte ein Megaphon bei sich, außerdem erschienen alle Anweisungen auf Monitoren, die überall im Hangar aufgestellt waren. Sollten sie irgendwelche Zweifel haben, wenn sie dem regulären Personal beim Entladen halfen, sollten die Rekruten bei irgend jemandem in grünkarierter Uniform nachfragen. Die Grundanweisungen blieben auf dem Monitor; hinzukommende Angaben blinkten orange auf den grünen Displays auf.

»Ihre Hauptaufgabe wird sein, die Kartons mit geschnittenen Kristallen zu entladen, und zwar mit allergrößter Vorsicht. Nehmen Sie immer nur einen. Lassen Sie sich nicht von der Tatsache täuschen, daß die Kartons stabile Griffe haben. Bei dem Wind, der draußen herrscht, werden Sie sich bald wünschen, Saugnäpfe an den Füßen zu haben.« Frachtaufseherin Malaine lächelte den Rekruten zu. »Sie werden es merken, wenn Sie den Kopfschutz aufsetzen.« Sie zeigte eine enganliegende Mütze mit wattiertem Ohrschutz und Augenschirm. »Jetzt« – sie deutete auf die Plexiglaswand des Checkraums gegenüber dem Hangar – »kommen die Schlitten herein. Sehen Sie, was das Hangarpersonal macht. Zuerst wird der Kristallsänger überprüft, dann wird die Fracht ausgeladen. Sie werden sich auf das Entladen konzentrieren. Sie sind dafür verantwortlich, daß die Kristallkartons sicher hereinkommen. Jeder Karton ist mehr wert als Sie! Das ist keine Beleidigung, Rekruten, nur das Wirtschaftsprinzip der Gilde. Außerdem

wissen, daß die Sänger, die gerade von den Ketten zurückkommen, völlig unberechenbar sind. Sie haben Glück, daß alle in dieser Gruppe schon eine ganze Weile draußen sind, also wahrscheinlich gute Schnitte gemacht haben. Lassen Sie bloß keinen Karton fallen! Dann haben Sie nämlich den Sänger, mich und Gildemeister Lanzecki auf Ihrem Hals – den Sänger als ersten und schlimmsten. Ob zu Recht oder Unrecht, interessiert hier niemanden«, fuhr Malaine mit harter Stimme fort. »Diese Schaumstoffkisten« – sie zeigte auf die Reihe von Hangararbeitern, die, weiße Kartons fest an die Brust gepreßt, zur Frachtsektion eilten – »finanzieren diesen Planeten, seine Satelliten und alles auf ihnen. Niemand bekommt einen Kredit, bis die Ladung dort sicher im Gebäude, eingewogen und sortiert ist – da kommt ein neuer Schlitten. Ich zähle Sie in Dreiergruppen ab. Stellen Sie sich in einer Reihe auf und halten Sie sich bereit, wenn Sie aufgerufen werden. Und denken Sie immer daran: Der Kristall ist sehr wichtig! Wenn Sie die Hupe hören, bedeutet das, daß ein Schlitten außer Kontrolle ist! Ducken Sie sich, aber lassen Sie auf keinen Fall den Karton fallen!«

Sie zählte die Rekruten ab; Killashandra kam zu Borton und einem anderen Mann, dessen Namen sie nicht kannte. Die Rekruten standen in losen Dreiergruppen vor dem Fenster und beobachteten die Entladeprozedur.

»Scheint nicht schwer zu sein«, meinte der Mann zu Borton. »Die Kartons können nicht sehr schwer sein.« Er zeigte auf einen schmalen Mann, der schnell mit seiner Last ging.

»Vielleicht jetzt noch nicht, Celee«, gab Borton zurück, »aber wenn der Sturm stärker wird ...«

»Na ja, wir sind ja beide kräftig genug, um bei unserer Kollegin hier mal mitanzupacken, wenn sie Hilfe braucht.« Celee grinste etwas gönnerhaft auf Killashandra herab.

»Ich bin näher am Boden«, antwortete sie und sah ihn mit einem warnenden Funkeln in den Augen an. »Der Massenmittelpunkt liegt tiefer und ich habe nicht so weit zu fallen.«

»Gib's ihm, Killa.« Borton stieß Celee an und zwinkerte ihr zu.

Plötzlich deutete Celee aufgeregt auf den Hangar. Die Rekruten sahen einen Schlitten herantaumeln, der nur um ein Haar einem Zusammenstoß mit dem gewölbten Dach entging, dann fiel er herunter, wurde in letzter Sekunde wieder hochgezogen, schleuderte seitlich weg und wäre fast mit der Breitseite gegen die Innenwand geprallt. Ein Horn war ertönt, bei dessen durchdringendem Hupen sich alle unwillkürlich die Ohren zugehalten hatten. Als die drei wieder hinsahen, war der Schlitten mit der Nase gegen die Wand zum Stillstand gekommen. Zu ihrer Überraschung tauchte der Sänger, der einen orangen Overall mit schwarzen Streifen trug, unverletzt aus der vorderen Luke auf, versetzte dem Schlitten einen warnenden Tritt, bedachte den Sturm mit einer obszönen Geste und stapfte in die schützende Lagersektion. Dann wurden sie, Borton und Celee hinaus auf die Hangarfläche gewunken.

Als sich Killashandra ihren ersten Karton aus dem Schiff eines Sängers schnappte, drückte sie ihn fest an sich, weil er leicht war und der starke Wind um den Hangar ihn ihr schnell hätte entreißen können, wenn sie ihn nicht gut festhielt. Mit einem Seufzer der Erleichterung erreichte sie den Lagerraum, wo sie überrascht stehenblieb. Der Sänger lehnte an einer Wand und fauchte den Arzt an, der das Blut abtupfte, das über seine linke Wange lief. Der Kristallsänger blieb auf seinem Beobachtungsposten, bis der letzte Karton aus seinem Schlitten geholt worden war.

»Bei den Hornzehen eines Sumpfbärs«, begann Celee zu Killashandra, als sie zurückeilten, um neue Kartons zu holen, »der Mann weiß *genau,* wieviele von diesen verfluchten Kisten in seinem Schlitten sind, und er weiß auch hundertprozent, daß wir ihn entladen. Und der verdammte Wind wird immer stärker. Paß auf, Killashandra.«

»Noch zwei sind drin«, rief ihnen Borton zu, als er auf seinem Weg nach drinnen an ihnen vorbeikam. »Sie wollen den Schlitten hochziehen, damit er aus dem Weg ist!«

Celee und Killashandra beschleunigten ihren Schritt, während sich bereits die Winde über das flugunfähige Boot senkte. Sobald sie die letzten beiden Kartons aus dem Schlitten geholt hatten, klinkte die Winde auf seinem Dach ein. Als sich Killashandra umdrehte, entdeckte sie fünf weitere Schlitten im Anflug, die glücklicherweise unter Kontrolle zu sein schienen. Sieben entladene Transporter steuerten auf die oberen Schlittengestelle zu.

Der Hangar wurde zusehends voller, und das Entladen dauerte immer länger. Es wurde zusehends schwieriger, sich auf dem Weg zwischen Schlitten und Lagerraum aufrecht zu halten. Killashandra sah, wie drei Leute gegen Schlitten geschleudert wurden, und einer taumelte gegen den äußeren Windschutzschirm. Ein ankommender Schlitten wurde von einer seitlichen Böe erfaßt und auf das Dach herumgeworfen. Killashandra schüttelte den Kopf bei dem lauten Klagen, das folgte, denn sie konnte nicht sagen, ob es der Sturm war oder der verletzte Sänger, der schrie. Sie zwang sich dazu, sich auf ihre Augabe zu konzentrieren, die Schlitten zu entladen und das Gleichgewicht zu halten.

Sie kam gerade vom Lagerraum zurück, um eine weitere Kiste zu holen, als jemand sie bei den Haaren festhielt. Erschrocken hob sie den Kopf und sah sich Frachtaufseherin Malaine gegenüber, die den Kopfschutz von Killashandra Gürtel riß und ihn ihr überstülpte. Verlegen über ihre Vergeßlichkeit zog ihn Killashandra zurecht. Malaine grinste und hob ermutigend die Daumen.

Die Erleichterung, die der Kopfschutz gegen das Heulen des Sturms und den Luftdruck bot, war enorm. Killashandra, die an volle Chöre und elektronisch verstärkte Orchesterinstrumente gewöhnt war, hatte »Lärm« nie zuvor als Gefahr betrachtet. In Anbetracht dieser Umstände war die Aussicht, möglicherweise taub zu werden, gar nicht einmal so schlimm. Sie konnte auch jetzt noch das Kreischen des Windes hören, aber die Kakophonie war angenehm gedämpft, und die Erleichterung vom Druck des Heulens gab ihr neue Energie. Die brauchte sie auch, denn die Gewalt des Sturms hatte beileibe nicht nachgelassen.

Während ihrer nächsten sturmgepeitschten Tour wurde eine ganze Reihe von Schlitten hinter ihr leer, die sofort abtransportiert wurden, um Platz für später hereingekommene Boote zu machen. Es war etwas leichter, im Sturm voranzukommen, wenn man vom Windschatten eines Schlittens zum nächsten lief, gefährlich wurde es nur in dem Freiraum dazwischen, denn dort fegte der Wind hindurch, um den Unachtsamen zu überraschen.

Warum niemand zu Tode kam, warum nur so wenig Boote im Hangar beschädigt wurden, und warum nicht ein einziger Schaumstoffbehälter fallengelassen wurde, würde Killashandra nie begreifen. Sie war nur irgendwann sicher, daß sie wahrscheinlich mit dem größten Teil der neuntausend Gildemitglieder, die in der Anlage auf dem Joslin-Plateau stationiert waren, zusammengestoßen war. Später erfuhr sie, daß sie falsch vermutet hatte: Wer nämlich nur irgendwie konnte, hatte zugesehen, daß er drinnenblieb.

Die Kartons waren nicht immer schwer, allerdings war das Gewicht ungleichmäßig verteilt, und es ergab sich, daß Killashandras linker Arm fast immer die schwere Seite zu tragen bekam. Diese Seite schmerzte am nächsten Tag dann auch am schlimmsten. Nur einmal hätte sie fast einen Karton verloren: Sie hob ihn aus dem Schiff, und dabei hätte ihn ihr eine plötzliche Böe um ein Haar entrissen. Danach lernte sie, ihre Last mit dem Körper gegen den Wind zu schützen.

Neben dem erschöpfenden Kampf mit dem Sturm prägten sich an jenem Tag noch zwei weitere Beobachtungen unauslöschlich in Killashandras Gedächtnis ein. Eine andere Seite der Kristallsänger, ihre trübste, wenn sie aus ihren Schlitten sprangen. Die meisten sahen aus, als ob sie sich tagelang nicht gewaschen hätten: Einige hatten frische Wunden, andere zeigten die Spuren von alten. Als sie einmal in den Laderaum eines Schlittens mußte, um die letzten paar Kartons zu holen, schlug ihr ein fauliger Geruch aus dem Hauptraum entgegen, und sie war froh, daß von hinten genügend frische Luft hereinströmte.

Noch immer wirbelten Schlitten durch die Sturmböen heran und schafften es, auf dem kleinen Raum zu landen, der zur Verfügung stand. Der Sturm war selbst durch ihre Ohrschützer noch zu hören, und die Macht des Windes schlug so brutal gegen ihren Körper wie eine reale Faust.

»REKRUTEN! REKRUTEN! Alle Rekruten in die Sortierhalle. Alle Rekruten in die Sortierhalle!«

Benommen fuhr Killashandra herum, um die Ansage auf den Displayschirmen zu überprüfen, dann wurde sie von jemandem untergehakt, und zusammen stapften sie hinaus in den Sturm in Richtung der Sortierhalle.

Sobald sie im Gebäude waren, wäre Killashandra fast gestürzt, sowohl vor Erschöpfung wie auch von dem langen Stemmen ihres Körpers gegen den Wind, der auf einmal nicht mehr da war. Sie wurde von einem zum nächsten gereicht und dann auf einen Stuhl gesetzt. Man drückte ihr einen schweren Becher in die Hände und zog ihr die Schutzmütze vom Kopf, wenn auch kein anderer Laut mehr zu hören war außer müden Seufzern, einem gelegentlichen geräuschvollen Ausatmen, das nicht ganz ein Stöhnen war, oder dem Kratzen von Stiefeln über den Kunststoffboden.

Killashandra schaffte es, ihre bebenden Hände stillzuhalten, um vorsichtig einen Schluck von der heißen, klaren Brühe zu trinken. Das Stärkungsmittel schmeckte kräftig, und die Wärme strömte sofort durch ihre kalten Glieder; erst jetzt wurde Killashandra bewußt, wie kalt sie waren. Der untere Teil ihres Gesichts, ihr Kinn und ihre Kiefer, die dem schneidenden Wind ausgesetzt gewesen waren, waren ebenfalls steif und schmerzten. Während sie wieder an der Brühe nippte, sah sie über den Rand ihres Bechers hinweg auf die Reihe ihr gegenüber: sah und erkannte die Gesichter von Rimbol und Borton, und weiter unten Celee. Ein halbes Dutzend hatten blaue Augen und aufgeschrammte oder zerkratzte Wangen. Vier Rekruten sahen aus, als hätte man sie mit dem Gesicht nach unten über Kies geschleift. Als sie über ihre eigene Haut fuhr, merkte sie, daß auch sie Abschürfungen davongetragen hatte, ohne es zu spüren, denn ihre tauben Finger waren mit Blutspuren gesprenkelt.

Neben ihr sog jemand zischend die Luft ein, und sie drehte den Kopf nach links. Ein Arzt tupfte Jezereys Gesicht ab. Ein anderer arbeitete sich die Reihe durch auf Rimbol, Celee und Borton zu.

»Irgendwelche Verletzungen?« Trotz ihrer erschöpften Benommenheit erkannte Killashandra die Stimme des Gildemeisters Lanzecki.

Als sie sich überrascht umdrehte, sah sie ihn in einem offenen Eingang stehen; seine dunkelgekleidete Gestalt hob sich nüchtern gegen das Weiß der gestapelten Kartons ab.

»Oberflächliche, Sir«, antwortete einer der Ärzte nach einem respektvollen Nicken in die Richtung des Gildemeisters.

»Klasse 895 ist heute eine unschätzbare Hilfe gewesen«, sagte Lanzecki, wobei sein Blick alle dreiunddreißig umschloß. »Ich, Ihr Gildemeister, danke Ihnen ebenso wie Frachtaufseherin Malaine. Wenn wir auch die einzigen sind.« Sein Gesicht zeigte nicht die geringste Spur eines Lächelns, aus dem man hätte schließen können, daß die Bemerkung humorvoll ironisch gemeint war. »Bestellen Sie sich zum Abendessen, was Sie möchten: Es wird Ihnen nicht berechnet. Morgen melden sie sich dann hier in der Sortierhalle, wo Sie so viel wie möglich über die Kristalle lernen werden, die heute eingebracht wurden. Sie sind entlassen.«

Er zieht sich zurück, dachte Killashandra. *Er verschwindet von der Szene. Wie ungewöhnlich. Aber er ist ja auch kein Sänger. Also keine stürmischen Auftritte wie bei Carrik oder den drei Sängern auf Shankill, und auch keine Abgänge wie der von Borella.* Sie trank einen Schluck, um Kraft zu tanken, damit sie ihren erschöpften Körper die Rampe hinauf zu einem anständigen freien Abendessen tragen konnte. Apropos freie Mahlzeit, ihre letzte anständige freie Mahlzeit war indirekt auch auf Kosten der Gilde gegangen. Wie es der Zufall wollte, verließ sie als eine der letzten die Sortierhalle. Irgendwo hinter ihr ging eine Tür auf.

»Wieviele fehlen noch, Malaine?« hörte sie Lanzecki fragen.

»Fünf weitere sind eben im Hangar gelandet, einer davon etwas zu ungestüm. Und laut Flugkontrolle sind anscheinend noch zwei im Anflug.«

»Fehlen also zweiundzwanzig ...«

»Wenn wir die Sänger doch nur dazu bringen könnten, ihre Schnittpositionen anzugeben, so daß wir eine Möglichkeit hätten, den Vermißten nachzugehen und wenigstens die Ladung sicherzustellen ...«

Die Tür glitt zu, und Killashandra konnte den Rest des Satzes nicht mehr verstehen, aber das Gespräch, besonders der Ton, beunruhigte sie.

»Die Ladung sicherstellen.« War das Malaines und Lanzeckis Sorge? Die *Ladung?* Sicher, Malaine hatte ausdrücklich gesagt, daß die Ladung wichtiger sei als die Rekruten, die sie transportierten, aber sicher waren doch auch die Kristallsänger selbst wertvoll. Schlitten ließen sich ersetzen – ein neuer Schuldposten, den man an die Gilde begleichen mußte –, aber Sänger stellten doch bestimmt durch die Tatsache, daß sie eine auserwählte Gruppe waren, einen hohen Wert dar.

Killashandras Verstand wurde mit solchen Anomalien einfach nicht fertig. Endlich hatte sie das Ende der Rampe erreicht und mußte sich mit einer Hand am Türrahmen abstützen, als sie den Daumen in das Türschloß legte. Ein Stöhnen der Erschöpfung drang über ihre Lippen. Plötzlich glitt Rimbols Tür auf.

»Bist du in Ordnung, Killa?« Sein Gesicht war von feinen Striemen und winzigen Tropfen frischen Bluts überzogen. Er trug nur ein Handtuch.

»Ich weiß nicht.«

»Das Kräuterbad tut Wunder. Und dann mußt du etwas essen.«

»Das werde ich. Immerhin geht's ja auf Kosten der Gilde.« Sie brachte es nicht fertig, ihr schmerzendes Gesicht zu einem Lachen zu verziehen.

Nachdem sie mit einem ausgiebigen Bad die schlimmste Müdigkeit aus ihren Muskeln vertrieben hatte, zwang sie sich, zu essen.

Ein hartnäckiges Blöken vom Computer weckte sie am nächsten Morgen. Sie spähte in die Dunkelheit hinter ihrem Bett und begriff jetzt erst, daß die Jalousien vor dem

Fenster herabgelassen waren und draußen noch immer der Sturm tobte.

Die Uhr sagte ihr, daß es 080 und ihr Magen, daß er leer war. Als sie die Thermodecke zurückschlagen wollte, meldete jeder Muskel laut seinen Protest gegen eine solche Aktivität an. Mit einem leisen Fluch richtete sich Killashandra mühsam auf einem Ellbogen auf. Ihre Finger hatten kaum die Wahltasten des Verpflegungssystems berührt, als in der Öffnung auch schon ein kleiner Becher mit einer brauseartigen blaßgelben Flüssigkeit erschien.

»Der Becher enthält ein Muskelentspannungsmittel, kombiniert mit einem leichten Analgetikum zur Linderung der Symptome der Muskelverhärtung. Dieser Zustand ist vorübergehend.«

Killashandra fluchte kräftig über dieses, wie sie es fand, zeitlich verwirrend genau berechnete Eingreifen des Computers in ihr Privatleben, leerte aber dennoch den Becher mit der Medizin. Sie schmeckte so süß, daß sie das Gesicht verzog. Nach wenigen Augenblicken fühlte sie sich schon nicht mehr so steif. Sie duschte sich rasch, abwechselnd kalt und heiß, denn seltsamerweise prickelte ihre Haut immer noch von den Angriffen des Sturms vom gestrigen Tag. Während sie ein hochproteinhaltiges Frühstück zu sich nahm, hoffte sie, daß sie heute mehr Zeit zum Essen haben würden. Sie konnte sich nicht vorstellen, daß die Kristallkartons alle an einem Tag sortiert und neu verpackt werden konnten. Außerdem mußte diese Arbeit sicher nicht so schnell vonstatten gehen wie die des Entladen gestern.

Das Sortieren dauerte vier Tage, eine Arbeit, die genauso anstrengend war wie das Kämpfen mit dem Sturm, wenn auch weniger gefährlich. Die Rekruten, die jeder mit einem gelernten Sortierer zusammenarbeiteten, erfuhren eine ganze Menge darüber, wie man Kristalle nicht schneiden sollte, wie man sie verpackte und welche Formen im Augenblick die höchsten Gewinne erzielten. Die üblichen Formen kamen am häufigsten vor, und die meisten der erfahrenen Sortierer fluchten beständig über Sänger, die

Mengen solcher Kristalle geschnitten hatten, von denen schon weit mehr als genug vorrätig waren.

»Von diesen Dingern haben wir schon drei verdammte Lagerräume voll«, murmelte Enthor, dem Killashandra zugeteilt war. »Wir brauchen und wollen blaue. Und natürlich schwarze. Nein, nein, verkehrte Seite. Sie müssen das lernen.« Er nahm den Karton, den sie gerade auf den Sortiertisch gehoben hatte. »Zuerst müssen Sie den Identitätscode des Sängers zeigen.« Er drehte den Karton so herum, daß der Streifen, der unauslöschlich auf einer Seite eingeätzt war, registriert werden konnte. »Wenn wir diese kleine Hilfe nicht hätten, würde beim Entladen ein wahrer Krieg ausbrechen, und es würde Mord und Totschlag geben, weil die Kartons leicht durcheinander kämen.«

Sobald die Identitätsnummer auf dem Schirm erschien, wurde der Karton ausgepackt und jeder einzelne Kristall vorsichtig auf die Waagschale gelegt, wo Farbe, Größe, Gewicht, Form und Perfektion registrierte. Einige Kristalle legte Enthor direkt auf das Förderband, das sie zu der jeweiligen Ebene zur Verschiffung oder Lagerung brachte. Andere verpackte er eigenhändig und mit größter Sorgfalt in schützendem Schaumstoff.

Das Sortieren schien eine stumpfsinnig einfache Prozedur. Manchmal war es etwas schwieriger, kleine Kristalle aus den Kartons zu bergen, die in allen möglichen Winkeln in den Schaumstoff geworfen worden waren. Killashandra hätte fast einen kleinen blauen Achtecker übersehen, doch Enthor schnappte sich den Karton, den sie zur Wiederverwendung beiseite stellen wollte.

»Sie können von Glück sagen«, meinte er finster und sah sich mit gerunzelter Stirn um, »daß der Sänger, der das hier geschnitten hat, es nicht gesehen hat. Ich habe schon erlebt, daß sie jemanden wegen einer solchen Nachlässigkeit umbringen wollten.«

»Deswegen?« Killashandra nahm das Achteck hoch, das kaum länger als acht Zentimeter sein konnte.

»Deswegen. Er ist fehlerlos.« Enthor hatte den Kristall mit einer schnellen Bewegung auf die Schale gelegt und überprüfte seine Perfektion. »Passen Sie auf!« Er nahm ihn vorsichtig zwischen Daumen und Zeigefinger und schnippte leicht dagegen.

Selbst über dem Rascheln und Stanzen und den leisen Instruktionen hörte Killashandra den feinen, klaren Ton des Kristalls. Er schien sich in ihrer Kehle zu fangen und durch ihre Knochen bis hinunter zu den Fersen zu wandern.

»Es ist nicht so einfach, kleine Kristalle zu schneiden, und dieses Stück hier ist im Augenblick ein paar hundert Kredite wert.«

Killashandra war so eingeschüchtert, daß sie jetzt sorgfältig mit den Fingern einen Schaumstoffkarton durchsuchte, der ihr zu schwer vorkam, um leer zu sein. Sofort wurde sie von Enthor gerügt, der ihr ihre Handschuhe um die Ohren schlug, bevor er einen von seinen auszog und ihr seine Finger zeigte, die mit blaßweißen Narben bedeckt waren.

»Das kommt von den Kristallen. Selbst durch die Handschuhe und trotz Symbiose. Bei Ihnen würden sie eitern. Und mir würde man wegen Nachlässigkeit den Lohn kürzen.«

»Den Lohn kürzen?«

»Der Ausfall von Arbeitszeit aufgrund unzureichender Sicherungsmaßnahmen gilt als abziehbar. Bei Ihnen genauso, auch wenn Sie ein Rekrut sind.«

»Wir werden für diese Arbeit hier bezahlt?«

»Natürlich.« Enthor war ungehalten über ihre Unwissenheit. »Und Sie haben Gefahrenzulage für das Entladen gestern bekommen. Wußten Sie das nicht?«

Killashandra starrte ihn überrascht an.

»Genau wie alle neuen Rekruten.« Er lachte gutmütig. »Sie fühlen sich wohl noch nicht ganz so fit nach gestern, was? Und heute morgen ein Becher Brause? Habe ich mir gedacht. Das Zeug bekommen alle, die in einem Sturm arbeiten. Das hilft. Und es kostet auch nichts.« Er lachte wieder. »Sie wissen ja, daß die medizinische Behandlung kostenlos ist, oder?«

»Aber Sie haben doch gesagt, man würde Ihnen den Lohn kürzen ...«

»Wegen Dummheit, wenn ich die nötigen Sicherheitsvorkehrungen unterlassen würde.« Er winkte mit den Händen, die jetzt wieder in ihren robusten, enganliegenden Handschuhen steckten. »Nein, nehmen Sie den Karton nicht. Lassen Sie ihn mir. Holen Sie sich den nächsten. Fugastri ist nämlich gerade hereingekommen. Er ist ein wahrer Teufel, aber bei mir hat er noch nie etwas auszusetzen gehabt!«

»Vielen Dank, daß Sie mir so helfen ...«

»Sie helfen mir, und wir werden beide aus derselben Quelle bezahlt, von diesen Kristallen hier. Es ist gut, wenn Sie sich in *dieser* Arbeit richtig auskennen« – Enthors Ton deutete an, daß sie auf einem anderen Gebiet möglicherweise einen schlechteren Lehrer bekam. »Vielleicht werden Sie am Ende Sortierer, und wir Sortierer haben gern Spaß. Wie war Ihr Name doch gleich?«

»Killashandra.«

»Oh, Sie waren es doch, die Carrik zurückgebracht hat, nicht?« Enthors Ton klang weder erfreut noch anerkennend; er identifizierte sie nur.

Seltsamerweise fühlte sich Killashandra jetzt besser: Sie war also nicht nur eine Identität, die sich in den Datenspeichern der Gilde verlor. Es gab auch außer der Klasse 895 Leute, die von ihr gehört hatten.

»Kannten Sie Carrik?«

»Ich kenne sie alle, meine Liebe. Und ich wünsche, es wäre nicht so. – Trotzdem, es ist kein übles Leben.« Wieder lachte er freundlich. »Ein fairer Tageslohn für eine faire Tagesarbeit und außerdem die besten Unterbringungsbedingungen.« Sein Grinsen verwandelte sich in einen eher lüsternen Ausdruck, und er stieß sie an. »Ja, besser, Sie merken sich meinen Namen, solange Sie noch können, denn das werden Sie nicht mehr, wenn Sie eine Sängerin werden. Enthor, Ebene 4, Quartier 895. Das müßten Sie sich leicht merken können, da es Ihre Klassenbezeichnung ist.«

»Was war denn Ihre?« Killashandra suchte hastig nach einem Weg, wie sie das Gespräch von seinem Angebot lenken konnte.

»Klassenbezeichnung? 502. Mit meinem Gedächtnis ist noch alles in Ordnung.«

»Und Sie sind auch nicht taub?«

»Nein, dann könnte ich ja keine Kristalle sortieren!«

»Was hat die Symbiose dann sonst für eine Folge bei Ihnen gehabt?« platzte sie heraus, bevor ihr bewußt wurde, daß er diese Frage als Eingriff in sein Privatleben betrachten konnte.

»Augen, meine Liebe, Augen.« Er drehte sich herum und hielt überrascht die Luft an. Als er die Augen zukniff, zog sich eine Schutzlinse zurück, und sie konnte sehen, wie riesig seine Iris war, die die ursprüngliche Pupille verdeckte. Er zwinkerte noch einmal, worauf irgend etwas Rotes den ganzen Augapfel überzog. »Das ist der Grund, warum ich Sortierer bin und warum ich mit einem Blick sagen kann, welche Kristalle fehlerlos sind. Ich bin einer der besten Sortierer, die sie je gehabt haben. Lanzecki lobt mich immer wieder, wie gut ich bin. Ah, Sie werden gleich sehen, was ich meine ...«

Ein anderer Sortierer kam mit einem verstimmten Ausdruck auf dem Gesicht auf sie zu, einen Karton in den Händen. In seiner Begleitung war ein aufgebrachter Sänger.

»Ihre Meinung zu diesen blauen?« Der Sänger, dessen Gesicht noch die Spuren einer langen Zeit in den Ketten trug, nahm dem Sortierer mit einer kurzen Bewegung den Karton aus der Händen und warf ihn Enthor zu. Dann versperrte er dem Sortierer, dessen Urteil er in Frage gestellt hatte, mit einer Unverschämtheit die Sicht, die eher das Kennzeichen eines Berufs als einer Persönlichkeit war, wie Killashandra allmählich begriff.

Enthor setzte den Karton vorsichtig auf seinem Arbeitsfeld ab und holte nacheinander die einzelnen Kristalle heraus, die er prüfend vor seine übersensitiven Augen hielt und dann in einer exakten Reihe nebeneinander hinlegte. Es waren sieben grün-blaue Pyramiden, deren Basis jeweils zwei oder drei Zentimeter breiter war als die vorhergehende.

»Ich kann keine Fehler sehen. Eine saubere Schnittkante und eine gute Spitze«, ließ er seine Meinung mit ausdrucksloser Stimme hören, die sich deutlich von dem Plauderton unterschied, in dem er sich mit Killashandra unterhielt. Mit einer fast pedantischen Präzision polierte er einen winzigen Kristallhammer und schlug damit jede Pyramide vorsichtig an. Die vierte lag eine halbe Note statt einer ganzen über der dritten, also war die Tonleiter nicht voll.

»Verkaufen Sie zu dritt und heben Sie den fehlerhaften als Schaustück auf. Ich rate Ihnen, Ihren Schneider auf abgenutzte Dichtungen oder Fittings hin zu überprüfen. Sie sind ein zu guter Sänger, als daß Sie einen so eklatanten Fehler machen würden. Wahrscheinlich hat Sie der aufziehende Sturm von der Note gebracht.«

Sein Versuch, diplomatisch zu sein, konnte den Sänger nicht besänftigen. Seine Augen traten hervor, als er Luft holte, um loszubrüllen. Enthor tat so, als würde er es nicht bemerken, aber der andere Sortierer war hastig zurückgetreten.

»Lanzecki«.

Der zornige Ruf bewirkte nicht nur das rasche Eintreffen von Lanzecki. Stille senkte sich über die Sortierhalle, während der Sänger, der von alldem nichts zu bemerken schien, Enthor zornig anstarrte, doch der Sortierer tippte munter Zahlen in einen Ccomputer.

Killashandra fühlte eine Hand auf ihrer Schulter und trat gehorsam beiseite, um Lanzecki ihren Platz neben Enthor freizumachen. Als sei er sich der Gegenwart des Gildemeisters bewußt, tippte Enthor noch einmal die Kristalle an, deren leise Töne in respektvolles Schweigen hineinfielen.

Lanzecki hörte nicht hin, sondern beobachtete die Anzeigen auf den Skalen. Eine Augenbraue zuckte, als die halbe Note erklang und die entsprechenden Ziffern auf dem Display erschienen.

»Weiter kein Problem, Uyad«, meinte Lanzecki und wandte sich ruhig an den Sänger, dessen Gesicht sich gerötet hatte. »Sie haben an dieser Fläche schon lange genug geschnitten, um halbe Töne zu ergänzen. Ich schlage vor, Sie verwahren diesen Satz und füllen ihn zu einer Oktave auf. Es gibt immer einen guten Preis für Pyramiden einer Skala.«

»Lanzecki … ich *muß* diesmal weg von diesem Planeten. Ich muß weg! Noch eine Tour in die Ketten überlebe ich nicht … nicht, wenn ich mich nicht vorher von diesem verdammten Planeten erholt habe!«

»Es ist doch nur ein Karton, ein Satz, Uyad-vuic-Holm. Nach dem Eingang hier ist Ihre Ladung sehr gut.« Lanzecki hatte den Terminal befragt, während sich Uyads Zorn in Flehen verwandelt hatte. »Ja, ich glaube, es reicht, daß Sie für eine akzeptable Zeit hier wegkommen können. Kommen Sie, ich werde das Sortieren persönlich überwachen.«

Nun passierten mehrere Dinge gleichzeitig: die Arbeitsgeräusche im Raum setzten wieder ein; Lanzecki ging mit dem unglücklichen Sänger zu einem anderen Sortierplatz, und Killashandra konnte nicht umhin, das Verhalten des Gildemeisters zu bewundern, das eher ermutigend als herablassend war; und der andere Sortierer kehrte an seinen Arbeitsplatz zurück. Enthor packte die Ursache für die ganze Aufregung, die sieben Pyramiden, wieder ein, markierte ihren Karton und legte ihn auf eine selten benutzte Rutsche über seinem Kopf. Als er Killashandras nachdenkliche Miene sah, versetzte er ihr einen freundlichen Stoß in die Rippen.

»Immer stetig voran, dann nimmst du auch die größte Last auf die leichte Schulter. Der nächste Karton, meine Liebe.«

Ob stetig voran oder nicht, sie schienen jedenfalls keinen großen Eindruck auf den Berg von Kartons zu machen, die darauf warteten, sortiert zu werden. Was einen monotonen Tag interessant machte, war die ungeheure Fülle von Informationen, die ihr Enthor über Kristalle, Klassifizierung, Ton und Verwendung zutrug. Als er merkte, wie gespannt sie seinen Ausführungen über ihren Wert lauschte, neckte er sie.

»Zerbrechen Sie sich nicht den Kopf, um sich an die Preise zu erinnern, meine Liebe. Die wechseln jeden Tag. Der Wert wird vom Marketing-Büro berechnet, bevor wir mit dem Sortieren anfangen, aber morgen können die Preise schon wieder völlig anders sein. Es reicht mir, wenn ich mich mit einer Seite der Kristalle beschäftigen muß. Den

Verkauf überlasse ich anderen. Ah, was haben wir denn da für eine Schönheit von einem Rosenquarz! Sehen Sie sich nur die Schattierung und den Schnitt an. Dooths Arbeit, wenn ich mich nicht irre.« Enthor blickte auf den Karton und zwinkerte, um die Linsen zu wechseln. »Nein. Ich kenne seinen Schnitt aus allen heraus.«

»Wieso?« Killashandra beugte sich näher vor, um das Achteck zu betrachten. Es war ein wunderschönes Stück, ein tiefes Blaßrosa mit einem Hauch purpur, aber trotzdem konnte sie Enthors Begeisterung nicht verstehen.

Der Sortierer holte tief Luft, als wollte er es ihr erklären, doch dann atmete er scharf wieder aus.

»Wenn Sie das wüßten, machten Sie mir ja Konkurrenz, nicht?« Er blinzelte wieder und musterte sie mit einem scharfsinnigen Stirnrunzeln.

»Nicht unbedingt«, gab sie zurück. »*Ich* ziehe es vor, Kristalle zu singen ...«

Enthor sah von ihr auf das rosa Oktagon. »Ja, *Sie* würden das vielleicht. Wie auch immer, ich kenne jedenfalls Dooths Schnitt, wenn ich ihn sehe. Wenn – falls – Sie Kristalle schneiden, werden Sie sehen, daß sie so fein, so wundervoll sind.«

Mit beiden Händen legte er den schweren Stein auf die Waagschalenplatte und fuhr sich mit zwei Fingern über die Lippen, während er beobachtete, wie sich die Zahlen veränderten und dann stehenblieben.

»Ich dachte, Sie hätten gesagt, es gäbe zuviele rosa Kristalle ...«

»Nicht von diesem Gewicht, dieser Farbe und Form«, antwortete er und tippte eine Folge ein. »Zufällig habe ich gehört« – Enthor senkte seine Stimme – »daß eine sehr hochgestellte Persönlichkeit in den Föderierten Planeten große Stücke in diesem Farbton sucht.« Er legte den Achtecker auf den Verpackungsständer, wo der tiefrosa Kristall durch eine Hülle aus Schaumstoff rasch dem Blick entzogen wurde. Sein Finger berührte den Terminal, und ein Identifizierungscode wurde in die erhärtende Oberfläche eingestanzt.

Am Ende des ersten Arbeitstages als Sortiererin fühlte

sich Killashandra genauso müde wie nach dem Entladen im Sturm. Das sagte sie auch zu Rimbol und Shillawn, als sich die beiden ihr zu einer erschöpften Wanderung zu ihrem Aufenthaltsraum anschlossen.

»Wir werden für unsere Arbeit bezahlt«, meinte Shillawn, um sie aufzumuntern.

»Und gestern haben wir sogar einen Gefahrenbonus bekommen«, ergänzte Killashandra, die sich nicht übertrumpfen lassen wollte.

»Ihr habt euch wohl mit den Datenbanken beschäftigt, was?« Rimbol grinste sie mit einer Spur von Boshaftigkeit an. Killashandra hatte ihm noch nicht gestanden, daß sie am Abend vor dem Sturm mit einem Gleiter hinausgeflogen war, aber er wußte es offensichtlich schon.

»Uns das doch zusteht. Verfügbar für uns sind die Daten.« Killashandra gelang es, Tukoloms gewichtige Redeweise so treffend nachzuahmen, daß die beiden anderen lachen mußten. »Ich werde jetzt erst mal unter die Dusche gehen. Sehen wir uns nachher im Aufenthaltsraum?«

Rimbol und Shillawn nickten.

In der Verpflegungsöffnung neben ihrem Bett stand wieder ein Becher mit gelber Flüssigkeit. Sie trank ihn leer, und nachdem sie dann geduscht hatte, fühlte sie sich frisch genug, um mit Rimbol und Shillawn einen ruhigen Abend beim Würfelspiel zu verbringen.

Auch wenn in den folgenden drei Tagen keine aufgebrachten Kristallschneider mehr die Routine des Sortierens ein bißchen auflockerten, hatte Killashandra trotzdem ungewöhnliches Glück. In der Mitte des zweiten Tages betraten Lanzecki und die gutaussehende Frau, die Killashandras Schätzung nach die Marketingleiterin sein mußte, mit raschem Schritt den Sortierraum und marschierten geradewegs auf Enthor zu.

»Gorren ist wieder bei Bewußtsein. Er hat irgend etwas über schwarze Kristalle gemurmelt. Haben Sie schon einen seiner Kartons bekommen?«

»Bei meiner Seele, nein!« Enthor war bestürzt und erstaunt. Bestürzt, vertraute er Killashandra später an, daß

Gorrens Kristalle gesondert gelagert worden waren und erstaunt, weil er nicht gewußt hatte, daß Gorren wieder da war. Er hätte halb damit gerechnet, daß Gorren zu den Sängern gehört hatte, die vom Sturm in den Ketten überrascht worden waren. Gorrens schwarze Kristalle wurden stets Enthor zur Beurteilung anvertraut.

Rasch wurde ein Arbeitsteam im Sortierraum zusammengerufen, das die Beschriftungen der vielen Kisten überpürfte, die noch auf die Schätzung warteten. Die Gruppe, die Gorrens Schiff entladen hatte, wurde identifiziert und herbeigerufen. Zum Glück gehörte sie zum regulären Hangarpersonal, und da sie gewußt hatten, daß die Kartons von Gorren sehr wertvoll waren, hatten sie sie auf einem der obersten Regale gestapelt, mit Pufferlagen auf beiden Seiten.

Ehrfürchtig wurden die elf wertvollen Kartons vom fünften Regal heruntergebracht. Da Killashandra immer wieder gesagt worden war, daß kaum etwas diese speziell konstruierten Kartons oder ihren Inhalt beschädigen konnte und sie mit eigenen Augen gesehen hatte, wie einige derselben Männer sich die Kartons nachlässig durch die Luft geworfen hatten, konnte sie sich nur vorstellen, daß die Gegenwart von Lanzecki und der Marketingleiterin diese heilsame Wirkung hatte.

Mehr überraschte es sie, als sie sah, wie diese beiden jeder einen Karton nahmen, und sie freute sich, als Enthor auch ihr mit gewichtiger Miene fest einen gegen den Körper drückte und wartete, bis sich ihre Hände fest um die Griffe geschlossen hatten.

Killashandra war stolz über Enthors Vertrauen zu ihr und ging das kurze Stück zurück zur Sortierhalle, die schwarzen Kristalle fest gegen die Brust gepreßt. Sie wußte nicht, warum sie so vor Spannung zitterte, als sie ihre Last unversehrt neben die anderen Kartons stellte.

Später erinnerte sie sich, daß er genauso schnell wie immer die Kisten ausgepackt hatte; wahrscheinlich lag es ganz einfach an der Tatsache, daß so viele wichtige Leute zusahen und sie selbst von ihrer unterdrückten Erregung angesteckt wurde, daß Enthor sich im Zeitlupentempo zu bewegen schien. Spannung ist übertragbar, und der Sortierraum knisterte trotz der Stille, die über ihm lag. Diejenigen, die an den umliegenden Sortiertischen standen, hatten sich so hingestellt, daß sie verfolgen konnten, wie die Kartons ausgepackt wurden, während die anderen, die sich nicht direkt in der Blickrichtung des Gildemeisters befanden, ganz aufgehört hatten zu arbeiten und zusahen.

Als Enthor den ersten schwarzen Kristall aus seinem Schaumstoffschutz zog, ging ein Seufzen durch die Reihen der Zuschauer.

»Er muß ja richtig durchgedreht sein, was?« bemerkte Heglana und ließ einen schnalzenden Laut in ihrer Kehle hören. Lanzecki nickte, den Blick auf Enthors Hände fixiert.

Der zweite Schwarze war größer, und zu Killashandras Überraschung legte ihn Enthor nicht in sicherem Abstand neben den ersten hin, sondern direkt an ihn. Er schien genau zu passen. Sie fühlte ein Prickeln, das in ihrem Nakken begann und über den ganzen Schädel lief. Killashandra schüttelte den Kopf, und das Prickeln verschwand. Aber nicht lange. Ein dritter Kristall, der größte, paßte genau an den zweiten, einen vierten und fünften. Ihre Kopfhaut zog sich zusammen. Oder waren es ihre Schädelknochen, die nach außen gegen ihre Haut drückten und sie dehnten?

»Fünf zusammenpassende Kristalle. Also hat Gorren doch nicht phantasiert.« Obwohl Lanzeckis Stimme gelassen klang, spürte Killashandra seine Befriedigung über einen solchen Schnitt. »Qualität?«

»Hoch, Lanzecki«, erwiderte Enthor ruhig. »Nicht sein bester Schnitt, aber ich würde sagen, daß die Fehler so minimal sind, daß sie die Funktionen nicht beeinträchtigen, wenn die Einheiten nicht zu weit auseinander liegen.«

»Fünf ist eine beachtliche Kette für ein interplanetarisches Kommunikationsnetz.«

»Wo liegen die Fehler? Im größten Kristall?«

»Nein, Lanzecki« – Enthors Finger glitten zärtlich über den größten der fünf Kristalle, als wollte er seine Antwort damit bekräftigen – »im ersten und fünften der Reihe.« Er deutete auf beide Seiten. »Marginal.« Geschickt legte er das ineinandergreifende Quintett auf die Waagschalen und gab seine Taxierung ein. Wäre sie nicht in dieser Gesellschaft gewesen, hätte Killashandra einen überraschenden Laut ausgestoßen angesichts der Zahl, bei der das Display stehenblieb.

Wer immer Gorren sein mochte, er hatte soeben ein Vermögen gemacht. Im Geiste rechnete sie den Gildeanteil von dreißig Prozent ab. Gorren hatte also ein kleines Vermögen, und es warteten immer noch zehn Kartons darauf, ausgepackt zu werden. Enthor leerte drei weitere Kisten, während Lanzecki und Heglana zuschauten. Killashandra war etwas enttäuscht von ihrem Inhalt, wenn ihre beiden Zuschauer auch zufrieden nickten. Die kleineren Sätze waren nicht so beeindruckend, obwohl einer aus zwölf ineinandergreifenden Stücken, von denen der größte Kristall, der »Königs«kristall, nicht länger als ihre Hand bei Oktavspanne und nicht dicker als ihr Finger war.

»Es ist möglich, daß seine Ader erschöpft ist«, sagte Lanzecki, als der vierte Behälter geleert wurde. »Machen Sie weiter, Enthor, und bringen Sie dann alles in mein Büro, damit wir es sofort ausstellen können, ja?« Nachdem er Enthor noch einmal zugenickt hatte, verließen er und Heglana raschen Schrittes den Sortierraum.

»Ich glaube trotzdem, daß das Beste noch kommt«, meinte Enthor stirnrunzelnd. »Meine Nackenhaare sagen mir ...«

»Ihre was?« Killashandra starrte ihn an, denn er hatte genau das beschrieben, was sie gerade fühlte.

Enthor warf ihr einen überraschten Blick zu. »Juckt Ihnen der Kopf? Ist Ihr Nacken verkrampft?«

»Das Symbiontenfieber?«

»Wie lange sind Sie jetzt hier?«

»Fünf Tage.«

Er schüttelte den Kopf. »Nein! Nein! Das ist noch zu früh für Fieber.« Wieder runzelte er die Stirn und legte den Kopf schief, als er sie blinzelnd betrachtete. Dann zeigte er auf die sieben restlichen Kartons.

»Nehmen Sie den nächsten.«

»Ich?«

»Warum nicht? Es ist ganz gut, wenn Sie mit dem Umgang von Kristallen vertraut werden.« Er schwieg und kratzte sich in seinen kurzgeschorenen Haaren. »Ich persönlich stimme nicht mit Meister Lanzecki überein. Ich glaube nicht, daß Gorren die schwarze Ader, an der er schneidet, schon erschöpft hat. Gorren ist schlau. Er schneidet nur soviel von den großen Stücken, daß es reicht, von hier wegzukommen, und ab und zu Splitter dazwischen. Auf diese Weise hat er Lanzecki in der Hand und kann so oft hier weg, wie er Lust hat. Nehmen Sie sich einen Karton, Mädchen.«

Seine Anweisung kam überraschend für Killashandra. Sie griff nach dem Karton, der am nächsten stand, zögerte und nahm dann aus einem unerklärlichen Impuls heraus den daneben. Sie hob ihn hoch und wollte ihn Enthor reichen, doch der bedeutete ihr, ihn mit der Codenummer zum Scanner hin auf den Tisch zu stellen.

»Machen Sie ihn schon auf!«

»Ich? Einen Karton mit schwarzen Kristallen?«

»Sie haben ihn doch selbst ausgesucht, oder? Sie müssen lernen, wie man mit ihnen umgeht.«

»Aber wenn ich einen fallenlasse ...«

»Das werden Sie schon nicht. Ihre Hände sind sehr kräftig für ein Mädchen, mit kurzen und geschmeidigen Fingern. Sie werden sicher nichts fallenlassen, das Sie festhalten wollen.«

Die Spannung, die sich wie eine eisige zweite Haut um ihren Körper legte, kroch ihre Schenkel hinunter. Sie hatte dieses Gefühl schon einmal gehabt, als sie hinter den Kulissen vor einem Auftritt in der Musikschule gestanden hatte, also holte sie dreimal tief Luft und reinigte Lungen und Zwerchfell, als wollte sie gleich einen langen musikalischen Satz singen.

Und als sich ihre suchenden Finger dann um den großen seifenglatten Gegenstand in der Mitte des Schaumstoffs schlossen, stieß sie tatsächlich vor Überraschung ein langgezogenes »ah« aus.

»NEIN!« Enthor fuhr wütend zu ihr herum. »Nein, nein«, und er machte einen Satz vorwärts und legte ihr die

Hand vor den Mund. »Singen Sie niemals in der Nähe von Rohkristallen! Vor allem« – seine Stimme war heftig vor Zorn – »bei schwarzen!« Er war so erregt, daß er zwinkerte und seine Linsen vor- und zurückgingen, und das Rot seiner ungeschützten Augen schüchterte Killashandra gehörig ein. Enthor sah sich hektisch um, ob irgend jemand an den umherliegenden Tischen sie gehört hatte. »Nie!«

Sie wagte in diesem Augenblick nicht, ihm zu sagen, daß der schwarze Kristall bei ihrem spontanen Ton in ihren Händen vibriert hatte, und daß ihre Fingerknöchel die Antwort der anderen, noch nicht ausgepackten Stücke aufgefangen hatten.

Mühsam fand Enthor seine Selbstbeherrschung zurück, aber seine Nasenflügel bebten, und um seinen Mund zuckte es, als er versuchte, sich zu beruhigen.

»Sie dürfen niemals in der Nähe von Rohkristallen singen oder pfeifen oder summen, ganz egal, welche Farbe sie haben. Ich kann nur hoffen, daß Sie mit Ihrem unüberlegten – eh – Ausruf nicht die magnetische Induktion einer ganzen Ringverbindung gestört haben. Ich werde sagen, daß es nur ein Ausruf war, wenn man mich danach fragen sollte.« Er stieß einen atemlosen Seufzer aus und nickte ihr dann zu, den Kristall auszupacken.

Killashandra schloß die Augen, als sie den schweren Stein herausnahm. Enthor würde sich bestimmt alles andere als freuen, wenn sie den Rohkristall tatsächlich beschädigt haben sollte. Es war ihr gesagt worden; Tukolom hatte ihnen ausführlich und mit beträchtlichem Nachdruck alles über das heikle und komplizierte Verfahren erzählt, bei dem die Segmente der Schwarzquarzkristalle synchronisierter magnetischer Induktion unterworfen wurden, die in der augenblicklichen Resonanz zwischen Segmenten resultierte, die fünfhundert Lichtjahre auseinander waren. Diese Resonanz ermöglichte das akkurateste und effektivste Kommunikationsnetz, das in der Galaxis bekannt war. Die Möglichkeit, daß sie unter Umständen aus Unachtsamkeit den schweren Block getrübt hatte, den sie jetzt vor Enthors erstauntes Auge hielt, lastete schwer auf ihr.

Mit einem Atemzug, für den sie ihm seine Ermahnung über Töne hätte zurückgeben können, nahm ihr Enthor das Zwölfeck ehrfürchtig aus den Händen.

»Wieviele sind noch da?« fragte er heiser.

Killashandra wußte bereits, wieviele noch in dem Karton sein sollten. Zwölf, und soviele waren es auch. Sie barg sie aus dem schützenden Schaumstoff und gab sie Enthor, allerdings waren sie nicht mehr so massiv oder groß wie der Königskristall. Sie legten sich so glatt an den Mittelblock, als hätten sie zu ihm gehört, bis Gorren die Kristalle aus der Ader geschnitten hatte.

»So!« Enthor musterte den Satz auf der Waagschale.

»Sind – sind sie in Ordnung?« Der Ton, in dem sie ihre gespannte Frage stellte, klang reumütig.

Enthors kleiner Hammer entlockte den Kristallen einen reinen Ton, der wie eine Absolution von den Ohrknöcheln bis zu den Fersen durch ihre Körper lief. Auch ohne Enthors verbale Bestätigung wußte sie, daß der Kristall ihr vergeben hatte.

»Glück gehabt, meine Liebe. Sie scheinen die gleiche Note getroffen zu haben, auf der sie geschnitten worden sind. Ein Segen für mich.«

Killashandra fühlte sich so zittrig, daß sie sich gegen den Sortiertisch abstützen mußte.

»Ein solcher Satz ermöglicht eine Mehrfachverbindung mit dreißig oder vierzig anderen Systemen. Prächtig!« Enthor war inzwischen dabei, die dreizehn Kristalle mit seinen sensitiven Augen zu untersuchen. »Er hat genau unter der Trübung geschnitten«, murmelte er mehr zu sich selbst, dann fiel ihm ein, daß Killashandra noch da war. »Wie man es von Gorren erwarten würde.«

Brüsk, aber mit präzisen Bewegungen legte er die Kristalle auf die Schale. Killashandra stieß einen atemlosen Seufzer aus, als sie sah, welches riesige Vermögen an Krediten Gorren sich gerade verdient hatte.

»Prächtig!« wiederholte Enthor. Dann lachte er leise und sah Killashandra gewitzt an. »Bloß wird Lanzecki jetzt eine Mordsmühe habe, Gorren dazu zu bringen, in den nächsten zwei galaktischen Jahren noch etwas zu schneiden. Es werden nicht so viele schwarze Kristalle geschnitten. Oder gefunden. Aber das ist Lanzeckis Problem, nicht meins. Und auch nicht Ihres. Holen Sie den nächsten Karton, meine Liebe. Ich habe den Eindruck, daß Sie das richtige Fingerspitzengefühl für die besten haben.«

»Nur Glück.« Killashandra betrachtete die restlichen Kartons, von dem sie keiner besonders anzuziehen schien, wie es bei dem vorhergehenden der Fall gewesen war.

Es wäre ihr lieber gewesen, wenn sie sich geirrt hätte, aber wie sich herausstellte, waren die restlichen Kristalle, die Gorren geschnitten hatte, nicht aufregend. Es handelte sich um kleinere, allerdings absolut makellose Gruppen, die, wie ihr Enthor erklärte, für die größeren öffentlichen Unterhaltungssysteme verwendet würden, die realistische Sinneseffekte erzeugten.

An jenem Abend wollten fast alle Rekruten von ihr etwas über die schwarzen Kristalle und über Lanzecki und die Marketingleiterin hören, weil sie selbst so gut wie nichts hatten hören können und auch nicht zusehen dürfen. Sie tat ihnen den Gefallen und gab ihnen auch eine etwas überzogene Version des Rüffels, den sie von Enthor bekommen hatte, weil sie die Warnung für angebracht hielt. Außerdem erleichterte das Geständnis die Spannung, die sie noch immer fühlte, wenn sie daran dachte, daß durch ihre Schuld fast genug Kredite verlorengegangen wären, um einen ganzen Planeten freizukaufen.

»Was sie wohl mit dir gemacht hätten, wenn es wirklich so gewesen wäre?« fragte Shillawn und schluckte nervös, als er sich schon eine ähnliche Situation verpatzen sah.

»Keine Ahnung.«

»Bestimmt etwas ganz Schreckliches«, meinte Borton. »Diese Sänger verschonen keinen, wenn jemand Mist mit ihren Kristallen baut. Ich hatte das Glück, Uyads Schnitt sortieren zu dürfen.« Borton grinste. »Ich habe mich schleunigst hinter einem Stapel Kartons in Sicherheit gebracht, so, wie der Gift und Galle gespuckt hat.«

»Da hast du also die ganze Zeit gesteckt«, neckte ihn Jezerey.

»Was denkst du! Ich bin schließlich nicht hier, um den Mist auszubaden, den jemand anderer angerichtet hat.«

Die weitere Unterhaltung drehte sich um die verschiedenen Schnitte, Größen und Farben der Kristalle aus den Brerrerton- und Milekey-Ketten. Killashandra sagte nichts mehr, sondern hielt es für angebracht, still zu bleiben. Sobald es ihr möglich war, sich unauffällig zurückzuziehen, stand sie auf und ging in ihr Zimmer. Sie wollte nachdenken und sich noch einmal das Gefühl zurückrufen, wie es gewesen war, diesen massiven schwarzen Kristall in den Händen zu halten. Eigentlich war er überhaupt nicht schwarz gewesen und auch nicht so klar wie der rosa oder auch die anderen. Sie hatte einfach akzeptiert, daß es sich um einen schwarzen handelte, denn Enthor kannte seine Kristalle, und der schwarze war eindeutig anders.

Sie ließ sich vom Computer alle Informationen über Schwarzquarzkristalle und was mit diesem Thema zu tun hatte geben. Die Angaben schlossen schwarze Kristalle in segmentierten Einheiten ein, etwas anders als das Zwölfeck. Ein anderes Display zeigte ein Oktagon in seinem leuchtenden, unveränderten Zustand, dann nahm der gleiche Kristall langsam einen mattschwarzen Ton an, als er auf künstlich induzierte thermische Veränderungen reagierte. Die folgenden Daten waren dann nur noch eine Wiederholung des Vortrags, den sie bereits von Tukolom gehört hatte, und sie schaltete das Gerät aus, legte sich zurück und erinnerte sich zurück an das Gefühl ihres ersten Kontakts mit einem schwarzen Kristall.

Am nächsten Tag kamen Bergungsteams mit der Ladung aus Schlitten, die nicht rechtzeitig den Schutz des Gildekomplexes erreicht hatten, und eine bedrückende Stimmung legte sich über den Sortierraum, als die verschrammten und schmutzigen Kartons auf die Sortiertische gelegt wurden. Die Stimmung wurde dann etwas besser, als zwei Kartons ein paar gute Dreier- und Vierergruppen von schwarzen Kristallen herausgaben.

»Was geschieht mit ihnen?« fragte Killashandra Enthor leise.

»Mit wem?«

»Mit den Kristallen der Sänger, die es nicht geschafft haben.«

»Gilde.« Enthors knappe Antwort schien ausdrücken zu wollen, daß dies nur fair war.

»Aber kann denn ein Gildemitglied das, was er besitzt, nicht einfach jemandem vererben, wenn er stirbt?«

Enthor zögerte, bevor er den Karton vor ihm aufmachte. »Ich glaube schon«, antwortete er schließlich. »Das Problem ist bloß, daß die meisten Sänger ihre Familien weit überlebten; dann werden sie mit der Zeit oft ziemlich geizig, und sie finden auch selten Freunde auf anderen Planeten, und wenn sie welche haben, dann werden sie sich wahrscheinlich kaum an sie erinnern. Höchstens ein paar, nehme ich an. Nicht viele.«

Gegen Mitte des nächsten Tages, nachdem die Unmengen von Kristallkartons beträchtlich reduziert worden waren, wurden die Rekruten dazu eingeteilt, der Hangarmannschaft bei der Reinigung und Ausrüstung der Sängerschlitten zu helfen, da der Sturm im Abklingen war. Es gab zwar einige mürrische Gesichter, aber der Mannschaftsleiter sah nicht aus wie jemand, den man sich gerne zum Feind machte. Es schien Killashandra, daß Zurückhaltung angebracht war.

»Ich werde nicht den Dreck von anderen für die paar lausigen Kredite wegfegen, die wir am Tag bekommen«, erklärte Carigana. »Für mich hat auch keiner den Dreck weggemacht, als ich im Raum war, und ich werde es auch nicht hier auf dem Boden tun. Ein Haufen Parasiten sind sie, und wenn sie noch so arrogant und überheblich tun.« Ihr funkelnder Blick forderte die anderen auf, ihrem Beispiel zu folgen, und ihre Verachtung, als sie hinausmarschierte, war nicht zu übersehen. In Anbetracht des Zustands, in dem sie einige der Schlitten erlebt hatte, wäre Killashandra ernsthaft versucht gewesen, es ihr nachzutun – wenn es nicht ausgerechnet Carigana gewesen wäre.

»Immerhin werden wir dafür bezahlt. Und es ist besser, als dazusitzen und Däumchen zu drehen!« Shillawn faßte Killashandra am Arm, als ob er ihre Gedanken erraten hätte.

»Mir kann es egal sein«, fuhr der Hangarleiter fort, der Carigana im selben Augenblick, als sie verschwunden war, auch schon wieder vergessen hatte, »aber es gibt einen Bonus für jede fertige Reihe. Die ersten acht sind schon soweit. Wenn man ihnen nicht hilft, können einem die Sänger das Leben ganz schön zur Hölle machen. Der Sturm ist fast vorbei, und die Sänger brennen schon darauf, zurück in die Ketten zu kommen. Der Wetterdienst wird ihnen morgen gegen Mittag das Okay zum Start geben. An die Arbeit. Macht sie sauber und füllt die Vorräte auf, damit wir die Sänger so schnell wie möglich wieder draußen haben, wo sie hingehören.«

Er nahm seinen Platz am Kontrollpunkt wieder ein und ließ den Blick über die langen, ordentlichen Reihen von Luftschlitten gleiten, wo das reguläre Personal schon an der Arbeit war. Als er die Unentschlossenheit der Rekruten sah, runzelte er die Stirn; sein Gesicht verzog sich noch mehr angesichts eines beschädigten Schlittens, der zur Reparatur hochgehievt wurde.

»Ich möchte nur wissen, was die Gilde mit solchen Drükkebergern wie Carigana macht«, meinte Borton, der der Raumarbeiterin zwinkernd nachsah. »Ich kann mir nicht vorstellen, daß sie ihr das durchgehen lassen!«

»Keiner kann von uns verlangen, daß wir für diese scheiß Sänger saubermachen.« Jezereys Augen blitzten rebellisch. »Ich weiß noch genau, wie es in einigen von diesen Schlitten ausgesehen hat. Pah!« Sie hielt sich mit zwei Fingern die Nase zu.

»Mich interessiert, wie es im Innern der Schlitten aussieht«, entgegnete Rimbol und drehte sich herum in Richtung der Schlittengestelle.

»Auch, wie es da riecht?« fragte Jezerey.

»Man gewöhnt sich mit der Zeit an jeden Gestank«, winkte Rimbol ab. »Außerdem lenkt es mich von anderen Dingen ab.«

»Diese Schlitten werden dich von einer ganzen Menge ablenken«, blitzte Jezerey zurück.

Einen Moment lang waren alle still, denn jeder wußte

genau, was Rimbol sagen wollte. Der frühste Tag, an dem das Symbiosefieber einsetzen konnte, war fast da.

»Wir werden doch dafür bezahlt. Und der Hangarleiter hat von einem Bonus gesprochen ...« Shillawn brach ab und schluckte nervös.

»Hey, ihr da. Ihr Rekruten. Ich könnte Hilfe gebrauchen.«

Ein Versorgungsarbeiter, der Farbe seiner Uniform nach, sah von einer oberen Ebene zu ihnen hinunter. Jezerey murrte zwar immer noch, folgte aber den anderen hinüber zu den Reinigungsgeräten.

Killashandra hatte nicht mehr so viel Dreck fegen müssen, seit sie die kleine Baumschulenfarm ihrer Eltern auf Fuerte verlassen hatte, wie hier. Beim fünften Schlitten bemerkte sie den Gestank schon gar nicht mehr, wie Rimbol gesagt hatte. Außerdem war es, wie er auch gesagt hatte, eine günstige Gelegenheit, sich den Luftschlitten eines Sängers aus nächster Nähe anzusehen: in seinem schlimmsten Zustand und, wenn die Aufräumarbeiten beendet waren, in seinem besten.

Der Bug des Schlittens wurde von der Steuerkonsole eingenommen, und vervollständigt wurde das Ganze von der Sicherheitscouch für den Piloten. In die Armlehnen der Couch waren eine Reihe Neutralisierungsknöpfe zur manuellen Bedienung eingebaut. An der Längsseite der Hauptluke befanden sich die leeren Halterungen für die Kristallschneider; die Instrumente wurden nach jeder Tour in die Ketten gewartet und überholt. Die Hauptsektion bildete der Wohnraum des Sängers, kompakt, aber ausreichend. Lagerraum und Antriebssektion waren durch ein dichtes Gewebenetz vom vorderen Teil abgetrennt.

Ihr alter Ausstatter, die offizielle Bezeichnung für die Versorgungsarbeiter, war so taub, daß ihn Killashandra jedesmal heftig schütteln mußte, wenn sie etwas von ihm wissen wollte. Wenn sie ihn dann jedoch eine Frage stellte (denn er konnte ausgezeichnet von den Lippen ablesen), bekam sie eine umfassende Antwort und eine Geschichte des betreffenden Schlittens und seines Sängers. Der Mann mochte alt sein, aber er arbeitete so schnell, daß sich Killashandra anstrengen mußte, um mit ihm mitzuhalten.

Der Ausstatter, er nannte nicht seinen Namen auf Killashandras höfliche Frage hin, schien eine Vorliebe für ordentliche, glänzende und gut ausgerüstete Schiffe zu haben. Eine Vorliebe, die sie überraschte, denn die Ordnung und Sauberkeit, auf die er so viel gab, würde sich schnell genug in Unordnung und Dreck verwandeln.

»Man kann immer zu den Kristallen kommen«, erklärte der alte Mann. Immer wieder zeigte er ihr die fünf Luken: eine, die in den Wohnbereich führte, die Bodenluke durch die Antriebssektion, jeweils eine auf den Seiten und eine in der Decke des Lagerraums. »Das ist auch der stabilste Teil des Schlittens. Mit Absicht, natürlich, denn die Kristalle sind wertvoll. Wenn ein Sänger verletzt wird, oder noch schlimmer« – er schwieg ehrfürchtig – »besonders wenn ein Sänger verletzt wird, können die Kristalle immer noch gerettet und ihm gutgeschrieben werden. Sänger werden sehr wütend, wenn sie ihre Kristalle verlieren, wissen Sie. Vielleicht werden Sie das noch selbst erleben. Sie sind ein Rekrut, nicht? Also ist das alles noch neu für Sie. Vielleicht ist dies die einzige Gelegenheit für Sie, einen Schlitten zu sehen. Vielleicht aber auch nicht – nein, das Sicherheitsnetz wird immer festgemacht.« Er befestigte die Haken eigenhändig, ein leichter Tadel an sie, weil sie die leeren Kristallbehälter so schnell verstaut hatte. »Damit sie nicht, ob voll oder leer, während des Flugs oder bei einem Sturm herumfliegen.«

Er befragte sein Digitalarmband und sah auf die Luke, um die Schlittennummer festzustellen.

»Oh, ja, Sonderanweisungen für diesen hier. Ißt kein tierisches Protein. Bevorzugt säurefreie Getränke.« Er winkte Killashandra, ihm ins Lager zu folgen und führte sie an den Sektionen, aus denen sie bisher die Vorräte für die Schlitten geholt hatten, vorbei in eine rosa Sektion. Sie hoffte nur, daß das Essen nicht die gleiche Farbe hätte, denn das hätte gereicht, um ihr völlig den Appetit zu verderben.

Das Verpflichtungssystem des Schlittens bot nicht viel Abwechslung, aber der Ausstatter versicherte ihr, daß die

Qualität des Essens immer die beste war, die man bekommen konnte, auch wenn die Sänger in ihrer Arbeitswut manchmal gar nicht merkten, was sie aßen.

Der Zustand, in dem sich die meisten Schlitten befanden, war das reinste Chaos, wenn der Ausstatter Killashandra auch immer wieder erklärte, daß ein Teil der Unordnung im Innern Schuld des Sturms sei, der die Sänger gezwungen hatte, zurückzukehren.

Am Ende eines weiteren anstrengenden Tages hatte sie mitgeholfen, zehn Schlitten aufzuräumen und mit Vorräten aufzufüllen, drei mehr, bemerkte der Ausstatter, als er allein geschafft hätte.

Der nächste Tag war eigentlich ein Ruhetag, aber der Hangarleiter informierte die Rekruten, daß jeder, der Lust hätte, weiterzuarbeiten, doppelten Kredit bekäme.

Shillawn nahm als erster die Hand hoch; Rimbol sah Killashandra an, verzog das Gesicht und folgte dann Shillawns Beispiel, worauf sie notgedrungen ebenfalls die Hand hob. Der Hangarleiter zeigte seine Überraschung, als sich schließlich alle Anwesenden gemeldet hatten. Er grunzte und kehrte dann in sein Büro zurück.

»Warum haben wir uns eigentlich gemeldet?« meinte Jezerey kopfschüttelnd.

»Die Aussicht auf doppelten Lohn und die Gedanken an unsere Schulden bei der Gilde!« Rimbol verdrehte die Augen. »Mein Ausstatter hat mir da so was über Schulden erzählt.«

»Meiner auch«, erwiderte Killashandra.

»Bei diesem Tempo« – Borton griff in seinen Nacken nach einem schmerzenden Muskel – »wird die Gilde in *unserer* Schuld stehen, noch bevor wir das Fieber bekommen.«

»Dann werden sie uns die Zeit anrechnen, die wir ohne triftigen Grund ausfallen«, entgegnete Jezerey mürrisch.

»Nein«, berichtigte sie Shillawn. »Die medizinische Behandlung ist kostenlos.«

»Bloß daß du nicht für Arbeit bezahlt wirst, die du nicht tun kannst.«

»Möget ihr niemals im Freien stehen während eines vollen Passovers«, rezitierte Rimbol seinen frommen Wunsch mit sonorer Stimme.

»Ich glaube, daß ich nicht mehr so hart gearbeitet habe seit damals als Kind auf dem Schleppnetzfischer meines Vaters«, fuhr Borton fort. »Und auf Argma wird wirklich noch auf die gaaanz altmodische Art gefischt.«

»Deshalb hast du Raumflug studiert?« warf Killashandra ein.

»Ex-akt.«

»Dafür darfst du jetzt wieder wie ein Sklave schuften«, meinte Jezerey, mürrisch vor Müdigkeit.

»Sklaven? Immerhin sind wir Gildemitglieder«, hänselte Rimbol sie.

»Und dabei, unsere Anfangsschuld zu verringern«, fügte Shillawn mit einem erleichterten Seufzer hinzu.

»Dann nichts wie ran!«

Sie hatten das Ende der Rampe und den Aufenthaltsraum erreicht. Rimbol drehte sich zu Killashandra herum und machte eine Trinkbewegung, wobei er sehnsüchtig lächelte.

»Nicht, bevor ich nicht sauber bin, aber richtig!«

»Ich auch«, erklärte Jezerey und schüttelte sich über den ganzen Körper.

Sie steuerten alle ihre Zimmer an. Killashandra sah, daß das Licht an Cariganas Tür rot war, als sie daran vorbeikam.

»Keine Sorge, Killa. Sie hat ganz andere Probleme als nur die Gilde.« Rimbol nahm sie am Ellbogen, um sie weiterzuschieben.

»Sie tut mir ja überhaupt nicht leid«, erwiderte Killashandra, die sich unverständlicherweise über sich selbst und Rimbols Bemerkung ärgerte.

»Niemandem tut hier irgend etwas leid«, sagte Shillawn fast traurig. »Niemand bedankt sich bei einem. Überhaupt weiß hier niemand, was sich gehört.«

Das war nur allzu wahr, dachte Killashandra, als sie in das dampfende, duftende Wasser stieg, um den Gestank der Arbeit an diesem Tag von ihrem Körper und aus ihrer Nase zu vertreiben.

Die Frage ihrer Schuld wollte ihr nicht aus dem Kopf. Nach dem Bad legte sie sich faul auf ihr Bett und zog die Konsole zu sich heran.

Ausstatter verdienten mehr als Verpflegungsgehilfen. Und sie bekamen einen Bonus, wenn sie schnell arbeiteten. Sie rief ihr eigenes Konto ab und stellte fest, daß ihre Arbeit ihre Unterhaltskosten deckten, und sie damit auch die Kosten für den Shuttletransfer abbezahlte. Wenn sie doppelten Lohn für den nächsten Tag und vielleicht eine Akkordzulage bekam, hätte sie ihre Schulden beglichen. Erst jetzt fiel ihr ein, daß sie ja noch die beiden Gutscheine der Gilde hatte. Damit würde sie vielleicht die Ausrüstung bezahlen können, die sie für ihre Tätigkeit nach der Symbiose brauchte. Ein beruhigender Gedanke. Der Gilde einen Schritt voraus zu sein. War es das, was den Ausstatter motivierte?

Aus Neugier ließ sie sich die Liste der Gilde nach Rangordnung zeigen. Sie begann mit Lanzecki, dem Gildemeister, dann den Kontroll-, Marketing- und Forschungsleitern, anschließend folgten die Namen der aktiven Sänger. Diese Angaben erschienen allerdings nicht in der Form, wie sie sich vorgestellt hatte. Nachdem sie einen Augenblick überlegt hatte, rief sie die Mitglieder in der Reihenfolge ihres Eintritts ab. Barry Milekey war das erste gewesen. Die Namen, mit dem Heimatplaneten, rollten auf dem Display ab. Sie mußten alle tot sein, dachte sie und wunderte sich, daß es nicht vermerkt war. Einmal ein Kristallsänger, immer ein Kristallsänger? Nein, einige der hier aufgeführten Leute mußten zum Personal gehört haben. *Falls* sie Borellas Statistiken Glauben schenken konnte, da die Zahl der erfolgreichen Adaptationen in den Anfangstagen der Gilde gering gewesen war. Was sie überraschte, war die Tatsache, daß fast jeder Planet der Förderierten Sentient-Planeten, der von ihrer Rasse bewohnt war, auf der Liste der Gildemitglieder vertreten war. Manche Planeten öfter als die anderen, aber dann waren es dicht bevölkerte Welten. Es tauchten sogar zwei Namen von Fuerte auf. Sie war überrascht. Was der Liste allerdings nicht zu entnehmen war, war, wann sie der Gilde beigetreten waren. Die

Namen mußten in der Reihenfolge der Mitgliedschaft registriert sein, denn alphabetisch war das Verzeichnis nicht. Borellas Name tauchte auf, dann die von Malaine und Carrik. Gerade, als sie sich fragte, ob Enthors Name schon vorbei war, erschien er wie ein Stichwort. Er stammte von Hyperion, einer der ersten Planeten, die im Alpha-Proxima-Sektor im Zuge der Großen Welle der Erforschung und Taxierung besiedelt worden war, die die Organisation der Förderierten Sentient-Planeten erforderlich gemacht hatte. War er jünger als Borella, Malaine oder Carrik? Oder war er der Gilde im vorgerückten Alter beigetreten? Und der Ausstatter, der keinen Namen hatte nennen wollen – wann war er eingetreten? Sie schüttelte sich. Sortierer traf exakt auf Enthors Tätigkeit zu, während Ausstatter eine wohltönende Bezeichnung für eine Arbeit war, die auch mechanisch hätte verrichtet werden können. Schneider dagegen, die Berufsbezeichnung für die Kristallsänger, sagte auf jeden Fall zu wenig über diese ganz spezielle Tätigkeit aus.

Sie schob die Konsole zur Seite. Computer hatten sich seit ihrer Erfindung wirklich kaum verändert; selbst bei einem noch so ausgeklügelten System mußte man genau wissen, welche Frage man stellen mußte. Die ungeheure Datenbank der Gilde, die ballybranische Kristalle mit ihren natürlichen synapseähnlichen Strukturen verwendete, speicherte eine Fülle von Informationen, aber Killashandra war weitaus besser darin, irgendwelche unbekannten Komponisten oder Künstler zu finden als galaktische Rätsel.

Später gesellte sie sich zu den anderen im Aufenthaltsraum, um etwas mit ihnen zu trinken. Sie fragte sich, ob Shillawn zu irgendwelchen aufsehenerregenden Interpretationen bei seiner Befragung der Datenbank gekommen war, aber er war zu sehr damit beschäftigt, sich eine Möglichkeit auszudenken, wie man die Schlitten mechanisch reinigen konnte, und Killashandra war froh, als Rimbol ihr auf den Arm tippte und mit den Augen zwinkerte.

»Ich glaube, für große Anstrengungen bin ich zu müde, Killa«, meinte er, als sie sein Zimmer erreichten, »aber ich möchte meine Arme um etwas Weiches, Warmes meines Jahrzehnts zu legen.«

Killashandra grinste. »Du sprichst mir aus der Seele. Glaubst du, dein Konto verträgt noch ein Yarra-Bier?«

»Natürlich, und sogar noch eins für dich«, verstand er sie absichtlich falsch.

Sie schliefen tief und friedlich, als ob die Gesellschaft beiden Seiten guttat. Als der Computer sie weckte, frühstückten sie herzhaft, ohne viel zu sprechen, aber immer noch in Harmonie, und meldeten sich dann bei dem Hangarleiter. Da sie die ersten waren, blickte der Mann etwas beunruhigt die Rampe hinauf.

»Die anderen kommen noch«, erklärte Rimbol.

»Ich habe hier Schlitten, die bis Mittag unbedingt fertig sein müssen. Sie beide beginnen mit denen hier. Weitere Nummern werden dann auf dem Displayschirm erscheinen, sobald ich herausgefunden habe, wer von den verdammten Sängern noch heute mit seinem Kadaver wieder raus will.«

Killashandra und Rimbol eilten davon und hofften, nicht in seiner Nähe zu sein, falls die übrigen Rekruten nicht auftauchten. Bis zum Mittag hatten sie acht Schlitten gereinigt und aufgefüllt. Vom Display waren in regelmäßigen Abständen Nummern verschwunden, daher wußten Killashandra und Rimbol, daß auch die anderen Rekruten an der Arbeit waren.

Fast Schlag 12.00 Uhr wurden Stimmen laut, die in der Weite des Hangars widerhallten und Killashandra und Rimbol warnten, daß es bald hektischer werden würde.

»Dieser Lärm gefällt mir gar nicht«, sagte sie, während sie ein letztesmal über die Schneiderhalterungen des Schlittens wischte, den sie gerade fertiggemacht hatten.

»Klingt nach einem aufgebrachten Mob weit weg.« Rimbol nahm ihren Arm und zog sie in den Lagerraum hinter eine halb leere Sektion, von wo aus sie die Gestelle vor sich wie auch den Hangareingang sehen konnten.

Knallen, Flüche, das Schlagen von Metall und das dumpfe Geräusch von Kunststoff ertönten. Motoren wurden gestartet, zu hochtourig für einen geschlossenen

Raum, wie Rimbol Killashandra erklärte. Sie steckte sich die Finger in die Ohren. Rimbol verzog das Gesicht bei einem besonders lauten Heulen und folgte ihrem Beispiel. Der Exodus dauerte nicht lange, aber Killashandra beobachtete ihn mit großen Augen und fragte sich, wie es möglich war, daß die Sänger bei diesen wilden Manövern nicht zusammenstießen. So abrupt, wie der Aufruhr begonnen hatte, war er auch wieder zu Ende. Der letzte Schlitten hatte den Hangar mit Kurs auf die Brerrerton-Ketten verlassen.

»Acht Schlitten haben wir geschafft?« wollte Rimbol wissen. »Bei doppeltem Lohn reicht das, meine ich. Gehen wir. Ich habe genug!«

Der Aufenthaltsraum war leer. Cariganas Tür zeigte rotes Licht und war zu. Rimbol hielt noch immer Killashandras Hand fest. Jetzt zog er sie zu sich heran, und sie lehnte sich an seinen hageren Körper.

»Jetzt bin ich nicht müde. Du?«

Killashandra war es auch nicht. Rimbol besaß trotz seiner scheinbar harmlosen und seiner täuschend unschuldigen Art einen unwiderstehlichen Charme. Sie wußte, daß er sich auf diese Ausstrahlung verließ, aber da er nicht enttäuschte und auch nicht besitzergreifend war, gab sie gerne nach. Er war wie sein Yarra-Bier, kühl, schmiegsam und mit einem angenehmen Nachgeschmack; sättigend ohne zu füllen.

Auf dem Weg zurück zum Aufenthaltsraum schlossen sie sich den anderen an und trösteten sich für ihre verschrammten und von Lösungen weißen Finger mit dem Gedanken an den doppelten Lohn, der ihrem Konto gutgeschrieben wurde.

»Wißt ihr übrigens, was die Gilde machen kann?« begann Shillawn, der sich gegenüber von Rimbol und Killashandra niederließ. Er schluckte und trank dann in schnellen Zügen aus seinem Becher.

»Was macht die Gilde womit?« fragten Botton und Jezerey, die herankamen.

»Mit Drückebergern wie ihr.« Shillawn deutete mit dem Kopf in Cariganas Richtung.

»Was?« Jezerey ließ sich in einen Sessel fallen, und ihre Augen leuchteten erwartungsvoll.

»Also, sie können ihr die Rationen kürzen.«

Jezerey war nicht besonders beeindruckt von dieser Art der Bestrafung.

»Außerdem können plötzlich gewisse andere Dinge passieren.«

»Zum Beispiel?« Jezerey begriff, daß sich Shillawns Gesicht mehr aus Belustigung als vor Mühe, zu sprechen verzog.

»Also, zum Beispiel, daß plötzlich kaltes Wasser kommt statt heißes. Das gleiche gilt für das Essen. Dann fängt der Computer an, Geräusche zu machen und das Bett bewegt sich. Oder Möbel fallen zusammen, wenn man am wenigsten damit rechnet, und natürlich reagiert die Tür nicht immer auf den Daumenabdruck. Und« – Shillawn lief warm angesichts der begeisterten Reaktion seiner Zuhörer – »da man den Abdruck auch für die Mahlzeiten braucht, kann es sein, daß er plötzlich nicht mehr angenommen wird.« Er breitete beide Arme weit aus und grinste hinterhältig. »Alle möglichen häßlichen und unangenehmen Dinge können passieren.«

»Wie in aller Heiligen Namen hast du das dem Computer entlockt?« wollte Killashandra wissen. Die anderen waren ebenfalls neugierig.

»Habe ich ja gar nicht«, gestand Shillawn und wandte den Blick ab. »Ich habe den Ausstatter gefragt, mit dem ich gestern zusammengearbeitet habe.«

Rimbol brach in Lachen aus und schlug sich auf die Oberschenkel. »Der beste Computer ist und bleibt doch das menschliche Gehirn.«

»Das ist aber auch so ungefähr alles, was an meinem Ausstatter noch menschlich ist«, erwiderte Shillawn mit angewiderter Stimme.

»Und das passiert jetzt bei Carigana?« fragte Jezerey hoffnungsvoll.

»Noch nicht, aber es könnte, wenn sie weiter stur spielt. Nur hat sie jetzt schon zwei Tage Schulden für Bett und Brot, während wir vier Tage voraus sind.«

»Aber in den Gildestatuten steht doch ...«, begann Borton.

»Sicher« – und Rimbol gluckste wieder vor Lachen – »aber sie haben niemandem Unterkunft und Essen versagt, sondern den Leuten einfach das Leben verdammt schwer gemacht.«

»Der Gedanke, mein weiteres Leben hier als Lagerer oder Ausstatter zu verbringen, ist mir ein Greuel«, sagte Jezerey in das bedrückte Schweigen, das sich über das Quintett legte und drückte damit die unausgesprochenen Gedanken der anderen aus.

»Denk doch mal positiv«, entgegnete Shillawn mit einem leichten Stottern, das seinen Rat hinauszögerte. »Wir sind jetzt acht Tage hier.«

»Nun, wenn wir jetzt acht Tage hier sind, müßten wir es ja bald wissen«, meinte Rimbol.

»Fast neun«, korrigierte ihn Shillawn automatisch.

»Morgen?« In Jezereys Stimme schwang ein entsetzter Ton mit.

»Könnte nicht viel länger als zehn Tage dauern, wenn ich mich recht daran erinnere, was Borella über die Inkubationszeit gesagt hat«, neckte Shillawn sie fröhlich.

»Das reicht, mein Freund«, mischte sich Killashandra entschlossen ein und leerte ihren Becher. »Laßt uns essen, trinken und fröhlich sein ...«

»Denn morgen müssen wir sterben?« Rimbolds Augenbrauen hoben sich ruckartig.

»Ich habe nicht die Absicht, schon zu sterben«, gab Killashandra zurück und bestellte zwei neue Becher Yarra-Bier für sich und Rimbol.

Es waren nicht die letzten, bevor sie schließlich zusammen zu Bett gingen. Als Killashandra in ihrem eigenen Zimmer erwachte, nahm sie an, daß sie hier gelandet waren, aber Rimbol war nicht mehr da. Das grelle Licht von draußen blendete sie, und sie verdunkelte die Plexiglasfenster. Die Jalousien waren nicht mehr vorgezogen, und so genoß sie nach dem Sturm und der harten Arbeit den Blick auf die Hügel. Der Regen mußte das Wachstum begünstigt haben, denn rötliche Blüten färbten die Hänge, und die graugrüne Vegetation war kräftiger. Zweifellos würde sie die jahreszeitlichen Veränderungen von Ballybran lieben lernen. Bis sie zusammen mit Carrik Fuerte erlebt hatte, hatte sie Naturszenen nie so richtig zu schätzen gewußt, da sie viel zu sehr an die Hologramme gewöhnt gewesen war, die bei Aufführungen benutzt wurden.

Carigana war die erste Person, die sie sah, als sie den Aufenthaltsraum betrat, und Killashandra hoffte, daß der weitere Verlauf des Tages besser werden würde. Die Raumarbeiterin hatte eine Gabe, Leute zu ignorieren, so daß Killashandra nicht gezwungen war, ihre Anwesenheit zur Kenntnis zu nehmen. Die Sturheit der Frau ärgerte sie, immerhin hatte sie ja niemand dazu gezwungen, der Heptitengilde beizutreten.

Die Rekruten bummelten nacheinander herein, und als sie endlich alle versammelt waren, schien Tukolom sicherlich ungeduldig.

»Viel heute zu tun«, sagte er. »Grundunterricht verzögert worden ist ...«

»Es wird eine Wohltat sein, sitzen und sich entspannen zu können«, meinte jemand aus der Mitte der Gruppe.

»Entspannen ist nicht denken, und Denken ernsthaft sein muß«, tadelte Tukolom, dessen Augen nach dem Respektlosen Ausschau hielten. »Geographie das Thema des Unterrichts heute ist. Alles über Ballybran. Wenn adaptiert Sie sind, auf einen anderen Kontinent werden Sie vielleicht geschickt.«

Carigana stieß einen übertriebenen, resignierten Seufzer aus, dem sich andere anschlossen, wenn Tukolom auch nur sie wegen dieser öffentlich gezeigten Frechheit ansah. Cariganas Vokabular an Einsilbern begleitete Tukoloms ausführliche Erklärungen den ganzen Morgen über, bis ihr jemand zuzischte, damit endlich aufzuhören.

Wer immer das Vortragsmaterial zusammengestellt hatte, mußte einen Sinn für Humor gehabt haben, und wenn Killashandra auch einen Eid darauf hätte schwören können, daß sich Tukolom der witzigen Stellen seiner auswendig gelernten Ausführungen nicht bewußt sein konnte, warteten sie und andere auf diese auflockernden Ausdrücke. Die humorvolle Art betonte oft die wichtigeren Punkte des Vortrags. Tukolom mochte vielleicht nur rezitieren, was er mit viel Geduld gelernt hatte oder sich gedankliche Bilder in einer eidetischen Vorstellung zurückrufen, aber er wußte auch, wie er seinen Stoff vermitteln mußte. Killashandra, die wußte, wie anstrengend es war, ununterbrochen zu sprechen, bewunderte ihn auch seiner Ausdauer wegen.

»Ich hätte nichts dagegen, auf einer Farm in Morth Ballinteer zu arbeiten«, gestand ihr Rimbol, als sie während der Mittagspause zusammen etwas aßen. »Ein produktives Leben, Wintersport …«

Killashandra starrte ihn an. »Du und ein Farmer?«

»Sicher, warum nicht? Das ist noch bei weitem besser als Ausstatter zu sein! Oder Sortierer. Draußen im Freien …«

»In Machstürmen?«

»Du hast doch gehört, was Tukolom gesagt hat. Die Anbaugebiete liegen ›ganz am Rand der generellen Sturmgürtel oder können zur Not abgeschirmt werden‹.« Rimbol ahmte treffend Tukoloms Stimme und Vortragsweise nach, und Killashandra mußte lachen.

In diesem Augenblick sah sie, wie eine Gruppe mit bedrohlicher Zielstrebigkeit gemeinsam vorrückte, um eine Ecke des Aufenthaltsraums und ihren einzigen Gast abzuschneiden. Als Rimbol ihren Blick bemerkte, fuhr er herum und fluchte leise.

»Ich wußte es.« Er schwang sich aus seinem Sessel.

»Warum willst du dich da einmischen, Rimbol? Sie hat es verdient.«

»Sie kann nicht dafür, daß sie so ist, wie sie ist. Außerdem dachte ich immer, daß auf deiner Welt Privatleben so groß geschrieben wird. Auf meiner jedenfalls lassen wir so etwas wie das da nicht zu.«

Killashandra mußte zugeben, daß er recht hatte und schloß sich ihm an.

»Was kümmert mich das?« ertönte Cariganas schneidende Stimme über dem diskreten Murmeln, mit dem sich der Anführer der Gruppe an sie gewandt hatte. »Und warum euch? Jeden von euch? Sie warten doch nur so lange, bis wir krank werden. Bis dahin zählt nichts, und wenn ihr noch so brav und artig seid und euch freiwillig dazu meldet« – und die Verachtung in ihrer Stimme wurde stärker – »dreckige Schlitten sauberzumachen. Nicht mit mir! Ich habe die Zeit angenehmer verbracht – Was?« Ihr Kopf fuhr zu dem Betreffenden herum. »Schulden?« Sie warf den Kopf in den Nacken und lachte rauh. »Die können sie mir abziehen – später. Im Augenblick bekomme ich immer noch alles, was ich will. Wenn ihr auch nur ein bißchen Verstand hättet, würdet ihr es machen wie ich und diesen ausgestopften Blödmann vergessen ...«

»Aber du hast doch mitgeholfen, Kristalle auszuladen ...«, hörte Killashandra Jezerey sagen.

»Natürlich. Ich wollte die Kristalle sehen, genau wie alle anderen ... Bloß«, fügte sie höhnisch hinzu, »daß ich dabei schlau geworden bin. Sie ziehen euch zu jeder Drecksarbeit heran, bis euch die Spore erwischt hat, und danach zählt nur noch, was ihr werdet.«

»Und was, glaubst du, wirst du?« wollte Jezerey wissen.

»Kristallsänger, wie alle anderen!« Cariganas Miene drückte aus, daß sie sich über ihr ehrgeiziges Ziel lustig machte. »Eins ist jedenfalls sicher. Ich werde nicht sortieren, und auch nicht die Schlitten ausstatten oder Dreck fegen oder ... Ihr spielt das Spielchen mit wie brave und folgsame Bürger. Ich tue, was *ich* will, solange ich noch Augen und Ohren und einen Verstand habe, der richtig funktioniert.«

Sie stand rasch auf, schob sich durch die Gruppe um sie herum und polterte den Korridor hinunter zu ihrem Zimmer. Das rote Licht leuchtete auf.

»Wie war das doch noch von wegen Privatleben?« konnte Killashandra sich nicht verkneifen zu fragen, als sie sich von der schweigenden Gruppe abwandten.

»Ausnahmen bestätigen bekanntlich die Regel, und sie ist eine Ausnahme«, erwiderte er gelassen.

»Was meinte sie denn damit: ein Verstand, der richtig funktioniert?« fragte Jezerey, die sich ihnen anschloß. Sie war jetzt nicht mehr so selbstsicher wie vor der Auseinandersetzung mit Carigana.

»Ich habe dir doch gesagt, daß du es am besten einfach vergißt, Jez«, meinte Borton, der hinter ihr herkam. »Carigana hat sowieso einen Raumkoller. Das habe ich dir schon gesagt, als ich sie zum erstenmal gesehen habe.«

»In einem hat sie zumindest recht«, mischte sich Shillawn stotternd ein. »Nichts zählt wirklich, bis sich die Symbiontenspore bemerkbar macht.«

»Ich wünsche, sie hätte nicht ›krank‹ gesagt.« Jezerey schüttelte sich. »Die medizinischen Einrichtungen ... das ist etwas, das sie uns noch nicht gezeigt haben.«

»Du hast doch selbst Borellas Verletzung gesehen«, erinnerte sie Shillawn.

»Schon, aber sie ist ja auch voll adaptiert, nicht?«

»Hat schon irgend jemand Kopfschmerzen, Bauchschmerzen, Schüttelfrost oder Fieber?« fragte Rimbol mit vorgetäuschter Neugier.

»Es ist doch noch nicht soweit.« Jezerey zog einen Flunsch.

»Aber bald. Bald.« Rimbol schlug einen Begräbniston an. Dann winkte er ihnen, still zu sein und deutete mit dem Daumen zurück, um sie auf Tukoloms Rückkehr aufmerksam zu machen. Er seufzte tief und grinste dann, weil er unbeabsichtigt Carigana nachgeahmt hatte. »Ich vertreibe mir lieber die Zeit damit, etwas zu *tun* ...«

Das war die einstimmige Absicht, als sich die Rekruten wieder ihrem Lehrer zuwandten. Die Feuerprobe der symbiotischen Adaptation war jetzt nicht mehr bloß eine Erklärung, wie sie sie in einer weit entfernten und antiseptischen Halle auf einer Mondbasis bekommen hatten: sie war greifbar und stand drohend bevor. Die Spore war in der Luft, die sie atmeten, im Essen, das sie zu sich nahmen, sie bekamen sie vielleicht schon durch den Kontakt mit allen, die denen sie während der vergangenen zehn Tage zusammengearbeitet hatten.

Zehn Tage, nicht? dachte Killashandra. *Wer würde der erste sein?* Sie sah sich um, zuckte die Achseln und zwang sich dann, sich auf Tukoloms Worte zu konzentrieren.

Wer würde der erste sein? Diese Frage stand am nächsten Morgen in den Augen aller, als die Rekruten, mit Ausnahme der verstockten Carigana, zum Frühstück zusammenkamen. Sie suchten die Gesellschaft der anderen, sowohl zur Beruhigung wie auch aus Neugier heraus. Es war ein klarer, strahlender Tag, die Farben der Hügel leuchteten weicher, intensiver, und niemand hatte etwas dagegen einzuwenden, als Tukolom ankündigte, daß man die Sukzessionshäuser auf dem Joslin-Plateau besuchen würde, wo Delikatessen angebaut wurden.

Als sie im Hangar ankamen, wurden sie Zeugen der Rückkehr eines Schwerlastbergungsschiffes, an dessen Hebearm etwas Verbogenes hing, das einmal ein Schlitten gewesen war. Der einzige Teil, der noch in ungefähr seine ursprüngliche Form behalten hatte, war der Lagerraum, wenn auch die Luken im Boden und auf der rechten Seite verzogen waren.

»Ob das alles Absicht ist?« fragte Rimbol Killashandra leise und mit beunruhigter Stimme.

»Das mit dem Schlitten hier? Vielleicht. Aber der Sturm – Komm schon, Rimbol. Außerdem, welchen Sinn und Zweck hätte eine solche Demonstration? Wir können hier doch nicht mehr weg, und wir werden Sänger werden ... oder was auch immer«, erwiderte Killashandra nüchtern, nicht nur um Rimbol, sondern auch sich selbst zu beruhigen.

Er knurrte, als hätte er ihre Unruhe erraten; dann schwang er sich geschickt die Rampe hinauf, die zu ihrem Transporter führte, ohne noch einen Blick auf das Wrack zu werfen.

Sie setzten sich nebeneinander, aber keiner von ihnen sprach während der Fahrt, wenn Killashandra auch mehrere Male dazu ansetzte, auf prachtvolle Gruppen blühender Sträucher mit lebhaften Rot- und Rosatönen, die sich oft bissen, aufmerksam zu machen. Das Grau war völlig vom Boden verschwunden, und sein volles, tiefes Grün zeigte jetzt einen Strich ins Braune. Rimbol war mit seinen Gedanken woanders, und sie hielt es für einen Einbruch in sein Privatleben, wenn sie ihn jetzt mit ihrer Begeisterung über die Flora störte.

Die feuchte Schwüle und die üppigen Düfte der riesigen

Treibhäuser erinnerten Killashandra an Fuertes Tropenzone und an Carrik. Der Agronom demonstrierte ihnen die Schutzschirme, die die Machstürme von den Kunststoffdächern ablenkten und das Hydroponiksystem, das auch ohne menschliche Hilfe funktionieren konnte. Dann hielt er ihnen einen Vortrag über die Vielfalt und Verschiedenheit von Obst, Gemüse, Gräsern, Flechten, Pilzen und exotischen Pflanzen, die der Gildeküche zur Verfügung standen. Während er weiter erklärte, daß eine der Aufgaben der Agronomie-Abteilung die Erforschung und Verbesserung der Natur in Süße, Beschaffenheit und Größe wo immer möglich sei, führte er sie aus den klimatisierten Anlagen hinaus.

»Natürlich müssen wir uns auch mit den Launen der Natur beschäftigen«, fügte er hinzu, als die Rekruten die Arbeitsteams und die Schäden am nächsten Gebäude bemerkten.

Killashandra tauschte einen Blick mit Rimbol aus, der grinste. Sie zuckten die Achseln und halfen dann den Agronomen bei der Reparatur der Sturmschäden.

»Wenigstens ist hier nicht mehr viel zu tun«, murmelte Rimbol, als er den Abzug seiner Schraubenpistole durchzog. »Was machen sie bloß, wenn sie mal nicht gerade dreißig Rekruten haben, die ihnen bei der Arbeit zur Hand gehen?«

»Dann müssen wahrscheinlich alle einspringen, die gerade nichts zu tun haben. Wenigstens packt hier jeder mit an«, setzte sie hinzu, als sie sah, daß sowohl Tukolom wie auch der Chefagronom genauso selbstverständlich wie Borton und Jezerey Kunststoffplatten hochhievten.

»So, jetzt kannst du loslassen, Killa.« Er trat einen Schritt zurück, um die Verkleidung zu betrachten, die sie gerade befestigt hatten. »Das dürfte halten ... bis wieder mal zufällig ein Felsbrocken vorbeikommt.«

Killashandra schirmte die Augen gegen die Sonne links von ihr ab und spähte nach Norden, in Richtung der Kristallketten.

»Denk besser nicht dran«, riet Rimbol, zog ihre Hand herunter und drehte sie herum. Dann sammelte er seine

Werkzeuge ein. »Ich bin gespannt, was uns morgen erwartet.«

Er hatte keinen Sinn für Scherze, als sie zurückflogen, und genauso ging es allen anderen. Killashandra wünschte, sie hätte daran gedacht, sich bei dem Agronomen über Bodenpflanzen und Sträucher zu informieren. Ob ihn so gewöhnliche Gewächse überhaupt interessierten? fragte sie sich.

Spannung dämpfte an jenem Abend die Stimmung der Rekruten, die sich selbst nach gemäßigtem Genuß von Alkohol nicht lockern wollte. Rimbol, der bisher die Klasse immer mit seinen witzigen Bemerkungen unterhalten hatte, hielt sich heute zurück.

»Bist du in Ordnung?« erkundigte sich Killashandra, als er in sein halbleeres Bier starrte.

»Ich?« Er runzelte die Stirn in gespieltem Erstaunen über ihre Frage. »Natürlich. Ich bin nur müde. Kein Wunder, wenn ich mir überlege, daß ich seit Jahren nicht mehr so viel gearbeitet habe wie in den letzten paar Tagen. Vom Studentenleben bekommt man schlaffe Muskeln.«

Er tätschelte ihre Arme, grinste beruhigend und trank sein Bier aus, womit er das Thema höflich beendete. Als sie dann mit einem neuen Becher für sich zurückkehrte, war er nicht mehr da. *Na, ja,* dachte sie betrübt, er hat genauso viel Recht auf Privatleben wie ich, und heute abend ist wohl keiner von uns ein guter Unterhalter.

An jenem Abend konnte Killashandra nicht einschlafen. Sie war wahrscheinlich nicht die einzige, dachte sie, auch wenn das kein Trost war. Ihre Gedanken kreisten ständig um die Symptome, die Borella als Beginn der Adaption beschrieben hatte. Fieber? Würde sie das überhaupt bemerken, da sie noch nie ernsthaft krank gewesen war. Übelkeit? Nun, sie hatte hin und wieder schon einmal etwas Verkehrtes gegessen oder zu viel getrunken. Durchfall? Dieses Symptom kannte sie von ihrer Kinderzeit her, als sie einmal zuviel von den ersten süßen Honigmelonen gegessen hatte. Der Gedanke, schwach und hilflos der Invasion von etwas Fremdem – ja, das war ein treffender Ausdruck für den Prozeß – ausgeliefert zu sein, entsetzte sie. Kalter

Schweiß bildete sich auf ihrem Körper, vor Angst und Spannung.

Auf Shankill hatte alles so einfach ausgesehen: Die Symbiose mit einer fremden Spore würde ihre angeborenen Fähigkeiten verbessern, sie mit einer wunderbaren Erholungsfähigkeit ausstatten, sowie mit einer beträchtlich verlängerten Lebenserwartung, und sie würde ihr die nötigen Kredite geben, um luxuriöse Reisen zu machen und das Prestige als Angehörige einer wahrhaft elitären Gilde. Die attraktiven Aspekte einer erfolgreichen Adaptation an die Spore hatten bis zu dieser dunklen und langen Nacht die nur beiläufig erwähnten Nachteile bei weitem überwogen. Taubheit? Sie wäre nie eine professionelle Sängerin geworden, nicht nach dem Urteil der Prüfer über ihre Stimme, aber es mußte immer noch ihr überlassen bleiben, ob sie singen wollte, und nicht, weil sie sich nicht mehr hören konnte. Ein Sortierer zu sein wie Enthor, mit seiner verbesserten Sehfähigkeit? Konnte sie das ertragen? Es würde ihr nichts anderes übrig bleiben, oder? Und trotzdem schien Enthor zufrieden mit seiner Fähigkeit zu sein, Kristalle zu schätzen, ja, er schien sogar eifersüchtig stolz darauf zu sein.

Hatte sie sich nicht gewünscht, ganz oben zu sein? Der erste Sortierer der exklusiven Heptitengilde zu sein, war doch eine solche Position. Wie lange würde es dauern, bis man erster Sortierer war? Bei dem langen Leben, daß diese Bewohner Ballybrans haben konnten?

Wie lange hätte es gedauert, bis sie eine Sängerin von stellarem Rang gewesen wäre, oder auch nur eine Solistin irgendwo, wenn ihre Stimme Gnade vor ihren Prüfern gefunden hätte? spotteten ihre Gedanken, und Killashandra wälzte sich herum, um eine Position zu finden, in der sie einschlafen konnte.

Sie war regelrecht gefangen, und es war ganz allein ihre eigene Schuld. Gefangen? Was hatte der alte Sänger doch Borella noch im Shuttle gefragt? »Wie war der Fang?« Nein: »Ein guter Fang?« »Wie üblich«, hatte Borella geantwortet. »In dieser Phase kann man das nie so genau sagen.«

Fang? Narren wie sie selbst, die sie von Carrik und

Maestro Valdi, und ganz zu schweigen von den FSP-Beamten, gewarnt worden war, waren der Fang, jene, die die handfeste Realität gegen eine Illusion eintauschten – die Illusion, reich und einflußreich zu sein, gefürchtet, und isoliert durch die gewaltige Last, die mit dem Kristallsingen kam.

Und dabei hatte sie noch nicht einmal die Garantie, daß sie überhaupt eine Sängerin wurde! Carigana hatte recht gehabt. Nichts zählte, bis die Adaptation eingetreten war, denn keiner der Vorträge hatte sich speziell mit der Rolle der Sänger befaßt: Es war ihnen nichts über die Kunst, Kristalle aus einer Ader zu schneiden, gesagt worden, oder wie man einen Schneider einstellte, oder an welche Stellen man in den Ketten gehen sollte.

Schüttelnd erinnerte sich Killashandra an die verzerrten Züge von Uyad, als er sich wegen der Kredite aufgeregt hatte, die er brauchte, um von Ballybran fortzukommen: die schmutzigen Sänger, die aus ihren Schlitten durch den sturmgepeitschten Hangar taumelten – und der Zustand der Schlitten, der ein allzu brutales Bild der Verhältnisse gaben, die die Sänger ertragen mußten, um genug Kristalle zu schneiden, daß sie den Planeten verlassen konnten.

Trotzdem hatte Borellas Stimme sehnsüchtig geklungen, als sie von der Rückkehr in die Kristallketten gesprochen hatte ... als ob sie es nicht mehr erwarten könnte.

Ob Kristallsingen ähnlich war, als wenn man die führende Rolle in einer erstklassigen interstellaren Theatertruppe hatte?

Killashandra schlug mit den Armen um sich und warf den Kopf von einer Seite auf die andere. Alles war besser als irgendwo eine anonyme Chorleiterin zu sein. Oder?

Sie nahm die klassische Position zur Meditation ein und konzentrierte sich darauf, tief zu atmen und alle unwesentlichen und tückischen Mutmaßungen zurückzudrängen.

Am nächsten Morgen war ihr Kopf schwer, und ihre Augen brannten in ihren Höhlen. Sie hatte keine Ahnung, wie lange sie letztendlich geschlafen hatte, aber der strahlende Morgen höhnte ihrer geistigen Verfassung. Mit einem Stöhnen verdunkelte sie das Fenster. Sie war nicht in der Stimmung, den Blick auf die Hügel zu bewundern.

Die anderen Rekruten waren in keiner besseren Verfassung, als sie sich schweigend ihr Frühstück bestellten und es allein zu sich nahmen. Dennoch ärgerte sich Killashandra, daß ihr nicht aufgefallen war, wer fehlte. Vor allem bei Rimbol. Später, in einem Anfall von Schuldgefühl, überlegte sie, daß sie einfach erschöpft gewesen war, weil sie nicht geschlafen hatte und deshalb bestimmt nicht so aufmerksam wie sonst. Leute kamen in den Aufenthaltsraum geschlendert. Es war Shillawn, dem es als erstem auffiel; er stolperte schlimm.

»Killashandra, hast du Rimbol schon gesehen? Oder Mistra?« Mistra war das schlanke, dunkelhaarige Mädchen, mit dem Shillawn sich zusammengetan hatte.

»Verschlafen?« kam sofort die gereizte Antwort.

»Wer könnte bei dem Lärm des Weckers weiterschlafen? Er ist nicht in diesem Zimmer. Es ist – zu leer.«

»Leer?«

»Seine Sachen. Er hatte doch Sachen dabei, als er herkam. Jetzt ist nichts mehr da.«

Killashandra lief fast zu Rimbols Zimmer. Es war, wie Shillawn gesagt hatte, sehr leer, ohne einen Hinweis darauf, daß hier jemand gewohnt hatte, antiseptisch sauber.

»Wo ist Rimbol, der ehemalige Bewohner dieses Raums?« wollte Killashandra wissen.

»Krankenstation«, antwortete eine gleichgültige Stimme nach einer unbedeutenden Pause.

»Zustand?«

»Zufriedenstellend.«

»Mistra?« brachte Killashandra mühsam heraus.

»Krankenstation.«

»Zustand?«

»Zufriedenstellend!«

»Hey, seht mal, ihr beiden«, lenkte Borton die Aufmerksamkeit der Gruppe, die im Korridor wartete, auf sich, »Carigana ist auch weg.«

Das abschreckende rote Licht an dieser Tür war aus.

Shillawn schluckte und sah Killashandra kleinlaut an. Auch Cariganas Zustand war zufriedenstellend.

»Ich frage mich, ob Sterben als zufriedenstellend angegeben wird.« Killashandra kochte vor Wut und hilfloser Verzweiflung.

»Negativ«, gab der Computer zurück.

»Dann werden wir also klammheimlich des nachts weggebracht und nie wiedergesehen?« fragte Jezerey, die sich mit dunklen und angsterfüllten Augen an Bortons Hand klammerte.

»Unwohlsein von sensitiven Monitoren registriert, dann entsprechende Behandlung sofort eingeleitet«, erklärte Tukolom, der dazugekommen war, ohne daß sie es bemerkt hatten. »Alles läuft richtig.« Er bedachte sie mit einem fast väterlichen Lächeln, worauf er die Gesichter vor sich aufmerksam musterte. Offensichtlich zufrieden winkte er ihnen, ihm in den Aufenthaltsraum zu folgen.

»Wenn er mich so ansieht, habe ich das Gefühl, als müßte ich auch längst krank sein«, murmelte Jezerey so leise, daß nur Killashandra und Borton es hören konnten.

»Ich wünschte verdammt noch mal, daß ich es schon wäre«, erwiderte Killashandra. Sie versuchte, nicht an Rimbol zu denken, wie er jetzt vielleicht von Fieberanfällen oder Krämpfen geschüttelt wurde.

»Das Wetter heute wird behandelt«, verkündete Tukolom unheilvoll und runzelte die Stirn, als seine Zuhörer aufstöhnten.

Killashandra verbarg ihr Gesicht und ballte die Hände zu Fäusten, bis sich ihre Nägel schmerzhaft in die Handflächen bohrten. Ausgerechnet heute mußte er über das Wetter reden.

Sie nahm troz allem einiges von dem, was er über das Thema Meteorologie auf Ballybran und seine Monde bezogen zu sagen hatte, in sich auf. Killashandra erfuhr von all den Sicherheitssystemen, Warnanlagen, visuellen Anzeichen für drohende Turbulenzen und den Sturmpflichten der Gildemitglieder – *alle* verfügbaren Leute wurden dazu herangezogen, die Schlitten der Sänger zu entladen, nicht nur die noch nicht eingeteilten Rekruten.

Anschließend führte Tukolom seine unterwürfigen Schüler in die Met-Sektion der Gildekontrollräume, wo sie andere Leute sehen konnten, wie sich diese Satellitenphotos, Mondrelais und die Aufzeichnungen der verschiedenen sensitiven Instrumente ansahen, die Temperaturen, Schwebepartikel, Windgeschwindigkeit und -richtung vom Sensornetz auf dem Planeten aufzeichneten.

Killashandra konnte sich nur schlecht als Metarbeiter vorstellen. Die wirbelnden Wolken verwirrten sie, und sie fand es schwierig, sich zu erinnern, welche Mondansicht sie betrachten sollte. Der Computer übersetzte die Daten in Vorhersagen, die immer wieder auf den neusten Stand gebracht, verglichen und von Mensch und Maschine überprüft wurden. Eine weitere Form der Symbiose. Eine, an der ihr für sich selbst nicht allzu viel lag.

Tukolom brachte sie dann wieder zum Hangar, wo sie ein Wartungsteam zu einer der nahegelegenen Sensoranlagen begleiteten. Sie waren gerade dabei, den Transporter zu besteigen, als Jezerey einen Krampfanfall bekam und mit rotem Gesicht auf den Boden fiel. Sie stöhnte, als sie von einem Krampf geschüttelt wurde.

Borton war sofort auf den Knien bei ihr, aber im selben Moment tauchten zwei Fremde auf, als wären sie herteleportiert worden, betteten sie in einen gepolsterten Kokon und trugen sie weg.

»Völlig normal solche Anzeichen für die Adaptation sind«, erklärte Tukolom und sah Borton an, der besorgt seiner Freundin nachblickte. »Aufhalten diese Techniker wir nicht länger dürfen.«

»Es ist ihnen scheißegal«, sagte Borton aufgebracht und schlug mit der Faust auf den harten Sitz neben Killashandra. »Sie haben sie behandelt wie ein Paket. Sie sind froh, wenn sie uns krank sehen.«

»Ich würde lieber selbst krank werden als zuzusehen, wie andere es werden«, gab Killashandra zurück. Ihre Stimme war weich vor Mitgefühl über seinen Kummer. Sie selbst vermißte schon Rimbols respektlose Bemerkungen und seine aufmunternde gute Laune, und Borton war bereits während ihres langen Wartens auf Shankill mit Jezerey zusammen gewesen.

»Das schlimmste ist, daß man nicht weiß, *wann* es einen erwischt.«

Borton starrte hinaus auf die Hügel, die unter ihnen vorbeizogen, vertieft in seinen Kummer, und Killashandra überließ ihn ungestört seinen Gedanken.

Jezereys Zusammenbruch warf einen weiteren Schatten über den Rest der Fahrt. Shillawn, der Killashandra gegenüber auf der anderen Seite des Gangs saß, schluckte mit einer solchen rhythmischen Nervosität, daß sie nicht in seine Richtung sehen konnte. Diese Gewohnheit hatte sie immer schon gereizt: jetzt regte sie sie regelrecht auf. Also schaute sie in die andere Richtung, an Borton vorbei, auf die rasch wechselnde Szenerie. Die Farben der Sträucher, die verkrüppelten Bäume, die blitzenden Sonnenstrahlen auf den freiliegenden Felsformationen boten einen prachtvollen Anblick. Killashandra hatte zwar immer mit wachem Interesse die Bewegung, Rhythmus und Fluß auf der Bühne in sich aufgenommen, aber kaum Gelegenheit gehabt, dies auch in natura zu sehen. Die Oberfläche dieses zerklüfteten, wilden, alten Planeten unterstrich die Künstlichkeit der Welt der Theaterkünste und ihre ständige Suche nach der »neusten« Ausdrucksform. Früher waren die Theaterstücke ihr ein und alles, der Wunschtraum ihres Strebens gewesen, doch Ballybran, in seinem ewigwährenden Kampf ums Überleben gegen gigantische Naturgewalten, berührte einen ganz anderen Instinkt in ihr.

Die Rekruten sahen sich die Wetterstation an, deren Sensoren voll ausgefahren waren. Der dicke Hauptteil des Systems war ganz aus der Anlage heraus, in die er sich wie ein Tier, das sich in seine Höhle verkroch, bei »unfreundlichem Wetter« zurückziehen konnte. Die Ausdrucksweise ihres Führers rief gequältes Lachen hervor. Er lächelte sogar über ihre Reaktionen. Die Ballybraner hatten auf Killashandra einen humorlosen Eindruck gemacht, und sie fragte sich, ob sie durch das Fieber ihren Sinn für Lächerlichkeit verlieren würde. Rimbol wäre nicht mehr derselbe, wenn er keinen Spaß mehr machte.

Dann kündigte Tukolom an, daß sie dem Techniker dabei helfen würden, die Wetterstation mit einem Schutzanstrich gegen Partikel, die der Sturm mitbrachte, zu versehen. Die Rekruten mußten zuerst den alten Film abkratzen, was weiter keine mühsame Arbeit war, da der Sturm den größten Teil der Substanz, die weder ein Gelee, noch ein Schmiermittel noch richtige Farbe war, schon entfernt hatte.

Das Abkratzen und Anstreichen beruhigte Killashandra, denn sie mußte sich darauf konzentrieren, gleichmäßig zu pinseln. Es war besser, wenn sich die einzelnen Pinselstriche überschnitten, als wenn dazwischen Stellen frei blieben. Sie konnte sehen, wo die Legierung des Arms, an dem sie arbeitete, dünne Rillen aufwies, die erkennen ließen, daß andere Arbeiter nicht so gewissenhaft gewesen waren wie sie. Die Konzentration auf ihre Arbeit hielt sie davon ab, über solche beunruhigenden Dinge wie Rimbols »zufriedenstellenden« Zustand und Jezereys Krämpfe nachzudenken.

Borton bekündete seine Sorge durch laute Beschwerden auf dem Rückflug; immer wieder fragte er Tukolom nach mehr Einzelheiten als die »zufriedenstellende« Diagnose. Obwohl Killashandra die Angst des ehemaligen Shuttlepiloten um seine Freundin verstehen konnte, begann seine Quengelei sie zu ärgern. Sie war ernsthaft versucht, ihm zu sagen, endlich damit aufzuhören, aber die Arbeit an der Wetterstation hatte sie müde gemacht, und sie konnte nicht die Energie aufbringen, zu sprechen.

Als der Transporter endlich wieder auf dem Hangar landete, achtete sie darauf, daß sie als letzte ausstieg. Sie wollte nichts weiter als ein heißes Bad und ihre Ruhe.

Das Bad erfrischte sie allerdings nicht. Sie bestellte sich ein Yarra-Bier und bat um eine Auskunft über Rimbol. Er war immer noch »zufriedenstellend«, und das Bier schmeckte schal. Ein anderer Schub, dachte sie, völlig unter dem Niveau der Gilde. Aber sie trank es trotzdem, während sie zusah, wie der sich dem Ende neigende Tag ihren Hügel in schnellem Wechsel dunkelrot und braun färbte. Sie ließ das halbvolle Bier stehen, streckte sich auf dem Bett aus und fragte sich, ob die Müdigkeit, die sie fühlte, kumulativ oder der Beginn des Symbiosefiebers war. Ihr Puls war normal, und ihr Gesicht war nicht gerötet. Sie zog die Thermaldecke über sich, rollte sich auf die Seite und schlief ein mit dem Gedanken, wer von den Rekruten am nächsten Morgen noch übrig sein würde.

Beim Geräusch des summenden Weckers fuhr sie aufrecht aus dem Bett hoch.

»Was soll dieser gräßliche Krach?« schrie sie und hielt sich die dröhnenden Ohren zu.

Dann blickte sie sich überrascht um. Die Wände ihres Zimmers hatten auf einmal keine neutrale Farbe mehr, sondern funkelten in vielen Tönen in der übergrellen Morgensonne. Sie drückte den Knopf, der das Fenster undurchsichtig werden ließ, damit die blendenden Strahlen aufhörten. Killashandra fühlte sich ungewöhnlich frisch und ausgeruht, und ihr Kopf war klarer als seit jenem Morgen, als ihr bewußt geworden war, daß sie weder Fuerte noch der Musikschule länger Treue schuldig war. Der Teppich auf dem Weg ins Bad fühlte sich seltsam rauh an. Um sich herum nahm sie feine Gerüche wahr, ätzend und scharf, die von dem Duft überdeckt wurden, den sie benutzte. Sie konnte sich nicht erinnern, die Flasche am gestrigen Abend umgestoßen zu haben. Das Wasser, mit dem sie sich Gesicht und Hände wusch, besaß eine Weichheit, die ihr vorher nicht aufgefallen war.

Als sie in den Overall stieg, lag der Stoff merkwürdig rauh in ihren Händen. Sie rieb sie gegeneinander und kam dann zu dem Schluß, daß irgendeine scheuernde Substanz in der Farbe gewesen sein mußte, mit der sie gestern gestrichen hatte. Aber sie hatte doch nicht mit den Füßen gestrichen!

Sobald sich die Tür öffnete, dröhnte Lärm an ihr Ohr. Sie wich zurück und mußte sich zwingen, in den Korridor hinauszugehen, der zu ihrer Überraschung leer war. Der Krach kam aus dem Aufenthaltsraum. Sie konnte jede Stimme identifizieren und die einzelnen Unterhaltungen auseinanderhalten, als sie den Kopf drehte. Dann fiel ihr Blick auf den Markierungsstreifen am Ende des Korridors, der plötzlich nicht mehr dunkelgrau war, sondern einen lebhaften, bläulich-roten Ton hatte.

Sie kehrte zurück in ihr Zimmer und schloß die Tür, unfähig, die gewaltige Veränderung zu begreifen, die offensichtlich über Nacht in ihr vorgegangen war.

»Bin ich zufriedenstellend?« schrie sie. Sie wurde von wildem Triumphgefühl ergriffen und warf die Arme über ihre Schultern. »Ist MEIN Zustand zufriedenstellend?«

Die Antwort war ein Klopfen an ihrer Tür.

»Herein.«

Draußen standen Tukolom und zwei Ärzte. Das überraschte sie nicht. Was sie überraschte, war der Ausdruck auf Tukoloms Gesicht. Ihr Lehrer wich überrascht zurück, und in seinem sonst unbewegten Gesicht wechselten jetzt Ungläubigkeit, Empörung und Entrüstung. Killashandra fand es merkwürdig, daß dieser Mann, der zweifellos schon die Transformation von Tausenden von Rekruten miterlebt hatte, über ihre ungehalten sein sollte.

»Sie werden zur Krankenstation gebracht, wo die Symbiose abgeschlossen wird.« Tukolom nahm Zuflucht zu einer Routineformulierung. Seine Hand löste sich gerade so viel von seiner Seite, um ihr zu verstehen zu geben, daß sie mit den Ärzten gehen sollte.

Äußerst belustigt über seine Reaktion und mehr als zufrieden mit sich selbst, folgte Killashandra eifrig seiner Aufforderung, doch dann drehte sie sich noch einmal um, um ihre Laute mitzunehmen. Jetzt, da sie wußte, daß sie ihr Gehör für den Rest ihres Lebens behalten würde, wollte sie das Instrument auf jeden Fall dabei haben.

»Ihre Sachen zu Ihnen später gebracht werden. Gehen Sie!« Tukoloms Zorn und Enttäuschung waren nicht zu übersehen. Sein Gesicht war knallrot.

Obwohl nicht die geringste physische oder philosophische Ähnlichkeit zwischen Tukolom und Maestro Valdi bestand, wurde Killashandra in diesem Augenblick an ihren ehemaligen Lehrer erinnert. Sie kehrte Tukolom den Rücken zu und folgte den beiden Männern zur Rampe. Gerade als sie aus dem Korridor auftauchte, hörte sie, wie er herrisch um Aufmerksamkeit rief. Ein Blick über ihre Schulter zeigte ihr, daß alle Köpfe in seine Richtung gewandt waren. Wieder einmal hatte sie einen wichtigen Abgang ohne Publikum gemacht.

VI

Es war schon schlimm genug, so klammheimlich fortgebracht zu werden, als ob sie ein Verbrechen begangen hätte, und dann löcherten die Meditechs sie auch noch mit Fragen, ob sie sich schwach fühlte oder ob ihr heiß oder kalt wäre, als ob sie nicht die Wahrheit sagte, als sie ihnen erklärte, daß sie keine körperlichen Beschwerden hätte. Deshalb hatte sie kaum Zeit für das Gefühl der Vitalität, wie sie es noch nie vorher erlebt hatte, für die Tatsache, daß alles um sie herum, sogar ihre einfachen grünen Kittel, einen neuen Glanz angenommen hatte, daß ihre Finger zuckten, um anzufassen und ihre Ohren auch auf das kleinste Geräusch ansprachen. Vor allem aber wollte sie ihren Triumph in Oktaven herausschreien, die zuvor für die menschliche Stimme unmöglich gewesen waren.

Die extreme Enttäuschung kam, als die Meditech-Leiterin, eine elegante Frau mit dunkelbraunem Haar, das zu einer kunstvollen Krone geflochten war, Killashandra einer physischen Überprüfung mit dem Scanner unterziehen wollte.

»Ich brauche keinen Scanner. Ich habe mich noch nie besser gefühlt.«

»Der Symbiont kann tückisch sein, meine liebe Killashandra, und das kann uns nur der Scanner sagen. Bitte legen Sie sich hin. Sie wissen, daß es nicht lange dauert, und wir brauchen wirklich ein präzises Bild Ihres gegenwärtigen physischen Wohlbefindens.«

Killashandra unterdrückte den plötzlichen Wunsch, zu schreien und gehorchte. Sie war in einer solchen Euphorie, daß das beengende Gefühl des Helms sie nicht weiter stören und das Nervenzucken des Schmerzschwelletests ihr nicht mehr als ein Kichern entlocken konnte.

»Nun, Killashandra Ree«, sagte Antona und strich abwesend eine Strähne in ihren Haarkranz zurück, »Sie haben Glück.« Das Lächeln, mit dem sie Killashandra auf die Füße half, war das wärmste, das die junge Frau bisher bei einem vollen Gildemitglied gesehen hatte. »Wir werden nur sichergehen, daß es bei diesem Verlauf keine Rückschläge gibt. Kommen Sie, ich werde Ihnen Ihr Zimmer zeigen.«

»Bin ich in Ordnung? Ich dachte, ich würde Fieber bekommen.«

»Das bekommen Sie vielleicht später noch«, meinte Antona und lächelte ermutigend, als sie Killashandra einen breiten Gang hinunter führte.

Killashandra zögerte und rümpfte die Nase bei den Gerüchen, die auf sie eindrangen: feuchter Schweiß, Urin, Kot, Erbrochenes und, so deutlich wahrnehmbar wie die anderen Gerüche, der der Angst.

»Ja«, fuhr Antona fort, die ihr Zögern bemerkt hatte, »ich kann mir vorstellen, daß es eine Weile dauert, bis Sie sich an den verfeinerten Geruchssinn gewöhnt haben. Glücklicherweise ist das keine meiner Adaptationen gewesen. Ich kann zwar immer noch riechen, was ich in meinem Beruf auch können muß, aber nicht übertrieben stark. Ich habe Sie im hinteren Teil untergebracht, abseits von den anderen, Killashandra. Sie können die Klimaanlage programmieren, damit Sie das nicht mehr riechen.«

Auch Geräusche drangen auf Killashandra ein. Trotz dikker, schalldämpfender Wände erkannte sie eine Stimme.

»Rimbol!« Sie wirbelte nach rechts und hatte schon eine Tür geöffnet, bevor Antona sie daran hindern konnte.

Der junge Scartine, dessen Rücken sich in einem Krampfanfall bog, wurde von zwei starken Meditechs im Bett gehalten. Ein dritter sprühte seine Brust mit einem Spray ein. In den zwei Tagen, die sie ihn jetzt nicht gesehen hatte, hatte er Gewicht verloren, seine Haut war merkwürdig blaßgelb geworden, und sein Gesicht war verzerrt von den Krämpfen, die seinen Körper schüttelten.

»Nicht alle haben es ganz so einfach«, meinte Antona und nahm sie beim Arm.

»Ganz so leicht!« Killashandra widersetzte sich Antonas Versuch, sie aus dem Zimmer zu ziehen. »Das Fax sagte zufriedenstellend. Wird *dieser* Zustand vielleicht als zufriedenstellend betrachtet?«

Antona sah Killashandra an. »Ja, in einer Hinsicht ist sein Zustand zufriedenstellend – er bewahrt seine eigene Integrität mit dem Symbionten. Physisch geht eine enorme Veränderung vor sich: eine instinktive Abstoßung auf seiner Seite, eine Mutation auf der des Symbionten. Die Computerprognose gibt Rimbol eine ausgezeichnete Chance zu einer zufriedenstellenden Anpassung.«

»Aber ...« Killashandra konnte den Blick nicht von Rimbols zuckendem Körper abwenden. »Wird es mir auch so gehen?«

Antona zog den Kopf ein und verbarg ihren Ausdruck, eine Ausflucht, die Killashandra verärgerte.

»Ich glaube nicht, Killashandra, Sie brauchen also keine Angst zu haben. Die Ergebnisse der Untersuchung müssen zwar noch analysiert werden, aber der erste Blick weist auf eine Adaption ohne Komplikationen hin. Sollte es anders sein, werden Sie es als erste wissen. Es ist vielleicht ein schwacher Trost, aber Sie *würden* hier hereingestürmt kommen.«

Killashandra ignorierte den Vorwurf. »Können Sie schon sagen, wie lange er noch in diesem Zustand sein wird?«

»Noch einen Tag, dann dürfte er das Schlimmste hinter sich haben.«

»Und Jezerey?«

Antona sah Killashandra verständnislos an. »Ach ja, das Mädchen, das gestern im Hangar zusammengebrochen ist? Es geht ihr gut – nein, ich berichtige mich.« Antona lächelte versöhnlich. »Sie leidet im Augenblick an einem vorauszusehenden Anfall an Hyperthermie, den wir ihr erleichtern, soweit es im Bereich unserer Möglichkeiten steht.«

»Also zufriedenstellend?« Killashandra war verbittert über eine derart irreführende Klassifizierung, ließ sich aber von Antona aus Rimbols Zimmer führen.

»Zufriedenstellend nach unseren Maßstäben und Erfahrungen, ja. Es gibt natürlich Abstufungen, je nachdem, wie heftig der Symbiont den Wirt angreift beziehungsweise wie heftig der Wirt den Symbionten abstößt.« Antona zuckte die Achseln. »Wenn wir alle indirekten Folgen und Abweichungen kennen würden, wäre es einfach, nur die Kandidaten mit den entsprechenden Chromosomen auszuwählen. Aber so einfach ist es nicht, auch wenn wir immer weitere Fortschritte in der Definierung der exakten Parameter machen.« Wieder lächelte sie Killashandra warm an. »Inzwischen können wir die Kandidaten schon viel besser auswählen als früher.«

»Wie lange sind Sie schon hier?«

»Lange genug, um zu wissen, was für ein Glück Sie haben. Und zu hoffen, daß Sie es auch weiterhin haben werden. Ich arbeite im allgemeinen mit Patienten zusammen, die sich selbst behandeln, da mich die Hilflosen deprimieren. Da wären wir.«

Antona öffnete eine Tür am Ende des Korridors und machte Anstalten, sich zurückzuziehen, doch Killashandra hielt sie am Arm fest.

»Was ist mit Rimbol? Darf ich ihn besuchen?«

Antona zuckte vielsagend die Achseln. »Wenn Sie möchten. Ihre Sachen werden Ihnen gleich gebracht werden. Machen Sie es sich bequem«, fügte sie freundlicher hinzu. »Programmieren Sie die Klimaanlage und ruhen Sie sich aus. Im Augenblick gibt es nichts weiter zu tun. Ich werde Ihnen die Ergebnisse der Analyse geben, sobald ich sie habe.«

»Oder Sie bekommen von mir Bescheid«, erwiderte Killashandra ironisch.

»Rechnen Sie nicht mit der Möglichkeit«, riet ihr Antona.

Das tat Killashandra dann auch nicht. Das Zimmer, das dritte, das sie jetzt in ebenso vielen Wochen bewohnte, war so ausgelegt, daß sich die Patienten darin wohlfühlen konnten, wenn auch alles überflüssige Zubehör fehlte. Der stetige Geruch nach Krankheit drang aus dem Gang herein, und Killashandra brauchte fast eine Stunde, bis sie endlich einen angenehmen Geruch gefunden hatte, mit dem sie ihr Zimmer erfrischen konnte. Dabei lernte sie auch, wie sie die neuesten Faxdaten über den Zustand der anderen Patienten bekommen konnte. Da sie nie krank gewesen war oder die Gelegenheit gehabt hatte, eine kranke Freundin zu besuchen, begriff sie nicht viel von den Aufzeichnungen, doch die Patienten waren mit ihrer Raumnummer gekennzeichnet, und so konnte sie Rimbols herausfinden. Sein Monitor zeigte mehr Aktivität als bei der Person im Nebenraum, aber sie brachte es einfach nicht fertig, herauszufinden, wer sein Nachbar war.

An diesem Abend kam Antona sie in ihrem Zimmer besuchen, den Kopf flott erhoben und das warme Lächeln auf ihrem Gesicht.

»Die Prognose ist ausgezeichnet. Sie werden kein Fieber bekommen. Wir behalten Sie nur ein paar Tage hier, um ganz sicher zu gehen. Eine einfache Transition muß nicht immer auch eine sichere sein.« Ein Glockenklang wischte das Lächeln von ihrem Gesicht. »Ah, ein anderer Patient. Sie entschuldigen mich.«

Sobald sich die Tür hinter der Ärztin geschlossen hatte, schaltete Killashandra das medizinische Display ein. Am Boden signalisierte ein grünes Blinklicht einen Neuzugang, und so konnte Killashandra sehen, wie Borton in die Anlage gefahren wurde. Am nächsten Tag kam auch Shillawn. Das Fax druckte beharrlich »zufriedenstellend« hinter dem Zustand eines jeden Patienten aus. Killashandra, die mehr und mehr fasziniert wurde von den Lebenssignalkurven, fand diese Angaben soweit in Ordnung, bis die von Rimbols Nachbarn plötzlich erlosch.

Killashandra rannte den Gang hinunter. Die Tür des betreffenden Raums stand offen, und ein halbes Dutzend Techniker beugten sich über das Bett. Antona war nicht unter ihnen, dafür konnte Killashandra flüchtig Cariganas Gesicht mit weit aufgerissenen Augen sehen.

Wie ein Wirbelwind stürmte sie in das Büro der medizinischen Leiterin. Antona stand über einer komplizierten Konsole, und ihre Hände glitten, selbst bei diesen schnellen Bewegungen noch anmutig, über die Tastatur.

»Warum ist Carigana gestorben?« wollte Killashandra wissen.

Ohne von den wechselnden Lichtsignalen auf dem Display aufzuschauen, antwortete Antona: »Sie mögen Privilegien haben in dieser Gilde, Killashandra Ree, aber niemand gibt Ihnen das Recht, einen Leiter gleich welchen Bereichs zu stören. Auch mich nicht, gerade jetzt. Mich interessiert es noch weitaus mehr, warum sie gestorben ist, als Sie!«

Zurecht beschämt verließ Killashandra das Büro und eilte zurück in ihr Zimmer, wobei sie bewußt geradeaus sah, als sie an der offenen Tür zu Cariganas Raum vorbeikam. Sie schämte sich, weil sie eigentlich nicht die Tatsache interessierte, daß Carigana tot war, sondern nur, daß sie gestorben war. Die Raumarbeiterin war wirklich ein einziges Ärgernis gewesen, dachte Killashandra ehrlich bei sich. Der Tod war etwas, womit man sich dramatisch auf der Musikschule auseinandergesetzt hatte, aber Carigana bedeutete für Killashandra den ersten Kontakt mit diesem Begriff der Realität. Auch sie konnte sterben, oder Rimbol, und es würde sie sehr mitnehmen, wenn er starb. Auch wenn Shillawn starb.

Killashandra konnte nicht sagen, wie lange sie so dagesessen, die Lebenssignalkurven beobachtet und versucht hatte, die unterbrochene zu ignorieren. Irgendwann klopfte es an ihrer Tür, und sofort darauf kam Antona herein. Der müde Ausdruck auf ihrem Gesicht sagte Killashandra, daß einige Stunden vergangen sein mußten. Die Ärztin lehnte sich gegen den Türrahmen und stieß einen langgezogenen Seufzer aus.

»Um Ihre Frage zu beantworten ...«

»Ich möchte mich für mein Benehmen entschuldigen ...«

»Wir wissen nicht, warum Carigana gestorben ist«, fuhr Antona fort und neigte den Kopf, um anzudeuten, daß sie die Entschuldigung annahm. »Ich habe da aber eine eigene Theorie, die ich allerdings nicht mit Fakten unterstützen kann. Eine Intuition, wenn Sie so wollen, daß der Wille und Wunsch, akzeptiert zu werden, sich den Symbionten zu übergeben, genauso wichtig ist für den Verlauf der Adaptation wie die physische Energie, die Carigana ja hatte, und die Chromosomen, die nach unseren Untersuchungen am ehesten eine positive Adaptation erlauben. Sie wollten unbedingt eine Kristallsängerin werden, nicht wahr?«

»Ja, aber die anderen doch auch.«

»So? Wirklich?« Antonas Ton klang seltsam nachdenklich.

Killashandra zögerte, weil sie sich nur zu genau bewußt war, wie es am Anfang mit ihrem Wunsch, Kristallsängerin zu werden, gewesen war. Wenn Antonas Theorie auch nur halbwegs zutraf, dann müßte sie selbst jetzt auch tot sein, oder sich zumindest nicht so gesund fühlen.

»Carigana paßte überhaupt nichts hier. Sie hatte an allem etwas auszusetzen«, antwortete Killashandra, um Antona so gut sie konnte zu trösten. »Sie mußte ja nicht Kristallsängerin werden.«

»Nein, sie hätte im Raum bleiben können.« Antona lächelte dünn, drückte sich von der Wand ab und sah dann die Kurven auf dem Display. »Also daher wußten Sie es. Nun« – dabei tippte sie auf die aktive Kurve in der linken Ecke – »das ist Ihr Freund, Rimbol. Er ist jetzt mehr als zufriedenstellend. Die anderen machen gute Fortschritte. Sie können jetzt ihre Sachen zusammenpacken. Medizinisch gesehen gibt es keinen Grund, Sie noch länger hierzubehalten. Sie werden viel mehr davon haben, meine Liebe, zu lernen, wie man in Ihrem Beruf am Leben bleibt, als hier herumzusitzen und Totenwache zu halten. Offiziell sind Sie jetzt Lanzeckis Problem. Jemand kommt Sie abholen.«

»Werde ich denn nicht krank?«

»Nein. Sie hatten eine sogenannte Milekey-Transition. Praktisch keine physischen Beschwerden und die bestmögliche Adaptation. Ich wünsche Ihnen Glück, Killashandra Ree. Sie werden es brauchen.« Antona lächelte nicht. In diesem Augenblick wurde die Tür weit geöffnet. »Trag?« Die medizinische Leiterin war überrascht, aber ihre Freundlichkeit kehrte zurück, und sie war nur für einen so kurzen Moment ernst gewesen, daß sich Killashandra fragte, ob sie es sich nur eingebildet hatte. »Ich werde Sie zweifellos wiedersehen, Killashandra.«

Sie glitt aus dem Zimmer, während ein Mann mit unbewegtem Gesicht und von mittlerer Statur hereinkam. Er musterte sie eingehend, aber sie hatte schon die prüfenden

Blicke so vieler Leiter über sich ergehen lassen müssen, daß sie sich nicht einschüchtern ließ.

»Ich habe nicht viel zu packen«, meinte sie. Auch sie lächelte nicht. Sie glitt von ihrem Bett und sammelte rasch ihre Habe ein. Er sah die Laute, bevor sie das Instrument einpackte, und etwas huschte über sein Gesicht. Hatte er früher auch darauf gespielt?

Als sie vor ihm stand, den Reisesack über die Schulter geworfen, merkte sie, wie heftig ihr Herz klopfte. Sie warf einen Blick auf den Schirm, und ihre Augen suchten Rimbols Kurve. Wie lange mochte es noch dauern, bevor er entlassen wurde? Sie nickte Trag zu und folgte ihm aus dem Zimmer.

Killashandra sollte bald lernen, daß Trag von Natur aus zurückhaltend war, aber sie war erleichtert, daß sie den Weg durch die Korridore der Krankenstation in Schweigen zurücklegten. Zu vieles war zu schnell mit ihr passiert. Sie begriff jetzt, daß sie die ganze Angst gehabt hatte, ihre eigenen Lebenssignale könnten plötzlich auf dem Schirm auftauchen. Die plötzliche Entlastung von dieser Sorge und ihre Entlassung aus der Krankenstation machten sie benommen. Erst später erfuhr sie, daß Trag, der erste Assistent des Gildemeisters und mit der Ausbildung der Kristallsänger betraut, sie normalerweise nicht begleitete.

Als sich hinter ihnen die Lifttür auf der Krankenstationsebene schloß, nahm Trag ihre rechte Hand und legte ihr ein schmales Metallband um das Handgelenk.

»Sie müssen das hier zur Identifizierung tragen, bis Sie in den Ketten gewesen sind.«

»Zu meiner Identifizierung?« Das Armband paßte, ohne das Handgelenk in der Bewegung zu behindern, nur fühlte sich die Legierung merkwürdig rauh auf ihrer Haut an. Das Gefühl verschwand allerdings schon nach wenigen Sekunden wieder, so daß sich Killashandra fragte, ob sie es sich vielleicht nur eingebildet hatte.

»Zu Ihrer Identifizierung bei Ihren Kollegen. Und um Ihnen die Ungestörtheit eines Sängers zu ermöglichen.«

Irgendein Ton in seiner Stimme ließ ihr das Blut ins

Gesicht schießen, aber seine Miene blieb ausdruckslos. In diesem Augenblick glitten die Lifttüren auf.

»Und es erlaubt Ihnen, die Sängerebenen zu betreten. Es gibt drei. Das hier ist die Hauptebene mit den allgemeinen Einrichtungen.« Killashandra trat mit ihm in die große, gewölbte und kunstvoll beleuchtete Vorhalle. Sie fühlte, wie sich ihre Nerven, die auf der Krankenstation so angespannt gewesen waren, innerhalb weniger Augenblicke lösten. Massive Pfeiler trennten die Ebene in Sektionen und Gänge. »Der Liftschacht«, fuhr Trag fort, »bildet das Zentrum dieser Ebenen des Komplexes. Das Verpflegungssystem, die Großschirm-Aussichtsräume, die privaten Speiseräume und die Versammlungsräume sind direkt um den Schacht angelegt. Die einzelnen Apartments sind in Farbquadranten arrangiert, von denen kleinere Lifts an günstigen Punkten des Außenbogens zu allen anderen Ebenen führen. Ihre Räume liegen im blauen Quadranten. Hier entlang.« Er wandte sich nach links, und sie folgte ihm.

»Ist dies jetzt mein ständiges Quartier?« wollte sie wissen, als sie daran dachte, in wievielen sie jetzt seit ihrer Begegnung mit Carrik schon gewohnt hatte.

»Bei der Gilde ja.«

Wieder fiel ihr die merkwürdige Veränderung in seiner Stimme auf. Es mußte wohl irgendwie etwas damit zu tun haben, daß sie als erste, vor allen anderen aus ihrer Klasse, aus der Krankenstation entlassen worden war, mutmaßte sie. Sie fühlte sich seltsam durcheinander, ein Phänomen, das sie schon von der Musikschule her kannte, an Tagen, an denen alle ihren Einsatz verpaßten oder sich niemand an seine Rolle erinnern konnte oder die korrekten Tempi einhielt. Man mußte einfach sehen, daß man solche Augenblicke so gut wie möglich durchstand. Und in diesem, einem sicher denkwürdigen in *ihrem* Leben, war es schwer, ruhig zu bleiben.

Sie wäre fast mit Trag zusammengestoßen, der vor einer Tür auf der rechten Seite des Gangs stehengeblieben war. Erst verspätet kam ihr zu Bewußtsein, daß sie in Abständen an Aussparungen vorbeigekommen waren.

»Das hier ist Ihr Apartment.« Trag deutete auf die Schloßplatte.

Killashandra drückte ihren Daumen gegen die Sensorzone, und die Tür glitt zurück.

»Benützen Sie den Rest des Morgens, um es sich hier bequem zu machen und Ihr Personalprogramm einzugeben. Es ist ganz gleich, welchen Code Sie nehmen: Die persönlichen Daten sind immer stimmcodiert. Um 14.00 Uhr wird Sie Concera zum Schneidertechniker bringen. Er wird keine Entschuldigung haben, Sie nicht rasch auszustatten.«

Killashandra fiel seine rätselhafte Bemerkung auf, und sie fragte sich, ob ihr denn alle Dinge sagten, die sie nicht verstehen konnte, aber doch offensichtlich sollte. Während sie darüber nachdachte, was »sollte« ihr gebracht hatte, ging Trag schon wieder den Gang zurück.

Sie schloß die Tür, schaltete das rote Licht ein und inspizierte ihr ständiges Gildequartier. Die Größe schien hier genauso den Rang des einzelnen zu kennzeichnen wie auf anderen Welten. Der Hauptraum ihres Apartments war doppelt so groß wie ihre geräumige Rekrutenunterkunft. Auf einer Seite lag das Schlafzimmer, das anscheinend ganz von dem Bett eingenommen wurde. Eine Tür in einer Wand führte in einen mit Spiegeln verkleideten Ankleideraum, der wiederum in ein Badezimmer mit einer eingelassenen Wanne führte, die mit einer ungewöhnlichen Anzahl von Hähnen und Knöpfen versehen war. Auf der anderen Seite des Hauptraums befand sich ein Ablageraum, der größer war als ihr Studentenzimmer auf Fuerte sowie ein kompaktes Eß- und Selbstverpflegungszimmer.

»Ein Yarra-Bier, bitte«, sagte sie, mehr um die sterile und schallende Stille zu durchbrechen. In der Verpflegungsöffnung erschien ein Becher mit dem charakteristisch rötlichen Bier.

Sie nahm ihn mit in den Wohnraum und trank, während sie stirnrunzelnd das utilitaristische Mobilar betrachtete. Nachdem sie die Laute vorsichtig auf einen Stuhl gelegt hatte, streifte sie ihren Reisesack ab und ließ ihn zu Boden fallen, erfüllt von dem Drang, ihre Sachen in diesem nüchternen Apartment herumzuwerfen, damit es bewohnt aussah. Da stand sie nun, Killashandra Ree, in geräumiger Pracht, mit dem Status einer Kristallsängerin, jenes furchteinflößende und schreckliche Etwas, eine Silikatspinne, ein Kristallkuckuck in seinem luxuriösen Nest. Noch an diesem Nachmittag würde sie auf einen Schneider eingestellt werden, mit dem sie ballybranische Kristalle zu schneiden und enorme Summen galaktischer Kredite zu verdienen vermochte, und sie hätte das Ganze im Augenblick freudig gegen den Klang einer freundlichen Stimme eingetauscht.

»Nicht, daß ich wüßte, ob ich irgendwo einen Freund habe«, sagte sie.

»Aufzeichnung?«

Die unpersönliche Stimme, weder Tenor noch Kontraalt, ließ sie zusammenfahren. Der volle Becher Bier zitterte in ihrer Hand.

»Personalprogramm.« Das war es also, was Trag gemeint hatte. Sie sollte jene Fakten ihres Lebens speichern, an die sie sich in jenen zukünftigen Zeiten erinnern wollte, wenn das Kristallsingen ihr Erinnerungsvermögen hatte zusammenbrechen lassen.

»Aufzeichnung?«

»Ja, aufzeichnen und nur auf Stimmuster speichern.«

Während sie solche Fakten wie Geburtsdatum und -ort angab, die Namen ihrer Eltern, Großeltern und Geschwister und die Länge und Art ihrer Ausbildung, schritt sie im Wohnraum auf und ab und suchte nach einem geeigneten Platz für ihre Laute.

»Nach einem Stipendium schrieb ich mich in der Musikschule ein.« Sie brach ab und lachte. Wann fing man an, das zu vergessen, was man vergessen wollte?

»Jetzt sofort!«

»Aufzeichnung?«

»Ende der Aufzeichnung. Speichern.« Das war das. Sie wußte, daß sie es sich noch einmal überlegen konnte, aber sie wollte sich nicht an jene zehn Jahre erinnern. Jetzt hatte sie die Gelegenheit, sie auszulöschen, und das würde sie. Was sie von nun an für immer betraf, war nach der Bewilligung ihres Stipendiums nichts von Bedeutung passiert, bis sie Carrik begegnet war. Für Killashandra Ree, Schneiderin in der Heptitengilde, hatten jene zehn Jahre unbelohnter Mühe und Hingabe an ein ehrgeiziges Ziel niemals existiert.

Um ihre Loslösung von einer wenig rühmlichen Vergangenheit zu feiern, bestellte sich Killashandra noch ein Bier. Ein Blick auf die Uhr zeigte ihr, daß ihr noch eine Stunde blieb, bis Concera sie zu ihrer Verabredung abholen würde. Sie ließ sich eine, wie das Fax versprach, herz- und nahrhafte Suppe aus allerlei Gemüsesorten kommen. Dann überprüfte sie ihr Kreditkonto, was sie ab jetzt regelmäßig tun wollte, und sah, daß sie noch in den schwarzen Zahlen stand. Wenn sie den Rest des Gildegutscheins und ihr offenes Ticket gutschreiben ließ, würde ihr Konto mehr als gut dastehen. Damit es dann von der Ausrüstung eines Kristallsängers aufgebraucht wurde. Sie würde diese Kredite brauchen.

Das erinnerte sie an Shillawn und an andere Diskussionen um Kreditschulden. Sie wählte das Gildemagazin, bestellte zusätzliches Mobiliar und Teppiche der Ghni-Weber, und als Concera um 14.00 Uhr den Türgong drückte, hatte Killashandra Wandschirme, auf denen sich die gegensätzlichen Elemente mischten, von einer Eiswelt bis zu der üppigen Flora der unersättlichen Eobaron-Planeten. Höchst ungewöhnlich, aber ein völliger Gegensatz zu der vorherigen Sterilität.

Concera, eine Frau von mittlerer Größe und schlanker Gestalt, stieß beim Anblick der Wandschirme einen überraschenden Ausruf aus, als sie in den Raum glitt, und sah Killashandra fragend an.

»Was sind Sie doch klug! Ich wäre nie auf den Gedanken gekommen, verschiedene Welten zu kombinieren! Kommen Sie besser sofort mit. *Er* hat manchmal fürchterlich schlechte Laune, aber ohne ihn wären wir, ich meine die Sänger, wirklich arm dran. Er versteht *wirklich* sein Handwerk, deshalb ertragen wir auch seine Launen.«

Concera legte mit ihrem gleitenden Gang ein ziemliches Tempo vor und Killashandra mußte lange Beine machen, um mit ihr Schritt zu halten.

»Sie werden sehr schnell lernen, wo alles ist. Es ist angenehm, allein zu sein, finde ich, statt in einer Menge, aber die Geschmäcker sind ja bekanntlich verschieden.« Sie warf Killashandra einen flüchtigen Blick zu, um zu sehen, ob diese ihr zustimmte. »Natürlich kommen wir aus allen Ecken der Galaxis, also muß man zwangsläufig jemanden finden, der zu einem paßt. Das hier ist die achte Ebene, wo der größte Teil der technischen Arbeiten getan wird – selbstverständlich werden hier die Schneider hergestellt, da sie das Technischste von allem sind. Da wären wir.«

Concera blieb vor der offenen Tür stehen und schob Killashandra mit einer, wie es schien, unerwarteten Höflichkeit vor sich in ein kleines Büro mit einer Theke im hinteren Drittel und einer Tür, die in eine Werkstatt führte. Ihr Eintreten mußte ein Signal in der Werkstatt ausgelöst haben, denn in der Tür tauchte jetzt ein Mann auf, dessen von der Sonne gerötetes Gesicht einen griesgrämigen Ausdruck trug.

»Sind Sie diese Killashandra?« wollte er wissen. Er winkte ihr zu, dann sah er, daß Concera hinterherkam. »Sie? Ich habe Ihnen doch gesagt, daß Sie warten müssen, Concera. Es hat keinen Zweck, überhaupt keinen Zweck, einen Griff für drei Finger für sie zu machen. Sobald sie nachgewachsen sind, ist das Ganze nutzlos, und die Arbeit war umsonst.«

»Ich dachte, ich wäre vielleicht eine Herausforderung für Sie ...«

»Ich habe genügend Herausforderungen, Concera«, erwiderte er mit einer solchen Heftigkeit, daß sich Killashandra, als er sich wieder zu ihr herumdrehte, fragte, ob sich seine Verärgerung über diese Frau auch auf sie ausdehnen würde. »Lassen Sie mich Ihre Hände sehen.«

Killashandra hielt sie ihm, mit den Handflächen nach oben, über die Theke hin. Er hob seine Augenbrauen, als er mit starken, unpersönlichen Fingern über die Handfläche fuhr und ihre Finger spreizte, um das vom ständigen Üben fehlende Gewebe, die harten Muskeln auf der flachen Hand und den Daumenballen zu sehen.

»Sie haben Ihre Hände richtig benutzt.« Er warf Concera einen weiteren Blick zu.

Erst jetzt bemerkte Killashandra, daß die ersten beiden Finger an Conceras linker Hand glatt abgetrennt waren. Die Stümpfe waren rosa-weiß, verheiltes Fleisch, aber merkwürdig geformt. Mit einer Plötzlichkeit, bei der ihr komisch im Magen wurde, begriff sie, daß die beiden fehlenden Finger nachwuchsen.

»Wenn Sie bleiben, halten Sie den Mund. Wenn Sie gehen, kommen Sie nicht in Versuchung. Das hier wird zwei bis drei Stunden dauern.«

Concera zog es vor, zu gehen, was allerdings keine positive Wirkung auf den mürrischen Techniker hatte. Killashandra hatte in ihrer Naivität angenommen, daß die Abstimmung eines Schneiders eine einfache Angelegenheit sei, aber es handelte sich um einen langwierigen Prozeß, der mehrere Tage in Anspruch nahm. Für das Stimmuster mußte sie laut aus einem langweiligen Text über die Geschichte und Entwicklung der Schneidegeräte vorlesen. Sie erfuhr dabei mehr, als sie wissen mußte – einige der komplizierteren Mechanismen waren unter extremen Wetterverhältnissen unzuverlässig; eins der früher gängigen Modelle war Schuld an der Hochspannungsentladung, die jenen Toten verkohlt hatte, den Killashandra auf Shankill gesehen hatte. Die besten und zuverlässigsten Schneider, Verbesserungen von Barry Milekeys primitivem Originalschneider, setzten voraus, daß derjenige, der mit ihnen arbeitete, das absolute Gehör hatte. Es handelte sich dabei um ein piezoelektrisches Gerät, das die vokale Note und den vokalen Rhythmus des Kristallsängers in Hochfrequenzstoßwellen auf einem Infraschallträger umwandelte. Die Schnittkante der Stoßwelle wurde vom Sänger auf dem dominanten Ton der »angeschlagenen« Kristallfläche angestimmt.

Wenn es einmal auf ein Stimmuster eingestellt war, konnte das Infraschallgerät nicht mehr verändert werden. Die Herstellung solcher Schneider war auf die Gilde beschränkt und war wiederum durch Computermontage gesichert, dessen Programmcode nur dem Gildemeister und seinem leitenden Assistenten bekannt war.

Wie Concera gesagt hatte, war der Techniker ein launischer Mann. Während Killashandra aus dem Text vorlas, beschwerte er sich über den Ärger, den er mit der Gilde und ihren Mitgliedern hatte. Concera und ihre Bitte um einen Griff für drei Finger war momentan sein Lieblingsthema – »Concera hat sowieso zwei linke Hände und ruiniert immer die Griffe.« Ein anderes war, daß er noch drei Wochen Angelurlaub gebraucht hätte, bevor er wieder an seine Arbeit zurückgekehrt war. Die Fische hatten gerade angefangen zu beißen, und sie solle doch jetzt eine Oktave in C singen.

Sie sang eine ganze Reihe Oktaven in verschiedenen Tonarten und stellte fest, daß es ein schlimmeres Publikum als offensichtlich rezeptive Prüfer bei einer Hörprobe gab. Sie hatte ihre Stimme seit jenem Tag nicht mehr benutzt, als sie Carrik begegnet war; der Hals tat ihr weh von der Anstrengung, den Ton zu halten, und sie fand, daß ihre Stimme heiser klang.

Als Concera in den Raum glitt, war Killashandra unvorstellbar erleichtert.

»Morgen um dieselbe Zeit. Ich werde dann Abdrücke Ihrer guten zehn Finger machen.« Er warf Concera einen schalkhaften Blick zu.

Die Sängerin zog Killashandra eilig aus der Werkstatt und dem Büro.

»Er liebt solche kleinen Scherze«, meinte sie, als sie durch den Korridor voranging und dann in den nächsten nach links einbog. »Ich wollte doch nur einen *kleinen* Gefallen von ihm, damit ich möglichst schnell in die Ketten zurück konnte und hier nicht so viel Zeit vertrödele.« Sie betrat einen Raum mit der Aufschrift »Ausbildung«, seufzte, als sie die Tür schloß und schaltete dann das rote Licht für Ungestörtheit ein. »Aber« fuhr sie fort, wobei sie Killashandra ein strahlendes Lächeln schenkte, ihre Augen allerdings den direkten Blickkontakt vermieden – »wir müssen uns ja um Ihre Ausbildung kümmern.« Sie winkte Killashandra zu einem der sechs Stühle im Raum, die vor einem großen Hologrammprojektor standen. Dann nahm sie ein Fernbedienungsgerät von einem Regal, verdunkelte den Raum und schaltete den Projektor ein. Vor ihnen schwebten in übergroßen Buchstaben die Regeln, Vorschriften und Gebote der Gilde. »Auch wenn Sie eine Milekey-Transition gehabt haben, werden Sie an dem hier ganz schön zu beißen haben.«

»Tukolom ...«

»Tukolom gibt nur Grundinformationen weiter, die für jeden brauchbar sind, der in irgendeiner Position für die Gilde arbeitet.« Conceras Stimme klang giftig. »Jetzt müssen Sie sich spezialisieren und wiederholen und wiederholen.« Sie seufzte. »Das müssen wir alle«, fügte sie mit einem Ausdruck geduldiger Resignation hinzu. »Wenn es Sie tröstet: Mir geht es auch nicht anders, und es ist mir immer leichter gefallen, etwas zu erklären, als mir etwas zu merken.« Ihre Stimme wurde heiterer. »Sie können selbst die ältesten Sänger jeden Abend in der Gemeinschaftshalle Regeln und Vorschriften vor sich hinmurmeln hören. Natürlich lernen Sie diesen Drill erst zu schätzen, wenn er *lebenswichtig* wird! Wenn es erst soweit ist, werden Sie sich nicht mehr erinnern, woher Sie das wissen, was Sie wissen. Denn dann *wissen* Sie wirklich nichts anderes mehr.«

Trotz Conceras überzeugendem Ton fand Killashandra ihre Argumente trügerisch. Da ihr aber keine Wahl in ihrem Lehrprogramm oder ihrem Lehrer blieb, machte sie sich daran, Regeln über Arbeitsansprüche, beanspruchte Adern, Kollision mit Claims, Wiedergutmachungen und Strafen und eine Reihe anderer Regeln zu lernen, eine Mühe, die sie für überflüssig hielt, da solche Dinge jedem Menschen mit ein bißchen Verstand klar sein mußten.

Als sie in die Ungestörtheit ihres Apartments und die Anomalie ihrer Wandschirme zurückkehrte, ließ sie sich mit der Krankenstation verbinden und erfuhr, daß Rimbol zwar noch schwach war, aber seine sämtlichen Sinne behalten hatte. Shillawn, Borton und Jezerey ging es zufriedenstellend, im eigentlichen Sinne des Wortes. Killashandra gelang es auch, dem Datenspeicher die Tatsache zu entlokken, daß sich verletzte Sänger wie Concera und Borella wegen des damit verbundenen Bonusses als Lehrer zur Verfügung stellten. Das erklärte die verächtlichen Bemerkungen und die ambivalenten Haltungen.

Am nächsten Morgen, als Concera ihr die Bedeutung eines jeden Abschnitts der am Vortag behandelten Punkte einpaukte, hatte Killashandra den Eindruck, daß die Sängerin immer einen Schritt ihrer Schülerin voraus den jeweiligen Paragraphen und Abschnitt still für sich wiederholte.

Der Nachmittag verlief ungemütlich in der Werkstatt des Fischers, wo Abdrücke ihrer Hände gemacht wurden. Der Techniker brummte ständig etwas davon, wieviele Abdrücke er von einem Sänger in dessen Leben machen müsse, und erklärte ihr, daß sie sich nicht bei ihm beschweren solle, wenn sie von den Handgriffen Blasen bekäme, ein Übel, das, wie er behauptete, in Wirklichkeit daher komme, daß die Muskeln stärker würden, und *dafür* könne *er* ja nun nichts.

Den Abend verbrachte Killashandra damit, ihren Raum neu zu dekorieren.

Der nächste Morgen verging mit der üblichen Paukerei mit Concera, dann verbrachte sie eine halbe Stunde bei dem Fischer, der unaufhörlich über den schlechten Morgenfang, die schlechte Qualität des Kunststoffs, mit dem er arbeiten mußte und die Privilegien der höheren Ränge schimpfte. Killashandra kam zu dem Schluß, daß sie sich nur noch aufregen würde, wenn sie jede seiner dahingeredeten Bemerkungen ernst nahm. Den Rest des Nachmittags besprach Concera mit ihr Kristallformen, Schattierungen und die Kombinationen, die im Augenblick auf dem Markt gefragt waren: schwarze Kristalle in jeder Form besaßen immer den höchsten Wert. Killashandra sollte sich den Katalog ansehen und sich merken, welche Form für welches Endprodukt benutzt wurde, die Preisskala und den Umfang der Wertvariationen in jeder Farbe. Sie wurde durch die Forschungsabteilungen geführt, die nach neuen Verwendungszwecken für ballybranische Kristalle suchten. Dort sah sie auch mehrere Leute mit der Augenveränderung wie Enthor sie hatte.

In den darauffolgenden Tagen bekam sie Unterricht im Schlittensimulator und mußte gegen Machstürme »fliegen«. Am Ende der ersten Stunde war sie so fertig, zerschlagen und in Schweiß gebadet, als wäre der Flug echt gewesen.

»Das war aber nicht gerade berühmt«, äußerte sich ihr Lehrer teilnahmslos, als sie aus dem Simulator taumelte. »Nehmen Sie sich eine halbe Stunde in der Wanne und kommen Sie heute nachmittag wieder.«

»Wanne?«

»Ja, in der Wanne. Mit der Radiantflüssigkeit. Die linken Hähne. Marsch! Ich erwarte Sie um 15.00 Uhr wieder hier.«

Auf dem Weg zurück in ihr Quartier murmelte Killashandra unentwegt die knappen Informationen vor sich in und ließ ihre Kleider verstreut hinter sich auf dem Boden liegen, als sie sich zur Wanne schleppte. Sie drehte die linken Hähne auf, aus denen eine ölige Flüssigkeit strömte. Nachdem sie die gewünschte Temperatur eingestellt hatte, stieg sie vorsichtig in die Wanne. Innerhalb von Minuten wich die Spannung und Verkrampfung aus ihren Muskeln, und sie blieb, belebt von dem Radiantbad, liegen, bis die Flüssigkeit abgekühlt war. An diesem Nachmittag mußte ihr Lehrer widerstrebend zugeben, daß sie sich verbessert hatte.

Ein paar Tage später, gegen Mitte des Vormittags auf einem Solotrainingsflug über das Weiße Meer, wo die Thermalströmungen eine gute Übungsmöglichkeit boten, leuchteten plötzlich alle visuellen Warnsysteme rot auf, und eine Reihe von Sirenen, Hörnern, Glocken und anderen nervenden Geräuschen wurden aktiviert. Killashandra nahm sofort Kurs auf den Gildekomplex und war erleichtert, als die Hälfte der Warnsysteme abschlug. Der Rest dröhnte oder blinkte weiter, bis sie den Schlitten auf seinem Gestell abgesetzt und die Energie abgestellt hatte. Als sie sich bei ihrem Lehrer über die übertriebenen Warnsignale beschwerte, bedachte er sie mit einem langen, vernichtenden Blick.

»Sie können nicht oft genug vor nahenden Turbulenzen gewarnt werden«, sagte er. »Ihr Sänger könnt manchmal genauso taub sein wie einige von uns, und wenn wir die Schlitten mit noch so vielen Warnanlagen ausrüsten. Und wo wir schon mal bei guten Ratschlägen sind, merken Sie sich gleich diesen: Ein Machsturm läßt Ihnen keine zweite Chance. Wir tun verdammt unser Bestes, um dafür zu sorgen, daß Sie wenigstens eine haben. Und jetzt ziehen Sie sich um. Sie müssen Fracht ausladen. Ein Sturm ist im Anmarsch!«

Er wandte sich ab und winkte einer Gruppe von Hangararbeitern, um sie auf sich aufmerksam zu machen.

Der Sturm war nicht als stark eingestuft, und nur der südöstliche Teil des Kontinents war alarmiert worden. In diesem Gebiet befanden sich vierzig Sänger, von denen neununddreißig den Hangar erreichten. Der Flug- und der Hangaraufseher berieten sich gerade, als Killashandra vorbeikam.

»Keborgen fehlt noch. Das wird er nicht überleben!«

»Er hat damit geprahlt, daß er schwarze Kristalle gefunden hätte. *Wenn* er sich erinnern konnte, wo der Claim liegt ...«

Killashandra hatte keine Entschuldigung, in diesem Moment noch länger in der Nähe der beiden zu bleiben, aber nachdem die Schiffe entladen und zu ihren Stellplätzen gebracht worden waren, blieb sie noch da, als die anderen schon entlassen worden waren.

Am Komplex war der Sturm nicht stark genug, daß es nötig gewesen wäre, die Windschirme aufzurichten, also stellte sich Killashandra so hin, daß sie den südlichen Quadranten beobachten konnte. Sie behielt auch die beiden Leiter im Auge und sah dann, wie sie kopfschüttelnd und mit einem Achselzucken ihre Wache aufgaben.

Wenn Keborgen tatsächlich schwarze Kristalle geschnitten hatte, dann hätte sie sie gerne ausgeladen. Sie wurde in der Sortierhalle doch nicht gebraucht. Sie tröstete sich mit dem Bewußtsein, daß wieder einige Gefahrenkredite ihrem Konto gutgeschrieben worden waren und daß sie durch die Neudekorierung ihres Apartments und die unbezahlten Unterrichtstage noch nicht tief in den roten Zahlen steckte. Ein Rekrut zu sein, hatte seine Vorteile gehabt.

Als sie den Hangar durchquerte, um zu ihrem Quartier zurückzukehren, hörte sie das Geräusch, oder besser fühlte es, als ob ein Faden über freigelegte Nervenenden gezogen würde. Da sie noch nicht an ihre gesteigerte Sehfähigkeit gewöhnt war, schüttelte sie den Kopf und kniff die Augen zu, weil sie dachte, so den Fleck auf der rechten Netzhaut wegzubekommen. Er blieb aber weiter an der gleichen Stelle im unteren rechten Teil und hüpfte und zuckte. Es war kein dunkler Punkt in ihrem eigenen Auge, sondern ein Schlitten, der offensichtlich Kurs auf den Komplex genommen hatte. Gerade als sie überlegte, ob sie jemandem Bescheid sagen sollte, kletterte einer der Bergungsleute in den schweren Bergungsschlitten. In der Aufregung bemerkte niemand, daß sich Killashandra dem Team anschloß.

Der Berger hatte es nicht weit, denn der Schlitten tauchte in die Hügel vierzig Klicks vom Komplex entfernt. Der Kommtechmann konnte keine Antwort vom Piloten des Schlittens bekommen.

»Der verdammte Idiot hat zu lange gewartet«, meinte der Flugaufseher und trommelte nervös mit den Fingern gegen seinen Oberschenkel. »Als er rausflog, habe ich ihn extra gewarnt, nicht zu lange zu warten. Aber sie wollen ja nie hören.« Er gab diesen Gefühlen in verschiedenen Variationen Ausdruck, wobei er zusehends erregt wurde, als sie sich dem Schlitten näherten und der Schaden sichtbar wurde.

Der Bergungspilot setzte sein Schiff vier lange Schritte vom Schlitten des Sängers entfernt auf.

»Ihr anderen ladet die Kristalle aus«, rief der Flugaufseher, während er eilig auf den eingedrückten Bug des Schlittens zusteuerte, der halb in lockerer Erde begraben war.

Während Killashandra seinem Befehl nachkam, warf sie einen Blick auf die Bahn des Schlittens. In der Ferne konnte sie zwei weitere Rutschspuren erkennen, bevor der abstürzende Schlitten dann hier zu einem Stopp gekommen war.

Der Lagerraum hatte der Wucht des Aufschlags standgehalten. Killashandra verfolgte mit Interesse, wie die drei Männer die nächste Luke öffneten. Sobald sie wieder mit Kartons auftauchten, eilte sie selbst hinein. Dann hörte sie das Stöhnen des verletzten Kristallsängers und die leisen

Flüche des Flugaufsehers und des Arztes, der sich um den Verwundeten kümmerte.

Im selben Augenblick, als sie den nächststehenden Karton berührte, vergaß sie den Verletzten, denn ein leichter, aber deutlich spürbarer Schock lief durch ihren Körper von der Hand zur Ferse und hinauf in den Kopf. Sie nahm die Griffe fest in die Hände, doch das Gefühl verschwand.

»Beeilung. Wir müssen den Burschen zur Krankenstation bringen«, wurde ihr von einem der zurückkehrenden Besatzungsleute gesagt.

Sie hob den Karton hoch und ging vorsichtig zu dem Bergungsschiff, ohne sich um die Ermahnung der Besatzungsleute zu kümmern, die sie überholten. Als der Kokon mit dem verletzten Sänger geschickt in das Bergungsschiff gehoben wurde, kauerte sie neben dem Karton.

Auf dem kurzen Rückflug zum Komplex überlegte sie, warum eine solche Aufregung um den Verletzten gemacht wurde. Der Symbiont würde die Verletzungen des Mannes doch sicher heilen, wenn er die Zeit dazu hatte. Sie nahm an, daß der Symbiont auch Schmerzen erleichterte. Borella hatte doch offensichtlich keine Beschwerden mit ihrer schrecklichen Oberschenkelwunde gehabt, und auch Concera hatte, abgesehen von generellen Klagen, nichts über Schmerzen in ihren regenerierenden Fingern gesagt.

Sobald das Bergungsschiff gelandet war, wurde der Sänger eilig zu den wartenden Meditechs gebracht. Den Karton, der, wie sie inständig hoffte, schwarze Kristalle enthielt, fest an sich gepreßt, ging Killashandra direkt durch die Lagerhalle in den Sortierraum. Sie hatte keine Mühe, Enthor zu finden, denn der Mann lief fast in sie hinein.

»Enthor«, begann sie, während sie sich vor ihm aufbaute und ihm den Karton hinhielt, »ich glaube, hier sind schwarze Kristalle drin.«

»Schwarze Kristalle?« Enthor war überrascht; er zwinkerte und starrte stirnrunzelnd auf sie herab. »Ach, Sie sind's. Sie?« Seine Augen hinter den Linsen weiteten sich erstaunt. »Sie? Was machen Sie hier?« Er wandte sich halb in Richtung der Krankenstation und dann hinauf zur

Rekrutenebene. »Niemand hat schwarze Kristalle geschnitten ...«

»Vielleicht Keborgen. Er ist abgestürzt. Das hier ist aus seinem Schlitten.« Sie drückte ihm den Karton entschlossen gegen die Brust. »Der Flugaufseher hat gesagt, daß er in den Ketten war, um schwarze zu schneiden.«

Aus Gewohnheit griff Enthor nach dem Karton, unfähig, sowohl ihre Erklärung als auch ihr plötzliches Auftauchen zu begreifen. Killashandra sah ungeduldig, wie Enthor zögerte. Sie wollte ihm nichts von dem Kontaktschock sagen, den sie in Keborgens Schlitten bekommen hatte. Geschickt lenkte sie Enthor zu seinem Tisch, wo er, noch immer verwirrt, die Identitätsnummer vor den Registrierer hielt. Seine Hände zögerten kurz, dann ließ er sie sinken, als er sich zu Killashandra herumdrehte.

»Na los«, meinte sie, verärgert über seine Verwirrung. »Sehen Sie sich schon an.«

»Ich weiß, was in dem Karton ist. Woher wußten Sie es?« Enthors Unentschlossenheit war verschwunden, und er sah ihr fast vorwurfsvoll in die Augen.

»Ich habe es gefühlt. Machen Sie ihn auf. Was hat Keborgen geschnitten?«

Seine unheimlichen Augen noch immer auf sie gerichtet, öffnete Enthor den Karton und holte einen Kristall heraus. Beim Anblick des trüben, unregelmäßigen 15-Zentimeter-Segments hielt Killashandra den Atem an, und sie mußte ihre Lungen bewußt dazu zwingen, die Luft wieder auszustoßen, als Enthor ehrfürchtig zwei weitere Stücke auspackte, die genau an das erste paßten.

»Er hat gut geschnitten«, stellte Enthor fest, während er den Dreiersatz aufmerksam musterte. »Er hat sehr gut geschnitten. Genau an den Wolken vorbei. Deshalb auch die Form.«

»Es waren die letzten, die er geschnitten hat«, erklang hinter ihnen die tiefe Stimme des Gildemeisters.

Erschrocken fuhr Killashandra herum und begriff, daß Lanzecki Augenblicke vorher herangekommen sein mußte. Er nickte ihr zu und winkte dann jemandem im Lagerraum.

»Bringt den Rest von Keborgens Schnitt her.«

»Sind noch mehr schwarze dabei?« fragte Enthor Killashandra, als er vorsichtig in der Kunststoffverpackung herumtastete.

Killashandra bebte unter dem intensiven Blick, mit dem Lanzecki sie ansah.

»In diesem Karton oder bei der Landung?«

»Sowohl als auch«, gab Lanzecki zurück. Seine Augen flackerten angesichts ihres Versuchs, Zeit zu gewinnen.

»Im Karton sind keine mehr«, erklärte sie ruhig, während sie mit der Hand über die Schaumstoffseite fuhr. Sie schluckte nervös und warf einen verstohlenen Blick auf Lanzeckis eindrucksvolle Erscheinung. Seine Bekleidung, die ihr früher so düster vorgekommen war, schimmerte in einer Fülle von Garn und einem feinen Muster, wie es einem Mann in seiner Position zukam. Sie schluckte noch einmal, als er kurz nickte und die sechs Kartons aus Keborgens Schlitten auf Enthors Tisch gestellt wurden.

»Noch mehr schwarze Kristalle?« wollte Enthor wissen.

Sie schluckte ein drittes Mal, wobei sie daran denken mußte, wie sehr sie sich über gerade diese Angewohnheit bei Shillawn geärgert hatte, und fuhr mit der Hand über die Kartons. Sie runzelte die Stirn, als ein seltsames Prickeln über ihre Handflächen lief.

»Keiner mehr wie der erste«, sagte sie verwirrt.

Enthor hob die Brauen, und sie mußte sich wohl eingebildet haben, daß seine Augen zwinkerten. Er öffnete wahllos einen der Kartons und holte vorsichtig eine Handvoll trübe Silberne heraus, die er Lanzecki und Killashandra zeigte. Die anderen Kartons enthielten ähnliche silberne.

»Hat er den Dreier zuerst oder zuletzt geschnitten?« fragte Lanzecki leise, als er sich einen fingerlangen Splitter nahm und ihn auf seine Unregelmäßigkeiten untersuchte.

»Hat er das denn nicht gesagt?« erwiderte Enthor ruhig.

Lanzeckis Seufzer und eine kurze Bewegung seines Kopfes war die Antwort.

»Ich dachte, dieser sagenhafte Symbiont könnte Verletzungen …«, platzte Killashandra heraus, noch bevor sie überhaupt wußte, daß sie etwas sagen wollte.

Lanzeckis Blick ließ sie verstummen.

»Es gibt einige wenige Einschränkungen, bei denen der Symbiont machtlos ist: vorsätzlicher und ständiger Mißbrauch ist eine. Das Alter des Wirts ist eine andere. Plus der dritte Faktor – Keborgen ist ungeachtet der Sturmwarnungen zu lange draußen in den Ketten geblieben.« Er wandte sich wieder ab und sah auf die drei schwarzen Kristalle auf der Waagschale und auf den Kredit, der auf dem Display aufblinkte.

Wenn Keborgen tot war, wer erbte dann seine Kredits? Killashandra zuckte zusammen, als Lanzecki weitersprach.

»Sie sind also sensitiv für die schwarzen, Killashandra Ree, und Sie hatten das Glück einer Milekey-Transition.«

Killashandra konnte der verwirrenden Hochschätzung des Gildemeisters nicht aus dem Wege gehen. Er schien weder so unnahbar noch so distanziert wie damals, als sie mit Carrik auf Shankill eingetroffen waren. Besonders seine Augen funkelten lebhaft. Eine kaum wahrnehmbare Aufwärtsbewegung seiner Lippen lenkte ihren ruhelosen Blick auf seinen Mund. Die vollen, wohlgeformten Lippen reflektierten seine Gedanken offensichtlich vielmehr als Auge, Gesicht oder Körper. Ob sie ihn amüsierte? Nein, wahrscheinlich nicht. Der Gildemeister war nicht für seinen Humor bekannt; Männer und Frauen, die sonst vor kaum etwas Ehrfurcht und vor nichts außer Krediten Respekt hatten, hatten Respekt und große Achtung vor ihm. Sie fühlte, wie sich ihr Rücken und ihre Schultern angesichts des belustigten Zuckens seines Mundes automatisch versteiften.

»Danke, Killashandra Ree, daß Sie diesen Dreier so schnell gefunden haben«, sagte Lanzecki mit einer leichten Verbeugung, die seine Dankbarkeit noch unterstrich. Dann drehte er sich um und war so schnell wieder verschwunden, wie er aufgetaucht war.

Ausatmend lehnte sich Killashandra gegen Enthors Tisch.

»Es ist immer gut, die schwarzen zu erkennen, wenn sie in der Nähe sind.« Enthor schwieg, während er behutsam weitere Splitter auspackte. Er zwinkerte und blickte dann auf das Display an der Waagschale. »Das Problem ist nur, sie überhaupt zu finden. Und sich dann daran zu erinnern, wo man sie gefunden hat.«

Killashandra verließ ihn und ging durch den Sortier- und Lagerraum hinaus auf das Hangardeck, der kürzeste Weg zu einem Bogenlift, der sie hinunter in ihr Quartier brachte. Die Hangararbeiter waren damit beschäftigt, Keborgens Wrack zu demontieren. Sie verzog das Gesicht. Also wurde ein beschädigtes Schiff, solange sein Besitzer lebte, so oft wie nötig repariert – und dann ausgeschlachtet. Ob auch Carriks Schlitten auseinandergenommen worden war?

In einer plötzlichen Eingebung blieb sie stehen, fuhr herum und sah hinaus auf die Hügel in die Richtung, aus der Keborgen auf seinem letzten, ziellosen Flug gekommen war. Fast im Laufschritt legte sie den Weg bis zum Hangarcheckraum zurück, wo sie sich die Wetterangaben ansah, die ständig über das Display liefen und immer wieder auf den neusten Stand gebracht wurden.

»Dieser Sturm im Südosten? Hat er sich schon aufgelöst?«

Der Wettermann sah stirnrunzelnd auf. Um einem Einwand seinerseits vorzukommen, zeigte ihm Killashandra ihr Armband, worauf er sofort ein Bild der Satellitenaufzeichnung anforderte, die die Bildung des Sturms und seinen turbulenten Verlauf entlang der Küste des Hauptkontinents und der Milekey-Ketten zeigte. Der Sturm war rasch entstanden und hatte, so unberechenbar wie die meisten Stürme auf Ballybran, einen großen Sektor der Kette heimgesucht, um dann in Richtung mehr über den Rand der langen Ebene zu ziehen, wo Warmluft mit seiner kälteren Masse zusammengestoßen war.

»Ich bin auf dem Bergungsboot gewesen, das Keborgen hereingeholt hat, aber ich muß mein Digitalband verloren haben. Kann ich einen Gleiter haben?«

Der Wettermann zuckte die Achseln. »Von mir aus können Sie einen Gleiter haben. Das Wetter ist in unserer Zone ruhig. Fragen Sie bei der Flugkontrolle nach.«

Die Flugkontrolle hielt sie offensichtlich für ungeschickt, daß sie so etwas wie ihr Digitalband verlieren konnte, und wies ihr ein ziemlich mitgenommenes Boot zu. Sie blieb noch so lange, daß der Kurs des Bergungsschiffs noch immer auf dem Notdisplay stand. Auf dem Wege aus dem Büro machte sie sich Notizen auf ihrem Digitalarmband.

Sie startete den Gleiter und verließ den Hangar in mäßigem Tempo, wie es sich für einen Routineflug gehörte, dann nahm sie Kurs auf die Unglücksstelle. Sie war mehr und mehr von dem Gedanken besessen, daß Keborgen bei seinem Versuch, dem Sturm zu entkommen, mit Sicherheit den direktesten Weg zum Komplex zurück eingeschlagen hatte. Wenn Concera auch immer wieder erwähnt hatte, wieviel Mühe sich Sänger gaben, ihre Claims zu schützen, indem sie auf dem Hin- sowie dem Rückflug umständliche Umwege machten, war es doch durchaus denkbar, daß Keborgen einen direkten Kurs gewählt hatte in der Hoffnung, sich so zu retten. Sein Schlitten war mit beträchtlicher Verspätung hinter den anderen aus dem gleichen Gebiet angekommen.

In Anbetracht dieser Möglichkeit konnte sie von der Datenbank die genaue Sekunde erfahren, in der die Sturmwarnung durchgegeben worden war, die Maximalgeschwindigkeit seines Schlittens und die Flugrichtung zur Zeit des Absturzes berechnen und daraus schließen, in welchem ungefähren Gebiet er seine schwarzen Kristalle geschnitten hatte. Vielleicht war sogar eine Wahrscheinlichkeitsberechnung über die Zeitdauer möglich, die Keborgen noch bei seinem Claim gezögert hatte, wenn sie die Spanne berücksichtigte, die die anderen neununddreißig Sänger für ihre Rückkehr gebraucht hatten.

Sie ließ den Gleiter über die Absturzstelle schweben. Die scharfen Abdrücke begannen zu verwischen, da eine frische Brise über den Boden wehte. Killashandra wendete den Gleiter seitwärts und entdeckte die nächste und dann zwei weitere Schleuderspuren, bevor sie die rauhen Schrammen auf dem nackten Gestein eines höheren Hangs ausmachte. Sie landete, um die Spuren näher zu untersuchen. Auf der Nordseite war die Schramme tiefer, als ob der Schlitten beim Kontakt mit dem Felsen abgelenkt worden wäre. Sie blieb in der Spur stehen und machte sich Notizen auf ihrem Digitalarmband. Dann kehrte sie zu ihrem Gleiter zurück, teilte den Sektor auf und machte sich daran, die einzelnen Abschnitte nach weiteren Spuren von Keborgens wildem, mißlungenem Flug abzusuchen.

Die einbrechende Dunkelheit ließ es ihr schließlich ratsam erscheinen, ihre Suche abzubrechen. Killashandra überprüfte ihre Position und kehrte zum Komplex zurück.

VII

Killashandra lehnte sich von dem Terminal in ihrem Zimmer zurück. Ein Blick auf die Digitaluhr sagte ihr, daß es früher Morgen war. Sie war erschöpft, ihre Augen waren rot vor Müdigkeit, und sie hatte einen bohrenden Hunger. Aber sie hatte der Datenbank der Gilde sämtliche Informationen entlockt, die ihr bei der Einengung ihrer Suche nach Keborgens Schwarzkristallclaims nützlich sein konnten. Sie ließ das Programm unter der nur ihr zugänglichen Personalaufzeichnung speichern, dann stand sie auf und ging steifbeinig, den schmerzenden Rücken gekrümmt, zur Verpflegungsanlage hinüber und bestellte sich eine heiße Suppe. Obwohl sie die Daten gespeichert hatte, konnte sie nicht aufhören, an ihren Plan zu denken. Und an die Hindernisse, die seiner Ausführung im Wege standen.

Keborgen war tot. Seine Claims, wo immer sie liegen mochten, waren nun, gemäß der Fülle von Paragraphen über »Claims, ihre Anspruchserhebung und Absteckung, Strafen für widerrechtliche Aneignung, Geldstrafen und Einschränkungen« und den ganzen Subparagraphen, wieder offen. Aber erst einmal mußte der Claim gefunden werden. Das war das Hauptproblem, wie Enthor gesagt hatte. Killashandra hatte vielleicht Theorien über seine Lage, aber sie besaß weder einen Schlitten, um dort hinzukommen und sich umzusehen, noch einen Schneider, um Kristalle aus der »freien« Fläche abzubauen. Ihre Nachforschungen hatten ergeben, daß Keborgen den Claim schon seit mindestens vier Jahrzehnten abbaute, und eine Analyse bewies, daß zwölf Schwarzkristall-Schnitte von der gleichen Fläche stammten, der letzte neun Jahre nach dem vorletzten. Das andere Problem, das Enthor erwähnt hatte, war, sich an die Lage zu erinnern.

Als Unterbrechung von der zähen Paukerei hatte Killashandra Concera gefragt, wie Sänger nach einer Abwesenheit wieder zurück zu ihren Claims fanden, vor allem wenn ihr Gedächtnis doch so unzuverlässig war.

»Oh«, hatte Concera leichthin geantwortet, »ich denke immer daran, meinem Schlitten zu sagen, nach welchen Orientierungspunkten im Gelände ich mich richten muß. Schlitten haben Stimmusterrekorder, also sind sie todsicher.« Sie zögerte und hatte wieder jenen ziellosen Blick, der typisch bei ihr war. »Natürlich können Stürme solche Orientierungspunkte manchmal verändern, es ist also ratsam, Höhenlinien und Täler oder Schluchten aufzuzeichnen, also solche Dinge, die sich selbst bei einem *bösen* Sturm nicht verändern. Außerdem«, fuhr sie strahlender fort, »*resoniert* eine Fläche, wenn Sie ein paarmal an derselben geschnitten haben. Wenn Sie sich also nur an die allgemeine Richtung erinnern und soweit kommen, ist es viel leichter, die genaue Stelle zu finden.«

»Es ist also eher so, daß der Kristall einen ansingt, als daß man selbst kristallsingt«, hatte Killashandra bemerkt.

»Ja, sehr gut gesagt«, hatte Concera mit der falschen Fröhlichkeit von jemandem geantwortet, der nichts verstanden hatte.

Killashandra aß ihre Suppe zu Ende und schlurfte dann müde in ihr Schlafzimmer, wo sie aus ihrem Overall schlüpfte. Sie war nicht unzufrieden mit den Informationen, die sie hatte sammeln können. Sie konnte ihre Suche auf ältere Claimabsteckungen in dem geographischen Gebiet einengen, das sich aus der Maximalgeschwindigkeit von Keborgens schon älterem Schlitten, der Zeit, als die Sturmwarnung ausgegeben worden war und der gemessenen Sturmgeschwindigkeit berechnen ließ.

Ein Punkt wollte ihr nicht aus dem Kopf gehen. Keborgens Schlittenrekorder. Sie hatte selbst gesehen, wie der Schlitten demontiert worden war, aber ob die Gildetechniker auch den Rekorder wegen der Daten sichergestellt hatten, die er vielleicht hergab? Sie wußte nicht genau, ob es schon jemals jemandem gelungen war, einen Stimmcode zu brechen. Es wurde leise gemunkelt, daß es möglich war. Obwohl die Vorschriften nicht ausdrücklich besagten, daß die Gilde so etwas tun konnte, nach den FSP-Rechten ein schlimmer Bruch der Persönlichkeitsrechte, untersagte die Charta der Gilde auch nicht ausdrücklich dieses Recht, wenn ein Mitglied einmal tot war. Trag hatte allerdings gesagt, daß private Personalaufzeichnungen anderen unzugänglich waren.

Die Dunkelheit und die absolute Stille ihres Schlafzimmers steigerten ihre plötzlichen Zweifel. Die Gilde konnte eine gewisse Rücksichtslosigkeit an den Tag legen, was sie gelegentlich auch tat. Um des gesunden Verstandes willen überzeugte sie sich besser hier und jetzt, ob die Gilde getreu an ihren angeführten und endlos zitierten Prinzipien festhielt oder nicht. Sie suchte unvermittelt Trost in der ganzen Länge der Charta. Ihre umfangreichen Paragraphen und Abschnitte reflektierten Bedingungen und Notfälle, mit denen man sich in vierhundert Jahren der Anwendung und des Mißbrauchs auseinandergesetzt hatte.

Mit einem Seufzer rollte sich Killashandra herum. Einschränkungen zu umgehen und Gesetze zu mißachten, lag in der Natur des Menschen. Wenn die Gilde verbot, dann schützte sie auch, sonst hätte man diesen verdammten Planeten längst den Sporen und Kristallen überlassen.

Sie erwachte später am Morgen beim hartnäckigen Summen ihres Terminals und wurde informiert, daß ihr Schneider jetzt fertig sei und sie ihn abholen und sich dann im Ausbildungsraum 47 melden sollte. Erschöpft von nicht genügend Schlaf, duschte sich Killashandra rasch und frühstückte herzhaft. Sie ertappte sich dabei, wie sie immer wieder zur Computerkonsole hinüberblickte, fast als erwartete sie, daß die Informationen vom gestrigen Abend dort plötzlich wieder auftauchen würden.

Computer mußten sich mit Fakten befassen, und sie hatte einen Vorteil, der sich nicht berechnen ließ: eine Sensitivität für schwarze Kristalle – Keborgens schwarze Kristalle. Computer gaben auch nicht unaufgefordert Informationen aus, aber sie hatte kaum Zweifel, daß bei der Nachricht von Keborgens Tod die meisten wissen würden, daß sein reicher Claim jetzt offen war. Killashandra hatte keine Ahnung, wieviele Sänger von einem Urlaub zurück waren und sich an der Suche beteiligen konnten. Sie wußte, daß ihre Chancen, den Claim zu finden, einerseits gut und auf der anderen Seite unwahrscheinlich waren. Die Fertigstellung ihres Schneiders sah sie als günstiges Vorzeichen an.

Sie wartete gerade auf den Lift, als sie hörte, wie hinter ihr jemand ungläubig ihren Namen rief.

»Killashandra! Ich bin wieder okay. Ich bin auch ein Sänger.«

Selbst erstaunt, drehte sie sich um und entdeckte Rimbol, der auf sie zukam.

»Rimbol!« Während sie seine enthusiastische Umarmung erwiderte, wurde sie sich mit aller Deutlichkeit bewußt, daß sie schon seit ein paar Tagen überhaupt nicht mehr an ihn gedacht hatte.

»Man hat mir gesagt, du hättest die Transition zufriedenstellend überstanden, aber es hat niemand eine Spur von dir gesehen! Bist du okay?« Rimbol hielt sie von sich, während seine grünen Augen prüfend über ihr Gesicht und ihre Figur glitten. »Habe ich es bloß im Fieber geträumt, oder hast du mich tatsächlich einmal besucht?«

»Ich habe dich sogar mehrmals besucht«, erwiderte sie wahrheitsgemäß und mit instinktiver Diplomatie. »Aber dann hat man mir gesagt, daß ich deinen Genesungsprozeß stören würde. Wer hat es denn inzwischen sonst noch geschafft?«

Rimbolds Ausdruck wurde sorgenvoll. »Carigana nicht. Shillawn ist taub und zur Forschung eingeteilt. Dann Mistra, und Gott sei Dank auch Borton und Jezerey. Insgesamt haben es neunundzwanzig geschafft. Bei Celee, dem Raumfahrer, war die Adaptation nur mittelmäßig, aber da er alle seine Sinne behalten hat, wird er als Shuttlepilot arbeiten. Ich glaube, er ist ganz zufrieden damit.«

»Und Shillawn? Was macht er?« Killashandra wußte, daß ihre Stimme scharf war, und Rimbols Gesicht umwölkte sich, bis sie ihn umarmte. Er würde lernen müssen, sich jetzt nicht mehr so viel Gedanken um andere zu machen. »Ich glaube eigentlich, daß er in der Forschung glücklicher sein wird als Schneider. Celee war sowieso schon Pilot, er hat also nichts verloren … Antona hat mir gesagt, daß sich Carigana nicht der Spore überlassen wollte.«

Rimbol runzelte die Stirn, und sein Körper versteifte sich, so daß sie ihn losließ.

»Sie hat gegen alles rebelliert, Fieber. Hast du Antona nicht danach gefragt?«

»Nein.« Rimbol zog den Kopf ein, ein albernes Grinsen auf dem Gesicht. »Ich hatte Angst, solange die anderen die Transition noch nicht hinter sich hatten.«

»Jetzt ist ja alles vorbei. Und du wohnst auf der Sängerebene.« Sie sah das Armband und zeigte ihm ihres. »Wo wolltest du gerade hin?«

»Ich muß zur Schneidereinstimmung.« Seine grünen Augen strahlten vor Begeisterung.

»Dann können wir zusammen gehen. Ich muß meinen nämlich abholen.«

Sie war in den Lift eingestiegen, und Rimbol drehte sich vor Überraschung halb herum.

»Du sollst ihn abholen?«

»Man hat dir doch gesagt, wie lange du krank gewesen bist, oder nicht?« Killashandra war sich im klaren darüber, daß sie mit dieser Frage nur Zeit gewinnen wollte. In Rimbols Augen spiegelte sich Überraschung und dann Verwirrung. »Ach so, ich hatte Glück. Ich hatte eine Milekey-Transition, wie Antona sie genannt hat, also haben sie mich aus der Krankenstation abgeschoben, um Platz für jemand anders zu machen und mit meiner Ausbildung angefangen, damit ich nicht auf dumme Gedanken komme. Da wären wir. Übrigens, stör dich nicht an die Launen des Technikers. Er haßt es, vom Fischen abgehalten zu werden.«

Sie hatten jetzt das Büro des Technikers erreicht, wo bereits Jezerey, Mistra und zwei andere warteten.

»Killashandra! Du hast es also geschafft!«

Killashandra glaubte, etwas wie unwillkommene Überraschung aus Jezereys Stimme herauszuhören. Das Mädchen sah hager aus und hatte ihr hübsches Aussehen verloren.

»Ruhe da draußen.« Die Stimme des Fischers erstickte

Killashandras Ansatz zu einer Erwiderung. Er hielt einen offensichtlich ganz neuen Schneider in der Hand.

»Sie, Killashandra.« Er winkte sie brüsk an die Theke heran, während die anderen zurücktraten.

Killashandra war sich auf unangenehme Weise der Aufmerksamkeit der anderen bewußt, als sie das Gerät annahm. Dann schloß sie die Finger um den Energiegriff, die rechte Hand auf der Führung, und vergaß alle Verlegenheit in dem erregenden Gefühl, den Kristallketten einen Schritt nähergekommen zu sein. Sie holte überrascht Luft, als sie sah, daß ihr Name in sauberen Buchstaben in das Kunststoffgehäuse geritzt war, das das Infraschallmesser schützte.

»Bringen Sie ihn nach jeder Tour zurück, damit er überprüft wird, ja? Sonst geben Sie nicht mir die Schuld, wenn er nicht richtig schneidet. Verstanden?«

Killashandra wollte sich bedanken, aber er hatte sich schon den anderen zugewandt und wirkte Borton zu sich. Als sie sich mit dem Schneider in der Hand herumdrehte, sah Killashandra den beleidigten Ausdruck in Jezereys Augen und den gekränkten, überraschten und betrogenen in Rimbols.

»Antona hat mich aus der Krankenstation hinausgeworfen«, sagte sie mehr zu Rimbol als zu den anderen, obwohl alle sie anzuklagen schienen. »Also hat mich die Gilde an die Arbeit gebracht.«

Mit hoch erhobenem Kopf lächelte sie allen höflich zu und verließ das Büro.

Als sie den Gang hinunter zu den Aufzügen ging, war sie unverständlicherweise böse auf sich selbst, auf die Ignoranz der anderen und auf die Gilde, weil sie sie den übrigen vorausgestellt hatte. Sie erinnerte sich an ähnliche Szenen in der Musikschule, wenn sie nach beharrlichem Üben eine Rolle oder ein Instrumentalsolo bekommen hatte, die Mehrheit ihrer Kommilitonen aber lieber jemand anders an ihrer Stelle gesehen hätte. Dann war sie auch verantwortlich gewesen. Jetzt dagegen war man, obwohl sie bewußt nichts getan hatte, die anderen Rekruten zu provozieren, böse auf sie, nur weil sie einmal Glück gehabt hatte, genau wie man auf der Musikschule böse auf sie gewesen war, nur weil sie hart gearbeitet hatte. Was für einen Sinn hatte das alles überhaupt?

»Passen Sie auf den verdammten Schneider auf!« Eine heftige Stimme unterbrach sie in ihrem gekränkten Selbstmitleid, und jemand schob sie mit unnötiger Gewalt nach rechts. »Ich habe gesagt, Sie sollen aufpassen!«

Der Mann wich hastig zurück, da sie angesichts des aggressiven Tons instinktiv den Schneider erhoben hatte. Ihre Verwirrung steigerte sich noch durch das Wissen, daß sie achtlos gewesen war und sich jetzt wie eine Närrin benahm. Die Tatsache, daß er sie darauf hingewiesen hatte, trug nicht dazu bei, daß sich ihre Verärgerung legte.

»Er ist nicht eingeschaltet.«

»Das Ding ist verdammt gefährlich, ob eingeschaltet oder nicht. Hat man Ihnen denn nicht gezeigt, wie man damit umgeht?« Der große Mann, der sie so anfunkelte, war Borellas Begleiter aus dem Shuttle.

»Dann beschweren Sie sich bei Borella: Sie war nämlich unsere Lehrerin.«

»Borella?« Der Sänger starrte sie an, die Stirn verwirrt gerunzelt. »Was hat sie mit Ihnen zu tun?«

»Ich gehöre zu ihrem letzten ›Fang‹, so hat sie sich, glaube ich, ausgedrückt.«

Die Falten auf seiner Stirn vertieften sich, als sein Blick über sie glitt und an ihrem Armband haften blieb.

»Ach, Sie haben gerade erst Ihren Schneider bekommen, meine Liebe?« Er bedachte sie mit einem herablassenden Lächeln. »Dann vergesse ich eine Beschuldigung wegen Unhöflichkeit.« Mit einer leichten Verbeugung und einem ironischen Grinsen ging er weiter in Richtung Werkstatt.

Während sie dem Mann nachstarrte, wurde sie sich wieder jener seltsamen Anziehungskraft der Kristallsänger bewußt. Sie war wütend auf ihn gewesen, aber ihre Wut hatte zum Teil auf seinem eingeschüchterten Verhalten und ihrem Wunsch, ihn zu beeindrucken, beruht. War Carrik auch einmal so gewesen? Und sie nur zu unerfahren, um es zu wissen?

Sie erreichte den Lift und stieg ein. Die Begegnung mit

dem Sänger ließ sie wieder selbstbewußter in die Zukunft blicken. Egal, was war, sie war eine Kristallsängerin: und zwar mehr als die anderen aus ihrer Klasse, dank einer physischen Anomalie und eines Zeitfaktors, für die sie nichts konnte.

Als sie den Ausbildungsraum 47 betrat, wartete dort eine weitere Überraschung auf sie. Sie sah sich Trag gegenüber, der an einem schweren Kunststofftisch lehnte, die Arme vor der Brust verschränkt, und offensichtlich auf sie wartete.

»Ich bin doch nicht zu spät, oder?« fragte sie. Ein zweites Mal ergriff ein Gefühl der Verwirrung von ihr Besitz, denn ihre Worte hallten mißtönend durch den Raum. Dann entdeckte sie die unverwechselbaren Schaumstoffkartons auf dem Tisch hinter Trag. »Wie komisch.«

»Mißtönende Kristalle«, erklärte er, und seine tiefere Stimme echote genau wie ihre zuvor. Dann streckte er die Hand nach ihrem Schneider aus.

Killashandra gab ihn nur zögernd her, da sie ihn erst so kurz besaß. Er inspizierte jedes Teil des Geräts und nahm sogar die Hülle um das Infraschallmesser ab, das er mit besonderer Aufmerksamkeit untersuchte. Dann stellte er sich auf ihre linke Seite, hielt ihr den Schneider hin und beobachtete, wie sie ihn an den Griffen nahm. Er überprüfte ihre Handstellung und nickte.

»Sind Sie mit der Bedienung vertraut?« fragte er, obwohl er wissen mußte, daß der Fischer ihr alles genauestens erklärt hatte. »Und auch mit dem Vorgang des Einstimmens?« Wieder nickte sie, ungeduldig angesichts seiner Fragerei.

Mit einer Gleichgültigkeit gegenüber seinem Inhalt, die Killashandra den Atem nahm, ließ er jetzt einen Kristallkarton auf den Kunststofftisch fallen. Trag grinste.

»Das hier sind mißtönende Kristalle. Sie kommen von einem der näheren Systeme, die sich nicht die Mühe machen, Tuner einzustellen. Auf diese Weise können Sie lernen, mit der Waffe, die Sie da tragen, umzugehen.«

Einen entsetzten Moment lang fragte sich Killashandra, ob Trag Zeuge ihrer Begegnung mit dem anderen Sänger geworden war. Sie warf einen raschen Blick auf das Gerät, das, wie ihr klar wurde, auch als Waffe verwendet werden konnte.

Trag holte fünf Rosenkristallachtecke aus dem Karton. Mit einem Hammer ähnlich wie der, den Enthor benutzt hatte, schlug er sie nacheinander an. Der dritte Kristall klang deutlich falsch.

»Jetzt müssen die fünf wieder in Einklang gebracht werden. Ich schlage vor, Sie singen sie eine volle Note unter dieser« – dabei schlug er das fehlerhafte Oktogon an – »und schneiden dann die Oberseite von diesem hier, bis er sauber gegen den Infraschallschneider klingt.« Er legte den mißtönenden Kristall in einen verstellbaren Standschraubstock ein, zog die Halterungen an und vergewisserte sich dann, daß der Kristall auch fest saß. »Wenn er richtig singt, schneiden sie die anderen einfach in der entsprechenden Tonleiter.«

»Wie ist es denn zu dem Mißton gekommen?«

»Halterungsfehler. Das kommt bei Rosenquarzen häufig vor.«

»Dur oder Moll?«

»Moll reicht.«

Er drehte mit dem Kopf auf ihren Kontrollgriff, und sie schaltete den Schneider ein, wobei sie daran dachte, ihren Körper gegen die Energie zu wappnen, die durch den Griff auf ihn eindrängen würde. Trag schlug den mißtönenden Kristall mit seinem Hammer an, und sie sang den Mollton darunter, wobei sie mit dem Daumen am Tuner drehte, bis der Klang des Schneiders mit ihrem Ton übereinstimmte.

Der Kristall schrie, als das Messer ihn berührte, und es kostete sie ihre ganze Selbstbeherrschung, es nicht zurückzuziehen.

»Schneiden Sie gleichmäßig«, kommandierte Trag, und sein abrupter Befehl ließ sie ruhiger werden.

Der Schrei des Kristalls ging in einen reineren Ton über, als der Infraschallschneider seinen Eingriff beendete. Trag bedeutete ihr, das Gerät auszuschalten, ohne sich um ihre zitternde Hand zu kümmern. Er schlug den nächsten Kristall an, der ein reines A-Moll sang. Dann schlug er den dritten Kristall in der Reihe an. Ein A-Dur.

»Gehen Sie auf G-Moll«, wies er sie an, während er den Kristall einspannte.

Killashandra hatte Mühe, sich von dem Echo des Durtons zu befreien. Diesmal war sie bereit für die Energiewelle und den Schrei des Kristalls, als sie den Schneider einschaltete und den Tuner auf G-Moll einstellte. Der Schrei war nicht so schrill, aber das Rosenoktogon schien sich der Tonveränderung zu widersetzen, als sie mit dem Messer darüberfuhr. Trag schlug den neugeschnittenen G-Moll an, nickte beifällig und spannte dann den dritten ein.

Als Killashandra die fünf neu geschnitten hatte, fühlte sie sich erschöpft und, auf bizarre Weise, freudig erregt. Sie hatte tatsächlich Kristalle geschnitten. Sie lehnte sich gegen den Tisch und sah zu, wie Trag sie wieder einpackte und einen entsprechenden Vermerk auf dem Karton machte. Dann griff er nach einem zweiten Karton. Es handelte sich wieder um einen Halterungsfehler, und Trag machte ein paar abfällige Bemerkungen über Techniker, die nicht begriffen, daß die richtige Halterung das Leben eines Kristalls verlängerte.

»Wie könnten Anfänger wie ich es denn lernen, wenn nicht jemand solche Fehler machte?« meinte sie. »Sie nehmen doch bestimmt keine frisch geschnittenen Kristalle aus den Ketten.«

»Diese Oktogone waren relativ neu. Sie dürfen eigentlich jetzt noch nicht neu gestimmt werden müssen. Ich habe etwas gegen Nachlässigkeit in jeder Form.«

Das konnte sich Killashandra vorstellen, und sie nahm sich vor, ihm keinen Anlaß zu Klagen über sie zu geben.

Sie schnitt den Inhalt von neun Kartons neu, zwölf Gruppen gelber, blauer und rosa Kristalle, und als der letzte Karton ausgepackt wurde und zwei flache blaue Zwölfecks zum Vorschein kamen, einer mit einem vertikalen Riß, fragte sie, ob denn schwarze Kristalle nie neugeschnitten werden müßten.

»Solange ich hier arbeite, nicht«, antwortete Trag und sah sie eingehend an. »Das kommt unter anderem einmal daher, daß die einzelnen Segmente getrennt sind, und zum anderen, daß ihre Installierung von exzellenten Technikern durchgeführt wird. Bei schwarzen Kristallen kommen keine Fehler durch Halterungserosion oder falsche Behandlung vor, da sie zu wertvoll sind.« Er spannte den beschädigten blauen in die Halterung ein, so daß die Seite mit dem Riß freilag. Diesmal müssen Sie etwas anders mit dem Messer arbeiten. Wenn Sie den beschädigten Teil ganz abschneiden, haben Sie die Symmetrie der Form zerstört. Deshalb muß das ganze Stück neu geformt und als Zwölfeck heruntergedrückt werden. Normalerweise geht man von Dur zu Moll und von Moll zu Dur die Tonleiter herunter. Diesmal müssen Sie mindestens eine Sext heruntergehen. Da blaue fast so häufig sind wie rosafarbene, ist es kein großer Verlust, wenn Sie einen Fehler machen. Entspannen Sie sich. Fangen Sie an.«

Killashandra hatte sich dieser Aufgabe nicht gewachsen gefühlt, aber Trags Hinweis, daß sie ruhig einen Fehler machen konnte, stärkte sie in ihrer Entschlossenheit. Sie hörte die Sext darunter im selben Augenblick, als sie den blauen anschlug, stellte den Schneider ein und schliff schon, bevor er Zeit hatte, aus dem Weg zu treten. Sie machte die nächsten zwei Schnitte ohne zu zögern und lauschte der Tonveränderung in dem Kristall. Mit einem knappen Nicken bedeutete sie ihm, den Kristall im Schraubstock zu drehen und nahm drei weitere Schnitte vor. Erst, als sie mit dem Neuschnitt fertig war, schaltete sie ihr Gerät ab. Dann sah sie Trag herausfordernd an. Mit gleichgültiger Miene spannte er den zweiten Kristall ein und schlug erst ihn und dann das neugeschnitte Zwölfeck an. Sie waren in Einklang miteinander.

»Das genügt für den ersten Tag, Trag.«

Beim unerwarteten Klang der Stimme hinter ihr fuhr Killashandra herum, den Schneider in einer automatischen Verteidigungsreaktion erhoben, als Lanzecki seinen Satz beendete. Mit einem kaum wahrnehmbaren Zucken der Lippen betrachtete er das auf ihn gerichtete Muster. Sofort senkte Killashandra das Gerät und auch ihre Augen, verwirrt und durcheinander durch ihre Reaktion, und völlig erschöpft nach der angestrengten Konzentration dieses Morgens.

»Ich habe immer gedacht, Fuerte sei ein freundlicher Planet«, fuhr Lanzecki fort. »Trotzdem, Sie schneiden schon sehr gut, Killashandra Ree.«

»Heißt das, daß ich bald in die Ketten kann?«

Sie hörte, wie Trag angesichts ihrer Vermessenheit verächtlich schnaubte, doch Lanzecki schien nicht die Einstellung seines Assistenten zu teilen. Seine braunen Augen hielten ihre fest. Als sie seinem abschätzenden Blick begegnete, fragte sie sich, warum Lanzecki kein Kristallsänger war: Er schien so viel typischer zu sein als Carrik oder Borella oder irgendeiner der anderen Kristallsänger, die sie kennengelernt oder gesehen hatte.

»Bald genug, um nicht eine vielversprechende Karriere zu gefährden. Bald genug. Inzwischen denken Sie daran: Übung macht den Meister. Diese Übung hier« – und Lanzecki deutete auf die Kartons mit gestimmten Kristallen – »ist nur eine von mehreren, die Sie machen müssen, bevor Sie sich an die Ketten wagen können.«

Wieder war er so rasch verschwunden, daß sich Killashandra fragte, ob er tatsächlich dagewesen war. Die Wirkung, die er auf sie und Trag hatte, ließ allerdings keinen Zweifel an seiner Anwesenheit.

Der stellvertretende Gildemeister betrachtete sie mit verstecktem Interesse.

»Wenn Sie wieder in Ihrem Quartier sind, nehmen Sie ein Radiantbad«, riet Trag. »Heute nachmittag sind Sie für einen Flug mit dem Schlittensimulator eingeteilt.« Er wandte sich ab und gab ihr damit zu verstehen, daß sie entlassen war.

In dieser Reihenfolge ging ihre Ausbildung weiter bis zum nächsten Ruhetag, obwohl sie wünschte, daß es umgekehrt gewesen und die Flüge mit dem Schlittensimulator morgens, wenn ihre Reflexe noch unverbraucht und das Schneiden am Nachmittag gewesen wäre, wenn sie sich einen Fehler erlauben konnte. Aber es gab einen triftigen Grund für diese anscheinend unlogische Einstellung. Da sie den Schlitten ja würde fliegen müssen, nachdem sie

Kristalle geschnitten hatte, mußte sie lernen, abgestumpfte Reaktionen einzuschätzen.

Im Radiantbad, dessen ölige Flüssigkeit einen sanften Druck auf ihren ermüdeten Körper ausübte und die durch ihre leichte Wirbelbewegung wie eine wohltuende Massage wirkte, erfrischte sie sich nach dem anstrengenden Morgendrill des Schneidens. Eine Nachfrage beim Computer zeigte ihr, daß sie für ihre Morgenarbeit den Lohn eines Tuners bekam, während ihr der Unterricht bei dem Flugaufseher am Nachmittag in Rechnung gestellt wurde.

Nach sechs Tagen einer solchen anstrengenden Routine freute sie sich auf einen freien Tag. Da vom Weißen Meer her ein Tiefdruckkeil herkam, würde es an dem Ruhetag möglicherweise bewölkt und regnerisch sein. Sie hatte begonnen, sich wie alle Ballybraner intensiv mit der Meteorologie zu beschäftigen, was durch Trags immer wiederkehrende Fragen nach den Wetterverhältnissen am Anfang jeder Übungssitzung gefördert wurde.

Ihr Fluglehrer hob ebenfalls immer wieder hervor, wie wichtig es war, auf das Wetter zu achten. Daß er soviel Wert auf diesen Punkt legte, war einleuchtend, da ein Großteil ihrer Simulatorausbildung darin bestand, mit Turbulenzen verschiedener Stärke und Art fertig zu werden. Sie fing an, die Klangunterschiede der Warnsysteme unterscheiden zu können, mit denen der Simulator ausgestattet war, und bald sagte ihr der Warnton genauso deutlich wie das Metdisplay, welcher Art und welchen Ausmaßes der Sturm war, den sie auf ihren Übungsflügen zu überleben lernte.

Persönlich fand Killashandra, daß die ganzen Warnsysteme übertrieben waren; bei so vielem Schrillen, Klingeln und Summen würde der Verstand den größten Teil des Lärms einfach ignorieren. Der Nervenprickler dagegen, das letzte in der Reihe der Warnsysteme, war nicht zu ignorieren.

Ihre Leistung bei den Übungsflügen steigerte sich in der Zwischenzeit von lediglich ausreichender bis zu perfekter automatischer Reaktion, während sie mit dem Simulator über jeden Teil von Ballybran, über Land, Meer und arktisches Eis flog. Sie lernte, die Hauptluft- und -meeresströmungen überall auf dem Planeten innerhalb von Sekunden, nachdem sie auf dem Borddisplay erschienen, zu identifizieren.

Während sie so Erfahrung sammelte, lernte sie auch, Vertrauen in ihren Schlitten zu bekommen. Das Schiff war enorm manövrierfähig mit VTOL-Fähigkeiten und einer Reihe von Hilfssystemen zu dem Hauptantrieb auf Kristallbasis, der für Ballybrans ungewöhnliche Bedingungen wesentlich verbessert worden war.

Killashandra hatte die übrigen Mitglieder der Klasse 895 nur hin und wieder flüchtig zu Gesicht bekommen. Rimbol hatte ihr von weitem fröhlich zugewinkt, und einmal sah sie Jezerey über die Hangarfläche schießen, aber Killashandra wollte sich nicht auf ihre Toleranz verlassen, es sei denn, Jezereys Einstellung hatte sich seit ihrer letzten Begegnung deutlich verändert. Vielleicht war sie jetzt, da sie und die anderen ebenfalls voll in der Ausbildung standen, zugänglicher.

Rimbol sah sie zum erstenmal wieder, als sie in den Gemeinschaftsraum auf der Sängerebene schlenderte. Es war ein Abend, an dem sich die meisten Vollmitglieder der Gilde entspannen konnten. Trotz des Tiefdruckkeils war nicht mit Stürmen zu rechnen, und Passover – jene verhängnisvolle Konjunktion der drei Monde, die die schlimmsten Stürme verursachte – war noch neun Wochen entfernt. Borton sah Killashandra nicht, weil er und die anderen, die bei ihm waren, auf der anderen Seite des Aufenthaltsraums saßen. Die gesteigerte Sehfähigkeit hatte ihre Vorteile: sieh als erste, plane voraus.

Sie bestellte sich Yarra-Bier, einen Becher für sich und einen Krug für die Gruppe. Sie ärgerte sich über sich selbst, daß sie diese kleine Bestechung für nötig hielt, aber ein Angebot in gutem Glauben konnte kaum zurückgewiesen werden. Besonders, wenn es sich dabei um Yarra-Bier handelte.

Borton sah sie kommen, als sie noch etwa zwanzig Meter entfernt war. Sein Gesicht zeigte einen leicht erstaunten

Ausdruck, als er sie heranwinkte und dann mit jemandem redete, den sie nicht sehen konnte, weil ihn die hohen Rükkenlehnen der Sofas verdeckten. Eine Bewegung, Ausrufe, und dann tauchte Rimbol dahinter auf und kam ihr mit einem breiten Grinsen entgegen. Killashandra war so erleichtert, daß der Krug in ihrer Hand zu beben begann.

»Paß auf, daß du nicht das gute Yarra-Bier verschüttest«, ermahnte er sie und rettete den Inhalt. »Es sind nicht alle hier. Ein paar liegen noch im Radiantbad. Shillawn befindet sich inzwischen auf dem Nord-Helten-Kontinent, wo der größte Teil der reinen Forschungsarbeit betrieben wird. Kannst du dir das vorstellen, Killa? Er stottert nicht mehr.«

»Nein!«

»Antona meint, die Symbiose muß den Fehler in seinem Gaumen korrigiert haben.« Rimbol war betont leutselig, dachte Killashandra, als sie auf der breiten Couch Platz nahm. Jezerey, die auf einer Ecke der Couch saß, erwiderte ihre Auskunft mit einem gepreßten Lächeln, Mistra nickte, und Celee und zwei andere Männer, an deren Namen sie sich nicht erinnern konnte, begrüßten sie. Alle machten einen müden Eindruck.

»Ich kann nicht sagen, daß ich es bedaure, daß Shillawn es nicht geschafft hat, Kristallsänger zu werden, denn ich bin sicher, daß er der Forschung von großem Nutzen sein wird«, sagte Killashandra und hob den Becher, um den anderen in einem Kreis zuzuprosten.

»Heißt das, daß du noch keine Kristalle geschnitten hast?« In Jezereys Stimme schwang ein scharfer Unterton mit, als sie auf das Armband zeigte, das sichtbar geworden war, als Killashandra den Arm zum Toast erhoben hatte.

»Ich? Nein, zum Teufel!« Die Entrüstung und Enttäuschung, die aus ihren Worten klang, veranlaßte Rimbol, laut zu lachen.

»Ich habe dir doch gesagt, daß sie noch nicht soweit ist«, sagte er zu Jezerey. »An dem Tag, als wir sie getroffen haben, hat sie bloß ihren Schneider abgeholt.«

Killashandra begriff, daß das Band um ihr Handgelenk sowohl ein Paß für die Sängerebene wie auch für die

Freundschaft mit den anderen war, und lockerte es offenkundig.

»Außerdem, Jezerey«, fuhr sie betont scharf fort, »werde ich noch Wochen weiter Kristalle stimmen und Sturmflüge im Simulator üben müssen, bevor ich auch nur soweit bin, daß ich mit der Nase über Gleiterflugbereich hinaus darf. Und dann werden die Passover-Stürme da sein!«

»Ach ja.« Jezereys Haltung wurde deutlich freundlicher, und sie lächelte zufrieden. »Dann wird der Sturm uns alle hier festhalten.«

Killashandra merkte die Veränderung der Atmosphäre um sie herum und beschloß, den Vorteil zu sichern.

»Ich bin euch in der Ausbildung vielleicht etwas voraus – ihr wißt doch, daß verletzte Sänger es nur wegen des Bonusses tun? Gut. Also, wenn ihr erst mal diesen verflixten Schneider habt, werdet ihr merken, was ›müde sein‹ wirklich heißt. Morgens schneiden, dann schicken sie einen auf Simulatorflüge, und wenn mal nichts von beidem ansteht, dann heißt es pauken: Regeln, Vorschriften, Claims, Strafen ...« Ihre Zuhörer begannen zu stöhnen. »Ah, wie ich sehe, erzähle ich euch da nichts Neues.«

»Was steht uns denn sonst noch Schönes ins Haus?« fragte Rimbol, und seine Augen funkelten vor fast boshaftem Vergnügen.

Die meisten der Anwesenden waren an allen Einzelheiten interessiert, die sie ihnen über das Neustimmen der Kristalle geben konnte. Sie erklärte, so gut sie konnte und wahrheitsgetreu, wenn sie ihnen auch nicht alles sagte, denn sie erwähnte nichts von Lanzeckis schmeichelhaftem Erscheinen, ihrer Sensitivität für schwarze Kristalle und die raschen Fortschritte, die sie beim Schneiden schwieriger Formen zu machen schien. Sie merkte, wie schwer es ihr fiel, diese Dinge für sich zu behalten, denn von der Musikschule her war sie so etwas nicht gewöhnt. Sie würde den Rest eines sehr langen Lebens mit diesen Leuten verbringen, hatte einmal durch Umstände, für die sie nichts konnte, ihre Freundschaft fast verloren und würde sie, soweit es in ihrer Macht stand, nicht noch einmal aufs Spiel setzen.

Die Rekruten vertilgten ein ordentliches Quantum an Bier und anderen alkoholischen Getränken, und es wurde ein geselliger Abend. Killashandra nahm bereitwillig ihre alte Beziehung zu Rimbol wieder auf, und ein Großteil der Spannungen, die sich in den vergangenen Wochen aufgebaut hatten, wurden bei jener harmonischsten aller Aktivitäten gelöst.

Sie setzten sie fort, als sie ausgeruht erwachten, wenn Killashandra auch etwas überrascht war, als sie feststellte, daß sie in Rimbols Apartment gelandet waren. Im Grunde machte es keinen großen Unterschied, wo sie waren, da die Apartments in jeder Hinsicht gleich waren. Er hatte wenig getan, seine Räume wohnlicher zu gestalten, und bat Killashandra um ihre Hilfe. Auf diese Weise verbrachten sie angenehme Stunden, die sie tugendhaft mit einem Spiel beendeten, bei dem es darum ging, von einem Ausdruck als Schlüsselpunkt ausgehend Regeln und Vorschriften zu wiederholen. In dieser gelösten und entspannten Stimmung hätte Killashandra Rimbol fast von Keborgens Schwarzkristallclaim erzählt, und daß sie es nicht tat, konnte sie sich später nur damit erklären, daß sie ihren Freund nicht mit unnötigen Einzelheiten belasten wollte.

In der darauffolgenden Woche schlug sie Concera vor, sich den anderen in ihren Klassen anzuschließen und sie nicht länger aufzuhalten. Die beiden Finger der Sängerin waren mit Ausnahme der Nägel völlig wiederhergestellt.

»Du hältst mich nicht auf«, erwiderte Concera, wobei ihre Blicke an Killashandra vorbeiglitten und sich ihr Mund vor Ärger und Enttäuschung verzog. »Die anderen haben offensichtlich Vorrang vor einer so alten Sängerin wie mir. Außerdem betrachte ich dich als Vergünstigung, da ich lieber Einzel- als Gruppenunterricht gebe. So, und jetzt beschäftigen wir uns mit den Claims und Gegenclaims.«

»Ich kenne diese Paragraphen schon von vorne, hinten und von der Seite.«

»Dann fangen wir irgendwo in der Mitte an«, entgegnete Concera mit unerwarteter Leichtfertigkeit.

Während Killashandra tatsächlich die Paragraphen über Claims und Gegenclaims so gut wiederholen konnte, wie sie behauptete, konnte sie sich in Gedanken auch mit ihren größten Problemen befassen: Wie sie an einen eigenen Schlitten herankam und wie Lanzeckis Aufmerksamkeit und die Erlaubnis zum Kristallschneiden bekommen konnte, statt sie nur neuzustimmen. Da die berüchtigten Passover-Stürme nur noch neun Wochen entfernt waren, hieß es, sich zu beeilen. Nachforschungen bei der Datenbank über Besonderheiten nach dem Übergang ergaben, daß es Wochen dauerte, bevor man einen neuen Sänger zur Claimsuche in die Ketten ließ, die durch die Verwüstungen des Übergangs noch gefährlicher wurden als sie ohnehin schon waren. Keborgens Claim konnte so verändert werden, daß ihre Sensitivität auf seine schwarzen Kristalle möglicherweise aufgehoben wurde. Machstürme konnten eine freiliegende Kristallfläche beschädigen oder grundlegend verändern und die Ader bis tief hinein trüben, so daß sie nutzlos wurde. Sie *mußte* bald hinaus.

Lanzecki hatte in den zurückliegenden zwei Wochen die Gewohnheit gezeigt, wie durch Teleportationen zu erscheinen, gewöhnlich dann, wenn Killashandra unter Trags wachsamen Augen Kristalle neu stimmte. Einmal hatte er auch in dem Beobachtersessel des Schlittensimulators gesessen, während sie einen besonders gefährlichen Kurs geflogen war. Seine Anwesenheit hatte sie nicht nervös gemacht, sondern ihre Konzentration noch gesteigert. Lanzecki erschien auch abends im Gemeinschaftsraum, wo er hin und wieder stehenblieb, um ein Wort mit dieser oder jener Gruppe, einem Sortierer oder Techniker zu wechseln. Ausgerechnet jetzt, da sie sich so sehr wünschte, daß er auftauchen würde, war er nirgendwo zu sehen.

Als sie Concera am vierten Tag beiläufig fragte, ob sie den Gildemeister gesehen hätte, erklärte ihr die Sängerin, daß sie am ehesten von Trag erfahren konnte, wo Lanzecki zu finden war. Es war nicht gerade einfach, jemanden wie Trag etwas zu fragen oder sich mit ihm zu unterhalten, es sei denn, es handelte sich um die Handhabung von Schneidern oder die Bearbeitung der Kristalle. Am sechsten Tag schließlich nahm Killashandra ihren ganzen Mut zusammen und griff Zuflucht zu einer List.

Trag ließ sie Kegel schleifen: am Vortag hatte sie drei ruiniert und gehofft, den Morgen damit zu verbringen, zukünftige Fehler zu vermeiden. Jedesmal, wenn sie einen Schnitt gemacht hatte, sah sie sich um. Beim vierten Mal runzelte Trag die Stirn.

»Ihre Aufmerksamkeit läßt nach. Was ist los?«

»Ich muß immer daran denken, daß der Gildemeister auftauchen könnte. Das macht er nämlich immer, wenn ich am wenigsten damit rechne.«

»Er ist auf Shankill. Also schneiden Sie weiter.«

Was sie tat, wenn auch mit entschieden weniger Begeisterung. Sie war aufrichtig froh, daß der folgende Tag ein Ruhetag war. Killashandra hatte Rimbol halb versprochen, diesen Abend und den nächsten Tag mit ihm zu verbringen; halb versprochen, weil der junge Scartine in keiner Weise ihre Eile teilte, in die Ketten zu kommen. Trag entließ sie am Ende der mörderisch präzisen Übungsstunde, ohne daß sie seinem ausdruckslosen Gesicht hätte entnehmen können, ob sie gelernt hatte, Kegel richtig zu schneiden, obwohl sie in jedem Muskel ihrer schmerzenden Hände fühlte, daß sie eine gewisse Fertigkeit erreicht hatte.

Sie überlegte, ob sie vor dem Flugunterricht am Nachmittag ein Radiantbad nehmen sollte, doch dann rief sie Rimbol an. Seine Gesellschaft würde ein beruhigendes Mittel gegen ihre wachsende Mutlosigkeit sein. Während sie auf seine Antwort wartete, nahm sie rasch eine heiße Dusche. Dann schritt sie in ihrem Apartment auf und ab und überlegte, wo bei allen Planeten Rimbol stecken mochte. Ihre Mittagspause war fast vorbei, und sie hatte noch nicht gegessen. Sie bestellte sich eine rasche Mahlzeit aus der Verpflegungsanlage, schlang das heiße Essen so hastig hinunter, daß zu ihrem Katalog von Beschwerden auch noch ein verbrannter Gaumen hinzukam, und fuhr dann zur Hangarebene hinauf.

Sie war jetzt eine von vielen, die den Schlittensimulator benutzten, deshalb mußte sie pünktlich sein. Sie wußte, daß der Flug nur eine Stunde dauern würde, aber dieser; ein kompliziertes Wind- und Nachtproblem, das eine außergewöhnliche Aufmerksamkeit von ihr verlangte, schien kein Ende nehmen zu wollen, und sie wünschte, sie hätte doch das Radiantbad statt der Dusche genommen. Sie freute sich darüber, daß es ihr gelang, mehrere Abstürze zu vermeiden und unbeschadet wieder aus dem Simulator aufzutauchen. Killashandra winkte dem Flugausbilder in seiner Kabine über den Schlitten übermütig zu und begegnete auf ihrem Rückweg dem nächsten Flugschüler, Jezerey.

»Entweder liebt er Abstürze, oder er haßt mich«, meinte Killashandra zu Jezerey.

»Der? Der ist verrückt. Gestern hat er mich dreimal umgebracht.«

»Umbringen oder kurieren?«

»Das Motto der Gilde, was?« erwiderte Jezerey verdrießlich.

Killashandra sah nachdenklich zu, wie sie in den Simulator stieg. Sie war bisher noch nicht gestorben. Sie beschloß, in den Checkraum zu gehen und sich Jezereys Flug anzusehen. Außer ihr war niemand im Checkraum, also bestellte sie sich ein Kohlehydratgetränk, um ihrem Blutzuckerspiegel eine Spritze zu verpassen. Sie beobachtete gerade Jezereys Start, als ihr bewußt wurde, daß jemand in der Tür stand. Als sie sich umdrehte, sah sie sich dem Gildemeister gegenüber.

»Ich habe gehört, Sie haben mich gesucht«, sagte er, um ihre Überraschung komplett zu machen.

»Sie sind doch auf Shankill. Das hat mir Trag jedenfalls heute morgen gesagt.«

»Das war ich auch. Aber jetzt bin ich hier. Sind Sie mit Ihrem Nachmittagsunterricht fertig?«

»Ich würde eher sagen, der Unterricht hat *mich* fertiggemacht.«

Er trat zur Seite, um ihr zu verstehen zu geben, daß sie vorausgehen sollte.

»Die Härte der Ausbildung mag Ihnen übertrieben vorkommen, aber die Realität eines Machsturms ist weitaus schlimmer als alles, was wir in den Ausbildungsgeräten simulieren können.« Er steuerte den Lift an, wobei er sie am Ellbogen berührte, um sie zu führen. »Wir müssen Sie auf die allerschlimmsten Situationen vorbereiten, die eintreten können. Ein Machsturm gibt Ihnen keine zweite Chance. Wir versuchen, dafür zu sorgen, daß Sie wenigstens eine haben.«

»Ich meine, dieses Motto schon des öfteren gehört zu haben.«

»Vergessen Sie es nie.«

Killashandra hatte erwartet, daß der Lift zur Sängerebene hinunterfuhr. Statt dessen fuhr er aufwärts, und müde, wie sie war, wankte sie unsicher. Lanzecki hielt ihr die Hand unter den Ellbogen, um ihr Halt zu geben.

»Die nächsten schlimmen Stürme sind während Passover, nicht?« Sie versuchte, Konversation zu machen, denn Lanzeckis Berührung hatte ihr Schauer über den Arm gejagt. Sein Auftauchen im Checkraum hatte sie ohnehin schon nervös gemacht. Sie versuchte, ihn so unauffällig wie möglich von der Seite anzusehen, aber er wandte ihr sein Profil zu. Seine Lippen waren entspannt und verrieten keinen seiner Gedanken.

»Ja, in acht Wochen werden Sie Ihren ersten Passover erleben.«

Der Lift stoppte, und die Türen glitten zurück. Killashandra betrat gemeinsam mit ihm einen kleinen Vorraum, und kaum wandte er sich nach rechts, als sich auch schon die dritte Tür öffnete. Der große Raum, in dem sie hineingingen, war ein Büro, dessen eine Wand von einem komplexen Computersystem bedeckt war. Von der angrenzenden Wand hingen übersichtlich Ausdruckkarten. Davor druckte eine gewaltige Konsole Faxblätter aus, die sich ordentlich in einen Behälter falteten. Mehrere bequeme Sessel nahmen die Mitte des Raums ein, einer davon vor den neun Bildschirmen, die die Wetterübermittlungen von den Hauptwetterstationen des Planeten und der drei Monde zeigten.

»Ja, in acht Wochen.« Killashandra holte tief Luft. »Und wenn ich nicht vorher noch in die Ketten komme, dann wird es laut der Berichte, die ich mir angesehen habe, noch Wochen dauern, bis ...«

Lanzeckis Lachen unterbrach sie.

»Setzen Sie sich.« Er schob zwei Sessel zusammen und wies herrisch mit dem Finger auf einen.

Überrascht, daß der Meister der Heptitengilde lachen konnte und zornig, weil sie es nicht fertiggebracht hatte, ihr Anliegen vorzubringen, ließ sie sich nicht gerade anmutig in den Sessel fallen, den er ihr zugewiesen hatte. Ihr Selbstvertrauen war schwer angeschlagen. Dann hörte sie das vertraute Klirren von Bechern und sah auf, als er ihr einen reichte.

»Ich mag selbst Yarra-Bier, da ich von diesem Planeten stamme, und ich müßte mich eigentlich bei dem Scartiner dafür bedanken, daß er mich daran erinnert hat.«

Killashandra verbarg ihre Verwirrung, indem sie einen tiefen Zug nahm. Lanzecki wußte eine ganze Menge über die Klasse 895. Er hob das Glas.

»Ja, wir müssen sehen, daß Sie in die Ketten kommen. Wenn jemand Keborgens Claim finden kann, dann sind wahrscheinlich Sie es.«

Der Schreck war so groß, daß sie merkte, wie ihr der Becher durch die Finger rutschte, und sie war froh, als er ihr das Glas abnahm und es auf den Tisch setzte, den er vor sie zog.

»Lassen Sie sich nicht durch Ihre Zielstrebigkeit blind für die Tatsache machen, Killashandra Ree, daß andere aus denselben Daten zu denselben Schlußfolgerungen kommen können wie Sie.«

»Das tue ich nicht. Deshalb muß ich ja auch so schnell wie möglich in die Ketten.« Sie runzelte die Stirn. »Woher wußten *Sie* das? An jenem Abend ist mir niemand gefolgt. Nur Sie und Enthor wußten, daß ich auf Keborgens Kristalle reagiert hatte.«

Lanzecki warf ihr einen langen, wie sie glaubte, mitleidigen Blick zu, dann senkte Killashandra die Augen und ballte die Hände. Sie wollte auf ihn einschlagen, mit den Füßen aufstampfen oder irgend etwas anderes tun, um sich Erleichterung von der Demütigung zu verschaffen, die sie gerade erlebte.

Lanzecki, der ihr gegenüber saß, begann, ihre Finger einen nach dem anderen zu öffnen.

»Sie haben sowohl Klavier wie auch Laute gespielt«, stellte er fest, während seine Fingerspitzen sanft den kräftigen Muskel auf ihrem Handballen untersuchten, das fehlende Gewebe zwischen ihren Fingern, ihre flexiblen Gelenke und die verhärteten Spitzen. Wäre es nicht ihr Gildemeister gewesen, hätte Killashandra diese fast zärtliche Berührung genossen. »Habe ich recht?«

Sie murmelte eine Bestätigung, weil sie ihm irgendeine Antwort geben mußte. Killashandra war erleichtert und holte die dringend gebrauchte Luft, als er sich zurücklehnte, seinen Becher nahm und langsam trank.

»Es ist Ihnen niemand gefolgt. Und nur Enthor und ich wußten von Ihrer Sensitivität gegenüber Keborgens schwarzen Kristallen. Nur wenige Leute kennen die wirkliche Bedeutung einer Milekey-Transition, abgesehen von der Tatsache, daß Sie irgendwie um die Beschwerden herumgekommen sind, die sie selbst bekamen. Was sie nie verstehen werden, ist die Totalität der symbiotischen Anpassung.«

»Hat mir Antona deshalb Glück gewünscht?«

Lanzecki nickte lächelnd.

»Hat das auch damit etwas zu tun, daß ich so leicht schwarze Kristalle herausfinden kann? Hatte Keborgen auch eine Milekey?«

»Auf beide Fragen ein Ja.«

»Aber diese Totalität konnte ihm nicht das Leben retten, oder?«

»Diesmal nicht«, antwortete er nachsichtig und ignorierte ihre ärgerliche und unverschämte Frage. Auf Lanzekkis Anweisung schaltete sich ein stimmcodierter Displayschirm ein, auf dem die chronologische Liste der Gildemitglieder erschien. Keborgens Name war im ersten Drittel. »Wie ich Ihnen damals schon gesagt habe, altert auch der Symbiont und ist dann in der Hilfe, die er einem alten und überbeanspruchten Körper geben kann, eingeschränkt.«

»Keborgen muß zweihundert Jahre gewesen sein! So alt hat er aber nicht ausgesehen!« Killashandra war sprachlos vor Erstaunen. Sie hatte nur einen flüchtigen Blick auf das Gesicht des verletzten Sängers werfen können, aber nie im

Leben hätte sie ihn für zweihundert Jahre alt gehalten. Plötzlich schien die Last eines jahrhundertelangen Lebens Killashandra genauso zu bedrücken wie ihr Unvermögen, in die Ketten zu kommen.

»Glücklicherweise merkt man in unserem Beruf nicht, wie schnell die Zeit vergeht, bis irgendein Ereignis einen zwangsweisen Vergleich an den Tag bringt.«

»Sie hatten auch eine Milekey-Transition.« Ihre Frage klang eben wie eine unleugbare Feststellung.

Lanzecki nickte.

»Und Sie singen keine Kristalle?«

»Früher.«

»Dann ... warum ...« Sie deutete auf das Büro und dann auf ihn.

»Gildemeister werden früh ausgewählt und sehr streng in allen Aspekten dieser Tätigkeit ausgebildet.«

»Keborgen war ... aber er hat Kristalle gesungen. Und Sie auch.« Sie sprang auf, unfähig, die Bedeutung von Lanzeckis ruhig ausgesprochenen Worten zu begreifen. »Sie meinen doch nicht etwa ... ich soll dazu ausgebildet werden ... Sie phantasieren wohl!«

»Nein, jetzt phantasieren Sie«, erwiderte Lanzecki. Ein leises Lächeln spielte auf seinem Gesicht, als er ihr bedeutete, sich wieder zu setzen, und auf ihr Bier zeigte. »Das beruhigt. Der einzige Grund, warum ich mich einmal unter vier Augen mit Ihnen unterhalten wollte ist der, Ihnen zu sagen, daß Sie in die Ketten können, sobald ich einen Hirten für Sie gefunden habe.«

»Einen Hirten?«

Killashandra war im allgemeinen so geistesgegenwärtig, daß sie Unerwartetes verdauen konnte, ohne sich zu verraten, aber Lanzeckis merkwürdiges Interesse an ihr, seine Kenntnis von Absichten, die sie streng geheimgehalten hatte, und seine Enthüllungen der letzten Minuten hatten sie verwirrt.

»Ach so? Hat Concera vergessen, diesen Aspekt der Ausbildung zu erwähnen?

Ja, ein Hirte, Killashandra Ree, ein erfahrener Sänger oder Sängerin, die Ihnen erlauben, sie zu einer abgebauten

Fläche zu begleiten, meistens die wertloseste unter seinen Claims, um Ihnen in der Praxis zu demonstrieren, was bis dahin nur Theorie gewesen ist.«

»Theorie habe ich bis zu den Augen genug gehabt.«

»Darüber und dahinter ist besser, meine Liebe, denn genau da liegt Ihr Gehirn, wo die Theorie zum Reflex werden muß. Von solchem reflexiven Wissen kann Ihr Leben abhängen. Ein erfolgreicher Kristallsänger muß über die Notwendigkeit der *bewußten* Ausübung seiner Kunst hinaus sein.«

»Ich habe ein eidetisches Gedächtnis. Ich kann ...«

»Wenn Sie es nicht könnten, wären Sie nicht hier.« Lanzeckis Ton erinnerte sie wieder an den Rang ihres Gesprächspartners und die Bedeutung des Themas, über das sie sprachen. Er trank von seinem Bier. »Wie oft hat Ihnen Concera in den vergangenen Wochen gesagt, daß ein eidetisches Gedächtnis allgemein mit absolutem Gehör verbunden ist? Und wie oft hat sie Ihnen gesagt, daß die Beeinträchtigung des Gedächtnisses eine der grausamen Seiten des Kristallsingens ist? Sensorische Überbelastung kommt, wie Sie wissen sollten, in den Ketten oft genug vor. Ich mache mir keine Gedanken um Ihre Fähigkeit, sich zu erinnern; was mich interessiert, ist das Ausmaß der Beeinträchtigung Ihres Gedächtnisses. Um einer solchen Beeinträchtigung vorzubeugen, sind Sie einem wochenlangen Routinedrill unterzogen worden und werden ihn auch noch eine Zeitlang ertragen müssen. Wofür ich mich darüberhinaus brennend interessierte, ist eine Rekrutin, die eine Milekey-Transition gehabt hat, Kristalle so gut neu stimmt, daß Trag nichts an ihr aussetzen kann, die einen Schlitten so geschickt fliegt, daß ihr der Flugaufseher Muster gegeben hat, die *er* sich nicht zu fliegen trauen würde, und eine Person, die soviel Geist besitzt, daß sie versucht, schlauer zu sein als so ein alter Hase in Verbergen von Claims wie Keborgen.«

Keborgens Komplimente, wenn sie auch als nüchterne Tatsachen herauskamen, beunruhigten Killashandra mehr als alle anderen Offenbarungen dieses Nachmittags. Sie konzentrierte sich auf die Tatsache, daß Lanzecki tatsächlich wollte, daß sie nach Keborgens Claim suchte.

»Wissen Sie, wo ich suchen sollte?«

Lanzeckis Lächeln veränderte die kompromißlosen Flächen seines schroffen Gesichts. Er verkreuzte einen Arm vor der Brust, stützte den Ellbogen des anderen und trank von seinem Bier.

»Sie haben sich doch mit der Wahrscheinlichkeitsprogrammierung beschäftigt. Warum greifen Sie nicht die Daten auf, die Sie gesammelt haben?«

»Woher wissen Sie, was ich gemacht habe? Ich dachte, mein persönlicher Stimmcode wäre nicht zu brechen!«

»Das ist er auch nicht.« Der zynische Ausdruck auf Lanzeckis Gesicht tadelte sie dafür, daß sie so etwas anzweifeln konnte. »Was sich aber feststellen ließ, war die Tatsache, daß Sie Informationen über Wetter und Schlittenleistungen eingeholt haben sowie die Zeit, die sie in letzter Zeit mit Programmieren verbracht haben. Im allgemeinen interessiert sich niemand dafür, was Rekruten oder genesende Sänger tun. Wenn die betreffende Person allerdings nicht nur sensitiv für schwarze Kristalle ist, sondern es auch schafft, sich einen Gleiter zu organisieren, um die Absturzstelle eines Gleiters zu inspizieren, der bekanntlich schwarze Kristalle transportiert hat, ist eine unauffällige Überwachung doch wohl gerechtfertigt. Finden Sie nicht? Mein liebes Mädchen, Sie trinken ziemlich langsam. Trinken Sie aus und rufen Sie Ihr Programm über Keborgen ab.« Er stand auf und bedeutete ihr, sich an die große Konsole zu setzen. »Ich werde uns inzwischen noch Bier und etwas zu essen holen.« Er schlenderte zur Verpflegungsanlage hinüber.

Killashandra nahm rasch ihren Platz an der Konsole ein und rief über Stimmcode das Programm ab. Was sie vielleicht bis jetzt noch bezweifelt hätte, bestätigte ihr Lanzekkis Tadel. Sie war überzeugt, daß er weiter schwarze Kristalle aus Keborgens Claim wollte, und wenn sie der Gilde die besten Chancen bot, den Claim wiederzufinden, würde er sie mit Sicherheit unterstützen.

»Kannten Sie Keborgen?« fragte sie, bevor ihr bewußt

wurde, wie dumm eine solche Frage für seinen Gildemeister sein mußte.

»So gut wie jeder hier.«

»Ein Teil meiner Theorie basiert darauf«, meinte Killashandra ruhig, während sie die Parameter abrief, die sie über Schlittengeschwindigkeit, Alarmzeit und Sturmgeschwindigkeit, basierend auf Keborgens Absturzlinie, gespeichert hatte, »daß Keborgen in direkter Richtung geflogen ist.«

Lanzecki stellte einen neuen Becher und einen Teller mit einem dampfenden Imbiß auf die Konsole und lächelte nachsichtig.

»Nichts, noch nicht einmal der Gedanke an seine eigene Sicherheit hätte für Keborgen wichtiger sein können als der Schutz jenes Claims.«

»Aber wenn man gerade das von ihm erwarten würde, hätte er dann nicht ein einziges Mal, in Anbetracht seiner verzweifelten Situation, den direkten Kurs wählen können?«

Lanzecki lehnte sich gegen die Kante der Konsole und überlegte.

»Vergessen Sie nicht, seiner Ankunft nach zu urteilen, hat er bis zum letzten Augenblick mit seiner Flucht gewartet«, fügte Killashandra eifrig hinzu. »Der Schlitten hatte keine Störung: aus dem medizinischen Bericht geht hervor, daß er an einer sensorischen Überbelastung litt. Aber als er losflog, muß er von den Vorhersagen gewußt haben, daß der Sturm kurz sein würde. Er mußte auch gewußt haben, daß alle anderen die Ketten wahrscheinlich schon verlassen hatten, so daß niemand seinen direkten Kurs sehen würde. Und er hatte an diesem Claim seit neun Jahren nicht geschnitten. Könnte das nicht wichtig sein?«

»Kaum. Nicht bei jemandem, der so lange gesungen hatte wie Keborgen.« Lanzecki tippte sich bedeutungsvoll an die Stirn und sah dann zu dem Display hinüber, wo sich ihre Parameter über eine Karte des in Frage kommenden Gebiets legten. »Die anderen suchen westlich der Position, die Sie hier vermuten.«

»Die anderen?« Killashandra merkte, wie ihr Mund trokken wurde.

»Es handelt sich um einen wertvollen Claim, meine liebe Killashandra; natürlich habe ich die Suche erlaubt. Aber Sie brauchen keine allzu große Angst zu haben«, fügte er hinzu und legte eine Hand leicht auf ihre Schulter. »Sie haben noch nie schwarze gesungen.«

»Ist es von Vorteil, wenn man sensitiv ist?«

»In Ihrem Fall wahrscheinlich ja. Sie waren die erste, die die Kristalle berührt hat, nachdem Keborgen sie geschnitten hatte. Das scheint eine perzeptive Person auf die Fläche zu stimmen. Scheint, betone ich, ob es tatsächlich so ist, das ist eine andere Frage. Vieles, was wir über Kristallschneiden gerne wissen würden, ist in paranoiden Gehirnen verschlossen; Schweigen ist ihre Abwehr gegen Entdeckung und ihre letztendliche Zerstörung. Eines Tages werden wir aber wissen, wie wir sie gegen sich selbst verteidigen können.« Er stand jetzt hinter ihr, die Hände um ihre Schultern gelegt. Die Berührung verwirrte Killashandra, obwohl sie annahm, daß er sie damit beruhigen wollte. Oder stärken, denn seine nächsten Worte waren pessimistisch. »Ihr größter Nachteil, meine liebe Killashandra, ist die Tatsache, daß Sie ein völliger Neuling sind, was das Auffinden oder Schneiden von Kristallen betrifft. Wo« – er deutete mit dem Zeigefinger auf das grobe Dreieck auf der Karte – »müßte Ihrer Flugberechnung nach denn der Claim liegen?«

»Hier!« Killashandra zeigte ohne zu zögern auf die Stelle, die im gleichen Abstand zur nördlichen Spitze des Dreiecks und den eingezeichneten Seiten lag.

Er drückte kurz ihre Schultern und ging dann langsam über den dicken Teppich, die Hände hinter den Rücken. Er drehte den Kopf nach oben, als ob er an der nackten Decke einen Hinweis auf die verdrehten Gedankengänge eines sterbenden Sängers finden könnte.

»Zu der Milekey-Transition gehört unter anderem eine Wetteraffinität. Eine Spore spürt immer den Sturm, wenn sich der Wirt auch vielleicht eher auf Instrumente statt auf seinen Instinkt verläßt. Keborgen war alt, er hatte begonnen, allem zu mißtrauen, einschließlich seinem Schlitten. Er hätte eher dazu geneigt, sich auf seine Affinität zu verlassen als auf die Warnsysteme.« Lanzeckis kühler Ausdruck warnte sie vor einer solchen Ignoranz. »Wie ich Ihnen gesagt habe, verliert die Symbiose mit zunehmendem Alter des Wirts ihre Eigenschaften. Was Sie in Ihrem Programm nicht berücksichtigt haben, ist die Tatsache, wie verzweifelt Keborgen während des Übergangs vom Planeten weg wollte – aber er hatte noch nicht ganz die nötigen Kredite. Ein Schnitt schwarzer Kristalle, gleich welcher Größe, hätte ihm genügt. Diese Stücke wären völlig ausreichend gewesen. Meine Meinung ist, daß er, nachdem er sie gefunden hatte, sah, daß er einen fehlerlosen Schnitt hatte.

Also ignorierte er sowohl die Warnungen des Schlittens wie die seines Symbionten und brachte den Schnitt zu Ende. Dabei verlor er Zeit.«

Er blieb hinter Killashandra stehen, legte beide Hände auf ihre Schultern und lehnte sich leicht gegen sie, als er über sie auf das Display blickte.

»Ich glaube, Sie sind näher an der richtigen Position als die anderen, Killashandra Ree.« Sein leises Lachen war wohlklingend, und der Ton schien durch seine Finger und ihre Schultern hinunterzulaufen. »Ein frischer Gesichtspunkt, der noch nicht von den jahrzehntelangen irrigen Anstrengungen verdorben ist, jeden, eingeschlossen sich selbst, zu überlisten.« Dann, gerade als sie es nicht wünschte, ließ er sie los, und als er fortfuhr, war sein Ton völlig anders. »Hat Carrik Ihr Interesse für die Gilde geweckt?«

»Nein.« Sie schwang sich mit dem Sessel, in dem sie saß, herum und nahm eine seltsame und nicht zu deutende Bewegung von Lanzeckis Mund wahr. Sein Gesicht und seine Augen waren ausdruckslos, aber er wartete offensichtlich darauf, daß sie es näher erklärte. »Nein, er hat mir gesagt, daß Kristallsängerin nichts für mich sei. Er war nicht der einzige, der mich davor gewarnt hat.«

Lanzecki hob die Brauen.

»Jeder, den ich auf Fuerte kannte, war dagegen, daß ich mit einem Kristallsänger wegging, trotz der Tatsache, daß er vielen dort das Leben gerettet hat.« Es war etwas, das sie mehr verbitterte, als sie gedacht hatte. Sie wußte, daß es nicht Maestro Valdis Fehler gewesen war, aber wenn er nicht veranlaßt hätte, daß man sie festhielt, dann wären sie und Carrik nicht mehr auf Fuerte gewesen, als dieses Shuttle explodierte, und Carrik wäre vielleicht noch ganz gesund. Aber ob sie dann eine Sängerin geworden wäre?

»Trotz aller Gerüchte, die man über die Kristallsänger erzählt, Killashandra, haben auch wir unsere menschlichen Momente.«

Sie starrte Lanzecki an und fragte sich, ob er damit meinte, daß Carrik Leben gerettet oder sie vor dem Kristallsingen gewarnt hatte.

»So.« Lanzecki trat vor die Konsole und drückte eine Taste. Plötzlich erschien das Dreieck F42NW bis F43NW, in dem Killashandra zu suchen hoffte, vergrößert auf dem Display an der gegenüberliegenden Wand. »Ja, da sind noch genügend Stellen in der Kette, die nicht markiert sind.«

Auf dieser Vergrößerung konnte Killashandra auch fünf Farbkleckse entdecken. Das Gebiet mit den Schluchten und Hügeln innerhalb eines größeren Kreises um den Farbklecks stellte das Claim dar. Ein Sänger konnte sein Claim auch abtrennen, indem er die geographischen Koordinaten angab, aber Concera hatte Killashandra erklärt, daß so etwas nur selten vorkam.

»Sie könnten eine ganze Schlucht absuchen und den Schatz in der Fläche trotzdem nicht finden.« Lanzecki sah auf das Zielgebiet. »Oder mit dem rechtmäßigen Besitzer des Claims aneinandergeraten.«

Er kehrte die Vergrößerung um, und das Gebiet wurde langsam kleiner, bis es in den felsigen Falten um die Bucht herum verschwand.

»Montag werden Sie in die Ketten gehen. Moksoon will zwar nicht, er will nie, aber er versuchte, wegzukommen.

Mit einem vernünftigen Schnitt und dem Bonus als Hirte könnte er es diesmal schaffen.

Killashandra?«

»Ja, ich werde Montag in die Ketten gehen. Moksoon will zwar nicht, aber mit dem Bonus ...«

»Killashandra, Sie werden die schwarzen Kristalle finden!« Lanzeckis Blick nahm eine unheimliche Intensität an, die seine Bemerkung und seine Überzeugung, daß Killashandra Ree eine Handelnde war, die er kommandieren konnte, verstärkte.

»Dann muß ich aber verdammt Glück haben.« Sie lachte, um ihr seelisches Gleichgewicht wiederzufinden, während sie auf das weite Gebiet deutete, daß sie würde durchkämmen müssen.

Lanzecki ließ ihren Blick nicht los. Sie mußte an ein uraltes Drama denken: ein Mann hatte ein Mädchen, eine musikalische Niete, so hypnotisiert, daß sie unvergleichliche stimmliche Leistungen brachte. Sie konnte sich nicht mehr an den Namen erinnern, aber der Gedanke, daß Lanzecki, Meisterresident einer der angesehendsten Gilden in den Föderierten Sentient-Planeten, versuchte, sie zu ... eh ... zu behexen, damit sie für ihn diese verflixten schwarzen Kristalle fand, war einfach lächerlich. Nur konnte sie das Lanzecki so nicht sagen, nicht, wenn er sie auf so verwirrende Art und Weise ansah.

Plötzlich warf er den Kopf in den Nacken und begann zu lachen. Sein ganzer Körper wurde davon erfaßt, seine Brust zog sich ein, seine Rippen wölbten sich und seine Hände lagen gespreizt auf der Oberschenkeln, als er sich vorbeugte. Wenn ihr noch fünf Minunten zuvor jemand gesagt hätte, daß der Gildemeister auch lachen könnte, hätte sie ihn für verrückt erklärt. Er fiel in einen Sessel und sein Kopf schlug gegen die Lehne, während er schallend lachte.

Sein Lachen war merkwürdig ansteckend, und sie grinste. Dann mußte auch sie beim Anblick des Gildemeisters lachen, der auf einmal gar keinen so würdevollen Eindruck mehr machte.

»Killashandra ...«, japste er, als er sich langsam beruhigte. »Ich muß mich entschuldigen, aber dieser Ausdruck auf Ihrem Gesicht … ich habe gerade den Ruf der ganzen Gilde aufs Spiel gesetzt, was?« Er wischte sich durch seine feuchten Augenwinkel und richtete sich auf. »Ich habe sehr lange nicht mehr gelacht.«

Ein nachdenklicher Ton lag in dieser letzten Bemerkung, und Killashandra änderte ihre Antwort.

»Auf Fuertę hat man mir immer gesagt, daß ich eine gute komische Sängerin geworden wäre, wenn ich nicht so versessen auf Hauptrollen gewesen wäre.«

»Ich finde Sie überhaupt nicht komisch, Killashandra«, sagte er. Seine Augen funkelten, als er die Hand ausstreckte.

»Dramatisch?«

»Überraschend.«

Er nahm die Hand, die sie ihm unbewußt entgegenstreckte und fuhr zärtlich mit dem Daumen über die Handfläche, bevor er ihre Hand umdrehte und ihr einen Kuß auf die Innenseite gab.

Sie hielt die Luft an bei dem Gefühl, das ihren ganzen Körper, von der Handfläche bis zu den Brustwarzen durchlief. Killashandra wollte ihm ihre Hand entreißen, doch dann sah sie das zärtliche Lächeln auf seinen Lippen, als er den Kopf hob. Er hatte seine Augen und sein Gesicht unter Kontrolle, aber sein Mund verriet ihn.

Der Druck auf ihre Hand, mit dem er sie geschickt zu sich heranzog, war so unerbittlich, wie er zärtlich war. Sie auf seinen Schenkeln, ihren Körper an den seinen geschmiegt und ihren Kopf in seiner Armbeuge, zog er wieder ihre Hand an seinen Mund, und sie schloß die Augen bei der Sinnlichkeit dieses zärtlichen Kusses. Ihre Hand wurde mit der Innenfläche gegen warme Haut gedrückt, und sie fühlte, wie er über ihr Haar strich und sein Finger mit einer Locke spielte, bevor sich seine Hand leicht und erfahren auf ihre Brust legte.

»Killashandra Ree?« Sein leises Flüstern war eine Frage, die nichts mit ihrem Namen zu tun hatte, sondern mit allem, das sich darauf bezog, wer sie war.

»Lanzecki!«

Sein Mund berührte den ihren mit einer so sanften Zärtlichkeit, daß sie sich zuerst nicht bewußt war, daß sie geküßt wurde. Und so blieb es weiter bei ihrer ersten Erfahrung mit dem Gildemeister, ein Lieben und eine Gemeinsamkeit, die jede andere Begegnung in Bedeutungslosigkeit verblassen ließ.

VIII

Als sie am nächsten Morgen langsam erwachte, waren seine Finger leicht um ihre umgedrehte Hand gelegt. Bei ihrer überraschten Bewegung schlossen sie sich fester um ihre Hand, dann begannen sie, sie zu streicheln. Sie öffnete die Augen, drehte den Kopf zu ihm herum und sah ihn an. Seine Lider waren schläfrig noch halb gesenkt. Sie lagen ausgestreckt da, sie auf dem Rücken, er auf dem Bauch, der einzige Berührungspunkt ihre beiden Hände, und doch fühlte Killaşhandra, daß jeder Muskel und Nerv von ihr mit ihm und von ihm mit ihr in Einklang war. Sie blinzelte und seufzte.

Lanzecki lächelte, die Lippen voll und entspannt. Dann wurde sein Lächeln tiefer, als wüßte er, wie sein Mund sie faszinierte. Er rollte sich auf den Rücken, ihre Hand noch immer in seiner, jetzt zog er sie zu sich heran, um die Innenseite zu küssen. Sie schloß die Augen bei dem unvorstellbaren Gefühl, das schon die leiseste Berührung seiner Lippen in ihr auslöste.

Dann bemerkte sie die feinen weißen Linien auf seinem nackten Arm und seiner Brust, die an manchen Stellen parallel verliefen, sich an anderen überschnitten.

»Ich glaube, ich habe schon erwähnt, daß ich Kristalle gesungen habe«, sagte er.

»Wenn ich das da sehe, kommt Kristalle geschnitten der Wahrheit wohl näher.« Sie hob den Oberkörper, um den Rest seines muskulösen Körpers zu betrachten. Dann runzelte sie die Stirn. »Woher weißt du eigentlich immer so genau, was ich gerade denke? Von einer telepathischen Eigenschaft der Symbiose habe ich bisher noch nichts gehört.«

»Die gibt es auch nicht, Liebling. Im Laufe der Jahrzehnte habe ich einfach gelernt, Mienenspiel und Körpersprache zu lesen.«

»Bist du deshalb Gildemeister statt Sänger?« Sie hatte das Kosewort gehört und genossen.

»Jemand muß Gildemeister sein.«

»Trag würde es nie werden.«

»Wer kann jetzt Gedanken lesen?«

»Dann mußt du eben deinen Mund besser unter Kontrolle halten.«

»Mein Mund hat nichts über Trags Zukunft gesagt.«

»Das war auch nicht nötig. Werden die Rekruten eigentlich bewußt ausgesucht?«

Diesmal verriet sein Mund nichts. »Wie kommst du denn darauf, Killashandra Ree?« Seine Augen lachten und widersprachen ihrer Erinnerung an Borellas Gespräch mit den anderen Sänger in dem Shuttle von Shankill.

»Der Gedanke ist mir gekommen, als ich gesehen habe, was für eine Mühe sich die FSP macht, die Leute davon abzuhalten, der Gilde beizutreten.«

»Die FSP« – und Lanzeckis Mund wurde schmaler – »ist auch unser größter Kristallkäufer. Vor allem schwarze.« Er rollte sich neben sie, die Augen auf ihrem Mund. »Heute ist auch *mein* freier Tag. Ich möchte mich wirklich in deiner angenehmen Gesellschaft entspannen.« Es war ihm wirklich ernst, wie sie es sich nur hätte wünschen könnnen, und er war mehr als zuvorkommend. Während sie zwischendurch etwas aßen, fragte sie ihn, wie sie aus seinem Bürotrakt in sein Apartment auf der Sängerebene gekommen waren.

»Mit dem Privatlift.« Er zuckte gleichgültig mit den zerkratzten Schultern, während er in der reich gewürzten Soße nach Stücken suchte. »Eins meiner Sonderrechte.«

»Also *so* machst du das immer mit deinem überraschenden Auftauchen.«

Lanzecki grinste sie an. Er schien sich auf eine überraschend jungenhafte Art – die sie wiederum schuldbewußt an Rimbol erinnerte – darüber zu freuen, daß es ihm gelungen war, sie zu verwirren.

»Ich muß oft unerwartet auftauchen.«

»Wieso?«

»In deinem Fall?« Sein Lächeln veränderte sich leicht,

und seine Lippen nahmen einen bitteren Zug an. »Ich mochte deine unangebrachte Loyalität gegenüber Carrik, aber ich wünschte dich weit weg vom Scoria-System. Als du dann die Eingangsprüfungen bestanden hattest, fielst du unter meine Verantwortung.«

»Ist das nicht jeder in der Gilde?«

»Mehr oder weniger ja. Aber du, Killashandra Ree, hattest eine Milekey-Transition.«

»Machst du das dann jedesmal so ...?« Sie war pikiert über seine Offenheit und deutete mit der ganzen Verachtung einer zornentbrannten Opernheldin auf das Schlafzimmer.

»Natürlich nicht«, sagte er lachend. Er nahm ihre Hand und küßte die Innenseite; die Zärtlichkeit hatte die übliche Wirkung auf sie, auch wenn sie noch so entrüstet war. »Es ist kein Vorzug, den ich dir gewähre, sondern einer, den du mir gewährst. Ich wollte – und weiß das immer noch, solange du dein Gedächtnis hast – dich kennenlernen, bevor du in die Ketten gehst.«

»Bevor?« Der leichte Nachdruck auf diesem Wort war ihr nicht entgangen.

Er stapelte ihre Teller unordentlich zusammen und schob sie in den Müllschlitz.

»Bevor das Kristallsingen seinen Stachel in deinem Blut gelassen hat.«

Er drehte sich um, und sie konnte die Traurigkeit in seinen herabhängenden Mundwinkeln sehen.

»Aber du hast doch auch Kristalle gesungen?«

Er legte ihr die Hände auf die Schultern und sah auf sie herunter. Seine Augen waren ausdruckslos; die Flächen seines Gesichts waren unbewegt, und die Linie seines Mundes war kompromißlos.

»Meinst du damit, daß ich, wenn ich erst Kristalle gesungen habe, nicht mehr so bin wie jetzt? Oder nicht mehr so zu dir?« schleuderte sie ihm entgegen.

Statt einer Erwiderung schnappte er sie sich trotz ihres Widerstands und wirbelte sie lachend in der Luft herum, ihren Körper dicht an seinen gepreßt.

»Mein Liebling, ich werde dich jetzt lieben bis morgen

früh, wenn ich dich zu deinem Schlitten und zu Moksoon bringe. Du wirst dir alle Mühe geben, Keborgens Claim zu finden, wenn Moksoon dir erst die Kunst des Kristallschneidens an einer richtigen Fläche demonstriert hat. Wenn du von deiner ersten Tour zurückkommst« – und er lachte geheimnisvoll – »werde ich noch immer Gildemeister sein. Du aber« – und er küßte sie – »wirst dann eine richtige Kristallsängerin sein.«

Er ließ sie nicht zu einer Erwiderung kommen, und sie nahmen das Thema ihrer Tätigkeiten auch nicht mehr auf.

Am folgenden Morgen war Lanzecki wieder ganz der Gildemeister, als sie sich mit ihm und dem verdrießlichen Moksoon im Check-Raum des Flugaufsehers traf. Sie war draußen im Hangar gewesen, um ihren Schlitten zu überprüfen. Mit einer liebevollen Bewegung hatte sie ihren Schneider in seiner Halterung befestigt und den scharfen, chemischen Geruch nach neuem Kunststoff und Metall vom Einlaufen des Antriebs.

Moksoon entsprach nicht gerade Killashandras Vorstellung von einem Hirten auf ihrer ersten Tour in die gefährlichen Milekeys. Die heimlichen Blicke, mit denen er sie musterte, bewiesen deutlich sein Mißtrauen ihr gegenüber. Er war ein eher schmächtiger Mann, dessen Gesicht wahrscheinlich schon immer einen etwas verhutzelten Ausdruck gehabt hatte, und sah alt aus, was für einen Kristallsänger an und für sich recht merkwürdig war. Und er sah äußerst verärgert aus, denn der Wartungsmann erklärte ihm gerade höflich, warum die Reparatur seines Schlittens so lange gedauert hatte. Da sie von Lanzecki wußte, daß Moksoons wichtigste Qualifikation als ihr Führer die Tatsache war, daß er bekanntlich im Gebiet um die Bay schnitt, war Killashandra klar, daß die Verzögerung Absicht gewesen war.

»Vergessen Sie nicht, Moksoon, daß Sie nur mit dem Bonus von hier wegkommen«, sagte Lanzecki, der sich geschickt in das Gespräch einmischte. »Das hier ist Killashandra Ree. Hauptrekorder an! Das folgende wird immer wieder in Ihrer Kabine abgespielt werden, Moksoon. Sie hüten Killashandra Ree nach Abschnitt 53, Paragraphen eins bis fünf. Es ist ihr bekannt, daß sie auf nichts, was sie unter Ihrer Anweisung an Ihrem Claim schneiden darf, Anspruch hat. Sie hat das Recht, zwei Arbeitstage bei Ihnen zu bleiben, wonach sie Sie verläßt, um sich ein eigenes Claim zu suchen. Sie wird niemals irgendeinen Versuch machen, zu Ihrem Claim zurückzukehren, nach Abschnitt 49, Paragraphen 7, 9 und 14. Killashandra Ree, bestätigen ...« Und Killashandra hörte sich unter den strengen Strafen, die von der Heptitengilde verhängt wurden, wiederholen, bestätigen und schwören, daß sie sich an die in den beiden genannten Abschnitten und Paragraphen aufgeführten Regeln halten würde. Moksoon mußte ebenfalls seine Bereitschaft, die eher erpreßt war, erklären, sie für einen Zeitraum von zwei Tagen im Schneiden von Kristallen zu unterweisen, wie es die Gilderegeln und -vorschriften erlaubten.

Als Killashandra sah, wie oft Moksoon bei seiner Wiederholung abbrach und Lanzecki und der Flugaufseher ihm nachhelfen mußten, bekam sie fast Lust, ihren Kontrakt rückgängig zu machen, aber ein Blick von Lanzecki beendete ihre Rebellion.

Nach der offiziellen Aufzeichnung wurden Kopien auf die Kommunikationsanlagen beider Schlitten überspielt. Der Flugaufseher begleitet Moksoon zu seinem Boot, das leicht krängte und recht mitgenommen aussah, trotz des frischen Anstrichs, mit dem man versucht hatte, die jüngsten Reparaturen zu verdecken. Lanzecki ging neben Killashandra zu ihrem neuen Schlitten.

»Nimm das Replay, wenn er es vergessen sollte. Mit deinem Schalter kannst du seins aktivieren.«

»Glaubst du wirklich, daß Moksoon der richtige Mann ist ...«

»Für deine Zwecke, Killashandra, ist er der einzige.« Lanzeckis Ton duldete keinen Widerspruch. »Du darfst ihm nur nie trauen. Er hat zu lange Kristalle geschnitten und zu lange allein gesungen.«

»Warum ...« Killashandra war so durcheinander, daß es ihr die Sprache verschlug.

Lanzecki legte die Hand unter ihren Ellbogen und hob sie halb in ihren Schlitten.

»Seine Hände werden automatisch das tun, was du sehen mußt. Merk dir genau, wie er schneidet und was er tut, nicht, was er sagt. Achte auf deine innere Warnstimme, überprüfe den Wetterbericht, sooft du daran denkst. Aber auf der ersten Tour wirst du glücklicherweise sowieso oft genug daran denken. Passover ist in sieben Wochen, aber schon Tage vor der tatsächlichen Konjunktion können Stürme auftreten. Ja, ich weiß, daß dir das alles bekannt ist, aber es ist nötig, daß man es immer wieder sagt. Er ist schon drin und angeschnallt. Keine Zeit jetzt. Folge ihm. Die Karten des Baygebiets sind sofort abrufbar. Und achte darauf, daß du die Kristalle sofort nach dem Schneiden verpackst, Killashandra!«

Er hatte ihren Abflug reibungslos organisiert, dachte Killashandra, und ihr weder Zeit gegeben, ihren Entschluß zu bedauern, noch ihr viel Glück gewünscht. Gestern, rief sie sich in Erinnerung, war er der Mann Lanzecki gewesen. Heute war er der Gildemeister. Völlig fair.

Moksoon startete, gerade als sie den Antrieb ihres Schlittens einschaltete. Sein Boot krängte sogar in der Luft, eine deutlich zu unterscheidende Silhouette, wie die eines Menschen mit einer Schulter tiefer als die andere. Trotz ihrer ernsthaften Zweifel, was Moksoon anbetraf, durchlief Killashandra eine Welle freudiger Erregung, als sie ihren Schlitten aus dem Hangar steuerte. Endlich würde sie Kristalle schneiden. Endlich? Sie war die erste der Klasse 895. Killashandra mußte an Rimbol denken und verzog das Gesicht. Sie hätte ihm wenigstens eine Nachricht hinterlassen und ihm ihre Abwesenheit erklären sollen. Dann fiel ihr ein, daß sie einen Anruf an ihn durchgegeben hatte, er sich aber nicht gemeldet hatte. Das genügte!

Verdammt, dieser Irre Moksoon raste, als sei der Teufel hinter ihm her! Sie beschleunigte ihren Schlitten und schloß auf die angemessene Folgedistanz auf. In einem seltsamen Kurswechsel steuerte Moksoon jetzt Richtung Norden, ging tiefer und glitt über die ersten Falten der Milekey-Kette. Da sie über ihm flog, bekam sie seinen zweiten Richtungswechsel, diesmal nach Osten, mit, dann verschwand er über einer hohen Falte. Sie ging soweit mit der Geschwindigkeit herunter, daß sie fast in der Luft stillstand und überprüfte beide Enden der Senke, während sie sich ihr näherte. Er schwebte am Nordende der Falte. Sie sah ein schwaches Glitzern von Sonnenlicht auf seinem orangenen Schlitten, dann flog sie weiter zur nächsten Schlucht, als ob sie ihn nicht gesehen hätte und ahmte seine Taktik nach, bis er sich, genau wie sie erwartet hatte, am südlichen Rand zeigte.

»Der Idiot hat glatt vergessen, daß ich ihm folge«, sagte sie und schaltete das Replay ein. Das in seinem Schlitten würde jetzt die Aufzeichnung übermitteln. Sie seufzte tief und bereitete sich in Gedanken auf einen langen und schweren Tag vor, aber plötzlich tauchte er wieder vor ihr auf und machte im Augenblick keinen Versuch mehr, ihr zu entwischen.

Sie checkte seinen neuen Kurs, vier südlich, also die direkte Richtung auf Moksoons Zielort zu. Sie überlegte, wie lange sie sich auf die Wirkung des Replays verlassen konnte. Ein direkter Flug würde sie bei der vernünftigen Geschwindigkeit, mit der Moksoon im Augenblick flog, in zwei Stunden in das Gebiet um die Bay bringen. Sie mochte nicht wissen, wohin er sie führte, aber sie besaß ihm gegenüber den Vorteil, daß sie in einem neuen Schlitten flog, der schnell und wendig war.

Selbst auf einem direkten Kurs war Moksoon ein unsteter Flieger. Auf seiner Höhe konnte es eigentlich eine Thermik oder heftige Luftströmungen geben, trotzdem hüpfte und sprang sein Schlitten. Ob er versuchen wollte, seine Verfolgerin luftkrank zu machen?

Warum hatte Lanzecki gerade diesen Mann ausgesucht? Wegen seines fehlerhaften Gedächtnisses? Weil Moksoon, wenn er erst seine ersehnte Reise von Ballybran in der Tasche hatte, sich wie die meisten, die schon lange Kristalle sangen, nicht mehr daran erinnern würde, daß er als Hirte eine Killashandra Ree in die Bay-Kette geführt hatte. Nun, das war logisch gedacht von Lanzecki, vorausgesetzt, es gelang ihr auch, Keborgens Claim zu finden. Vor den anderen, die ebenfalls nach ihm suchten. Offensichtlich setzte Lanzecki auf sie.

»Wenn eine Sängerin einmal an einer bestimmten Fläche geschnitten hat, braucht sie nur in seine weitere Umgebung zu kommen, dann wird sie den Zug des Klangs fühlen«, hatte Concera gesagt. »Ihre verbesserte Sehfähigkeit wird Ihnen helfen, die Farbe des Kristalls unter dem Sturmfilm, dem Felsgestein und den Trübungen zu erkennen. Erwischen Sie die Sonne im richtigen Winkel, dann sind die Kristalle blendend klar.«

Wendungen und Tips strömten durch Killashandras Kopf, aber als sie hinunter auf die wellenförmigen Falten der Milekey-Ketten sah, kamen ihr ernsthafte Zweifel, ob sie in einem derart homogenen Land jemals etwas würde finden können. Im alen Richtungen erstreckte sich kilometerweit das gleiche Bild von Falte, Kamm, Tal und Schlucht.

Ein plötzlicher, greller Lichtstrahl ließ sie nach einem Halt greifen. Sie spähte unter sich und entdeckte ein orangenes Stück eines Schlittendachs, das tief in einer Schlucht war und halb von einem Überhang verdeckt wurde. Nur sein Anstrich und die Tatsache, daß sie so hoch flog, hatten sie es entdecken lassen. Auf dem höchsten der umliegenden Kämme deutete ein Farbklecks auf ein Claim hin.

Dieser Kristallblitz, der so unwahrscheinlich war wie alles, was sie in letzter Zeit erlebt hatte, bestätigte, daß einige der anderen unwahrscheinlichen Dinge auf Ballybran vielleicht doch wahr waren.

Verdammt! Wo steckte Moksoon schon wieder? Während des kurzen Moments, in dem sie nicht aufgepaßt hatte, war der orange Schlitten des alten Sängers aus ihrem Blickfeld entwischt. Sie beschleunigte und sah flüchtig, wie sich etwas Oranges durch eine tiefe Schlucht wand. Ohne ihre Höhe zu verändern, hielt sie mit dem sich vorsichtig vorwärtsgleitenden Schlitten mit, den Sichtschirm auf Vergrößerung gestellt. Da sie seinen Schlitten noch gut im Auge hatte, verzichtete sie darauf, das Band wieder einzuschalten. Wenn sie ihn erschreckte, landete er nachher noch an einem der seltsamen Vorsprünge, die den Canyon säumten.

Sie überprüfte den Kurs; Moksoon war um elf nach Norden gegangen. Plötzlich tauchte er vor einem Kamm auf und verschwand dahinter in einem tiefen, düsteren Tal. Sie ging rasch herunter, wobei sie mit einem Blick zur Kenntnis nahm, daß die Schlucht nach Süden lief. Wenn er nicht über eine dazwischenliegende Falte abdrehte, mußte er dem südlichen Kurs folgen. Jene Schlucht lief auf einer Zickzacklinie genau auf 4 südlich. Sie konnte Moksoon zwar in dem Dämmerlicht, das hier herrschte, nicht sehen, aber er konnte nirgendwo anders sein.

Die lange, gewundene Schlucht endete vor einem Schuttwall, die Erosion einer höheren Antiklinale. Er mußte irgendwo dort unten sein und sich im Dunkeln versteckt halten. Dann sah sie das blasse Funkeln des Claims auf einem Kamm. Selbst bei Ballybrans Klima mußte es Jahrzehnte dauern, bis das Zeug so weit verfallen war. Ein freigegebener Claim hatte immer die typische hellgrüne Farbe – obwohl sie auf ihrer Verfolgungsfahrt mit Moksoon noch nichts in dieser Art zu sehen bekommen hatte.

Vorsichtig lenkte sie den Schlitten den Felshang hinunter in die Schlucht. An einigen Stellen trafen sich die Wände fast; an anderen konnte sie auf die Ketten sehen, die sich dahinter falteten. Etwas glitzerte in dem schwachen Sonnenlicht, das bis hier unten durchdrang. Sie drehte die Vergrößerung höher und entdeckte zu ihrer Überraschung einen schmalen Fluß, der sich durch den Boden der Schlucht wand. Da an der blockierten Stelle kein See gewesen war, nahm sie an, daß der kleine Fluß auf seiner Suche nach einer Mündung in die Bay unterirdisch verlief.

Sie wurde schon langsam unruhig, als sich hinter einer U-förmigen Schleife ein breiteres Tal auftat; der orange Schlitten war auf der rechten Seite abgestellt, auf einem überschatteten Felsvorsprung, der nicht zu sehen war, es sei denn, man durchsuchte gerade diesen speziellen Canyon.

Sie schaltete das Replay ein und stellte das Gerät auf volle Lautstärke, so daß Lanzeckis Stimme von den Felswänden widerhallte, als Moksoon rutschend und stolpernd auf sie zukam, den Schneider sicher über den Kopf.

»Claimräuber! Claimräuber!« kreischte er, als er den Felssims erreichte, auf dem sie ihren Schlitten abgesetzt hatte. Dann schaltete er den Schneider ein, hielt ihn ein gutes Stück von sich weg und näherte sich der Schlittentür.

»Nach Abschnitt 53, Paragraphen eins bis fünf ...«, dröhnte das Replay.

»Lanzecki? Er ist bei Ihnen?« Moksoon sah wild um sich und über sich auf der Suche nach einem weiteren Schlitten.

»Playback«, brüllte Killashandra durch Lanzeckis verstärkte Worte. »Ich bin *kein* Claimräuber. Sie sind mein *Hirte.* Sie bekommen einen *Bonus.*« Sie setzte ihre Stimmausbildung ein, um ihre Worte durch die Pausen in der Aufzeichnung zu rufen.

»Das bin ja ich!« Moksoon deutete anklagend auf ihren Schlitten, aus dem jetzt seine eigene zögernde Stimme erklang.

»Ja, Sie haben heute morgen doch das Band besprochen. Sie haben *versprochen*, für den *Bonus* mein *Hirte* zu sein.«

»Bonus!« Moksoon senkte den Schneider, trotzdem wandt sich Killashandra geschickt weiter aus seinem Zielbereich.

»Ja, *Bonus,* nach Abschnitt 53, Paragraphen eins bis fünf. Erinnern Sie sich?«

»Eh, ja.« Moksoon klang keineswegs überzeugt. »Das sind Sie, die da jetzt spricht.«

»Ja, ich verspreche gerade, mich an Abschnitt 49, Paragraphen 7, 9 und 14 zu halten. Ich soll nur zwei Tage bei Ihnen bleiben, um einem Fachmann beim Schneiden zuzusehen. Lanzecki hat Sie so lobend empfohlen. Sie seien einer der Besten.«

»Dieser Lanzecki! Alles, was er will, sind Kristalle.« Moksoon schnaubte verächtlich.

»Diesmal werden Sie einen Bonus bekommen, damit Sie von Ballybran wegkönnen.«

Als er den Schneider jetzt herunternahm, wurden die Finger des müden alten Sängers so schlaff, daß Killashandra hoffte, er würde ihn nicht fallenlassen. Man hatte ihr oft genug gesagt, wie leicht diese verflucht teuren Geräte kaputtgingen.

»Ich muß runter von Ballybran. Ich muß. Nur deshalb habe ich gesagt, ich würde Sie mitnehmen.« Moksoon hatte den Kopf gesenkt und redete mit sich selbst, ohne auf die abgespielten Bestätigungen zu hören.

Plötzlich riß er die Spitze des Schneiders wieder hoch und kam drohend auf sie zu. Killashandra wich auf dem Sims zurück, so weit sie konnte.

»Und wer sagt mir, daß Sie nicht wieder herkommen, wenn ich von Ballybran weg bin und an meinem Claim schneiden?«

»Ich könnte das verdammte Claim ja noch nicht mal wiederfinden«, explodierte sie. Zurückhaltung war bei diesem Fanatiker fehl am Platz. »Ich habe nicht die geringste Ahnung, wo wir sind. Ich hatte genug damit zu tun, Sie nicht aus den Augen zu verlieren, so wie Sie herungegondelt sind. Haben Sie vergessen, wie man einen Schlitten steuert? Auf jeden Fall haben Sie eine gültige Abmachung vergessen, die Sie vor gerade erst fünf Stunden getroffen haben!«

Moksoon, die Augen mißtrauisch zu Schlitzen verengt, senkte seinen Schneider minimal. »Sie wissen, wo Sie sind.«

»Vier süd ist alles, was ich weiß, zum Teufel, und so, wie wir in dieser verdammten Schlucht herumgekurvt sind, könnten wir zehn nord sein. Es ist doch überhaupt scheißegal. Zeigen Sie mir, wie man Kristalle schneidet, dann sind Sie mich in einer Stunde wieder los.«

»Sie können nicht in einer Stunde Kristalle schneiden. Nicht richtig«, erklärte Moksoon mit vernichtender Verachtung. »Sie wissen überhaupt nichts vom Kristallschneiden.«

»Sie haben völlig recht. Ich habe keine Ahnung. Und Sie bekommen einen riesigen Bonus dafür, daß Sie es mir zeigen. Zeigen Sie mir, wie man es macht, Moksoon.«

Mit einer Kombination von gutem Zureden, übertriebener Schmeichelei und der ständigen Wiederholung von Worten wie »Bonus«, »Lanzecki erwartet«, »von Ballybran weg« und »exzellenter Schneider« gelang es ihr, Moksoon zu besänftigen. Sie schlug ihm vor, etwas zu essen, bevor er ihr zeigte, wie man schnitt und ließ ihn in dem Glauben, ihr von ihren eigenen Vorräten abgeschwatzt zu haben. Für einen so schmächtigen Mann hatte er einen sehr gesunden Appetit.

Gesättigt, ausgeruht und nach einer Fülle von ihres Wissens nach sinnlosen Erklärungen über Einfallwinkel der Sonne und Exkursionen in der Morgen- und Abenddämmerung durch dunkle Schluchten, um die Kristalle erwachen oder einschlafen zu hören, machte Moksoon keine Anstalten, seinen Schneider zu nehmen und seinen Teil der Abmachung zu erfüllen. Sie versuchte, sich etwas einfallen zu lassen, wie sie ihn auf eine taktvolle Art darauf hinweisen konnte, als er plötzlich aufsprang und beide Arme in die Luft schmiß, um einen Sonnenstrahl zu begrüßen, der in der Schlucht gefallen und auf ihre Seite direkt hinter dem Bug seines Schlittens getroffen war.

Ein eigenartiger Ton fuhr durch den Felsen, auf dem Killashandra saß. Moksoon schnappte sich seinen Schneider und setzte sich in Bewegung, wobei er ein freudiges Gakkern ausstieß, das sich in ein klares, schallendes A knapp unter dem mittleren C verwandelte. Moksoon sang Tenor.

Und ein Teil der Schlucht antwortete!

Als sie ihn eingeholt hatte, schnitt er schon an der Rosenquarzfläche, die sein Schlitten verdeckt hatte. Warum hatte der alte Mann …

Dann hörte sie den Kristall singen. Trotz seiner ganzen übrigen Fehler besaß Moksoon eine erstaunliche Lungenkapazität für einen so alten Mann. Er hielt die präzise Note selbst dann noch, als sein gestimmter Schneider ein Pentagon aus der unregelmäßigen Quarzextrusion schnitt, die von verschiedenen Facetten aufblitzte, als sich der Einfall des Sonnenlichts veränderte. Die Dissonanz, die einsetzte, als er tiefer in die Fläche eindrang, war ein so intensiver Schmerz, daß er Killashandra bis in den Zähnen schüttelte. Er war viel schlimmer als das Neustimmen der Kristalle. Sie errstarrte bei dem plötzlichen Schmerz und stieß instinktiv einen Schrei aus, einen anklingenden Ton. Der Schmerz verwandelte sich in zwei reine, klare Noten.

»Sing weiter!« schrie Moksoon. »Halt diesen Ton!« Er

stellte seinen Infraschallschneider neu ein und schnitt ein zweites Stück, holte es heraus, sang wieder, stimmte den Schneider und grub das Messer in sechs geraden Schnitten in die Fläche. Sein hagerer Körper zitterte, aber seine Hände waren erstaunlich ruhig, als er schnitt und schnitt, bis er den Rand erreicht hatte. Mit einem jubilierenden Ton sprang er in eine neue Position und machte den Grundschnitt für die vier passenden Kristalle. »Meine Schönheiten! Meine Schönheiten!« summte er, legte den Schneider vorsichtig hin, stürzte zu seinem Schlitten und kam Sekunden später wieder mit einem Karton zum Vorschein. Er summte noch immer, als er die Stücke einpackte. In seinen Bewegungen lag eine merkwürdige Ambivalenz, Hast und Zögern, denn seine Finger fuhren liebkosend über die Seiten der Oktogone, als er sie wegpackte.

Killashandra, die von dem Erleben des Kristalls genauso überrascht war wie von seiner agilen Leistung, hatte sich nicht von der Stelle gerührt. Als sie seufzte, um ihre Spannung zu erleichtern, stieß er einen unartikulierten Laut aus und griff nach seinem Schneider. Er hätte ihr womöglich den Arm abgeschnitten, aber er stolperte über den Karton, wodurch sie einen Vorsprung bekam, als sie zurück zu seinem Schlitten rannte, hineinstolperte und auf den Replayknopf drückte, bevor sie die Tür schloß. Die Spitze des Schneiders war dazwischen.

Und Lanzecki hatte vorgeschlagen, daß sie mit diesem tollwütigen Verrückten ging? Lanzeckis Stimme dröhnte hinaus, echote zurück und brachte einen Teil des Felsens über den Schlitten zum resonieren.

»Es tut mir leid, Killashandra Ree«, sagte Moksoon, und in seiner Stimme schwang tatsächlich ein reumütiger Ton mit. »Machen Sie meinen Schneider nicht kaputt. Machen Sie nicht die Tür zu.«

»Wie kann ich Ihnen trauen, Moksoon? Sie haben mich heute schon zweimal fast umgebracht.«

»Ich vergesse immer. Ich vergesse immer.« Es klang wie ein Schluchzen. »Sie müssen mich immer daran erinnern, wenn ich schneide. Die Kristalle sind schuld daran, daß ich vergesse. Sie singen, und dann vergesse ich.«

Killashandra schloß die Augen und versuchte, sich zu beruhigen. Der Mann konnte einem wirklich leid tun.

»Ich werde Ihnen zeigen, wie man schneidet. Wirklich.«

Moksoons aufgezeichnete Stimme wiederholte brav seine Bereitschaft, sie nach Abschnitt 53 zu hüten. Sie konnte seinen Schneider unbrauchbar machen, wenn sie die Tür nur einen Zentimeter weiter schloß. Ihre eigene Stimme klang in ihren Ohren, als sie bestätigte und schwor, sich an Abschnitt und Paragraphen zu halten.

»Es wäre gut für Sie, wenn Sie mir etwas über Kristallschneiden zeigen könnten, das ich im Komplex nicht lernen konnte.«

»Ich werde es Ihnen zeigen. Ich werde Ihnen zeigen, wie man Singen in den Felsen findet. Ich werde Ihnen zeigen, wie man Kristalle findet. Jeder Narr kann Kristalle schneiden. Aber zuerst muß man sie finden. Nur schließen Sie nicht die Tür!«

»Wie kann ich Sie davon abhalten, mich umzubringen?«

»Reden Sie einfach mit mir. Spielen Sie das Replay immer wieder ab. Reden Sie mit mir, während ich schneide. Geben Sie mir meinen Schneider zurück!«

»Ich werde also mit Ihnen reden, Moksoon, und ich mache jetzt die Tür auf. Dem Schneider ist nichts passiert.« Das erste, was er tat, als sie den Druck zurücknahm, war, die Spitze des Geräts zu untersuchen. »Und jetzt, Moksoon, zeigen Sie mir, wie ich das Singen in den Felsen finde.«

»Hier lang, hier lang.« Er krabbelte zu der Schnittstelle. »Sehen Sie ...« Sein Finger zog die Fehlerlinie nach, die kaum auszumachen war. »Und hier.« Jetzt blitzte an einer Stelle der Kristall deutlich durch die darüberliegende Erde. Er rieb darüber, und Sonnenlicht funkelte in dem Stein. »Meistens sagt einem das Sonnenlicht, wo er liegt, aber man muß auch selbst *sehen*. Sehen Sie hier! Kristalle liegen eben, so, und so, manchmal so wie die Falte, manchmal im rechten Winkel. Sind Sie sicher, daß Sie nicht mehr den Weg hierher zurückfinden können?« Er warf ihr einen nervösen Blick zu.

»Absolut!«

»Rosa fallen immer nach Süden. Darauf können Sie gehen.« Er fuhr mit den Fingerspitzen leicht über den Abgrund. »Das habe ich vorher nicht gesehen. Warum habe ich es denn nicht gesehen?«

»Weil Sie einfach nicht hingeschaut haben, oder, Moksoon?«

Er ignorierte ihre Bemerkung. Zuerst dachte Killashandra, daß eine Brise aufgekommen wäre, obwohl es in dieser tiefen Schlucht höchst unwahrscheinlich war. Dann hörte sie das schwache Echo und begriff, daß Moksoon summte. Er hatte ein Ohr an die Felswand gelegt.

»Ah, hier. Hier kann ich schneiden!«

Was er tat. Diesmal war Killashandra auf den Schrei des Kristalls vorbereitet, und er traf sie nicht so schmerzhaft wie vorher. Sie achtete auch immer darauf, daß Moksoon sie sehen konnte, vor allem, als er mit seinen Schnitten fertig war. Sie holte ihm einen Karton, brachte ihn zurück und verstaute ihn im Schlitten, wobei sie die ganze Zeit mit ihm redete oder dafür sorgte, daß er mit ihr redete. Er wußte wirklich, wie man Kristalle schnitt. Und er wußte, wie man sie fand. Die Schlucht lagerte sich in südlichen Streifen von Rosenquarzen. Moksoon konnte wahrscheinlich für den Rest seines Gildelebens an diesem Claim schneiden.

Als die Sonne hinter dem Ostrand der Schlucht unterging, hörte er abrupt auf zu arbeiten und sagte, daß er Hunger hätte. Sie gab ihm zu essen und hörte zu, als er weiter über fehlerhafte Linien und Schnitte und Eindringlinge erzählte, womit er Nichtkristallgestein meinte, das im allgemeinen die Kristallader zerstörte.

Da sie sich an Enthors Meinung über Rosenquarze erinnerte, fragte sie Moksoon, ob er auch andere Farben schneiden würde. Es war eine unkluge Frage, denn Moksoon bekam einen Koller und erklärte, daß er sein Leben lang Rosenquarze geschnitten hätte, länger als sie, oder ihre Eltern, oder sogar ihre Großeltern schon atmeten, und daß sie sich um ihre eigenen Angelegenheiten kümmern sollte. Dann stakste er zu seinem Schlitten.

Killashandra verschloß vorsichtshalber ihre Tür und machte es sich in ihrem Schlitten bequem. Sie wußte nicht, ob sie noch einen weiteren Tag mit diesem paranoiden Moksoon ertragen oder überleben würde. Sie zweifelte nicht daran, daß die unsichere Beziehung, die sie zu ihm erreicht hatte, in seiner kristallisierten Hirnschale über Nacht wieder in Vergessenheit geraten würde.

In der kühlen Dunkelheit der Schlucht, in der die Nacht die Felsen krachen und klingen ließ, dachte sie an Lanzecki. Er hatte sie kennenlernen wollen, hatte er gesagt, bevor er Kristalle sang. Jetzt klang dieser Ausdruck für sie sowohl irgendwie nach einem Segen wie auch entschieden nach einem Fluch. Würde schon eine einzige Tour in die Kristallketten sie so verändern? Oder hatten die beiden Nächte und der Tag, die sie zusammen verbracht hatten, den Zweck gehabt, irgendein Band zwischen ihnen zu bilden? Wenn das so war, dann würde Lanzecki die nächsten Wochen sehr beschäftigt damit sein, Beziehungen zwischen Jezerey, Rimbol – und dann verdrängte Killashandras Sinn für Humor solche häßlichen Gedanken. Lanzecki mochte ja hintenherum sein, aber so verflucht hintenherum war er nicht!

Außerdem hatte keiner der anderen eine Milekey-Transition gehabt oder sensitiv auf schwarze Kristalle reagiert. Es war einfach eine Verkettung von Umständen. Und er hatte gesagt, daß er gern mit ihr zusammen war. Er, Lanzecki, war gern mit ihr zusammen. Aber Lanzecki der Gildemeister hatte sie mit dem verrückten Moksoon losgeschickt.

Killashandra setzte den Wecker auf Sonnenaufgang, so daß sie aus der Schlucht sein würde, bevor Moksoon erwachte.

IX

Sie erwachte in der Dunkelheit. Vorsichtig steckte sie den Kopf aus der Schlittentür und spähte zuerst in Moksoons Richtung, aber dort war kein Lebenszeichen auszumachen. Sie blickte zwischen den steilen Wänden der Schlucht hinauf zum grauen Himmel des anbrechenden Tages. Nach ihrem Versteckspiel mit Moksoon am Vortag war sie sich der Gefahren eines Flugs im Halbdunkeln durchaus bewußt, aber sie wollte auch nicht in der Nähe sein, wenn der alte Kristallsänger aufstand.

Sie überprüfte, ob alle ihre Schränke sicher verschlossen waren, automatische Handgriffe, die sie während ihres Unterrichts im Schlittensimulator gelernt hatte. Glücklicherweise hatte sie Praxis in »dunklen« Landungen und Starts in imaginären flachen Canyons und tiefen Tälern, allerdings wünschte sie, daß sie mehr auf das Gebiet unmittelbar hinter Moksoons Claim geachtet hätte. Sie konnte es nicht riskieren, ihren gestrigen Kurs zurück bis zu der Schuttlawine zu fliegen.

Sie schnallte sich in ihrem Sitz fest, schaltete den Antrieb auf Minimalenergie, zog den Schlitten einen halben Meter hoch und zehn Meter vor, dann aktivierte sie den Top-Skanner, um sicher zu gehen, daß bei ihrem Aufstieg kein Hindernis im Weg war.

Der Himmel war für ihre Zwecke schon hell genug, wenn ihn die aufsteigende Sonne auch noch nicht färbte. Langsam zog sie den Schlitten hoch, mit größter Vorsicht, die Augen auf den Skanner geheftet, um sicherzugehen, daß sie nicht mit einem überraschenden Vorsprung kollidierte.

Mit einemmal war sie über der Schlucht, blieb in der Luft stehen und stellte den Skanner auf Unterboden und Vergrößerung um. Ihr Abflug hatte Moksoon nicht geweckt. Wenn sie Glück hatte, würde er vergessen, daß sie überhaupt da gewesen war, bis er seinen Bonus bekam. Und *sie* hatte dafür gearbeitet!

Flüchtig kam ihr der Gedanke, daß sie eines Tages auch so sein würde wie Moksoon jetzt, aber das, sagte sie sich überzeugt, war noch in weiter Ferne. Sie würde es so fern wie möglich machen.

Mit leidlicher Eile flog sie bis F42NW-43NW, wo fünf alte Farbkleckse ein unregelmäßiges Muster auf Lanzeckis Luftkarte bildeten. Die Sonne ging gerade auf, immer ein faszinierendes Bild, aber der Anblick der goldüberfluteten westlichen Falten und Höhen der Milekey-Kette war geradezu überwältigend. Sie setzte den Schlitten auf einer abgeflachten, erodierten Synklinalen ab, um das Schauspiel des anbrechenden Morgens zu erleben, während sie frühstückte. Es war ein wundervoller, klarer Morgen, die leichte Brise brachte den Geruch nach Meer mit, denn die Bay war nicht weit. Sie überprüfte den Wetterbericht, der bestätigte, daß das klare, trockene Wetter für die nächsten sechs Stunden anhalten würde.

Sie kam in einiger Höhe über F42NW und flog weiter in Richtung F43NW, um ein Gesamtbild der Gegend zu bekommen. Wenn ihre Vermutung richtig war, und Lanzeckis vertrauliche Information hatten sie nur bestätigt, mußten in einem von diesen fünf Claims Keborgens schwarze Kristalle liegen.

Aus der Höhe sah das Gebiet öde und trostlos aus – Täler und Schluchten, blinde Canyons, nur wenige mit Wasser, und nicht einmal das leiseste Funkeln von Kristallen in der Morgensonne. Außerdem war einer der Farbkleckse neuer als die anderen. Die Markierung reflektierte die Sonne. Hatte einer der anderen Sänger vielleicht doch Keborgens Claim gefunden? Dann rief sie sich in Erinnerung zurück, daß keiner der anderen so weit nördlich gekommen war. Eine neue Claimmarkierung unter fünf. Aber Lanzeckis ursprüngliche Luftkarte hatte fünf alte Markierungen gezeigt.

Killashandra hielt den Atem an. Keborgen war neun Jahre nicht an diesem Claim gewesen. Weil er sich nicht daran hatte erinnern können, wo es lag? Er hatte nützliche

Stücke und Splitter und einen Dreiersatz geschnitten, die ein Vermögen an Krediten wert waren. Konnte es nicht sein, daß er die verbleibende Zeitspanne zwischen Sturmwarnung und Flucht dazu benützt hatte, das Claim neu zu markieren, damit er es nach dem Sturm leichter wiederfinden konnte?

Killashandra überlegte, was sie über Claims und Claimräuberei wußte. Nichts verbot ihr, das gekennzeichnete Gebiet zu überprüfen. Strafbar war allein, Kristalle zu schneiden oder mitzunehmen.

Sie ging tiefer herunter und umkreiste den mit leuchtender Farbe gekennzeichneten Kamm in einem ungefähren Bogen. Killashandra konnte keinen anderen Schlitten sehen, obwohl sie über mehreren schwer einsehbaren Vorsprüngen und Felsüberhängen stehenblieb, um sich zu vergewissern. Sie konnte auch nirgendwo ein Funkeln oder Schimmern eines von der Sonne getroffenen Kristalls entdecken. Nach dem ersten Überblick landete sie auf dem Kamm. Die Farbe war neu, nur hier und da vom letzten Sturm verschrammt. Sie konnte die Ränder der alten Markierung entdecken, über die die neue Farbe hastig übergepinselt worden war. Dann fand sie den Farbbehälter, der eingeklemmt zwischen Felsen steckte, wo er hingeworfen oder vom Wind hingetragen worden war. Killashandra hob ihn hoch und lächelte freudig erregt. Ja, Keborgen hatte *dieses* Claim nicht vergessen wollen. Und er hatte sich kostbare Zeit genommen, es zu kennzeichnen.

Sie sah über die Kämme und nächsten Senken und überlegte, wo. Von diesem Standpunkt aus konnte sie den gesamten Umkreis des Claims überblicken.

Da Keborgen mit Sicherheit alle Kristallsplitter von seinem Schneideplatz entfernt hatte, würde es keinen Hinweis darauf geben, wo er gearbeitet hatte. Aber er würde seinen Schlitten so versteckt haben müssen, daß er aus der Luft nicht zu sehen gewesen war, genau wie bei Moksoon.

Also verbrachte Killashandra den Rest des Morgens damit, den Claimkreis um den Farbklecks in einem Suchmuster abzufliegen. Sie fand fünf Stellen; zwei teilweise versteckte im Quadranten 7, eine Unterhöhlung in 10 westlich, ein sehr schmales blindes Tal in 4 und zwei dämmrige Schluchten in 2 nördlich. Auf ihrer Hauptkarte notierte sie jede Position mit einem typischen Umriß oder Felsen und den Winkel, in dem sie geflogen war, um sie wiederfinden zu können.

Das Wetter blieb nicht auf ihrer Seite, denn am Nachmittag setzte ein leichter Nieselregen ein. Sie würde sich also nicht nach reflektierten Blitzen der untergehenden Sonne oder der Stimme von sonnenerwärmten Kristallen richten können. Außerdem sah sie keinen Sinn darin, auf dem Claimkamm zu bleiben. Es suchten noch andere Sänger nach Keborgens Claim, und es war unnötig, daß sie dann hier wie auf dem Präsentierteller saß.

»Enne de menne de micke de mo«, sang sie und zeigte bei jeder Silbe auf eine Position. »Abe de babe de bombasto, ex – drecks – aus!«

»Aus« war die Stelle in 4 westlich.

Als sie sich der Position von Süden her näherte, fiel ihr auf, daß der Kamm merkwürdig ablief. Da er von allen Seiten durch höhere Falten geschützt wurde, konnte die Erosion nicht vom Wind herrühren. Sie landete den Schlitten so gut sie konnte auf dem unebenen Gelände neben der Unterhöhlung. Zunächst wollte sie sich umsehen. Während sie ihre Regenkleidung herausholte, bemerkte sie, daß Geröll zu beiden Seiten des Vorsprungs heruntergestürzt war, der tatsächlich genau die richtige Länge für seinen Schlitten hatte.

Mit frischem Mut stieg sie aus und durchstöberte die nähere Umgebung. Das abgestürzte Geröll mußte schon lange hier liegen, denn die Risse zwischen den Brocken waren mit Sand und Erde gefüllt. Der Vorsprung war massiv, aber an seinem Ende waren zur Verstärkung Steine verschiedener Größe hineingestopft worden. Eine orange Farbspur an der Innenwand gab ihr letzte Gewißheit. Hier hatte ein Schlitten gestanden. Mit einem Gefühl der Befriedigung stellte sie ihren nun ebenfalls hier ab.

Sie war nicht mehr ganz so glücklich, nachdem sie zum höchsten Punkt über dem blinden Tal hinaufgeklettert war und sich im trüben Nieselregen umsah. Das Tal hatte die

Form eines abgestumpften Halbmonds, der von der Unterhöhlung aus gesehen überall leicht anstieg. Kristallsänger beschränkten sich darauf, Kristalle zu schneiden, nicht sie weit herunterzuschleppen. Keborgens Claim mußte also irgendwo im Tal liegen.

Sie rutschte den Felshang hinunter und löste dabei noch mehr Gestein, als schon herumlag. Als sie wieder bei ihrem Schlitten war, überprüfte sie die Wettervorhersage. Die Wolkendecke würde sich gegen Mitte des nächsten Tages verzogen haben, es sei denn, die Kaltfront, die vom Südpol heranzog, nahm an Geschwindigkeit zu. Sie konnte also aller Wahrscheinlichkeit mit einem klaren Nachmittag rechnen und würde die Sonne bei Sonnenuntergang auf der südlichen Spitze des Tals haben. Regen oder nicht, sagte sie sich, sie würde jedenfalls beim ersten Licht wieder draußen sein. Keborgen hatte zwei offensichtliche Fehler gemacht: ein frisches Claim und die alte Schlittenfarbe.

Keborgens Schnittplatz hielt sich den ganzen, nassen, grauen Morgen vor ihr verborgen, als sie den Halbmond nach irgendwelchen Anzeichen hin untersuchte, daß er hier geschnitten hatte, und sie scheuerte sich Finger und Hände an den Felsen wund, an denen sie herumkratzte. Die Wände des Tals waren unterschiedlich hoch, am Außenboden bis zu zehn Metern, wo sie zu einer Senke herabfielen, die fast direkt gegenüber der Unterhöhlung lag. Vom Boden des Tals aus konnte sie nicht das geringste Anzeichen dafür erkennen, daß Keborgen hier Kristalle geholt hatte.

Völlig entmutigt kletterte sie zurück zu ihrem Schlitten, um etwas zu essen. Wenn sie sich überlegte, was sie allein bisher erreicht hatte, hätte sie genauso gut noch einen Tag länger bei Moksoon bleiben können.

Ein plötzlicher Lichtstrahl lenkte ihre Aufmerksamkeit auf das Fenster. Die Wolken zerstreuten sich am Himmel nach Norden, und hier und da konnte sie den blauen Himmel sehen. Als sie den Schlitten verließ, blies ihr eine leichte Brise direkt ins Gesicht. Plötzlich blinzelte Sonnenlicht aus den Wolken, blendend hell nach fast zwei Tagen in trübem Grau.

Jetzt, da die Sonne da war, konnte sie vielleicht das Glück haben, einen Kristall aufblitzen zu sehen – wenn sie genau im richtigen Moment in der richtigen Richtung stand. Auf Keborgens Schnittplatz konnte sich nach dem kurzen Sturm noch nicht viel Erde angesammelt haben.

Die Sonne stand mehr westlich als östlich; ihre Chancen waren günstiger, wenn sie nach Westen sah. Sie kletterte die Talseite auf den Kamm hinauf, drehte sich nach rechts und blieb stehen. Jetzt, im Sonnenschein, konnte sie etwas erkennen, was der Regen am Tag zuvor verborgen hatte, ein deutlich sichtbarer, wenn auch unebener und gewundener Pfad aus festgetretener Erde, der ein Paar behenden Füßen Halt bot. Er war von einem langbeinigen Mann benutzt worden, und an einigen Stellen mußte sie hüpfen oder springen, als sie ihm eifrig folgte. Sie war so darauf konzentriert, aufzupassen, wohin sie trat, daß sie ins Leere getreten wäre, wenn sie nicht vorher die plattgestampfte Stelle etwa zwei Meter vor dem Abgrund bemerkt hätte. Ein geeigneter Platz, um zum Beispiel Kristallkartons abzustellen. Es hätte die Aufregung sein können, als Killashandra das Prickeln in ihren Beinen fühlte, aber dann hörte sie das leise Seufzen, lauter aber, als daß es von der leichten Brise hätte kommen können. Es war, als ob in einiger Entfernung jemand leise summte, und der Klang mit der Brise an ihr Ohr trieb. Nur kam dieses Geräusch von vorn.

Bebend trat sie noch zwei Schritte vor und blickte dann hinunter in eine V-förmige Senke, die zum Talboden abfiel, der etwa zehn Meter unter dem niedrigsten Arm das Vs lag. Schlammiges Wasser strömte aus dem V-Punkt. Wasser hatte sich in einer zu deutlich geometrischen Pfütze auf halbem Weg die unebene Seite hinunter gesammelt. Uneben deshalb, weil Keborgen Fußstützen angebracht hatte, die ihm den Zugang zu seinem Claim erleichtern sollten. Während sie hinunterstieg, konnte sie die schwarzen Kristalle um sich herum fühlen. Als sie den Boden erreicht hatte, kniete sie sich neben die symmetrische Pfütze, die eine Fingerspitze tief war, und betastete ihre Seiten. Ihre Finger vibrierten.

Sie erhob sich und blickte sich um. Das V, etwa sechs

Meter lang und sorgfältig beschnitten, daß es sein rauhes, natürliches Aussehen nicht verlor, öffnete sich auf der Schluchtseite zu einer Breite von vier Metern. Ehrfürchtig nahm sie ein Tuch und wischte Schlamm weg. Darunter kam der matte Glanz von kaltem schwarzen Kristall zum Vorschein. Dann rieb sie mit dem Tuch das Wasser weg. Keborgens Dreiersatz war passend geschnitten worden, aber zueinander, nicht zum Winkel der Ader, wobei dieser kleine Keil entstanden war, in dem sich das Wasser gesammelt hatte. Nein, dieses kleine Stück hier war mehr als wahrscheinlich fehlerhaft, vom Sturm beschädigt. Sie fuhr mit den Fingern darüber und fühlte die Rauhheit der fehlerhaften Stelle. Dann machte sie sich aufgeregt daran, die Ader sauberzuwischen, um herauszufinden, wo der Fehler aufhörte und wo der makellose Kristall begann. Ah, hier, an der Stelle, genau da, wo Keborgen aufgehört hatte zu schneiden, als der Sturm anfing.

Wie groß, wie tief, wie breit mochte diese Kristallader sein? Dieser verborgene Schatz? Killashandras freudige Erregung war stärker als ihre anfängliche Vorsicht; lachend schrubbte sie zuerst diese Stelle in der gegenüberliegenden Wand, dann über die schiefen Arme des Vs und kicherte leise vor sich hin, während sie den Kristall von der Sand- und Schmutzschicht befreite. Ihr Kichern hallte zurück, und sie begann zu lachen, während das lautere Geräusch zurückgeworfen wurde.

Sie war von Kristall umgeben. Er sang zu ihr! Sie glitt auf den Boden, ohne auf den Schlamm zu achten und streichelte über die Kristallflächen zu ihren Seiten, wobei sie sich bemühte, nicht zu kichern, sich bemühte, zu *begreifen*, mit ihrem benommenen Gehirn zu verstehen, daß sie, Killashandra Ree, tatsächlich Keborgens Schwarzkristallader gefunden hatte. Und sie war ihr, nach Abschnitt und Paragraphen.

Killashandra merkte nicht, wie die Zeit verging. Sie mußte Stunden verbracht haben, das Claim zu untersuchen, sich anzusehen, wo Keborgen fehlerhafte Kristalle von der Außenfläche geschnitten hatte. Zweifellos war er überzeugt gewesen, nach dem Sturm wieder hierher zurückzukommen. Er hatte an einer Platte einen Meter über dem höheren Arm des Vs geschnitten. Keborgen war ein kluger Schneider gewesen, denn er hatte nicht wild Kristalle geschnitten, sondern sich auf fehlerlose Schnitte beschränkt, auf Dreier- und Vierersätze, für die die kristallgierige FSP, die Kristallverbindungen zwischen allen bewohnten Planeten errichten wollte, die höchsten Preise zahlte. Keborgen hatte dafür gesorgt, daß sein Claim das natürliche Aussehen eines Einschnitts behielt, indem sich am Fuß des Vs Schmutz und Erde hatten sammeln können, die Wind und Wasser natürlich über den unteren Teil verteilten. Im Vergleich zu Keborgen war Moksoon ein sehr bequemer Schneider, denn er hatte nur Rosenquarz.

Der Kristall um sie herum begann zu knistern und zu knacken, ein leises, beruhigendes Geräusch. Als ob, dachte Killashandra phantasievoll, er den Besitzerwechsel akzeptiert hätte. Verzückt lauschte sie den leisen Geräuschen und wartete fast atemlos auf das erneute Einsetzen, bis ihr irgendwann bewußt wurde, daß es kühl geworden war, daß sie nicht mehr im Dämmerlicht, sondern in richtiger Dunkelheit saß.

Zögernd, und noch immer gefesselt vom Gesang des Kristalls, löste sie sich vom Claim und ging den rauhen Weg zu ihrem Schlitten zurück.

In der sauberen, neuen Atmosphäre ihres Schlittens kam sie wieder halbwegs zu Verstand. Sie setzte sich und machte eine Zeichnung des Claims, wobei sie ihr Erinnerungsvermögen an die Ausmaße auf die Probe stellte, und machte sich Notizen über ihre Vermutungen zu Keborgens Arbeit.

Sie würde früh am Morgen anfangen, dachte sie mit einem Blick auf ihren Schneider. Es blieben ihr ja jetzt noch einige Tage.

»Ich werde einige klare Tage haben?« Die Sicherheit, mit der sie das wußte, erstaunte sie. Sie sah sich die Wettervorhersage an. Der morgige Tag würde klar sein, und es bestand die Wahrscheinlichkeit, daß es noch einige Tage so bleiben würde.

Was hatte Lanzecki über die Wetteraffinität bei einer

Milekey-Transition gesagt? Daß sie ihrem Symbionten vertrauen konnte? Keborgens Mißtrauen der Technik gegenüber sei schuld an seiner verspäteten Flucht gewesen. Hm, aber wenn er die Neumarkierung seines Claims abgebrochen hatte, mußte er doch schon irgendeiner Warnung gefolgt sein.

Killashandra schlang die Arme fest um ihren Körper. Theoretisch war der Symbiont jetzt Teil ihrer Zellstruktur, aber bestimmt kein Teil ihres Bewußtseins oder ein rastloser Gast in ihrem Körper. Wenigstens bis sie auf seine heilenden Fähigkeiten zurückgreifen würde. Oder sie sich gegen seinen Drang wehrte, nach Ballybran zurückzukehren.

Killashandra machte einen stimmcodierten Vermerk auf ihren Rekorder über ihr instinktives Gefühl für das Wetter. Sie konnte diesen Punkt im Auge behalten.

Fast hätte sie vergessen, zu essen, bevor sie sich schlafenlegte, denn die Aufregungen des Tages hatten sie müde gemacht. Sie stellte ihren Wecker auf zwanzig Minuten vor Sonnenaufgang ein. Mit einem Frühstück im Magen und ausgeruht nach dem Schlaf war sie schon auf dem Kammpfad, als die ersten Strahlen der Morgensonne ihren Weg über die Spitze der fernen Kette fanden, den Schneider über die Schulter geschlungen und einen Karton in der freien Hand.

Sie ließ den Karton stehen, wo auch Keborgen seinen immer gelassen hatte – wie lange würden die Echos des Verstorbenen sie an diesem Ort noch begleiten? Dann stieg sie hinunter in das Claim. Die Sonne hatte noch nicht den höheren Punkt des Vs erreicht. Es würde leichter sein, jetzt zu schneiden, dachte sie, bevor der Kristall mit seinem Morgengesang begann. Sie rieb den Vorsprung sauber, an dem sie schneiden wollte, ein Stück von ungefähr 50 Zentimeter Länge, 25 Zentimeter Höhe und zwischen 10 und 15 Zentimeter Breite. Sie mußte den Vorsprüngen von Keborgens letztem Schnitt folgen. Warum hatte er bloß keine geraden Schnitte gemacht? Fehler? Sie fuhr mit den Händen, als wollte sie sich für das, was sie tun würde, entschuldigen. Der Kristall flüsterte unter ihrer Berührung.

Es reicht, sagte sie sich streng. Sie stellte sich vor, daß sowohl Trag wie auch Lanzecki zusähen, dann schlug sie die Fläche mit dem Tonkeil an. Wie eine Flutwelle ergoß sich das Echo über sie. Jeder Knochen und jedes Gelenk vibrierten in dem Ton. Ihr Schädel schien in seinen Nähten platzen zu wollen, ihr Blut pulsierte wie ein Metronom im Takt der Vibrationen. Echos wurden von der anderen Seite des Claims und, seltsam mißtönend, von dem halbmondförmigen Tal zu ihr zurückgeworfen.

»Schneide! Du sollst deinen Schneider auf den Ton einstellen und schneiden!« schrie Killashandra zu sich selbst, und das Echo schrie zurück.

Als Moksoon den Ton gesungen hatte, war es nicht so schlimm gewesen. Lag es daran, daß sie sensitiv für den schwarzen, nicht den rosa und daß sie nicht auf sein Claim eingestimmt war? Außerdem hatte er nicht in der Mitte seines Claims gestanden, sondern auf Granit. Und dieses Erlebnis war völlig anders als der Schrei von neugestimmtem Kristall, denn in dieser phantastischen und überwältigenden Resonanz lag kein Schmerz, kein Groll.

Sie mußte den Kristall nicht noch einmal anschlagen. Das A haftete fest in ihrem Kopf und ihren Ohren. Sie zögerte nur noch einmal, als sie das Infraschallmesser anlegte, um den ersten Einschnitt zu machen. Nur eine unbewußte Entschlossenheit, eine Hartnäckigkeit, der es bisher noch nie bedurft hatte, ließ sie den Schnitt durchführen. Klang hüllte sie ein, ein A in Akkorden und Oktaven, ein Klingen, das jedes Nervende in ihrem Körper zum Vibrieren brachte, nicht schmerzhaft, sondern angenehm und merkwürdig verwirrend. Sie fühlte, wie der Ton des Messers dunkler wurde und zog es heraus. Den zweiten vertikalen Schnitt setzte sie direkt vor Keborgens Einschnitt an. Dieser Block würde kürzer sein als die anderen und schmalen, aber es ließ sich nicht ändern. Sie biß die Zähne gegen den kurzen Schock zusammen, als Messer auf Kristall und Ton auf Nerv traf. Ihre Hände schienen den endlosen Übungsstunden unter Trags Anweisung zu folgen, aber sie sagte sich nicht bewußt, den zweiten vertikalen Schnitt zu beenden. Es war irgendeine einstudierte Beziehung zwischen Hand und Auge, die sie aufhören ließ. Von diesem Instinkt ließ sie sich auch führen, als sie den waagerechten Schnitt machte, der den Kristall von der Ader trennen würde.

Vorsichtig legte sie den Schneider ab, voll ehrfürchtiger Scheu angesichts der hauchdünnen Trennschnitte. Mit den Händen, die noch von der Anstrengung zitterten, den Schneider zu führen, zog sie das Rechteck heraus und hielt es hoch. Die Sonne fing sich in dem Block und machte ihn dunkel, und sie zeigte ihrem staunenden Auge die leichte Abweichung von einem präzisen Winkel. Doch das war ihr völlig gleichgültig, und sie weinte vor Freude, als der Klang des von der Sonne erwärmten schwarzen Kristalls, der jetzt tatsächlich mattschwarz als Reaktion auf die Wärme war, durch ihre Haut drang, um ihre Sinne zu berauschen.

Wie lange sie so dastand, in einem ehrfürchtigen Bann versunken, das Rechteck wie eine Priesterin aus vergangenen Zeiten der Sonne entgegengestreckt, wußte sie nicht. Eine Wolke, eine der wenigen an jenem Tag, unterbrach das Singen, als sie für kurze Zeit die Sonne verdeckte. Erst jetzt wurde sich Killashandra bewußt, daß ihre Schultern schmerzten, weil ihre Arme das Gewicht so lange ausgestreckt gehalten hatten, und ihre Finger, Füße und Beine waren taub. Ein merkwürdiger Widerwille regte sich in ihr, den Kristall aus den Händen zu geben. »Du mußt den Kristall verpacken, sobald du ihn geschnitten hast«, klang das Echo von Lanzeckis Rat in den Ohren. Auch Moksoon hatte sie verpackt, sobald er sie geschnitten hatte. Sie erinnerte sich daran, mit welcher Überwindung der verrückte alte Sänger offensichtlich den Rosenquarz in den Karton gelegt hatte. Killashandra folgte Rat und Beispiel.

Erst als der Kristallblock sicher in seinem Schaumstoffkasten lag, merkte sie, wie erschöpft sie war. Aller Kraft beraubt, lehnte sie sich an die Kristallwand und sank langsam zu Boden. Nur am Rande nahm sie das Murmeln des Kristalls wahr, an dem sie ruhte.

»So geht das nicht weiter«, sagte sie sich, ohne auf das schwache, klingende Echo ihrer Stimme zu achten. Sie nahm sich ein Essenspaket aus der Schenkeltasche und aß und trank mit mechanischen Bewegungen. Langsam ließ die schreckliche Lethargie nach.

Als Killashandra hinauf zum Himmel sah, stellte sie fest, daß sich die Sonne schon langsam nach Westen neigte. Sie mußte die Hälfte eines schönen, klaren Tages damit verbracht haben, ihr Werk zu bewundern.

»Lächerlich!«

Der spottende »ch«-Laut hallte zurück.

»Ich würde an deiner Stelle nicht so vorlaut sein, mein Freund«, sagte sie zu dem Claim, während sie die Schnittstellen nach einem zweiten Block absuchte. Sie wollte sehen, daß sie diesen gleichmäßiger schnitt, sonst würde sie am Ende noch genau so eine verdächtig symmetrische Pfütze bekommen wie es Keborgen passiert war.

Sie brauchte den Ton nicht anzuschlagen: das A hatte sich fest in ihrem Kopf eingebrannt. Killashandra schaltete und stellte den Schneider ein und bereitete sich auf die Reaktion des Kristalls vor. Sie war fast verblüfft über den klaren Ton, der ohne Protest zurückkam. Ungeheuer erleichtert machte sie zwei vertikale Schnitte, wobei sie darauf achtete, das Messer gerade zu halten. Dann nahm sie den dritten, horizontalen Schnitt vor und verfluchte sich, weil sie unbewußt dem Muster ihres ersten, ungleichmäßigen Schnitts gefolgt war. Ein greifbares Gefühl strömte aus dem geschnittenen Block, aber jetzt kannte sie die Tricks des Kristalls und verpackte das Rechteck rasch neben den ersten in den Karton.

Der dritte Kristall hätte eigentlich der leichteste Schnitt werden müssen. Den ersten Schnitt machte sie rasch und geschickt, erfreut über seine fachmännische Ausführung. Doch der vertikale Schnitt, mit dem das Rechteck von der Fläche getrennt werden sollte, kam vom richtigen Ton ab. Sie brach ab, spähte in die gräuliche, blaßbraune Substanz und fühlte, als sie sie berührte, nicht ertastbar, sondern über die Nerven in ihren Fingerspitzen, daß sie in einer fehlerhaften Stelle schnitt. Wenn sie einen halben Zentimeter weiter daneben schnitt ... Der Block paßte jetzt zwar nicht zu den beiden anderen, aber der Kristall sang rein. Sie drehte ihn in den Händen herum, den Rücken mit Bedacht der Sonne zugewandt und untersuchte den Block nach weiteren Spuren eines Fehlers. Das hier, sagte sie sich streng, war eine Entschuldigung, ihn mit Fingern zu streicheln, die sich an dem glatten Material entzückten, dem flüsternden Ton, den Empfindungen, die so zart ihre Nerven berührten wie ... wie Lanzeckis Kuß auf ihre Handfläche?

Killashandra kicherte, und ihr Lachen schallte von allen Seiten zurück. Lanzecki, oder die Erinnerungen an ihn, schien ein Anker für sie in dieser exotischen Arena des Klangs und Gefühls zu sein. Ob er sich dieser Rolle bewußt war? Und wenn, oder falls, sie in Lanzeckis Arme zurückkehrte, würde sie sich in ihnen an den Kristall erinnern?

Die Gedanken an ihn verdrängten das Locken des dritten Rechtecks, das sie verpackte. Erst jetzt wurde sie sich einer gewissen Kühle, einer leichten Brise bewußt, wo vorher die Luft warm und ruhig gewesen war. Als sie nach Westen sah, mußte sie erkennne, daß der Kristall sie wieder einmal hereingelegt hatte. Der Tag war fast vorbei, und sie konnte nur drei schwarze Kristalle vorzeigen für sechzehn Stunden Arbeit – oder geistiger Ablenkung. Eine ganze Ader wartete darauf, geschnitten zu werden.

Offensichtlich gehörte zum Kristallsingen vieles, das nicht erklärt oder in der Theorie dargelegt werden konnte. Man mußte es am eigenen Leib erleben. Moksoon hatte ihr nicht genug Tips oder Einblicke gegeben oder Tricks bei seiner Arbeit gezeigt. Allerdings hatte sie eine ganze Menge durch Keborgens Schnitte gelernt. Ihre Intuition sagte ihr, daß sie nie alles lernen würde, was es über das Kristallschneiden zu wissen gab. Ein Aspekt, der das Leben als Kristallsänger noch interessanter machte. Wenn sie nur irgend etwas dagegen unternehmen konnte, daß sie Stunden mit der Bewunderung ihrer Arbeit verlor!

Die drei Kristalle lagen ruhig in ihrem Karton, aber ihre Hände verharrten auf ihm, als sie den Schaumstoff überzog. Sie stellte sich ein reichhaltiges warmes Essen zusammen und wählte einen Becher Yarra-Bier dazu, nahm alles mit nach draußen und schlenderte zur Senke hinüber, wo sie es sich auf einem Felsblock bequem machte.

Sie sah, wie die Sonne über ihrem Claim unterging und

die Monde am Himmel aufstiegen. Der abkühlende Kristall schrie über das blinde Tal, das sie trennte.

»Du hast deinen Willen gehabt ...«, und Killashandra brach ihre spöttische Bemerkung ab, als ihr erstes Wort von der neu freigelegten Kristallfläche zurückgeworfen wurde. »Du – hu –« Der Vokal kam im Einklang zu ihr zurück. Amüsiert über das Phänomen stimmte sie ein zweites »du – hu« eine Terz tiefer an und hörte, wie es mit dem schwachen Nachhall des ersten zusammenklang. Sie mußte lachen über ihr Spielchen. Der Kristall lachte zurück. Und der erste Regen der nächtlichen Brise, als der große Shankill-Mond aufstieg, trug Gegenharmonien zu ihrem Solo heran.

Sie sang. Sie sang zum Kristall; der Wind lernte den Ton, obwohl der Kristallchor langsam verklang, als die letzte Wärme der Sonne aus ihm wich und nur der Wind ihre lyrischen Verse wiederholte.

Shilmore stieg auf, und die Nachtluft brachte eine Kälte mit, die sie aus einer solchen Trance riß, wie sie Maestro Valdi gemeint haben mußte. Er hatte recht, dachte sie. Kristallsingen konnte zu einer Besessenheit werden und war überaus kräfteraubend. Sie stolperte zum Schlitten zurück. Ohne ihren Overall auszuziehen, zog Killashandra die Thermodecke über sich, drehte sich auf die Seite und schlief ein.

Ein leises Geräusch weckte sie. Es war nicht der Summer des Weckers, denn sie hatte am Abend nicht daran gedacht, in einzustellen. Zerschlagen hob sie den Kopf und starrte vorwurfsvoll auf die Konsole, aber dort war weder ein Warnlicht zu sehen, noch kam von dort ein Laut. Aber *irgend etwas* hatte sie geweckt.

Draußen schien die Sonne. Sie kämpfte sich auf und wählte ein starkes Morgenstimulant. Die Zeitanzeige zeigte Mitte des Morgens an. Sie hatte fünf Stunden verpaßt, in denen sie hätte schneiden können! Killashandra hatte einen Krampf in einer Schulter, und ihre Knie schmerzten. Die Wärme der Suppe strömte durch ihren Körper, vertrieb die Benommenheit aus ihrem Kopf und entspannte ihre Muskeln. Sie trank so schnell sie konnte, bestellte sich eine zweite Suppe und steckte sich Proteinstangen in die Taschen ihres Overalls. Nachdem sie den Schneider aus seiner Halterung genommen hatte, schlang sie ihn über die Schulter, schnappte sich einen leeren Karton und eine Taschenlampe und war zehn Minuten, nachdem sie aufgewacht war, auf dem Weg zum Claim. Das Geräusch, das sie geweckt hatte, war das Knacken von rohem schwarzen Kristall gewesen, der die Berührung der Sonne spürte.

Zuerst mußte sie die Splitter aufräumen, die vom Ende ihrer Schnittstelle heruntergefallen waren, die Folge der Kühle der Nacht und der Morgensonne. Entschlossen machte sie sich daran, sie aufzusammeln und warf sie in den Karton. Mit der Taschenlampe konnte sie jetzt sehen, wo sich eine andere Trübung durch den Kristallquarz auf der Hügelseite zog. Wenn sie sich allerdings an die Innenkante des Vorsprungs hielt, an dem sie am Vortag geschnitten hatte, konnte sie eine ineinandergreifende Gruppe schneiden, vier mittelgroße – oder fünf kleinere – Rechtecke. Sie würde diese Kristalle jetzt schneiden, dann konnte die fehlerhafte Stelle in der Kühle absplittern. Ein paar rasche Schnitte auf der Schluchtseite und die Temperatur würden die Fehler beseitigen. Morgen konnte sie dann ein paar ausgezeichnete Schnitte machen.

Killashandra bereitete ihre Nerven auf den ersten Einschnitt ihres Infraschallschneiders vor und war erleichtert, als der Schock diesmal nicht so groß war. Erleichtert und erschrocken. Erkannte der Claim ihr Anrecht auf ihn an, indem er nicht mehr protestierte? Oder hatte sich ihr Körper in einem Tag auf die Resonanz eingestellt? Sie hatte sich halb gewünscht, dieses angenehme, ihre Nerven liebkosende Gefühl der Erregung, als wäre ein erfahrener Liebhaber in ihrem Körper, wieder zu erleben.

Es war zweifellos auf diese Überlegungen zurückzuführen, daß sie nicht daran dachte, den Kristall zu verpacken, sobald sie das Messer ausgeschaltet hatte. Sie dachte allerdings daran, das Rechteck vor der Sonne abzuschirmen, als sie über ihn strich, in völliger Harmonie mit ihrem Werk. Sie bewunderte den klugen Winkel, in dem sie geschnitten hatte, um einen alten Schnitt ...

Und plötzlich wurde ihr bewußt, daß sie mit dem mißhandelten Kristall kommuniziert hatte. Resolut packte sie in weg, und die nächsten vier verstaute sie sofort, nachdem sie den Schneider beiseite gelegt hatte. Sie mußte sich diese automatische Reihenfolge einpauken. »Gewohnheit«, hatte Concera immer wieder und zu Recht betont, »ist alles, was einen Sänger rettet.«

Killashandra machte sich daran, die Schluchtfläche zu säubern, aber die Sonne, die sich im Quarz spiegelte, blendete sie. Sie hatte zuviel Zeit mit Schlafen und im Bann der Kristalle vergeudet.

Killashandra erwachte plötzlich mitten in der Nacht, und eine seltsame Ahnung machte sie hellwach. Unruhig überprüfte sie die Kartons und fragte sich, ob irgend etwas die Kristalle zum Resonieren gebracht hatte. Die Nacht war klar, die Monde waren untergegangen, und die Kette lag in tiefem Schlaf. Sie warf einen flüchtigen Blick auf die Konsole und die Sturmwarnungssysteme und fluchte leise. Sie hatte den Wetterbericht nicht überprüft. Die Karte zeigte Wolken, die vom Weißen Meer herankamen und ein paar Turbulenzen, aber in einer Höhe, in der sie möglicherweise mit der vorherrschenden östlichen Luftströmung zusammentrafen und sich auflösten. Sie würde es auf jeden Fall im Auge behalten müssen.

Sie schlief unruhig bis zum ersten Morgenlicht. Besorgt ließ sie sich die Wettervorhersage geben. Das Bild war nicht alarmierend, obwohl die Wolkendecke an Tiefe und Geschwindigkeit zugenommen hatte. Von Süden her näherte sich ein Hochdruckgebiet, aber für den Bay-Bereich war keine Sturmwarnung angesagt. Wenn sich ein Sturm bilden würde, hätte sie inzwischen schon eine Satellitenwarnung hier.

Das ständige Bewußtsein, daß etwas nicht stimmte, erleichterte ihr das Schneiden. Sie machte einen Schnitt vorwärts von vier großen, fünfseitigen schwarzen und hatte den Abfall verstaut, als das unterschwellige Angstgefühl so stark wurde, daß sie nicht mehr weitermachen konnte. Einer Intuition folgend, die zu intensiv war, als daß sie sie hätte ignorieren können, schlang sie den Schneider über die Schulter, schnappte sich mit jeder Hand einen Karton und machte sich auf den Weg zurück zu ihrem Schlitten. Auf halber Strecke hörte sie schon den Heulton und wäre fast gestolpert, als sie zu dem wolkenlosen Himmel über ihr hinaufsah.

In ihrem Schlitten ließ sie sich die neuesten Informationen über das Wetter geben. Die Sirene war nur das erste Warnsignal gewesen: eine Warnung, auf das Wetter zu achten. Aber in ihrem Kopf schlug ein viel deutlicherer Alarm als der der Gilde. Die Metkarte zeigte eine Turbulenzbildung, die, abhängig von dem Tiefdruckkeil, entweder nach Norden oder nach Süden strömen konnte.

Wenig beruhigt starrte Killashandra auf das Display und überlegte. Im schlimmsten Fall konnte der Sturm über die Spitze des Hauptkontinents fegen und ihre Position in vier oder fünf Stunden erreichen, wobei er mit ungeheurem Tempo an Geschwindigkeit zunehmen würde, wenn er erst den Antrieb des näherkommenden Kamms bekam.

»Ich dachte, ihr solltet einen warnen!« schleuderte sie den anderen Warnsystemen entgegen, die beharrlich schwiegen. Die Sirene hatte sich automatisch ausgeschaltet, als sie das Wetterbild abgerufen hatte. »Vier, fünf Stunden. Dann bleibt mir keine Zeit mehr, noch etwas zu schneiden. Ich kann nur hier herumhängen und warten, bis ihr endlich aufwacht und seht, was im Anmarsch ist. Ist denn keiner da, der die Metmuster analysiert? Was soll überhaupt dieser ganze Quatsch über Frühwarnsysteme und Wettersensoren, wenn die verdammten Dinger noch nicht mal funktionieren?«

Während sie ihrer Spannung mit einer einseitigen Schimpftirade Luft machte, bereitete sie ihr Schiff gleichzeitig auf einen Sturmflug vor. Die vier wertvollen Kartons mit schwarzen Kristallen wurden sorgfältig vor den höhnend leeren befestigt. Als sie ihren Overall auszog, um sich einen anderen anzuziehen, wurde ihr mit einem Blick auf ihre Handgelenke und Knöchel bewußt, daß sie nicht mehr gebadet hatte, seit sie in die Ketten gekommen war. Wenn sie zum Komplex zurückkam, wollte sie präsentabel aussehen. Sie wusch sich und aß erfrischt eine leichte Mahlzeit, während sie einige Berechnungen zu Kursumwegen anstellte, mit denen sie die Richtung vertuschen konnte, aus der sie kam und die anderen Sänger, die auf der Flucht vor dem Sturm ebenfalls zurückkamen, täuschen konnte. Gerade, als sie das geschickteste Manöver fertig hatte, kamen die ersten ernsthaften Warnungen.

»Das wurde aber auch verdammt Zeit! Soviel hätte ich euch schon vor einer Stunde sagen können.«

Sie stieg auf, überflog den Kamm und die Senke und steuerte den Schlitten dann eine halbe Stunde lang in nördlicher Richtung auf 11. Dann drehte sie nach Westen ab, flog zwanzig Minuten lang geradeaus und wollte dann auf einen südlichen Kurs gehen, als sie eine Schlucht passierte, die ihr vertraut vorkam. Etwas Oranges unter ihr brachte ihr Moksoon und seine elenden rosa Kristalle in Erinnerung. Die Sturmwarnungen kamen jetzt ununterbrochen. Beim erneuten Überfliegen der Schlucht entdeckte sie dann Moksoon, der über seiner Schnittstelle gebeugt war, neben ihm zwei Kartons. Er müßte schon längst unterwegs sein und nicht so ruhig schneiden, als ob er einen ganzen ruhigen Tag vor sich hätte und von einem Machsturm keine Rede wäre.

Sie ging so leise wie möglich herunter, aber das Knirschen der Schlittkufen auf dem losen Geröll des Talbodens warnte Moksoon. Den Schneider drohend in der Hand, kam er den Hang heruntergestürmt. Sie schaltete das Playback ein und drehte den Ton auf volle Lautstärke, aber er zeterte so laut über den Abschnitt 49, daß er es kaum hörte.

Da der Wind inzwischen allerdings stärker geworden war, hatte er Schwierigkeiten, zu zielen und gleichzeitig das Gleichgewicht zu halten, wenn Killashandra auch bezweifelte, daß er mit dem Infraschallmesser großen Schaden an ihrem Schlitten anrichten konnte.

»Sturm, Sie wirrköpfiger rosa Tenor!« brüllte sie durch das offene Fenster hinaus.

Trotz des Heulens des Windes konnte sie den Hupsumm-glocken-Lärm der Warnsysteme aus seinem Schlitten hören.

»Ein Machsturm ist im Anzug. Sie müssen weg!«

»Weg?« Der Ausdruck von Zorn auf Moksoons Gesicht machte der Panik Platz. Er hörte jetzt sowohl die Sirenen aus ihrem Schiff wie auch die aus seinem. »Ich kann nicht weg!« Der Wind riß ihn die Worte aus dem Mund, aber Killashandra konnte ihm von den Lippen ablesen, was er sagte. »Ich bin auf eine reine Ader gestoßen. Ich habe ...« Mißtrauisch klappte er den Mund zu und mußte sich gegen eine besonders heftige Böe stemmen, um nicht von den Füßen gerissen zu werden. »Ich muß noch einen Schnitt machen. Nur einen.« Er drehte sich um und lief den Hang zu seinem Schnittplatz hinauf.

Fassungslos sah Killashandra, wie er seinen Schneider hob, um ihn mitten in diesem Sturm zu stimmen, dann schnappte sie sich mit einem Fluch ihre Taschenlampe. Es war zwar nicht gerade die handfeste Waffe, die sie sich angesichts der vermutlichen Dicke von Moksoons Kopf gewünscht hätte, aber mit der nötigen Kraft an der richtigen Stelle eingesetzt, mußte sie genügen.

Als sie aus ihrem Schlitten kam, erlebte sie einen Vorgeschmack, wie es sein mußte, von einem Machsturm in den Kristallketten überrascht zu werden. Klänge, Wellen von Dissonanzen und Harmonien, hallten durch ihren Kopf. Sie hielt sich die Ohren zu, aber der Klang hielt den Kontakt zu ihr durch die Felsen unter ihren Füßen. Das Pfeifen der Böen übertönte die Geräusche, die sie verursachte, außerdem war Moksoon so beschäftigt mit Schneiden, daß er für nichts anderes Augen hatte als für das Oktogon, das er gerade schnitt. Gerade, als sie allen Mut zusammengenommen hatte, um zuzuschlagen, legte er den Schneider beiseite, sah aber aus den Augenwinkeln heraus ihre herunterkommende Hand und warf sich zur Seite. Sie schnappte sich seinen Schneider und lief zu seinem Schlitten hinüber, weil dieser näher war als der ihre. Killashandra war überzeugt, daß er ihr folgen würde, um seinen Schneider zurückzubekommen. Sie stürmte in den Schlitten und drückte sich gegen die Wand. Die Halterungen bohrten sich in ihre Schultern, und die schrille Begleitmusik von Moksoons unbeachteten Warnsystemen ließ sie zusammenzucken.

Er war gerissener, als sie angenommen hatte. Plötzlich griff eine starke Hand nach ihrem linken Knöchel und riß das Bein zur Seite; gleichzeitig kam ein Stein herunter, um ihre Kniescheibe zu zerschmettern. Hätte Killashandra nicht noch immer seinen Schneider in der Hand gehabt, wäre sie jetzt wahrscheinlich zum Krüppel geworden. So aber riß sie den Griff des Schneiders hoch und wehrte den Stein ab, wobei sie Moksoons Finger traf. Sie drehte sich auf ihrem gefangenen Fuß und landete einen zweiten Schlag gegen das Kinn des alten Mannes. Er hielt sich einen Augenblick aufrecht, so daß sie schon dachte, sie müßte noch einmal zuschlagen, doch es war der Wind, der ihn gestützt hatte, denn auf einmal sackte er zusammen.

Automatisch befestigte Killashandra seinen Schneider in der Halterung. Sie ließ sich die Wetterkarte geben, worauf drei der ohrenbetäubenden Sirenen ihr Geheul einstellten. Ein Blick in den hinteren Teil des Schlittens zeigte ihr, daß Moksoon sich noch nicht die Mühe gemacht hatte, seine vollen Kartons zu befestigen, also holte sie das Versäumte nach, ohne auf den Schmutz und die herumliegenden Essensreste im Wohnbereich zu achten. Dann fiel ihr ein, daß an seinem Claim noch mehrere Kartons standen.

Zum Glück mußte sie auf dem Weg von Moksoons Schlitten zu seinem Claim über keine höheren Felsen klettern, sonst hätte sie es nicht geschafft, die schweren Kartons zurückzubringen. Moksoon war immer noch bewußtlos. Sie zerrte ihn in den Schlitten und bugsierte ihn auf die Couch. Er stöhnte noch nicht einmal, aber er lebte, wie sie feststellte, als sie trotz des Widerwillens beim Anblick seines schmutzigen Halses seinen Puls fühlte.

Erst jetzt kam ihr das Dilemma zu Bewußtsein, in dem sie sich befand. Zwei Schiffe, aber nur ein einsatzfähiger Pilot. Sie versuchte, Moksoon aufzuwecken, aber es war vergeblich, und den Verbandskasten mit dem Stimulantspray konnte sie nicht finden.

Die Alarmsysteme schrillten in ungeahnter Intensität, und sie merkte, daß die Zeit knapp wurde. Sie konnte unmöglich Moksoons ganze Kartons zu ihrem Schlitten bringen, aber sie selbst hatte vier, die wertvoller waren als seine gesamte Ladung. Es *mußte* doch irgend etwas in den Gilderegeln über Rettung und Bergung geben. Sie hatte zwei Gutscheine bekommen, weil sie Carrik begleitet hatte, also fiel es ihr wahrscheinlich in der ganzen Aufregung einfach nicht ein. Vom Sturm gebeutelt, stürmte sie zu ihrem eigenen Schlitten, warf sich den Schneider über die Schulter und schnappte sich zwei Kartons. Die Warnsysteme in Moksoons Schlitten waren um mehrere ohrenbetäubende Dezibel auf den Ultraschallbereich zu geklettert, aber es gab keine Möglichkeit, den Lärm zu dämpfen, bis sie gestartet war.

Sie stolperte zurück zu ihrem Schlitten, an dem der Sturm jetzt schon heftig rüttelte. Killashandra überlegte, ob sie das Schiff irgendwie sichern konnte, damit es nicht über den Abgrund hinuntergeschleudert wurde, doch dann entschied sie sich dagegen, weil sie nur Zeit verschwendet hätte.

Sie griff sich die restlichen Kartons und war froh über das Gewicht, das ihre Füße am Boden hielt. Sie schnappte nach Luft, als sie endlich die Tür von Moksoons Schlitten hinter sich schloß. Er lag immer noch regungslos auf der Couch. Sie befestigte ihre vier Kartons und verstaute ihren Schneider sicher zwischen seinen leeren Behältern. Dann schnallte sie Moksoon an der Couch fest und nahm ihren Platz an der Konsole ein.

Alle Schlitten hatten ähnliche Kontrollarmaturen, allerdings waren diese hier ziemlich abgenutzt und sahen schlimm aus.

Es war ein gefährliches Unterfangen, in einem heftigen Sturm aus einem so eingeschlossenem Gebiet wie Moksoons Claim aufzusteigen. Sie hatte Mühe, den Schlitten in der Vertikalen zu halten und ebenso viel Mühe, höherzukommen, um den Kamm hinter sich zu bringen, dann überließ sie das Boot dem Wind und riß das Steuer so hart sie konnte nach Westen.

Die vom Machsturm verursachten Dissonanzen waren in der Luft noch schlimmer, und sie griff nach Moksoons Schutzmütze. Sie war zwar steif, verstaubt und zu klein, aber sie hielt den schlimmsten Lärm ab. Killashandra hatte sie nicht einen Augenblick zu früh aufgesetzt, denn der Schlitten benahm sich wie ein wildgewordenes Tier, sprang hoch, tauchte wieder hinunter und brach seitlich aus. Sie lernte den Wert des Simulatorunterrichts früher zu schätzen, als ihr lieb war.

Es war gut, daß sie Moksoon festgeschnallt hatte, denn noch bevor sie ganz über die Milekeys waren, kam er wieder zu Bewußtsein und begann zu toben. Der Lärm, den er und der Sturm verursachten, zerrte trotz Ohrenschützer reichlich an Killashandras Nerven.

Moksoon wurde wieder bewußtlos, nachdem er seinen Kopf gegen die Metallwand des Schlittens geschlagen hatte, und so verlief die letzte Stunde bis zum Gildekomplex verhältnismäßig ruhig, so daß sich ihre überreizten Nerven entspannen konnten.

Sie hatte allen Grund, stolz zu sein, als sie Moksoons krängenden Schlitten über die Windschutzschirme des Komplexes manövrierte und ihn ziemlich dicht bei den Gestellen landete. Sie winkte nach einem Arzt, und als sie die herbeieilenden Männer zu Moksoon wies, griff sie einer der Hangarleute am Arm und deutete heftig auf den Hangaraufseher. Die Information, daß Lanzecki sie erwartete, wurde durch die Tatsache verstärkt, daß die gleiche Mitteilung gebieterisch auf dem grünen Display aufblinkte.

Die Frachtleute hatten den Lagerraum des Schlittens geöffnet, jetzt kam Bewegung in Killashandra. Sie schnappte sich ihren wertvollen Schneider und zeigte auf die vier Kartons mit ihren schwarzen Kristallen.

»Enthor!« rief sie den Frachtarbeitern donnernd entgegen. »Bringt die hier sofort zu Enthor!«

Trotz ihres verbindlichen Grinsens und Nickens war sie nicht sicher, ob die Leute begriffen hatten, wie dringend es war. Sie folgte ihnen, doch auf halbem Weg holte sie jemand ein und zerrte sie zornig am Arm.

»Sie sollen sich bei Lanzecki melden«, brüllte der Hangaraufseher und zog sie aus der Lagerhalle fort. »Sie hätten ja wenigstens den *neuen* Schlitten retten können!«

Sie riß sich los, ließ den über ihre Unverschämtheit sprachlosen Mann einfach stehen und lief hinter den Kartons her. Dann sah sie, wie der erste Entlader seine Last gerade auf das Regal fallenließ. Sie schnappte sich den Karton und brüllte den anderen zu, ihr in den Sortierraum zu folgen.

»Killashandra? Bist du das?« fragte eine vertraute Stimme. Ohne ihren entschlossenen Marsch vorwärts zu unterbrechen, sah sie, daß Rimbol ihr folgte, einen ihrer Kartons vorsichtig gegen seine Brust gepreßt.

Während sie in den Sortierraum stürmte, schossen ihr zwei absurde Gedanken durch den Kopf: Rimbol war sich nicht bewußt, was für ein Vermögen er da in den Händen hielt, und er hatte offensichtlich Probleme, sie zu identifizieren.

»Ja, ich bin's. Wieso?«

»Wann hast du das letztemal in den Spiegel geguckt?« Rimbol schien sowohl amüsiert wie überrascht. »Sei nicht gleich sauer. Du bist schon toll, du – du Kristall!«

»Sei vorsichtig mit dem Karton«, sagte sie in einem Befehlston, der bei einem Freund wie Rimbol sicherlich nicht angebracht war. Das Lächeln verschwand aus seinem Gesicht. »Tut mir leid, Rimbol. Ich hatte eine Heidenmühe, es bis hierher zu schaffen. Dieser Idiot von Moksoon wollte nicht glauben, daß ein Machsturm im Anzug war und ich hatte einigen Ärger, ihn dazu zu bringen, mitzukommen.«

»Du hast einen anderen Sänger aus den Ketten mitgebracht?« Rimbols Augen weiteten sich ungläubig, aber er kam nicht mehr dazu, noch etwas hinzuzufügen, denn Killashandra hatte Enthor entdeckt und rief seinen Namen.

»Ja?« fragte Enthor überrascht. Er blinzelte sie unsicher an.

»Ich bin Killashandra Ree.« Sie hatte Mühe, daß ihre Antwort nicht allzu gereizt klang. So sehr konnte sie sich doch nicht verändert haben, seit Enthor sie das letztemal gesehen hatte. »Ich habe schwarze Kristalle!«

»Schwarze?«

»Ja, ja. Schwarze! Hier!«

»Und wie sind Sie zu dem Glück gekommen, das zu finden, was so vielen entgeht?« wollte eine unversöhnliche Stimme wissen.

Killashandra wollte gerade den Karton auf Enthors Tisch setzten, aber der alte, bedenkliche Ton paralysierte sie. Ihre Kehle wurde trocken und ihr Kopf taub, denn es gab keine Entschuldigung dafür, daß sie die Aufforderung des Gildemeisters ignoriert hatte und er zu ihr kommen mußte.

»Nun, *mich* überrascht es nicht«, meinte Enthor und nahm ihr den Karton ab.

Lanzeckis Augen ließen die ihren nicht los, als er auf sie zukam. Zitternd lehnte sich Killashandra gegen den Sortiertisch und umklammerte seine Kante. Maßnahmen, die vom Gildemeister gegen ein Mitglied ergriffen werden konnten, das den Gehorsam verweigerte, fielen ihr sofort ein, obwohl sie sich an die Regeln über Bergung und Rettung doch nicht hatte erinnern können. Seine Lippen waren zu einem schmalen, harten Strich zusammengepreßt. Das leichte Beben seiner Nasenflügel und das rasche Heben seiner Brust unter dem raffiniert schimmernden Hemd bewiesen, daß er durch eigene Anstrengung hier aufgetaucht war, nicht durch Zauberei.

»Der Winkel könnte etwas besser sein«, sagte Enthor, der gerade ihren Dreiersatz auspackte. »Trotzdem, der Kredit ist gut.« Enthor zwinkerte, bevor er Killashandra beifällig ansah. Als er sah, wie unbeweglich sie dastand, drehte er sich um. Er schien nicht überrascht, den Gildemeister zu sehen, als sein Blick jetzt wieder zurück zu Killashandra wanderte und er den Grund für ihre Spannung verstand.

»Wie gut für Killashandra Ree«, stelllte Lanzecki mit tiefem Sarkasmus fest, »daß sie nicht in ihrem neuen Schlitten zurückgekommen ist.«

»Wie geht es Moksoon?« fragte Killashandra, nur um vor diesem zornigen Lanzecki etwas zu sagen.

»Sein Kopf wird wieder verheilen, und er wird sicher noch mehr Rosenquarz schneiden!«

Daß Lanzeckis Ton nicht spöttisch war, hatte nichts zu bedeuten. Killashandra wußte sehr genau, was er meinte. Sie konnte die Augen nicht von seinem durchbohrenden Blick lösen.

»Ich konnte ihn doch nicht einfach *dalassen.*« Entrüstung machte sich in ihrer Stimme bemerkbar und löste das

Gefühl der Angst ab. Immerhin hatte Lanzecki Moksoon ja als ihren Hirten ausgesucht.

»Warum nicht? Er hätte Sie auch ohne Bedenken dagelassen, wenn die Situation umgekehrt gewesen wäre.«

»Aber ... er war noch am Schneiden. Alle Warnsysteme in seinem Schlitten waren aktiviert. Er wollte nicht hören. Er hat versucht, mich mit seinem Schneider umzubringen. Ich mußte ihn außer Gefecht setzen, bevor er ...«

»Laut Abschnitt 49, Paragraph 14, könnten Sie des Claimraubs abgeklagt werden«, fuhr Lanzecki unerbittlich fort.

»Und was ist mit dem Abschnitt über Bergung und Rettung?«

Lanzeckis Lider senkten sich unmerklich, aber es war Enthor, der ihr erstaunt antwortete.

»Der existiert nicht, meine Liebe. Bergung ist immer Sache der Gilde, nicht eines Sängers. Ich dachte, man hätte Ihnen beigebracht, was genau in den Regeln und Vorschriften *steht*. Ah ... die hier sind aber wirklich gut. Zwei vielleicht etwas schmal.«

Enthor hatte das Quintett ausgepackt, und zum erstenmal wurde Lanzeckis Aufmerksamkeit abgelenkt. Er drehte sich leicht, so daß er die Waagschale sehen konnte. Dann hob er überrascht eine Braue, sein Mund allerdings blieb unversöhnlich.

»Es könnte sein, daß Sie aus dieser Sache besser herauskommen als Sie verdient hätten, Killashandra Ree«, sagte Lanzecki. Seine Augen funkelten immer noch vor Zorn. »Es sei denn, Sie haben auch Ihren Schneider zurückgelassen.«

»Ein paar Dinge konnte ich zum Glück mitnehmen«, gab sie zurück. Seine Belustigung schmerzte sie noch mehr als sein Zorn.

»Dann wollen wir hoffen, daß sich Moksoon davon abhalten läßt, Sie wegen Claimraubs anzuzeigen, da Sie ja immerhin sein Schiff, seine Haut und seine Kristalle gerettet haben. Dankbarkeit hängt vom Gedächtnis ab, Killashandra Ree, eine Geistesfunktion, die auf Ballybran stark nachläßt. Merken Sie sich diese Lektion gut!«

Lanzecki löste sich von Enthors Tisch und ging durch den langen Raum zum entgegengesetzten Ausgang, um auf diese Weise zu unterstreichen, daß er angekommen war, um sie zurechtzuweisen.

X

Killashandra blieb bei Enthor, während er ihre vier Kartons berechnete, wenn sie auch kaum hörte, was der alte Sortierer zu ihr sagte. Immer wieder sah sie auf die Tür, durch die Lanzecki seinen dramatischen Abgang gemacht hatte. Sie war sich der verstohlenen Blicke der anderen Sortierer bewußt, und sie war sich einer Emotion bewußt, die intensiver war als Haß und leerer als Furcht.

»*Damit* können Sie sich Ihre zwei Schlitten kaufen.« Enthors Worte rissen sie aus ihrer Versunkenheit.

»Was?«

»Die schwarzen Kristalle hier bringen Ihnen dreiundzwanzigtausend Kredits.«

»Wieviel?« Killashandra starrte ungläubig auf die Zahlen auf dem blinkenden Display. »Aber ein Schlitten kostet doch nur achttausend.«

»Sie vergessen den Gildeanteil, meine Liebe. Dreißig Prozent frißt Ihnen ein hübsches Loch in die Gesamtsumme. Und Sie müssen ja zwei Schlitten bezahlen, den, den Sie verloren haben und den neuen. Trotzdem bleiben Ihnen saubere 16100. Das reicht.«

Enthor tätschelte ihren Arm. »Am besten nehmen Sie erstmal ein langes Radiantbad. Das hilft immer. Und essen Sie was.« Dann begann er, ihre wundervollen schwarzen Kristalle wegzupacken. Killashandra wandte sich ab und hatte das überraschende Gefühl, von ihrem ersten Erlebnis mit Kristall getrennt zu werden. Das Gewicht des Schneiders ließ sie etwas einknicken, als sie ihn über die Schulter schlang. Sie würde ihn am nächsten Morgen zur Überprüfung bringen. Sie schätzte, daß sie gerade noch soviel Kraft hatte, daß sie es bis in ihr Apartment und das Radiantbad schaffen würde.

Killashandra steuerte auf die nächste Tür aus dem Sortierraum zu, wobei sie am Rand wahrnahm, daß Leute noch immer mit Kartons in den Lagerraum kamen und daß das Heulen des Sturms sogar auf dieser Ebene im Komplex noch laut war. Eigentlich sollte sie dankbar sein! Sie war zu müde zu einem Grinsen oder einem verächtlichen Lachen angesichts ihrer unangemessenen Wortwahl. Sie stieg in den Lift, und als er sich rucklos nach unten in Bewegung setzte, sackte sie unwillkürlich in die Knie. Nur das Haltegeländer, an dem sie sich festklammerte, verhinderte, daß sie völlig zusammenbrach.

Sie wankte zu ihrer Unterkunft, ohne sich um die Blicke der Leute im Gemeinschaftsraum zu kümmern. Das Gewicht des Schneiders zog an ihrer rechten Seite, und einmal stieß sie benommen gegen eine Tür.

Als sie endlich ihre Hand zu ihrer eigenen Türplatte hochhob, sah sie, daß sie noch immer ihr Identitätsarmband trug. Sie brauchte es jetzt nicht mehr, aber sie hatte nicht die Kraft, es auszuziehen. Vor einem Sessel ließ sie die rechte Schulter herunterfallen, und der Schneider glitt in das Polster. Sie ging weiter zum Bad, wo sie in benommenem Erstaunen auf die Wanne starrte, die sich gerade füllte. Hatte ihr Eintreten den Mechanismus ausgelöst? Nein, die Wanne war schon fast voll. Irgend jemand mußte sie programmiert haben. Enthor? Rimbol? Ihr Verstand weigerte sich, zu arbeiten. Sie zerrte ihren Overall mit dem Schweißfutter vom Körper und streifte ihn zusammen mit den Stiefeln ab. Dann krabbelte sie drei Stufen zu der Ablage um die Wanne hinauf. Dankbar – schon wieder dieses Wort – glitt sie bis zum Hals in die zähe Flüssigkeit, die ihr Gewicht trug. Müdigkeit und die Schmerzen vom Kristall zogen aus Körper und Nerven. So blieb sie liegen, alle Gedanken abgeschaltet, ihr Körper in der Flüssigkeit schwimmend.

Irgendwann später kündete der Raum einen Besucher an, und sie raffte sich gerade soweit auf, um den Eintritt zu verweigern. Sie wollte Rimbol nicht sehen. Aber die Störung und die Notwendigkeit, eine Entscheidung zu treffen, rüttelten sie aus ihrer Passivität auf. Die Flüssigkeit hatte ihre Wirkung getan und sie entspannt und beruhigt, und sie merkte, daß sie Hunger hatte. Sie hatte sich gerade aus der Wanne gezogen, die Radiantflüssigkeit tropfte von ihrem Körper, und griff nach einem Handtuch, als es ihr schon von einer Hand gereicht wurde.

Vor ihr stand Lanzecki.

»Ein zweites Mal lasse ich mich nicht abweisen!« sagte er. »Obwohl ich dir diesmal zugute halten will, daß du nicht wissen konntest, daß ich es war, der vor der Tür stand.«

Überrascht über seine Gegenwart wankte Killashandra am Rand der Wanne, und sofort hielt er ihr die Hand entgegen.

»Kannst du Wannen füllen und Türen aufmachen?«

»Das eine kann man programmieren, und das andere war nicht verschlossen.«

»Ist sie denn wenigstens jetzt zu?«

»Ist sie«, nickte er ruhig; sein Mund, stellte sie mit einem raschen Blick fest, war amüsiert. »Aber das läßt sich ändern.«

Für den Bruchteil einer Sekunde wollte sie ihn beim Wort nehmen, doch dann erinnerte sie sich daran, wie er gesagt hatte, daß sie vielleicht mehr Glück hatte, als sie verdiente, als Enthor ihren Schnitt berechnet hatte. Er hatte darauf angespielt, daß sie genug Kredits hatte, um nicht nur einen neuen Schlitten zu kaufen, sondern auch das abzuzahlen, was sie der Gilde schuldete. Lanzecki hatte also doch an die Gildegutscheine gedacht, die sie immer noch hatte. Damit würde sie gerade genug haben. Was wichtig war, war die Tatsache, daß sich Lanzecki an diese zusätzlichen Kredite in einem Moment erinnert hatte, als er zurecht wütend darüber gewesen war, daß sie die Aufforderung ihres Gildemeisters einfach ignoriert hatte.

»Ich bin viel zu müde, um irgend etwas zu ändern.« Sie schlang das Handtuch um sich, streckte ihm die Hand mit der Innenseite nach oben entgegen und brachte ein erschöpftes Lächeln zustande.

Er blickte von ihrem lächelnden Gesicht auf ihre Handfläche, und seine Lippen bogen sich aufwärts. Jetzt trat er einen Schritt vor. Lanzecki legte beide Hände um ihre schlanke Taille und hob sie mit einem Schwung von dem Podest um die Wanne. Sie erwartete, daß er sie auf dem Boden absetzte, doch statt dessen trug er sie ins Wohnzimmer. Das würzige Aroma eines frisch zubereiteten Essens stieg ihr in die Nase, und beim Anblick der dampfenden Teller auf dem Tisch stieß sie einen erfreuten Ausruf aus.

»Ich habe mir schon gedacht, daß du Hunger hast.«

Killashandra lachte, als Lanzecki sie in den Sessel bugsierte, und mit der übertriebenen Liebenswürdigkeit einer Opernheldin bedeutete sie ihm, in dem anderen Sessel Platz zu nehmen.

Weder an jenem Abend noch irgendwann später fragte Lanzecki sie, ob sie Keborgens Claim gefunden hatte, obwohl er noch Gelegenheiten hatte, ihr Claim zu erwähnen. Er fragte sie auch nicht nach Einzelheiten über ihre erste Tour in die Milekey-Ketten, und sie war nicht bereit, freiwillig irgend etwas dazu zu sagen. Mit einer Ausnahme.

Nachdem er sie genug geneckt hatte, bekam sie endlich die Zärtlichkeit, auf die sie sich so lange gefreut hatte, und das Gefühl war in seiner Intensität fast unerträglich.

»Kristalle lösen auch so ein Gefühl in einem aus«, sagte sie, als sie wieder sprechen konnte.

»Ich weiß«, murmelte er. Seine Stimme klang merkwürdig heiser, und als wollte er vermeiden, daß sie darauf antwortete, begann er, sie auf eine Weise zu küssen, die ihr keine Gelegenheit mehr dazu ließ.

Sie erwachte allein, wie sie erwartet hatte, und viel später als sie gewollt hatte. Es war bereits später Abend. Sie gähnte herzhaft, streckte sich und überlegte, ob sie noch ein Radiantbad weiter aufmuntern würde. Dann knurrte ihr Magen, und sie kam zu dem Schluß, daß essen erst einmal wichtiger war. Kaum hatte sie eine heiße Suppe eingetippt, als auf ihrem Bildschirm die Mitteilung erschien, sie möge sich mit dem Gildemeister in Verbindung setzten, wenn es ihr gerade paßte.

Was sie sofort tat, bevor sie überlegte, ob es ihr paßte.

Ihr Anruf wurde sofort beantwortet, und auf ihrem Bildschirm erschien der Gildemeister. Er war umgeben von Computerausdrucken und sah müde aus.

»Hast du gut geschlafen?« wollte Lanzecki wissen. Etwas

verspätet schaltete Killashandra ihren eigenen Schirm ein. »Ja, du siehst wesentlich besser aus.«

»Besser?«

Ein leichtes Lächeln bog seine Lippen. »Als nach der Anstrengung und Erschöpfung deiner dramatischen Rückkehr.« Dann veränderte sich sein Ausdruck, und aus Lanzecki wurde der Gildemeister. »Ich möchte, daß du in mein Büro kommst. Ich muß mit dir über einen außerplanetarischen Auftrag sprechen.«

»Ich möchte«, nicht »würdest du bitte«, dachte Killashandra, feinfühlig für Schlüsselwörter.

»Ich komme, sobald ich etwas gegessen und mich angezogen habe.« Er nickte und unterbrach die Verbindung.

Während sie den letzten Rest ihrer Suppe trank, betrachtete sie sich lange in den Spiegeln im Bad. Sie war nie eitel gewesen, was ihr Aussehen betraf. Sie hatte gute, kräftige Gesichtsknochen, breite Wangen, eine hohe Stirn und dichte, wohlgeformte Augenbrauen, die sie nicht gezupft hatte, da sie für die Bühne so ausdrucksvoller gewesen waren. Ihr Kiefer war kräftig, und sie verlor die Wangenmuskeln, die sich durch das Singen ausgeprägt hatten. Sie klatschte sich gegen die Seiten ihres Kinns. Alles fest. Was immer auch den hageren Ausdruck in ihrem Gesicht bewirkte, spiegelte sich in ihrem Körper wieder. Sie bemerkte, wie sehr ihre Schlüsselbeine hervortraten. Wenn sie jetzt besser aussah, wie Lanzecki gesagt hatte, wie mochte sie dann am Tag zuvor ausgesehen haben? Selbst so hätte sie die Raumhexe oder die Raumfahrerwitwe ohne Gesichtsfarbe spielen können.

Sie suchte sich etwas Loses und Duftiges, das um Nakken und Handgelenke zusammengebunden wurde, und zog dazu einen langen, weiten Rock an. Dann trat sie zurück und drehte sich halb herum, erstaunt über ihr ganzes Spiegelbild. Irgend etwas war anders geworden. Nur was das war, konnte sie nicht feststellen; der Gildemeister wartete auf sie.

Sie hatte fast den Liftschacht erreicht, als aus dem Gemeinschaftsraum eine Gruppe von Leuten auftauchten.

»Killashandra?«

»Rimbol?« Killashandra ahmte seine überraschte Frage mit einem leisen Lachen nach. »Du müßtest mich doch eigentlich kennen!«

Über Rimbols Gesicht huschte ein merkwürdiges Grinsen, das sich dann zu seinem üblichen, offenen Lachen entspannte. Bei ihm waren Jezerey, Mistra und Borton.

»Na, heute abend siehst du schon eher wieder wie du selbst aus als gestern.« Rimbol kratzte sich verwirrt am Kopf und grinste den anderen wehmütig zu. »Ich wollte Concera nicht glauben, als sie immer wieder sagte, daß einen Kristallsingen verändert, aber jetzt sehe ich, daß sie recht hat.«

»Ich glaube nicht, daß ich mich verändert habe«, erwiderte Killashandra steif, verärgert darüber, daß Rimbol und, ihren Ausdrücken nach zu urteilen, auch die anderen, etwas verstanden, das sie nicht begriff.

Rimbol lachte. »Also, vor dem Spiegel bist du ja gewesen« – er deutete auf ihre sorgfältig ausgewählte Kleidung – »aber du hast es nicht *gesehen.*«

»Nein, hab' ich auch nicht.«

Bei ihrer scharfen Antwort verzog Rimbol entschuldigend das Gesicht.

»Sänger sind für ihre Reizbarkeit bekannt«, meinte Jezerney mit einem unfreundlichen Blick.

»Ach, hör schon auf, Jez«, gab Rimbol zurück. »Killa *ist* gerade erst aus den Ketten zurück. Ist es wirklich so schlimm, wie es immer heißt, Killa?« Er stellte die Frage ganz ruhig.

»Es wäre ganz in Ordnung gewesen, wenn ich nicht den Ärger mit Moksoon gehabt hätte.«

»Oder mit dem Gildemeister«, fügte Rimbol mitfühlend hinzu.

»Ach, du hattest es mitbekommen?« Killashandra beschloß, sich zu dem Zwischenfall zu bekennen. »Er hat natürlich recht gehabt. Es war zwar eine harte Lektion, aber ich habe sie mir gemerkt. In den Ketten mußt du deinen eigenen Schlitten und deine eigene Haut retten. Bist du nachher noch da, Rimbol? Ich muß nämlich jetzt zu Lanzecki.« Sie senkte bewußt ihre Stimme, gab sich betont etwas ängstlich und suchte nach Mitleid in den Gesichtern der anderen. »Ich hätte Lust, nachher auch in den Aufenthaltsraum zu kommen, wenn du da bist.«

»Viel Glück!« rief ihr Rimbol nach, und er meinte es so. Die anderen winkten ihr ermutigend hinterher, als sie in den Lift stieg.

Sie dachte über eine ganze Menge nach auf der kurzen Fahrt hinunter, nur nicht über ihre Besprechung mit Lanzecki. Wie konnte sie sich in den vergangenen paar Tagen allein dadurch so verändert haben, daß sie Kristalle geschnitten hatte? Jezerey war nie besonders freundlich zu ihr gewesen, aber sie war nie feindselig gewesen. Sie ärgerte sich auch über sich selbst, weil sie Rimbol so spontan versichert hatte: »Es wäre ganz in Ordnung gewesen, wenn ich nicht den Ärger mit Moksoon gehabt hätte.« Aber wie hätte sie die Erfahrung erklären können, die sie gehärtet hatte, die sie erst richtig zu einer Kristallsängerin gemacht hatte? Vielleicht würde sie versuchen, es zu erklären, wenn sie allein mit Rimbol war, ihn zu warnen, daß nach dem seltsamen, schmerzlosen Schmerz des ersten Schnitts eine völlig bizarre Ekstase von einem Besitz ergriff, der man sich nur kurz hingeben durfte, weil sie sonst Geist, Nerven und Sinne überwältigte.

Sie seufzte, als sie jetzt vor der Tür zum Büro des Gildemeisters stand. In der Sekunde, die zwischen der Ankündigung ihrer Gegenwart und dem lauten Aufgleiten der Tür verging, mußte sie daran denken, wieviel Mühe sich Concera gegeben hatte, um einige Seiten des Kristallsingens zu erklären. Und sie erinnerte sich an den seltsam rauhen Ton in Lanzeckis Stimme, als er zugegeben hatte, das Gefühl des Kristalls zu kennen.

»Killashandra Ree.« Lanzeckis Stimme kam aus der Ecke seines großen Büros, und sie sah, daß er über seine von einem Spot beleuchtete Arbeitsfläche gebeugt war, stapelweise Ausdrucke vor sich. Er blickte erst von seiner Arbeit auf, als sie vor ihm stand. »Hast du auch genug gegessen?« fragte er mit mehr als der normalen Höflichkeit und musterte sie prüfend.

»Ich habe hochprotein- und glukosehaltige Flocken gegessen ...«, begann sie und merkte, daß sie schon wieder Hunger hatte, als er Essen erwähnte.

»Hmmm. Ich bin sicher, daß du dir höchstens Zeit für eine Suppe genommen hast. Du hast sechzehn Stunden geschlafen, also hast du einiges an Essen nachzuholen.«

»Ich habe in den Ketten gegessen. Wirklich«, protestierte sie, als er sie bei der Hand nahm und sie zur Verpflegungskonsole zog.

»Du hast noch Verstand genug, daß du selbst daran denkst, zu essen, aber du weißt nicht, wie ungeheuer wichtig es in dieser Phase ist, daß du deine Reserven wieder aufbaust.«

»Ich kann nicht essen.« Sie war entsetzt über die vielen verschiedenen Gerichte, die er für sie wählte.

»Du bist nicht die einzige, die Hunger hat«, erwiderte er grinsend.

»Kannst du mir auch erklären, warum ich mich unbedingt dick und rund essen muß?« Trotzdem half sie ihm, den ersten Schub aus der Verpflegungsöffnung zu nehmen und roch begeistert an der verlockenden Mischung von Düften, die ihr von den Platten entgegenströmte.

»Du wirst nie einen dicken Sänger sehen«, erklärte er. »In deinem speziellen Fall hat sich der Symbiont gerade erst in dein Zellgewebe eingefügt. Eine Milekey-Transition mag zwar für den Wirt leichter sein, trotzdem muß sich die Spore vervielfachen, angemessen und vom System aufgenommen werden. Hier, iß zuerst die Suppe. Das Wetter und andere Erwägungen haben mich dazu gezwungen, dich verfrüht in die Ketten zu schicken, was den Prozeß deiner Adaptation betrifft.« Er warf ihr einen zynischen Blick zu. »Eines Tages wirst du vielleicht dankbar sein, daß du nur zwei Tage in deinem Claim gewesen bist.«

»Eigentlich drei. Ich bin nämlich keine zwei Tage bei diesem verrückten Moksoon geblieben. Er ist total paranoid!«

»Er lebt«, erwiderte Lanzecki knapp und der Unterton in seiner Stimme machte die Bemerkung sowohl zu einer Anklage wie zu einer Beschuldigung. »Drei Tage! Normalerweise wärst du nicht eher in die Ketten gekommen, bis die anderen auch so weit waren.«

»Das sind sie aber nicht vor den Passover-Stürmen.« Killashandra war entsetzt. Wenn sie solange hätte warten müssen ...

»Genau. Du wärst dann so weit ausgebildet gewesen, daß du auf alles vorbereitet warst.«

»Aber du wolltest unbedingt schwarze Kristalle.«

»Du ja auch, mein Liebling.«

Das Verpflegungssystem summte eindringend, um sie daran zu erinnern, den Verpflegungsschlitz für den Rest der Bestellung freizumachen. Lanzecki hielt das eingetippte Programm an.

»Auch wenn du mir dabei hilfst, schaffe ich es nie, das alles aufzuessen«, sagte Killashandra, nachdem der kleine Tisch wieder voll stand und noch immer drei Teller in der Verpflegungsöffnung warteten.

»Hör mir zu, während du ißt. Der Symbiont wird nach deinem intensiven Schneiden erschöpft sein. Ich habe dir das angesehen. Sprich nicht. Iß! Ich mußte darauf achten, daß du gestern abend etwas aßest, nachdem das Radiantbad deine Nerven entspannt hatte. Dein Stoffwechsel muß in Ordnung sein. Ich hätte gedacht, daß du schon vor vier Stunden vor Hunger wach geworden wärst.«

»Ich wollte gerade etwas essen, als ich deine Nachricht bekam.«

Er grinste, während er sich einen dampfenden Happen in den Mund steckte. Er leckte sich die Finger ab, als er kaute und meinte dann: »Die Nachricht war auf den Augenblick programmiert, in dem dein Verpflegungssystem benutzt wurde.« Er steckte ihr jetzt einen Happen in den Mund.

Sie wußte nicht, was es war, aber es schmeckte außergewöhnlich gut, und sie spießte sich einen zweiten auf.

»Also, es kommen mehrere Elemente zusammen, mit denen ich nicht gerechnet hatte. Einmal« – er aß einen Löffelvoll hellgrüner kleiner Kugeln – »hast du fünf mittelgroße schwarze Kristalle mitgebracht, für die wir eine dringende Nachfrage bekommen haben.« Er deutete mit dem leeren Löffel auf die Ausdrucke auf seinem Schreibtisch. »Zweitens hast du keinen Schlitten, und die Produktion kann dir vor Passover auch keinen mehr liefern. Den übrigens jener unvorhergesehene Sturm im Bay-Gebiet angekündigt hat. Kurz, hart, aber verheerend. Auch wenn die Konjunktioren über den Meeren nördlich und östlich dieses Kontinents eintritt, wird der Passover besonders angenehm, da er mit der Frühjahrswende zusammenfällt. Das Wetter verläuft allgemein zyklisch auf Ballybran, und das Bild diesmal fällt mit dem von '63 zusammen ... 2863 GJ, also – iß und starr mich nicht so komisch an. Du hast dir doch bestimmt die Liste angesehen, Killashandra, und festgestellt, wie lange ich schon der Gilde angehöre. Ich kann mir nicht vorstellen, daß es auf Fuerte keine menschliche Neugier mehr gibt, sonst wärst du bestimmt nicht hier.«

Sie schluckte, als ihr die Bedeutung des Jahrhunderts, auf das er anspielte, bewußt wurde.

»Aber ich weiß nicht, wie lange du schon Gildemeister bist.«

Er lachte leise und schob ihr einen Teller mit gedünsteten orange-grünen Milsistengeln hinüber. »Sehr gut wegen ihrer Spurenmineralen. Die Passover-Stürme werden selbst für die Verhältnisse von Balybrans meterologischer Geschichte einmalig in ihrer Stärke sein. Die, wie ich vielleicht hinzufügen darf, weiter zurückzuverfolgen ist als ich. Verschluck dich nicht!« Er stand auf, um ihr zwischen die Schulterblätter zu klopfen.

»Sogar die Krankenstation wird unter den Stößen wakkeln. Da du gerade erst zum erstenmal mit Kristallen zusammengekommen bist, wird dich Passover besonders mitnehmen. Als dein Gildemeister kann ich dir befehlen, Ballybran zu verlassen.« Sein Gesicht verzog sich in harte Linien und wurde unpersönlich und unerbittlich. Sein Mund wurde allerdings weich, als er ihren entschlossenen Ausdruck sah. »Es wäre mir aber lieber, wenn du freiwillig mitmachst. Die fünf Kristalle, die du mitgebracht hast, wurden gerade gestimmt, wenn du mir das Wortspiel vergibst, und sind dann zur Verschiffung bereit. Ich würde dich gern damit beauftragen, sie zum Trundimoux-System zu bringen und sie zu installieren.«

»Und mit diesem Auftrag bekomme ich genug Kredits für künftige Dummheiten?«

Lanzecki lachte.

»Denk über das Angebot nach, während du die Steakbohnen hier ißt.«

»Es ist also ein Vorschlag?« fragte sie mit einem großen Mundvoll Gemüse.

»Ja – jetzt noch.« Sein Gesicht, sein Mund und seine Stimme waren gleichgültig. »Bald werden die Stürme über die Ketten fegen und die Sänger zwingen, zurückzukommen. Andere würden den Auftrag freudestrahlend annehmen, vor allem diejenigen, die nicht genug Kristalle geschnitten haben, um Ballybran über Passover verlassen zu können.«

»Ich dachte immer, Passover sei ein unglaubliches Schauspiel.«

»Das ist es auch. Rohe Naturgewalten in ihrer verheerendsten Form.« Sein Achselzucken deutete an, daß es ein Schauspiel war, an das er gewöhnt war, und dennoch ...

»Bleibst *du* denn über Passover hier?«

Er warf ihr einen eindringlichen Blick zu, und in seinen dunklen Augen spiegelte sich das Spotlicht über seinem Schreibtisch.

»Der Gildemeister steht während Passover immer zur Verfügung.« Er hielt ihr ein paar zitronengelbe Würfel hin. »Ein scharfer Käse, aber er ergänzt die Steakbohnen.«

»Hmmm. Schmeckt wirklich gut dazu.«

»Bedien dich.« Er stand auf und holte die nächsten Teller aus der Verpflegungsöffnung, die dort für sie auf der richtigen Temperatur gehalten worden waren. »Möchtest du etwas zu trinken dazu?«

»Ein Yarra-Bier, bitte.« Sie hatte plötzlich Lust auf Bier.

»Eine gute Wahl. Ich werde mich dir anschließen.«

Sie sah ihn an, weil ihr eine plötzliche Veränderung in seinem Ton aufgefallen war, aber er wandte ihr den Rücken zu.

»Rimbol ist von Scartine, nicht?« wollte Lanzecki wissen, als er mit zwei Bechern und einem Krug zurückkam. Er schenkte ein, worauf er darauf achtete, daß sich auch eine

Schaumkrone bildete. »Er könnte dunklere Töne schneiden. Vielleicht sogar schwarze, wenn er eine Ader finden kann.«

»Woher weißt du das?«

»Eine Frage der Resonanz, aber auch des Grades der Adaptation. Jezerey wird hellblaue, rosa und blaßgrüne schneiden. Borton wird ebenfalls zu den dunkleren tendieren. Ich hoffe, er wird sich mit Rimbol zusammentun.«

»Weißt du, wer was schneiden wird?«

»Ich kann überhaupt nichts Genaues sagen, da es alles nur Vermutungen sind. Aber die Gilde existiert jetzt seit über vierhundert Jahren galaktischer Zeit, und die ganze Zeit hat sie Informationen über ihre Mitglieder gesammelt und ausgewertet. Es würde einen skandalösen Mangel an Ehrlichkeit darstellen, wenn man nicht mehr als eine bloße Wahrscheinlichkeitsbestimmung der Adaptation an die ballybranische Sporensymbiose versuchte.«

»Jetzt klingst du genau wie Borella.«

Lanzeckis Lippen zuckten amüsiert, und seine Belustigung spiegelte sich auch in den Blitzen seiner leuchtenden Augen. »Ich zitiere wohl tatsächlich – aber ich habe vergessen wen. Wie ist es mit einer Pfefferfrucht? Schmeckt ausgezeichnet zum Bier. Ich habe Eis zum Nachtisch bestellt, das reinigt den Gaumen. Eine sehr alte und kultivierte Gewohnheit, allerdings trinkt man kein Bier dazu.« Als er ihr den Teller reichte, verführte sie der scharfe Geruch der langen, schmalen und pelzigen Streifen, sich einen zu nehmen. »Also, was ich sagen wollte, wenn die Kandidaten den Test auf Shankill erst hinter sich haben, dann sind so viele Variablen wie möglich schon gelöst.« Er begann, die leeren Teller und Platten zu einem unordentlichen Haufen zusammenzustapeln, und ihr wurde bewußt, wieviel sie gegessen hatte, während er nur eine Kostprobe von allem genommen hatte. Trotzdem fühlte sie sich nicht übertrieben satt. »Man hätte auch das Wahrscheinlichkeitsdiagramm zeigen müssen.« Er runzelte die Stirn, als er sich erhob. Er warf die Teller mit einer geschickten Bewegung in den Abfallschlitz und blieb wieder vor der Verpflegungsöffnung stehen.

»Das haben wir gesehen.« Killashandra nagte an einer zweiten Pfefferfrucht, während sie überlegte, warum sein Gesicht keine Spuren des Alterns aufwies. Schließlich sang er ja keine Kristalle mehr, und genau das war es doch offensichtlich, wodurch die Sänger ihr jugendliches Aussehen behielten. »Man hat uns allerdings nichts über die individuellen Fähigkeiten oder Voraussagen gesagt.«

»Warum auch? Das hätte doch nur alle möglichen unnötigen Probleme aufgebracht.« Er stellte zwei Teller mit verschiedenfarbigem Eis, zwei Weingläser und eine eisgekühlte Flasche auf den Tisch.

»Ich kriege keinen Bissen mehr runter.«

»Nein? Versuch mal einen Löffel von dem grünen Zeug hier. Sehr beruhigend für den Magen und reinigt den Mund.« Er setzte sich und goß ihnen Wein ein. »Der einzige kritische Punkt ist und bleibt die Adaptation. Und zwar spielte hier, wie Antona meint, eher die psychische Einstellung als die physische eine Rolle. Diese Raumarbeiterin, Carigana, hätte nicht zu sterben brauchen.« Lanzekkis Miene drückte unpersönliches Bedauern aus. »Normalerweise können wir die Schwere der Transition einschätzen und sind auf unvorhergesehene Ereignisse eingestellt.«

Killashandra mußte daran denken, wie still Rimbol und Mistra mitten in der Nacht verschwunden waren und wie die Meditechs Jezerey geholt hatten, bevor sie auf dem Kunststoffboden zusammengebrochen war. Sie erinnerte sich auch an ihre Entrüstung über »Zustand zufriedenstellend«.

»Wie schmeckt dir der Wein?«

»Ich mag dieses Mechanische nicht.«

»Am Wein?«

»Nein, ich meine den ganzen Vorgang bei der Adaptation.«

»Es wird jede notwendige Vorsichtsmaßnahme ergriffen, meine liebe Killashandra.« Lanzeckis Ton erinnerte sie daran, daß er der Gildemeister war und das Verfahren, das ihr offensichtlich mißfiel, wahrscheinlich von ihm eingeführt worden war.

»Der Wein ist gut.«

»Ich dachte mir, daß er dir schmecken würde.« Seine Antwort war so trocken wie der Wein. »Bei der Ausbildung der Rekruten überlassen wir kaum etwas dem Zufall. Tukolom mag zwar ein weitschweifiger Langeweiler sein, aber er besitzt eine besondere Sensitivität für Krankheit, die ihn für diese Rolle des Lehrers geradezu empfiehlt.«

»Dann wußtet ihr also, daß ich ...«

»Du warst nicht berechenbar.« Er machte hinter jedem Wort eine nachdrückliche Pause, dann prostete er ihr zu und trank.

»Und ...« Es war keine Koketterie, die Killashandra veranlaßte, ihn dazu zu animieren, fortzufahren, sondern das deutliche Gefühl, daß er zu seiner überraschenden Bemerkung noch etwas hatte hinzufügen wollen.

»Und bestimmt nicht deine Milekey-Transition oder deine Resonanz auf schwarze Kristalle. Vielleicht« – sie war überzeugt, daß seine rasche Erwiderung unausgesprochene Gedanken verbergen sollte – »sollten wir es einführen, daß die Rekruten sobald wie möglich mit den Kristallen in Kontakt kommen. Aber« – und dabei zuckte er die Achseln – »wir können nun einmal nicht Stürme programmieren, so daß die Mithilfe aller Mitglieder nötig wird.«

»Rimbol sagte, ihr könntet diesen Sturm nicht geplant haben.«

»Wie scharfsichtig von ihm. Wie schmeckt dir das Eis?«

»Es *hat* mir geschmeckt.« Mit Erstaunen stellte sie fest, daß sowohl Teller wie auch Flasche und Weingläser leer waren.

»Fein. Dann können wir ja weitermachen.«

»Weitermachen?« Doch schon strömte ihr aus dem Verpflegungsschlitz ein pikanter Geruch in die Nase und regte ihren Appetit an. »Ich platze noch.«

»Das glaube ich kaum. Wenn du mit deiner Klasse zusammen in die Ketten geflohen wärst, hättest du genau das gleiche bei deiner Rückkehr serviert bekommen. Da du eine Vorliebe für Yarra-Bier hast, ist es genau das Richtige, um den Gewürzfisch herunterzuspülen.« Er bestellte das Bier. »Außerdem hat Bier schon von alters her eine andere normale Wirkung auf das Verdauungssystem.«

Seine Bemerkung, die etwas schwülstig herauskam, brachte sie zum Lachen. Sie aß also den Gewürzfisch, trank das Bier dazu, reagierte auf gewisse natürliche Wirkungen des Getränks und merkte dann irgendwann, daß Lanzecki sie durch Neckerei, Ablenkungen und Aufforderungen dazu gebracht hatte, seit fast drei Stunden ununterbrochen zu essen. In diesem Zustand willigte sie ein, es sich durch den Kopf gehen zu lassen, als Lanzecki seinen Vorschlag wiederholte, daß sie die schwarzen Kristalle installieren sollte.

»Hast du mich *deshalb* mit Essen und Bier vollgestopft?« Sie setzte sich in gespielter Entrüstung auf.

»Nicht nur. Ich habe dir unter anderem auch soviel zu essen gegeben, damit sich dein Symbiont erholen kann, und soviel zu trinken, damit du dich entspannst.« Sein Lächeln wies ihre vorwurfsvolle Frage und eine Beschuldigung der Nötigung zurück. »Ich möchte nicht, daß du hier die Passover-Stürme durchmachen mußt. Du könntest zehn Ebenen unter der Erde sein, von meterdicken Kunststoffwänden geschützt, und trotzdem kannst du den Resonanzen nicht« – er zögerte und wandte das Gesicht ab, als er nach dem richtigen Wort suchte – »entkommen.« Er drehte sich wieder zu ihr um, und seine dunklen und irgendwie gequälten Augen hielten ihren Blick fest, wobei die ungewöhnliche Schwierigkeit, die er hatte, seine Besorgnis auszudrücken, die Dringlichkeit seiner Bitte noch verstärkte.

»... entkommst ... du denn jemals?«

Das feine Band des Verstehens blieb eine Weile zwischen ihnen, dann beugte er sich über den Tisch und küßte ihre Frage fort.

Er brachte sie zurück in ihr Apartment, vergewisserte sich, daß sie gut in ihr Bett kam, und riet ihr, am nächsten Morgen ihren Schneider bei der Technik überprüfen und dort aufbewahren zu lassen. Und wenn sie an der Wettergeschichte interessiert wäre, meinte er, könnte sie sich um elf am nächsten Morgen bei der Metkontrolle frühere, besonders heftige Passover-Stürme ansehen und sich über die Taktiken der Sturmkontrolle informieren.

Während sie sich am nächsten Morgen duschte und ein recht ausgiebiges Frühstück zu sich nahm, mußte Killashandra an Lanzeckis außergewöhnliche Aufmerksamkeit denken, die er ihr sowohl als Mann wie auch als Gildemeister zukommen ließ. Es war ihr klar, warum Lanzecki, als Gildemeister, ihr Verlangen ausgenutzt hatte, in die Ketten zu kommen und Keborgens wertvolles Claim zu finden. Und sie hatte es geschafft. Jetzt, in einer unerklärlichen Umkehrung, wollte Lanzecki sie von Ballybran haben. Nun, sie konnte sich ja heute morgen, wenn sie sich die Wettergeschichte ansah, überlegen, ob es Lanzecki der Mann oder der Gildemeister war, der da sprach. Sie hoffte, daß es ersterer war, denn sie mochte Lanzecki den Mann und bewunderte den Gildemeister mehr als jeden anderen Mann, den sie bisher kennengelernt hatte.

Was hatte er damit gemeint, als er gesagt hatte, daß sie nicht berechenbar war? Hatte er ihr schmeicheln wollen? Hatte sich der Gildemeister einer Laune hingegeben? Nicht, *nachdem* er ihr geholfen hatte, in die Ketten zu kommen; nicht *nachdem* sie erfolgreich schwarze Kristalle geschnitten hatte. Und vor allem nicht nachdem ihr Lanzecki im Sortierraum sehr energisch den Unterschied zwischen dem Mann und dem Gildemeister klar gemacht hatte.

Bei der Erinnerung an diese Szene zuckte sie innerlich zusammen. Sie hatte den Tadel verdient. Sie konnte auch seine Sorge um ihre Gesundheit und ihr Wohlergehen akzeptieren. Er brauchte noch mehr schwarze Kristalle – wenn das der Grund war. In Ordnung, Killashandra Ree, sagte sie sich energisch, in keinem Abschnitt oder Paragraphen der Charta der Heptitengilde steht, daß der Meister zu Erklärungen verpflichtet ist. Die zehn Jahre an der Musikschule von Fuerte hatten Killashandra gelehrt, daß einem niemand einen Gefallen tat, ohne nicht dafür eine Gegenleistung zu erwarten. Lanzecki hatte mit jedem Schulbeispiel, das er präsentiert hatte, auch seine Selbstbeherrschung und seinen Eigennutz unterstrichen.

Eigentlich wollte sie nicht von Ballybran weg, obwohl es andererseits wichtig war, daß sie das Geld für den außerplanetarischen Einsatz gebrauchen konnte. Sie sah auf die Lohntabelle; es war eine beträchtliche Summe, die sie bekommen würde. Vielleicht würde es besser sein, den Auftrag anzunehmen. Aber das bedeutete auch eine Trennung von Lanzecki. Verbissen musterte sie sich im Spiegel, während sie sich anzog. Andererseits war es vielleicht klug, gerade deshalb Ballybran zu verlassen. Nur würde sie dann besser wieder Frieden mit Rimbol schließen.

Dankbar, daß sie nicht mit den zusätzlichen Kosten eines neuen Schneiders belastet würde oder mit einer solchen Bitte zum Fischer zu kommen mußte, brachte sie das Gerät hinauf zur Technik- und Ausbildungssektion. Als sie das kleine Vorbüro betrat, sah sie zwei vertrauliche Gestalten.

»Ich bleibe nicht noch einmal während Passover hier«, sagte Borella gerade zu dem Sänger, der Killashandra noch vom Shuttle her in Erinnerung war.

»Machst du es wieder mit Rekruten?« fragte der Mann, während er gleichgültig seinen Schneider über die Theke schob und den verbitterten Ausruf des Technikers ignorierte.

»Rekruten?« Borella starrte ihn ausdruckslos an.

»Hast du denn vergessen, meine Liebe«, – die Stimme des Mannes klang spöttisch – »daß du es manchmal so machst, daß du während dieser Zeit unseren hoffnungvollen Nachwuchs auf Shankill ausbildest?«

»Natürlich habe ich das nicht vergessen«, gab Borella gereizt zurück. »Aber diesmal habe ich das nicht nötig, Olin«, fuhr sie selbstgefällig fort. »Ich habe grüne in Achtergruppen geschnitten. Fünf Stück. Genug für eine ophterianische Orgel. Zwar nur eine kleine, aber du weißt ja, daß *das* eine Weile vorhält.«

»Ich hatte zufällig auch Glück«, redete Olin in ihren letzten Satz hinein.

Borella murmelte ihm irgend etwas Beruhigendes zu, als sie dem Techniker ihren Schneider reichte, mit dem sie eine Spur vorsichtiger umging als Olin. Dann hakte sie sich bei dem Sänger unter. Als sie sich umdrehte, um hinauszugehen, nickte Killashandra Borella höflich zu, doch die Frau warf nur einen scharfen Blick auf ihren Schneider und ging dann einfach an Killashandra vorbei. Nur die Tatsache, daß sich ihre Finger fester um Olins Unterarm schlossen, zeigten, daß sie sie erkannt hatte.

»Die Ärmsten, die das Pech haben, hierbleiben zu müssen.« Ihre gedehnte Bemerkung ließ anklingen, daß Killashandra zu diesen Leuten gehörte. »Hast du eigentlich Lanzecki in letzter Zeit gesehen, Olin?« fragte sie, als sie hinausgingen.

Einen Augenblick lang verschlug die doppelte Beleidigung Killashandra die Sprache, wenn ihr auch unklar war, *woher* Borella wissen sollte, wo der Gildemeister seine Zeit verbrachte. Sie widerstand dem unsinnigen Drang, sofortige Genugtuung von Borella zu verlangen.

»Soll der Schneider nachgesehen werden oder tragen Sie ihn nur so mit sich spazieren?« unterbrach eine mürrische Stimme sie in ihren wütenden Gedanken.

»Nein, er soll nachgesehen werden.« Sie reichte dem Fischer vorsichtig den Schneider und wünschte, nicht auch noch mit ihm aneinanderzugeraten.

»Killashandra Ree? Richtig?« Er sah dabei nicht sie an, sondern inspizierte den Schneider. »Sie können ihn nicht viel benutzt haben«, und dabei musterte er mißtrauisch den Griff und das Messergehäuse. »Wo ist er defekt?«

»Er ist nicht defekt. Ich möchte ihn nur zur Aufbewahrung geben.«

Der Fischer war erschreckender als Borella und ihre unhöfliche Art.

»Sie hätten ihn doch in Ihrem Schlitten lassen können«, meinte er, und seine Stimme klang jetzt nicht mehr ganz so scharf, nachdem er sich vergewissert hatte, daß einer seiner neusten Schneider nicht unsachgemäß behandelt worden war. »Außer Ihnen kann nämlich nämlich niemand etwas damit anfangen«, fügte er mit offensichtlicher Nachsicht angesichts ihrer Unwissenheit hinzu.

Sie hatte nicht die Absicht, irgend jemandem einzugestehen, daß sie ihren Schlitten verloren hatte.

»Ich bin über Passover nicht auf Ballybran«, erklärte sie. Zu spät wurde ihr bewußt, daß er diese Möglichkeit nicht hatte.

»Gehen Sie, solange Sie können und wenn Sie können«, meinte er barsch, aber nicht unfreundlich. Dann wandte er sich ab und verschwand in seiner Werkstatt.

Auf ihrem Weg zurück zum Aufzug überlegte Killashandra, daß sie eigentlich erleichtert darüber sein müßte, daß sich jemand an sie erinnerte. Vielleicht wußte der Fischer sie einzuordnen, weil er gerade erst den Schneider für sie angefertigt hatte. Oder vielleicht hatte es sich inzwischen auch herumgesprochen, daß Lanzecki eine neue Sängerin getadelt hatte.

Eigentlich sollte sie sich nicht über die Begegnung mit Borella aufregen. Die Sängerin hatte ihr, ohne es zu wissen, Lanzeckis Rat bestätigt. Außerdem, wenn Moksoon sie schon von einem Augenblick auf den anderen vergaß, wie konnte sie es denn Borella verübeln, wenn diese sie nicht erkannte?

Wie lange dauerte es, bis das Gedächtnis eines Sängers so weit nachgelassen hatte? Killashandra würde lernen müssen, sich über Gewohnheiten und Wertvorstellungen, die sie sich in der Musikschule von Fuerte zu eigen gemacht hatte, hinwegzusetzen. Dort versuchte man, Leute soweit zu verpflichten, daß man sie als Unterstützung für diese Rolle oder jenen Proberaum herbeizitieren konnte, um ein Trio oder ein Quartett zu bilden, eine Party mit begrenzten finanziellen Mitteln zu schmeißen, all jene unzähligen Arrangements, die Mitarbeit und guten Willen voraussetzen und ... Die Erinnerung an vergangene Gefälligkeiten. Wie Lanzecki gesagt hatte: »Dankbarkeit hängt vom Gedächtnis ab.« Und daraus ergab sich: »Das Gedächtnis hält bei einem Sänger nur eine begrenzte Zeit.« Das einzige gemeinsame Band zwischen den Kristallsängern war die Gildecharta und ihre Vorschriften, Regeln und Einschränkungen – und der Wunsch, von Ballybran wegzukommen, sooft man sich dieses Privileg erlauben konnte.

Killashandra hätte nicht zu sterben brauchen? Warum mußte sie ausgerechnet jetzt daran denken, überlegte Killashandra, als sie in der Meteorologie-Sektion aus dem Lift stieg. Laut der Anzeigetafel an der Decke war die Vorführung im Theatersaal schon in vollem Gang. Während sie noch zögerte, kam ein zweiter Lift an, der voll Leute war, und sie ging zusammen mit dieser Gruppe zu ihrem gemeinsamen Zielort.

Der Saal war abgedunkelt und überfüllt, und die Leute standen an den Wänden, da alle Plätze besetzt waren. Auf der Weitwinkelleinwand formten sich Wolken mit unvorstellbarer Geschwindigkeit zu immer neuen Mustern. Einmal sah Killashandra im Licht Rimbols Gesicht; neben ihm saßen Borton und Jezerey. Sie erkannte andere Mitglieder der Klasse 895 und den Wettermann, der sie mit zu der Sensorstation begleitet hatte. Die Turbulenz des Sturms war nicht zu hören, statt dessen ließ sich ein Kommentator über Druck, Machsturmgeschwindigkeiten, Schäden, Regenfälle, Schnee, Schneeregen, Staubdichte und frühere Passover-Stürme aus, während ein Display unter der Leinwand seinen Monolog gleichzeitig ausdruckte. Killashandra fand einen Platz an der Rückwand und sah sich unter den Zuschauern nach Lanzeckis Gesicht um. Sie hoffte, daß er sein Angebot dieses außerplanetarischen Auftrags nicht jemand anderem gemacht hatte. Aber in diesem Fall würde er es ihr bestimmt zuerst sagen.

Dann geriet sie ganz in den Bann der Sturmszenen. Zuerst glaubte sie, daß sie den Film schneller als normal ablaufen ließen – bis sie die Windgeschwindigkeiten mit den Dezibelangaben verglich. Sie war sprachlos über die Wut des Sturms.

»Der schwerste Passover-Sturm von 2898«, informierten Stimmen und Display die Zuschauer, »auch wenn er nicht so verheerend und heftig war wie der 2863, bildete sich ebenfalls im Nordosten, während der Frühjahrswende, und als Shilmore über dem Großen Meer in der Annäherung auf Shanganagh und Shankill war. Die ungünstige Gegenstellung der beiden nächsten Planeten verstärkt noch die Gewalt des diesjährigen Sturms. Entsprechende Sicherheitsmaßnahmen, zu denen unter anderem der neue Wellenunterbrecher vor den Küsten von Buland und Hoyland gehört, sollen eine solche Flutwelle auf dem Ozean verhindern, die jene gewaltigen Verheerungen auf dem Süd-Durian-Kontinent verursacht hat.«

Die Leinwand wechselte in rascher Reihenfolge von Satellitenfotos zu planetarischen Wetterstationen, wo die Windverschiebungen durch Wellen von Schutt markiert wurden, der in vertikalen Schichten durch die Luft flog. Killashandra geriet in jenen Zustand der Faszination, der den Betreffenden verwirrt, und eine trügerische Sekunde lang glaubte sie fast das Heulen des Windes zu hören. Eine besonders wütende Gegenströmung von Schutt verursachte eine plötzliche Übelkeit bei Killashandra und riß sie aus ihrer Trance. Hastig verließ sie den Saal und sah sich nach einer Toilette um, doch sobald sie sich in der schalldichten Stabilität des stillen Korridors befand, verging das Gefühl der Übelkeit. Statt dessen überkam sie auf einmal Heißhunger.

»Ich habe doch gefrühstückt«, sagte sie durch zusammengebissene Zähne. »Und wie.«

Sie stieg in einen Lift und fragte sich, wie lange der Appetit nach der Tour in die Ketten noch kritisch bleiben mochte. Sie drückte den Knopf für die Krankenstation und fand sich in demselben Vorraum wieder, den sie vor kaum vier Wochen betreten hatte.

Es war niemand da.

»Ist hier jemand?« fragte sie scharf.

»Ja«, kam die Antwort des verbalen Anredesystems.

»Dich will ich nicht. Ich möchte zu ...«

»Killashandra Ree?« Aus der Tür rechts von ihr tauchte Antona auf, einen überraschenden Ausdruck auf ihrem Gesicht. »Sie sind doch nicht verletzt?« Die Ärztin zog ein kleines Diagnosegerät aus ihrer Schenkeltasche und kam auf Killashandra zu.

»Nein, aber ich sterbe vor Hunger.«

Antona lachte und ließ das Instrument zurück in ihre Tasche gleiten. »Entschuldigen Sie, Killashandra. Ich weiß, es ist wirklich nicht komisch! Zumindest für Sie.« Sie versuchte, eine ernstere Miene aufzusetzen. »Aber Sie haben es gut ausgedrückt. Sie ›sterben vor Hunger‹ aus verschiedenen Gründen. Während sich die anderen von ihrem Fieber erholten, haben wir ihnen zusätzliche Nahrungsstützen verabreicht. Sie aber hatten kein Fieber, und dann sind Sie losgeschickt worden, um zu schneiden. Das schreckliche Hungergefühl ist völlig normal, verstehen Sie? Nein, ich sehe, Sie verstehen nicht, und Sie sehen hungrig aus. Ich wollte sowieso gerade eine Kleinigkeit essen. Der Aufenthaltsraum wird leer sein, weil sich alle die Stürme vom letzten Jahr ansehen. Kommen Sie doch mit. Ich kann mir nichts Langweiligeres vorstellen, als Berge essen zu müssen und das dann ganz allein.

Sie wissen doch sicher noch«, – inzwischen hatte Antona sie zum Lift geführt, und sie gingen durch den Aufenthaltsraum zum Verpflegungssystem – »daß der Symbiont zwanzig Wochen braucht, bis er richtig in ihrem Körper integriert ist. Es ist uns bisher noch nicht gelungen, herauszufinden, welchen durchschnittlichen Nahrungsbedarf die Spore pro Tag hat, da dies vom Stoffwechsel des einzelnen abhängt. Lassen Sie uns mal sehen ...« Antona ließ sich die Speisekarte geben. »Sie haben doch nichts dagegen, wenn ich für Sie bestelle? Ich weiß genau, wie man dieses Hungergefühl bekämpft und den Symbionten stärkt.« Antona wartete auf Killashandras Zustimmung und machte dann eine Runde durch den Verpflegungsbereich, wobei sie an jedem Stand eine Reihe von Gerichten wählte und dann Killashandra bedeutete, sich ein Tablett zu nehmen und das Bestellte abzuholen.

Es dauerte nicht lange, bis auf zwei goßen Tischen soviel zu essen stand, daß es für das gesamte Abschlußsemester der Musikschule gereicht hätte. Killashandra machte sich mit Heißhunger darüber her.

»Wenn es Ihnen ein Trost ist, kann ich Ihnen sagen, daß Ihr Appetit nachläßt, vor allem, wenn sich der Symbiont auf Passover vorbereitet hat.« Sie lächelte, als Killashandra stöhnte. »Keine Angst. Wenn die Stürme ihren Höhepunkt erreicht haben, werden Sie überhaupt keinen Hunger haben – die Spore verkriecht sich nämlich.« Antona lächelte. »In den Vivarien haben wir Felskrabben und Höhlenwürmer, die über vierhundert Jahre alt sind.« Antonas Lächeln wurde sarkastisch. »Ich glaube nicht, daß dieser Aspekt über die Ökologie von Ballybran in Ihrem Unterricht zur Sprache gekommen ist. Es gibt nicht viel Leben auf diesem Planeten, aber was es gibt, lebt hier in einer symbiontischen Beziehung zu der Spore. Auf diese Weise überlebt sie, indem sie nämlich die Überlebensmechanismen des Wirts, den sie gerade findet, verbessert. Uns, der neuen dominanten Lebensform, fällt die Pflicht zu, die einheimische zu studieren.«

Killashandra, die herzhaft aß, fand Antonas Ausführungen viel interessanter als Tukoloms Vorträge. Der Gedanke kam ihr, daß die Ärztin möglicherweise die unerwartete Gelegenheit ausnutzen wollte, einmal jemanden zu haben, der ihr zuhören mußte. Allerdings war sie so eifrig mit Gabel und Löffel beschäftigt, daß sie tatsächlich vorgehabt haben mußte, »eine Kleinigkeit zu essen«, wenn ihr Hunger auch nicht so groß war wie Killashandras.

»Ich versuche immer wieder« – wobei Antona »versuche« betonte – »irgendeinen Faktor, oder Faktoren, zu finden, der es uns endlich erlauben würde, ohne Sorge die Rekruten auszusuchen.« Sie sah ziellos in eine Ecke des Speisebereichs. »Ich meine, ich wußte, was ich tun würde, bevor ich hierher kam, aber hätte ich eine komplette Adaptation gemacht, dann hätte ich kristallsingen müssen.« Antona verzog angewidert das Gesicht, dann lächelte sie strahlend. »Die Aussicht, alle Zeit der Welt zu haben, um eine Lebensform zu ergründen und ein Forschungsprogramm durchzuführen, war ein solches Geschenk ...«

»Sie wollten nicht Kristallsängerin werden?«

»Aber natürlich nicht. Das Leben hat mehr zu bieten als das.«

»Ich hatte den Eindruck, daß Kristallsingen die Arbeit auf diesem Planeten ist.«

»Oh, das ist es auch.« Antonas Bestätigung wurde von ihrem leisen Lachen begleitet. »Aber die Kristallsänger könnten kaum ohne das Hilfspersonal arbeiten. Und wir sind Ihnen gegenüber ja weitaus in der Überzahl. Fünfdreiviertel Techniker sind nötig, damit ein Sänger in die Ketten kann. Außerdem hat die Gilde weder die Zeit noch die Möglichkeiten, Mitglieder in jeder nötigen Tätigkeit auszubilden. Es gibt genug Leute von den Förderierten Sentient-Planeten, die in anderen Eigenschaften hierher kommen und bereitwillig das Risiko der Adaptation und der Möglichkeit eingehen, Kristallsingen zu müssen.«

»Ich glaube, ich verstehe nicht ...«

»Das ist kein Wunder, Killashandra. Sie kommen von Fuerte, und diese konservative Regierung hatte Anträge über Selbstbestimmung ausgeschlossen. Ich habe mich schon gefragt, wie Sie als Rekrut hergekommen sind, obwohl ich sagen muß, daß Sie eine unserer angenehmeren Überraschungen sind.« Antona tätschelte Killashandras Arm beruhigend. »Die Fuertaner, die wir bisher hier hatten, machten ebenfalls gute Adaptationen.« Unvermittelt runzelte Antona die Stirn und musterte Killashandra nachdenklich. »Ich muß mir wirklich Ihre Tests noch mal ansehen. Ich habe fünf separate Beurteilungstests entwickelt, zwei auf Primarebene, die, wenn ich das sagen darf« – und Antona lächelte bescheiden – »die Wahrscheinlichkeitszahlen um 35 % erhöht haben.«

»Ich dachte, aktive Rekrutierung wäre der Gilde nicht erlaubt.« Killashandra kehrte hartnäckig zu diesem Thema zurück.

Antona sah sie überrascht an. »Sie ist auch nicht *aktiv*. Die FSP, müssen Sie wissen, mißbilligt jede Art von Beeinflussung oder Einschränkung, die sich aus der spezifischen Adaptation ergibt, weil dies in direktem Widerspruch zu der Freiheit der Bewegung in der FSP-Charta steht. Natürlich wagt es niemand, etwas zu sagen, wenn die FSP Leute anwirbt, aber jeder weiß, was die Leute vom öffentlichen Dienst machen.« Sie gab etwas Ähnliches wie ein Kichern von sich. »Freiheit der Bewegung, wirklich. Die meisten guten Bürger der FSP verlassen ihre Heimatwelten nie oder wollen es auch nicht, aber laut FSP müssen sie die *Möglichkeit* dazu haben, und das zwingt uns, Shankill als Anlaufstelle zu benutzen.«

»Stört es Sie nicht, daß Sie Ballybran nie verlassen können?«

»Warum sollte es?« Es schien Antona tatsächlich nichts auszumachen.

»Ich meine, weil Sänger doch so versessen darauf zu sein scheinen, von hier wegzukommen«, erwiderte Killashandra, doch sie war völlig durcheinander. Cariganas Unnachgiebigkeit ging ihr durch den Sinn, die Farce der Rekrutierung auf der Mondbasis Shankill, Rimbols Bestehen des »Vortests«, Carigana und ihre »Falle«, und wie sie selbst auf den Verdacht reagiert hatte, den Antona bestätigt hatte.

»Sänger *sollen* Ballybran so oft wie möglich verlassen«, meinte sie ernsthaft und gelassen. »Es ist eine anstrengende Tätigkeit, und man sollte die Gelegenheit wahrnehmen, seiner Arbeit zu ... entkommen ... und einmal etwas ganz anderes zu sehen.«

»Entkommen.« Das war genau das Verb, das auch Lanzecki benutzt hatte. »Entkommen Sie denn *Ihrer* Arbeit, Antona?«

»Ich? Natürlich. Meine Arbeit ist die Krankenstation und die Labors. Wenn ich mal Tapetenwechsel brauche, stehen mir der ganze Planet und die Monde zur Verfügung.«

»Auch während Passover?«

Antona reagierte auf Killashandras Stichelei mit einem nachsichtigen Lächeln. »Nun ja, während Passover vergraben sich hier alle. Oder verlassen den Planeten, wenn sie können. »Sie beugte sich vor und faßte Killashandra am Arm. »Um Ihretwillen wünschte ich, Sie hätten nicht so kurz vor Passover geschnitten, aber Sie können sicher sein, daß ich Ihnen helfen werde so gut ich kann.«

»Warum sollte ich Hilfe brauchen?« Killashandra hatte keine Mühe, ein unwissendes und überraschtes Gesicht zu zeigen. »Ich habe doch erst einmal geschnitten.«

»Der erste ist der gefährlichste von allen. Es überrascht mich wirklich, daß Lanzecki es erlaubt hat. Er ist *so* vorsichtig mit seinen neuen Sängern. Ich *mußte* Sie zur Ausbildung schicken, meine Liebe. Es hatte keinen Zweck, Sie hier bei all den Kranken zu halten. Aber dieser Passover ist der unangenehmste, und es *wird* eine Ewigkeit dauern, bis sich das Wetter wieder beruhigt hat und die Schäden behoben werden können. Ich nehme an, Lanzecki wollte vorher noch soviele Kristalle wie möglich bekommen. Natürlich werden Sie als Sänger mit den Schäden nichts zu tun haben. Sie werden so bald wie möglich wieder in die Ketten geschickt werden, um Ihren Claim auf Veränderungen durch den Sturm hin zu überprüfen.«

»Was passiert, weil ich erst einmal Kristalle geschnitten habe?«

»Oh, Liebe.« Antona holte tief Luft und stieß sie dann in einem kurzen, gereizten Seufzer aus. »Also schön, ich hätte es Ihnen ja doch bald sagen müssen. Wissen Sie, es ist nur, daß ich nicht gern Leute unnötig beuruhige.«

»Das haben Sie schon, wenn Sie nicht deutlicher werden.«

»Man hat Ihnen gesagt, daß Stürme in den Kristallketten tödlich sind, weil die peitschenden Winde Resonanzen in den Bergen erzeugen, die eine sensorische Überbelastung bewirken. Während Passover bebt der ganze Komplex, bis ins Innere, denke ich manchmal – es wird ein Geräusch, eine Vibration, vielfache Schallwellen gebildet und übertragen, denen man nicht« – wieder zuckte Antona hilflos die Achseln – »entkommen kann. Wir werden Sie unter Sedativa setzen, und Sie können sicher in einer Radiantwanne in der Krankenstation untergebracht werden, die mit einem Spezialschutzschild versehen ist. Es wird alles getan, was möglich ist.«

»Ich sehe.«

»Nein, Sie werden hören. Das ist schlimmer. Jetzt essen Sie. In Ihrem Studium ist ein Übermaß an Nahrung eigentlich das beste Polster, das ich Ihnen verschreiben könnte. Betrachten Sie die Ruhigstellung als Winterschlaf; das Essen ist der beste Schutz.«

Killashandra widmete sich den unberührten Tellern, während Antona langsam und schweigend ihre Portion aufaß.

»Geht es den anderen hier auch so?« Killashandra deutete auf die Reihe von Tellern.

»Oh, wir fangen jetzt alle an, jede Menge zu essen.«

»Müssen auch die anderen unter Beruhigungsmittel gesetzt und ...«

»Sie werden sich nicht gerade gut fühlen, wie jeder, der hören kann – und eine ganze Reihe derjenigen, die in anderen Beziehungen klinisch taub sind, hören die Sturmresonanzen. Wir bemühen uns zum Beispiel, mit Gegengeräuschen das zeitweilige Ohrensausen zu lindern, das von der Turbulenz verursacht wird. Wir versuchen wirklich, zu helfen.«

»Davon bin ich überzeugt.«

»Schwacher Trost, werden Sie vielleicht denken, aber alle Dinge sind relativ. Lesen Sie nur mal die frühe Geschichte der Gilde und die Aussagen der Mitglieder. Oh, Liebe, ich glaube, jetzt verdrücke ich mich besser.« Killashandra drehte sich um, als Antona hastig aufstand. Leute kamen aus den Lifts hereingeströmt. »Ich werde mich durch den Hinterausgang verziehen. Sie essen brav zu Ende!« Sie zeigte bestimmend auf die übrigen Teller und zog sich dann in einen schwacher beleuchteten Teil des Gemeinschaftsraums zurück.

Killashandra aß ihre Milsistengel auf und betrachtete den letzten Teller mit nußbedeckten Würfeln. Die Leute standen Schlange vor den Verpflegungsapparaten, und die ersten luden sich gerade große Tabletts voll. Sie war also nicht die einzige, die Hunger hatte.

»*Hier* ist sie!« Rimbols erfreuter Ausruf schreckte sie auf. Sie fuhr in ihrem Stuhl herum und entdeckte den Scartinen. Dicht hinter ihm folgten Mistra, Jezerey, Borton und Celee. »Ich habe euch doch gesagt, daß ich sie vorhin bei der Vorführung gesehen habe. Du hast doch nicht etwa Hunger gehabt?« Seine Augen blitzten schalkhaft, als er sich daran machte, die leeren Teller zu zählen.

»Du mußt ja eine ganze Menge Kristalle geschnitten haben, daß du dir das leisten kannst«, bemerkte Jezerey. Ihr Blick war unfreundlich.

»Das war Antonas Order. Da ich keine Rekonvaleszenzzeit hatte wie ihr, muß ich jetzt für zwei essen.«

»Ja, aber du bist schon in den Ketten gewesen, während wir hier festsitzen«, konterte Jezerey fast ungehalten. Borton schüttelte ihren Arm.

»Hör auf damit, Jez. Du weißt genau, daß Killa das nicht extra getan hat, um dich zu ärgern.« Borton sah Killashandra bittend an.

»Ja, du bist draußen in den Ketten gewesen«, mischte

sich Mistra mit ihrer weichen Stimme an, »und ich wäre dankbar, Killashandra, wenn du uns erzählen würdest, was tatsächlich passiert, wenn man schneidet. Ich habe das bestimmte Gefühl, daß man uns zwar eine ganze Menge, aber nicht alles erzählt.«

»Räumen wir hier erst mal auf« – Rimbol schob die Teller und Platten zusammen – »und irgend jemand holt Bier. Dann kann uns Killashandra ihre Geschäftsgeheimnisse verraten.«

Killashandra war nicht gerade in Beichtlaune, aber angesichts der stummen Bitte in Mistras braunen Augen, des wachsamen Interesses in Rimbols und Bortons starrem, verständnislosen Ausdruck konnte sie als ihre Klassenkameradin schlecht nein sagen, und wenn Lanzecki noch so viel über Selbsterhaltung predigte. Jezerey würde den Platz einnehmen, der ihr zukam, das war sicher. Bei Rimbol, Mistra und Borton war das etwas anderes.

Celee kehrte mit Bechern und Krügen zurück. »Wo Singen ja nun doch nicht mein Beruf ist, kann ich ja ruhig Schuttle spielen und euch mit etwas zu essen versorgen, was?« meinte er gutmütig. Er zwinkerte Killashandra zu, um zu unterstreichen, wie gleichgültig ihm das Resultat seiner Adaptation war.

Sie gaben ihm ihre Bestellungen, und nachdem sich Borton beschwert hatte, daß er sich beim Tragen garantiert einen Bruch heben würde und verschwunden war, setzten sich die anderen um den Tisch herum und sahen Killashandra erwartungsvoll an.

»Das meiste von dem, was passiert, wißt ihr schon«, begann Killashandra, die nicht wußte, wie genau sie das Phänomen beschreiben sollte.

»Theorie ist eine Sache. Wo unterscheidet sie sich von der Praxis?« fragte Mistra freundlich.

»Sie sagt zwar nicht viel, aber sie kommt direkt zur Sache«, bemerkte Rimbol und hob die Augen in komischem Entsetzen.

Killashandra sah Mistra mit einem dankbaren Lächeln an.

»Diese Flüge im Sturmsimulator – also, die Wirklichkeit

kann schlimmer sein. Trotz all der Praxis, die ich durch das Neustimmen mißklingender Kristalle hatte, habe ich nicht gleichmäßig geschnitten. Ich nehme an, daß die Hände mit der Zeit stärker werden, aber seid nicht überrascht, wenn euer erster Block aussieht wie ein Reptilrücken.« Sie wurde mit einem Kichern von Rimbol belohnt, der als lustige Einlage in einer übertriebenen Pose seinen Rumpf schlängelte. »Ihr wißt, daß ihr von einem erfahrenen Sänger in die Ketten begleitet werden müßt? Also, denkt dabei immer an eines: er oder sie wird wahrscheinlich von einem Augenblick auf den anderen vergessen, daß ihr rechtmäßig bei ihm seid. Meiner hätte mir fast das Bein abgeschnitten. Spielt immer wieder das Band ab, damit er es nicht vergißt. Redet die ganze Zeit mit ihm, paßt auf, daß er euch immer sieht, vor allem, wenn er gerade geschnitten hat ...«

»Ja, ja, das wissen wir ja alles. Aber wenn man Kristalle gefunden hat ...«, fiel ihr Jezerey abrupt ins Wort.

Killashandra blickte sie kühl an. »Wenn«, hatte sie gesagt. »Du solltest sagen: falls, nicht wenn ...«

»Aber du hast doch Kristalle gefunden. Schwarze Kristalle«, begann Jezerey entrüstet.

»Sei still, Jez.« Borton drückte seine Hand warnend auf ihre Schulter, aber sie schüttelte sie ab.

»Das Überraschende fängt an, wenn man seinen eigenen Kristall schneidet. Man schlägt den Ton an der Fläche an, dann stellt man den Schneider ein und dann ...« Killashandra stand wieder im Claim, hielt das erste schwarze Segment mit seinem unregelmäßigem Schnitt, in ihren Händen, sah benommen, wie es im Sonnenlicht langsam von Transparenz zu dem mattschwarzen Aussehen des auf Wärmeeinfluß reagierenden Kristalls wechselte, verlor sich in der Erinnerung an jene schimmernde Resonanz, fühlte die unvorstellbare Musik in ihrem Blut und ihrem Körper ...

Sie wachte aus ihrer Trance auf, als jemand hartnäckig an ihrem Ärmel zog.

»Killa, was hast du? Soll ich Antona holen? Killa?« Rimbols eindringliche und besorgte Fragen holten sie aus ihrer

Benommenheit und brachten sie wieder in die Wirklichkeit zurück. »Du bist weg gewesen ...«

»Genau sechs Minuten und vier Sekunden«, fügte Borton hinzu, der auf sein Armband gedrückt hatte, um die Zeit nachzusehen.

»Was?«

»Was? sagt sie« – Rimbol wandte sich neckend an die anderen – »wo sie gerade heimlich ihrem Claim einen Besuch abgestattet hat. Seht, Freunde, kein sichtbares Kontaktmittel, und trotzdem war unsere Fee – übt es wirklich eine solche Macht auf dich aus, Killa?« Er ließ seine komische Pose sein und berührte sie mit besorgtem Gesicht sanft am Arm.

»Ich hätte nicht gedacht, daß es mir passieren könnte, wenn ich hier mit meinen Freunden sitze, aber ihr habt es ja selbst gesehen. Ich möchte euch einen guten Rat geben: Schneidet und packt sofort weg! Wenn ihr das nicht tut, dann kann es euch passieren, daß ihr genauso da steht wie ich jetzt und mit eurem Kristall kommuniziert, bis der Sturm über euch hereinbricht.«

»Mit einem Kristall kommunizieren!« Jezerey klang ungeduldig und skeptisch.

»Nun, vielleicht erlebst du es ja nicht.« Killashandra versuchte, freundlich zu sein, aber Jezerey reizte sie. »Hast du deinen Schlitten schon?« wandte sie sich an Rimbol.

»Ja ...«

»Aber wir dürfen sie noch nicht benutzen«, fügte Jezerey hinzu und sah Killashandra funkelnd an.

»Was vielleicht gar nicht mal das Schlechteste ist, wenn ich mir deine Flugkünste im Schlittensimulator ansehe«, entgegenete Borton.

»Also macht Kristallsingen wirklich süchtig? Wie schnell gewöhnt man sich denn daran?« Rimbol versuchte auf eine ernstkomische Art, die Spannung zu lockern, die sich aufbaute. »Kann man etwas dagegen tun? Und ist es einträglich?«

»Ja, schnell, nein und ja«, gab Killashandra zurück. »So, und jetzt laßt euch euer Essen schmecken.« Sie stand schnell auf und legte Rimbol die Hand auf die Schulter, als er sich ebenfalls erheben wollte. »Bis heute abend?«

Sie wartete kaum seine Antwort ab, denn sie hatte am anderen Ende des Gemeinschaftsraums eine Gestalt hereinkommen sehen, die sich mit Lanzeckis unverwechselbarem Schritt bewegte. Killashandra ging in seine Richtung, um ihn abzufangen.

Er war der Gildemeister, wurde ihr bewußt, als sein Blick prüfend über die Gesichter im Aufenthaltsraum fuhr, und er blieb kaum stehen, als sie ihn erreichte.

»Ich möchte diesen Auftrag annehmen.«

»Wie ich gedacht habe.«

Dann waren sie auch schon aneinander vorbei, er zum Verpflegungsbereich und sie zu den Lifts.

XI

Sie war erleichtert, als sie wieder zurück in ihrem Apartment war. Irgendwie brachte ihr die Absurdität des bizarren, triatmosphärischen Wandschirms einen Sinn für das Absurde zurück. Ihr Versuch, ihre Erfahrung mit Kristallschneiden für ihre Freunde zu verbalisieren und was dann passiert war, beunruhigte sie. Wie konnte die Erinnerung, auch wenn es sich dabei um einen so ekstatischen Augenblick handelte, Geist und Körper derart beherrschen? Sie hatte jene erste Verbindung mit dem Kristallblock dadurch unterbrochen, daß sie ihn weggepackt hatte. Oder nicht? Wen konnte sie danach fragen? Und war diese Besessenheit daran schuld, daß ein Sänger so leicht die Gedächtnisfunktion seines Geistes verlor?

Hatte sie bei Lanzeckis Angebot gezögert, weil sie im Grunde nicht so weit von den Ketten fort sein wollte? Sie erinnerte sich an die Sehnsucht in Borellas Stimme, in die Ketten zurückzukehren, wenn ihre Verletzung verheilt war. Und auf der anderen Seite konnte es Borella nicht erwarten, dem Planeten den Rücken zu kehren.

Diese Ambivalenz, überlegte Killashandra, ließ sich erklären. So merkwürdig es auch klang, aber es war ähnlich, als ob man die Starrolle in einer großen Theatertruppe hatte. Den Applaus konnte man damit vergleichen, wenn der Kristall in der Hand sang, frisch aus der Ader, stimulierend, ekstatisch. Das gleiche emotionale Hochgefühl bei jedem Schnitt, bis Körper und Geist von den Schreien, von der Konzentration erschöpft waren. Und gegen den Bann des Kristalls stand das dringende Bedürfnis nach Ruhe und Erleichterung.

Sie hatte sich vor die Computertastatur gesetzt, weil sie einige ihrer Gedanken festhalten wollte. Die automatische Zeitanzeige sprang eine Stunde weiter. Schon über den Kristall nachzudenken, verschlang enorme Zeitspannen. Sie war jetzt schon seit mehr als zwei Stunden wieder in ihrem Quartier.

Rasch setzte sie sich auf, rief die ursprüngliche Eingabe, die sie gemacht hatte, ab und lauschte sachlich ihrer Stimme, wie sie die wenigen Fakten wiederholte, die sie gespeichert hatte. Dann drückte sie die Aufzeichnungstaste.

»Ich habe eine freie Schwarzkristallader gefunden und erfolgreich geschnitten. Das Wichtigste beim Kristall ist, daß man ihn wegpackt, bevor einen der Gesang in der Sonne in seinen Bann schlägt. Ich habe meinen Schlitten bei dem Versuch verloren, den alten Moksoon zu retten. Einen guten Schlitten verschwendet. Lanzecki ist großzügig, und ich werde die fünf ineinandergreifenden Segmente, die ich geschnitten habe, im Trundimoux-System installieren. Auf diese Weise umgehe ich die Passover-Stürme, die ungewöhnlich heftig werden sollen.«

Sie spielte den knappen Abriß ihrer beiden letzten Wochen noch einmal ab. Würden diese Rahmenbeschreibungen ihrer Erfahrung irgendwann später die Intensität und die Höhepunkte der Emotionen richtig wiedergeben können? Sie kicherte über ihre eigene Anmaßung. Nun, sie hatte sich nie für eine Bühnenschriftstellerin gehalten.

Als sie sich in dem Konsolensessel zurücklehnte, hörte sie, wie ihr Magen knurrte.

»Nicht schon wieder!«

Um das Hungergefühl zu unterdrücken, rief sie einen Möbelkatalog ab, obwohl sie nichts mehr hatte, daß sie auf einen Tisch oder ein Regal hätte stellen können, da sie ihre Laute an der Wand aufgehängt hatte. Sie beschloß, auf dem Instrument zu spielen, was sie lange nicht mehr getan hatte, aber die E-Seite riß, als sie an dem Wirbel drehte. Vorsichtig hängte sie die Laute zurück an ihren Platz, bevor sie dann zornig und mit zusammengebissenen Zähnen zum Verpflegungsapparat marschierte, um ihren unangenehmen Hunger zu stillen.

Sie tippte gerade heftig ihre Bestellung ein, als das Kommgerät zu summen begann.

»Ich bin's, Lanzecki.«

»Bist du an meine Verpflegungsleitung angeschlossen?«

»Es ist kein Zufall. Auch Gildemeister dürfen essen, wenn es ihre täglichen Pflichten erlauben. Darf ich dir Gesellschaft leisten?«

»Ja, natürlich«, antwortete sie mit aufrichtiger Herzlichkeit nach ihrer scherzhaften Begrüßung.

Lanzecki war, nahm sie an, genauso ein Opfer des Vorpassover-Appetits wie jeder andere. Was sie nicht annahm, war, daß er sie ausnutzte, indem er sie der Bequemlichkeit halber von Ballybran abschob. Oder ... mit der Tasse mit der Proteinsuppe, die sie sich gerade bestellt hatte, als Lanzeckis Anruf kam, in der Hand ging sie hinüber zur Konsole und fragte bei Marketing nach. Das Display bestätigte, daß der Trundimoux-Auftrag für ein Fünfstellen-Kommunikationssystem auf der Basis von Schwarzkristallkomponenten vor fünf Tagen eingegangen war. Der Auftrag war vom Sektorenleiter als besonders eilig klassifiziert worden. Sie kehrte zum Verpflegungssystem zurück und bestellte etwas Verlockendes zu essen für einen müden, hungrigen Mann. Und es war Lanzecki, der Mann, der ihr Apartment betrat, als sie gerade vergeblich versuchte, Platte, Teller und Krüge auf der begrenzenden Fläche ihres Tischs unterzubringen. Sie hätte sich wirklich noch Mobiliar dazubestellen sollen.

»Ich habe schon angefangen.« Sie deutete auf die Suppe. »Ich dachte mir, daß du bestimmt nichts dagegen haben würdest.« Sie reichte ihm eine dampfende Tasse.

»Ich auch nicht.« Er lächelte, und die angespannten Linien um Augen und Mund glätteten sich.

»Ich habe heute Morgen mit Antona schon etwas gegessen, nachdem ich es vor Hunger bei der Sturmvorführung nicht mehr aushalten konnte«, sagte sie, als er sich setzte und die Beine ausstreckte.

»Und dabei hat sie dir bestimmt erklärt, daß wir alle im Augenblick eine ganze Menge essen.«

»Sie hat auch nicht gerade wenig gegessen.«

Lanzecki lachte. »Keine Sorge. Während Passover wirst du dafür überhaupt keinen Hunger haben.«

»Aber dann bin ich doch gar nicht hier.«

»Der Instinkt funktioniert unabhängig von deinem physischen Aufenthaltsort. Vor allem, muß ich dir leider sagen, wenn die Transition erst so kurze Zeit her ist, wie bei dir.«

»Hauptsache, ich futtere nicht so wie jetzt, wenn ich die Kristalle installiere.« Einige Planeten, besonders neue wie das Trundimoux-System mit einem begrenzten Nahrungsmittelangebot, würden einen so gesunden Appetit möglicherweise als ungehörig ansehen.

»Nein, wahrscheinlich wirst du die ganze Zeit verschlafen.«

Er trank seine Suppe aus und schien mehr daran interessiert, was er als nächstes nehmen sollte. »Morgen wird dich Trag mit dem Installierungsvorgang vertraut machen. Die Trundimoux haben noch einmal Kontakt mit uns aufgenommen und uns die Positionen angegeben, wo die fünf Kristalle installiert werden sollen. Ich habe mir sagen lassen, daß die einen sie liebenswürdig Trundies nennen, während die Eingeweihten sie als Moux bezeichnen.«

»Die was?« Killashandra mußte lachen, denn sie konnte sich nicht vorstellen, einen der beiden Spitznamen zu benützen.

»Zwei Kristalle werden auf mobilen Ministationen installiert. Trundimoux hat drei Asteroidengürtel. Deshalb können sie sich schwarze Kristalle leisten.« Lanzecki brummte verächtlich. »Sie besitzen Vermögen an Erz, das durch den Raum fliegt und nur darauf wartet, daß sie zugreifen. Der dritte Kristall soll auf dem einzigen bewohnbaren Planeten und jeweils einer auf den beiden großen Satelliten der Gas- und Eisplaneten eingebaut werden. Der Abbaubetrieb von Trundimoux ist aufgrund der fehlenden Realzeit-Kommunikationen ernsthaft gehemmt worden, also haben sie einen halben Gürtel verpfändet, und ich nehme an, daß sie diese Hypothek in kurzer Zeit schon beglichen haben werden. Ursprünglich wurde in dem System nur Asteroidenerz abgebaut, das mit riesigen Transportern zum nächsten Verarbeitungssystem gebracht wurde – ich glaube, es war Balisdel. Die Balisdelianer wollten immer mehr, die Minenarbeiter von Trundimoux rebellierten und besiedelten den günstigeren Planeten und einen der äußeren Monde. In weniger als fünfundsiebzig Jahren sind sie zu einem florierenden Konzern geworden.«

»Der genug Geld für ein Schwarzquarz-Kommunikationssystem hat.«

»Sie hatten schon eine Verbindung mit Balisdel und zwei anderen Systemen, aber das hier soll ihre eigene interne Verbindung werden. Ein Yarra-Bier?« Lanzecki stand auf, um die Bestellung einzutippen.

Killashandra lachte. »Wer hat eigentlich Yarra-Bier getrunken, bevor Rimbol herkam? Außer dir, meine ich.«

»Ich habe es auch nicht als erster entdeckt. Yarra-Bier kann so leicht zu einer Sucht werden wie alles hier.«

Lanzecki wirkte an diesem Abend irgendwie bedrückt, fand Killashandra. Müdigkeit war es nicht, denn er bewegte sich so leicht wie immer für einen Mann seiner Statur.

»Ich hatte vergessen, wie angenehm der Geschmack ist«, fuhr er fort, als er mit einem Krug und zwei Bechern zurückkam.

»Wird Passover diesmal wirklich so schlimm werden?« wollte sie wissen.

Lanzecki nahm einen tiefen Zug, bevor er antwortete, aber seine Augen zwinkerten, und sein Mund entspannte sich.

»Wir rechnen immer mit dem Schlimmsten und werden gewöhnlich nicht enttäuscht. Jede neue Passover-Konfiguration stellt deshalb eine unwiderstehliche Herausforderung dar, es sind Kräfte, die gleich sind und sich doch verändern, so unberechenbar wie solche Naturphänomene einmal sind.«

Killashandra war überrascht über seine unerwarteten philosophischen Gedanken und überlegte, ob sie sich vielleicht geirrt hatte, was seine Stimmung betraf.

»Dir macht das tatsächlich Spaß!«

»Hmmm. Nein – ›Spaß machen‹ ist nicht der richtige Ausdruck. Stimuliert stimmt eher, glaube ich.« Er neckte sie, das verrieten ihr seine Lippen. Er neckte sie, aber da war noch etwas mehr, etwas tieferes, das, was diese

Bedrücktheit an ihm verursachte. »Hör auf nachzudenken und iß. Ich habe eine besondere Delikatesse bestellt, und ich hoffe, daß sie dir auch schmeckt. Die Verpfleger geben sich zu diesem Zeitpunkt von Ballybrans Zyklus wirklich keine große Mühe, und danach müssen wir uns richten.«

An diesem Abend war sein Appetit genauso groß wie ihrer, als sie die ausgefallensten Dinge probierten, die die Küchen aller eleganten und exotischen Planeten in der Föderation hervorzauberten. Lanzecki wußte eine ganze Menge über Essen und versprach, daß er ihr irgendwann einmal persönlich eine Mahlzeit zubereiten würde, vom Rohprodukt bis zum fertigen Gericht.

»Wenn Essen keine Notwendigkeit ist, so wie jetzt, aber wir es« – seine Augen zwinkerten bei dem Wort ›in aller *Gemütlichkeit*‹ – »genießen können.«

»Ist es denn jetzt nicht gemütlich?«

»Nicht ganz, denn sobald ich mein symbiontisches Ich befriedigt habe, muß ich mich wieder mit den Sturmtechnikern treffen.«

»Sie unterdrückte die irrationale Enttäuschung darüber, daß ihr Essen kein Vorspiel zu einer Liebesnacht war.

»Danke, mein Herz«, sagte er.

»Danke? Wofür?«

»Für das, was du gerade ... denkst.«

Sie starrte Lanzecki einen langen Augenblick an.

»Weißt du genau, daß Telepathie keine symbiontische ...«

»Ganz genau!« versicherte Lanzecki ihr ernsthaft, aber bei seinem Mund war sie sich nicht ganz so sicher.

Killashandra listete rasch einige ihrer Reaktionen auf ihn auf und seufzte.

»Schön, es tut mir wirklich leid, daß du nicht bleibst.«

Lanzecki lachte, als er ihre Hand nahm und sie sanft küßte. Aber nicht sanft genug, so daß sie auf seine Berührung nicht reagierte.

»Ich habe nie die Absicht gehabt, in deine Intimsphäre einzudringen, Killashandra, indem ich die Veränderungen und den Fluß deiner Gedanken beobachte. Ich mag es einfach. Ich mag dich. Wenn« – und er erhob sich entschlossen – »es nicht ausgerechnet die Sturmtaktiken wären ...« Er küßte noch einmal ihre Handfläche und verließ dann rasch den Raum.

Sie ließ die Hand in den Schoß fallen, während Lanzeckis taktvolles Kompliment ihr noch durch den Kopf hallte. Wirklich eins der nettesten, die sie je bekommen hatte.

Der Gedanke, daß er in die so hoch geschätzte Intimsphäre eines Fuertaners eingedrungen war, früher einmal ihr am heftigsten verteidigter Besitz, störte Killashandra merkwürdigerweise nicht. Wenn Lanzecki auch weiterhin »mochte«, was er sah. Sie nahm einen tiefen Schluck Bier. Wie sehr hatte sie sich doch seit jener ziellosen, schmerzlichen Fahrt auf dem Fußgängerband zum Raumhafen von Fuerte verändert! Und in wieweit war diese Veränderung auf ihr »symbiotisches Ich« zurückzuführen? Auch das bedeutete ein Eindringen in ihre Intimsphäre, dem sie vor den Behörden der FSP zugestimmt hatte.

Jetzt, nachdem sie Kristalle in der Hand gehalten hatte, die Vibration, das Licht und den Ton, den der sonnenerwärmte Quarz ausstrahlte, gefühlt und gesehen hatte, fühlte sie kein Bedauern über eine verlorene Intimsphäre, kein Bedauern über eine Invasion, die das Tor zu einer neuen Erfahrungsdimension gewesen war.

Sie lachte leise über ihre Gedanken und trank ihr Bier aus. Sie fühlte sich schläfrig und satt, und morgen würde ein anstrengender Tag werden. Sie hoffte, daß Trag keinen Bericht von Enthor über den unregelmäßigen Schnitt ihrer Kristalle bekommen hatte.

Am nächsten Morgen, nach einem kräftigen Frühstück, meldete sie sich bei Trag im Schneideraum, wo bereits andere Mitglieder der Klasse 895 unter der Aufsicht von Concera und einem anderen Gildemitglied bei der Arbeit waren. Killashandra begrüßte Concera und lächelte den anderen zu.

Trag deutete mit dem Kopf auf eine Seitentür, und sie folgte ihm. Sie erlebte einen doppelten Schock, denn dort auf dem Arbeitstisch, zwischen Installationshalterungen und Schutzpolstern, sah sie fünf schwarze Kristalle. Und sie reagierte überhaupt nicht auf ihre Gegenwart!

»Keine Sorge!« Trag nahm den ersten und warf ihn ihr gleichgültig zu.

Sie öffnete den Mund, um ihn zu verwünschen, als sie ihn schon aufgefangen hatte und plötzlich wußte, daß es kein schwarzer Kristall war.

»Jagen Sie mir nie wieder so einen Schreck ein!« Wut brannte in ihrem Bauch und ihrer Kehle.

»Sie glauben doch nicht im Ernst, daß wir schwarze für Übungszwecke riskieren würden.« Es hatte Trag Spaß gemacht, sie zu erschrecken.

»Ich bin noch zu neu in diesem Geschäft, um wissen zu können, was Sie riskieren oder nicht.« Es gelang ihr, ihren Zorn unter Kontrolle zu bekommen. Sie wog den Block in ihrer Hand und hätte ihn am liebsten Trag zurückgeworfen.

»Ruhig jetzt, Killashandra.« Er hob abwesend die Hand. »Sie wußten in dem Augenblick, als Sie hier hereinkamen, daß es keine schwrzen Kristalle waren!«

Trags kühler Ton erinnerte sie daran, daß er ein rangälteres Gildemitglied war.

»Ich habe in den Ketten so viele Überraschungen gehabt, daß ich nicht auch hier noch welche brauche, Trag.« Während sie ihre Panik und Wut unterdrückte, erinnerte sie sich auch daran, daß Trag immer unpersönlich gewesen war! Ihre Beziehung zu Lanzecki trübte ihr übriges Urteilsvermögen.

»Mit dem Unerwarteten fertig zu werden, muß für einen Sänger automatisch werden. Einige Leute lernen das nie.« Trags Augen bewegten sich leicht zur Seite, um auf den Raum hinter ihnen zu deuten. »Sie haben gerade wieder bewiesen, daß Ihr Instinkt für die schwarzen verläßlich ist. Kommen wir jetzt« – er griff nach dem Block in ihrer Hand – »zu dem Sinn und Zweck, warum die fünf hier simuliert worden sind.«

Erst jetzt wurde ihr bewußt, daß die fünf falschen Kristalle genau nach dem Muster der fünf gegossen waren, die sie geschnitten hatte, mit der unregelmäßigen Oberfläche, den unsauberen Winkeln und der ungleichen Größe.

»Diese Substanz besitzt dieselbe Dehnfestigkeit und

Expansionsverhältnis wie der Schwarzkristall, aber keine seine anderen Eigenschaften. Sie müssen heute lernen, wie man den Kristall richtig in seine Halterungen installiert, mit genügend Druck, daß er fest gegen Vibrationen sitzt, aber nicht so viel, daß der Intermolekularfluß beeinträchtigt wird.« Er zeigte ihr ein Schaubild. »Das hier wird die Reihenfolge und Konfiguration der Trundimoux-Verbindung sein.« Er tippte den jeweiligen Block an, während er auf seine Position zeigte und wiederholte, was Lanzecki heruntergeleiert hatte. »Nummer eins und zwei, die kleinsten, werden auf Minenstationen installiert, Nummer drei auf einem Gasplanetensatelliten, Nummer vier auf einem Eisplanetensatelliten und Nummer fünf, der größte, auf dem bewohnbaren Planeten. Sie und nur Sie werden die Kristalle anfassen.«

»Ist das Gildepolitik?« Wieviel würde sie noch über diesen komplexen Beruf lernen müssen?

»Unter anderen Erwägungen gibt es auch keine vernünftigen Techniker im Trundimoux-System.« Trags Stimme klang deutlich mißbilligend.

Killashandra überlegte, ob sie für ihn »Trundies« oder »Moux« sein mochten.

»Ich dachte, Marketing würde die Installierung übernehmen.«

»Normalerweise ja.« Sein knapper Ton warnte sie vor weiteren Fragen.

»Nun, ich nehme an, daß man mir den Job nicht aufgehalst hätte, wenn ich nicht meinen Schlitten verloren hätte und Passover so kurz bevorstehen würde.«

Ihre trübselige Bemerkung konnte Trag keine sichtbare Reaktion entlocken.

»Vergessen Sie das nicht«, riet ihr Trag und fügte mit überraschendem Sarkasmus hinzu: »Wenn Sie können.«

Den Kristall in die gepolsterten Halterungen zu installieren, war nicht so einfach, wie es sich angehört hatte, aber schließlich war in der Heptitengilde, wie Killashandra lernte, nichts so einfach, wie es sich anhörte. Am Abend aber, mit schmerzenden Arm-, Nacken- und Rückenmuskeln, mit Händen, die von der Anstrengung winziger, energischer Bewegungen zitterten, und mit Augen, die brannten von der Konzentration auf die Anzeigen der Oberflächenspannungen, glaubte sie, das Verfahren verstanden zu haben.

Sie nahm es philosophisch auf, als Trag erklärte, daß sie das Ganze am nächsten Tag noch einmal wiederholen sollte, denn sie wußte, daß sie bei den tatsächlichen Installierungen alle Handgriffe im Schlaf beherrschen mußte. Die Gildemitglieder hatten schließlich einen Ruf zu wahren, und sie würden Trags Leistungsanforderungen entsprechen, selbst wenn dies die einzige Installierung bleiben würde, die sie vornahm. Da sie in dieser Ansicht mit Trag übereinstimmte, konnte sein Perfektionismus sie nicht erschrecken.

Lanzecki leistete ihr wieder bei ihrem Abend»gelage« Gesellschaft, entschuldigte sich aber, sobald er gegessen hatte, was ihr diesmal gar nicht so unrecht war, da sie sehr müde war.

Gegen Mittag des folgenden Tags hatte sie sich Trags widerwillige Anerkennung über ihre geschickte, schnelle und präzise Installierung innerhalb eines Zeitlimits gesichert, das er willkürlich festgesetzt hatte.

»Warum kann ich mir dabei nicht mehr Zeit nehmen?« fragte sie nachdenklich. »Eine Kommunikationsverbindung zwischen Menschen zu installieren, sollte doch ein Ereignis sein.«

»Sie werden keine Zeit *haben«*, antwortete Trag. »Sie werden auf einem heimwärts gerichteten Schwerkraft-Abweichungskurs sein.«

Er gab ihr keine Gelegenheit, weiter nachzufragen, denn mit einem knappen Nicken verließ er den Raum. Vielleicht würde Lanzecki in redseliger Stimmung sein. Wenn, schränkte sie ein, er ihr zum Abendessen Gesellschaft leisten würde.

Abendessen? Erst einmal lechzte sie nach dem Mittagessen. Als sie durch den Hauptausbildungsraum kam, hatte Rimbol gerade einen diagonalen Schnitt unter Conceras Führung beendet. »Eßt ihr bald was?« fragte sie Rimbol und die ältere Sängerin.

»Ich esse ununterbrochen!« erwiderte Rimbol halb stöhnend und halb rülpsend, und Concera lachte.

»Mach erst den letzten Schnitt fertig«, wies sie ihn an.

»Halt uns schon mal einen Tisch frei.« Rimbol scheuchte sie davon und wandte dann seine Aufmerksamkeit wieder dem Schneider zu.

Killashandra begab sich direkt in den Gemeinschaftsraum. Der Speisebereich war gut besetzt, und auf den Tischen stapelten sich eine Vielfalt von Gerichten, die von dem Problem des symbiotischen Instinkts zeugten. Sie wollte sich gerade etwas zur Stärkung bestellen, bevor sie sich nach einem freien Tisch umsah, als eine große Gruppe eine der Nischen freimachte. Killashandra gab hastig ihre Bestellung auf und wählte einen Krug Bier mit einem Becher, die sie sie auf den Tisch setzte zum Zeichen, daß er besetzt war. Sie hatte sich gerade ihre erste Bestellung abgeholt und angefangen zu essen, als sich Rimbol, Concera und zwei andere Mitglieder der Klasse 895 zu ihr gesellten.

Das Essen wurde zu einem geselligen Ereignis, und jeder kam mit einem Vorschlag zu dieser oder jener Delikatesse, die er während der Phase, die Concera als »der Hunger« bezeichnete, als sein Lieblingsgericht entdeckt hatte.

»Es ist so schön, neue Mitglieder zu haben«, meinte die ältere Sängerin ein bißchen albern und schwenkte ihren Bierbecher herum. »Auf diese Weise werden wir an Dinge erinnert, die wir vergessen haben. Natürlich kann ich mich nicht mehr erinnern, wer es das letztemal gewesen ist, aber Yarra-Bier ist wirklich ausgezeichnet.«

Rimbol stand auf und verbeugte sich vor versammelter Runde. »Erheben wir uns zu einem Toast auf die Brauer von Yarra-Bier. Möge sich – irgend jemand immer an sie erinnern!«

Sie erhoben sich so hastig, daß sie gegen den Tisch stießen, und bevor sie auf das Wohl der Bierbrauer trinken konnten, mußte er erst saubergewischt und neues Bier bestellt werden.

Ein Gefühl der Kameradschaft durchströmte Killashandra, das sie in der Musikschule oft hatte beobachten können, ohne selbst daran teilzuhaben. Sie nahm an, daß es auf die besondere Gabe Rimbols zurückzufuhren war, aus jeder Zusammenkunft ein Fest zu machen, wenn er auch nur eine kleine Gelegenheit dazu bekam. Sie sagte wenig, lächelte viel und aß mit mehr Appetit, weil sie sich in so geselliger Runde befand.

Da sie mit dem Gesicht zum Verpflegungsbereich gewandt saß, konnte sie hochgestellte Gildemitglieder neben Sängern beobachten, die offensichtlich gerade aus den Ketten zurück waren, einige hager, vervös und verwirrt durch die Masse der Hungrigen. Andere fühlten sich durch den Lärm zwar offensichtlich genauso gestört, schienen aber in besserer Stimmung zu sein. Diejenigen, die nervös waren, hatten nicht genug Kristalle geschnitten, um Ballybran verlassen zu können, dachte Killashandra, während die, die entspannt aussahen, genug hatten. Man konnte sie sogar als lebhafte Gruppe bezeichnen, als dann Borella mit Olin und zwei anderen Sängern dazukam. Oder vielmehr ungebärdig und lärmend, dachte Killashandra, denn sie flüsterten untereinander und brachen in Lachen aus, während sie übertrieben verstohlen schweigende Gäste betrachteten.

Obwohl Rimbol mit Concera und Celee scherzte, hatte er Borellas Tisch bemerkt. »Merkst du?« sagte er leise zu Killashandra, »sie kennt keinen von uns mehr.«

»Ich weiß, Sie ist wieder in den Ketten gewesen, seit wir rekrutiert worden sind.« Killashandra wußte, daß sie Borella nicht entschuldigte, und sie brauchte es Rimbol nicht zu erklären.

»Ich weiß, ich weiß, aber das ist doch erst ein paar Monate her.« Rimbols blaue Augen verdunkelten sich vor Sorge. »Verlieren wir unser Gedächtnis so schnell?«

»Borella singt schon sehr lange, Rimbol.« Killashandra konnte auch sich selbst nicht beruhigen. »Hast du angefangen, deine Personalakte anzulegen? Gut. Auf diese Weise kannst du dir immer wieder ins Gedächtnis zurückrufen, was wichtig ist.«

»Ich überlege gerade, was für sie wohl wichtig ist.« Rimbol betrachtete Borella aus schmalen Augen.

»Während Passover von hier wegzukommen!« Selbst in ihren eigenen Ohren klang ihre Stimme scharf. Rimbol warf ihr einen überraschten Blick zu, dann lachte er. »Ich weiß es nur deshalb, weil ich gehört habe, wie sie sich darüber mit diesem Großen da, Olin, unterhalten hat.« Dann fügte sie etwas ruhiger hinzu: »Sag mal, hast du eigentlich noch mal was von Shillawn gehört?«

»Sicher. Wir treffen uns übrigens morgen hier. Kommst du auch?«

Killashandra begegnete Rimbols leicht herausforderndem Blick.

»Wenn ich frei bin. Ich soll ein paar Kristalle zum Trundimoux-System bringen. Da ich bereits Kristalle geschnitten habe, soll ich vom Passover besonders betroffen sein, also wollen sie mich von hier weg haben.«

»Es hat einmal eine Zeit gegeben, da habe ich gedacht, daß es mir nicht schwer fallen würde, mit dir Schritt zu halten, Killa.« Rimbol machte ein wehmütiges Gesicht.

»Was meinst du damit?« Killashandra war sich einer Welle unerwarteter Gefühle bewußt: Unruhe, Überraschung, Gereiztheit und das Gefühl, etwas verloren zu haben. Sie wollte nicht ihre Freundschaft mit Rimbol verlieren, und sie legte die Hand auf seinen Arm. »Vergiß nicht, wir sind Freunde. Klasse 895.«

»*Falls* wir es nicht vergessen.«

»Was ist los mit dir, Rimbol? Es war so schön mit euch.« Sie deutete auf die anderen, die lachten und sich angestrengt unterhielten und auf die Reste eines herzhaften Essen. »Ich habe nicht viel Gelegenheit mehr gehabt, mit euch zusammenzusein, weil ich erst diese verflixte Milekey-Transition hatte und dann mit diesem verrückten Moksoon in die Ketten mußte ...«

»Wo du schwarze Kristalle gefunden hast.«

Sie holte tief Luft, um eine scharfe Antwort auf Rimbols stillschweigenden Vorwurf zu unterdrücken.

»Wenn« – begann sie langsam und angespannt – »du selbst in den Ketten gewesen bist und nach Kristallen gesucht hast, wirst du selbst sehen, was ich jetzt einfach nicht beschreiben kann.« Sie stand auf; das zarte Band der

Kameradschaft war plötzlich zerrissen. »Grüße Shillawn von mir, falls du so nett bist, es nicht zu vergessen.«

Sie entschuldigte sich und stakte an einer überraschenden Concera vorbei, die versuchte, gegen Killashandras plötzlichen Aufbruch zu protestieren.

»Laß sie gehen, Concera. Sie hat Wichtigeres vor.«

Als sie rasch in den Hauptgang einbog, wäre Killashandra fast mit Trag zusammengestoßen, der gerade in den Speisebereich kam.

»Killashandra? Sehen Sie eigentlich nie auf das Rufdisplay?« Trag deutete auf die sich bewegende Zeile über dem Verpflegungsbereich, wo ihr Name zu lesen war. Trag ergriff sie am Arm und zog sie hastig zu den Lifts. »Das Trundimoux-Schiff liegt bei Shankill an. Wir haben das Shuttle extra für Sie aufgehalten.«

»Das Trundimoux-Schiff? Ich soll weg?« Killashandra blickte zurück auf den Tisch, den sie so abrupt verlassen hatte. Nur Concera sah in ihre Richtung. Sie winkte Killashandra aufmunternd.

»Sie haben um ihre letzte Sonne Zeit gewonnen und sind deshalb früher hier als erwartet, aber sie können nicht mehr lange warten, sonst verlieren sie ihren Schwung.«

»Ich brauche nur ein paar Sachen ...«

»Es wird auf der Basis ein Reisesack für Sie vorbereitet. Alles, was Sie sonst noch brauchen, Unterkunft und Auslagen werden von den Trudimoux übernommen. Wir haben jetzt keine Zeit zu verlieren.«

Killashandras Proteste vergingen. Ihre anfängliche Verwirrung machte rasch Verärgerung Platz. Sie würde jetzt nicht nur weggehen, ohne die Gelegenheit zu bekommen, sich vor Rimbol zu rechtfertigen, sie würde auch Lanzecki nicht mehr sehen. Oder hatte er diese hastige Abreise extra so inszeniert, um ihr keine Möglichkeit zu geben, ihn in Verlegenheit zu bringen. So verärgert, wie sie nach Rimbols Vorwürfen war, fiel es ihr nicht schwer, Lanzecki mit ins Spiel zu bringen.

Diese Milekey-Transition konnte man vielleicht als Segen ansehen, aber dieses bißchen »Glück« hatte sie von den wenigen Freunden entfremdet, die sie je gehabt hatte, sie verwundbar für Spekulationen gemacht und ließ immer wieder erbitterte und unhaltbare Zweifel in ihr aufkommen.

»Wir hatten nicht damit gerechnet, daß die Trundimoux schon so früh eintreffen würden«, erklärte Trag, »aber es ist vielleicht ganz günstig, da Passover kurz bevorsteht.« Er reichte ihr ein bedrucktes Stück Papier, während sie über diese rätselhafte Bemerkung nachdachte. »Antona hat gesagt, Sie sollten das durchlesen. Medizinische Ratschläge zur symbiotischen Anpassung und Stärkung, also sehen Sie es sich gut an. Die Kristalle sind bereits an Bord des Shuttles und im Sicherheitsraum des Frachtaufsehers verschlossen. Das hier ist Ihr Gildeausweis« – er reichte ihr ein dünnes Mäppchen, das aussah wie das, das Carrik bei sich gehabt hatte – »und das Gildeband«, das er ihr um das rechte Handgelenk legte. »Damit haben Sie Zugang zu den planetarischen Regierungsorganisationen, einschließlich des Rats der Föderierten Sentient-Planeten. Sie sind zwar ein langweiliger Haufen, und ich glaube nicht, daß dieser Auftrag zu einer Ratskonferenz führt, aber es ist immer gut, wenn man auf alles vorbereitet ist.«

Zugang zum Rat der Föderierten Sentient-Planeten? Killashandra konnte sich nicht vorstellen, daß Trag mit einem solchen Privileg Witze machte. Der Reiz eines solchen Privilegs und die Überraschung halfen ihr etwas aus ihrer deprimierten Stimmung.

Sie hatten die Hangarebene erreicht, und Trags Hand unter ihrem Arm schob sie mit raschem Schritt auf das wartende Shuttle zu. An der Rampe winkte ihnen der Prisenoffizier heftig, daß sie sich beeilen sollten. Trag beschleunigte seinen Schritt, und jeder Zoll von Killashandra wollte sich dagegen wehren, als sie sich auf der riesigen Hangarfläche nach einer Spur von Lanzecki umsah.

»Beeilung! Beeilung!« rief der Prisenoffizier. »Nachzügler können das nächste Shuttle morgen nehmen!«

»Ruhig!« wandte sich Trag an Killashandra, während er sie auf den Fuß der Rampe zog. »Der Gildemeister hat beträchtliches Vertrauen in Ihre Fähigkeiten, und ich glaube, nicht zu Unrecht. Lanzecki wünscht Ihnen eine gute Reise und eine sichere Rückkehr! Vergessen Sie das nicht!«

Mit diesen Worten drehte sich Trag herum und ließ Killashandra stehen. Sie starrte ihm nach, und seine letzten Worte klangen ihr noch in den Ohren.

»Ich kann die Rampe *nicht* schließen, wenn Sie draufstehen«, rief der Prisenoffizier verdrießlich.

Killashandra war so verwirrt, daß sie augenblicklich gehorchte und in das Shuttle eilte. Die Rampe wurde eingezogen, und die Tür des Shuttles verschloß mit einem schwerfälligen Wusch und Zischen die Öffnung.

»Stehen Sie hier nicht herum. Setzen Sie sich.« Der Prisenoffizier versetzte Killashandra einen kleinen Stoß in Richtung des hinteren Teils des Shuttles.

Automatisch nahm sie Platz und schnallte sich an, ihre Ausweismappe und Antonas Instruktionen in beiden Händen, die auf ihren Oberschenkeln lagen. Sie entspannte sich und überließ ihren Körper der Bewegung des Bootes, als es sich auf Luftkissen erhob und aus dem Hangar glitt. Da sie kein Fenster hatte, kam es ihr wie eine Ewigkeit vor, bevor sie den Energiestoß spürte, als der Kristallantrieb eingeschaltet wurde. Das Shuttle startete, und sie wurde zurück in die Polster ihres Sitzes gedrückt. Sie begrüßte den Druck als eine Ursache für leichtes Unbehagen; sie wünschte sich, daß der Zug der Schwerkraft, der Fleisch und Muskeln gegen das Widerstand leistende Skelett preßte, auch unerwünschte Gedanken aus dem Kopf pressen würde.

Dann war das Shuttle von Ballybrans Anziehung frei, und die Erleichterung der Schwerelosigkeit wurde begleitet von der Rückkehr des gesunden Verstandes, der Ordnung in Killashandras Gedankenchaos brachte. Sie hatte in eine persönliche Tragödie zwei Zwischenfälle eingebaut, die in überhaupt keinem Zusammenhang miteinander standen: Rimbols merkwürdig aggressive Haltung während eines sonst geselligen Beisammenseins, bei dem sie sich besonders entspannt gefühlt hatte, und die Tatsache, daß Lanzecki sie anscheinend einfach abgeschoben hatte. Diese beiden Punkte hatte sie mit ihrer Neigung, zu dramatisieren und einem unterbewußten Schuldgefühl wegen ihrer leichten Transition, dem Zwischenfall mit Keborgen, Lanzeckis unerwarteter Freundschaft, ihrer ersten überanstrengenden Tour in die Ketten und der Sensitivität vor Passover in einen Topf geworfen.

So. Tief durchatmen und logisch überlegen. Rimbol spürte diese Sensitivität vor Passover genau wie sie. Und dann war sie nicht nur von Trag persönlich zum Shuttle begleitet worden, er hatte ihr auch drei verschiedene Botschaften übermittelt: Der Gildemeister hatte Vertrauen zu ihr. Und, überraschenderweise, auch Trag, der, wie Killashandra wußte, schwerer zufriedenzustellen war als jeder andere Lehrer, den sie gehabt hatte. Und Lanzecki wünschte ihr eine gute Reise und eine sichere Rückkehr.

Killashandra lächelte vor sich hin und begann, sich zu entspannen. Die unausgesprochene Bedeutung dieses Wunsches beruhigte sie, so daß sie in der übereilten Abreise jetzt nicht mehr als nur einen Zufall sah. Und bisher hatte sie eher auf der glücklichen Seite des Zufalls gestanden. Von dem Augenblick an, als die Sortierer ihre Klasse dazu herangezogen hatten, damit sie ihnen half und Enthor sie gewählt hatte; ihre Sensitivität gegenüber schwarzen Kristallen; eine Milekey-Transition, die laut Antona nicht vorherzusagen gewesen war. Das Glück war auch auf Killashandras Seite gewesen, als sie mit dem Bergungsteam hinaus zu Keborgens Absturzstelle geflogen war. Sicher, es waren logische Schlußfolgerungen und Fakten gewesen, die ihr geholfen hatten, Keborgens Flugroute herauszufinden. Daß man sie vorzeitig in die Ketten gelassen hatte, hatte sie Lanzecki beziehungsweise dem Bedürfnis der Gilde zu verdanken, Keborgens Claim weiter ausbeuten zu können. Aber es hätte auch sein können, daß sie das Claim nicht gefunden hätte, daß sie sich von den frischen Farben hätte abhalten lassen. Sie überlegte, wieweit sich die Passover-Stürme wohl auf Farbe auswirkten.

Dann fiel ihr Antonas Botschaft ein; nachdem sie den Gildeausweis in einer Hüfttasche verstaut hatte, nahm sie sich den bedruckten Bogen vor.

Antona hatte alle Nahrungsmittel herausgesucht, die im

Trundimoux-System zur Verfügung standen, und die aufgeführt, die Killashandras Bedürfnissen am besten entsprachen. Die Liste war beunruhigend kurz. Antona erinnerte die neue Sängerin daran, daß das Hungergefühl nachlassen würde, aber daß sie auch mit beträchtlicher Müdigkeit rechnen mußte, wenn der Passover-Punkt erreicht war. Dieser Effekt tauchte am häufigsten dann auf, wenn sich Symbiont und Wirt aufeinander einstellten. Antona riet ihr, die Installierungen so schnell wie möglich hinter sich zu bringen und nannte ihr ein mildes Stimulans, das ihr gegen Lethargie half. Zuletzt gab ihr Antona noch den Rat, nicht eher nach Ballybran zurückzukehren, bis Passover vorbei war, und je weiter sie vom System weg bliebe, desto besser.

Die Mitteilung, die mit Stimmdrucker geschrieben war, klang fröhlich wie Antona, und Killashandra war mehr als dankbar für die Aufmerksamkeit der Ärztin, die sie daran hatte denken lassen. Nachdem sie jetzt etwas beruhigt war, ging sie im Geiste noch einmal den Installierungsvorgang durch, den sie mit Trag eingeübt hatte. Sowohl er wie auch Lanzecki hatten Vertrauen zu ihr. So sei es.

Der Retroantrieb und die schwankende Fallbewegung des Shuttles kündigte an, daß es die Basisdocks anmanövrierte. Killashandra fühlte den Ruck, als das Manöver gelungen war.

»Schrecklich!« hörte Killashandra plötzlich eine bekannte Stimme mehrere Reihen weiter vorn sagen.

»Zweifellos einer deiner Rekruten, der sich ein bißchen aufspielen will«, folgte die schleppende Stimme von Olin.

Sie mußte wirklich völlig daneben gewesen sein, dachte Killashandra, wenn sie Borella und ihren Begleiter nicht bemerkt hatte, als sie in das Shuttle gestiegen war. Sie hatte sich gerade losgeschnallt, als sie zu ihrer Überraschung hörte, wie ihr eigener Name von Borellas unverwechselbar verächtlicher Stimme genannt wurde.

»Killashandra Ree? Woher soll denn ich wissen, ob sie an Bord ist oder nicht? Ich kenne sie schließlich nicht.«

Die kalkulierte Gleichgültigkeit auf eine wohl höfliche Frage brachte Killashandra in Wut. Kein Wunder, daß Kristallsänger einen derart schlechten Ruf hatten.

Sie ging zur Shuttletür, blieb aber abrupt stehen, als ihre gesteigerte Sehkraft von den beiden Männern in schreienden Uniformen attackiert wurde, die auf einer Seite der Docköffnung standen. Auf der Brust jedes Mannes befand sich, verziert mit auffallenden, irisierenden und disharmonischen Farben ein stilisiertes Symbol, ein Planet und zwei Monde, die von drei wirbelnden Asteroidengürteln umgeben waren. Die Bewegung, überlegte Killashandra, als sie für einen Augenblick die Augen schloß, mußte auf die normale Atmung der Männer und irgendeine besondere Eigenschaft des Materials zurückzuführen sein.

»Ich bin Killashandra Ree«, stellte sie sich höflich vor, aber sie konnte fast Borellas knappe, arrogante Haltung verstehen. Für das sensitivere Auge eines veränderten Menschen war die Uniform der Trundimoux praktisch unerträglich.

»Star Captain Francu von der Trundimoux-Flotte, zu Ihren Diensten, Gildemitglied Ree.« Mit einer steifen Geste stellte er seinen Begleiter vor. »Senior Lieutenant Maschinist Tallaf.«

Indem sie die Augen zusammenkniff, konnte Killashandra die grellen Farben ausfiltern und sehen, daß sie zwei sehr attraktive Männer vor sich hatte, schlank, wie die meisten Raumfahrer und, genauso offensichtlich, verlegen. Nervös?

Der Shuttlepilot, dessen salopper Overall einen auffälligen Gegensatz zu den Uniformen der Trundimoux-Offiziere bildete, tauchte aus der Schleuse auf.

»Sie sind vom Trundy-Schiff? Die Ladung wird auf dem unteren Deck ausgeladen.«

Killashandra merkte, wie Captain Francu bei dem Spitznamen leicht zusammenzuckte; der Lieutenant war offensichtlich amüsiert.

»Senior Lieutenant Frachtaufseher Pendel kümmert sich um diese Angelegenheit, Captain ...«

»Senior Captain Amon, Francu. Ich hoffe, Pendel ist genau über die Kristalle informiert worden?«

Francu versteifte sich.

»Wo liegt ihr Schiff?« fuhr Amon mit einem Blick auf sein Armgerät fort.

»Unser Kreuzer« – und Francu betonte die Schiffsbezeichnung auf eine so wichtigtuerische Art und Weise, daß Killashandra das unbestimmte Gefühl bekam, daß ihre Reisebegleitung sehr langweilig war – »befindet sich auf einer Hyperbel.«

»Ach, dann hat Ihr System also schon die 78er«, gab Amon mit einer derart herzlichen Herablassung zurück, daß Killashandra fast laut gelacht hätte. Die beiden Offiziere tauschten überraschte Blicke aus. »Na ja, mit einem ihrer alten 59er wären Sie auch kaum so schnell hier gewesen. Ein ganz schönes Kompliment für Sie, Killa, daß sie Ihnen ihren neuesten Kahn geschickt haben.«

Soweit sie wußte, war Killashandra Amon noch nicht begegnet, aber sie übersah nicht das leise Zwinkern, mit dem er die verkürzte Form ihres Namens begleitete.

»Ich glaube, das Kompliment geht nicht an mich, Amon« – und sie schenkte den Offizieren ein verstehendes Lächeln – »sondern an die schwarzen Kristalle.«

»Ihr Trundies habt wirklich Glück, daß ihr das Quintett bekommen habt«, fuhr Amon fort; auch ihm war Francus mißbilligende Reaktion auf den Spitznamen nicht entgangen.

»Immerhin hat die FSP den Auftrag für das Trundimoux-System für besonders dringlich erklärt«, warf Killashandra diplomatisch ein. Auch wenn es Amon Spaß machen mochte, sich mit Francu anzulegen, war sie immerhin diejenige, die mit dem Mann zusammen reisen mußte.

»Das ist richtig.« Amon lächelte leutselig. »So, Killa, da wären nur noch ein paar Details ...«, und er begann, sie in Richtung des Gildeausgangs zu manövrieren.

»Captain Amon, man hat uns zugesichert, daß wir sofort starten könnten, wenn die Gilde ...« Ein Geräusch kam aus Francus Armgerät. »Ja? Sind sie? Verladen? Wir werden in einem Moment im Beiboot sein ...«

»Tut mir leid, aber Killashandra muß sich erst bei der Verwaltung von Shankill abmelden, Captain. Wenn Sie eben solange am – an welchem Ausgang liegt Ihr Boot?«

»Ebene 4, Ausgang 18.« Francu gab Amon die Auskunft mit einer Mischung aus Ärger und Besorgnis. »Wir *sind* auf der Hyperbolen.«

»Es dauert nicht lange.«

Amon schob sie durch den Gildeausgang, während Killashandra den beiden sprachlosen Offizieren noch einmal beruhigend zulächelte.

»Was soll der ganze Unsinn?« wollte sie wissen und befreite sich aus Amons Griff, als sich die Tür hinter ihnen schloß. »Wenn sie auf einer Hyperbolen sind, dann bleibt uns nur ein gewisser Zeitraum, um ihren Kreuzer einzuholen.«

»Hier her!« Er schnappte sich ihre Hand und zog sie in einen Nebenraum. Die Essensdüfte, die ihr entgegenströmten, weckten augenblicklich ihren Appetit. Sie stöhnte.

»Essen Sie!« ermunterte Amon sie. »Sie müssen sich Ihren Bauch so vollstopfen wie Sie können.« Er schob ihr ein paar Stücke Pfefferfrucht in den Mund. »Solange sich der Kreuzer auf interplanetarischem Kurs befindet, werden Sie keine Gelegenheit bekommen, etwas zu essen. Diese 78er sind nicht mit solchen Luxusdingen wie Verpflegungsapparaten ausgestattet, und die Messe wird während des Beschleunigungsvorgangs geschlossen sein. Sie würden vor Hunger sterben. Ich habe eine Tasche mit dem Notwendigsten vom Schiff zusammenstellen lassen. Ich weiß zwar, daß die Trundies Frauen an Bord haben, aber es paßt nicht für einen Sänger, ihre Uniformen zu tragen. Außerdem könnten Sie nicht mehr aus den Augen sehen. In der Tasche sind Linsen, die die Farbintensität auf die erträgliche Stufe filtern.« Amon rasselte den Inhalt der Taschen herunter, während er die einzelnen Gegenstände überprüfte. »Keine große Abwechslung an Kleidern, aber gute Qualität. Ich werde auch noch was zu essen dazulegen. Wir müssen uns wirklich beeilen, wenn sie auf einer Hyperbel sind. Hmm, sie müssen sich verflixt gut stehen, wenn sie sich einen 78er leisten können.«

Er pfiff. »Ich habe gesehen, wie groß das Beiboot ist, mit dem sie hergekommen sind. Trotzdem, wenn sie ein Geschäft mit der Gilde gemacht haben, dann weiß ich, wer dabei der Gewinner ist. Hier, versuchen Sie mal dieses Nußfleisch. Ich habe gehört, Sie haben eine Vorliebe für Yarra-Bier. Spülen Sie das Fleisch mit einem kräftigen Schluck runter. Gut. So, und jetzt noch einen guten Rat. Spielen Sie vor diesen Hinterwäldlern von Kopf bis Fuß die Kristallsängerin. Dieser Captain ist ein unangenehmer Zeitgenosse; ich habe schon genug von seiner Sorte gesehen, um es beurteilen zu können. Essen Sie! Ich kann sie nicht viel länger aufhalten.« Er packte die restlichen, noch vollen Teller ein und verstaute sie in der kleinen Tasche. Sein Armgerät piepte. »Ja? Ja ich weiß. Bloße Formalitäten? Unsinn, sie war völlig ausgehungert. Passover steht bevor, und Sie wissen doch, wie es auf den Kreuzern aussieht. Wir sind sofort unterwegs.« Amon schlang ihr die Tasche über die Schulter und nahm eine Schale mit knusprig gebratenen Vierecken in die eine und einen anderen Teller sowie ihr Bier in die andere Hand. »Sie können weiteressen, während wir zum Boot gehen, aber Francu macht der Verwaltung die Hölle heiß wegen der Verzögerung. Ach, da fällt mir gerade ein: Hat Sie jemand vorgewarnt, daß Ihnen unterwegs die Augen zufallen könnten?« Amon dirigierte sie den Korridor hinunter zu den peripheren Lifts.

»Antona hat erwähnt, daß ich müde werden würde. Ich habe entsprechende Anweisungen und ein Stimulans.«

»Ich habe Ihnen einen Streifen mit rosa Tabletten in Ihre Tasche gesteckt. Mensch! Und Sie sind gerade erst in den Ketten gewesen. Es ist wirklich nicht fair Ihnen gegenüber, wissen Sie.«

»Trag hat mir die Installierung gezeigt.«

»*Trag?* Ach ja, Lanzeckis Schatten.« Amon schien beeindruckt. »Es ist eigentlich weniger, was Sie tun müssen, als wo und womit. Die Trundies sind wirklich verdammt nicht einfach. So, da wären wir. Holen Sie noch mal tief Luft. Mädchen, und dann ab auf die Bühne in Ihrer Rolle als Mitglied der Heptitengilde. Viel Glück!«

Amon nahm ihr hastig den Teller aus der Hand, als sie vor der Tür stand, bedeutete ihr, sich den Mund abzuwischen, und dann glitt die Tür auf.

Killashandra blinzelte, denn die schreienden Farben

ihrer aus sechs Mann bestehenden Eskorte, die sie steif erwartete, blendeten sie fast. Die Hast, mit der man sie dann in das Beiboot trieb, war kennzeichnend für die Spannung, die sie in der Atmosphäre fühlte. Sie hatte kaum Zeit, sich leise bei Amon zu bedanken, als sich auch schon die Schleuse des Bootes schloß. Killashandra wäre fast über den Kristallbehälter gestolpert, der mit Kreuzbändern in der Mitte des schmalen Gangs befestigt war. Sie sah das vertraute Zwölfeck der Gilde und das erstaunlich große Symbol der Trundimoux. Selbst der Stempel strahlte aggressive Farben aus. Der Captain wies ihr den Platz zu, auf den sie sich setzen sollte, und der Lieutenant überprüfte ihren Sitzgurt.

Zu ihrer Überraschung übernahm der Captain persönlich den Kontrollsessel, während sich Tallaf auf den traditionellen Platz des Zweiten links von ihm setzte. Die Startformalitäten mit der Shankill-Verwaltung wurden erledigt, dann wurde das Boot von der Schleuse gelöst, an der es anlag.

Francu war bestimmt ein fähiger Pilot, aber Killashandra hatte das bestimmte Gefühl, daß Kreuzerkapitäne selten so primitive Beiboote von Mondbasen startete. Oder machten die Trundies das immer so? Sie durfte sich NICHT angewöhnen, sie bei ihrem Spitznamen zu nennen.

Da das Boot mit Außenvideokameras ausgerüstet war, konnte Killashandra die imposanten Anblicke von Ballybran, dem kleineren Shilmore und der verwirrenden Anzahl kleiner und großer Handelsschiffe bewundern, die an den Schleusen das Basis oder in in synchronen Orbits lagen. Wahrscheinlich versuchten alle, vor Passover noch alles an Kristallen einzuladen, was zu bekommen war. Sie überlegte, ob Andurs Schiff auch dabei war, aber während sich das Boot seinen Weg durch den Raumverkehr bahnte, konnte sie keine Spur von der *Rag Delta Blue Swan* entdekken.

Der Kreuzer war bereits früh auf dem kurzen Flug zu sehen. Er wurde auf seiner Längsachse vom Planeten bestrahlt, was ihn größer aussehen ließ. Sie hatte halb erwartet, daß er in verrückten Mustern angemalt war, aber die Hülle wies die für den Raum übliche orange Farbe auf.

Die Beiboote, die an ihm hingen, waren vielfach ausgebessert und zerbeult. Sie konnte nicht die Vorwärtsbewegung des Kreuzers einschätzen, während das Beiboot seine Geschwindigkeit für den Kontakt anpaßte, aber er hatte dieses unvermeidliche und unerbittliche *militärische* Aussehen – »Ich gehe in diese Richtung, und nichts kann mich aufhalten.« Was, überlegte Killashandra, nur normal war, da sich das Schiff auf einer hyperbolischen Flugbahn befand und sich der Gravitationsanziehung der Sonnen oder Planeten bediente, die es ablenkten.

Der Captain legte sauber in das Dock des Kreuzers an, und einen Augenblick später schlug die Luftschleuse sanft gegen die Hülle an. Die Besatzungsmitglieder sprangen auf. Der Captain, dem Tallaf auf dem Fuß folgte, blieb abrupt bei Killashandras Platz stehen. Ihr wurde bewußt, daß sie die Landeroutine aufhielt, und hastig löste sie ihren Gurt.

Mit einem Zischen schwang die Luke auf, und ein unvorstellbar hohes Heulen fuhr durch ihren Schädel. Das Geräusch verstummte so schnell wieder, wie es begonnen hatte. Draußen bildeten zwei Reihen steif stillstehender Männer einen Gang vom Beiboot zu einer größeren Luke. Dort erwarteten sie weitere Offiziere, von denen zwei ihrer Formen nach weiblich sein mußten.

Hinter ihr vernahm sie ein schnappendes und schnarrendes Geräusch, und aus den Augenwinkeln heraus konnte Killashandra sehen, wie die Besatzung den Kristallbehälter hochhob. Erneut überkam sie ein ungutes Gefühl angesichts dieses Auftrags. Auch wenn es lebenswichtig für sie sein mochte, daß sie während Passover nicht auf Ballybran war, ob dieses Theater und formelle Getue aber die richtige Umgebung war?

Sie holte tief Luft und schritt erhobenen Hauptes und mit der Würde einer regierenden Königin aus früheren Zeiten auf das Deck des Kreuzers.

Die beiden weiblichen Unteroffiziere, Tic und Tac, denn sie sollten es nie schaffen, ihre richtigen Namen über ein unverständliches Gemurmel hinaus herauszubringen, brachten sie in ihr Quartier, gegen das ihr Studentenkämmerchen in der Musikschule geräumig war. Dabei mußte sie allerdings berücksichtigen, sagte sie sich resolut, während die beiden Frauen ihr die geniale Anlage der Kabine zeigten, daß sie von Ballybran her verwöhnt war. Diese enge Unterkunft würde ihren Eigendünkel auf ein handliches Maß reduzieren. Tic und Tac demonstrierten ihr, wie man die Koje in einen Tisch verwandeln konnte, wo der Wasserkrug – einer pro Kabine – aufbewahrt wurde, die Tür, hinter der sich der Drei-D befand und den Bibliothekscode des Schiffs; sie erinnerten sie fünfmal daran, mit dem Wasser sparsam umzugehen. Eine Toilette war raffiniert versteckt, aber dem chemischen Geruch nach leicht zu entdecken.

Das Kristallsummen, das in die Kabine drang, gab Killashandra die Gelegenheit, einzuwerfen, daß die beiden Frauen doch sicher jetzt ihren Aufgaben nachgehen müßten. Sie wollte die Linsen auf ihre schmerzenden Augen legen, um den Farbaufstand um sie herum zu dämpfen. Außerdem konnte sie, wenn auch nicht die beiden Offiziere, in der Enge des Raums die Gerüche der Reste ihres Essens wahrnehmen, und sie hatte nicht die Absicht, zu teilen. Die paar Happen, die sie sich auf Shankill hatte hereinstopfen können, hatten ihren Appetit nur noch weiter angeregt.

Ein weiteres schrilles Geräusch veranlaßte Tic und Tac, sich mit dem Versprechen zurückzuziehen, wiederzukommen und ihr jeden Wunsch zu erfüllen, sobald der volle Antrieb erreicht war.

Die Kabinentür zu schließen und die Koje mit einem Tritt herunterzuholen, war in ihrer neuen Unterkunft gleichzeitig möglich. Während Killashandra das Bedürfnis ihres Symbionten stillte, las sie sich die Anweisungen zu den Linsen durch und unterbrach ihr Essen gerade lange genug, um sie auf ihre Iris zu legen. Die gräßlichen Farben der Kabine wurden in einen milden Ton gefiltert. Und Ballybran war ihr zuerst so düster vorgekommen! Sie beendete die Mahlzeit, die ihr Amon eingepackt hatte und versuchte dann, auszurechnen, wie lange es dauern würde, bis sie wieder etwas zu essen bekam.

Sie fühlte, wie der Antrieb packte, aber die Kristalle waren gut gestimmt und verursachten keine Schmerzen bei ihr. In diesem Stadium der Reise konnte sie nichts weiter tun, als es sich auf der schmalen Koje so bequem wie möglich zu machen und schlief ein.

Ein neues ohrenbetäubendes Heulen ließ sie aufrecht aus ihrem Bett hochfahren. Mit einem Schlag war sie hellwach. Ob es nicht irgendeine Möglichkeit gab, wie sie ihre Kabine gegen diesen schrecklichen Lärm abschirmen konnte?

»Reisegeschwindigkeit erreicht. Ab jetzt gilt Flugroutine! Alle Offiziere in die Messe. Gibt uns das Gildemitglied Killashandra Ree die Ehre, sich anzuschließen?«

Sie würde auch irgend etwas unternehmen müssen, daß sie von solchen generellen Instruktionen verschont blieb.

»Gildemitglied Ree? Hören Sie?«

»Ja, ja natürlich«, erwiderte das Gildemitglied, wobei Killashandra hastig den altmodischen Hebel herunterdrückte, der in Augenhöhe neben ihrer Koje angebracht war. »Es ist mir eine Ehre, an der Offiziersmesse teilzunehmen.«

Sie leerte die Reisetasche auf dem Bett und ging die Tunikas und Kaftans durch, wobei sie auch die Pillen fand, von denen Amon gesprochen hatte und sie sicherheitshalber in der Armtasche ihres Overalls verstaute. Dann schlüpfte sie in den feineren Kaftan und überlegte gerade, wo die Offiziersmesse auf einem 78er liegen mochte, als sie ein kurzes Klopfen an ihrer Tür hörte und sofort darauf Tic oder Tac eintrat.

»Intimsphäre, Unteroffizier, Intimsphäre. Öffnen Sie nie meine Tür, bevor ich nicht geantwortet habe.«

»Aye, aye, Ma'am, tut mir leid, Ma'am, ich meine ...« Das Mädchen war bei Killashandras strengem Ton zurückgewichen.

»Hat diese Kabine denn kein Privat-Licht?« Weder als Fuertaner noch als Gildemitglied konnte Killashandra es mit Gleichmut hinnehmen, wenn jemand so einfach in ihre Kabine kam.

»Kein Licht, Ma'am. Das hier ist ein offizielles Schiff.« Der Unteroffizier betrachtete sie mit ängstlicher Bestürzung.

»Ja, des Trundimoux-Systems. Aber ich gehöre zu der Heptitengilde und erwarte Rücksichtnahme auf meine Intimsphäre wo immer ich bin.«

»Ich werde es weitergeben, Ma'am. Keiner von uns wird es vergessen.«

Das bezweifelte Killashandra nicht, aber sie mußte sehen, daß die Offiziere ihr den gleichen Respekt entgegenbrachten. Francu stellte keine Gefahr dar, aber Tallaf ... Als Killashandra Tic zur Offiziersmesse folgte, beschloß sie, sich einen Deckplan von der Bibliothek zu besorgen, sobald sie die Gelegenheit dazu bekam. Der Kreuzer wurde offensichtlich für die Bedürfnisse der Trundimoux unterwegs neu ausgerüstet, denn Arbeitstrupps waren in verschiedenen Korridoren und auf verschiedenen Decks an der Arbeit. Sie alle brachen mit der Arbeit ab, um sie zu mustern, als sie an ihnen vorbeikam. Die Offiziersmesse hätte ein ansehnlicher Raum sein können, aber war nur dürftig möbliert, und an den Wänden hingen Diagramme und Aufzeichnungen, die darauf schließen ließen, daß er einem doppelten Zweck diente. Francu stellte sie formell den zahlreichen Offizieren vor, von denen sich einige sofort wieder entschuldigten, weil sie Wachdienst hatten. Die Zurückbleibenden bekamen einen winzigen Becher mit minderwertigem Wein, worauf der Captain sie aufforderte, am Messetisch Platz zu nehmen.

In Killashandras Augen entartete die Zusammenkunft sehr schnell zu einer mehr als schlechten komischen Oper, in der niemand seine Rolle gelernt hatte oder sein Stichwort kannte. Franco und sein Stellvertreter wären nie über die Eingangsprüfung hinausgekommen. Die übrigen Flugdeckoffiziere schienen sich darin abzuwechseln, ihr herkömmliche dumme Fragen zu stellen, auf die sie, empört, unverschämte und widersprüchliche Antworten gab. Nur Tallaf, der am gegenüberliegenden Tischende saß, schien Humor zu besitzen. Der Frachtaufseher, der ebenfalls viel zu weit von ihr weg saß, war der einzige Extraplanetarier. Da er genauso gelangweilt aussah wie sie war, nahm sie sich vor, sich so bald wie möglich einmal mit ihm zu unterhalten.

Das Essen, das serviert wurde, war entsetzlich, obwohl

es, dem Appetit der jungen Offiziere nach zu urteilen, ein Festmahl sein mußte. Killashandra konnte nichts finden, auf dem Tisch, das einem der auf Antonas Liste aufgeführten Gerichte entsprochen hätte, und so kaute und schluckte sie mit großen Schwierigkeiten das wenig ansprechende Zeug.

Das Essen endete damit, daß plötzlich alle aufsprangen und ihre Widmung den weiteren Zielen des Trundimoux-Systems erklärten, gegen alle natürlichen Hindernisse und Phänomene.

Killashandra schaffte es, ihre Miene während dieses unerwarteten Ausbruchs unbewegt zu halten, besonders als ihr bewußt wurde, daß die jüngeren Unteroffiziere emotional hinter ihrer Aussage standen. Wenn man berücksichtigte, daß das System sich nicht nur eine 78er, sondern auch fünf schwarze Kristalle leisten konnte, mußte ein solcher unentwegter Arbeitseifer doch etwas für sich haben. Auch die Gilde ermunterte ihre Mitglieder, aber nicht auf selbstlose, sondern selbstsüchtige Ziele hin. Nun, die Resultate des Trundimoux-Systems waren sehr gut, aber es war die Gilde, die ihnen ihren wertvollsten Kauf ermöglichte.

Der Tisch wurde rasch vom Messepersonal abgeräumt, und da Killashandra sonst nichts zu tun hatte, sah sie ihnen zu. Ihr fiel nichts ein, was sie in die Stille hätte hinein sagen können, und die Aussicht auf weitere solcher Abende entsetzte sie.

»Möchten Sie vielleicht etwas trinken, Gildemitglied?« fragte der Frachtaufseher, der neben ihr aufgetaucht war.

»Hmmm, ja, ein Yarra-Bier würde der krönende Abschluß dieses Essens sein«, entgegnete sie mit deutlicher Ironie, denn Bier würde es wahrscheinlich eher wieder hochbringen.

Zu ihrer größten Überraschung lächelte der Frachtaufseher sie strahlend an.

»*Sie*« – und die Betonung, mit der er dieses Wort aussprach, implizierte, daß sie die letzte Person in der Galaxis war, bei der er einen solchen Geschmack vermutet hätte – »mögen Yarra-Bier?«

»Ja, es ist mein Lieblingsgetränk. Kennen Sie es?«

»Natürlich kenne ich es.« Sein leises, vergnügtes Lachen schloß die Umstehenden ein. »Ich bin Yarraner. Mein Name ist Pendel, Ma'am. Sie bekommen einen Becher von meinem eigenen Faß!« Er winkte einem der Messeleute, machte eine Bewegung, als würde er vorsichtig Bier in einen Becher gießen und hob zwei Finger hoch.

»Gildemitglied«, mischte sich der Captain ein, »wir haben auch Wein ...«

»Die Heptitengilde, Captain Francu, hat tatsächlich eine Vorliebe für Yarra-Bier.« Sie wußte, daß sie den Mann damit aufbrachte, aber sie konnte sich nicht zurückhalten. »Wenn ich Ihnen damit nichts wegnehme, Frachtaufseher ...«

»Mir etwas wegnehmen?« Lieutenant Frachtaufseher Pendel amüsierte ihre Bemerkung ungeheuer. Killashandra entging auch nicht der schnelle Blick, den er Francu zuwarf oder Francus Mißfallen. »Ganz und gar nicht. Es ist mir ein Vergnügen, bestimmt. Ich sage ihnen immer wieder, wie wohltuend ein gutes Yarra-Bier ist, viel besser als ein gewöhnliches, weil sich terranischer Hopfen und Malz gut an unseren Boden angepaßt hat, aber jeder nach seinem Geschmack, sage ich immer.«

Die Becher wurden serviert, und Francus Mißfallen wurde noch größer, als Killashandra mit offenkundiger Begeisterung trank, auch wenn das Bier etwas schal schmeckte und sie überlegte, wie lange es wohl schon in Pendels Faß sein mochte. Vielleicht übertrafen die Bierbrauer der Gilde auch Yarras eigene.

Pendel plauderte mit ihr über verschiedene Biersorten von verschiedenen Planeten. Killashandra war erleichtert, wenigstens eine Person unter den ganzen Trundy-Gürteltypen zu finden, die herumgekommen war. Solange sie bei dem Thema Essen und Trinken blieben, konnte Killashandra bei Pendel den Eindruck erwecken, daß sie selbst auch weit herumgekommen war.

»Erinnern Sie sich noch an viele Dinge auf Yarra?« wollte er wissen, während er eine neue Runde Bier bestellte.

Die Formulierung dieser Frage erschreckte Killashandra,

obwohl sie nicht sagen konnte, warum, da sie in Pendels Verhalten keine Drohung erkennen konnte.

»Von allen Planeten, die ich besucht habe, hat Yarra das beste Bier und die nettesten Bewohner. Ich frage mich, ob zwischen beidem ein Zusammenhang besteht. Sind Sie schon lange von Yarra weg?«

»Zu lange und doch nicht lange genug.« Das vergnügte Gesicht des Yarraners wurde lang und traurig. Er seufzte tief, nahm den neuen Becher und trank langsam einen Schluck. Killashandra fragte sich, wie der Mann nach einem schalen Bier Heimweh bekommen konnte. »Aber es war ja meine eigene Entscheidung, und wir Yarraner machen das beste aus allem, und alles vom Besten.«

Unerwartet ertönte der schrille Summer, der den Wachwechsel ankündigte, durch den Raum, und Killashandra nutzte die Gelegenheit, sich zurückzuziehen.

Tac, denn sie hatte gesehen, wie Tic mit der wachhabenden Mannschaft die Messe verlassen hatte, führte Killashandra durch den Irrgarten von Kajütstreppen zurück zu ihrer Kabine. Nachdem sie aus ihrem Kaftan geschlüpft war, fragte sie sich, wie sie das hier sechs Tage lang aushalten sollte. Und wie sollte sie ihren Symbionten mit diesem Zeug, das hier als Essen serviert wurde, stärken? Sie dachte noch, daß schales Yarra-Bier eine einschläferndere Wirkung hatte als das normale, als sie auch schon eingeschlafen war.

Am nächsten Morgen fiel ihr plötzlich ein, daß Pendel, wenn er schon Yarra-Bier in seinem Privatvorrat hatte, dort auch vielleicht noch andere gute Dinge hatte, also bat sie Tic, die jetzt Dienst hatte, sie zum Büro des Frachtaufsehers zu bringen. Sie fühlte die Kristalle, als sie an einer verschlossenen und verriegelten Luke vorbeikam und mußte über die überflüssigen Vorsichtsmaßnahmen grinsen. Wer sollte im Raum schon Kristalle stehlen? Oder hatten die Trundies Angst, die Kristalle könnten den Unvorsichtigen bestricken? Sie erlebte eine neue Überraschung, als Tic, nachdem sie kurz an die Tür geklopft hatte, sie einfach aufzog und eintrat. Wahrscheinlich hatten Yarraner nichts gegen gelegentliche Eingriffe in ihre Intimsphäre. Pendel war aufgestanden und begrüßte sie herzlich in seiner Kabine, die kaum größer war als ihre eigene. Alle drei mußten dicht nebeneinander stehen, wenn sie neben den Kojentisch passen wollten. Auf der Ablage entdeckte Killashandra allerdings einen Korb mit Obst und einen halbvollen Becher Yarra-Bier.

»Wie kann ich Ihnen behilflich sein?« fragte Pendel, während er Tic mit einem Lächeln bedeutete, hinauszugehen und die Tür hinter ihr schloß.

Killashandra gab ihm die Liste mit Antonas Speiseplanvorschlag und erklärte ihm ihr Dilemma.

»Ah ja, ich kann Ihnen das und noch mehr besorgen. Was die da essen« – er winkte mit der Hand in die generelle Richtung der Kontrollsektion mittschiffs – »mag ja gut genug sein, wenn man nichts Besseres gewöhnt ist. Aber Sie, Gildemitglied ...«

»Killashandra, bitte ...«

»Ja? Also, danke, Killashandra. Sie sind an das Beste gewöhnt, das die Galaxis zu bieten hat ...«

»Solange ich das bekommen kann, was ich nach meinem Speiseplan haben muß« – Killashandra deutete auf Antonas Liste – »bin ich zufrieden.« Unwillkürlich fiel ihr Blick sehnsüchtig auf den Obstkorb.

»Haben Sie heute morgen noch nichts gegessen?« Bestürzt drückte Pendel ihr den Korb in die Hand, eilte zur Tür, riß sie auf und brüllte Tic zu, die draußen wartete: »Frühstück, und zwar sofort. Aber ein anständiges.« Er warf einen Blick auf die Liste. »Rationen dreiundzwanzig und achtundvierzig und eine zweite Ration Obst.«

Erschrecken darüber, einen solchen Befehl weitergeben zu müssen, kämpfte mit Furcht auf Tics Gesicht.

»Los, Mädchen. Hopp, hopp! Ich habe Ihnen den Befehl gegeben«, versicherte ihr Pendel.

»Und ich habe ihn unterstützt!« setzte Killashandra energisch hinzu. Dann biß sie in eine rote Frucht, um das nagende Hungergefühl zu besänftigen.

Pendel schloß die Tür und lächelte in einer fast freudigen Erwartung. »Natürlich werden wir in ein paar Sekunden Chasurt hier haben ...« Der Frachtaufseher rieb sich die

Hände. »Es sind nämlich seine Rationen. Er ist der Arzt«, fügte Pendel mit einer Grimasse hinzu, »aber die meiste Erfahrung hat er mit Raumerfrierungen und Laserverbrennungen. Die Rationen enthalten genau das, was auf Ihrer Liste steht, hoher Anteil an Spurenelementen, Kalium, Kalzium und ähnliches.«

Das Essen und der Arzt trafen gleichzeitig ein, aber wäre Pendel nicht dazwischengekommen, hätte der aufgebrachte Chasurt Killashandras Frühstück aus Tics nervösen Händen konfisziert.

»Wer hat diesen Befehl gegeben, *meine* Rationen auszugeben?« Chasurt, ein stämmiger Mann mit ausdruckslosem Gesicht in den späten vierziger Jahrzehnten, erinnerte Killashandra an Maestro Valdi in seiner zornigen Entrüstung.

»Ich!« sagten Pendel und Killashandra im Chor. Pendel nahm das Tablett aus Tics zitternden Händen und reichte es ruhig Killashandra, die sich daraufhin mit Chasurts Rationen in die äußerste Ecke der Kabine zurückzog und es Pendel überließ, Chasurts Bemühungen, sie zurückzubekommen, entgegenzutreten.

Killashandra verschlang die heißen Getreideflocken und das Nußfleischgericht in einem Tempo, das nicht allein auf ihren Hunger zurückzuführen war. Pendel versuchte, Chasurt dazu zu bekommen, sich Antonas Liste anzusehen, während Chasurt wissen wollte, was er tun sollte, wenn ein wirklicher Notfall auftreten würde, einer, in dem Kranke die Rationen brauchten, die diese – diese – offensichtlich gesunde Frau gerade verschlang. Der Arzt billigte Killashandras Hast nicht. Die Tatsache, daß Pendel das Recht hatte, solche Rationen zu verlangen, schien Chasurt noch weiter aufzubringen, und als Killashandra mit dem zweiten Teller fertig war, fühlte sie sich verpflichtet, sich einzumischen.

»Lieutenant Chasurt ...«

»Captain! Gildemitglied.« Die zusätzliche Beleidigung ließ den Mann rot werden, und er zeigte auf das Rangabzeichen an seinem Hals.

»Also gut, Captain.« Killashandra neigte entschuldigend den Kopf. »Pendel handelt in meinem Auftrag und folgt lediglich den Instruktionen, die ich vom Medizinischen Forschungsleiter Antona von der Heptitengilde zur dringenden Beachtung bekommen habe. Soweit man meinem Gildemeister und auch mir gesagt hat, würde auf dieser Reise für alle meine Bedürfnisse Sorge getragen. Wenn ich physisch nicht in der Lage bin, die Installierungen durchzuführen, dann sind Ihre ganzen Bemühungen lediglich eine kostspielige Zeitvergeudung gewesen und Ihr System wird immer noch ohne eine Kommunikationsverbindung da stehen. Man hat mir zu verstehen gegeben, daß der Flug zu Ihrem System nicht allzu lange dauern wird, also kann ich mir kaum vorstellen, daß meine bescheidenen Nahrungsbedürfnisse die Vorräte einer neu in Dienst gestellten 78er ernsthaft reduzieren können. Oder?«

In Chasurts Gesicht hatten sich verschiedene Emotionen widergespiegelt, während sie gesprochen hatte, und wenn Killashandra im Lesen der Körpersprache auch nicht so erfahren wie Lanzecki war, glaubte sie doch, sehen zu können, daß das System eher auf die Kommunikationsverbindung verzichtet hätte, wenn es nach Chasurt gegangen wäre. Aber das wäre natürlich völlig irrational gewesen, und sie kam zu dem Schluß, daß Chasurt wahrscheinlich zu den Leuten gehörte, die ständig hofiert und umschmeichelt werden wollten. Sie erinnerte sich an Amons Rat und setzte ihn gleich in die Tat um.

»Da ich Sie nicht daran erinnern möchte, Captain Chasurt, daß ich als Gildemitglied im Auftrag der Heptitengilde in der Hierarchie der Föderierten Sentient-Planeten im Rang höher stehe als jeder auf diesem Schiff, eingeschlossen Captain Francu, schlage ich vor, Sie fragen Ihren Datenspeicher unter »Kristallsänger« ab, damit Sie wissen, wie Sie sich mir gegenüber auf dieser Reise zu verhalten haben. Und jetzt reichen Sie mir doch das Obst.«

Chasurt hatte den Korb abgefangen, der während Killashandras Erklärung gebracht worden war.

»Spurenminerale sind besonders wichtig für uns«, fuhr sie fort und streckte ruhig die Hand aus, um den Korb zu nehmen. Es kostete sie einen kleinen Ruck, ihn für sich zu sichern. Chasurt war totenbleich. Killashandra nickte Tic freundlich zu und entließ sie, bevor sie die Tür hinter dem wütenden Chasurt schloß.

Pendel prostete Killashandra mit seinem Yarra-Bier zu, während er sich gegen die Wand lehnte.

»Passen Sie auf, als nächster ist der Captain dran.«

»Sie scheinen ganz gut mit ihnen fertig zu werden«, sagte Killashandra zwischen zwei Bissen von der scharfen Rotfrucht.

»Sie können mich nicht los werden.« Pendel lachte leise, drückte sich gegen einen Nasenflügel und zwinkerte ihr zu. »Ich bin nämlich Angestellter des Minenkonsortiums und nicht des Trundy-Rats. Das MK hat immer noch das Sagen. Wissen Sie, für beschränkte Jungs mit Metall im Kopf sind sie gar nicht so übel. Sie werden sich schon noch ändern. Jetzt ganz bestimmt.« Pendel schwenkte mit dem Becher von ihr in Richtung der verschlossenen Kabine, wo die Kristalle aufbewahrt wurden.

»Ist es vielleicht nicht möglich, daß nicht alle Betroffenen den Wunsch haben, sich zu ändern?«

Pendel lachte. »Seit wann ist das etwas Neues?«

Das Kommgerät gab ein merkwürdiges Quäken von sich, und Pendel zwinkerte Killashandra zu.

»Captain hier, Frachtaufseher. Was ist mit diesen Sonderrationen, die ohne Rücksprache ausgegeben worden sind?«

»Captain Francu«, erwiderte Pendel so betont langsam, daß es fast beleidigend klang, »ich glaube, die Order lautet, daß Gildemitglied Ree alles bekommen soll, was sie braucht ...«

»Man hat mir gesagt, daß sie nichts Spezielles brauchen würde.«

»Gildemitglied Ree braucht auch nichts Spezielles, aber wie ich Ihnen immer wieder sage, ist das Essen, das auf diesem Schiff serviert wird, weder besonders nahrhaft noch sättigend. Chasurt hat mehr als genug im Vorrat. Ich muß es ja wissen, denn *ich* kaufe schließlich für ihn ein.«

Es war kein Klicken am Ende des Gesprächs zu hören, aber die Beschwerde des Captains abgewiesen worden. Killashandra betrachtete Pendel mit größerem Respekt.

»Ein harter Arbeiter, dieser Francu. Weiß, wie man mit einem Schiff umgeht. Hat noch nie einen Mann verloren. Genau der richtige Mann, wenn man jemandem das neueste Schiff anvertrauen will.« Pendel rieb sich seine Nasenseite, und sein breites Grinsen ließ all die negativen Aspekte von Captain Francu durchblicken, die er nicht ausdrücklich erwähnt hatte.

»Ich schätze Ihre Hilfe und Unterstützung, Pendel, fast so sehr wie das Bier. Ich möchte Sie noch um einen Gefallen bitten, wenn es sich machen läßt. Läßt es sich nicht irgendwie umgehen, daß ich mir den ganzen Schiffsverkehr mitanhören muß?« Ein erneutes, schrilles Summen unterstrich ihre Bitte.

»Überlassen Sie das mir, Killashandra«, meinte Pendel leichthin. »Bis dahin werde ich Ihnen schon mal ein paar vernünftige Rationen schicken lassen.« Er deutete entschuldigend auf die Teller, die auf den Papieren auf seinem Schreibtisch standen, und Killashandra verstand den Wink. Sie nahm sich den zweiten Korb mit Obst und zwinkerte Pendel zu, als sie hinausging.

Der Frachtaufseher arbeitete schnell und wirkungsvoll, und schon kurz nachdem Tic sie zurück in ihre enge Kabine geführt hatte, verstummten die entnervenden Kommandos.

Tic traf mit zwei einfachen Plastikbehältern ein, klopfte höflich an und wartete, bis Killashandra sich meldete. Sie brachte eine Vielfalt von Spezialrationen und eine Reihe an Nahrungsmitteln mit. Tic hielt den Blick von diesem Luxus abgewandt, aber Killashandra wurde bewußt, daß sie schlecht beraten war, wenn sie sich jetzt großzügig zeigte. Sie bedankte sich bei Tic und entließ sie bis zur Abendmesse. Killashandra wußte, daß sie sich wenigstens einmal am Tag zeigen mußte und seufzte bei dem Gedanken an einen langweiligen Abend. Während sie Chasurts so wohlbehütete Vorräte vertilgte, beschäftigte sie sich mit dem Deckplan der 78er. Während sie sich alles ansah, wurden bestimmte Sektionen neu ausgedruckt und für Zwecke umgeändert, die sie nicht verstand. Sollte dies ein Frachtschiff, ein Passagierkreuzer oder ein Ausbildungsschiff werden? Seine technischen Daten sagten ihr nichts, aber die Länge der Zahlen war beeindruckend.

Zur festgesetzten Zeit wurde sie zur Offiziersmesse abgeholt. Chasurt und Francu waren zum Glück nicht anwesend, also unterhielt sie sich mit Tallaf, der ohne den Captain, in dessen Gegenwart er Hemmungen hatte, ein ganz netter junger Mann war, wenn sich sein Hals auch leicht aufblähte, wenn er rot wurde. Er verriet ihr, daß er auf dem Planeten geboren und eher in der Theorie als in der Praxis seiner Pflichten als stellvertretender Kommandeur ausgebildet worden war. Die meisten der anderen Offiziere und Besatzungsmitglieder waren im Raum oder auf Raumstationen geboren worden. Er klang etwas wehmütig, als bedauere er den Unterschied zwischen sich selbst und seinen Schiffskameraden.

»Soweit ich weiß, ist Ihr System aufgrund unzulänglicher Kommunikationsmöglichkeiten bisher isoliert gewesen«, begann Killashandra im Plauderton.

Tallaf sah sich ängstlich um.

»Und ich weiß auch, daß nicht alle den Schritt nach vorn unterstützen.«

Tallaf betrachtete sie mit Ehrfurcht.

»Na, kommen Sie, Tallaf«, meinte Killashandra neckend, »das habe ich doch gesehen, sobald ich an Bord kam. Glauben Sie mir, es ist keineswegs ein ungewöhnliches Phänomen.«

»Kristallsänger kommen überall herum, nicht?« Ein Ausdruck arglosen Neids erschien auf seinem Gesicht.

»Nicht unbedingt. Das hier ist ein ungewöhnlicher Auftrag für eine ungewöhnliche Welt und ungewöhnliche Umstände.« Tallaf wurde ein bißchen eingebildet angesichts des versteckten Kompliments an sein System. »Eine beachtliche Leistung für eine aufstrebende politische Gruppe« – Killashandra bekam selbst etwas Respekt vor sich in Anbetracht ihrer Redegewandtheit – »sich eine 78er und schwarze Kristalle kaufen zu können.«

Sie behielt Tallaf aufmerksam im Auge, während sie sprach und kam zu dem Schluß, daß der junge Maschinenmeister offensichtlich *für* die Simultaninterstellarverbindung war. Einen kurzen Moment fragte sie sich, wie wohl die Aufteilung der Befürworter aussah – Raumfahrer gegen Planetarier oder Kirchturmpolitiker gegen die Aufgeschlossenen. Sie seufzte und wünschte, man hätte ihr mehr Informationen über die Trundies gegeben. Vielleicht gab es auch nicht viel über sie in der Galaktographie.

Pendel kam herein und begrüßte die kleinen Gruppen von Offizieren, die herumstanden, mit einem freundlichen Lächeln. Erst jetzt wurde sich Killashandra bewußt, daß sie und Tallaf ein einzelnes Paar gebildet hatten. Sie bedachte Tallaf für seinen Mut mit einem wohlwollenderen Lächeln, als jemand von der Messemannschaft mit zwei Bechern Yarra-Bier aus der Kombüse kam. Tallaf zog sich diskret zurück, und Killashandra prostete Pendel zu, hinter dessen vergnügtem Äußeren sich augenscheinlich ein beträchtliches Ansehen verbarg.

Pendel lachte leise. »Ein prima Junge, dieser Tallaf.«

»Er ist *für* die Kristalle?«

»Ja, richtig. Deshalb ist er auch als zweiter Kommandeur auf diesem Schiff. Zum erstenmal.« Pendels leutseliges Lächeln war völlig angebracht, als er sich in der Offiziersmesse umsah. Killashandra war sicher, daß er genau wußte, wer da sein sollte und es nicht war. »Nicht schlecht für eine Testmannschaft.« Killashandra überlegte, welches wohl die Schwachpunkte sein mochten. »Ein Mann sucht zu bestimmten Zeiten seines Lebens nach bestimmten Zielen.« Er sah ihr über den Rand seines Bechers hinweg in die Augen. »Der Zufall hat mich vor zweieinhalb Jahrzehnten in dieses System geführt. Der Zeitpunkt war genau richtig. Sie brauchten dringend einen erfahrenen Frachtaufseher, weil sie hinten und vorn nicht mehr zurechtkamen.« Bei der Erinnerung daran drängte sich noch jetzt Empörung in seiner Stimme. Dann lächelte er. »Ohne vernünftige Kommunikation kann man auch nicht vernünftig arbeiten.«

»Der Grund dafür, warum die Kristalle und diese 78er so wichtig sind?« Sie neigte ihren Becher zu ihm hin, als hätte Pendel das alles allein erreicht. »Ihr Yarraner seid für euren Scharfblick bekannt. Eine ganze Reihe aus Ihrem System sind Kristallsänger geworden ...« Sie merkte, wie Pendel auf ihre letzte Bemerkung reagierte. »Oh, kommen Sie, Pendel«, fuhr sie liebenswürdig fort, denn ohne die Hilfe dieses Mannes würde sie unter Umständen in Chasurts Obhut landen, und diese Aussicht gefiel ihr überhaupt nicht. »Sie glauben doch wohl nicht diesen ganzen Unsinn, den man sich über Kristallsänger erzählt?« Sie brachte ein sehr amüsiert klingendes Lachen zustande.

»Natürlich nicht.« Pendel zuckte gleichgültig die Achseln, aber sein Lächeln sah nicht ganz überzeugt aus.

»Vor allem jetzt, nachdem Sie mich kennengelernt und sich mit mir unterhalten und entdeckt haben, daß ein Kristallsänger genauso ein Mensch ist wie jeder andere auf diesem Schiff. Oder« – dabei warf Killashandra einen Blick auf den Messeraum und die stillen Offiziere – »vielleicht sogar noch ein bißchen mehr.«

Pendel betrachtete die Umherstehenden und schnitt eine Grimasse.

»Wenigstens weiß ich ein vernünftiges Bier zu schätzen«, fuhr Killashandra fort, wobei sie innerlich sowohl ein ungutes Vorgefühl wie auch eine gewisse Belustigung unterdrückte. Pendel war keineswegs der Kosmopolit, für den er sich ausgab, auch wenn er im Gegensatz zu den anderen Trundies leidlich über die Galaxis informiert war. Killashandra würde irgendwie versuchen müssen, eine freundschaftliche Distanz zu ihm zu bewahren. »Trotzdem muß man die Leistung anerkennen.« Sie blickte mit einem beifälligen Ausdruck um sich.

»Was die Gilde offensichtlich auch tut.« Pendel hatte seinen Grundoptimismus zurückgefunden. »Aber keiner von uns hat erwartet, daß ein Kristallsänger die Dinger installieren würde.«

»Die Föderierten Sentient-Planeten haben ihre eigene Prioritätenaufstellung. An uns ist es nicht, über das Warum nachzudenken.« Killashandra konnte sich nicht erinnern, woher dieser Ausspruch stammte, aber er schien zu passen. Zum Glück wurden jetzt die dampfenden Platten und Tabletts mit ihrem Abendessen gebracht, und Killashandra bemerkte, daß nur sie und Pendel etwas Besonderes bekamen.

Ohne die bedrückende Anwesenheit von Captain Francu und Chasurt gelang es Killashandra, die meisten der älteren Offiziere in die Unterhaltung hineinzuziehen. Obwohl die jüngeren viel zu schüchtern waren, um den Mund aufzumachen, merkte sie doch, daß sie sehr aufmerksam zuhörten und sich jedes Wort merkten, das gewechselt wurde. Die Unteroffiziere waren noch beeinflußbar, und wenn sie sie auf ihre Seite ziehen und sich außerdem durch wohlüberlegte Schmeicheleien auch noch Pendels Wohlwollen bewahren konnte, hatte sie mehr getan, als sie eigentlich mußte. Und die Trundies würden noch mehr Kristalle brauchen.

Als sie sich an jenem Abend in ihrer entsetzlich harten Koje ausstreckte, ließ sie sich ihre übertriebene Vorstellung in der Messe noch einmal durch den Kopf gehen. »Kristallkuckuck« und »Silikatspinne«, so hatte Maestro Valdi die Kristallsänger genannt. Sie glaubte jetzt zu wissen, warum: die Überlebensinstinkte des Symbionten. Und wenn sie sich Pendels unterbewußte Reaktion auf sie überlegte, wußte sie auch, warum der Symbiont ein Berufsgeheimnis blieb. Es gab, fand sie, weitaus Bedrohlicheres als einer Spezies zu Raum und Überleben zu verhelfen, deren Entschädigung wahrhaftig reell war.

XII

Killashandra nutzte die folgenden fünf Tage gut, indem sie sich von Tic oder Tac im Kreuzer herumführen ließ und immer wieder Bemerkungen über die genaue Art und Weise ihrer Tätigkeit, und wie sie sich fit halten mußte, fallenließ. Die Silikatsspinne, die ihr Netz für den Passover-Schlaf vorbereitete. Ein paarmal dachte sie, nicht gerade freundlich, an die Gilde, vor allem an Lanzecki, daß man sie einfach mitten unter die Ungebildeten geschickt hatte, ohne sie darauf vorzubereiten, daß die Trundies so engstirnig waren.

Sie hörte sehr viel den Unteroffizieren zu, wenn sie aufgelockert genug waren, in ihrer Gegenwart zu sprechen und den allgemeinen Unterhaltungen, zumeist gutmütige Sticheleien unter den Arbeitsmannschaften. Sie erfuhr eine ganze Menge über die kurze und eindrucksvolle Geschichte des Trundimoux-Systems und hörte auf, sie insgeheim als Trundies zu bezeichnen.

Das System hatte, genau wie Pendel, viele rastlose und abenteuerlustige Leute angelockt, von denen ein Teil entweder physisch oder temperamentsmäßig mit den Gefahren nicht fertig wurden. Die Überlebenden pflanzten sich schnell und zahlreich fort, und wieder sonderte die natürliche Selektion die Schwächen und die Schwächeren aus, von denen einige in den relativ sicheren größeren Minenanlagen arbeiten konnten. Die zweite Generation, die die Härte ihres Berufs überlebten, geeignete Stücke des suburanischen Metalls aus dem Orbit zu schlagen und ihre Ladungen in lange Bootsketten zu verfrachten, diese gestählten Leute gaben ihre Gene weiter und wurden zu einer wieder anderen Variante Mensch. Dieses System war auf seine Weise genauso einzigartig wie Ballybran, mit genauso scharfen Aufnahmebdingungen und genauso hart ausgebildeten Arbeitern.

Eines Abends, als ihr diese Aspekte durch den Kopf gingen – die Gefahren des Raums im Gegensatz zu den physischen Tests auf Shankill – wurde Killashandra philosophisch. Die Galaxis, das waren nicht nur physische Satelliten, die glühende Sonnen umkreisten, sondern metaphysische, die sich überschnitten und ineinander eingriffen. Sie bildete im Augenblick die Brücke zwischen zwei solchen Sternensystemen und zwei völlig konträren Geisteshaltungen, und sie würde sich des Charmes des einen bedienen, um im anderen zu überleben.

Die Trundimoux hatten schon einige starke Traditionen entwickelt, die abendliche feierliche Widmung der Offiziere dem Fortbestehen ihres Systems, die Verehrung des Wassers, eine Gleichgültigkeit dem Tod gegenüber und ein eigentümliches Mißtrauen gegenüber allen Dingen, die nicht im eigenen System produziert wurden. Das, dachte Killashandra, war auch der Grund, warum sie das Innere der 78er so eifrig veränderten. Dann, nachdem sie einige Drei-D-Aufnahmen von den Minenstationen und der im Raum errichteten Gebäude selbst gesehen hatte, begriff sie. In einem räumlichen Sinn paßten sich die Trundimoux unaufhörlich den Bedürfnissen ihrer feindlichen Umgebung an, in einem anderen wiederum wollten sie nicht gelten lassen, daß irgendein System, das ihre eingeschlossen, etwas Nützliches zu bieten hatte, das nicht verbessert werden konnte.

Killashandra hörte sich auch die subtileren Ansichten über Sinn und Unsinn der Simultan-Interstellarkommunikation an. Einige bezweifelten, daß die Kristalle funktionieren würden, weil, so hieß es, das Trundimoux-System eine Besonderheit aufwies, die sie von den anderen isoliert halten sollte. Andere hielten das ganze Unternehmen für eine unerhörte Verschwendung an Zeit, Mühe und wertvollen Metall-Krediten. Die unterschiedliche Meinung zu diesem Thema spaltete Altersgruppen. Vertreter der ersten und zweiten Generation und beschäftigte sogar Extraplanetarier, die in dem System arbeiteten.

In der Zwischenzeit näherte sich der Kreuzer auf seiner Hyperbelbahn immer mehr seinem Heimatsystem. Killashandras Appetit hatte sich gemäßigt, sowohl zu ihrer eigenen Erleichterung wie auch zu der von Pendels schwingenden Vorräten an ihren Bedürfnissen. Ballybran erlebte Passover, und die Konjunktion stand so unmittelbar bevor wie ihre erste Installierung. Die Stimulierungspillen hatte sie wohlweislich immer bei sich.

Die Veränderung im Ton des Kristallantriebs leitete ihren ersten unerwarteten Schlaf ein. Killashandra wurde von einem hartnäckigen Klopfen an ihrer Tür geweckt.

»Empfehlung von Captain Francu, Killashandra Ree, und ob Sie mir bitte zur Brücke folgen würden?«

Tic war plötzlich sehr formell und reagierte auf Killashandras Zusage nur mit einem schüchternen Lächeln. Killashandra folgte ihr: der Schlaf hatte sie erfrischt, aber trotzdem tastete sie nach den Stimulanspillen in ihrer Tasche.

Auf der Brücke, wie die Höhle mitschiffs fälschlich bezeichnet wurde, herrschte reger Betrieb. Tic fand den Captain unter denjenigen, die um den Dimensionstank herumstanden, machte ihn auf sie aufmerksam, meldete Killashandra an und zog sich zurück.

»Würden Sie bitte den Tank betrachten, Gildemitglied«, sagte der Captain wichtigtuend.

»Würde ich, wenn ich könnte.« Killashandra lächelte honigsüß, schob ihre Hüfte zwischen zwei männliche Körper und drückte sie mit einer raschen Drehung geschickt zur Seite, so daß sie jetzt ihre günstigere Aussichtsposition einnahm. Einer der beiden stand nun zwischen ihr und Francu, und sie tröstete den überraschten mit einem besänftigenden Blick. »Ah, ja, faszinierend.« Sie war *tatsächlich* fasziniert, auch wenn die anderen den Eindruck bekommen sollten, daß dies kaum das erstemal war, daß sie auf einer Brücke stand oder auf einen Dimensionstank sah. Der Kreuzer war ein ganz kleines Lichtsignal auf Innenkurs, am Orbit des äußersten Planeten vorbei auf den Zentralplaneten zu. Blinkende Lichtpunkte kennzeichneten größere Minenstationen in den Asteroidengürteln; zwei kleine, feste Lichtpunkte die beiden Mondbasen. Der helle Planet, der vierte vom Zentralplaneten aus, strahlte eine herablassende Überlegenheit aus, obwohl er der letzte war, der in dem hart arbeitenden System besiedelt werden sollte.

»Wir befinden uns jetzt auf Innenkurs, Gildemitglied, falls Sie die Antriebsveränderung nicht bemerkt haben sollten ...«

»Ein Kristallsänger ist ungewöhnlich sensitiv gegenüber Kristallantrieben, Captain – das bringt unser Beruf mit sich.«

Francu, der es nicht gewohnt war, egal aus welchem Grund unterbrochen zu werden, blieb der Mund offenstehen.

»Wir fliegen auf einem Hyperbolikkus, der die Bahn der beiden Minenstationen schneiden wird, die von ihrem Kurs abgewichen sind, um uns zu treffen ...«

»Der Fortschritt kann manchmal lästig sein ...«

Francu blitzte sie an. »Die Kursabweichung der Mondbasen stellt keineswegs ein Problem dar. Nur bei Terris wird ein längerer Shuttleflug nötig sein ...«

»Aber Sie werden wohl einige Schwierigkeiten mit dem Manöver haben, Ihren Planeten einzuholen, nicht?« Killashandra deutete auf den Tank.

»Ganz und gar nicht.« Diesmal war Francu verächtlich. »Es ist lediglich eine Frage des Abbremsens, die planetarische Anziehung auszunutzen, den Schwerkraftzug der Sonne am Rand zu erwischen, abzuweichen und dann weiter zu unserem nächsten Zielort.«

»Wie klug von Ihnen.« Killashandra zuckte innerlich zusammen und überlegte, warum der Mann schon mit der einfachsten Erklärung die aggressivste Seite ihres Wesens reizte.

»Ich möchte darauf hinweisen, wie eng der Zeitplan ist. Soweit man mich informiert hat, dauert das Einsetzen eines Kristalls nicht länger als sechs Minuten. Wir brauchen jede verfügbare Sekunde, um Sie zu diesen Installierungspunkten und wieder weg zu bringen – vor allem bei dem Planeten. Sie kennen die damit zusammenhängenden räumlichen Berücksichtigungen?«

»Soweit ich weiß, ist es im Grunde einfach, wenn das Ganze erfahren und sachkundig durchgeführt wird. Ich bin sicher, daß es keine Probleme geben wird.« Sechs Minuten. Das gab ihr einen ausreichenden Spielraum, oder hatte Trag dabei schon die Lethargie berücksichtigt, mit der sie bald zu kämpfen haben würde? Sie sah auf den Dimensionstank und lächelte schüchtern. Das Problem war nur, daß sie, auch wenn sie weniger als sechs Minuten zur Installierung an einem Punkt brauchte, deshalb trotzdem nicht früher am nächsten eintreffen würde. »Danke, Captain. Könnte ich die entsprechenden neuesten Informationen bekommen, wenn wir uns den einzelnen Punkten nähern?«

»Gewiß. Sie werden achtzehn Minuten vor jedem Shuttleflug benachrichtigt.«

»Wie großzügig«, konterte Killashandra auf Francus unfreundliche Art.

»Wie? Ja, ich muß vorher den Kristall aus dem verschlossenen Frachtraum holen.«

»Captain, wer sollte den im Trundimoux-Raum schon einen Kristall stehlen, und außerdem sind sie, bis alle Elemente installiert sind, völlig harmlos. Sie könnten eine ganze Menge Zeit sparen, wenn Sie den Behälter jetzt an der Shuttleschleuse befestigen lassen.«

Captain Francus Sorge um die Kristalle selbst kämpfte mit seinen Zeitfaktoren. Er bedachte sie mit einer steifen Verbeugung und wandte sich dann energisch ab, um sich wieder der Betrachtung seines Dimensionstanks zu widmen.

»Nähern uns dem ersten Zielpunkt. Überprüfen Sie Abweichung.«

»Wie lange noch bis zum ersten Zielpunkt, Captain?«

»Fünf Stunden, sechs Minuten und sechsunddreißig Sekunden, Gildemitglied.«

Killashandra verließ den Tank, und ihr Platz wurde hastig wieder von denjenigen eingenommen, die sie vorher davon verdrängt hatte. Sie nickte Tic zu, worauf sich diese mit einem Ausdruck ungeheurer Erleichterung beeilte, sie von der Brücke zu führen.

Killashandra wäre gern noch geblieben, um sich anzusehen, wie der Kreuzer auf die erste Minenstation zudrehte, eine schwierige und langwierige Angelegenheit, da vier Dimensionen – oder eigentlich fünf, wenn man die fixe Idee des Captains mit dem Zeitfaktor berücksichtigte – mit einbezogen waren.

Sechs Minuten, um die Einstellung eines ganzen Systems zu zementieren oder zu ändern, sechs Minuten mal fünf gaben ihr exakt eine halbe Stunde Gesamtzeit für ihre Aufgaben. Killashandra lächelte. Das Trundimoux-System besaß bereits Traditionen. Sie würde ihnen einen extrastellaren Genuß hinzufügen. Sie würde Francus Plan ändern, eine so denkwürdige Gelegenheit so rasch hinter sich zu bringen, die eigentlich ein wahres Freudenfest für die Trundimoux sein sollte – sie konnten miteinander reden, und das war sicher kein Augenblick, den man geheimhalten, sondern feiern sollte. Sechs Minuten war nicht viel Zeit, aber sie würde dafür sorgen, daß es genug war und daß eine ganze Menge neuer Gerüchte über die Kristallsänger in Umlauf kamen.

Die Kleidung der Trundimoux war grellbunt, und in das Gewebe waren Metallfasern eingewebt, um alles zu brechen, was an Licht vorhanden war. Sogar die Lebenserhaltungsanlagen blendeten einen mit ihren schreienden Orange- und Rosatönen. So schmerzhaft diese Farben auch für Killashandras Augen sein mochten, dienten sie doch einem ganz bestimmten Zweck für die im Raum geborene Trundimoux-Bevölkerung.

Während der Kreuzer sein erstes Ziel, die Minenstaion Copper, ansteuerte, entwarf sie ihr Kostüm. Schwarz zum Kristall würde sie tragen: etwas Schwarzes und Fließendes, um sich von den farbenfrohen Trundimoux in ihren enganliegenden Sachen abzuheben. Sie wünschte, sie hätte jetzt ein paar der Schminkutensilien da, die sie in ihrem Studentenzimmer auf Fuerte zurückgelassen hatte, aber sie war groß genug, um hervorzustechen, ganz in schwarz, das Haar lose bis auf die Schulterblätter, ein völlig ungewohnter Anblick in einer Gesellschaft von Raumbewohnern mit kahlgeschorenem oder gestutztem Haar.

Sechs Minuten! Eine Zeit, die sie beunruhigte, obwohl sie die Kristallimitationen noch wesentlich schneller installiert hatte. Dann fiel es ihr plötzlich ein. Es waren *Kristalle,* die sie einbauen mußte. Sie konnte sich selbst verlieren, wenn sie Kristalle berührte. Vielleicht mußte sie Francu sogar dankbar sein für die präzise und knappe Zeitkalkulation. Sie konnte sich darauf verlassen, daß er sie aus einer Kristalltrance herausholen würde. Aber soweit durfte es erst gar nicht kommen, denn *das* würde das Bild verderben, das sie schaffen wollte.

Sie machte sich Gedanken über dieses Problem, bis Tallaf kam, um sie abzuholen.

»Das Beiboot wartet, Ma'am«, erklärte er steif und sehr förmlich.

»Und was ist mit dem Kristall?«

Tallaf räusperte sich und mied ihren Blick, obwohl sie zu erkennen glaubte, daß der junge Mann eher amüsiert war.

»Frachtaufseher Pendel hat den Behälter zur Schleuse bringen lassen und erwartet Ihre Ankunft. Alles ist festgebunden und gesichert.«

Das war der Karton wirklich, mit einer Doppelreihe Wachposten, die so weit von den Kristallen entfernt standen, wie es die Grenzen der Schleuse zuließen. Die Seiten und der Boden des Kartons waren am Deck befestigt, aber der Deckel war unversiegelt. Einer der Wachleute trug eine Siegerpistole am Gürtel.

Killashandra schritt vorwärts, wobei sie nicht vergaß, ihre langen Röcke zu raffen.

»Aufmachen«, sagte sie zu niemandem im besonderen. Es entstand eine kurze Pause, dann waltete Pendel dieses Amtes. Er zwinkerte ihr verstohlen zu.

Zu ihrer ungeheuren Erleichterung waren die Kristalle vor der Verschiffung in Kokons verpackt worden. Sie würde also nicht mit dem rohen Kristall unmittelbar zu tun haben, bis sie den jeweiligen Installierungspunkt erreicht hatte. Killashandra nahm das kleine Päckchen heraus, und sie war in doppelter Hinsicht erleichtert, als sie den leichten Schock spürte. Der Kristall wußte, daß sie da war und reagierte, aber wartete den richtigen Augenblick ab. Und es war richtiger Kristall. Einen entsetzlichen Moment lang war ihr der Gedanke gekommen, daß statt der echten in einer verrückten Folge von Irrtümern die Imitationen hergeschickt worden sein könnten.

Sie hielt das Päckchen ausgestreckt vor sich, als sie auf den Eingang des Beiboots zuging. Kaum hatte sie Platz genommen, als sich alle mit doppelter Geschwindigkeit zu bewegen schienen, sie anschnallten und ihre eigenen Plätze einnahmen, während die Luke verschlossen wurde. Die Beschleunigung vom Kreuzer weg drückte sie in die Polster ihres Sitzes.

»Sind wir hinter dem Zeitplan zurück, Tallaf?« erkundigte sie sich.

»Nein, Ma'am, exakt nach Zeit.«

»Wie weit ist es von der Stationsschleuse bis zum Kommunikationsraum?«

»Exakt fünf Minuten, zwanzig Sekunden.«

»In freiem Fall?« Freier Fall in diesem Fummel würde lächerlich sein. Sie wünschte, sie hätte diese Möglichkeit vorher berücksichtigt.

Tallaf sah sie überrascht an.

»Alle Anlagen, mit Ausnahme der ganz kleinen Detektoranlagen, haben Schwerkraft, Ma'am.«

Das Beiboot feuerte Retroraketen ab, die sie wieder in die Polster drückten.

»Ich dachte, wir wären genau nach Zeitplan.«

»Sind wir auch, Ma'am, aber wir korrigieren, um die Geschwindigkeiten anzupassen.«

Es kam noch einmal zu einem Stoß während des Angleichungsmanövers, aber das eigentliche Andocken war dann nicht mehr als ein geschwisterlicher Kuß. Die Deckcrew arbeitete wieder mit doppelter Geschwindigkeit, und, angesteckt von ihrem Tempo, stand Killashandra auf und betrat die erste der Minenstationen. Die fünf Minuten und zwanzig Sekunden, um zu ihrem Bestimmungspunkt in Copper zu kommen, ging es durch verschlungene Korridore und über Sicherheitsabsperrungen. Sie war stolz auf sich, daß sie das alles schaffte, ohne zu stolpern oder ihr Gleichgewicht zu verlieren, den Kokon mit dem Kristall die ganze Zeit so vor sich, daß ihn alle sehen konnten. Und viele Leute hatten sich an den Kreuzungspunkten versammelt, die alle Zeugen dieses merkwürdigen Augenblicks werden wollten.

Es ist ein Jammer, dachte Killashandra, als sie in das Nervenzentrum der Kommunikationsanlage geführt wurde, daß dies nicht der Verbindungspunkt war. Nichts wirklich Aufregendes würde hier oder auf den anderen Stationen geschehen, bis der letzte Block installiert war und ihr Verband die Stimultanverbindung bewirken würde.

Trotzdem merkte sie die feindseligen oder nachdenklichen Blicke, als sie zum Installierungspunkt gebracht wurde. Er lag etwas erhöht am Rande des riesigen Raums, eine ausgezeichnete günstige Position.

Killashandra stieg die flachen Stufen hinauf, vergewisserte sich mit einem raschen Blick, daß die Halterungen korrekt waren und wandte sich dann dem Zentrum des Ganzen zu. Sie streifte den Schaumstoff um den Kristall ab und hielt den trüben, dunklen Schaft hoch. Zum erstenmal konnten die Versammelten jetzt sehen, was sie mit der Hypothek auf ihr System gekauft hatten, und Killashandra hörte leise, überraschte Ausrufe. Noch während sie das Gemurmel wahrnahm, erwärmte sich der Kristall in ihren Händen und nahm den mattschwarzen Ton an, der ihm seinen Namen gegeben hatte. Er vibrierte in ihren Händen, aber bevor sie in Trance fallen konnte, fuhr sie herum und legte den schwarzen Block an seinen Platz. Der Druckarm ließ sich geschmeidig bewegen. Sie legte die oberen Halterungen an und verstärkte, einen Finger auf dem sich noch immer verdunkelnden Kristall, vorsichtig den Druck auf beiden Seiten. Der Kristall begann über ihren Finger zu resonieren, und sie spürte, daß ihre Kehle schmerzte. Sie kämpfte gegen den Wunsch an, den Kristall zu streicheln und zwang ihre Hände, die Installierung zu beenden. Als hätte sie sich verbrannt, riß sie die Hände von dem herrlichen Kristallblock weg. Sie nahm den kleinen Hammer und schlug den montierten Kristall an, und sein reiner Ton sang durch das ehrfürchtige Schweigen, das plötzlich über den Raum gefallen war.

Hoch erhobenen Hauptes schritt sie aus der Kammer, und Tallaf mußte laufen, um sie einzuholen und ihr voranzugehen durch die Windungen und Biegungen der Station zurück zum Beiboot.

Jeder Schritt entfernte sie weiter vom Kristall, und sie wandt sich vor Schmerzen über diese Trennung. Ein weiterer unbedeutender Punkt, über den sie niemand vorher aufgeklärt hatte: daß es so schwer sein würde, sich von einem Kristall zu trennen, den man selbst geschnitten hatte.

Auf der kurzen Fahrt zurück zum Kreuzer ließ dieser Schmerz nach, was unter anderem auch auf die Lethargie zurückzuführen war, die sie langsam überkam. Es konnte keine Ermüdung von ihrem so kurzen Auftritt sein, überlegte sie. Es mußte die Müdigkeit sein, vor der sie gewarnt worden war. Die Konjunktion stand dicht bevor. Zum Glück gelang es ihr, wach zu bleiben, bis sie ihre Kabine erreicht hatte.

»Tic, wenn mich, ganz gleich aus welchem Grund, vor der nächsten Station jemand stört, werde ich ihn eigenhändig in Stücke reißen! Verstanden? Und geben Sie das für alle Fälle an Pendel weiter.«

»Ja, Ma'am.« Tic konnte man vertrauen, und Pendel hatte Autorität.

Killashandra glitt in die harte Koje, zog die dünne Decke über sich und schlief ein.

Sie schien gerade erst eingeschlafen zu sein, als sie von einem Pochen und Tacs banger Stimme, die sie höflich, aber drängend rief, geweckt wurde.

»Ich komme. Sind wir schon an der nächsten Station?« Sie schluckte eine Stimulierungspille und zwang sich, die Augen weit zu öffnen, um wach auszusehen, als sie die Tür öffnete.

Draußen stand Tallaf mit einem Tablett mit Essen, das sie herrisch fort winkte.

»Sie werden eine Stärkung brauchen«, widersprach der junge Offizier. Sorge überwand seine frühere Förmlichkeit.

»Sind wir schon an der nächsten Station?«

»Ich dachte, Sie würden zuerst etwas zu essen brauchen.«

Sie griff nach dem Yarra-Bier und versuchte, sich nicht

ihren Ekel bei dem Geruch des Essens anmerken zu lassen, das sie früher als verlockend betrachtet hätte. Selbst das Bier schmeckte komisch.

»Ich nehme das hier mit in meine Kabine.« Dann schloß sie die Tür und überlegte, ob die Übelkeit auf die Pille, das Bier, ihren Symbionten oder auf Nervosität zurückzuführen war. Sie verschwendete unerlaubt Trinkwasser und erfrischte ihr Gesicht. Die Wirkung war heilsam. Ohne Gewissensbisse schüttete sie das Yarra-Bier in die Abfallöffnung. Pendel würde es nie erfahren.

Tallaf klopfte wieder an ihre Tür. Diesmal war Killashandra wach, das Stimulant hatte gewirkt. Sie rauschte in Richtung Schleuse, gestärkt von der falschen Energie und in dem Bewußtsein, daß diesmal ein größerer Teil der Besatzung Zeuge ihres Wegs zur Beiboot war.

Pendel löste gerade den Deckel des Kristallkartons und trat dann zurück, um ihr Platz zu machen, damit sie den nächsten Kristall herausnehmen konnte. Killashandra gratulierte sich gerade dazu, wie reibungslos ihr alles gelang, als sie vor der Luke des Beiboots stolperte. Sie würde ihren Rock vorn besser eine Idee kürzen vor ihrer ersten Mondinstallierung. Aber niemand hatte ihren wenig graziösen Fehltritt bemerkt, und sie nahm im Beiboot Platz.

Station Iron war größer als Station Copper, genauso wahllos konzipiert, was Treppen, Luken und Korridore anging.

»Das sind mehr als fünf Minuten zwanzig Sekunden, Tallaf«, beschwerte sie sich streng, während sie überlegte, wie lang die Wirkung der Stimupille wohl anhalten mochte.

»Hier herein.«

Kommunikation hatte offensichtlich Anspruch auf einen größeren ungeteilten Raum als die übrigen Funktionen der Station. Die Tatsache, daß die Station größer war, spiegelte sich auch in der größeren Menge wieder, die sich in dem Raum zusammendrängte. Killashandra löste den Kristall aus seinem Kokon, hielt ihn hoch, damit alle ihn sehen konnten, und installierte ihn rasch in seine Halterungen, bevor er sie von ihren Pflichten abhalten und in seinen

Bann ziehen konnte. Oder vielleicht war es auch das Stimulant, das den Einfluß des Kristalls entgegenwirkte. Trotzdem überkam Killashandra auch diesmal wieder der Trennungsschmerz, als sie den dunkel werdenden Block für immer hinter sich zurückließ.

Das Stimulans hielt sie den Rückflug über, der aufgrund des Bogens zurück zum Kreuzer etwas länger dauerte, wach. Freundlich nahm sie das Bier an, das Pendel ihr anbot, schüttete es aber weg, sobald sie allein war. Sie verschwendete eine Tagesration Wasser, um ihren Durst zu löschen und erreichte gerade noch ihre Koje, bevor der Schlaf sie wieder übermannte.

Diesmal fiel es ihr schwerer, wach zu werden, als Tic sie vor dem ersten Mond weckte. Ein Stimulans hielt sie für den Flug zu ihrem Zielort wach, mit Hilfe eines zweiten stand sie die Installierung selbst durch, aber als sie dann den Kreuzer wieder erreichten, mußte Tallaf sie wecken. Pendel bestand darauf, daß sie etwas aß, obwohl sie kaum die Augen offenhalten konnte. Sie trank eine Suppe und aß ein paar saftige Früchte, da ihr Mund ausgedörrt war und ihre Haut sich trocken anfühlte. Der Gedanke an den Kristall, den sie für immer auf einem luftlosen Mond zurückgelassen hatte, schmerzte sie.

Drei Pillen machten sie wach genug für ihre vierte Installierung, und eine mußte sie sich heimlich in den Mund stecken, als sie den Kristall in seine Halterungen setzte. Sie erfüllte ihre Hohepriestertätigkeit rein reflexmäßig und nahm nur am Rande die verschwommenen Gesichter wahr, die jeder ihrer Bewegungen folgten und das elektrisierende Seufzen, als der reine Ton des Kristalls durch den Kommunikationsraum hallte.

Eins mußte man den Trundimoux lassen: Wenn sie einmal eine brauchbare Struktur gefunden hatten, dann wurde sie ständig wiederholt. Alle Kommunikationsräume waren nach dem gleichen Schema aufgebaut, und sie hätte ihren Weg zu der Kristallfassung blind finden können. Auf dem Rückzug stolperte sie immer wieder über ihren Rocksaum, den sie vergessen hatte zu kürzen. Dann schob Tallaf einen Arm unter den ihren. Sie konzentrierte sich darauf, den Versammelten würdevoll zuzulächeln, bis sie das Beiboot erreicht hatten, wo sie erleichtert in ihren Sitz fiel.

»Fehlt Ihnen etwas, Killashandra?« wollte Tallaf wissen.

»Ich bin nur müde. Sie können sich keine Vorstellung davon machen, wie schwer es ist, sich von einem Kristall zu trennen, den man selbst geschnitten hat. Sie schreien, wenn man sie verläßt. Lassen Sie mich jetzt schlafen.«

Hätte sie nicht diese Bemerkung zu Tallaf gemacht, wäre sie womöglich gezwungen gewesen, Chasurts Dienste zu ertragen, denn ihr Wechsel zwischen hellwachen Perioden und schlafsüchtigen war nicht unbemerkt geblieben. Und diejenigen, die gegen den Kauf des Kristall-Kommunikationssystems gewesen waren, waren nicht gerade beeindruckt von den kleinen, matten Steinen, die sie im Tausch gegen beträchtliche Ladungen hochwertiger Metalle bekommen hatten.

Nachdem er Killashandra sicher zu ihrer Kabine gebracht hatte, sprach Tallaf sofort mit Pendel. Der wiederum redete rasch mit einigen anderen, worauf Chasurt zu einer leichten Epedemie von Nahrungsmittelvergiftung gerufen wurde, sich daraufhin mit zwei anderen Krankheitsfällen befassen mußte, die längere Tests erforderten und mußte zu guter letzt, mit den üblichen Redepausen bei Raumübermittlungen, bei einem schweren Fall von Raumverbrennungen auf fernmündlichem Weg erste Hilfe leisten.

Killashandra wurde für den längeren Shuttleflug zur Oberfläche des Planeten geweckt, wo sie die letzte Installierung vornehmen sollte. Der ausgiebige Schlaf hatte ihr gut getan, und obwohl ihre Finger nervös über die wenigen Tabletten glitten, die ihr noch blieben, glaubte Killashandra, ohne sie auskommen zu können. Sie nahm zwar das Obst und das Glukosegetränk, das Pendel ihr reichte, hätte aber viel lieber Wasser gehabt, selbst das schale Recycling-Wasser, das es auf dem Kreuzer nur gab.

Sie fühlte sich diesem letzten Auftritt durchaus gewachsen, bis sie den Kristallbehälter sah und sich mit einem Schlag bewußt wurde, daß dieses größte Stück auch am schwersten aufzugeben sein würde. Sie wagte es nicht, ihn die ganze Zeit während des Flugs auf den Planeten in ihrem Schoß zu halten.

»Bringt den Karton mit an Bord. Das ist sicherer für den Königskristall«, erklärte sie mit einer knappen Handbewegung. Dann betrat sie das Shuttle, bevor irgend jemand Einwände gegen ihre Anweisung machen konnte.

Pendel und Tallaf bedeuteten der Wache hastig, Killashandras Befehl Folge zu leisten, und als Captain Francu eintraf, war der Behälter bereits an Bord des Shuttles und sicher festgegurtet. Er blieb abrupt stehen, starrte voll Wut und Entsetzen auf den Karton und dann auf Killashandra, die freundlich zurücklächelte.

»Sie haben die anderen Kristalle selbst getragen, Gildemitglied ...«

»Richtig, aber dieser Flug dauert länger, Captain, und solange dieser Kristall nicht *sicher* in Ihrem Hauptkommunikationsraum installiert ist, sind alle anderen nutzlos, und diese Reise Ihres Kreuzers ist nichts als eine sinnlose Übung.«

»Captain, die Zeit ...« Tallaf trat vor, und seine Miene drückte vorsichtige Besorgnis aus.

Francu biß die Zähne zusammen, machte einen Bogen um den Kristall und begab sich ins Heck des Beiboots. Killashandra konnte das harte Klicken von Metallverschlüssen hören, als er den Sicherheitsgurt anlegte. Wahrscheinlich, dachte sie, konnte sie von Glück sagen, daß Francu in der Verfassung, in der er sich jetzt befand, das Beiboot nicht selbst steuerte.

Das Shuttle löste sich vom Kreuzer und schien in der Luft zu hängen, während sich das größere Schiff schräg von ihm weg zu bewegen schien. In Wirklichkeit, erkannte Killashandra, bevor die Sichtluken geschlossen wurden, war es das Shuttle, das sich bewegte; der Kreuzer verfolgte unerbittlich seinen Kurs, und nichts würde ihn davon ablenken.

Eigentlich hatte sie wach bleiben wollen, aber das Kreischen und die Wärme beim Eintritt in die Planetenatmosphäre schreckten sie dann wieder einmal aus einem unwiderstehlichen Schlaf. Einen Augenblick lang starrte sie verwirrt auf die unvertraute Umgebung, dann schluckte sie hastig zwei Stimupillen und lächelte ruhig in die Runde, als ob sie lediglich ihre Energien bewahrt hätte.

Das Shuttle war bereits zum Stillstand gekommen, als die Wirkung des Stumulans einsetzte, und sie stritt gerade mit sich, ob sie eine dritte Pille nehmen sollte, als die Luke geöffnet wurde.

Gleichzeitig tauchte eine Landeplattform auf, und sie konnte die riesige Menge sehen, die sich auf beiden Seiten eines breiten Ganges versammelt hatte, der zu dem gewaltigen Kommunikationsgebäude mit den Ansammlungen von Tischantennen auf seinem Dach führte, die wie Kappen zum Himmel geneigt waren, wie in einem Salut darauf, daß sie jetzt veraltet waren.

»Der Kristall, Gildemitglied!« Francus beißende Stimme erinnerte sie auch daran, daß sie sich jetzt von ihrem letzten Kristall trennen mußte.

Sie klappte den Karton auf, holte den Königskristall heraus, atmete tief ein und schritt dann die Landerampe hinunter, den Kristall vor sich gestreckt. Sie spielte immer am besten vor vollem Haus, erinnerte sie sich. Die anderen Installierungen waren nur Proben für diesen Auftritt gewesen.

Die frische Luft des Planeten roch natürlich und angenehm. Sie atmete tief ein und beschloß, sich Zeit bei diesem zeremoniellen Gang zu nehmen.

Francu tauchte auf einer Seite auf, Tallaf auf der anderen, und beide ermahnten sie murmelnd, schneller zu gehen.

»Es tut gut, endlich einmal wieder saubere Luft zu atmen. Meine Lungen sind halb erstickt. Ich muß atmen.«

»Sie müssen schneller gehen.« Francu reagierte mit einem nervösen Lächeln auf die Anwesenheit einer so großen Menschenmenge in einem offenen Raum, der größer war als ein riesiger neuer Kreuzer.

»Wenn Sie können, Killashandra. Wir haben ein Zeitlimit.« Tallaf klang besorgt.

»Sie sind alle hier, weil sie den Kristall sehen wollen«, warf Killashandra ein, aber sie beschleunigte ihren Schritt, wobei sie den Kokon über ihren Kopf hielt, die überraschende Welle von Ausrufen hörte und sah, wie diejenigen, die am nächsten standen, zurückwichen. War die Menge hier, um den Erfolg des Kristalls zu erleben, fragte sie sich, oder sein Scheitern? Das hier war kein rezeptives Publikum! Sie hatte genug gesehen, um die Feindseligkeit und die Angst zu spüren.

Killashandra schritt weiter zum Eingang des Gebäudes, den beiden Raumfahrern leicht voran.

»Wir werden uns beeilen müssen, Gildemitglied«, sagte ein Mann, der sie am Arm nahm, als sie durch die Tür kam.

»Ja, sonst können wir nicht für Ihre Sicherheit garantieren.«

Hinter sich hörte sie das Zuschlagen von schweren Metalltüren, während von draußen erstickter Lärm hereindrang, der lauter wurde.

»Man hat mir zu verstehen gegeben, daß dieses Projekt nicht von allen befürwortet wird, Gentlemen. Aber das läßt sich durch das Aussenden und den Empfang einer Botschaft ändern ...«, und sie deutete auf die Menge, die sich dicht um das Gebäude drängte.

»Hier entlang, Gildemitglied.«

Alle liefen sie jetzt fast, und Killashandra ärgerte sich, daß die Dringlichkeit der Situation ihren Auftritt ruinieren würde. Lächerlich! Wie absurd, in eine solche Lage gebracht zu werden! Vor allem, wo sie wieder der unwiderstehliche Wunsch überkam, einzuschlafen. Sie klemmte sich den Kristall unter den Arm – es war doch niemand da, den sie in dieser Hetze mit theatralischen Szenen hätte beeindrucken können – und schaffte es, sich zwei Stimupillen in den Mund zu stopfen.

Dann wurde sie auch schon in die Hauptkammer des riedigen Gebäudes geschoben, wo sich nervöse Techniker mehr für die Monitore der Außenkameras als für die Ausdrücke und Displays ihrer Arbeit interessierte.

»Beeilen Sie sich bitte mit der Installierung. Killashandra«, drängte Tallaf, als sie die wenigen Stufen zu der erhöhten Fläche und der Nische hinaufstieg, in die der Königskristall installiert werden sollte.

Sie streifte den Schaumstoff um den Kristall ab, und als

der freigelegte Stein ihre Haut liebkoste, wurde sie plötzlich ganz ruhig.

»Beeilen Sie sich!« trieb Francu sie an. »Wenn wir mit diesem Ding da keine Botschaft von Copper bekommen ...«

Killashandra bedachte ihn mit einem vernichtenden Blick, aber ihre Antipathie gegen ihn zerstörte den feinen Zauber, den sie zu erleben gehofft hatte. Jetzt hörte sie das Lärmen der Menge, ihre steigende Erregung und Veränderung. Sie wagte nicht, die Installierung noch länger hinauszuzögern, wenn sie auch auf der anderen Seite ihren schwarzen Kristall nicht einem System ungebildeter Wilden überlassen wollte, dieser Gesellschaft von Metallkrämern, diesen ...

Der schwarze Kristall war installiert und wurde mattschwarz, als er auf die Wärme des Raums reagierte.

»Schnell!«

»Ist irgend etwas schiefgelaufen?«

»Es funktioniert nicht!«

»Natürlich wird der Kristall singen.« Killashandra hob den kleinen Hammer und schlug den Königsblock an.

Das klingende, volle A des Königskristalls tönte durch den großen Raum und ließ das respektlose Geschwätz verstummen. Killashandra stand wie versteinert da. Das A veränderte sich in den lauteren Ton des Fünfkristall-Akkords, die zwei F und die zwei E Kristalle sangen zu ihr über den Königskristall. Die menschliche Stimme kann keine Akkorde erzeugen. Da der Ton des As in ihrem Kopf dominierte, war es dieser Ton, der aus Killashandra herausbrach, als sie der Schock auf Herstellung der Verbindung zwischen den fünf Kristallen umfing. Ein Klang wie eine Stoßwelle, die selbst der Klang und der Resonanzboden, Vision über Vision, ein Glühen in ihrem Körper. Dröhnen in ihren Adern, ein so intensives und totales Erleben von Schmerz und Freude, daß jeder Nerv in ihrem Körper und jede Windung ihres Gehirns davon widerhallte. Der Akkord hielt Killashandra in einem Bann, der noch absoluter war als ihr erstes Erlebnis mit Kristall. Während sie den Ton trotz der quälenden physischen Atmungsmechanik weiter hielt, war Killashandra gleichzeitig in den Kommunikationsräumen der beiden Minenstationen und der zwei Monde. Sie splitterte im Ton von einem Kristallblock zum nächsten, isoliert und unzertrennlich, ein Fragment der ersten ausgesandten und simultan empfangenden Botschaft und für immer von ihr getrennt.

»Copper an Heimatbasis. Copper an Heimatbasis!« Sie kannte die Botschaft, denn sie lief sowohl durch sie selbst wie auch durch den Kristall. Sie hörte die überschwengliche Antwort und die ungläubige Reaktion auf ihre Simultaneität. Sie hatte die Kristalle zu diesem Zweck geschnitten, hatte sie zu ihren verschiedenen Standorten gebracht, und sie hatte sie dazu verurteilt, für andere zu singen. Niemand hatte ihr gesagt, daß diese Kristalle sie dazu bringen würden, durch sie in einem den Raum durchquerenden Akkord zu singen!

»Killashandra?« Jemand berührte sie am Arm, und sie schrie auf. Fleisch auf Fleisch riß sie aus ihrer erhabenen Gemeinschaft mit der Kristallverbindung. Sie fiel auf die Knie, zu sehr von Sinnen, um zu weinen, zu betäubt, um es zu unterdrücken.

»Killashandra!« Jemand hob sie hoch.

Sie konnte fühlen, wie die Kristallenergie hinter ihr durch den Königsblock sang, aber sie war für immer aus ihrem Bann ausgeschlossen.

»Bringen Sie sie zurück zum Shuttle.«

»*Funktioniert* es?«

»Natürlich funktioniert es. Die Verbindung ist da! Das ganze System weiß es jetzt!«

»Durch diese Tür, Lieutenant. Sie müssen einen Umweg machen. Die Menge blockiert den Weg zu Ihrem Shuttle.«

»Wir haben keine Zeit für einen Umweg.«

»Dann müssen wir Ihnen eben Platz machen. Tragen Sie sie zuerst. Dann wird die Menge schon zurückweichen!«

»Sie haben doch keine Angst vor einer Frau!«

»Sie ist keine Frau. Sie ist eine Kristallsängerin!«

Killashandra merkte, wie sie durch eine dichtgedrängte Menge getragen wurde. Sie hörte Klatschen, laute, jubilierende Rufe, und irgendwo in jenem Teil ihres Gehirns, der Eindrücke aufzeichnete, verband sie Geräusch und Jubelrufe mit Applaus. So viele Leute in so unmittelbarer Nähe bereiteten ihr eine unerwartete Qual.

»Bringt mich hier raus«, flüsterte sie heiser und klammerte sich verzweifelt an den Mann, der sie trug.

Er sagte nichts, sondern beschleunigte nur seinen Schritt, und sein Atem ging stoßweise von der Anstrengung. Er konnte sich kaum von ihr freimachen, als ihm ein zweiter Mann zu Hilfe kam.

»Diese Verzögerung kann unser ganzes Abfangmanöver vereiteln.«

»Captain, wir hatten ja keine Ahnung ... Keiner hat uns gesagt, daß hier eine solche Menge warten würde. Wir sind fast da.«

»Wenn wir den Kreuzer nicht mehr einholen können ...«

»Wir werden eine Fregatte bereithalten, die Sie an Bord nimmt, für den Fall ...«

»Jetzt haltet endlich den Mund und laßt mich schlafen. Und hört auf, mich so zu schütteln.«

»Schlafen?« Entrüstung in Francus Stimme riß sie kurz aus ihrer Apathie. »Sie will schlafen, wo ...«

»Setzten Sie sich einfach hierher, Killashandra. Ich werde Sie schon anschnallen.«

»Trinken. Ich brauche was zu trinken. Egal was. Wasser.«

»Nicht jetzt. Nicht jetzt.«

»Doch, jetzt! Durst.«

»Captain, fliegen Sie. Hier ist Wasser, Killashandra.«

Sie trank hastig, merkte, daß das, was sie trank, Wasser war, richtiges Wasser, frisches, klares, kühles Wasser, das nur dieses eine Mal, für ihren Verzehr, benutzt wurde. Sie verschüttete etwas, als sie durchgeschüttelt wurde, protestierte angesichts der verlorenen Tropfen und leckte sie von ihren Händen. Sie wurde von einer gewaltigen Kraft vom Wasser weggeschoben und bat flehend um mehr.

Man beruhigte sie, und dann wurde endlich das Gewicht von ihr genommen und sie bekam soviel zu trinken, wie sie wollte.

»Fühlen Sie sich jetzt wieder besser, Killashandra?« Sie glaubte, daß es Tallaf war.

»Ja. Jetzt muß ich nur noch schlafen. Lassen Sie mich schlafen, bis ich wach werde.«

XIII

Das Aufwachen ging langsam und bemerkenswert träge vonstatten. Killashandra hatte das Gefühl, daß sie abschnittsweise wieder zu sich kam, angefangen mit ihrem Bewußtsein, das schläfrige Botschaften hinaus an ihre Glieder schickte, daß sie sich wieder bewegen konnte. Immer wieder streckte sie sich und gähnte, ein Vorgang, der von ziemlich heftigen und intensiven kurzen Visionen unterbrochen wurde. Zuerst hielt sie sie für Pikoträume, bis sie begriff, das sie alle von einem Gesichtspunkt waren: dem ihren! Und sie war überwältigt von Gesichtern und Applaus und Licht, das von dem schwarz werdenden Kristall aufblitzte. Ein orgastisches Gefühl in ihren Lenden schloß den Vorgang ihres Erwachens ab und holte sie abrupt ins Bewußtsein zurück. Mit Bedauern begriff sie, daß diese Halbträume wunderschöne Echos der Verbindung mit den Kristallen gewesen waren. Kristalle! Sie setzte sich auf und hätte sich fast an dem Regal über ihrer Koje den Kopf gestoßen. Sie war auf diesem elenden Kreuzer! Killashandra warf einen Blick auf ihr Armgerät und verglich das Datum mit der Zeitanzeige in ihrer Kabine.

»Drei Tage! Ich habe drei Tage geschlafen!« Antona hatte sie gewarnt.

Killashandra legte sich zurück, lockerte die Schulter- und spannte die Nackenmuskeln an. Sie mußte die ganzen drei Tage in ein- und derselben Position geschlafen haben, wenn sie solche Krämpfe hatte.

Ein leises Kratzen lenkte ihre Aufmerksamkeit auf die Tür.

»Ja?«

»Sind Sie wach, Gildemitglied?«

Es gab mehrere Antworten, die sie gegeben hätte, wenn sie nicht Chasurts Stimme erkannt hätte.

»Kommen Sie herein.«

»Sind Sie wach?«

»Natürlich bin ich wach, sonst könnte ich Ihnen kaum eine Antwort geben. Kommen Sie herein!« Als die Tür zurückgeschoben wurde, fügte sie hinzu: »Und würden Sie bitte Pendel fragen, ob er etwas Vernüfntiges zu essen für mich hat?«

»Ich werde bestimmen, ob Sie etwas essen können.« Gleichzeitig streckte er ein Diagnosegerät in ihre Richtung, das ähnlich aussah wie das von Antona.

»Aber nicht das Zeug, das in der Offiziersmesse serviert wird. Etwas zu trinken und Obst ...«

»Ich brauche aber zuerst Ihre Mitarbeit ...«

»Die können Sie haben!« Killashandra merkte, wie sich diese Haltung sehr rasch bei ihr änderte. »Diese Schlafphase ist völlig normal ...«

»Wir haben versucht, Kontakt mit Ballybran wegen besonderer Instruktionen aufzunehmen ...«

»Wozu ...«

»Zur entsprechenden Behandlung Ihres Komas ...«

»Ich war in keinem *Koma*. Haben Sie sich denn keine Informationen in Ihrer eigenen medizinischen Bibliothek geholt? Ich will etwas zu trinken. Und zu essen.«

»Ich bin der Meditech auf diesem Kreuzer ...«

»Der noch nie etwas mit einem Kristallsänger zu tun gehabt hat und der keine Ahnung von den Risiken hat, die *mein* Beruf mit sich bringt.« Killashandra hatte sich inzwischen das nächstbeste Kleidungsstück angezogen, daß sie erwischen konnte, ihren Gildeoverall. Jetzt schwang sie sich aus der Koje und huschte an Chasurt vorbei, der vergeblich versuchte, sie festzuhalten. Killashandra machte sich auf den Weg den Korridor hinunter. Sie war selbst überrascht, daß sie sich nach dem erschöpften Schlaf so normal bewegen konnte. Der Symbiont mochte nehmen, aber er gab auch.

»Gildemitglied!« Chasurt folgte ihr, aber sie hatte einen Vorsprung und längere Beine.

Als sie in den Korridor des Frachtaufsehers einbog, sah sie Tic an Pendels Tür, und dann seinen Kopf.

»Pendel? Ich sterbe für ein Glas Yarra-Bier! Bitte sagen Sie mir, daß Sie noch etwas Obst für mich da haben, ja?

Und vielleicht noch eine Tasse von dieser köstlichen Suppe, die Sie mir mal vor Ewigkeiten gegeben haben.«

Als sie endlich Pendels Tür erreicht hatte, reichte ihr dieser ein halb leeres Glas Yarra-Bier in die eine und ein Stück Obst in die andere Hand. Sie drückte sich an ihm und Tic vorbei und ließ die beiden als Hindernis für Chasurt auf ihrem Weg zurück.

»So, Killashandra.« Pendel stellte sich so in die Tür, daß Chasurt nicht durch konnte, während Tic entschlossen eine zweite Verteidigungslinie vor Killashandra bildete. »Mehr Obst kommt gleich. Und Sie, Chasurt, bilden hier keinen Menschenauflauf. Kommen Sie mit, Sie können mir zeigen, welche Nährstoffe und Stärkungsmittel Ihrer Meinung nach außer der Suppe noch angebracht sind, die ich für Killashandra hole. Stecken Sie diese dämlichen Sprays wieder ein. Kristallsänger brauchen so gut wie nie Medikamente. Kennen Sie denn überhaupt nichts außer Raumerfrierungen und Laserverbrennungen?«

Pendel schob Chasurt hastig ab und machte Tic ein Zeichen, die Tür zu schließen und aufzupassen. Killashandra hatte das Bier ausgetrunken und fing an, die Frucht zu essen. Erleichtert schloß sie die Augen, als der Saft und das Fruchtfleisch ihren ausgedörrten Gaumen anfeuchteten. Sie aß langsam, ein Instinkt, den ihr der Symbiont eingab, der wußte, was nach der Fastzeit nötig war. Mit Abscheu dachte sie an die Heißhungerperiode vor Passover und war froh, daß diese Sucht verschwunden war.

»Ma'am ...?«

Killashandra hörte das leise Flüstern nur, weil es in der Kabine außer dem Geräusch, daß sie mit ihrem Kauen verursachte, sonst still war.

»Tic?« Es war das erstemal, daß diese Frau sie ansprach.

»Ma'am – danke für den Kristall!« platzte Tic heraus. »Der Kommoffizier hat mich mit meiner Mutter auf Copper sprechen lassen. Sofort. Ich brauche nicht zu warten. Und keine Angst zu haben, daß etwas schiefging und ich sie nicht hören konnte ... Der Kommoffizier sagt, daß ich mit dem Kristall jederzeit mit Copper sprechen kann!« Tics Augen waren rund und feucht.

»Das freut mich für dich, Tic. Ich freue mich wirklich für dich.« Wahrscheinlich ließ diese Antwort an Würde von ihrer Seite vermissen, dachte Killashandra, aber Tics ehrfürchtige Reaktion machte sie verlegen.

Plötzlich wurde die Tür aufgerissen, und Tic versuchte, nicht in Killashandras Schoß zu fallen, als sie Captain Francu sah, der, schäumend vor Wut, im Eingang stand.

»Mein Arzt sagt mir gerade, daß Sie seine Hilfe zurückgewiesen haben.« Die kleine Kabine war zu eng für sein tyrannisches Auftreten.

»Ich brauche seine Hilfe nicht. Ich bin eine Kristallsängerin ...«

»Solange Sie an Bord meines Schiffs sind, unterstehen Sie meinem Befehl ...«

Killashandra erhob sich, drückte Tic auf den Stuhl, den sie gerade freigemacht hatte und musterte den Captain mit einer Wut, die weitaus grimmiger war als seine. Sie zog den Gildeausweis aus ihrer Tasche und drückte ihn Francu unter die Nase.

»Selbst Sie müssen diese Obrigkeit kennen!«

In diesem Augenblick kam Pendel mit einem beladenen Tablett zurück.

»Rat der Föderierten Sentient-Planeten!« Pendel blieb fast der Mund offenstehen, während er las, und das Tablett wankte in seinen Händen. »Das habe ich erst einmal gesehen!«

»Sie leiden eindeutig an einem anomalen Verhalten als Folge einer Periode mangelnder Ernährung ...«

»Unsinn. Geben Sie mir das Tablett, Pendel. Danke.«

»Gildemitglied, hören Sie mir zu!«

»Das tue ich, aber ich esse dabei, da mein Körper nach der langen Schlafperiode Stärkung braucht.«

»Sie waren in einem Koma ...«

»Ich habe genau das getan, was alle Kristallsänger tun, nämlich nach einem schwierigen und erschöpfenden Auftrag zu schlafen. Und mehr möchte ich im Augenblick nicht sagen, bis ich gegessen habe.«

»Sie sind geistig verwirrt, wenn Sie mir einen FSP-Ausweis vorzeigen, um so etwas zu essen zu bekommen.« Captain Francu begann jetzt zu stottern.

»Ich werde mich an diese Obrigkeit wenden, sobald ich die nächste Transferstation herausgefunden habe …«

»Sie sollen auf diesem Kreuzer bleiben, bis wir den Satelliten des …«

»Ich werde genau so lange auf diesem Kreuzer bleiben, wie ich brauche, um ein Shuttle oder ein Beiboot oder ein Gig vom nächsten System herzuholen. Und dazu ermächtigt mich meine Autorität. Richtig?«

»Richtig«, bestätigte Pendel.

Der Captain funkelte ihn an und starrte noch einen Augenblick auf Killashandra, sprachlos vor unterdrücktem Zorn. Dann machte er auf dem Absatz kehrt und stapfte den Korridor hinunter.

Tics Gesicht war weiß, als sie Killashandra bestürzt ansah.

»Das ist im Augenblick alles, Mädchen«, meinte Pendel beruhigend. »Sie werden natürlich mit niemandem über diese Angelegenheit sprechen, ganz gleich, wie sehr man Sie auch dazu drängt. Ich glaube nicht, daß sich Captain Francu an den Zwischenfall erinnern möchte.«

»Wie schnell kann ich von diesem Schiff weg? Das geht natürlich nicht gegen Sie oder Tic.«

Pendel ließ sich auf die Kante seiner Tastatur nieder und tippte einen Code ein. Es dauerte länger als gewöhnlich, bis das Display auf dem Schirm abzulaufen begann, und es waren nur vier Zeilen.

»Nein, den würde ich Ihnen nicht empfehlen. Ferngesteuerter Tanker mit einem Minimun an Nahrungsmittelvorräten.« Pendel tippte wieder etwas ein. Diesmal war das Gedruckte dichter. »Ah ja. Wir können einen Transfer zu einer kleinen, aber ausreichenden Wechselstation für einen Selkiten direkt nach Scoria arrangieren. Normalerweise würde ich zwar Selkiten nie empfehlen, aber Sie wären der einzige Passagier in ihrer Oxygen-Lebenserhaltungssektion.«

»Großartig! Ich nehme das Schiff.«

»Das würde aber bedeuten, daß Sie noch drei Tage hier bleiben müssen.«

»Den größten Teil der Zeit werde ich verschlafen. Leichte Mahlzeiten, wenn ich sie brauche.«

»Da ist noch etwas.« Pendel räusperte sich und zog unter ihrem Blick den Kopf ein. »Der Selkite erreicht Ballybran kurz vor Ende der Passover-Stürme. Nach dem ursprünglichen Zeitplan kämen sie erst dort an, wenn sie vorbei sind.«

»Oh, Sie haben sich also informiert?« Killashandra grinste.

Pendel zwinkerte und legte den Finger an seine Nase. »Ich hielt einige objektive Informationen für eine weise Vorsichtsmaßnahme.«

»Dann hat Chasurt sich gedacht, daß die Stürme schuld an meiner geistigen Verwirrung seien?«

»So etwas in der Art.«

»Niemand fühlt sich besonders gut während der Passover-Stürme. Wenn irgend möglich, versuchen wir, daß wir den Planeten verlassen können. Wenn nicht, dann das Ganze schlafend durchzustehen.«

»Ich habe Gerüchte gehört, die Kristallsänger hielten einen Art Winterschlaf.«

»So etwas Ähnliches.«

»Gut, gut. Noch ein Yarra-Bier, Killashandra?«

Pendel verriet nicht, was er daran so gut fand, aber sie tranken noch ein paar Gläser zusammen, bis sie wieder schläfrig wurde. Er brachte sie zu ihrer Kabine zurück, wo Tac zu ihren Diensten stand. Nach einer leichten Mahlzeit legte sich Killashandra schlafen und dankte mit ganzem Herzen der Vorsehung, die sie mit dem FSP-Ausweis versorgt hatte. Was hätte Francu wohl mit ihr gemacht, wenn es ihm gelungen wäre, sie zu überrollen? Ob er sie Chasurt übergeben hätte, damit dieser herausfinden konnte, warum Kristallsänger anders waren?

Der Gedanke, noch ein paar Tage auf dem Kreuzer verbringen zu müssen, gefiel ihr nicht gerade, aber wenigstens konnte sie jetzt schlafen und sich entspannen, nachdem der Druck der Installierungen hinter ihr lag. Und sie hatte ihre Sache gut gemacht. Trag würde zufrieden mit ihr sein. Auch wenn einige der Trundimoux es nicht waren. Wirklich schade!

Trotzdem hatten sie ihr riesig geholfen. Sie hatte sich abgeplagt, um ihnen eine neue Tradition zu geben. Ihr Auftritt bei der Installierung auf den Planeten hatte einen aufgebrachten Mob in eine jubilierende Menge verwandelt. Ja, sie hatte ihre Aufgabe als Kristallsänger gut gemacht.

Ob sie noch jemals wieder jedes unglaubliche Gefühl des Kontakts würde erleben können, wenn Schwarzkristallsegmente verbunden wurden? Jene alles umhüllende Woge des Gefühls, als ob sie mit jedem schwarzen Kristall in der Galaxis in Verbindung stehen würde?

Sie schüttelte sich, so schmerzlich war dieser Wunsch und wandte sich von diesem Gedanken ab. Es würden noch andere solcher Gelegenheiten kommen, das wußte sie jetzt genau. Und in der Zwischenzeit, wenn die Stürme über Ballybran erst einmal vorbei waren, konnte sie kristallsingen.

Kristallsingen? Singen?

Killashandra begann zu lachen, als sie sich daran erinnerte, wie sie die Bühne betreten hatte, als sie in das planetarische Kommunikationsgebäude geschritten war, während es um sie herum fast zu einem Aufstand gekommen wäre. In der Rolle der Hohen Priesterin hatte sie das Ritual zu Ende geführt, das die isolierten Elemente von Trundimoux verband! Ein einzigartiger Soloauftritt. Und sie hatte vor dem Publikum eines ganzen Systems gespielt. Welch einen Eröffnungston hatte sie mit dem Kristall angeschlagen! Welch eine Ovation! Echos von entfernten Satelliten. Sie hatte genau das geschafft, was sie sich früher einmal zu schaffen gerühmt hatte, das sie schaffen würde, wie sie ihren Komilitonen auf Fuerte immer überheblich erklärt hatte. Sie war dar erste Sänger in diesem System gewesen, der je in Trundimoux aufgetreten war.

Killashandra lachte über die verrückte Ironie der Umstände. Sie lachte, und dann weinte sie, weil sie die einzige war, die wußte, daß sich für sie ein ehrgeiziges Ziel erfüllt hatte.

Killashandra Ree war eine Sängerin, ohne Zweifel. Eine richtige Kristallsängerin!

Reprise

»Was machen Sie denn schon hier?« wollte der Mann an der Schleuse wissen, als sie hereinkam. »Mann, mit was für einem Schiff sind Sie denn hergekommen? Sie riechen.«

»Mit einem Selkiten«, erwiderte Killashandra verbissen. Sie hatte sich in den Quartieren für O-Atmer des Selkiten an ihre eigene Duftnote gewöhnt.

»Wissen Sie, es gibt da Schiffe, mit denen nie einer fliegen würde. Ein Elend, daß man Sie nicht gewarnt hat.« Er hielt sich die Nase zu.

»Stellen Sie sich vor, das werde ich mir merken.«

Sie machte sich auf in Richtung der Durchgangsquartiere der Gilde.

»Hey, da ist nichts mehr frei. Sie müssen wissen, die Passover-Stürme sind nämlich noch nicht vorbei.«

»Weiß ich, aber es war wichtiger, herzukommen, als die Stürme abzuwarten.«

»Nicht, wenn Sie dazu auf einem Selkiten mitfahren mußten. Aber wir haben genug Platz in den regulären Unterkünften.« Der Mann deutete mit dem Daumen auf den Gang, den sie so unwissend vor ein paar Monaten das erstemal betreten hatte. »Es sind noch keine Reisenden da. Bei Ihrem Kredit spielt es keine Rolle, wo Sie wohnen.«

Killashandra bedankte sich und ging durch den blau schillernden Eingang zu dem Hotel, während sie versuchte, sich an das Mädchen zu erinnern, das sie damals gewesen war, ohne daß sie in der Lage gewesen wäre, richtig zu begreifen, was seit jenem Augenblick alles passiert war. Einschließlich der gleichzeitigen Verwirklichung zweier Ziele.

Der Geruch, der von ihr ausging, mobilisierte Ford, der immer noch hinter der Rezeption war.

»Aber Sie sind doch eine Sängerin. Sie sollten nicht hier sein.« Er rümpfte die Nase, schüttelte sich und fuhr sich mit der Zunge über die Lippen. »Sänger haben ihre eigenen Quartiere.«

»Alles voll. Geben Sie mir bloß ein Zimmer, damit ich endlich diesen Geruch loswerde.«

Killashandra trat an die Rezeption heran, um ihr Armgerät auf die Platte zu legen.

»Nein, nein, das ist nicht nötig!« Ford reichte ihr den Schlüssel, wobei er ihr den Arm entgegenstreckte, um so viel Abstand wie möglich zwischen sich und Killashandra zu halten.

»Ich weiß ja, daß ich schlimm rieche, aber ist es wirklich *so* schlimm?«

Ford versuchte, eine Entschuldigung zu stammeln, aber Killashandra ließ sich schon vom Schlüssel den Weg zu ihrem Quartier zeigen.

»Ich habe Ihnen das größte gegeben, das wir haben«, klang Fords Stimme ihr durch den Gang nach.

Das Zimmer befand sich eine Ebene tiefer, und in der Annahme, daß der Mann an der Schleuse recht gehabt hatte – daß im Augenblick keine Besucher hier waren – begann Killashandra, ihre stinkenden Sachen abzustreifen. Der Schlüssel erwärmte sich vor dem entsprechenden Raum, und Killashandra schob sich durch die Tür, schloß sie hinter sich und lehnte sich dagegen, um ihre Hose und die Schuhe abzustreifen. Sie warf einen Blick auf ihren Reisesack und entschied dann, daß es sinnlos war, die Sachen, die darin waren, zu desinfizieren. Mit einem ungeheuren Gefühl der Erleichterung stopfte sie alles in den Müllschlucker.

Die Unterkünfte auf Shankill waren nur mit Duschen ausgestattet, boten aber eine beträchtliche Auswahl an Kräuter- und Duftwaschlotionen. Sie stellte sich unter die Düsen, aus denen heiß das Wasser herauskam, und schrubbte sich, bis ihre Haut wundgescheuert war. Als sie aus der Duschkabine trat, roch sie an ihren Händen und Schultern, beugte sich hinunter, um auch ihre Knie zu beschnuppern und fand dann, daß sie sich wohl als halbwegs desinfiziert betrachten konnte.

Sie war schon dabei, sich ihre Haare zu trocknen, als ihr

plötzlich einfiel, daß sie keine frischen Sachen zum Anziehen da hatte. Also wählte sie die Verpflegungsstelle an und bestellte den ersten Overall, der auf dem Fax erschien, dann ließ sie sich die Parfüms geben und bestellte sich eine große Flasche mit aromatischer Duftnote. Nach dem Selkitenschiff brauchte sie dringend etwas Aromatisches. Nun, Pendel hatte ja versucht, sie zu warnen, und wenn sie es sich so überlegte, dann waren selbst die Selkiten immer noch besser, als in der Nähe von Francu oder diesem Holzkopf Chasurt bleiben zu müssen.

Dann fiel ihr ein, ihre Linsen herauszunehmen, und sie seufzte erleichtert, als der Raum Farbe annahm, eine vernünftige und beruhigende Farbe.

Sie bestellte sich ein Yarra-Bier und überlegte, wie Lanzecki wohl Passover überstanden haben mochte. In der Isolation des Selkitenschiffs hatte sie sich mit ihren verbliebenen Gefühlen des Grolls auf den Gildemeister ausgesöhnt, und es lag ihr nun sehr viel daran, die Freundschaft mit dem Mann fortzusetzen. Einsamkeit war ein großer Gleichmacher: und stinkende Einsamkeit machte einen dankbar für einen Gefallen oder eine Freundlichkeit, an die man sich erinnerte. Sie verdankte Lanzecki mehr, als diese Vorwürfe ausmachten.

Das Bier war einfach phantastisch! Sie hob ihren Becher zu einem Toast auf Pendel und hoffte, daß es für jeden Francu, dem sie begegnete, mindestens einen Pendel geben würde, für den sie dankbar sein konnte.

Plötzlich ertönte die Türglocke. Killashandra wickelte sich in ein trockenes Handtuch und fragte sich, warum ihre Bestellung persönlich gebracht, statt über das Röhrensystem geschickt wurde. Sie löste die Sperre vor der Tür und wollte sie gerade öffnen, als sie von draußen zurückgeschoben wurde.

»Was machst du denn schon hier?« Lanzecki kam herein und stand zornig vor ihr in der Enge des Raums. Er schloß die Tür hinter sich und warf ein Paket in Richtung des Betts.

»Was machst du denn auf Shankill?« Killashandra versuchte, das Handtuch über ihrer Brust zusammenzuraffen.

Lanzecki legte beide Hände an seinen Gürtel und starrte sie aus glitzernden Augen an, das Gesicht zu abolut kompromißlosen Linien verzogen, den Mund unbewegt.

»Shankill bietet den strategisch günstigsten Punkt zur Taxierung der Stürme.«

»Dann entkommst du den Stürmen also doch«, meinte sie mit ungeheurer Erleichterung.

»So, wie ich wollte, daß du ihnen entkommst, aber du bist ja Tage zu früh wieder zurückgekommen!« Er fuhr wütend mit einem Arm durch die Luft, als ob er sie schlagen wollte.

»Wieso nicht?« Killashandra mußte sich vor ihm behaupten. »Ich war fertig mit den elenden Installierungen. Waren die Stürme wirklich so schlimm, wie befürchtet? Ich habe noch überhaupt nichts gehört.«

»Du solltest heute in einer Woche mit einer komfortablen Passagierfregatte hier eintreffen.« Er musterte sie eingehend. »Es hätte schlimmer ausgehen können«, fügte er zähneknirschend hinzu.

Killashandra war sich nicht sicher, ob er sie oder die Stürme meinte.

»Ich habe den Selkitenfrachter genommen.«

»Das bemerke ich.« Seine Nasenflügel bebten vor Abscheu.

»Ich habe ja schon versucht, den Geruch wegzukriegen. Es war schrecklich. Warum hat man mich bloß nicht vor den Selkiten gewarnt? Nein, das stimmt nicht, man hat mich gewarnt, aber ich wollte nicht hören, weil ich es keinen Augenblick länger auf diesem verdammten Trundy-Kreuzer ausgehalten hätte.« Das Handtuch löste sich, als sie an Francu dachte. »Warum hast du mich nicht wenigstens vor den Trundies gewarnt?«

Lanzecki zuckte die Achseln. »Wir wußten nicht viel über sie, aber du hattest wenigstens keine vorgefaßte Meinung oder irgendwelche teilweisen Erinnerungen an andere isolierte Systeme, also Vorurteile, die deine Handlungsweise beeinflußt hätten.«

»Sie werden vielleicht nie wieder mit einem anderen Kristallsänger zu tun haben.«

»Dafür aber mit der Gilde.« Lanzecki lächelte, sein Körper entspannte sich, und sein Blick wurde wärmer.

»Aber was noch wichtiger ist, Lanzecki« – und sie versuchte, vor ihm zurückzuweichen, bis sie alle ihre Beschwerden vorgebracht hatte – »warum hast du mir nicht von dem Verbindungsschock erzählt? Ich habe den Königskristall gesungen, mitsamt allen anderen, und sie haben mich in die Knie gezwungen.«

»Verbindungsschocks sind wohl auch das einzige, die das fertigbringen.« Er legte seine warmen Hände auf ihre Schultern und hielt sie fest, während seine Augen forschend über ihr Gesicht glitten. »Niemand kann den Verbindungsschock beschreiben. Jeder erlebt ihn je nach Persönlichkeit mehr oder weniger stark. Einen davor zu warnen bedeutet ihn daran zu hindern.«

»Das weiß ich jetzt selbst!«

Ihre sarkastische Bemerkung entlockte ihm ein leises Lachen, und er begann, sie langsam an sich zu ziehen. Seine Umarmung war das Äußerste an Entschuldigung, das sie je von ihm würde erwarten können.

»Manche fühlen überhaupt nichts.«

»Das tut mir leid für sie.« Sie war jetzt nicht mehr sarkastisch.

»Was dich betrifft, Killashandra, so bindet es dich enger an die schwarzen Kristalle, daß du eine Kristallreihe verbunden hast.« Er sprach langsam, und wieder mit jenem versteckten Schmerz, den sie schon einmal in seiner Stimme gehört hatte. Sie ließ sich an seinen starken Körper ziehen und wurde sich bewußt, wie sehr sie ihn vermißt hatte, selbst dann, als sie ihn verwünscht hatte, und sie war dankbar, Trost zu geben und zu bekommen. »Die Gilde braucht Schwarzkristall-Sänger.«

»Hast du deshalb persönlich meine Karriere in die Hand genommen, Lanzecki?« Sie streckte die Hand nach seinen Lippen aus und fühlte, wie sie sich amüsiert bogen.

»Mein berufliches Leben ist der Gilde gewidmet, Killashandra. Das vergiß nie. Mein persönliches Leben ist eine ganz andere und ganz private Sache.« Seine Lippen fuhren zärtlich über ihre Finger, während er das sagte.

»Ich mag dich, Lanzecki – trotz deines Mundes.« Sie lachte leise vor Vergnügen und Freude, wieder bei ihm zu sein.

Lanzecki nahm ihre Hand und küßte die Innenseite, und bei der Berührung durchlief ein Schauer der Erregung durch ihren Körper.

»*Versuche,* das in den Jahrzehnten, die vor uns liegen, nie zu vergessen, Killashandra.«

FANTASY

Eine außergewöhnliche Reihe für die Freunde heroischer Epen. Fantasy-Romane entführen Sie in mythische Welten. Niveauvolle, pralle Erzählungen aus dem Reich phantastischer Sagengestalten.

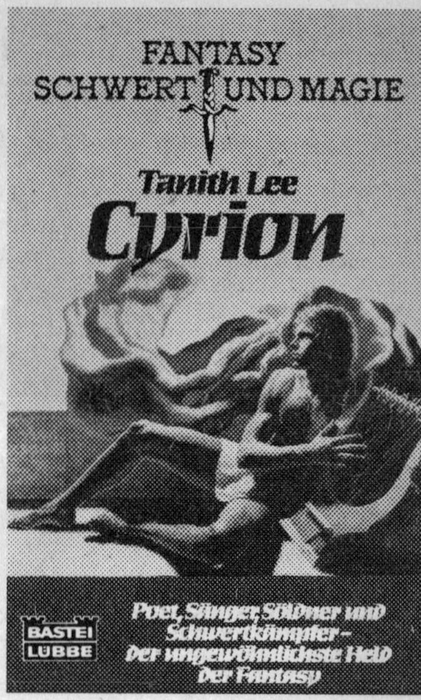

Band 20 060

Tanith Lee

Cyrion

Deutsche Erstveröffentlichung

Einige sagen, er sei ein Königsohn aus dem Westen, der von Wüstennomaden entführt und aufgezogen wurde. Andere halten ihn für einen Dämon, der sich als Mensch verkleidet hat. Ein Zauberer, ein Schwertmeister, ein Verwandlungskünstler – honigblond, von bleicher Haut, die Frauen betörend und für die Männer ein tödlicher Gegner.
Für Roilant, dessen Leben sich durch bösen Zauber in einen Alptraum verwandelt hat, ist Cyrion die letzte Hoffnung. Nur der legendäre Fremdling kann ihn vor seinen magischen Verfolgern schützen. Doch selbst in den sonnendurchglühten Oasengärten einer fernen Fantasy-Welt gibt es viele, die an der Existenz Cyrions zweifeln. Aber es gibt noch mehr, die von ihm Wundersames erzählen können.

BASTEI LÜBBE

Sie erhalten diesen Band im Buchhandel, bei Ihrem Zeitschriftenhändler sowie im Bahnhofsbuchhandel.

Die Programm-Alternative: Bastei-Lübbe-Paperback

Band 28 118

Stephen King

Christine

Deutsche Erstveröffentlichung

Stephen King ist mit seinen unheimlichen Romanen in nur acht Jahren zu einem Phänomen geworden. Über 40 Millionen seiner Bücher wurden bisher weltweit verkauft, und es gelang ihm als bisher einzigem Autor, mit drei Büchern gleichzeitig monatelang die »New York-Times«-Bestsellerliste zu führen. Alle seine Romane wurden verfilmt, zuletzt »Christine« von Star-Regisseur John Carpenter.

»Kings Bücher sind stilistisch und sprachlich ausgefeilt und von durchaus literarischem Niveau . . . mit psychologischer Raffinesse und einem sich ständig steigernden Spannungsbarometer.«
Westdeutsche Allgemeine

BASTEI LÜBBE

Sie erhalten diesen Band im Buchhandel, bei Ihrem Zeitschriftenhändler sowie im Bahnhofsbuchhandel.